Ziet er goed uit!

Van dezelfde auteur:

De Dirty Girls Social Club
De mariachi-meiden

Alisa Valdes-Rodriguez

Ziet er goed uit!

2007 – De Boekerij – Amsterdam

Oorspronkelijke titel: Make Him Look Good (St. Martin's Press)
Vertaling: Harmien L. Robroch
Omslagontwerp: marliesvisser.nl
Omslagfoto: Corbis

ISBN: 978-90-225-4648-2

© 2006 by Alisa Valdes-Rodriguez
© 2007 voor de Nederlandse taal: De Boekerij bv, Amsterdam

Voor mijn moeder, Maxine Conant, omdat ze me de liefde voor woorden heeft geleerd. Voor mijn vader, Nelson Valdés, die me het lef heeft gegeven ze op papier te zetten. Voor Patrick, de babypapa, die me de tijd heeft gegeven om te schrijven. Voor K.C. Porter, voor muziek. Voor J.N. voor de ster-primeur. En voor Alexander Patrick Rodriguez, die de beste piepkleine muze blijft die een moeder zich kan wensen.

PROLOOG

Waanzinnig, schatje.

Ik draag een superstrakke spijkerbroek van Rock & Republic en schoenen met hakken, dure schoenen, oké? Dan hebben we het over Dolce & Gabbana, met een bikinitopje met gouden glimmertjes en ik voel me waanzinnig. Waan-zin-nig van mijn geblondeerde, glad geföhnde haar tot aan mijn volmaakte witte, gemanicuurde teennagels (en gebruinde voeten), of zoals we hier in Miami, de Spaans-Engelse hoofdstad van de wereld zeggen: *requete, pero requete fabulosa*.

De dansmix wordt aangezwengeld en iedereen voelt zich lekker. Met 'iedereen' bedoel ik de tweehonderd gasten op mijn verlovingsfeest in Amika, de béste club in Miami. Ik word omringd door mijn vriendinnen, de een nog mooier en beneveldere dan de ander. We hebben een drankje – Cristal, *chica* – de bas dreunt en ik heb geen vetrollen meer. Weet je hoe ontzettend lekker het is om voor eens en voor altijd van die vetrollen af te zijn? *Te lo juro*, schatje, het is ongelooflijk. Ik mis die vetrollendans niet. Niemand wil tieten op zijn rug, toch? Ik niet, niet meer. Afijn, mijn voeten bewegen op de maat van de muziek en ik ben ook geen houterige tut meer. Ik ben niet dik. Ik ben sierlijk. *Chévere*. Ik wist niet dat ik zo kon dansen. Jij?

O, ik noem jou óók schatje, dat had je zeker niet verwacht? Je dacht dat ik verlegen en zenuwachtig was. Als je je waanzinnig voelt zoals ik, komt 'schatje' zo uit je mond, zoals de Cristal in mijn glas stroomt. Nee, neem míj niet kwalijk. Mijn flûte. Waanzinnig, vet-

7

vrije meisjes als ik drinken niet uit glazen, schatje. Nee, zeg. Altijd een flûte. Ik vind het geweldig dat je je vol overgave geeft, met de andere meiden meedoet en de wereld laat weten dat we super zijn. Heb je ook gemerkt dat het hier naar kokosolie en mangoboter ruikt? Heerlijk.

Moet je zien. De kleurig gestreepte muren, retro, maar chic. De grote, witte stoelen. De gestreepte bankjes. De glimmende houten vloeren. De art-decoverlichting. De sexy barkeepers met hun gestroomlijnde lijf en scherpe gelaatstrekken. Hemels, gewoon. Dat is het. Zo modieus dat het bijna pijn doet, zoals waanzinnige seks bijna pijn doet. En hou op over seks. Ricky en ik hebben het daarstraks gedaan, voordat we hiernaartoe gingen, en we gaan het straks weer doen. Hij is de beste minnaar die ik ooit heb gehad. Hij is, hoe zal ik het zeggen? Hij is gewoon waanzinnig.

Zo waanzinnig! Ik weet het. Het is geen woord dat ik ooit eerder voor mezelf heb gebruikt. Ja, het is een woord dat naar mijn idee alleen thuishoorde in televisieprogramma's, maar nu ik ook, nou ja, waanzinnig ben, nu Ricky Biscayne verlíéfd is op míj, klopt het. Ik zal dat laatste nog eens herhalen, voor het geval je het niet goed hebt gehoord. Ricky Biscayne is verlíéfd… op… míj.

Ik kijk op – mijn waanzinnig gespierde nieuwe lijf nog steeds één met de beat – en zie Ricky Biscayne, de beste Latin-popster ter wereld, aan de andere kant van de ruimte bij zijn manager en zijn vrienden staan. Geen heterovrouw ter wereld die zijn ultieme volmaaktheid niet herkent. Mijn hart slaat over. Ik ga een beetje dood als ik naar hem kijk. Hij is zo aantrekkelijk dat je vanbinnen min of meer verkrampt, alsof je moet niezen, en je hart slaat over, zoals het ook doet als je moet niezen. Ricky is goddelijk.

Tegen mijn conservatieve vrienden zou ik zeggen dat Ricky een jongere, sensuelere, minder glibberige versie is van Antonio Banderas. Tegen mijn latino-vrienden zou ik zeggen dat hij een stoerdere, rock-'n-rollversie is van Chayanne, of een langere, gepolijste Luis Fonsi. Hij draagt een limoengroene guayabera en een witte linnen broek, en je kunt net een glimp opvangen van zijn zaakje. En dat is niet mis. Neem dat maar van me aan.

Ricky geeft me een knipoog met een honingbruin oog en hij blaast me een kus toe met zijn volle, roze lippen. Hij grijnst en de kuiltjes worden zichtbaar. Shit, meid. *Pero Dios mío*. Wat voor goede daad heb ik gedaan om dít te verdienen? Ricky, die geile superster die iedere vrouw in de kamer wel wil, is mijn toekomstige echtgenoot.

'Knijp me eens,' zeg ik tegen mijn lange, elegante zus Geneva.

'Met alle plezier,' zegt ze. Ze slaat haar glas champagne achterover en knijpt me vervolgens hard in mijn arm. Ze draait aan mijn huid alsof het de knop van de radio is.

'Au! Niet zo hard!'

'Je vroeg erom,' zegt ze. 'Nou niet zeiken.'

Geneva vindt het leuk om me te knijpen, omdat ze mijn grote zus is en er altijd van heeft genoten om me op allerlei manieren te treiteren. Maar ze is ook blij voor me. En ze wéét waarom ik een kneepje nodig heb. Omdat ik niet kan geloven dat al die gebeden aan La Caridad del Cobre, de beschermheilige van Cuba, hebben gewerkt. Ik heb jarenlang tot *la virgen* gebeden dat ik Ricky Biscayne zou ontmoeten en met hem zou trouwen. En ze heeft mijn gebeden verhoord. Kijk maar. Het is letterlijk een wonder dat ik hier ben.

Dus is dit al de derde keer dat ik Geneva heb gevraagd me te knijpen sinds we een uur geleden in Ricky's witte limousine onder de dikke groene palmbomen zijn gearriveerd. Ik vroeg het haar weer toen *Entertainment Tonight* me een halfuur geleden interviewde. Mijn arm wordt bont en blauw zodat mensen nog zullen gaan roddelen dat Ricky Biscayne – de liefste, intelligentste man die er is – zijn vrouw slaat. Dat is wel het belachelijkste wat je je kunt voorstellen. Echt. Ricky is gevoelig, aantrekkelijk en van mij.

Ik voel me nog steeds waanzinnig, ondanks de blauwe plekken. Mijn sullige vrienden van de boekenclub zien eruit alsof ze thuishoren tussen alle beroemdheden en modellen. Ik kijk naar de vrolijke gezichten en bewegende lichamen en besef dat íédereen het weet: dat ik net zo waanzinnig ben als mijn zus, maal tíén. Dat hij van míj is. Van míj. Milan Gotay, voormalig publiciteitsmedewerker voor laxeermiddelen. Voormalige nul. Voormalig saai meisje uit Coral Gables. Voormalig dikkerdje, voormalige kluns, voormalig lui wezen dat nog thuis woonde in de kamer van haar jeugd. Een vrouw die op het punt staat te trouwen met de man van wie ze tien jaar lang posters aan de wand had hangen.

Iedereen is er, de media, beroemdheden en júllie, mijn gestoorde, dronken, blije, absurd aantrekkelijke vriendinnen, omdat Ricky, een gevoelige songwriter en briljante zanger, tijdens een intiem concert in een club in South Beach het publiek in keek en míj uit de menigte plukte om op het podium voor te zingen. Hij hield die avond mijn hand vast en liet die niet meer los. Ik ging na afloop mee naar zijn hotelkamer en het vrijen was zo heftig en zo volmaakt dat ik moest janken van geluk.

Ik weet het, het lijkt wel een kleffe stuiversroman. Maar die dingen gebeuren. Nee, echt. Ik hou al sinds mijn tienerjaren van Ricky. Je zou zelfs kunnen zeggen dat hij een obsessie van me was. Je kunt je dus wel voorstellen dat het een droom is die werkelijkheid is geworden.

'Tijd om op te staan,' zegt een van mijn vriendinnen. Ik kijk haar bevreemd aan en ze lacht. Ik draai me om en kijk weer naar Ricky. Dat is het enige wat ik wil, naar hem staren. Voor altijd en eeuwig. Ik weet nog waarom hij me ten huwelijk vroeg en ik heb het gevoel alsof er duizenden kleine spinnetjes in mijn ribbenkast rondlopen.

Ricky viel voor me omdat ik iets bijzonders in mijn ogen had, zei hij. Iets bijzonders dat hij nog nooit eerder bij een vrouw had gezien. Hij is gescheiden van zijn vrouw, het fotomodel, voor mij. Voor mij! Een nederige fan. Sindsdien ben ik net Julia Roberts in *Pretty Woman*. Shoppen met Ricky's creditcard, samen met hem de wereld rondreizen, in zijn landhuizen en penthouse verblijven. Afgelopen week nog heb ik met een groepje vriendinnen van de boekenclub een cruise gemaakt op Ricky's jacht. We lagen in het wit op het dek te zonnen als hagedissen, genoten van de zuurzoete muntsmaak van de *mojitos* die Ricky's chef-kok vers voor ons maakte.

Waanzinnig, eigenlijk.

Had ik al gezegd dat ik me waanzinnig voel? Wat? Nog maar vierduizend keer? Sorry.

'Milan?' vraag een van mijn vriendinnen op een toon die verrassend veel op die van mijn moeder lijkt. 'Ben je wakker? Sta eens op. Straks mis je Ricky's optreden nog.'

Ik draai me weer om, beweeg mijn heupen op de beat van de muziek en glimlach naar een filmster die ik al tijden bewonder. Eduardo Verastegui? Zo heet hij. Niet te geloven dat hij hier is! Wauw. Weet je, het leven blijft je verrassen, veranderen en het verandert de manier waarop mensen je behandelen. Je hoeft je alleen maar te richten op wat je wilt. Sommige mensen bidden. Anderen werken hard. Ik heb allebéí gedaan, en hier ben ik dan, met de bas die in mijn borst dreunt en mijn spijkerbroek die beter zit dan ooit.

Ik bedoel, moet je nou eens zíén hoe de vrouwen naar me kijken. Ik ben niet prestatiegericht of onzeker of wat dan ook, en ik ben dol op mijn vriendinnen, maar ik kick toch wel op al die vrouwen die doen alsof ze níét jaloers op me zijn. Ik weet heus wel hoe ze er echt over denken. Ze willen niet dat hun mannen té dichtbij komen.

Van liefde word je mooi; hoe kun je anders verklaren dat ik het lelijke eendje was dat een zwaan werd? Dat denk ik echt. Ze zien dat ik verliefd ben en dat mijn geluk hun mannen weg kan lokken. Het geeft niet. Ik neem het ze niet kwalijk. Ik dacht vroeger ook zo over andere vrouwen, in het bijzonder over mijn mannen stelende zus, maar dat is een heel ander verhaal. Op dit moment staat mijn zus – het aantrekkelijkste meisje dat ooit in Coral Gables is geboren – heftig naast me te swingen, en volgens mij is er niemand die kan zeggen wie het knapst is, Geneva of ik. Als je waanzinnig bent zoals G. en ik, trek je gewoon mensen aan, en met 'mensen' bedoel ik mánnen. Maar ik zou hun mannen niet afpakken. Ik heb Ricky. Ik heb hém al van zijn vrouw afgepakt. Ik heb verder niets of niemand nodig.

Ik kan niet zeggen waarom ik altijd heb geweten dat dit zou gebeuren, maar het is wel zo. En hier sta ik dan. Het gebeurt. Ricky Biscayne wil met mij trouwen. Ongelooflijk wat een gebed al niet kan doen als het goed gericht is. Door een simpel gebed kunnen je dromen uitkomen. Kijk maar naar mij. Ik bedoel, waanzinniger dan dit kan het niet worden.

'Sta op,' zegt Geneva, en ze knijpt me weer. 'De show gaat zo beginnen.'

'Au! Hou eens op!'

'Sta óp!'

'Wat? Op? Waar?'

'Je zus is er, en jij ligt nog te slapen,' zegt ze. Ik heb geen idee waar ze het over heeft.

Ik kijk om me heen, naar de danser, de feestgangers en probeer het te begrijpen. Een voor een houden ze op met dansen en kijken ze naar mij. De muziek sterft weg. De deejay ziet er triest uit en begint zijn spullen te pakken. Nee! Niet weggaan! Kom terug! Ik hoor mijn eigen stem verloren in de verte. 'Laat? Waarvóór?' Wij bevoorrechte dames hoeven nergens naartoe, zeker nu niet, niet tijdens mijn eigen verlovingsfeest.

'Voor Ricky's optreden, *hija*,' zegt ze, alleen klinkt haar stem nu anders, een beetje gespannen, nasaal en neurotisch als die van mijn moeder. De muziek is helemaal gestopt en daarvoor in de plaats hoor ik iets anders: het lusteloze gepiep van de airconditioning in mijn slaapkamer bij mijn ouders thuis.

Ik doe mijn ogen open. Ze voelen plakkerig aan omdat ik na mijn werk nog vóór het eten in slaap ben gevallen en mijn make-up niet heb verwijderd en mijn contactlenzen niet heb uitgedaan. Mijn wang kleeft in een plas kwijl aan een pagina van *People*, die ik aan het lezen was toen ik in slaap viel. Ik trek het papier los en zie het artikel. Een fotoreportage van feesten van de sterren, inclusief een feest in Amika. Aha. Nu weet ik het weer. Ik ben niet waanzinnig. Ik ben Milan, met kwijl op mijn wang en zand in mijn ogen. Ik knipper met mijn ogen en kijk naar het plafond. Daar hangen zes foto's van Ricky Biscayne en mijn lievelingsfoto is los aan het raken. Ik richt mijn blik op de Hello Kitty-wekker op mijn nachtkastje. Bijna elf uur 's avonds? Hoe kan dat nou?

Ik draai mijn hoofd om en zie dat mijn moeder naast het bed staat. Ze fronst haar wenkbrauwen en heeft een glas koud water in haar ene hand en haar andere hand heeft ze gereed om me weer te knijpen met die glimmende duivelse rode nagels. Ik vraag me af of ze van plan was om me het water te geven of het in mijn gezicht te smijten als ik niet wakker werd. Ze knijpt me opnieuw.

'Au!' Ik geef een gil. Ik ga zitten en voel de vetrollen wiebelen. Ze zitten er nog steeds. 'Waarom dóé je dat toch?'

'Omdat je lui bent,' zegt mijn moeder. Ze kijkt op haar horloge. 'Ik moest je wakker maken voordat jouw geliefde Ricky in *The Tonight Show* was, voor het geval je in slaap viel. Dus hier ben ik, ik doe wat je wou. Maar als je de waarheid wilt weten, vind ik dat je al die energie voor Ricky maar eens op je werk moet richten. Je oom zegt dat je niet je best doet. Wat mankeert jou, Milan? Wil je soms ontslagen worden?'

Ik geef geen antwoord, want het antwoord is 'ja'. Ik wil ontslagen worden. Ik wil hier niet zijn, Milan de mollige publiciteitsmedewerker voor laxeermiddelen. Ik wil weer slapen en het waanzinnige leven leiden dat ik in mijn dromen voor mezelf had gecreëerd. Ik trek het dunne bloemetjeslaken over mijn hoofd, wend me van mijn moeder af en smeek de droom om terug te komen. Op dat moment neem ik me voor dat ik Ricky echt zal ontmoeten en dat ik mijn droom ga volgen.

'Wat mankéért jou?' wil mijn moeder weten, en ze knijpt me nog een keer door het laken heen. 'Als je niet wilt opstaan, best. Maar je zus is er en je had haar uitgenodigd om samen met je naar de show te kijken. Ze is helemaal uit Miami Beach hiernaartoe gekomen en dan kun jij niet eens uit bed komen. Wat mankéért jou toch?'

Weer zeg ik niets. Ik weet het wel. Er mankeert van alles aan mij. Ik zou niet weten waar ik moest beginnen. Alhoewel, ik weet best waar ik moet beginnen. Om te beginnen peuter ik de stukjes papier van mijn gezicht en doe ik mijn best om de walgende blik van mijn moeder niet te zien.

O, en trouwens? Welkom in mijn leven in Coral Gables.

Het eerste trimester

DONDERDAG 14 FEBRUARI

Nou. Welkom in mijn truttige, gele kamer. Meisjesachtig, onvolwassen. Teddyberen. En dat niet alleen, maar van die pastelkleurige troetelberen. Zielig. Ik weet het. Hoe triest is het om op je vierentwintigste nog bij je vader en moeder (én opa en oma) thuis te wonen? Hoe triest is het dat ik hier nog steeds woon in dit witte huis in Coral Gables, in de buurt van Blue Road en Alhambra Circle en dat ik op mijn lits-jumeaux lig waar eens een hemel op zat, met belachelijk snoezige slippers aan mijn dikke voeten, een roze badstof badjas om mijn lijf en mijn vettige bruine nietszeggende haar in twee nogal trieste, slap hangende staartjes?

'O, zielig hoor.'

En bedankt. Dat is mijn zus Geneva die met een geamuseerde, superieure blik op haar gezicht in de deuropening staat. Geneva draagt haar Yorkshire terriër Belle als een football onder haar arm. Het beest hijgt, waardoor de rode strik tussen haar oren op en neer gaat als de kam van een nerveuze haan. Ik ben niet echt een hondenmens. Er is niets zo smerig als de warme, rotte lucht die uit een hondenbek komt, en ik kan hem hier helemaal ruiken. Yorkie-stank. Ik haat die hond en ik haat Geneva.

Je weet wel, Geneva. Mijn lange, slanke, financieel onafhankelijke, dertigjarige zus? Iets donkerder en knapper dan Penélope Cruz? Een meter drieënzeventig en afgestudeerd aan Harvard, in tegenstelling tot mijn een meter tweeënzestig en diploma van de universiteit van Miami. Degene die een groep vriendinnen heeft die allemaal even volmaakt zijn als zij en geen gebrek heeft aan mannen, die ze 'seksspeeltjes' noemt. Degene die met haar katachtige lijf en lange benen van een spijkerbroek kunst kan maken. Degene die de afgelopen tien jaar drie vriendjes van me heeft afgepakt in een periode waarin ik vier vriendjes had, hoewel ze beweert dat het niet haar schuld was dat ze mij in de steek lieten voor haar. Ze zei dat het mijn schuld was, omdat ik niet harder had gewerkt aan mijn uiterlijk, mijn kleding, mijn studie, mijn baan, mijn leven. Vervolgens deed ze alsof het een gunst was dat ze me modetips en carrièreadvies wilde geven. Ja, vast. Zíj dus.

Geneva is net zonder kloppen mijn kamer binnengekomen in haar 'werkkleren', een zwart, zijden hesje met spaghettibandjes waar iedere andere vrouw zes maanden zwanger in zou lijken, maar waarin Geneva, in combinatie met een strakke spijkerbroek, een glanzend bruine huid en zwarte sandalen net een trotse, langbenige, Spaanse prinses is. Haar lange, zwarte haar heeft ze in een strakke wrong vastgezet zodat de kleine, maar enge tatoeage van een draak op haar linkerschouderblad zichtbaar is en ze heeft een zwartwitte sjaal om haar hoofd gewonden. Ieder ander met zo'n sjaal zou eruitzien als een heks. Maar Geneva? Koninklijk.

Ik kijk haar niet recht aan. Dat is ook niet aan te raden, aangezien ze de duivel is. Ik doe alsof ik afgeleid ben, alsof het me niet interesseert. Ik typ op de laptop die tussen mijn bleke benen op bed ligt. De 'n' is versleten door al mijn online loseractiviteiten: bloglezen, chatten en valse informatie over mezelf posten om te zien wat voor reacties ik in verschillende steden krijg. Ik doe alsof ik niet weet dat Geneva met dat ene woord 'zielig' op mij, de loser, doelt en de toestand van mijn haar, mijn lichaam, mijn kleren, mijn bed, mijn kamer.

Ik voel dat ze fronsend naar mijn nachthemd kijkt. 'Hoelang heb je dat ding al, Milan? Jezus. Ik kan me herinneren dat je dat ding al had toen ik naar Harvard ging.' Geneva heeft het altijd over Harvard en ook altijd over Portofino Towers, waar ze net een appartement heeft gekocht. Ze is een snob. Ze pakt mijn Hello Kitty-telefoon van de ladekast. 'Milan? Zielig.'

Ik negeer haar en staar naar de computer. Ze zet de helse Belle op de grond, gaat naast me op bed zitten en tuurt naar het scherm. Ik draai de computer weg. Ik hoor dat Belle onder mijn bed zit te snuffelen en te krabben. Wat heeft ze gevonden? Ik ruik Geneva's parfum, muskusachtig en intens. Erg duur en volwassen. Ik ben me ervan bewust dat ik stink als een geit na een hele dag werken in Overtown als publiciteitsmedewerker voor laxeermiddelen voor het 'farmaceutische' bedrijf (dat wil je niet weten) van mijn oom. Maar ik heb al zo lang geen geit geroken, dat ik het niet met zekerheid kan zeggen. De laatste keer was op een kinderboerderij in Kendall toen ik tien was. Ik heb geprobeerd de geitige walm te maskeren met een zonnebloemenluchtje dat in de aanbieding was bij Ross, omdat ik te lui was om een douche te nemen.

'Wat ben je aan het doen?' vraagt Geneva, en ze probeert reikhalzend op het scherm te kijken. Voor de duidelijkheid: mijn zus zou van haar leven niet bij een winkel als Ross gezien willen worden, of in welke andere winkel dan ook waar ze adverteren met 'meer voor minder'. Dan schiet je in Geneva's ogen je doel voorbij.

'Ik open een chatroom.' Ik kijk ingespannen naar het scherm om er slimmer en ambitieuzer uit te zien dan ik ben. Om te doen alsof Geneva's opmerkingen me niets kunnen schelen. Alsof ik hier gelukkig ben in deze kamer, in dit huis, met mijn leven.

'Zijn jullie eindelijk draadloos?'

'Ja,' zeg ik. Ik heb het geïnstalleerd, maar ik heb mijn vader het gevoel gegeven dat hij het heeft gedaan. Onze ouders denken dat ik een brave, passieve Cubaanse dochter ben omdat ik nog thuis woon, waar ik mijn oma's billen afveeg (ze kan het niet zelf vanwege haar artritis) en mijn vaders hemden opvouw (huishoudelijk werk kan hij niet aan vanwege zijn Y-chromosoom). In de ogen van onze uit Cuba gevluchte ouders en tienduizenden mensen net als zij in heel Zuid-Florida, blijven meisjes zoals ik – mollig, ongetrouwd en vergeten – thuis wonen totdat we (in het beste geval) getrouwd zijn of (in het ergste geval) naar een klooster worden afgevoerd. Maar Geneva en ik kennen de waarheid over mij. Ik ben niet braaf of traditioneel. Ik ben niet eens maagd (maar zeg dat alsjeblieft niet tegen mijn ouders). Eigenlijk ben ik een rasechte, Amerikaanse lijntrekker. Ooit zal ik een leven hebben, als ik eraan toekom.

Andere dingen die je over me moet weten: ik ben eigenlijk best knap naar normale maatstaven, maar omdat ik in Miami woon, een stad waar 'mooi' betekent dat je uniform en slaafs gespoten, gelift en ontvet moet zijn, lijk ik maar gewoontjes. Ik heb een plezierig rond en heel blank gezicht met sproeten. Mensen vragen aan mij de weg. Ik heb wel eens gehoord dat ik er 'leuk' uitzie, maar in mijn gedachten ben ik egoïstisch en wild.

Geneva tilt haar voet op, draait haar enkel in de sandaal en knakt met haar botten. Een geluid dat lijkt op sprinkhanen in een blender. Afschuwelijk. Vroeger deed ze aan ballet en daar heeft ze de walgelijke gewoonte opgedaan om altijd met alles te knakken, vooral met haar enkels, zonder rekening te houden met de mensen om haar heen. Ze heeft dubbelgelede armen, maar daar schept ze goddank niet meer over op. 'Een chatroom?' vraagt ze, zonder te beseffen dat ik kotsneigingen krijg van haar geknak. 'Waarvoor?'

'Mijn Yahoo-groep.'

'Las Ricky Chickies?' zegt Geneva spottend. Of is het minachtend? Met haar weet ik het nooit. Misschien is het wel honend. Ze zegt het alsof Las Ricky Chickies – een internetforum ter ere van sexy popster Ricky Biscayne – het stomste is wat er bestaat. In haar ogen is dat waarschijnlijk ook zo. Zij organiseert per slot van rekening feesten voor iedereen die rijk en beroemd is, en daar wordt ze goed voor betaald. Zo goed, dat ze honderdduizenden dollars per jaar verdient en zich als een snob kan gedragen, alsof het iemand iets interesseert dat Fat Joe bergen kaviaar of iets dergelijks heeft besteld voor het feest voor een of andere ordinaire rapper. Ze heeft pas een nieuwe, witte BMW voor zichzelf gekocht. Ik rij in een waanzinnige, kotsgroene Neon. In tegenstelling tot gewone stervelingen zoals wij, hoeft zij niet op andere, alledaagse manieren contact te zoeken met haar idolen.

Voor de duidelijkheid, Ricky Biscayne is een Latin-popster uit Miami, half Mexicaans-Amerikaans, half Cubaans-Amerikaans en hij is mijn obsessie. Ik hóú van hem. Ik hield al van hem toen hij als salsazanger begon, ik hield van hem toen hij Grammy's won in het Latin-popgenre en ik hou nog steeds van hem nu hij zich in de wereld van de Engelstalige popmuziek begeeft. Ik hou zo veel van hem dat ik secretaris ben van Las Ricky Chickies, de onofficiële online fanclub van Ricky Biscayne. Ik ben niet alleen lid van deze club, maar ook van een boekenclub in Coral Gables, Las Loquitas del Libro (de gekke boekenmeisjes), die wekelijks bijeenkomt bij Books & Books. Je zou kunnen zeggen dat ik een meeloper ben. Dat is het verschil tussen Geneva en mij. Zij gaat haar eigen weg en verwacht dat iedereen volgt. Het kloterige is dat ze dat meestal ook doen.

Geneva laat zich achterovervallen op het bed en pakt een van mijn troetelberen, gooit hem in de lucht en geeft hem een harde stomp als hij neerkomt. Vervolgens gooit ze de beer naar de Ricky Biscayne-poster op mijn kastdeur alsof ze iets duidelijk wil maken.

'Als je het zo nodig wilt weten, we gaan live chatten tijdens Ricky's optreden in *The Tonight Show*.'

Ik kijk naar de roze Hello Kitty-wekker op mijn nachtkastje en dan naar de tv op het doorgezakte metalen tafeltje in de hoek. We hebben kabel. Je zou het niet zeggen, maar toch is het zo. Dat heeft mijn vader, die een exportbedrijf heeft en wiens dure stropdassen altijd scheef zitten, weten te versieren. Cubaanse vernuftigheid, zeker. We gooien nooit iets weg, ook al zijn we echt niet arm. Mijn vader probeert gewoon alles te repareren of hij maakt er een nieuwe uitvinding van. Het huis staat vol met troep. Troep en vogels. Kanaries. We hebben vier vogelkooien door het huis staan, en een van de vele vieze karweitjes die ik moet doen is ze schoonmaken.

'Denk je dat Ricky het goed zal doen in het Engels, Milan?' vraagt Geneva op een toon die laat doorschemeren dat ze het antwoord al weet en dat het 'nee' is. Ze draait zich op haar buik en probeert weer op het scherm te kijken. 'Hij is zo afgezaagd. Ik kan me niet voorstellen dat een Amerikaans publiek daarvoor gaat.'

'Ricky is goed in alles wat hij doet,' zeg ik. Ik weerhoud mezelf ervan haar foutief gebruik van het woord 'Amerikaans' te corrigeren, omdat ze alleen Engelssprekende Amerikanen bedoelt. Ik ben een Amerikaan. Ricky ook. De meesten van zijn miljoenen fans zijn dat. 'Hij is volmaakt.'

Geneva lacht snuivend en bijt op haar korte, afgekloven, verminkte nagels, haar enige tekortkoming. Het enkelknakken is erg, maar het nagelbijten is nog erger. Het maakt een tikkend geluid als een auto die niet wil starten. *Tik, tík. Tik, tík.* 'Is het niet een beetje kinderachtig om op jouw leeftijd geobsedeerd te zijn door een popster, Milan?' vraagt ze. 'Ik bedoel, ik wil niet flauw doen, maar…'

'Hou eens op met dat nagelbijten,' zeg ik.

'Sorry,' zegt ze. Maar ze doet het weer, deze keer heel dicht bij mijn oor.

'Waarom ga je niet naar je eigen huis?' vraag ik, en ik duw haar handen weg. 'Jezus.'

'Appartement,' corrigeert ze me. 'In Portofino.' Juist. Hoe kon ik vergeten dat Geneva, directeur van een partybedrijf dat miljoenen waard is en rappers en Latijns-Amerikaanse soapsterren op zijn klantenlijst heeft staan, net een heel duur appartement heeft gekocht in een van de duurste gebouwen in Miami Beach. Enrique Iglesias is haar buurman. Ze heeft voor de grap al eens gezegd dat ze hem van zijn beeldschone Russische tennisvriendin wil afpakken. Ik kon er niet om lachen, dat moge duidelijk zijn.

'Wat moet je hier?' vraag ik. Belle is met een van mijn lage, comfortabele sandalen onder het bed vandaan gekomen en is bezig het ding te vermoorden of te berijden. 'Het is laat. Ga naar huis. En neem die rat alsjeblieft mee.'

'Mam vroeg of ik haar wilde helpen met de voorbereidingen voor een show,' zegt Geneva. Wonder boven wonder pakte ze de sandaal van de hond af. 'O, mag ik hier niet meer komen? Moet ik weg?'

Ik wil net 'ja' zeggen als onze moeder, Violeta, presentatrice van een AM-radiopraatprogramma, als een huisvrouw uit de jaren vijftig de kamer binnen komt zwieren met een blad met melk en koekjes. Ze blijft staan als ze ziet dat we bijna ruzie hebben, dat ik wegkruip voor Geneva en Geneva zich over me heen buigt om me de doodssteek te geven. Mama kent ons heel goed en dat is aan haar blik te zien, althans aan wat er over is van haar gezicht. Ze heeft de afgelopen jaren zo veel plastische chirurgie ondergaan dat ik haar nauwelijks meer herken. Ze ziet eruit als een strakgetrokken hagedis met een Julie Stav-kapsel.

'Wat is hier aan de hand?' vraagt ze. Ze steekt haar heup naar voren. Net als Geneva is onze moeder slank en knap, en ze steekt haar heup naar voren om de indruk te wekken dat ze *caderas* heeft. Voor de duidelijkheid: ik heb de caderas – heupen – die mijn moeder en mijn zus niet hebben. Ik ben een peer. Ik ben een beetje te dik omdat ik verslaafd ben aan guave en de pastelitos met kaas van Don Pan, maar ik heb toch nog een taille. Sommige mannen houden van dat figuur, maar over het algemeen zijn dat niet de mannen van wie ik hou. Ik schijn op mijn halfbloed oma te lijken, hoewel ik het blankste lid van onze familie ben. De Gotays vertegenwoordigen het hele spectrum, van zwart naar blank en weer terug, ook al schijnt alleen Geneva toe te willen geven dat we Afrikaans bloed hebben.

Mijn moeder en Geneva lijken op elkaar, vroeger althans, voordat mijn moeder een tweede Joan Rivers werd met haar goudblonde boblijn. Mama draagt een hoge beige kuitpantalon, vast van Liz Claiborne, haar lievelingsmerk, met een zwarte zijden trui met korte mouwen. Ze is al net zo gek op zwart als Geneva. Mama's borsten zijn onlangs gelift, en zo te zien hebben ze heel tevreden de overgang naar hun parmantigere beha gemaakt. Wist je dat ze een soort golftee onder je tieten plaatsen die aan je borstkas zit om ze op hun plek te houden? Goor. Bovendien klopt er iets niet als de borsten van je moeder parmantiger zijn dan die van jou, toch?

'Alles goed hier?' zegt mama weer.

Geneva en ik halen onze schouders op.

Mama tuit haar lippen. Ze waren vroeger dunner dan nu. Ze zijn op de een of andere manier opgeblazen, als een soort kleine, roze fietsbanden. 'Er is iets aan de hand,' zegt ze. Ze zet het blad op mijn Holly Hobby-kast naast het porseleinen beeldje van La Caridad del Cobre. Met haar rode, gemanicuurde nagels tikt ze op het blad van de kast en kijkt ons nijdig aan. Dat denk ik, tenminste. Ik probeer haar lichaamstaal te analyseren, alsof ze nu een kat is en alleen nog maar haar gevoelens kan uitdrukken door haar rug te krommen of zoiets. Het zou mama goeddoen als ze een staart had.

'Volgens mij wil Milan dat ik ga,' zei Geneva. 'Mama, ze is zo onaardig.'

Voordat ik de kans krijg om te liegen, slaakt onze moeder een zucht en bezorgt ze ons allebei zo'n schuldgevoel dat we als verlamd zijn. Ik wil haar redden. Ik wil haar gelukkig maken. Ik haat het dat ik een teleurstelling voor haar ben. Mama zegt: 'Jullie twee. In Cuba zouden jullie nooit zo met elkaar omgaan.'

Geneva staat op en loopt naar het blad met koekjes toe. 'Mag ik er een?' vraagt ze aan mama. Mama steekt met haar bekende gebaar een hand in de lucht om aan te geven dat ze haar gang kan gaan, maar ze blijft naar mij kijken en fronst haar wenkbrauwen.

'Als dit om die toestand met die jongens gaat,' zegt ze. '*Tú tienes que solidair de tot ésto*, Milán.'

Ik kijk naar de televisie en negeer het feit dat ze me zojuist in het Spaans heeft gezegd dat ik maar moet vergeten dat Geneva mijn mannen van me heeft afgepakt. Jay Leno is zo te zien zijn dierentuindierensegment aan het afronden, nadat hij enkele minuten een leeuwenjong heeft geaaid. Ricky komt zo. Ik zet het geluid aan en kijk naar het scherm. 'Sst,' zeg ik. 'Ricky komt zo. Wees nou alsje-blieft stil.'

'Het hemd is nader dan de rok,' zegt mama, en ze ijsbeert door de kamer. Onze moeder blijft zelden stilstaan. Ze is zenuwachtig, ge-spannen en gemotiveerd, net als Geneva. Mama loopt langs Belle – we hebben allebei een afkeer van honden, mijn moeder en ik – en pakt een stapel tijdschriften op met Ricky op de voorkant. Ze slaakt een zucht en klakt met haar tong naar me. 'Ricky, Ricky, Ricky,' zegt ze, als ze een voor een de tijdschriften laat vallen, alsof Ricky haar uitput. 'Ik word niet góéd van die Ricky.'

'Ga zitten, mam,' zegt Geneva met een kokosbal in haar mond. 'Dit wordt lachen. Ik wil wel eens zien hoe hij op de nationale tele-visie op zijn bek gaat.' Geneva neemt het blad mee naar het bed en zet het naast me neer. Zelf gaat ze op de grond zitten met een hoop geknak van mishandelde gewrichten. Belle kruipt bij haar op schoot en likt een korreltje kokos van haar kin. Geneva vindt dat kennelijk niet vervelend. 'Milan? Koekje?'

Ik pak een kokosbal en neem een hap. Hij is stevig en zo zoet dat ik mijn ogen even dichtknijp; hij bestaat alleen uit suiker, vanille-ex-tract en gemalen kokos in dikke siroop. Het is de smaak van mijn jeugd, suiker en kokos. Cubanen eten suiker zoals Amerikanen brood eten, en ik wil niet weten hoe mijn alvleesklier eruitziet. Al kauwend log ik in bij de chatroom en begroet ik de eenentwintig andere Ricky Biscayne-fans die er zijn. Ik ken ze allemaal bij hun screennaam. Mijn moeder en Geneva kijken naar mij en vervolgens met opgetrokken wenkbrauwen en een zelfvoldane, mooie mond naar elkaar. Best. Ik weet het wel. Ze vinden me zielig. Een nerd.

'Minstens twintig keer kauwen, Milan,' zegt mama. 'Je bent geen slang. Er zitten allemaal kruimels op je shirt.'

'Nachthemd,' corrigeer ik haar.

'Dat is bij jou niet altijd duidelijk,' zegt mijn zus.

'Sst,' zeg ik. 'Laat me nou met rust. Ik wil naar Ricky kijken.'

'Dat haar,' zegt Geneva. Ze raakt mijn paardenstaart aan. Belle hapt naar mijn levenloze lokken en ik droom ervan haar door de ka-mer te slingeren. 'Highlights zouden jou heel goed staan. Mag ik alsjeblieft een metamorfose bij je doen, Milan? Hè, toe?'

'Highlights zouden je prachtig staan,' beaamt mijn moeder.

'Sst,' zeg ik.

'Je zou je haar eens door je zus moeten laten doen,' zegt onze moeder.

'Sst,' zeg ik tegen ze, terwijl ik Las Ricky Chickies aan het begroeten ben. 'Laat me met rust.'

'Hoe gaat het met je gezicht, mama?' vraagt Geneva. Mijn moeder heeft pas een facelift gehad, wat verklaart dat ze op het moment een pony heeft in haar boblijn.

'O, ik voel me fantastisch, beter dan ooit,' zegt mama. Haar vrolijkheid is me een raadsel.

'Sst,' zeg ik.

'Deed het pijn?'

'Helemaal niet,' zegt mama. Hoeveel operaties en andere verbeteringen ze ook laat doen, onze moeder zegt altijd dat ze zich naderhand fantastisch voelt. Ik kijk even naar haar. Ik kan niet zien of ze glimlacht of niet. Ik dénk het wel. Ze neemt een slokje melk en kijkt verrast terwijl ze door haar rubberachtige lippen in een kokosbal bijt. Ik weet best dat ze niet echt verrast is. Er is niet veel wat haar verrast.

Op tv houdt Jay Leno een cd voor de camera. Het is dezelfde foto als de poster op mijn kastdeur. De kast zelf zit vol met goedkope linnen werkkleren van de Dress Barn. Zielig, ik weet het. Ik heb mijn kamer ingericht als een schoolmeisje en kleed me als een secretaresse van middelbare leeftijd. Maar ik heb plannen. Als ik hier weg ben, neem ik echte meubelen en schilderijen of zo. Als ik tien kilo ben afgevallen, koop ik echte kleren. Tot die tijd vind ik het zonde van het geld. Nee, echt. Als je wist waar ik tegenop moet boksen, alle implantaten en hoge hakken die door Miracle Mile paraderen, hun volmaakte lichaampjes die Starbucks in en uit huppelen om maar gezien te worden, dan zou je weten dat je jezelf bijna beter kunt verstoppen, als je niet het spectaculaire *cuerpazo* van een *Sábado Gigante*-model hebt. Dit is een stad waar het concept 'mooi' onmogelijk is, waar dikbuikige mannen in een lange broek met riem staren en vrouwen dagelijks uren en een vermogen besteden om aangestaard te worden. Daar heb ik geen tijd voor. Misschien ook wel, maar dan heb ik het geduld er niet voor. En als publiciteitsmedewerker voor laxeermiddelen heb ik er zeker het geld niet voor. Waag het niet om me te bekritiseren. Dat doen ze thuis al genoeg.

Leno kijkt naar een glanzende foto van Ricky's volmaakt gebruinde wasbordje en lijkt opeens een mond vol citroensap te hebben.

'O, jee,' jammert hij. 'Trek toch iets aan!' Het publiek lacht. De presentator grijnst en zegt: 'Veroordeel hem niet om dat wasbordje. Hij is eigenlijk een toffe gozer. Dames en heren, een hartelijk welkom voor de nieuwste latino-sensatie, Ricky Biscayne!'

'O, Ricky,' joelt mijn zus om me belachelijk te maken. 'Je bent zo'n schatje!' Belle keft instemmend.

Ik ga rechtop zitten en houd mijn adem in. Opeens is alles te luid. Mijn moeders gespannen ademhaling door haar vijf jaar oude neuscorrectie. Belles hypere gehijg. De koele bariton van de airco die bromt en het kwetterende nachtlied van de vogels en de kikkers in de achtertuin. Zelfs met het raam dicht maken de beestjes lawaai. 's Avonds krioelt het in Miami van dit soort dingen, beesten met iets slijmerigs of glimmends op hun rug, beesten met kraalogen en zuignappen op hun grote boosaardige poten. Daarom ben ik 's avonds dus liever binnen. Overdag is Miami een van de mooiste steden ter wereld. 's Avonds is het eerder Mars.

Geneva knakt met haar enkels en tikt met haar nagels. Ik pak de afstandsbediening van het bed en druk een paar keer op de volumeknop. Ik wil Ricky's grootse moment niet missen.

Met een vurig geschal van trompetten en conga's begint het vrolijke nummer en gaat Ricky dansen. 'Dansen' is eigenlijk veel te slap uitgedrukt voor wat hij doet. Hij bedrijft eerder de liefde met de lucht, hij draait met zijn heupen, beweegt zich ritmisch, wiegt heen en weer. O, schatje. Hij is een sierlijke en heel mannelijke danser. Dat vinden mensen het opvallendst aan hem. Zijn heupen, de stotende en draaiende bewegingen, allemaal met die vrolijke, ondeugende grijns op zijn gezicht en die glanzend witte tanden. Filmstertanden. Geen grammetje vet, maar zuivere, gemodelleerde gratie. Hij heeft zo'n kontje dat je het liefst wilt vastpakken en waar je je nagels in wilt zetten. Of je tanden.

De camera zoemt uit naar zijn band en richt zich even op een kalende roodharige man die met één hand gitaar speelt en met de andere keyboard. Hij heeft een microfoon op zijn keyboard en zingt er vol hartstocht in.

'Die vent lijkt wel een kleine Conan O'Brien,' zegt Geneva.

'Sst,' zeg ik. De kleine Conan kijkt in de camera en ik krijg een merkwaardig gevoel vanbinnen; hij is lang niet zo knap als Ricky, maar hij is beslist aantrekkelijk. Eh. Misschien ook niet. Misschien ben ik gewoon een groupie die elk lid van de band wel wil nemen om een kans te maken bij de leider.

Ga terug naar Ricky, denk ik. Waarom staat de camera op deze man gericht? Wie is er nou in de achtergrondmusici geïnteresseerd als Ricky op het podium staat? Ik bedoel maar. De camera zwenkt weer naar Ricky en iedere vrouw op aarde herkent zijn ultieme mannelijkheid, zelfs mijn moeder die haar gespannen kaak heeft laten zakken bij het zien van zijn gekronkel. Is dat kwijl in haar mondhoek? *Asquerosa*. Misschien heeft ze geen gevoel meer in haar lippen. Ze heeft me een keer verteld dat ze tijdens haar borstcorrectie haar tepels er letterlijk afgehaald hebben en op een andere plek hebben teruggeplaatst. Walgelijk.

'Ik zou zo met hem trouwen,' zeg ik hardop, terwijl ik nog een kokosbal van het roze plastic blad pak. 'Ik zou geen seconde aarzelen.'

'*No serías feliz*,' zegt mijn moeder en ze bedoelt: je zou niet gelukkig zijn. Volgens mij vertelt ze me minstens één keer per dag dat ik niet gelukkig zou zijn wanneer ik haar vertel wat ik zou willen.

Gelukkig? Met Ricky? Eh, misschien niet. Maar wie heeft gelúk nodig als je zo'n lichaam naast je in bed hebt liggen? Ik zou de hele godvergeten dag janken, pakjes papieren zakdoekjes verslijten met mijn tranen en snot, als het betekende dat ik 's avonds tekeer kon gaan met Ricky Biscayne.

Ik werp een blik op Geneva en tot mijn verbazing lijkt ze gebiologeerd door Ricky. Ze kijkt beschaamd en volgens mij heb ik dat nooit eerder gezien.

'Zie je nou?' zeg ik tegen haar. 'Hij maakt zich helemáál niet belachelijk.'

Geneva trekt haar wenkbrauwen op, kijkt de kamer rond en kijkt dan naar mij. 'Nee,' zegt ze. 'Hij is eigenlijk best goed, tot mijn verbazing.'

'Hij wordt mega,' zeg ik.

'Zou kunnen,' zegt Geneva. 'Misschien heb je gelijk.'

'Ik zei het toch,' zeg ik. 'Je had me moeten geloven. Ik bedoel, meestal bevalt mijn smaak in mannen je wel.'

Geneva negeert deze steek onder water en gaat in haar idiote tasje met DIOR in grote ordinaire letters op de zijkant op zoek naar haar telefoon. Ze klapt hem open, toetst een nummer in en vertelt op luide toon dat ze Ricky Biscayne als investeerder wil hebben voor haar nieuwste zakelijke onderneming, Club G, een nachtclub in South Beach die ze dit jaar wil openen. 'Ik weet het,' zegt ze. 'Ik dacht ook dat hij niet meer voorstelde dan die kettingen en dat matje. Maar nu niet meer. Hij is hartstikke goed. Volgens mij heeft hij het in zich om een ster te worden. Dat zoek ik. Breng me in contact met zijn mensen.'

'Sst,' zeg ik. Geneva pakte haar helse hond en praat verder op de gang. Goddank. Ik hoef haar hier niet.

'Ik ga je *abuelito* binnenhalen,' zegt mijn moeder, en ze staat van het bed op. Ze gaat in beeld staan met haar platte in Liz Claiborne-pantalon gehulde kont. Het is een mama-spijkerbroek, maar dan een pantalon. Ze bedoelt dat ze mijn opa van de veranda gaat halen, waar hij graag zit, op de uitkijk voor communisten.

'Ga weg!' zeg ik, en ik probeer langs haar naar Ricky te kijken.

'Je hebt een hobby nodig,' zegt mijn moeder in het Spaans. Ze probeert me in mijn arm te knijpen. Toen we klein waren, kneep ze ons om onze aandacht te krijgen. Ik sla haar hand weg en ze zegt: 'Dat gedoe met Biscayne is absurd. Je bent toch geen klein meisje meer.'

Knijp me dan ook niet. 'Je moet opzij gaan,' zeg ik, en ik geef haar een duw. Ik sta op het punt om haar te vertellen dat ik alles weet van haar volwassen 'hobby' in La Broward, maar ach. Het is niet beleefd om je moeder te vertellen dat je weet dat ze het met een Joodse plastisch chirurg doet. Ik ben haar een keer gevolgd en heb ze toen bespied. Hij is behoorlijk gespierd voor een oude vent, net als die ene man, Jack LaLanne. Hij heeft een rare oranje tint en grote, dikke aderen als blauwe wormen in zijn nek. Papa doet het al jaren met domme blondjes – zijn secretaresses en zo – dus is het niet meer dan eerlijk. En dan vraag je je af waarom ik nog single ben?

Ze slaakt een zucht en loopt de kamer uit. Ik geef me tevreden over aan Ricky's optreden. Ik hunker al naar hem sinds zijn eerste hit op WRTO Salsa, tien jaar geleden, en verlang nog steeds op kloppende, stotende manieren naar hem, waar ik me voor schaam. Er zal wel een soort gebrek zitten in de genen van de vrouwen in deze familie, ik zweer het je. We zijn net een stel loser nymfo's, vooral Geneva, die mannen stelende hoer. Oeps. Dat heb ik niet gezegd.

De camera zoomt in op Ricky in zijn nauwsluitende, modieuze spijkerbroek en strakke bijna doorzichtige donkerblauwe tanktop, zijn bruine armen als ronde gespierde kabels. Mijn mond valt open, terwijl ik in zijn hypnotiserende ogen staar. Hij is net een boosaardige medicijnman die bezit neemt van mijn ziel. Nee, echt. Hij kijkt alleen maar in de camera. Maar ik kan er niets aan doen, ik heb het overweldigende gevoel dat hij recht in mijn ziel kijkt. De teksten zijn voor mij bedoeld. Ze gaan over de liefde van een man voor een eenvoudige, maar gecompliceerde en onderschatte vrouw. Geen andere man zingt met zo veel eerbied voor de gewone vrouw. Dat meen ik. Ik bedoel, niet dat ik gewoon ben. Ik ben alleen in Miami gewoon. En bij hoge uitzondering is er nu eens een man die weet dat een vrouw als ik ook wild, hartstochtelijk, wellustig en interessant kan zijn.

Het refrein is afgelopen en gaat over in een *timbale*-solo. Ricky danst weer samen met de achtergronddanseressen. En als hij een sexy salsapas inzet, met een mannelijke hand op zijn buik, precies op die plek waar bij mannen een zondig lijntje haar tevoorschijn komt, en zijn andere hand in de lucht alsof hij mijn warme, kleine vingers vasthoudt, verslik ik me bijna in de laatste kokosbal. Het ene moment grijnst hij als de jongen van hiernaast met kuiltjes en volle lippen; het volgende moment fronst hij zijn wenkbrauwen, heeft hij een vastberaden en heroïsche kaaklijn en branden zijn ogen van donkere lust en macht. Er gaan schokjes door mijn zenuwstelsel en ik krijg kippenvel van zijn lichaamsbewegingen. Ricky Biscayne is zonder enige twijfel de meest sensuele man op aarde. Hij stoot zijn heupen naar voren en naar achteren en ik corrigeer mezelf. Hij is de meest sensuele man in de Melkweg.

Als hij zijn mond opendoet om het laatste couplet te zingen, zeg ik een gebedje tegen het beeld van La Caridad del Cobre. De vredige maagd kijkt me meelevend aan vanaf haar plek op de witte Holly Hobby-ladekast, en porseleinen blauwe golven kabbelen over haar voeten. Alleen God weet dat ze me heel veel kinky, eenzame dingen heeft zien doen op deze kamer, soms met onschuldige slachtoffers zoals haarborstels en tubes make-upremover. Dat wil je niet weten. Maar goed, het verbaast me dat ze me tolereert. Het verbaast me dat ze geen bliksemschicht op me af heeft gestuurd vanwege mijn hartstochtelijke, luie libido.

'Heilige Maagd,' zeg ik. 'Help me alstublieft om deze man te ontmoeten. Ik heb er alles voor over.'

'Alles?' lijkt de maagd te vragen.

'Alles,' zeg ik.

Jezus, álles doet zeer. Het was gisteren weer een slome dag op de brandweerkazerne, alleen een paar oproepen van vaste klantjes, een eenzame diabeet en een bejaarde dakloze die precies weet wat hij moet zeggen om een ambulance te laten uitrukken: ik heb pijn op mijn borst. Ik krijg geen lucht. Ik ben duizelig. Ik heb geen gevoel meer in mijn arm. Dus als ik geen therapeut speelde voor de eenzamen en wanhopigen in Zuid-Florida, was ik uitgebreid aan het gewichtheffen op de kazerne. Tommy en ik deden wie met het grootste gewicht diepe kniebuigingen kon maken en ik won. Inderdaad, je hoort het goed, zei ik tegen ze, dit 'meisje' is sterk. Ze kunnen nog steeds niet geloven dat ik ze ver achter me laat tijdens de sportkeuring, maar ze draaien al wat bij.

Ik ben niet heel groot, of zo, gewoon gespierd, lang en tanig, zoals een professionele volleyballer. Dat had ik nog kunnen zijn ook, als ik geen kind had gekregen toen ik nog op de middelbare school zat. Ik ben altijd atletisch geweest en ik let op wat ik eet. Ik eet wel, maar ik eet gewoon een heleboel proteïnen en groenten. Een gemiddelde lunch bestaat voor mij uit een blikje tonijn, die ik met een vork eet, en een zakje gegrilde groenten met een bolletje rijst. Saai, maar wel effectief. Toen ik vijf jaar geleden bij de brandweer kwam, was ik de eerste vrouw van Kazerne 42. Ze hadden behoorlijk wat twijfels bij een brandweervrouw. Nu niet meer. De meeste mannen hebben er in elk geval geen moeite mee. L'Roy lijkt nog steeds beledigd, maar dat is waarschijnlijk omdat ik hem heb afgewezen en hij geilt al vanaf de eerste dag op me.

Ik ben nu thuis in mijn groen gepleisterde huis in Homestead en heb vier dagen vrij. Zo werken we, twee hele dagen op, vier dagen af. Ik ben kapot en wil slapen, maar mijn koortsige dochter van dertien ligt met haar hoofd op mijn schoot. Ze snuft, kampt met de griep. Ik voel zelf ook een kriebel in mijn keel, maar als alleenstaande moeder weet ik dat ik niet ziek kan zijn. Ik zal wat pillen en koffie naar binnen werken en doorploeteren. Alleenstaande moeders mogen niet ziek worden; wij slikken ons beter. Het goede nieuws is dat ik misschien de kans krijg om te chillen nu ik vier dagen vrij heb. Ik zei misschien.

Misschien krijg ik ook wel de kans om mijn nieuwe man te zien. Zei ik 'man'? Voorafgegaan door het woord 'mijn'? Wauw. (Brede grijns!) Ik geloof het wel. Ik ben niet verlíéfd, hoor, maar ik heb een maatje gevonden. Ik heb het mijn dochter nog niet verteld, of mijn moeder, nog niemand. Wat zou ik ze moeten zeggen, vraag je je af? Het volgende: ik heb een paar geheime lunchafspraakjes met een plaatselijke gescheiden politieagent gehad die Jim Landry heet. Hij is lang, dat komt goed uit, want met mijn een meter achtenzeventig ben ik niet bepaald klein. Hij is zeker een meter negentig, heeft grijsblond kort haar, precies wat ik mooi vind. Hij is fit, net als ik, en hij neemt zijn taak om het volk te beschermen heel serieus.

Het enige wat ik eigenlijk niet leuk vind aan Jim Landry is dat hij een wedergeboren christen is en het altijd over God heeft. Hij gaat op dinsdagavond naar de kerk. Hij heeft een vis op zijn auto. Ik bedoel, ik heb er respect voor, maar ik snap het niet. Ik ben katholiek opgegroeid, Iers katholiek, en ik lees graag boeken van Joseph Campbell, en ik denk na over de godsdiensten in de wereld en wat ze voor iedereen betekenen, dus hoef ik niet zo nodig constant Jezus door mijn strot geduwd te krijgen. Maar de mannen vallen ook niet bepaald in bosjes aan mijn voeten neer, zeker niet de leuke, beschikbare mannen, dus zal ik eerst eens kijken of ik me kan aanpassen aan Jims geleuter in ruil voor seks.

Ik kom hem wel eens tegen bij een brand en hij verraste me door me vorige maand mee uit te vragen. We hebben drie keer geluncht en ook al lijkt het oppervlakkig, we hebben een bepaalde chemie en we passen goed bij elkaar, zelfs als hij uien eet. Hij is de enige man die ik ken die niet stinkt na het eten van uien. We hebben gisteren pas voor het eerst gevrijd bij hem thuis; het was niet wereldschokkend, maar het was fijn. Ik had het in geen jaren gedaan. Dus ach, op die griep na, voel ik me jong en sexy als ik aan hem denk. Het is fijn om weer eens een reden te hebben om mijn benen te scheren. Ik voel me lekker.

Ik streel Sophia's golvende, donkerbruine haar en probeer niet te denken aan de slapeloze nacht die voor me ligt. Ik denk terug aan de seks van gisteren, aan Jims donkerbruine ogen en de feromonengeur in zijn nek. Ik was dat dierlijke gevoel van rust vergeten dat over je heen komt als je de muskuslucht in de nek van een man ruikt.

Mijn dochter en ik liggen boven op het donzen dekbed met de zachtlila overtrek. Het beddengoed was eigenlijk veel te duur, maar ik vond het zo mooi dat ik het toch heb gekocht. Ik ben een fantastische etalagekijkster, en soms zwicht ik en gebruik ik mijn creditcards. Meestal ben ik niet zo impulsief, maar als je toch alleen in bed ligt, kun je het je maar beter gemakkelijk maken, was mijn theorie. Mijn slaapkamer is mijn oase, een roomkleurig en paars toevluchtsoord. Sophia zucht en ik zou haar direct beter willen maken. Hadden moeders die macht maar.

Ik kreeg haar toen ik veertien was, bijna vijftien. Net een jaar ouder dan zij nu is. Ik voelde me toen niet zo jong als ik haar nu vind, maar ik besef nu dat ik ook nog maar een kind was. Ik heb haar in mijn eentje opgevoed en maakte de lange uren op mijn werk, eerst als serveerster en winkelbediende en de afgelopen vijf jaar als brandweervrouw, goed door samen in een bed te slapen in een eenkamerflatje. Misschien was het egoïstisch van me dat ik Sophia's warmte en geruststellende ademhaling dicht tegen me aan wilde voelen. Toen ze tien was, kondigde Sophia aan dat ze net als haar vriendinnetjes een eigen kamer wilde, en toen heb ik dit huisje via een speciaal fonds gekocht. Ik wil niet in Homestead wonen, maar mijn inkomen biedt me niet veel mogelijkheden. Ik rijd graag door Coral Gables en Coconut Grove om naar huizen te kijken. Als ik de lotto won, zou ik daar gaan wonen in een van die oude steden met grote bomen en veel schaduw. Homestead is te licht, te warm.

Ik kus haar op het voorhoofd. Mensen zeggen dat tieners geen goede moeders kunnen zijn, maar dat was ik wél. Ik was een verdomd goede moeder en dat ben ik nog steeds. Ik wist wat ik moest doen om een goede moeder te zijn, omdat het precies het tegenovergestelde was van alles wat mijn ouders hadden gedaan. Niet roken, niet drinken, geen drugs gebruiken, geen uitkering aanvragen, je kind niet slaan, je partner niet slaan waar je kind bij is, zorgen dat je niet dakloos wordt, niet in je auto wonen, je auto niet verkopen voor eten, niet jarenlang vergeten de tanden van je kind te poetsen en je kind over het algemeen niet alleen laten. Die regels waren makkelijk. Het is ook een leuke meid. Ze voetbalt, haalt goede cijfers op school, heeft vrienden, zingt in een koor. Een leuke meid. Ik vind het afschuwelijk als mijn kind ziek is, maar ik kan je wel zeggen dat ik het heerlijk vind om mijn kleine meisje weer even terug te hebben.

Sophia kijkt met grote honingbruine ogen naar me op en de huid op haar hoge jukbeenderen is rood van de koorts. Mensen die ons niet kennen, denken meestal dat we vriendinnen zijn in plaats van moeder en dochter. Sophia is lang, net als ik, en ze ziet er ouder uit dan ze is. En mensen kunnen soms niet geloven dat wij familie van elkaar zijn omdat onze kleur zo anders is. Ik ben van nature blond, met blauwe ogen, een gebruinde huid en een hoekig gezicht. Mijn korte haar steekt in wilde pieken uit. Lang haar staat me net zo goed als kort haar, maar ik draag het zo, want als je je naar een brand haast, heb je geen zin om je met je haar bezig te moeten houden. Sommige mannen op de kazerne zeggen dat ik hen doe denken aan een jonge Meg Ryan. Anderen zeggen Jenna Jameson, maar volgens mij is dat alleen bedoeld om me op de kast te krijgen. Dat lukt ze niet. Ik lach gewoon met ze mee; de beste verdediging.

Sophia daarentegen heeft de huidskleur van een geroosterde cashewnoot. Ze is bijna net zo lang als ik en wordt waarschijnlijk nog langer. Ze is een stevige meid. Haar donkere golvende haar komt tot halverwege haar rug, op een wilde manier die me doet denken aan vrouwen uit Arthur-legendes. Zoals Guinevere, of zo. Sophia is niet dik, maar haar heupen en dijen zijn breder dan de mijne en ze heeft nu al een maat groter dan ik. Ik heb maat 38; Sophia heeft maat 40. Soms kan ik niet geloven dat mijn kind al zo groot is. Het is echt net alsof ze nog geen week geleden is geboren. We hebben dezelfde neus en mond, en als we mensen vertellen dat we moeder en dochter zijn, zien ze het.

'Probeer maar wat te slapen,' zeg ik. Is dat te veel gevraagd? Zodat ik ook kan slapen. Maar net als Sophia haar hoofd weer op het kussen legt, wordt er zachtjes op de houten lijst van de slaapkamerdeur geklopt. De deuren zijn hol en versplinteren gemakkelijk. Het teken van een goedkoop huis. Ooit wil ik een beter huis. En dat gaat me lukken ook. Let maar eens op. Als ik brandmeester word en dan hoofdbrandmeester. Maar voorlopig kan dit ermee door.

Mijn moeder Alice, die nu zesenveertig is, steekt haar hoofd om een hoekje en glimlacht sarcastisch terwijl ze een grote, bruine, kunststof bril hoger op haar smalle neus duwt. Sinds de dood van mijn berooide, altijd dronken vader vijf jaar geleden, woont Alice

– hulpeloos zonder haar verslaafde man – bij ons en slaapt ze op de slaapbank. Alice rookt in een bloemetjesschort sigaretten in de voortuin. Ze mag van mij niet binnen roken. Ze gaat nog steeds om met haar motorkroegvrienden, een weerzinwekkend stelletje racistische boerenpummels aan wie ik al tientallen jaren een hekel heb. Sommige dingen veranderen nooit. Alice al helemaal niet. Ik vind het verschrikkelijk dat ze hier woont, maar ik heb het lef niet om haar het huis uit te zetten. Iemand in de steek laten is haar specialiteit, niet de mijne. Ik ben heel ver de andere kant op gegaan in de richting van medeleven en vrijgevigheid.

'Ik dacht dat je wel wilde zien wie er vanavond rijk wordt in *The Tonight Show*,' fluistert Alice. Ik zeg geen 'mama' tegen haar omdat ik vind dat je die titel moet verdienen. Een lichte stank van kattenpis drijft de kamer binnen; ik moet de kattenbak in het kleine washok naast de garage verschonen. De korrels verspreiden zich over de vloer en gaan het hele huis door. Ik moet ook stofzuigen. Ik heb nooit genoeg tijd, lijkt het, om alles te doen. Je zou denken dat Alice wel een beetje meehelpt, maar nee. Dat zou te attent van haar zijn.

Terwijl Alice in haar goedkope legging en Lynyrd Skynyrd T-shirt de gang weer in sloft, mompelt ze: 'Waardeloze Mexicaanse klootzak.' Ik weet direct over wie ze het heeft.

Met bonzend hart pak ik de universele afstandsbediening van mijn onbewerkte esdoornhouten nachtkastje, houd de batterijen vast – de achterkant van het ding ben ik al jaren kwijt en ik heb geen vertrouwen meer in de plakbandmethode – en richt hem op de kleine witte tv op mijn onbewerkte ladekast. En ja hoor, daar heb je mijn vriendje van de middelbare school, Ricardo Batista, of zoals de wereld hem nu kent, Ricky Biscayne, die zijn longen uit zijn lijf zingt. Hij ziet er heel gewoon en onschuldig uit op tv. Op tv lijkt hij bijna een aardige vent.

'Wie is dat, mama?' vraagt Sophia. Ze gaat rechtop zitten en wrijft in haar ogen. Volgens mij zijn ze ontstoken. We moeten maar naar de huisarts.

Ik kijk naar het golvende, donkerbruine haar van Ricardo en naar zijn hoge jukbeenderen die rood zijn van het zingen. Ik kijk naar zijn grote honingbruine ogen en de pijn van toen hij me in de steek liet overspoelt me alsof het een paar minuten geleden is gebeurd in plaats van jaren terug.

'Dat is een jongen die ik nog van school ken uit Fort Lauderdale,' vertel ik haar, met een geforceerde glimlach en een pijnlijke herinnering aan de eerste keer dat ik verliefd was. Veertien jaar geleden om precies te zijn. 'Ga maar lekker slapen, lieverd.'

Vijfenzestig kilometer naar het noorden, in Bal Harbour, kijkt Jill Sanchez naar Ricky Biscayne op een vijftig inch Sony plasmascherm dat, als je op een knop drukt, vanuit het plafond van haar eigen fitnessruimte snorrend naar beneden komt. De televisie is zo dik als een sneetje brood. Jill, die ervan overtuigd is dat koolhydraten een uitvinding van de duivel zijn, heeft al vijf jaar geen brood gegeten. Dit is haar tweede training van die dag, de eerste was om vier uur 's ochtends. Ze draagt een roze met grijze sportbeha van Nina Bucci en een sexy bijpassende trainingsbroek die laag op de heupen zit en aan de zijkant gaten heeft. Jill Sanchez heeft haar eigen lijn van sportkleding waarmee ze bergen geld verdient, maar als vrouw met een uitgelezen smaak draagt ze haar eigen ontwerpen niet, omdat ze weet dat haar kleren goedkoop worden gefabriceerd. Ze heeft een contract met Nike en vindt de schoenen geschikt en prettig; ze krijgt elke maand gratis zo'n tien paar toegestuurd. Die ochtend had ze een babyblauwe yogabroek van Lululemon aan met een bijpassende tanktop; ze maken eersteklas sportkleding. En Jill heeft verstand van trainen. Als geoefende jazzdanseres traint ze gemiddeld drie uur per dag.

Terwijl ze haar benen traint op een stairclimber denkt ze aan de laatste keer dat ze zelf in *The Tonight Show* optrad, twee jaar geleden. Of was het vier jaar? Vijf? God, nee. Echt waar? Ze fronst haar wenkbrauwen als ze aan het verstrijken van de tijd denkt, alsof het daarmee misschien stopt. Zo lang kan het nog niet zijn. Jill trapt harder met haar benen in de hoop dat ze de dertig nog wat voor zich uit kan schuiven, hoewel ze al zevenendertig is. Ze weigert principieel na te denken over het feit dat ze over niet al te lange tijd in de veertig zal zijn, ook als ze haar haar om de vijf dagen laat verven zodat niemand de grijze uitgroei kan zien. Veertig is ondenkbaar voor Jill Sanchez, die nog steeds vindt dat ze thuishoort op MTV's *Total Request Live* samen met tienerzangers met hun zwarte, afgekloven nagels en levensangst. Hoe harder ze traint, des te sneller zwiept haar lange, bruine, steil gemaakte staart met highlights heen en weer en strijkt hij net langs haar geweldige, ronde en beroemde achterste.

Zes jaar geleden was ze de eerste vrouw die in één week met veel succes een film, een album en een parfum uitbracht. Ze had in de *Late Show* gezongen en gedanst, in zo'n schandelijke huidkleurige legging waarvan sommige mensen vonden dat hij net iets te laag was en die opzettelijk een glimp liet zien van haar keurig gekapte, ultrakorte, zoetgeurende schaamhaar, maar ze werd ook geïnterviewd over haar nieuwe film en kledinglijn. Voor de duidelijkheid, de kledinglijn bracht toen meer dan 175 miljoen dollar op omdat – en was dat niet duidelijk? – alle vrouwen eruit wilden zien als Jill Sanchez en alle mannen wílden dat hun vrouw eruitzag als Jill Sanchez.

Sommige mensen van de pers zeiden dat haar ster begon te verbleken omdat ze toevallig een paar pijnlijke scheidingen achter de rug had en over het algemeen goedgetimede en professioneel berekende 'schandalen', inclusief de meest recente over bont. In haar ogen is Stichting PETA maar een club van zeikerds. Hoeveel van hen droegen leer? Nou? Hoe kon iemand nu zeuren over bont en tegelijkertijd leer dragen? Stelletje jammerende losers en hypocrieten. Ze zouden eens een dag of wat in haar schoenen moeten staan. Dan zouden ze weten wat wreedheid was. Was het háár schuld dat die aasgieren van de media dag en nacht om haar heen cirkelden? Was het háár schuld dat de verachtelijke pers zich op elk beetje Jill stortte dat ze hun toewierp? Wie waren 'de pers' trouwens, behalve een groepje zogenaamde sterren, jaloerse uitgezakte heksen en lelijke pokdalige mannen die ze nooit een blik waardig had gekeurd? Iedereen van de pers had een paardenbek en bolle ogen. Ze was ervan overtuigd dat de mannen die de vreselijkste dingen over haar schreven zichzelf aftrokken met haar in gedachten. Ze hadden de pik op haar omdat ze een vrouw was en nog een machtige ook. Veel mánnen in Hollywood hadden een mislukt liefdesleven en geflopte films, maar daar deed de pers niet moeilijk over. Kijk maar eens naar die gluiperd van een George Clooney. Of die andere, die oersaaie vent die er altijd uitzag alsof hij sliep of hartstikke stoned was, Kevin Costner. De media maakten het hem niet moeilijk. Maar haar wel, Jill Sanchez. Jill Sanchez nagelden ze aan het kruis. Hollywood was zo hypocriet als de pest als het om vrouwen ging, en latina's in het bijzonder. Kijk maar eens naar Paula Abdul. Dat superschattige jurylid van *American Idol* was dríé keer gescheiden. Maar nagelden de media haar aan de schandpaal of noemden ze haar een hoer? Nee. Ze had in haar Mercedes op de snelweg iemand overreden, en vervolgens had ze ook nog seks gehad met die ene *Idol*-deelnemer, maar niemand had daarom een hekel aan haar. Noemden de media haar harteloos, meedogenloos en al die andere dingen waar ze háár, Jill Sanchez, voor hadden uitgemaakt? Nee. Dat gif bewaarden ze voor Jill.

Maar Jill Sanchez was niet zomaar groot geworden. Zij had de touwtjes in handen en haar gelikte, strak geproduceerde comeback-film en -album zouden dat bewijzen. Als ze daar eenmaal voor ge-zorgd had, zou Jill vrij zijn om liefde te zoeken, echte liefde, voor eens en voor altijd, en misschien zou ze dan nog wel een paar baby's baren. Misschien, heel misschien zou haar vader haar vergeven voor het feit dat ze niet de brave Puerto Ricaanse dochter is die hij altijd had gewild. Misschien leert ze dan de *aroz con pollo* maken die ze laat aanrukken tijdens die zeldzame keren dat haar moeder haar vader overhaalt om langs te komen.

Jills vader, loodgieter van beroep en dat ruik je, zegt dat hij zich zo schaamt voor haar *puta* video's dat hij niet bij haar over de vloer wil komen. Hij vertelt haar wel eens dat hij nog nooit een videoclip van begin tot eind heeft gezien en hij lijkt de voorkeur te geven aan haar oudste zus, een simpele schooljuf die niets fout kan doen. Moet hij weten.

Jills moeder herinnert haar er regelmatig aan dat het publiek dan wel denkt dat ze in de twintig is, maar dat haar eierstokken beter weten. Haar moeder heeft al heel lang veel kritiek op Jill, haar mid-delste en opzichtigste dochter, en in zekere zin heeft die kritiek Jill er juist toe gedreven om op elk gebied van haar leven nog beter te presteren in de hoop dat haar moeder dan eindelijk trots op haar zal zijn.

Jill is nooit in therapie geweest en begrijpt haar bewuste – laat staan haar onderbewuste – motivatie voor succes niet. Ze zal ook nooit in therapie gaan, met name omdat Jill Sanchez ervan over-tuigd is dat er niets mis is met Jill Sanchez en dat enige tekortko-mingen – als die er al zijn – altijd het gevolg zijn van anderen. In de tussentijd kijkt ze graag naar zichzelf en gelooft ze dat anderen dat ook doen. Veel dieper dan dat gaat ze niet.

Jill kijkt toe terwijl Ricky Biscayne zijn longen uit zijn lijf zingt en glimlacht. Wat hij op het gebied van zijn penis tekortkomt, maakt hij ruimschoots goed met zijn gigantische vibrerende stemgeluid. Niemand zingt zoals Ricky Biscayne. Toen hij de dag ervoor haar huis verliet om met dat stomme wijf van hem naar Los Angeles te vliegen, had Jill geprobeerd hem gerust te stellen door hem helemaal suf te neuken. De presentator van *The Tonight Show* was aardig, had ze tegen hem gezegd, en hij zou ervoor zorgen dat Ricky zich helemaal op zijn gemak voelde.

Jill en Ricky deden hun best om 'gewoon vrienden' te zijn, maar hadden twee keer een foutje gemaakt en met elkaar gevrijd. Een keer in de keuken en een keer op de gladde zwarte tegelvloer van het huisje bij het zwembad. Hij had er zoals gebruikelijk vreselijk mee gezeten en geklaagd over zijn gebrek aan zelfbeheersing en zijn behoefte om zijn eigen ik te herzien, over zijn liefde voor Jasminka Uskokovic, het Servische supermodel – een kansloze wandelende tak – met wie hij was getrouwd. Hij had het zelfs over Jasminka's hond gehad, alsof het beest zich door hem bedonderd zou voelen. Jill had hem ervan verzekerd dat het de laatste keer was, terwijl ze wist dat het een leugen was. Acteurs konden goed liegen. Ricky was getraumatiseerd door een jeugd zonder vader en doordat hij was misbruikt door een buurman die zich als vaderfiguur had voorgedaan toen Ricky een jaar of zestien was, twee onderwerpen waar hij het niet graag over had, maar die ze uit hem had getrokken op hun meest intieme momenten na het vrijen toen hij zijn hoofd op haar buik had gelegd en zijn tranen in haar navel liepen. Zoals de meeste roofdieren was Jill goed in het herkennen van zwakheden en gebruikte ze die in haar voordeel.

Na het vrijen waren zij en Ricky naar de reusachtige en goed ingerichte opnamestudio in haar huis gegaan en had hij bereidwillig naar wat nummers van haar nieuwe album *Born Again* geluisterd. Op de voorkant van het album zou een foto van een bijna naakte Jill komen te staan, sexy, zweterig en lijdend aan het kruis gebonden en genageld. Als dát niet opviel, wist ze het niet meer. Ricky had een paar waanzinnige harmonieën voorgesteld. Hij kon veel beter zingen dan zij, maar met wat computergestuurde toerentalaanpassingen was dat zo geregeld. Hij was trouwens niet zo slim als het om zaken ging. Dat was ook een van de redenen dat ze het zes jaar geleden uitgemaakt had. Hij was zelfs verdomd stom als het om zaken ging. Plus het feit dat hij met haar jongere zus Natalia, met de paardenbek, had geneukt, maar hij was stoned geweest, Natalia was een vuile hoer en dat lag nu achter hen.

Toch hebben ze nog zo veel gemeen dat ze er minstens één keer per dag spijt van heeft dat het uit is tussen hen. Ze zijn allebei Miami latino's. Jill is Puerto Ricaanse en draagt de vlag van diamanten om haar hals en heeft albums van Hector Lavoe en *boricua* strings om het te bewijzen. Ricky heeft een Cubaanse vader en een Mexicaanse moeder. Ze hebben beiden een eenvoudige jeugd gehad, hij in Fort Lauderdale, zij in Wynwood, de Puerto Ricaanse buurt van Miami. Door hard werken en discipline hebben ze zich opgewerkt naar posities met macht en aanzien, met een huis aan het water in South Beach – dat van haar vijf keer zo groot en zo duur als dat van hem – maar goed. Beiden zingen en acteren ze, ook al wéét ze dat zij véél beter is dan hij, en ze heeft er geen moeite mee om hem dat te vertellen; jammer genoeg voor Ricky is er geen acteursequivalent voor toerentalaanpassingen.

Ze zijn allebei gek op mode, al weet Jill heel zeker dat haar smaak, die neigt naar bont, leer, Versace en andere verzamelde dode dingen en diamanten, veel beter is dan die van hem, die meer neigt naar dingen als stonewashed spijkerbroeken met te grote stukken erop genaaid, lange gebreide sjaals en van die rare motorlaarzen met vierkante neuzen. In Jills ogen kleedt hij zich als een lid van Menudo, voordat ze de band MDO gingen noemen. Gelukkig is er wel een toerentalaanpassing voor slecht geklede mannen: Jill.

Jill en Ricky willen allebei ooit kinderen en zijn van plan hun dochter gaatjes in haar oren te geven als ze nog een kleuter is, iets wat Jills huidige verloofde met zijn jongensachtige looks, de overduidelijk niet Hispanic, blanke acteur en scriptschrijver Jack Ingroff, barbaars vindt. Jill moet constant haar cultuur voor Jack vertalen en daar wordt ze doodmoe van.

Bij Ricky hoeft Jill nooit iets uit te leggen. Eigenlijk is het wel jammer dat hij getrouwd is. Eerst was ze opgelucht dat ze van hem af was. Hij was veel verliefder op haar dan zij op hem, en ook al had hij gezworen dat hij van de cocaïne af was, daar was ze niet van overtuigd. In het begin was ze smoorverliefd op hem geweest, dat was alles, maar toen ze besefte hoe klein zijn penis was, kostte het haar moeite om opgewonden te blijven. Als hij een grotere lul had gehad, had ze het misschien langer met hem uitgehouden.

Maar door de drugs en de lul was het logisch dat ze hem moest vergeten. Ze was verder gegaan met Jack, die beroemd en veelal nuchter was en de brede, bereidwillige lendenen van een Brahmaanse stier had.

Dat betekende níét dat ze niet meer aan Ricky dacht. Toen Ricky bekend werd en Jack letterlijk een beetje een hoerenloper bleek te zijn, dacht Jill dat Ricky misschien eindelijk bij haar zou kunnen zijn zonder zich bedreigd te voelen zoals zo veel andere mannen. Jill werkt hard. Ze verlangt van haar mannen dat die dat ook doen. Anders is het gauw afgelopen. Als ze iets geleerd heeft van haar mislukte huwelijken – het ene met een onhandige, verwijfde barkeeper en het andere met een vreselijk getalenteerde turner van Cirque du Soleil – is dat een succesvolle vrouw met haar gelijke moet trouwen of anders helemaal niet.

O, en de bonus? Jack is gruwelijk jaloers op Ricky, die hij als bedreiging ziet vanwege de etnische achtergrond die ze gemeen hebben. Hoewel Jill sterk en machtig is, verlangt ze zo nu en dan naar een *machista* hufter die haar op haar nummer zet, en dat weet Jack. Iemand naar wie ze haar klauwen kan uitslaan, een echte man die haar polsen vastgrijpt om haar in bedwang te houden. Ze verlangt naar dat soort hartstocht en drama. Vanwege zijn knapperige muesli-jeugd in New England zal Jack nooit zo'n man zijn, hoe wanhopig graag hij dat ook wil om de altijd ontevreden en onbeschrijflijk volmaakte Jill Sanchez te bevredigen.

Afgezien van zijn voorkeur voor travo's, zal Jack door zijn moeder, de dichteres met de Birkenstocks, de ongeschoren oksels en de New England-stamboom, altijd een beetje een watje blijven.

Jill doet haar mond open en haar nieuwe trainer, een forse Australiër die Rigor heet, spuit een straal koel, helder bronwater in haar mond. Zijn nerveuze assistent veegt het zweet van haar gezicht met een roze van monogram voorziene handdoek van Egyptisch katoen. De pers drijft de spot met haar voorkeur voor dichtgeweven handdoeken en beddengoed, maar dat bewijst alleen maar hoe wanhopig ze op zoek zijn naar nieuws en hoe weinig ervaring ze hebben met dichtgeweven stoffen. Iemand die wel eens een dikke handdoek heeft gebruikt wil niet anders meer en Jill ziet het als een soort metafoor voor haar eigen leven en carrière. Ze wil niet anders. Nooit meer.

Rigor vertelt haar dat ze nog een kwartier cardio te gaan heeft voordat ze met het figuurtrainen gaan beginnen. Jill kijkt naar zichzelf in de spiegelwand en vraagt zich af of al dat zweten met Rigor niet te veel van haar beroemde achterste af traint. Ze is niet zo'n uitgehongerde zak met botten als Renée Zellweger. Zo wil ze er ook beslist niet uitzien. 'Hier sta ik om bekend,' zegt ze, en ze geeft met haar gemanicuurde hand een tik op haar welgevormde achterste. 'En dat wil ik zo houden. Anders ben je straks je baan kwijt.'

Rigor knikt en Jill ontspant zich een beetje. Ze heeft de vorige trainer moeten ontslaan omdat hij een verhaal aan de roddelpers had laten uitlekken dat Jack het zo nu en dan met transseksuele prostituees deed. Ze hadden het natuurlijk allemaal ontkend in de pers, maar Jill wist dat het waar was. Jack is dan wel haar gelijke, maar hij wordt iets te gecompliceerd.

Op het beeldscherm ziet ze hoe Ricky's gezicht zich spant van hartstocht en Jill krijgt heimelijk een kick als ze denkt aan de laatste keer dat ze die blik zag, toen hij haar tegen de koele, roestvrijstalen diepvriezer aan duwde. Hij wist zijn kleine maatje grotendeels goed te maken door zijn bewegingen en door zich te concentreren op haar lichaam, en daar was ze gewend aan geraakt. Niemand weet dat ze nog verliefd zijn. Dit is strategisch gezien ook niet het goede moment om het bekend te maken. Jill en Jack spelen samen in een romantische comedy die over twee maanden in première gaat en ze moet zeker tot die tijd wachten om haar grote zet te doen. Ze moet doen alsof ze gelukkig verloofd is. Giechelen tijdens een interview met Diane Sawyer of zoiets. Na haar Oscarnominatie – als ze die niet krijgt voor deze rol, weet ze niet waar ze hem ooit wel voor krijgt – is Jill vrij om te doen wat ze wil en met wie ze wil.

Nee, niemand weet iets van Jill en Ricky en de gelukkige reünie die aan de horizon gloort. Maar dat komt nog wel. Jill heeft een plan en haar plannen zijn nog nooit mislukt. Ze kijkt weer naar haar spiegelbeeld en glimlacht. Reken maar. Jill Sanchez heeft een plan. Het doet er niet toe dat Ricky getrouwd is. Hij nam genoegen met Jasminka toen Jill niet beschikbaar was, en is er heus, werkelijk een huwelijk op aarde dat bestand is tegen de bemoeienis van een kontje als dit? Jill denkt van niet.

Mijn naam is Jasminka Uskokovic en ik ben niet dood.

Ik ben zesentwintig en op dit moment zit ik hand in hand met mijn man Ricky Biscayne. Zijn hand is koud. De mijne is warm. Zijn handpalm is vochtig omdat hij nerveus is. Hij krijgt wel vaker klamme handen van de zenuwen. We zitten op een goed gestoffeerde, roomkleurige bank in de woonkamer van een luxueuze suite in het Beverly Hills Hotel. Mijn dikke, bruine hond Mishko ligt aan onze voeten te snurken terwijl we naar de uitzending van Ricky's optreden in *The Tonight Show* kijken. Die is eerder op de dag opgenomen. Ik zie ons spiegelbeeld in een grote vergulde spiegel aan de andere kant van de kamer en we vormen een prachtig stel. We zouden zo'n mooie baby kunnen maken. Dat zou ik heel graag willen.

Ik haal diep adem en probeer de sterke geur in de kamer te herkennen. Dennenlucht? Ja, maar met iets anders, iets lekkers dat verfrist. Munt? Volgens mij is het dennen en munt. Ik vraag me af hoe de lucht hier komt. Er branden geen kaarsen, ik zie nergens een luchtverfrisser staan. Zou het het schoonmaakmiddel kunnen zijn dat ze hier gebruiken, of het wasmiddel voor de handdoeken en lakens? Ik ben erg gericht op geuren, en ik kan me geuren herinneren zoals anderen zich gesprekken kunnen herinneren. Ik maak in mijn vrije tijd zeep en probeer de geuren in mijn leven na te maken. Als we weer thuis zijn in Miami, ga ik zeep met dennen en munt maken, om me dit moment te kunnen herinneren.

Mijn lange, donkerbruine haar zit in een paardenstaart. Mijn ogen zijn plakkerig en moe. Deze man is heel bijzonder. Ik kijk weer in de spiegel en zie ons. Ik ben zo trots dat deze man mij als de zijne heeft gekozen. Ik draag geen make-up omdat ik dat niet nodig heb. Ik heb een zachte, gave huid, brede, hoge jukbeenderen, een lange neus, volle lippen, groene ogen en een Oost-Europese symmetrie die me een succesvolle carrière als model heeft bezorgd. Ik begon op mijn vijftiende, en toen ik zestien was, zeiden *Vogue* en *Vanity Fair* dat ik het nieuwste 'supermodel' uit Oost-Europa was. Ik hoef niet meer zo nodig als model te werken. Ik wil nu Ricky's vrouw en de moeder van zijn kinderen zijn.

Veel mensen vinden de modellenwereld aantrekkelijk. Ik niet. Ik associeer hem met de dood. Ik was vijftien toen het huis van mijn familie in de vruchtbare, heuvelachtige, groene stad Slunj door Kroatische troepen werd gebombardeerd en mijn hele familie (behalve ikzelf) omkwam. Ik had die dag met mijn vriendje liggen rotzooien, een Kroatische jongen van een ruimdenkende familie. We hadden ons verstopt in een koel bosje groene pijnbomen bij een van de grotere watervallen buiten de stad. De beschietingen en bombardementen begonnen en we hielden ons angstig verborgen, totdat het lawaai van de explosies ophield en het avond werd. De jongen smeekte me niet naar huis te gaan, met hem mee te gaan, te doen alsof ik Kroatische was. Hij zei dat zijn familie voor me zou zorgen. Maar ik wilde naar mijn eigen familie toe. Wilde weten dat ze nog leefden. Ik wilde bij ze zijn. Ik was langs stenen muren en indrukwekkende pijnbomen naar huis gerend, rook verbrand vlees, kruit en teer, was verbijsterd door de oranje gloed van smeulende as, de rook en de chaos. Toen dronken Kroatische soldaten mijn naam en afkomst wilden weten, loog ik en zei ik dat ik Kroatische was. Eigenlijk was het niet helemaal gelogen. Ik heb, had, een Kroatische oma. Ik spreek de taal vloeiend. De soldaten zoenden me op de mond en gingen verder. Dit was hun overwinning.

Toen ik aankwam bij het eens keurige huisje met de bloembakken aan de voorkant, het huis waarin ik was opgegroeid, was er niets meer van over dan een berg smeulend en zwart puin. Langs het pad naar mijn huis was ik onthoofde lichamen tegengekomen van oude mannen die ik kende. De Kroatische soldaten hadden de oude mannen eruit gepikt. Tot op de dag van vandaag begrijp ik de problemen tussen de Serviërs en Kroaten niet; in mijn ogen was het alleen maar idioot dat mannen manieren bedachten om andere mannen te vermoorden, manieren om vrouwen te verkrachten. Beide partijen gedroegen zich weerzinwekkend. Mijn eigen familie was helemaal niet politiek ingesteld en mijn ouders dachten dat de 'spanningen' van de laatste tijd in scène waren gezet door de Verenigde Staten na de val van de Sovjet-Unie in de hoop te voorkomen dat andere landen – inclusief Joegoslavië – een bolwerk van communisme zouden worden.

Dáárvoor, dacht ik toen, terwijl ik in de troebele, starende ogen van de doden keek. Dáárvoor lagen oude mannen aan stukken gehakt op straat. Onderweg naar huis moest ik twee keer overgeven. Onderweg kwam ik jonge vrouwen en andere mensen tegen die net als ik verdoofd rondliepen, niet in staat te verwerken wat er was gebeurd. Het eindeloze gejammer van duizenden die huilden, van mensen die gewond en gedesoriënteerd blindelings afliepen op wat was geweest, als mieren die de ingang van een platgetrapte mierenhoop zoeken, op zoek naar een veilige plek. Urenlang zat ik naast het puin van mijn huis te wachten, niet in staat te geloven wat er was gebeurd. Ik riep mijn familieleden. Maar er kwam niemand. Ze waren er niet meer. In het begin was ik niet in staat om te huilen, omdat de geest en het hart er niet op zijn gemaakt zulke enorme hoeveelheden verdriet te verwerken. Een mens dat met deze emoties wordt geconfronteerd, houdt eenvoudigweg op iets te voelen, de ademhaling wordt snel en oppervlakkig. Ik wist dat ze allemaal thuis waren geweest. In een fractie van een seconde waren mijn vader, moeder, opa, oma en vier broers en zussen verdwenen. De hele buurt was in bloederige splinters uiteengereten.

Ik was verrast toen bleek dat er één overlevende was: mijn kleine, bruine straathondje Mishko, dat ik van mijn vader had gekregen. Ze liep mank en had een bloederig oog, maar ze leefde en kwispelde met haar staart toen ze me zag, ongevoelig voor haar eigen verwondingen en nog steeds in staat met liefde en optimisme mijn handen en gezicht te likken. De likjes van de hond weerhielden me ervan zelfmoord te plegen. Mishko heeft mijn leven gered. Ik nam haar in mijn armen en ging zwerven. Van anderen die over straat zwierven, hoorde ik dat Serviërs als wij werden gedwongen hun land te verlaten en dat we allemaal de stad uit liepen. En dus voegde ik me bij anderen op de weg, omgeven door vee, tractors, oude auto's en alles wat we hadden weten te redden van ons leven. Het lijkt nu net een droom. Later hoorde ik dat er die dag driehonderdduizend vluchtelingen Krajina verlieten. Er waren veertienduizend burgers omgekomen.

Toen ik mijn geboorteplaats verliet, met alleen nog een hond met één oog om van me te houden, begon ik mijn relatie met uithongering, een langdurig spel met de dood. Ik was dik en rond geweest. Maar toen ik besefte dat ik het bloedbad had overleefd door mijn vrouwelijke verlangen naar een Kroatische jongen, wilde ik af van mijn heupen en borsten. Ik wilde wegteren. Ik verdiende het niet om te leven. Ik haatte mezelf omdat ik het had overleefd.

Weken later, toen Mishko en ik dagenlang verdoofd en in verbijsterde stilte op een veldbed in een vluchtelingenkamp in Servië zaten, was er een lange, elegante man in een grijs gestreept pak tussen de veldbedden doorgelopen die door een bril naar meisjes had gestaard alsof hij op zoek was naar iemand die hij kende. In werkelijkheid was hij een scout voor een meedogenloos, succesvol internationaal modellenbureau in Parijs die op zoek was naar iemand als ik: een beeldschoon, ongelukkig meisje wier gezicht gebruikt zou kunnen worden om parfum te verkopen via modebladen. Al met al keerde hij naar Frankrijk terug met tweeëntwintig Servische meisjes en een hond. Ik woonde in een flat met vier andere meisjes en Mishko. De hond was behoorlijk dik geworden van al het eten dat de meisjes niet mochten. Ik werd al snel het meest succesvol van ons allemaal omdat mijn holle ogen en ingevallen gelaatstrekken zowel symmetrisch als bovenzinnelijk waren. Volgens mij was ik net een mooi, fragiel, leeg, uitgehold lijk.

De jaren daarna lijken aaneengeregen en er zijn momenten dat ik wakker word en niet weet waar ik ben. Er zijn momenten dat ik met een mes langs de binnenkant van mijn armen of benen ga; snij totdat ik iets voel, het maakt niet uit wat. Dát is er soms voor nodig om iets te voelen. Ik heb overal littekens die op foto's geretoucheerd moeten worden. Als ik mezelf niet sneed, zou ik geen contact kunnen maken met de levenden.

Toen ik Ricky ontmoette en met hem trouwde, was dat voor het eerst dat ik weer het gevoel had dat ik leefde. Hij lokte me teder uit mijn schulp, zong voor me en ik voelde weer liefde. Ik had niet verwacht ooit te trouwen, maar hij vroeg me en het betekende familie, nietwaar? En familie betekende eindelijk verder kunnen. Het betekende eten en niet meer snijden.

Het uithongeren was bijna een gewoonte geworden om met mijn een meter tachtig een skeletachtige maat 30 te blijven. Ik was gewend aan het brandende gevoel in mijn maag. Het was een troost. Sigaretten waren een substituut voor eten geworden, maar ik vond het niet fijn wat ze met mijn huid en mijn zenuwen deden en hield er vrij snel mee op. Ik trilde vaak. Ik wilde weer eten. Ik wilde stoppen met roken. Ik wilde kinderen. Thuis blijven en geen modellenwerk meer doen. Een gezin stichten en weer een plekje in de wereld veroveren.

Ricky vindt het mooi dat ik dun ben. Als we in het openbaar zijn, op een feest of bij een van zijn concerten, dan is mijn uitgemergelde lijf een bron van trots voor Ricky. Hij zegt, net als zo veel andere mannen die met modellen uitgaan, dat de zoete acetonlucht op mijn adem, een bijproduct van een lichaam dat zichzelf verteert, hem opwindt.

Ik hou er niet van dat Ricky gemeen wordt als hij drinkt. Toch drinken we samen een fles Dom Perignon, een attentie van de hotelmanager. Door mijn lege maag, stijgt de alcohol gelijk naar mijn hoofd en word ik suf, triest en slaperig. We dragen vrolijke, bij elkaar passende groene zijden pyjama's die ik gisteren voor ons heb gekocht op Rodeo Drive, een kleur die lijkt op mijn ogen. Ik bekijk hem eens goed. Hij is zo knap dat het pijn doet. Zijn gebruinde huid, donkere warrige haar en bezielde, bijna bezeten, lichtbruine ogen leken toen ik hem voor het eerst ontmoette zo warm als een warm thuis en ik had intuïtief de neiging om hem te beschermen en te behagen. Hij is zo iemand die een jongen en een man tegelijk lijkt, zo'n man die het verkeerde kan zeggen en doen omdat mensen hem vergeven door zijn glimlach, de kuiltjes, de oprechtheid en schoonheid. Hij heeft een gladde, romige huid zonder veel lichaamshaar, een huid waar je in wilt bijten. Ik snakte naar Ricky zoals ik naar eten snakte en toch voelde ik nooit een echte band met hem, zoals man en vrouw zouden moeten hebben. In gedachten leek hij altijd ergens anders.

Ik weet niet of Ricky's intense blik op dit moment boosheid of plezier betekent. Tijdens interviews is hij ontspannen, iemand die je zou uitnodigen voor een barbecue. Thuis is hij anders, is hij zelf zijn ergste criticus en is het een obsessie van hem om nog beter te worden. Zijn perfectionisme verbijstert me. Zelf ben ik door het leven heen gestruikeld en heb ik fouten gemaakt zonder ze te corrigeren.

Tijdens de elf jaar dat ik als model heb gewerkt, heb ik rijke en beroemde mensen leren kennen. Maar ik heb nog nooit zo'n geconcentreerde persoon ontmoet als Ricky Biscayne. Hij stinkt naar sigaretten en houtachtige eau de cologne. Hij doet me aan Slunj denken. Thuis. Hij wil altijd beter zijn, bij alles wat hij doet, of het nu om zingen of koken of vrijen gaat. Als ik één orgasme heb, vindt hij dat niet genoeg. Hij wil me verder pushen, twee, soms drie keer, zelfs als ik dat niet wil. Hij doet het niet om míj te bevredigen. Hij doet het omdat Ricky altijd optreedt. Alsof hij iemand, God, iets wil bewijzen. Ik vraag me af wanneer Ricky tevreden zal zijn met Ricky. Ik heb ontzag voor hem.

Ik kijk van het scherm naar zijn echte gezicht, probeer ervan af te lezen wat hij denkt of voelt. We zijn nog maar een jaar getrouwd, nadat we elkaar hadden ontmoet tijdens een modeshow in Parijs, waar ik als model werkte en hij de muzikale gast was. Ik vind het nog steeds moeilijk om te weten hoe hij zich voelt. Niet dat hij echt geheimen voor me heeft, maar het lijkt alsof hij stormen van onzekerheid voor me verborgen houdt, opgekropte angst en woede die ik niet begrijp. Als ik zijn talenten had, zou ik altijd gelukkig zijn.

'Je optreden is zóóó goed,' zeg ik, en ik ben me bewust van mijn Servische accent. Ik leg extra nadruk op 'zo'. Volgens mij zijn er woorden waarvan ik de uitspraak nooit helemaal onder de knie zal krijgen.

Ricky geeft geen antwoord. Hij duwt me zelfs weg, steunt op zijn ellebogen en bestudeert zichzelf. Hij snuift en wrijft met de rug van zijn hand over zijn rode neus. Is hij ziek? De spanning wordt hem te veel. Hij lijkt altijd ziek en snuft en snuft en snuft. Ik masseer zijn schouders, geef hem kusjes in zijn nek. Hij schudt me van zich af en concentreert zich op het scherm.

Dan komt hij overeind en rent naar de andere kant van de kamer, naar het bureau waar hij aan zijn laptop gaat zitten om zijn positie op cdnow.com te bekijken. Hij is geobsedeerd door het nummer. Sinds het segment is begonnen, vertelt hij me, heeft hij 480.000 stemmen gekregen. Bijna een half miljoen stemmen in twee minuten? Waanzinnig.

'*Padrísimo*,' zegt hij, en eindelijk breekt er een glimlach door. Hij spreekt Spaans als hij heel blij of heel boos is. Zijn stemmingen zijn net zo veranderlijk als het weer in Miami. Het ene moment is het bewolkt en dreigend, en het andere moment is het zonnig en helder. Succes maakt hem gek van geluk, maar het duurt maar even. Hij rent terug naar de bank, springt eroverheen en landt met een stralende, mannelijke grijns op mijn schoot.

Ricky is een geweldige danser; daar heeft hij zelfs veel van zijn succes aan te danken. Zijn shows zijn, het woord zegt het al, gechoreografeerd, opwindend met Ricky wiegend en paraderend in het midden. Op de middelbare school blonk hij uit in atletiek en op zijn jongensslaapkamer bewaart zijn moeder Alma nog steeds alle trofeeën. Ricky traint als een atleet, ook al rookt hij zo nu en dan een sigaretje. Zijn buikspieren zijn keihard en die zijn op dit moment niet als enige keihard.

'Ik hou van je, Jasminka,' zegt hij, en hij kijkt me aan.

We omhelzen elkaar, kussen. Ricky tilt me van de bank en neemt me al zingend mee naar de slaapkamer.

'Hé,' zeg ik. 'Wat doe je met me?'

'Laten we een baby maken,' zegt hij.

Ik wil al kinderen vanaf het moment dat we getrouwd zijn, maar Ricky heeft altijd willen wachten totdat het wat beter ging met zijn carrière, omdat hij, zo zei hij, een betrokken vader wilde zijn, in tegenstelling tot zijn eigen vader die er nooit was. Bovendien zou het stom zijn om te jong aan kinderen te beginnen, omdat zijn carrière afhing van zijn jeugdige uitstraling en een jongeman geen kinderen hoorde te hebben; zeker niet als hij wilde dat zijn vrouwelijke fans de hoop hielden dat ze ooit minnaars zouden kunnen zijn. Ik had me – in stilte, natuurlijk – afgevraagd hoe hij die illusie levend kon houden als hij getrouwd was, maar dat heb ik hem nooit gevraagd.

'Meen je dat? Ben je eraan toe?' vraag ik hem, terwijl ik tranen van vreugde voel opkomen en hij me zachtjes op het bed legt.

Hij kijkt me diep in de ogen en antwoordt heel eenvoudig: 'Ja. Ben jij bereid je carrière een tijdje stop te zetten?'

Ik antwoord hem met een kus. Ik ben bereid mijn carrière voorgoed op te zeggen. Ik ben bereid weer tot leven te komen. Het geluk kriebelt in me als zonlicht op een koude huid. Ik doe mijn ogen dicht en dank God dat Hij Ricky eindelijk gelukkig maakt.

VRIJDAG 22 MAART

Zo, hallo en welkom bij mijn gruwelijke baan. Ik heet Milan Gotay en ik ben uw gids. Bent u gelukkig, energiek of optimistisch, kom dan een tijdje naar mijn werkplek. Dan bent u zo weer in orde. We zorgen ervoor dat u bang bent voor uw volgende ademteug. We regelen dat u dokter Kevorkian belt. Het helpt ook niet dat ik als een zwerfster gekleed ga in de zoveelste enkellange, slobberige, beige linnen jurk van Ross, compleet met grote ronde plastic knopen, van die knopen die in de wasmachine versplinteren als zuurtjes tussen kiezen. Ik weet wel beter. Heus. Maar ik kan mezelf er niet toe zetten geld uit te geven aan kleren voor dit werk. Ik bedoel, niemand die me ziet. Behalve mijn oom, mijn werkgever. Wat heeft het voor zin?

Ik moet erbij zeggen dat ik nu helemaal slobberig gekleed ben omdat ik morgenochtend een weekendcruise ga maken met mijn moeder en zus en dat ik me daarom vandaag wil verstoppen. Om diezelfde reden heb ik een vettige witpapieren tas vol met guave en kaaspastelitos op mijn bureau en een enorme beker ijskoffie. Met lekkere snacks gaat de dag wat sneller.

De cruise is het geweldige idee van mijn moeder om het vertrouwen tussen mij en Geneva te herstellen. Hij heet ook echt de Hernieuwd Vertrouwen Cruise; de zwendelarij van een of andere geniale newagegoeroe om een stelletje kansloze, boze mensen te laten dokken om achterover in elkaars armen te vallen. Ik vind het een heel, heel slecht plan. Ik bedoel, zet een groep mensen die een hekel aan elkaar hebben twee dagen en een nacht bij elkaar op zee.

Hallo? Is die goeroe-tuthola stoned of zo? Ik vraag me af of ze de mensen die aan en van boord gaan ook tellen. Wedden dat ze elke keer met een of twee mensen minder terugkomen? Ik zal mijn best doen om Geneva niet overboord te gooien, maar ik beloof niks. Niet alleen heeft ze met schrikbarende regelmaat vriendjes van me afgepakt, ze komt ook constant met kledingadviezen in de vorm van accessoires die ze als afdankertjes in verfrommelde witpapieren tassen van Neiman Marcus aan me geeft. Ik heb bijna net zo'n hekel aan haar als aan mijn werk.

Ik staar naar de lelijke, grijze muur van mijn hokje en denk erover om ontslag te nemen, voor de zesenzeventigste keer vandaag. Ik schop de te kleine, goedkope, grijze pumps onder mijn bureau uit en wrijf mijn voeten over elkaar. De panty, waar ladders in zitten, maakt een krassend geluid aan de binnenkant van mijn benen. Getver.

'Nee, ik wéét dat *Miami Style* over het algemeen geen artikelen schrijft over producten voor een verbeterde stoelgang,' zeg ik zo vriendelijk mogelijk in de hoorn.

'U bedoelt laxeermiddelen?' vraagt de journalist aan de andere kant van de lijn.

'Wij noemen het "producten voor een verbeterde stoelgang".'

De journalist grinnikt. Ik vind het vreselijk als ze dat doen. Ik kijk om me heen, put troost uit de nieuwe foto van Ricky Biscayne die in *People* staat, het blad dat hem net tot mijn grote vreugde heeft uitgeroepen tot 'meest sexy man'. Van mij zul je geen protest horen. Kon ik maar bij hem zijn in plaats van dat ik... hier ben.

'Producten voor een regelmatige stoelgang,' herhaalt de journalist lachend. 'O, shit. Grapje.'

Ik kijk naar de foto en zie dat dezelfde roodharige musicus op de achtergrond staat en recht in de camera kijkt. Opnieuw voel ik die merkwaardige sensatie in mijn hart. Alsof ik hem heb ontmoet, hem ken, iets heel griezeligs. Hij doet me om de een of andere reden aan een spook denken, maar dan een aantrekkelijk spook, aantrekkelijk en mysterieus. Toen ik klein was, dacht ik dat ik spoken zag. Misschien leek een van hen op deze man.

Ik kijk naar de ronde witte klok aan de wand in de gang. Het is dezelfde saaie klok als vroeger in de klas op school hing met van die grote zwarte cijfers en hij gaat nog net zo langzaam. Twee uur? Het kan toch niet nog maar twee uur zijn? Ik werp een blik op het script vol koffievlekken op mijn metalen bureau. Ik bedoel, heb ik hier echt een script voor nodig? Zou het niet eerder zo moeten gaan: dag, ik ben Milan en ik probeer u een vreselijk belachelijk product aan te smeren. Hoe zit het met eerlijkheid in deze business? O, dat is ook zo. Dit is Miami. Dat hebben we nooit gehad.

Ik verveel me. Mijn leven is saai. Het is een prima leven. Dat weet ik. Maar het is verdomd saai.

Nog maar drie uur te gaan. Dan kan ik naar huis en me klaarmaken voor de boekenclub. Vanavond bespreken we de roman van Kyra Davis, *Seks, moord en een vanilla latte*. Ik vind mijn boekenclub geweldig. Ik vind dit boek geweldig. Oké, even doorzetten, Milan. Doe het.

Ik lees het script hardop zoals mijn oom wil. 'Want weet u, E-Z Go is méér dan een product voor een regelmatige stoelgang. Het is een lévensstijl. Van beroemdheden tot en met de pers, iedereen moet naar het toilet. En als je moet, waarom dan niet E-Z Go?'

Ik wil goddomme niet als een gestoorde robot overkomen, maar kom op, hé. Die tekst is vreselijk. Maar mijn baas en oom, *tío* Jesús, heeft hem zelf geschreven. Heb ik al gezegd dat hij het schrijftalent van een basisschoolleerling heeft? Zelf vindt hij dat hij een goede schrijver is. Hij denkt ook dat niemand ziet dat het haar op zijn voorhoofd eigenlijk van zijn achterhoofd komt en dat het helemaal naar voren is gekamd als een platgereden beest. Ik moet het script elke dag precies zo oplezen. Ik hoor ook *tío's* shitpillen voor zwangere vrouwen aan te bevelen, maar ik ben er niet van overtuigd dat het veilig is voor foetussen. Ik heb geen zin om daar verantwoordelijkheid voor te nemen.

Zoals gebruikelijk krijg ik als reactie een griezelige stilte, een spookachtige, stoffige stilte. Niets verzacht de pijn, alleen het ziekelijke gebrom van de ventilator bij het raam. *Tío* is te zuinig voor een airco. Benauwde rotzak. Heeft de journalist opgehangen? Het zal zeker niet de eerste keer zijn. Ik voel de moed in mijn schoenen zakken. 'Hallo?' roep ik in de hoorn, alsof ik naar de bodem van een put schreeuw. 'Hallo?'

Uiteindelijk zegt de journalist iets. 'Eh, is dit een geintje, of zo? Heeft mijn vriend je gevraagd om me te bellen?'

'Nee,' zeg ik. Nou ja, mijn carrière is natuurlijk wel een lachertje.

Maar dat is duidelijk. Het is in elk geval duidelijk voor iedereen behalve mijn ouders die nog steeds doen alsof ze trots zijn dat hun kleine Milan *tío* helpt met zijn shitbedrijf.

'Sorry. Ik dacht dat het misschien een grapje was.'

'Dat geeft niet,' zeg ik. Ik ben de grap.

Ik moet snel iets bedenken. Ik moet een artikel zien te scoren anders kom ik in de problemen. Ik heb al in geen weken een artikel geregeld. Ik blader door de *People* die voor me ligt en zie een gouden, glanzende foto van Jill Sanchez, de beeldschone Puerto Ricaanse filmster en zangeres die op een rood tapijt poseert voor de introductie van haar nieuwe sportkledinglijn. Ze kijkt achterom zodat haar achterste en haar brede, witte glimlach beide naar de fotograaf zijn gericht. Het doet me plezier dat een vrouw met een volumineuze kont in Amerika een ster is. Maar deze blijdschap verdwijnt snel, want ik word er niet goed van dat deze vrouw zo soepel en harteloos is als een panter. Jill heeft geen vetrollen, alleen een magere vouw waar haar ribben zitten. Zoals miljoenen anderen heb ik een hekel aan Jill Sanchez omdat ik Jill Sanchez niet ben en Jill Sanchez ook nooit zal worden.

'Eh, mogelijk wordt Jill Sanchez onze woordvoerster,' flap ik er als een idioot uit. Oeps! Dat is natuurlijk een vette leugen. Voor zover ik weet, eet Jill genoeg vezels en gaat ze dus van zichzelf al heel regelmatig naar het toilet. Ik voel me schuldig en een beetje vreemd dat ik zelfs maar denk aan Jill die zit te poepen, en ik vraag in stilte La Caridad om vergeving.

De journalist moet nog harder lachen. 'Jullie hebben daar de actrice voor genomen met de grootste kont in Hollywood? O, lieve hemel. Jill Sanchez, koningin van de plee. Om te gillen.'

Gelach. Een klik. Doodse stilte. Kiestoon. Schuldgevoel omdat ik mijn geliefde oom zojuist misschien een enorme rechtszaak heb bezorgd. Ik leg de zwarte, plastic hoorn op de haak, trek aan een lok, ongestileerd, lichtbruin haar, laat mijn hoofd op het smerige bureau zakken en barst in snikken uit. In de *Cosmopolitan* staat dat je nooit iemand op je werk moet laten zien dat je moet huilen, dus ik hou ermee op. Ik leef mijn leven aan de hand van tijdschriften, dan weet je dat. Het is achterlijk, maar ik kan er niets aan doen. Ik heb geen ander referentiekader voor hoe het normale leven van een normale Amerikaanse vrouw eruit zou moeten zien. Mijn lievelingsblad is *InStyle*, waarschijnlijk omdat ik compleet géén stijl heb. Ik kijk weer op de klok. Het is nog stééds twee uur. Godver. Hoe is het mogelijk dat de tijd hier achteruitgaat? Dat uitgerekend ik in de *Twilight Zone* werk. Echt fijn.

Ik hoor dat *tío* in het hokje naast het mijne zijn keel schraapt. Dan zie ik hem. Oom Jesús, of liever gezegd, het kale, bruine hoofd van oom Jesús dat boven het tussenschot uitkomt, gevolgd door zijn dikke ronde brillenglazen. Hij ziet eruit als een bijziende duim. Ik kan de enge muziek bijna horen, alsof het monster eraan komt. Hij heeft natuurlijk mee zitten luisteren. Dat doet hij. Hij zit me de hele dag af te luisteren en omdat ik familie ben, heeft hij er geen moeite mee om mijn werk meteen af te kraken. Andere medewerkers hebben twee keer per jaar een evaluatiegesprek. En ik, twee keer per uur, als ik mazzel heb.

'Ik weet het,' zeg ik. Ik kan niet naar dat haar kijken. Dan ga ik weer janken. Ik weet trouwens toch al wat hij gaat zeggen. Ik sla mijn handen voor mijn oren, maar hoor hem toch nog.

'Je was niet agressief genoeg,' zegt hij in het Spaans.

'Weet ik.'

'Je moet niet liegen tegen journalisten. Dat is niet slim.'

'Weet ik.'

'Waarom deed je het dan? Ben je stom?' Met een vel papier geeft hij me een tik op mijn achterhoofd. Ik zou een aanklacht moeten indienen wegens mishandeling.

'Dat weet ik niet,' zeg ik. En ik denk: ik bén ook stom, omdat ik deze baan heb aangenomen.

'Je kunt hem maar beter terugbellen en zeggen dat je tegen hem hebt gelogen.'

'Weet ik.'

'Als je je targets niet haalt, moeten we eens, eh, praten,' zegt hij.

'Weet ik.'

'Ik bedoel práten.'

'Weet ik.'

'Ik wil je liever niet ontslaan. Mijn eigen nichtje.'

'Weet ik.' Het zou anders geen ramp zijn, toch?

Tío kucht. 'Mijn lievelingsnichtje.'

'Weet ik,' zeg ik, maar ik weet dat hij liegt.

Net als ieder ander op deze aardkloot geeft *tío* Jesús de voorkeur aan Geneva.

Niet te geloven dat ik, Geneva Gotay, een vrouw die er trots op is dat ze alternatief en hypermodern is, als een toerist op het terras van Larios in South Beach zit. Belle is er ook en ze steekt haar kop boven haar zwarte draagmand uit en is net zomin onder de indruk als ik. Hier wilde Ricky met me afspreken, dus hier zit ik te wachten op de sexy zanger en zijn nieuwe manager Ron DiMeola. Als hij had gezegd 'zeg jij maar waar', dan zou ik dit nooit van mijn leven hebben gekozen. Veel te commercieel. Veel te voorspelbaar. Als ik had moeten kiezen en we zaten aan South Beach vast, dan had ik China Grill voorgesteld, of Pao. Iets waar het stijlvol en koel is. Ik ben dol op oosters eten en in deze omgeving is Cubaans eten – of Gloria Estefan – niet bepaald exotisch of bijzonder interessant. Ricky heeft Gloria's restaurant uitgekozen. Hij blijft ondanks alles een gewone jongen…

Het is iets meer dan een maand geleden dat ik Ricky in *The Tonight Show* heb gezien. Het is haast niet te geloven hoe snel alles is gegaan, deze afspraak en zijn interesse in mijn club. Dat moet ik niet zeggen. Ik ben helemaal niet verrast. Ik weet hoe ik dingen voor elkaar moet krijgen. Ik ben gewoon opgewonden. Mensen vragen me vaak hoe ik het 'doe', hoe ik zo succesvol ben in mijn werk, in bijna alles wat ik probeer. Het antwoord is heel eenvoudig: geen angst. Als het niet lukt, probeer ik het nog een keer. En als het weer niet lukt, probeer ik het nog een keer. Dat is alles. Steeds weer opnieuw. Er zijn twee dingen waar ik niet in geloof: geluk en falen. Van tegenslagen ga ik alleen maar harder werken. Dat is trouwens ook een Cubaans trekje. Laatst stond er in de *Herald* een artikel over de Cubanen die twintig jaar geleden tijdens de Mariel Boatlift, de exodus van Cuba naar Florida, naar Miami gingen. Die mensen hadden geen cent te makken en nu horen ze bijna allemaal bij de welvarende middenklasse. In één generatie zijn ze rijker en succesvoller geworden dan de meeste mensen die uit Florida zelf komen. Dus is het logisch dat ik het niet eng vond om rechtstreeks contact op te nemen met Ricky en hem uit te nodigen. En nu zit ik hier.

Ik draag MaxMara, mijn favoriete merk op dit moment. Een uitdagend, gerimpeld minirokje van bloemetjeszijde in roomkleurige en okergele tinten, een getailleerd linnen jasje met een opstaand kraagje en bruine sandaaltjes van Giuseppe Zanotti met gespen in de vorm van een schorpioen. Om mijn beide polsen draag ik roomkleurige en oranje armbanden en mijn ogen zijn verborgen achter een sexy Salvatore Ferragamo-zonnebril met een roomwit montuur die ik net vanmorgen heb gekocht in een winkeltje in Bal Harbour. Je zou kunnen zeggen dat ik een winkelfetisj heb.

Mijn lange, zwarte haar is met een stijltang in bedwang gekregen. Ik heb vanmorgen een zijden sjaal van zwart en gebroken wit om mijn hoofd gewikkeld als een zigeunerin. Ik denk dat dit mijn nieuwe look wordt. De tulband. Ik wil een exotische, mystieke sfeer creëren voor Club G en vind dat ik die essentie moet uitdragen, het product dat ik verkoop moet belichamen, één moet worden met mijn visie. Mijn make-up bestaat uit perzikkleurige en gouden tinten die natuurlijk en tegelijkertijd heel luxueus en lichtelijk oosters zijn. Ik voel me eigenlijk verdomd geweldig.

Ik heb al een babbeltje gemaakt met de Colombiaanse parkeerbediende, met de gastvrouw uit Uruguay en de hulpkelner uit Chili, want je weet maar nooit wie je nodig hebt. De hulpkelner? *Pobrecito.* Hij vroeg of ik een soapster was. Zei dat hij me ergens van kende. Dat gebeurt wel vaker. Heel schattig.

De ober brengt me het glas spa blauw dat ik heb besteld en de kom met mineraalwater voor Belle. Ik bedank hem in het Spaans. Ga er nooit vanuit dat iemand in deze stad Engels spreekt. Ga er altijd van uit dat ze Spaans spreken. Ik vertel hem dat hij mooie handen heeft en blozend vertrekt hij weer. Dat doe ik. Ik plaats mezelf aan de top, ik ben degene die oordeelt, die de baas is, maar op een indirecte manier waar mensen zich prettig bij voelen. Die manier biedt heel veel macht, neem dat maar van mij aan. Als je ervoor kunt zorgen dat mensen verliefd op je worden, kun je alles bereiken.

Ik kijk naar de stad waar ik ben opgegroeid en besef hoe anders hij lijkt nadat ik een paar jaar in Boston heb gewoond. Soms moet je een plek verlaten om hem te begrijpen. Ik weet nu dat Miami niet veel voorstelde tot de Cubanen hier eind jaren vijftig, begin jaren zestig kwamen wonen. Voor ons was het een muggenstad. Aan het begin van de twintigste eeuw woonden er maar ongeveer duizend mensen in Miami. In de jaren zestig kwamen hier meer dan zeshonderdduizend Cubaanse ballingen naartoe, op de vlucht voor het communisme. Keer op keer werd de stad verwoest door orkanen, en kennelijk waren alleen wij zo standvastig of dom, of we hadden maffiaconnecties, of alle drie om de stad steeds opnieuw op te bouwen. De meesten van ons hadden geld, of we hadden de opleiding en het verlangen om geld te verdienen.

Nu heeft Miami het hoogste aantal latino-inwoners in de Verenigde Staten; als groep hebben de Cubaans-Amerikanen het beter gedaan dan welke andere groep immigranten in het land dan ook, en dat is verbazingwekkend. Cubaans-Amerikaanse vrouwen hebben als subgroep een betere opleiding en een beter inkomen dan welke andere vrouwen dan ook in de Verenigde Staten. Nee, ik zei niet dan welke andere latina's; ik zei welke andere vróúwen. We scoren beter in het leven dan welke andere vrouwen ook. Ik wijd ons succes aan onze neiging het nooit op te geven en te vechten met alles en iedereen die ons in de weg zit. Cubanen zijn vechters en we hebben van Miami een stad van vechters gemaakt. Geloof je me niet? Ga maar eens naar een willekeurig Cubaans restaurant en ga bij het terras staan waar alle mannen in guayaberas zitten en luister naar ze. Vechten, vechten, vechten. Dat kunnen Cubanen als de beste. Vechten en eten.

Ik wil mijn eigen mensen niet beledigen, maar we zijn niet bepaald tolerant. Als je Miami eenmaal uit bent, begrijp je hoe idioot we lijken in de ogen van anderen. We lijken wel nazi's *con sabor*. Zo zien we eruit. Maar deze discussie kan ik beter niet met mijn vader voeren. O, nee. Dit houden we onder ons. Net als zo veel andere landgenoten kan hij net zo goed tegen andere meningen en vrijheid van meningsuiting als tegen arsenicum. Het is niet zonder reden dat het aantal zelfdodingen het hoogst is onder Cubaanse vrouwen in Cuba en Cubaans-Amerikaanse mannen in de Verenigde Staten. In Cuba spelen mannen de baas over de vrouwen en als vrouwen eenmaal in de Verenigde Staten zijn en de vrijheid proeven, willen ze niet anders. De mannen in Miami haten ons daarom.

Ik kijk op mijn horloge. Ik ben vanuit mijn appartement komen lopen, maar ik ben tien minuten te vroeg. Het was niet mijn bedoeling om zo snel te lopen. Wat nu? Het ergste is nietsdoen, zitten en als een beest in de dierentuin aangestaard worden. Zeker hier. Ik hoop dat ik geen bekenden zie. Ik heb een hekel aan dierentuinen en het gevoel dat je alleen maar kunt wachten tot je gevoed wordt, aangestaard wordt of doodgaat. Dat afschuwelijke gevoel van eindeloos, afhankelijk wachten. Ik ga ook nooit in mijn eentje naar de film.

Gelukkig gaat mijn telefoon. Ik kijk op het schermpje. Het is Ignacio, de zwarte Cubaanse balletdanser met wie ik een relatie heb, een van de *Marielitos* over wie ik vertelde die het hier goed heeft gedaan. Ik neem op en praat liefjes tegen hem. Ik voel echt iets van opwinding als hij belt, al was het niet mijn bedoeling om een relatie met hem te beginnen; het was alleen voor de incidentele seks. Ik heb een paar zwarte sekspartners gehad; ik heb iets met zwarte mannen, vooral als ze een honkbalpet achterstevoren ophebben en tanktops met de tekst IK SLA VROUWEN. Maar Ignacio is anders. Hij is goed opgeleid, getalenteerd, grappig en slim, en ik ben bang dat ik hem echt leuk ga vinden.

Hij vraagt of ik vanavond met hem mee wil naar een poëzieavond. O, o. We hebben nog nooit echt een officieel afspraakje gehad. Bovendien ben ik niet het poëzietype. Waarom zou je naar een gedicht willen zitten luisteren als je het ook zelf kunt lezen? En nog een vraag: is het wel verstandig om een date te hebben met je seksspeeltje? Verpest je daar niet alles mee? Gaan er op een gegeven moment geen pijnlijke stiltes vallen? Stel dat ik een bekende tegenkom.

Hij somt de details op: een dichter in ballingschap die hij nog uit Cuba kent. Veilig. Niemand uit mijn eigen omgeving zou naar zoiets toegaan. Ik zeg 'ja'. Ik wil het vanavond niet te laat maken omdat ik vroeg op moet voor de vertrouwenscruise die mijn moeder voor mij en Milan heeft geboekt. Mama schijnt te denken dat mijn zus en ik diepgewortelde problemen hebben, dat we elkaar niet vertrouwen. De trieste waarheid is dat Milan zo saai is dat je onmogelijk problemen met haar kunt hebben; ik denk zo weinig aan Milan en met zo weinig energie dat ik het niet de moeite waard vind om haar wel of niet te vertrouwen. Ze is een grote leegte in mijn leven. We hebben weinig gemeen, we hebben niet veel om over te praten en daar laat ik het bij. Het is niet dat ik haar wantrouw. Daarvoor zou het je echt iets moeten schelen.

Ik grabbel in mijn Luella Carmen 'fietstas' en pak mijn Shisheido balsem, liner, lippenstift en gloss en breng ze in vier stappen aan. Daarna wens ik dat ik een krant had om te lezen, of dat ik mijn BlackBerry had meegenomen om te kijken of ik e-mail heb; die laatste heb ik in de auto laten liggen. Ik pak een pen uit mijn tas en schrijf op de menukaart, die ik uit het mapje heb gehaald, sleutelwoorden op waarmee mensen Club G moeten associëren. Niets helpt je beter concentreren dan dingen opschrijven. Ik schrijf alles op. Altijd.

Thema en vibe. Kleurrijk. Rijk. Oosterse invloeden. Goud, rood, oranje. De kleuren van de zon op je oogleden. Kardemom. Groene mango. Bedoeïenententen. Gedrapeerde zijde. Sahara. Zachte vloeren. Oase. Buikdansen. Koi. Nootmuskaat. Muskus. Grote, rode kussens. Kleine ronde spiegels. Kwastjes. Afgesloten tentachtige hoekjes om te vrijen. Alles met stoffen bekleed. Als een baarmoeder. Warm. Tropisch, maar niet in Miami-sfeer. Tropisch op een over-weldigend droge Marokkaanse manier. Heet. Seksueel. Vrouwelijk personeel in doorzichtige haremkleding. Veel strakke buiken. Strings. Mannelijk personeel met ontbloot bovenlijf en harembroeken. Djinns. Magisch. Currykleuren. Zachte, sensuele verlichting. Seks. Geld. Harem. Overal seks. Naaktportretten. Treffende, maar smaakvolle seksfoto's, moeilijk te zien wat wat is, tenzij je heel goed kijkt of heel erg dronken bent. Seks. Geld. Olie. Macht. Zonde. Ge-not. Genghis Khan. Bron van lust. Machtopwekkend.

Ik kijk op en zie Ricky Biscayne in een zwarte BMW 5-serie arrive-ren. Ik heb een witte. We hebben dezelfde auto. Best cool. Hij heeft in elk geval een goede smaak als het om auto's gaat.

Hij is alleen. Ik vouw het menu op en stop het met de pen in mijn handtas. Hij stapt uit, geeft de sleutel aan de parkeerbediende en ik zie zijn vale spijkerbroek met het grote opzetstuk op de knie, de gele zijden guayabera en nette schoenen. Hij ziet er goed uit, maar dan wel zonder enig verstand van kleding. Ik roep hem en hij zwaait. Hij glimlacht en loopt naar mijn tafeltje, terwijl de meeste andere gasten vol verwondering staren. Kennelijk herkennen ze hem allemaal en dat is precies waarop ik hoopte. Waarom zou je moeite doen om een nul te laten investeren in je club? Je hebt uitstraling nodig als je in deze stad iets wilt bereiken in de clubscene. Dat, en een thema dat je van de anderen onderscheidt.

'Hoi, Ricky. Ik ben Geneva Gotay. Geweldig om je te ontmoeten.'

Ik sta op en steek mijn hand uit, maar hij trekt me naar zich toe voor een stevige omhelzing en kust me in Miami-stijl op beide wangen. Hij ruikt naar salade en tabak, en zijn huid voelt koel en een beetje klam aan.

'¡*Coño!* Je bent mooier dan ik had verwacht, *morenita*,' zegt hij op flirtende toon. Zelfs Ricky ziet dat ik zwart lijk. Maar mijn eigen ouders? Vergeet het maar. Die denken dat we blank zijn. In Boston dacht iedereen dat ik zwart was. Hij kijkt naar Belle die hijgend naar hem op kijkt. 'Schattig beestje,' zegt hij.

'Dank je,' zeg ik.

Hij gaat tegenover me zitten aan de vierkante, granieten tafel en doet zijn zonnebril af. Ik ben nog steeds opgewonden van het fantaseren over wat Club G zou betekenen voor verliefde, dronken mensen, dus wil ik hem ter plekke bespringen, zelfs in die belachelijke spijkerbroek. Hij is vast een ongelooflijk lekker seksspeeltje. Je kunt precies zien welke jongens het snappen en welke niet. Zijn ogen zijn het mooiste aan hem, bijna ambergeel met groene en bruine vlekjes, intelligent en vreselijk boos. De boosheid was me niet opgevallen toen ik hem op tv zag. Op televisie komt de boosheid over als lust. Het is een vage grens tussen beide als je er goed over nadenkt. Hij heeft die spreekwoordelijke *bad boy*-uitstraling. Hij is gevaarlijk, dat is het. Gevaar van het soort waar vrouwen naar verlangen alsof het chocolade is.

'Ja, meid,' zegt hij op een grappige manier, en hij gebaart met zijn handen als een bendelid. Ik zou willen zeggen dat het niet natuurlijk is, maar dat is niet zo. Hij is ermee doordrenkt. 'Harvard Business School. Dan denk ik toch echt aan iets anders. Je ziet er niet erg Harvard uit. Shit, meid.' Hij gaat iets rechterop zitten, en buigt zich voorover om Belle te aaien, waarmee hij wat puntjes bij me scoort. 'Ben jij echt de dochter van Violeta, die van dat praatprogramma?'

'Ja.'

'Cool! Mijn moeder is gek op dat programma. Ze luistert er elke dag naar.' Hij frunnikt aan een kruis om zijn nek.

'Echt waar? Wat grappig.'

'Je moeder praat wel over waanzinnige dingen,' zegt hij. 'Ze is helemaal *puñeta y pinga y to'eso*, man.'

Alhoewel, misschien zou ik hem toch niet bespringen, zelfs al vroeg hij het aan me. Ik vind dat mijn gevaarlijke mannen op zijn minst veilige grammatica moeten kunnen toepassen. Ik glimlach met mijn neus, een snobistische, meisjesachtige glimlach om hem te laten weten dat ik hem even zijn gang laat gaan, maar hem niet zo charmant vind. Na al die jaren op de Ransom Everglades School kan ik een eersteklas snob zijn als ik dat wil. Hij heeft het door, wendt zijn blik af en schuift in zijn stoel heen en weer.

'Ach, je weet wel.' Hij bekijkt de mensen om zich heen en doet zijn best om niet gekwetst te kijken. 'Je ziet er echt beter uit dan ik dacht.' Hij zakt onderuit in zijn stoel, vouwt zijn handen achter zijn hoofd en gaat met zijn tong langs zijn lippen. 'Heb je vanavond plannen?'

'Ja, dank je,' zeg ik. 'Ik ga naar een poëzievoordracht.'

Hij trekt zijn wenkbrauwen op en moet lachen. 'Oké, meid, nu ben ik écht bang. Moet je haar nou horen.' Hij praat als een zwarte Amerikaan. Waar is dat goed voor?

Ik ga voor de zakelijke aanpak. Ik kijk op mijn horloge. 'Zo, Ricky. Waar is je manager? Ik dacht dat hij ook zou komen.'

Ricky haalt zijn schouders op. 'Ron? Nee. Die *mamabicho* komt niet. Die is voor zaken op de Caymaneilanden. Volgens mij hebben we hem hier niet voor nodig. Ik vertrouw je.'

Zaken op de Caymaneilanden? Dat kan niet goed zijn, of wel? Alleen dealers en witwassers doen zaken op de Caymaneilanden. 'Je kent me net,' zeg ik. 'Hoe kun je me nu vertrouwen?'

'Jij hebt aan Harvard gestudeerd, je ziet er waanzinnig uit, je bent een Miami *homegirl*.' Ricky snuft en wrijft met de rug van zijn hand over zijn neus. Hij schraapt zijn keel en legt een koele, klamme hand over de mijne. 'Zo, schoonheid, waar mag ik tekenen?'

'Dat meen je toch niet?' Zo gemakkelijk kan het toch niet zijn?

Hij doet zijn zonnebril af en zijn ogen zien er rood en pijnlijk uit. 'Jawel,' zegt hij.

Die man moet in therapie, denk ik. Met één handtekening zou hij zó alles aan een knap gezichtje geven. Is hij echt zo dom? Ik ben verbijsterd. Iemand zou die man tegen zichzelf in bescherming moeten nemen. Maar ik niet. Niet nu. Ik heb beet en laat niet los. Ik glimlach liefjes en haal een contract en een zilveren pen van Tiffany uit mijn koffertje.

Ik vraag me af of er nog een plekje voor Ricky is op die vertrouwenscruise.

Matthew Baker zit in zijn gebruikelijke werkkleren in de opname-studio – een zwarte spijkerbroek en een vaal Green Day T-shirt, met een afgedragen en geliefde honkbalpet van de Marlins om zijn vroegtijdig kale kruin te verbergen. Hij is vijfentwintig en is al zeven jaar kalende.

Daarom, en om allerlei andere redenen is Matthew Baker niet in staat om te beseffen dat veel vrouwen hem ongelooflijk aantrekkelijk vinden. Het meest aantrekkelijk aan hem zijn zijn kleine, donkerbruine ogen die iets schuin staan, de zware blik van een denker, ontroerende ogen waardoor vrouwen willen weten wat erin je omgaat.

Maar Matthew beséft dat allemaal niet, ook niet als het hem wordt gezegd. Diep vanbinnen weet hij alleen dat hij kansloos is. Elke ochtend rekent hij erop dat hij een hoopje korte rode haren in het doucheputje vindt, en elke ochtend als hij ze opveegt, ze van zijn vingers schudt en wegspoelt, voelt hij zich weer wat minder aantrekkelijk voor het vrouwelijke geslacht. Gezien het feit dat zijn haar oorspronkelijk vlammend rood was, heeft hij het gevoel dat de wereldmachten bijzonder onaardig waren toen zijn gegevens werden ingevuld in de kolom UITERLIJK. Hij ziet geen enkele reden waarom hij kalend, roodharig, sproetig, mollig én klein zou moeten zijn. Had God soms een hekel aan hem? Een meter vijfenzeventig, niet waarschijnlijk. In een notendop is dat hoe Matthew Baker zichzelf ziet: klein, kaal en onwaarschijnlijk. Onwaarschijnlijk dat hij ooit een afspraakje krijgt, nu hij, voor de derde keer, is gedumpt door dezelfde weinig aantrekkelijke, maar briljante en hartstochtelijke vrouw.

Matthew drukt op een toets op de computer en het nummer waar hij de hele dag aan heeft zitten werken schalt door de luidsprekers. Het is bijna af. Het is een ballade die 'The Last Supper' heet en gaat over slenteren door Milaan met een gevoelvolle vrouw. Hij heeft de keyboards, drums en achtergrondzang gecomponeerd voor een single op het nieuwe Spaanstalige album van Ricky Biscayne. Omdat hij zich verveelde, heeft hij de lead alvast opgenomen. Ricky's Engelstalige cross-over, met eerlijk gezegd voornamelijk Matthews zang, is een hit, vliegt op alle hitlijsten naar de top. Ricky wilde voortaan alleen nog maar Engelstalig doen, maar Matthew heeft hem overgehaald om de harde kern van zijn originele Spaanse publiek niet op te geven, omdat zij degenen zijn die, zo denkt Matthew, hem nog steeds geweldig zullen vinden als Amerika's liefdesrelatie met de nieuwe hippe latino-sensatie doodbloedt. Heeft Ricky nog altijd niet begrepen dat de Amerikaanse media niet langer dan een seizoen of twee ruimte kunnen maken voor een latino-ster? Het doet er niet toe hoeveel talent die ster heeft. Latino is kennelijk een trendy wegwerpartikel in het conventionele Amerika. Om de zes jaar lijkt het wel of het land de komst van *latino chic* verkondigt, om het vervolgens het daaropvolgende jaar weer te laten uitsterven. En elke nieuwe golf wordt als de allereerste gezien. Belachelijk.

Matthew doet zijn ogen dicht en luistert naar de melodie en de tekst die hij allebei zelf heeft geschreven. Terwijl hij zich concentreert komt er een harmonie in hem op. Hij noteert hem, bedwingt de neiging om terug te gaan naar de studio en hem op te nemen. Shit. Het nummer klinkt godvergeten goed. Als Ricky het nummer leert, heeft hij weer een hit. Al die songwriterlessen jarenlang aan Berklee College of Music werpen eindelijk hun vruchten af. Het gaat hem gemakkelijker af en het wordt steeds leuker. Hij heeft in elk geval resultaat. Ricky verdient tegenwoordig bakken met geld, en Matthew weet dat hij door zijn artistieke input recht heeft op een flink deel daarvan. Maar Ricky betaalt hem een jaarsalaris. Het is niet de beste regeling. Maar Matthew heeft nooit geleerd kunst en creativiteit met geld te associëren. Hij zit niet in de muziek voor het geld. Mensen die eruitzien als Ricky doen het misschien om het geld. Maar mensen die eruitzien als Matthew zitten meestal in de muziek omdat ze gek zijn op muziek. Zo is het nu eenmaal. Matthew weet dat hij een sukkel is wat het geld betreft. Een dezer dagen moet hij eens met Ricky gaan praten om te zien of er niet iets geregeld kan worden, of ze geen afspraken kunnen maken die iets eerlijker zijn. Matthews vader en moeder hebben hem misschien niets geleerd over zakelijke belangen en geld, maar ze hebben hem wel de waarde van karma en gerechtigheid bijgebracht.

'Tijd om te gaan,' zegt hij tegen zichzelf, al weet hij op het moment dat hij het zegt dat er geen reden is om zich naar huis te haasten. Er zit niemand op hem te wachten en hij heeft niets te doen als hij eenmaal thuis is. Maar uit principe gaat hij naar huis. Dat doen mensen toch? Normale mensen. Normale twintigers. Na het werk gaan ze naar huis, ook al zijn ze zo gek op hun kunst dat ze best de hele nacht door zouden kunnen gaan. Ze gaan naar huis en hebben een leven. Matthew heeft een thuis, althans een flatje. Maar dat leven blijft hem ontgaan, zeker hier in Miami waar hij nooit het gevoel heeft gehad dat hij erbij hoort, en dat waarschijnlijk ook nooit zal hebben.

Tijdens zijn jeugd in San Francisco en de jaren daarna heeft Matthew naar de glimmende herenschoenen in warenhuizen gekeken en zich afgevraagd wie er in vrédesnaam de schoenen met kwastjes en het zwart-witte kalfsleer draagt. Hetzelfde vroeg hij zich af over riemen. Nu weet hij het. Mannen in Miami dragen die dingen. Hij heeft nog nooit een grotere groep ballerige, mooie jongens gezien dan latino's in deze stad die allemaal rondlopen in een wolk van dure eau de toilette en spijkerbroeken die je alleen in Europa kunt kopen. Je zou niet denken dat echte mannen gele instappers dragen, totdat je hier komt wonen, en dat zijn dan nog helemaal geen verwijfde types. Macho's dragen hier chique zachtleren schoenen en ze slaan het scheren nooit een dagje over. De mannen in Miami gebruiken moisturizer. Zoiets heeft hij nooit eerder gezien. Matthew is vanbinnen en vanbuiten een slons en hij heeft een hekel aan Miami vanwege het gebrek aan hippies, vrouwen met okselhaar en vieze, artistiekerige mannen. Mannen zoals hij. Matthew Bakers bescheiden mening is dat deze stad veel te godvergeten glad is, zó glad dat het glibberig is.

Matthew sluit de opnamestudio in Ricky Biscaynes huis af en zwaait naar Jasminka die als een uitgedroogd stuk vlees troosteloos bij het zwembad ligt. Op een andere plek, op een ander moment zou hij versteld hebben gestaan van haar schoonheid. Maar hier is ze heel gewoon. Dikke vrouwen vallen in Miami Beach juist op omdat er zo weinig zijn. Beeldschone vrouwen? Overal. Daarom voelt Matthew zich vaak als een uitgehongerde man aan een banket, die niet mag eten. Zo veel verbijsterend mooie vrouwen en niet eentje die in hem geïnteresseerd is.

Ze steekt een graatmagere, slap uitziende arm omhoog en zwaait terug, als iets wat uit een concentratiekamp is overgebleven. Ze heeft allemaal rode plekken op haar arm. Matthew heeft Ricky er een keer naar gevraagd en hij weet nu dat Jasminka zichzelf verwondt. Wat is dat voor belachelijks? Matthew heeft medelijden met haar, maar eigenlijk vindt hij haar gewoon eng. Ze is ongelooflijk mager, als een buitenaards wezen. Het is idioot om zo mager te zijn. En dan dat snijden. Mensen hebben problemen. Het kan hem niet schelen hoe rijk, beroemd of mooi je bent, iedereen heeft ellende die hij voor anderen wil verbergen. Punt uit. Mensen zijn vreemd en gecompliceerd en op het moment heeft hij er genoeg van om medelijden met ze te hebben, vooral met Jasminka. Matthew zou haar het liefst willen volstoppen. Het lijkt wel of Ricky niet eens in de gaten heeft hoe verdrietig zijn vrouw is of hoe hulpeloos, hoe verknipt. Ricky snapt het niet.

Matthew loopt naar de zijtuin en maakt zijn Trek-fiets los die tegen het hek staat. Hij weet niet waar Ricky is en hij vindt het merkwaardig bevrijdend zonder meneer de Superspetter. Ooit, bijna tien jaar geleden, nadat ze elkaar als zenuwachtige studenten aan Berklee hadden leren kennen, waren hij en Ricky huisgenoten en, naar hij dacht, goede vrienden. Toen praatten ze tot diep in de nacht, gingen ze samen uit en lachten ze onder het genot van pizza en wedstrijden van de Celtics. Toen maakten ze grapjes over hoe godvergeten walgelijk knap Ricky was en hoe belachelijk, vulkanisch diep Matthews Barry White-stem was voor zijn huidskleur en postuur. Matthew vond dat Ricky net een soapster leek en Ricky vond Matthew net een kruising tussen de cartoonfiguren Ren en Stimpy. Beide jongens konden in die tijd zingen. Matthew vond dat Ricky's stem op Luis Miguel leek of zo. Ricky dacht dat Matthew op Bono leek, wat waarschijnlijk ook zo was, omdat hij in die tijd gek was op Bono.

Toen maakten ze nog grapjes over het feit dat Ricky, de latino uit Miami, beroerder Spaans sprak dan Matthew de *gringo* uit San Francisco. Matthews hippieouders hadden bijna heel Matthews jeugd als bahá'i-missionarissen doorgebracht in Panama en Bolivia, en hij was opgegroeid in gekke, kriebelige, zelfgemaakte broeken, vaak zonder schoenen, in kleine dorpjes in Latijns-Amerika en in de kleine bungalow van het gezin in een duister deel van Oakland. Duister in de zin van crimineel.

Matthew fietst naar huis, een tweekamerflatje in South Beach met opklapbare meubels, een dode kamerplant en niet veel meer. Matthew kan zich wel meer veroorloven. Ricky betaalt hem ongeveer tachtigduizend per jaar. Niet slecht voor Miami. Maar de waarheid is dat Matthew geen verstand heeft van huisinrichting of winkelen. Die dingen interesseren hem niet. Zijn gebrek aan meubels compenseert hij meer dan genoeg met muziekbenodigdheden. Hij heeft meer dan twintig gitaren, veel keyboards, computers, drums, allerlei instrumenten. Zijn flat lijkt wel een lommerd.

Tijdens het fietsen denkt hij aan Ricky. Het lijkt wel of Ricky steeds onvolwassener wordt en hij gaat de laatste tijd vaak zonder Matthew naar allerlei feesten in strandhotels en geeft kennelijk de voorkeur aan zijn glanzende nieuwe kliekje modellen en sterretjes. Wat nog erger is, is dat het lijkt of Ricky niet meer zo goed kan zingen als vijf jaar geleden, alsof hij een keelziekte heeft of zo. Hij hoest en rochelt en snuft alsof hij tuberculose of een haarbal heeft. Hij lijkt zich met de beste wil van de wereld niet meer te kunnen concentreren. Matthew heeft het gevoel dat zijn tanende zangtalent te maken heeft met de toenemende mate waarin hij zijn verlangen naar tabak en cocaïne bevredigt, al kan hij dat laatste niet bewijzen, op de rode neus na. Matthew stelt er geen vragen over, hij weet wel beter. Ricky praat niet graag over zwaktes. Nee, dat neemt hij terug. Ricky praat graag over de zwaktes van ánderen, maar niet over die van hemzelf.

Toen Ricky Matthew laatst voorstelde aan een paar mensen van zijn nieuwe managementteam, had hij gegrapt dat Matthew 'de bahá'i Rick Astley' was, en dat deed pijn. Rick Astley, mijn reet. Oké? Als roodharige zanger wil je dus niet met hem vergeleken worden, begrepen? Matthew weet dat hij geen lekker ding is zoals Ricky, en hij weet dat hij nooit 'man van het jaar' zal worden. Maar Matthew heeft muzikaal talent en hij heeft een krachtige zangstem die hij steeds meer gebruikt om Ricky's zwakker wordende stem te ondersteunen. Dat verdient respect, evenals het feit dat Ricky's meeste nummers zijn geschreven door Matthew of mede door Matthew, ook al krijgt hij daar zelden officieel erkenning voor omdat hij veel te aardig is en omdat zijn rol, die nog stamt uit de tijd dat ze nog niet succesvol waren, op de een of andere manier nooit bijgewerkt is.

Matthew fluit de melodie van het nieuwste nummer dat hij heeft geschreven terwijl hij naar huis rijdt en feliciteert zichzelf met het feit dat hij op zijn fiets naar zijn werk is gegaan. Hij is de afgelopen jaren een paar kilootjes aangekomen. Zijn eenzaamheid heeft hij gecompenseerd met eten. Hij wil afvallen, maar hij wil wel blijven eten.

Hij duwt de ronde, witte, plastic oordopjes van zijn iPod in zijn oren en trapt hard met zijn korte, kromme benen. Het is tien minuten fietsen van Ricky's huis naar Matthews flatje en tegen de tijd dat hij arriveert, is hij uitgeput. Niet lichamelijk, maar geestelijk.

Matthew heeft weer eens de fout gemaakt om de hele weg aan Eydis te denken, de spookachtige, enigszins gewone IJslandse zangeres voor wie hij tijdens zijn studie is gevallen. Ze heeft een stem die hem doet denken aan het noorderlicht, zoals hij schreef in het nummer waarvan niemand wist dat het een liefdesbrief aan haar was. En een gevoel voor humor dat iedereen verrast. Ze spreekt ook zes talen en wil ooit in Milaan gaan wonen. Hij heeft nog nooit iemand ontmoet die zo bijzonder is als Eydis. Ze heeft toevallig ook een prachtig rond achterwerk, een kontje als een omgekeerd hart en Matthew valt op kontjes. Afijn, hij heeft haar favoriete muziek op zijn iPod staan en daarom is hij moe. Van het luisteren naar Eydis' lievelingsmuziek van saaie ECM-artiesten. De misselijkmakend zoete herinnering aan die afschuwelijke, prachtige vrouw.

Ze hebben elkaar tijdens het college Muziekgeschiedenis leren kennen en hebben vijf jaar verkering gehad. Ze zei dat hij de indringendste en intelligentste blik had die ze ooit had gezien. Ze was de enige vrouw die hem knapper vond dan Ricky. Ze had hem waanzinnig lekker gepijpt, zonder te bijten, en had een vibrator tegen haar wang gelegd terwijl ze hem afzoog, wat een heel spannend en verbazingwekkend gevoel gaf. Ze hadden een passie voor Thais eten en Monty Python. Hij was gek op haar, zowel op haar innerlijke als op haar geile kwaliteiten. Hij wilde met haar trouwen. Toen dumpte ze hem voor een Israëlische drummer van een band op een cruiseschip waar ze in zong, die haar op zijn kont, haar op zijn rug en haar in zijn oren had. Die vent was net een aantrekkelijke Gremlin. Eydis is stom als het om mannen gaat. Ze valt voor iedereen.

De laatste keer dat ze Matthew heeft gedumpt was een halfjaar geleden. Het kwam als een grote schok voor Matthew, maar Ricky had hem er tijdens een lange avond met veel Belgisch bier op gewezen dat het geen verrassing zou moeten zijn omdat Eydis hem al drie keer eerder had bedrogen en gedumpt. Altijd als de nieuwe relatie doodgebloed was, kwam ze als een postduif teruggevlogen en dan koerde ze tot hij haar terugnam. Matthew beseft dat hij een dikke, veilige knuffeldeken voor Eydis is en een deel van hem hoopt dat ze ooit over haar ontrouw heen groeit en alleen hem wil. In tegenstelling tot Ricky, die beweert dat hij een hekel aan kinderen heeft, is Matthew dol op ze. Tijdens zijn jeugd met zijn ouders in Bolivia en Panama waren het de kinderen die het vergevingsgezindst en hoopgevendst waren. Kinderen waren súper.

Ricky vindt Matthew een watje omdat hij dol is op kinderen en Eydis, en Matthew vraagt zich af of hij wat betreft Eydis niet gelijk heeft. Als Eydis vanavond bij hem op de stoep zou staan en hem smeekte om haar terug te nemen, dan zou hij het doen. Het zou kunnen. Ze is in Miami. Hij kent haar schema en hij weet dat haar schip morgen vertrekt. Als ze de trap op kwam en hem smeekte, zou hij haar terugnemen. Nóg een lijst waarop de onwaarschijnlijke Matthew bovenaan zou kunnen komen te staan: grootste sukkel van het jaar. Dat zou wel eens kunnen kloppen. Even overweegt hij om naar de haven te gaan om met haar te praten voordat het schip uitvaart. Hij weet ongeveer hoe laat ze er zal zijn. Hij zou haar toevallig tegen kunnen komen en haar tussen neus en lippen door kunnen smeken bij hem terug te komen. Misschien zou het lukken.

De reden dat Matthew naar Miami is verhuisd – behalve zijn samenwerking met Ricky – was om Eydis op haar vrije dagen te kunnen zien, als haar schip aanmeerde en ze aan land kwam om van hem te houden. Het is zes maanden geleden dat ze hem voor het laatst heeft gedumpt en hij is haar nog steeds niet vergeten, is met niemand meer uit geweest. Als je eruitziet als Matthew Baker, denkt Matthew Baker, dan stap je niet zomaar op een vrouw af om haar mee uit te vragen, want negen van de tien keer word je ten overstaan van haar vrienden uitgelachen. Hij gaat ervanuit dat hij nooit meer een vriendin zal hebben, tenzij de relatie met die harige Israëliër natuurlijk op de klippen loopt en reken maar dat hij dan voor haar op zijn knieën gaat.

Vrijdagavond in South Beach. Jezus. Het wordt weer een krankzinnige avond, dat voelt hij. Zijn homoseksuele buren hebben hem verteld dat South Beach tegenwoordig nog maar tien procent homo's heeft, dat alle hippe homo's naar BelleMeade en Shorecrest zijn getrokken. Toch heeft Matthew het idee dat de buurt vol zit met homo's, want omdat hij grotendeels in Zuid-Amerika is opgegroeid waar niemand over homoseksualiteit praat, kan hij nog steeds niet wennen aan mannenogen die hem aanstaren. Vanavond zal de gekte van de voorjaarsvakantie weer in volle gang zijn en zijn er dronken toeristen en andere idioten die groen bier kotsen, meisjes die drank uit elkaars navel slurpen en meer van dat soort dingen. De enige plek waar het naar zijn idee nog krankzinniger kan toegaan dan in South Beach is Rio. Of misschien Gomorra, Sodom, een van die twee. Hij moet maar gauw naar boven en zich daar schuilhouden.

Matthew kijkt naar de vele auto's op straat en is ontmoedigd. Bierzuipende corpsballen, dikke toeristen in pastelkleurige shirts, modellen, bejaarde dames met grijze, gewatergolfde kapsels, luidruchtige groepjes meisjes met grote neuzen uit Brazilië en Japan die vanaf de kin omlaag mooi zijn, travestieten, en onzekere mannen van middelbare leeftijd die een auto als penisverlenger hebben en op kruispunten hun motor laten brullen. Hij hoort echt niet thuis in Miami en híér al helemaal niet. Ergens moet toch een plek zijn waar hij echt past. San Francisco kwam nog het meest in de buurt en die gedachte maakt hem nog ongelukkiger. Als popmuzikant kun je het in San Francisco wel vergeten. Daar kun je gewoon geen droog brood verdienen. De stad is veel te relaxed voor krachtige popmuziek van het soort dat Matthew wil maken.

Toevallig rijdt er net een auto voorbij waar Ricky's Engelstalige hit uit schalt. Het is onwerkelijk. De vent aan het stuur zingt mee en kijkt naar Matthew alsof hij uitschot is, alsof hij zelf veel cooler is dan Matthew omdat hij naar een hippe latin-popster luistert. Maar de chauffeur heeft geen idee dat Matthew het nummer niet alleen heeft geschreven, maar ook nog eens de belangrijkste stem van de opname is. Het leven is soms te absurd voor woorden.

Matthew heeft al zijn hele leven liedjes gecomponeerd, al van jongs af aan toen hij luisterde naar het blikkerige geluid van de radio's in huizen en winkels in Latijns-Amerika, al sinds hij een gitaar kreeg toen hij vier was. Het kwam hem aanwaaien, en daarom zag hij het nooit als een talent. Talent vond hij iets wat op zijn minst een beetje een uitdaging moest zijn. Muziek was leuk en gemakkelijk. Toen hij tien was, kon hij gitaarspelen als de beste en had hij al meer dan honderd liedjes gecomponeerd. Zo is hij en zo is hij altijd geweest. Toen hij een jaar of twaalf was, besloot hij dat hij ooit een van zijn liedjes op de radio wilde horen. Nu hij vier jaar met (voor?) Ricky Biscayne heeft gewerkt, heeft hij om precies te zijn elf van zijn liedjes op de radio gehoord in Miami. Het is godvergeten waanzinnig, zoals Ricky zou zeggen. Maar dit nummer, de Engelstalige cross-over, zijn liedje voor Eydis, is het eerste wat hoog scoort op de conventionele markt. En sinds het optreden in *The Tonight Show* is het gestaag in de hitlijsten opgeklommen en lijkt het af te stevenen op een plek waar geen van Matthews werk ooit heeft gestaan: de Top 100.

Matthew is zo blij dat hij zelfs zwaait naar de jongens in spijkershorts die over straat naar hem fluiten. Ze weten dat hij er kotsmisselijk van wordt als ze dat doen, die shorts en het gepest. Ze hebben hem verteld dat ze hem willen bekeren, een homo van hem willen maken. Hij huivert. Vrouwen. Hij heeft liever vrouwen. In alle maten, alle kleuren. Hij houdt van allemaal. Zelfs zwangere vrouwen zijn sexy en sensueel, denkt Matthew, die vindt dat vrouwen over het universum heersen met hun macht om leven te schenken.

De enige vrouwen die hij regelmatig ziet zijn Ricky's vrouw en haar modellenvriendinnen, plus de verschillende ordinaire rotwijven die voor Ricky werken en hem pijpen zodra hij het vraagt; maar die zijn niet aantrekkelijk, integendeel. Hij wil in geen geval zijn lul hangen in de mond van iemand die Ricky's lul heeft afgezogen. Als geen ander weet hij in welke openingen Ricky zijn lid allemaal heeft gehangen. Nee, dank je. Ricky's verzameling fans, die regelmatig aanbieden met Matthew te neuken als hij ze aan Ricky wil voorstellen, is ook niet bepaald aantrekkelijk. Zo aantrekkelijk als elektroden aan je ballen.

Uit pure wanhoop heeft Matthew zich een maand geleden aangemeld bij een online datingservice, maar hij heeft nog niemand daadwerkelijk mee uit gevraagd. De vrouwen die zich daar aanbieden zien er eng uit met die rare grijze foto's die ze waarschijnlijk aan hun computer hebben genomen met een digitale camera. Ze moeten wel erg eenzaam zijn dat ze op die manier een foto van zichzelf hebben gemaakt; de uitgestrekte arm is nog zichtbaar en de neus lijkt veel groter vanwege de vreemde hoek. Tot nu toe heeft hij nog maar van één vrouw iets gehoord, en in haar bio heeft ze het voornamelijk over seksueel misbruik in haar jeugd en vertrouwensproblemen. Hij is niet ingegaan op haar aanbod om iets af te spreken bij de tatoeagestudio. Die wijven zijn zeker net zo wanhopig als hij en dat is niet goed.

Matthew loopt de drie trappen op naar zijn flat, baant zich een weg door de scherven van zijn leven, snaren en keyboards, gitaren en lege bakjes van afhaalmaaltijden, en hij trekt de vriezer open. IJs. Chunky Monkey. Een DiGiorno-pizza. In de koelkast staan nog een paar flessen Sam Adams. Eten, drinken, een paar uur zappen en Matthew heeft zijn avond voor elkaar. Ja, voor elkaar. In Matthews ogen is uitgaan duur en nutteloos en heeft hij wel wat calorieën en stompzinnige televisie verdiend.

Er tapdansen stieren in mijn kop. Op de achtergrond van de hoofd-pijn is een zeurende pijn in mijn onderrug en pijn in mijn buik, die allemaal aankondigen dat er weer zo'n geweldige menstruatie komt in het dorre land van Milan. Ik wil aan de pil, net als Geneva, maar ik wil niet dat mijn vader ze vindt en door het lint gaat. Hij denkt dat ik nog maagd ben en om de een of andere belachelijke reden vindt hij dat heel belangrijk.

Terwijl de aftandse ijsmachine in het bedrijfskeukentje met een schel gekletter koude blokjes produceert, pak ik mijn spullen bij el-kaar, een handtas en een paarse tas van vinyl, waarschijnlijk voor kinderen bedoeld. Ik ren langs *tío* Jesús, die in de telefoon schreeuwt tegen een van zijn leveranciers, loop haastig de deur van de veredelde caravan uit die het kantoor van E-Z Go moet voorstel-len, en zie het benauwde, grijze licht van Overtown, volgens velen de beroerdste, door kakkerlakken geteisterde buurt van Miami. Onmiddellijk hoor ik sirenes van hulpdiensten die zich naar een cri-sis haasten. Welkom in Overtown.

Mijn borsten schommelen een beetje terwijl ik naar mijn auto loop, gevoelig en levenloos door die stomme PMS. Ik moet de band-jes van mijn beha inkorten. Ik ben te lui om eraan te denken. Ik voel dat ik dikker word, opzwel als Harry Potters boosaardige tante in die film. Ik heb een elastieken broeksband nodig. En meer gebak. O, en koffie. Mmm, koffie. Een goed boek zou ook geen kwaad kunnen. Goddank is het vrijdag, boekenclubavond met Las Loqui-tas del Libro! Ik kan niet wachten om de meiden weer te zien en te horen hoe ze lachen terwijl hun lepeltje tegen het porseleinen kof-fiekopje tingelt. De mooiste geluiden die er bestaan.

Ik hoor iets in de bosjes ritselen. Het zal wel weer iets typisch Overtowns zijn, zoals een rat die aan een duivenkarkasje zit te knagen. Miami is een heerlijke stad, ja, als je op de goede plekken bent. Op de verkeerde plaatsen is het walgelijk, met dingen die nooit in prullenbakken rotten, dingen die gewoon beschimmelen en opzetten en waar bedorven sappen uitsijpelen, zoals ik op dit moment, nu ik erover nadenk. Ik voel me smerig. Ik heb dringend een douche nodig. Ik schuif de etenswarenverpakkingen en oude post op de stoel van mijn Neon opzij en laat mijn vermoeide lijf achter het stuur zakken. Ik vergrendel de portieren en zet de airco aan die om de een of andere reden naar zweetvoeten en tonijn ruikt (tijd om het filter te vervangen?). Ik rij zo snel mogelijk door de wijk naar de snelweg. Je leest altijd van die verhalen over ontvoeringen en verkrachtingen in de *Herald* en, weet je, ik wil echt niet zo'n verhaal worden. Geen enkel verhaal, tenzij ik daarin met Ricky Biscayne ga trouwen, of op zijn minst neuken. Dat zou ik direct doen, trouwens. Ook al is hij getrouwd. Als Ricky Biscayne een harem had, zou ik me direct aansluiten.

Als ik eenmaal door de straten scheur – voor zover je in een Dodge Neon kunt scheuren – zet ik de radio aan op mijn moeders talkshow *El Show de Violeta*. Het was aanvankelijk een lokaal programma, gericht op Cubaanse bannelingen, vrouwen in het bijzonder, maar tegenwoordig, door de toenemende Latijns-Amerikaanse diversiteit in Miami, is mama's show gericht op Spaanssprekende vrouwen in het algemeen. Violeta doet deze dagelijkse show al twintig jaar en is er nooit voor betaald, iets wat Geneva en ik gewoon verkeerd vinden. Vergeet niet dat Geneva en ik het zelden over iets eens zijn, en ik kan je zeggen dat die vertrouwenscruise van morgen daar écht niets aan gaat veranderen. Ik zal mijn zus nooit, maar dan ook nóóit vertrouwen. Maar mama vertellen we niets. Zij is degene die zo graag advies geeft, waarvan veel hypocriet is, vooral als het gaat om dingen als trouw en het huwelijk, twee onderwerpen waar mijn ouders volgens mij niets van snappen.

'Ooolaa, Miami!' Mijn moeders bekende groet schalt door de krakende luidsprekers die ik tijden geleden al heb opgeblazen met Ricky. Goeie genade! Ze lijkt wel een ara. Ze hoort in de dierentuin thuis, hoort vogelzaad uit kinderhandjes te pikken. Ze gaat verder in het Spaans: 'Het is vrijdag en welkom bij *The Violeta Show*! Vandaag hebben we seksuologe Miriam Delgado van het Mercy Hospital te gast om te praten over een onderwerp waar veel huwelijken mee te maken krijgen, maar waar de meeste mensen binnen onze gemeenschap niet gemakkelijk over praten. Ik heb het over de clitoris.'

Ik zoek iets in de auto waar ik in kan kotsen. De clitoris? Dat meen je niet. Dáár gaat mijn moeder het het komende uur over hebben? Ik wil niet eens weten dat mijn moeder er een hééft, laat staan dat ze er goddomme een uur lang over gaat zitten práten. Jezus. Het is maar goed dat mijn vader nooit naar de show luistert. Hij vindt het onbenullig en denkt dat ze praat over koken en schoonmaken, en volgens mij heeft hij in geen tien jaar naar een show van haar geluisterd. Ik zou niet weten hoe hij op dít onderwerp zou reageren. Hij is nogal *machista*. Ik betwijfel of hij weet wat de clitoris is, laat staan dat hij weet waar die zit. Gatver! Dit soort gedachten wil ik toch helemaal niet hebben? Is dat geen vorm van kindermishandeling?

Mama wacht even om het onderwerp te benadrukken en ik kan de serieuze frons op haar voorhoofd bijna voor me zien. En theatraal als tijdens een stervensscène in een toneelstuk van Shakespeare, laat mama haar stem dalen en zegt ze: 'Dokter Delgado, welkom in de show.'

'Dank je, Violeta,' zegt dokter Delgado, zonder een sprankje humor. Ze is zo te horen stokoud, als een antieke piano die opengewrikt wordt. 'Ik verheug me erop om vandaag hier te zijn en te praten over het huwelijk en de vrouwelijke clitoris.'

Jakkes. Nee, echt. Ik ga kotsen. En het verkeer komt amper vooruit. Bestaat er een mánnelijke clitoris? Zeg me alsjeblieft dat ik dat hoofdstuk uit de Kamasutra niet ben vergeten.

Mijn hoofdpijn wordt opeens nog erger en ik heb het gevoel dat er een kleverige oerdrab uit me stroomt. Heel fijn. Niets zo fijn als bloed dat op de bevlekte stoel van je Neon sijpelt.

Had ik al gezegd dat ik een nieuw leven wil? Ja. En ook een nieuwe auto. Een witte Mercedes, om te concurreren met Geneva's witte BMW.

Mijn droomauto.

Mijn naam is Jasminka en ik leef nog.

De bloederige, zilte geur van de oceaan die vanaf het strand de straat in wordt geblazen, wervelt om ons heen. Ricky houdt mijn hand vast terwijl we langs de paparazzi en starende toeristen naar het Tides South Beach Hotel lopen. Ik draag een felblauwe katoenen badjas met slippers. Ricky heeft een spijkerbroek en een overjas aan, ik weet niet waarom. Hij ziet eruit als een detective uit een slechte film. Zo gedraagt hij zich ook.

Ik heb hier een fotoshoot voor een uitgebreid artikel over bikini-modellen in Miami in *Maxim*, en Ricky wilde per se mee. Vroeger kon ik alleen naar fotosessies, maar de laatste tijd is Ricky erg bezitterig, bang dat ik hem bedrieg. Hij heeft het er constant over, alsof ik zoiets zou doen. Ik heb het zelfs nog nooit overwogen. Ik voel me trouwens helemaal niet lekker vandaag. Waarom zou ik op zoek gaan naar mannen om mijn echtgenoot mee te bedonderen? Arme Ricky. Ik vraag me af wat er met hem is. Ik hoop dat het geen vorm van projectie is.

Sommige fotografen roepen zijn naam en de mijne. Ze schieten foto's van ons. Ricky houdt zijn hand voor en van de camera's en zegt tegen de fotograaf dat hij ons met rust moet laten. Ik ben hier niet het enige model. We zijn met z'n tienen. Een mooi even aantal. En de media zwermen om ons heen.

We gaan de lobby van het hotel binnen en mensen draaien zich om en staren ons aan. Ik adem de koele vanillegeuren in de lobby in terwijl zij fluisteren. Het is een modieuze menigte, onbehaaglijk zoals ze meestal zijn in dit soort hotels. Ik weet niet waarom het sociale leven in Miami om hotels moet draaien, zeker voor mensen die hier wonen, maar zo is het nu eenmaal. Hotels zijn meer dan alleen een plek om te logeren. Het zijn plaatsen om gezien te worden. Ricky geniet, dat merk ik aan de manier waarop hij zich gedraagt, als een mannetjespinguïn die achter de vrouwtjes aan jaagt, verwaand en trots. Het is hier heel rustgevend, koel en wit.

We zijn nog niet binnen of een jonge vrouw met een zwarte, katachtige bril en een halflang, roze kapsel komt op ons af met een walkietalkie in haar hand. Ze is helemaal in het zwart gekleed. Ik ga ervanuit dat ze een publiciteitsagent of assistente is. Dat is hun uniform en ze lachen vrijwel nooit. Als je haar zou kietelen, zou ze dan zelfs maar glimlachen? Ze ruikt naar aftershave, naar limoen en zout als een margarita.

'Jasminka,' zegt ze bloedserieus. Ik knik en doe mijn best om te glimlachen. Ik heb het gevoel dat ik een kater heb, alleen heb ik niets gedronken. Ik hou me aan Ricky vast. Ik heb honger, maar ben misselijk. De vrouw mompelt iets in haar walkietalkie wat ik niet versta, legt het ding tegen haar oor en luistert naar het antwoord. 'Ze komen je zo halen,' zegt ze. Ik hoor nu pas dat ze een Brits accent heeft. Ik word steeds beter in het herkennen van verschillende accenten. Vroeger klonk iedereen hetzelfde in mijn oren. Misschien is haar parfum Engels.

Ricky trekt me naar zich toe en geeft me een innige zoen alsof hij iedereen hier iets moet bewijzen. 'Ik hou van je,' zegt hij. Ik proef tabak op zijn lippen, de stiekeme sigaretten die hij voor zijn fans probeert te verbergen. Ik zie overal camera's flitsen en ik realiseer me dat er hier ook een heleboel fotografen zijn. Ik begrijp niet waarom ze geïnteresseerd zijn in het leven van twee vreemden. Als je het goed bekijkt zijn we niet eens zo interessant, ik in elk geval niet.

Even later komen twee grote mannen met kaalgeschoren koppen naar me toe. Er loopt een kleine, magere man met hen mee met onmiskenbaar nichterige handgebaren in een veel te strak en te kort shirt met luipaardprint. Ik hou er niet van als je mannentepels door het shirt heen kunt zien. Hij stelt zich voor en zegt dat hij de fashion director voor het tijdschrift is. Als we elkaar de hand hebben gedrukt en iedereen me heeft verteld hoe fantastisch ik eruitzie, nemen ze ons mee naar de bar. Daar vindt de sessie plaats, in de 1220 Bar, vertelt de director me, maar dat had ik al gezien aan het legertje specialisten dat er bezig is. Mensen van de belichting, kappers, visagisten, kledingadviseurs, manicuursters, noem maar op. Iedereen heeft zijn eigen afgebakende hoekje aan de bar om in te werken.

Ik zie vier andere modellen die bij elkaar aan tafel zitten en ijsthee of water drinken. Het ruikt naar gegrilde steaks en balsamicoazijn, en ook naar peper, en volgens mij zitten we in de buurt van de keuken van een van de restaurants. Ik wuif en glimlach, maar ik voel me al slap worden bij de gedachte aan thee.

'Ik moet even zitten,' zeg ik tegen Ricky. Hij tuurt door de ruimte en ziet een plekje aan de glanzende bar van dik blauw glas. Een plekje ver weg van de anderen. Ik vraag me af waarom hij nooit met andere mensen wil praten als ik erbij ben. Een assistent holt naar ons toe en zegt dat we het glas niet vuil moeten maken omdat de foto's aan de bar genomen zullen worden. Ricky knikt nijdig. Hij is niet in zijn element en daar houdt hij niet van. Ik ben hier in mijn element en hij vindt het niet prettig dat ik in het voordeel ben. Hij heeft graag de touwtjes in handen.

'Ik wil dat dit voorlopig de laatste is,' zeg ik.

'Wat, schatje?' vraagt hij me.

'De laatste fotosessie.'

'Ja?' Zijn blik glijdt door de ruimte en volgens mij luistert hij helemaal niet. Ik wil stoppen met modellenwerk, maar dit is geloof ik niet het moment om daarover te beginnen. Ik vind het treurig dat hij niet luistert en nog treuriger dat hij niet doorheeft dat ik me niet lekker voel.

'Ricky, wil je even een glas sodawater voor me halen?' vraag ik hem.

'Hè? O ja, tuurlijk.'

Hij laat me aan de bar zitten en loopt in de richting van de tafel met eten en drinken. Ik begrijp nog steeds niet waarom ze deze gelegenheden cateren. Het fruit en het gebak zijn beslist niet voor de modellen. Die zijn zeker voor de fotografen en assistenten en de mensen van het tijdschrift. Ricky komt terug met gewone cola. Ik ben weer helemaal terneergeslagen. En er vormen zich kleine zweetdruppeltjes op mijn voorhoofd, ook al heb ik het koud.

'Dit kan ik niet drinken,' zeg ik tegen hem.

'Waarom niet?' Hij kijkt om zich heen naar alle modellen die arriveren. Vlak voor mijn neus als een vos met zijn tong uit zijn mond. Alsof ik er niet ben.

'Ik wil geen cafeïne meer nemen, dat heb ik je toch verteld,' zeg ik. Misschien ben ik zwanger, en daarom ben ik met alles gestopt wat de baby kan schaden. Ik heb gisteravond een zwangerschapstest gedaan en ook al kan het eigenlijk pas over een paar dagen, volgens mij was hij positief. Het kruisje in het schermpje betekent zwanger, en ook al waren de twee roze lijntjes heel vaag, ze waren er wél. Dat weet ik zeker. Ricky gelooft niet dat ik zwanger ben aangezien ik soms onregelmatig ben omdat ik niet genoeg eet, maar ik ben misselijk en volgens mij is dat een teken. Ricky denkt dat ik misselijk ben omdat ik niet meer rook en nu broccoli en prenatale vitaminesupplementen van de drogist slik. 'En al die suiker. Ik kan het niet.'

Ricky rolt met zijn ogen alsof ik iets heb gedaan om hem te irriteren en hij mompelt: *'Pendejo.'* Dan wil hij naar de tafel met eten teruglopen. Ik steek mijn hand uit om hem tegen te houden. 'Nee,' zeg ik, 'het is wel goed. Ik hoef verder niets. Het geeft niet.'

Zodra het laatste model arriveert – wat een verrassing, een Canadees meisje, Frans-Canadees, waar iedereen helemaal lyrisch over is; een jong meisje met een drugsprobleem dat altijd overal te laat voor is en waarschijnlijk binnen de kortste keren is opgebrand – klapt de fashion director in zijn handen om onze aandacht te vragen. Hij noemt ons 'meisjes' en vertelt dat we in bikini aan de bar zullen zitten met kleurrijke drankjes waar we niet van drinken, dat het een algeheel effect van levenloze, bevroren meisjes moet zijn. 'Jullie zijn sexy lijken, meisjes, begrepen? Jullie zijn rigor mortis op deze koude, metalen stoelen met je benen uit elkaar en je borsten blauw en koud, alsof je zit te wachten op de man van je dromen om je te verwarmen en je weer tot leven te brengen met zijn dikke, hete ahhh.' Als hij dat laatste bromt, stoot hij zijn meisjesachtige heupen naar voren en word ik helemáál misselijk.

Deze business heeft iets ziekelijks, denk ik. Sommige van deze meisjes zijn nog niet eens achttien, maar zo praten ze altijd tegen ons.

De modellen worden naar de kledingafdeling gedreven en ik wil opeens dat Ricky weggaat. Hij is de enige echtgenoot en we moeten ons zo allemaal uitkleden en badkleding aantrekken. Ik wil niet dat hij naar al deze naakte, voorovergebogen vrouwen kijkt. Maar hij zit in een stoel en kijkt met een merkwaardige glimlach op zijn gezicht toe. Ik trek mijn kleren uit en mijn borsten zijn erg gevoelig zonder beha, zoals ze aanvoelden toen ze zich net ontwikkelden toen ik elf was. Ik ben misselijk en voel me een beetje opgeblazen. Ik ben eraan gewend om in mijn blootje voor mensen te staan, maar de gedachte dat ik misschien zwanger ben geeft me een heel kwetsbaar gevoel, alsof ik me het liefst ergens in een grot wil verstoppen.

De kledingdirector kiest een wit met oranje bikini van Onda de Mar voor me uit die sportief en psychedelisch is. Hij zit zó lekker, zoals hij mijn borsten tegen mijn lichaam duwt, ze veilig en knus omhult, dat ik hem wel zou willen houden. Het onderstukje zit ruim, het is geen string en daar ben ik blij om. Ik heb geen zin om nu helemaal bloot te zijn. Dat kan ik niet. Ik hoop dat ik de bikini mag houden. Ik bedoel, als je een bikini eenmaal gedragen hebt, weet je. Dat is heel intiem.

Ik doe mijn best om niet te veel naar de andere meisjes te kijken terwijl ze zich bukken en zich in hun bikini wurmen. Er is te veel concurrentie. Ik moet mezelf er voortdurend aan herinneren dat ik net zo goed ben als de anderen en dat zij net zo goed zijn als ik, dat we elkaars gelijken zijn. Maar het kost moeite om niet naar hun dijen te kijken om te zien of ze elkaar raken, of niet een klein beetje trots te zijn dat iemand anders een putje of wat cellulitis heeft waar ik dat niet heb. Ik wil zo niet zijn. Ik ben niet trots op wat het modellenwerk met me gedaan heeft. Ik oordeel constant over andere vrouwen.

We gaan naar de kapperssectie en de stylisten werken aan hun creaties. Ik werp een blik op Ricky en probeer door zijn broek heen te zien of er iets is gebeurd wat niet zou moeten, doordat hij naar al die naakte, beeldschone vrouwen kijkt. Hij staart naar een jong, zwart model dat voorovergebogen staat met haar billen naar hem toe. Hoe kan hij me dat aandoen? Hij hoort hier niet te zijn. Ik vind het niet prettig dat hij hier is. Ik heb er genoeg van. Van het modellenwerk. Van Ricky. Van alles. Ik hou van hem. Maar ik ben gewoon moe. Ik wil slapen, alleen, zonder dat iemand me aanraakt.

Mijn haar wordt aan weerszijden van mijn gezicht ingevlochten als een indiaanse prinses en ik krijg een grote, witte, slappe hoed op, zo'n hoed die Jill Sanchez wel draagt, de ster met wie Ricky vroeger iets had. De stylist zegt dat hij voor een moderne Joni Mitchell-look gaat. Ik weet niet over wie hij het heeft.

Vervolgens moet ik naar de make-up en ik ga in de zwarte canvasstoel zitten. De visagisten trekken hun grote, zwarte koffers open die vol zitten met kleuren en pigmenten. Ze beginnen te vegen, te smeren en te wrijven. De droge lucht van huidkleurig poeder dringt mijn neus binnen. Ik ben niets meer dan een canvas voor deze mensen. Na een tijdje vergeten ze dat we mensen zijn. Of ze hebben het nooit beseft. Ik doe mijn ogen dicht en probeer aan andere dingen te denken. Ik ben relaxed. Ik luister naar de gesprekken om me heen. De kunstenaars staan met elkaar te kletsen. 'Dus zei ik tegen hem dat ik dat echt niet nog een keer doe. Hmm. Wie denkt hij dat hij voor zich heeft? Zijn privéhoer?' En de modellen praten onder elkaar. 'Laxeermiddelen? Ik ook! Vroeger gebruikte ik ze heel vaak, maar het is wel eens lastig als je met een sessie bezig bent, want stel dat je ter plekke moet? Ik heb een keer een ongelukje gehad...' Ik probeer aan andere dingen te denken, maar ik ben in gedachten voornamelijk bezig met de dood. De geur van make-up en metaal. Ik stel me voor dat een rouwkamer zo ruikt.

Algauw worden we op onze stoelen gezet. Iemand zet muziek op. Björk. Heel toepasselijk. De shootdirector rent heen en weer om dingen te regelen. Er staan planten op de bar. Hij eist dat ze weggehaald worden. Geen leven, zegt hij. Nergens leven. Assistenten zetten fraaie martini's en andere glazen met kleurrijk vocht voor ons op de bar. Ik kijk naar de andere meisjes en zie dat ze net als ik grijze en zwarte make-up op hebben. We zien er allemaal mooi, maar levenloos en gekneusd uit. Zelfs ons lichaam is besmeurd met grijs en blauw. De director komt met zijn hoofd schuin naar ons toe. 'Benen wijd,' zegt hij, en hij duwt mijn knieën uiteen. Hij trekt aan het kruis van de bikini zodat het precies goed zit. 'Zo. Mooi, perfect. Prachtig.' Ik glimlach als dank en hij kijkt afkeurend. 'Nee,' zegt hij. Hij stinkt naar zweet en sperma. 'Geen glimlach. Je bent dood, meisje, hoor je me? Dood. Geen glimlach.'

Zijn woorden zijn als een dolksteek. Ik wil wegrennen. Ik kijk naar Ricky om te zien of hij het heeft gehoord en net zo verontwaardigd is als ik. Maar hij zit naar het Canadese meisje te staren. Ik haat dit. Het is belachelijk. Ik wil geen dood meisje zijn. Ik heb dode meisjes gezíén. Ik vraag me af of deze man, deze fashion director, ooit een dood meisje heeft gezien. Ik wil het hem vragen. Ik wil hem slaan. Ik wil het uitschreeuwen. Ik wil in een nestje kruipen en mijn baby beschermen. Ik weet zeker dat ik zwanger ben. Ik ben zo emotioneel. Ik mag niet huilen. Dan verpest ik mijn make-up. Mijn dodemeisjesmake-up. Maar ik weet niet wat ik anders moet.

Ik staar naar het koele, blauwe glas van de bar en denk aan het zwembad thuis. Ons thuis. Het enige thuis dat ik heb gekend sinds ik mijn jeugd verloor. Ik ben dol op mijn thuis en de geborgenheid daar. Ik stel me voor dat ik thuis ben, in de achtertuin, de enige plek in de wereld die troost biedt.

Dit is mijn laatste fotosessie, hou ik mezelf voor. Dit is de laatste keer dat ik modellenwerk doe. Ik heb een naam. Ik heb een verleden. Ik ben de dochter van mijn moeder.

En dit is de laatste keer dat ik een dood meisje speel.

Ik heb mijn moeders show uitgezet en heb mijn zoveelste cd van Ricky Biscayne keihard op staan als ik de inmiddels bloederige

Neon de halfronde oprit naar het huis van mijn ouders op rijd. Ik weet niet goed hoe ik zo het huis in moet lopen, een vieze bende, maar ik ga met opgeheven hoofd en sluip wel dicht langs de muur of zo. Ik stap de auto uit en schiet langs mijn opa die in zijn stoel op de veranda zit te dutten. Ik doe de voordeur open en ruik de vertrouwde geur van olijfolie van mijn oma's kookkunsten. Weer een spannende vrijdagavond met de ouwelui. Ik ruik *vaca frita*, wat 'gefrituurde koe' in het Spaans betekent, maar wat eigenlijk een superlekkere maaltijd is van gebraden rundvleesreepjes in een saus van limoen en knoflook. Geserveerd met witte rijst en een salade. Misschien met pisang. Ik heb honger. Mijn maag knort. Over een uurtje komt Violeta de clit-expert thuis van het radiostation in Hialeah en kunnen we eten. Ik ga mama maar niets vragen over haar show vanavond. Ik wil het niet horen.

Na het eten ga ik naar Blockbuster om een film te huren die we allemaal leuk vinden; ik maak popcorn voor iedereen en probeer dan stilletjes naar mijn boekenclub te gaan, deze keer met een tampon stevig op zijn plaats.

Mijn vader, Eliseo, is thuis van zijn werk en zit, in zijn blauwe pak en rode das, in zijn geruite leunstoel in de woonkamer de *El Nuevo Herald* te lezen. Hij ziet direct mijn lange gezicht. Nee, denk ik. Kijk me niet aan. Zie alsjeblieft niet het bloed op mijn jurk. Alsjeblieft. Er is niets erger dan een Cubaanse vader die beseft dat de persoon die voor altijd een klein meisje moet blijven eigenlijk een harige, bloederige, volwassen vrouw is. Dat is doodeng. Kijk de andere kant op! Kijk nou de andere kant op!

'Ga zitten,' zegt hij. Hij doet zijn leesbril af, leunt naar voren en luistert. 'Zeg het eens.'

'Papi, ik moet eerst even naar de wc, ik ben zo terug.'

'Goed, maar dan praat je met me. Ik zie dat je iets dwarszit.'

Ik loop snel door de gang en kijk om me heen of ik verdwaalde familieleden zie die mijn privacy willen schenden. Gelukkig! Niet een. Ik duik de badkamer in en doe de deur achter me op slot. Ik ga met mijn rug naar de spiegel staan en houd mijn hoofd schuin als in een slechte imitatie van de foto van Jill Sanchez in *People* en kijk achterom om te zien hoe erg het is. Een donkerrode vlek zo groot als een limoen. Dat valt wel mee. Maar fraai is het niet. Ik trek mijn kleren uit en spring onder de douche. Ik was me snel, droog me af en duw een roze, geurende tampon op zijn plek. Dan sla ik een handdoek om me heen, loop haastig naar mijn kamer, trek een oude joggingbroek en een groot T-shirt aan en ga naar de woonkamer met mijn haar in een handdoek gewikkeld.

Mijn vader kijkt me wantrouwig aan. 'Ben je onder de douche geweest? Wat heb je gedaan?' Waarom moet hij altijd insinueren dat iedere vrouw op aarde zich als een hoer gedraagt als er geen man bij haar is om haar in de gaten te houden? Zelfs ik, terwijl hij denkt dat ik nog maagd ben.

'Niets, papi. Ik ben moe. Ik had een plens water nodig om me wakker te maken.'

'Je wakker te maken? Het is avond.' Nog wantrouwiger.

'Ik heb straks mijn boekenclub,' zeg ik. 'Las Loquitas del Libro, weet je nog?'

'O, je naaikransje,' zeg hij met een voldane glimlach. Geringschattend. Best. Hij heeft geen idee wat voor gewaagde dingen we allemaal lezen. God helpe hem als hij ooit *Going Down* van Jennifer Belle leest, een van mijn lievelingsboeken. Hij zou een rolberoerte krijgen. Hij denkt dat ik met een groep ouwe vrijsters bijeenkom om babysokjes te breien. Kan me niets schelen. Laat hem dat maar denken. Dat doet hij toch wel, tegen beter weten in. Papa is een beetje typisch. Hij creëert zijn eigen realiteit, die vaak het omgekeerde is van de echte wereld om hem heen. In zijn ogen is hij de baas. In onze ogen wordt hij getolereerd.

De woonkamer is gescheiden van de rest van de gang en zitkamer omdat hij wat hoger ligt – een trede hoger – en is afgescheiden door middel van een gietijzeren hek. Je moet dus echt door een hekje heen om de woonkamer binnen te gaan. Ik dacht vroeger dat het heel normaal was om een hek in huis te hebben. Ik loop de woonkamer in en ga op de bank zitten. Papa kijkt me aan en slaakt een zucht.

'Gooi het eruit,' zegt hij. 'Wat is er?'

'Niks.'

'Zeg het nou maar.'

Ik zucht en bedenk wat ik moet doen. Ik hoor het snelle, droge gefladder van de kanaries in hun ijzeren kooi op de omheinde achterveranda en kan met ze meevoelen. Opgesloten. Wat ik hem ook vertel, hij gelooft toch niet dat ik een probleem heb. Hij vindt dat mijn leven volmaakt is en houdt er niet van als mensen klagen. 'Ik vind mijn baan eigenlijk niet zo leuk, papi,' zeg ik, en ik voel de tranen in mijn ogen springen. Geneva heeft gelijk. Ik ben een slappeling. Ik had deze heftige reactie bij mezelf niet verwacht, maar in *Cosmo* stond niets over huilen waar je vader bij zit, en over menstruatiehormonen en zo. Het zal wel goed zijn.

Hij haalt zijn schouders op, tuit zijn lippen en zegt in die vaderlijke gebarentaal: waarom? Wat ís er met jou? Waarom zit je hier mijn tijd te verspillen?

'Ik vind het nogal vernederend...'

Mijn vaders gezicht wordt ernstig. 'Luister eens naar me, Sproet,' zegt hij, en ik haat die bijnaam. 'Een vernederende baan bestaat niet. Behalve als je stripper bent.' Hij zwijgt even diep in gedachten verzonken. 'En prostituee. En een gangster.'

Een gangster? 'Je kijkt te veel naar *The Sopranos*, papi.'

Hij gaat door alsof ik niets gezegd heb. 'Toen we hier in Miami aankwamen, hadden we niets,' begint hij. Daar gaan we. Hoe vaak heb ik dat wel niet gehoord? Zó vaak dat ik het uit mijn hoofd kan opdreunen, maar dat doe ik maar niet, want ik wil niet dat hij boos wordt. 'We begonnen met niets. En we werkten hard. Iedereen moet ergens beginnen. Je doet iets geweldigs voor je oom. Je moet trots op jezelf zijn.'

'Dat weet ik,' zeg ik. Als níéts meer zin heeft, zeg dan maar 'dat weet ik' of 'aha' of 'je hebt gelijk'. Dat is een goede strategie en hij werkt. Voor de duidelijkheid, mijn vader was pas zeven jaar toen hij in Miami ging wonen en zijn ouders hadden wat geld gespaard. Hij doet alsof hij direct de fabriek in moest, of zo. Alsof hij een of andere bedelende armoedzaaier in de straten van Calcutta was. De mafkees.

'Wat is er nou niet leuk aan je baan?' vraagt hij. Hij haalt zijn schouders op tot aan zijn oren en houdt ze daar totdat hij is uitgesproken. 'Je hebt een mooi bureau, airconditioning, je mag telefoneren. Je hoeft geen rietsuiker te snijden.'

'Ik weet het.' Rietsuiker? Is hij helemaal gék geworden? Mijn vader begint altijd over rietsuiker snijden, en ik heb geen idee waarom. We kennen niemand die ooit rietsuiker heeft gesneden. Bij ons in de familie zijn ze eerder geneigd om kaas te snijden.

Over kaas gesproken. Oma komt binnen met haar bijbel. Die

houdt ze de laatste tijd voortdurend dicht tegen zich aan. Vroeger was ze nooit zo bijbelvast en gaf ze de voorkeur aan de Cubaanse methode van glazen water achter deuren zetten en zo, maar nu ze wat ouder wordt, zoekt ze daar kennelijk troost. 'Pas op voor valse profeten,' brabbelt ze in het Spaans, 'die in schaapskleren op jullie afkomen maar eigenlijk roofzuchtige wolven zijn.'

'Dat is mooi, oma,' zeg ik.

'Matteüs,' zegt oma, en ze zwaait met haar bijbel naar me. 'Matteüs 7:16.' Ze slaat het boek open en leest voor. 'Zo draagt elke goede boom goede vruchten, maar een slechte boom draagt slechte vruchten.'

Ik vraag me even af of ik antwoord zal geven, maar papa werpt me een blik toe die bedoeld is om me de mond te snoeren. Ik zie de post in twee nette stapeltjes op de sierlijke, donkere houten Spaanse salontafel liggen, één voor hen, één voor mij. Joepie! De nieuwe *InStyle* is er. Ik heb geen zin om met een handdoek om mijn hoofd ruzie te maken met mijn vader over waarom het waardeloos is om publiciteitsmedewerker voor laxeermiddelen te zijn. Als hij dat niet meteen snapt, dan weet ik niet hoe ik hem daarvan kan overtuigen. Ik wil gewoon naar mijn kamer. Alleen zijn met *InStyle*. Mijn vader onderhandelt de hele dag met mensen over kleden die van hier naar daar vervoerd moeten worden, of zo, en hij is eigenlijk gewoon niet in staat om op te houden met onderhandelen als hij thuiskomt. Ik vind hem vermoeiend en draai me om om weg te gaan.

'Je hoeft niet meer te werken als je gaat trouwen,' zegt hij, in een poging me terug te lokken. Ik blijf staan en glimlach. Als ik ga tróúwen? Leven we in de jaren vijftig of zo? Ik kijk hem aan en zie dat hij het niet echt meent, bijna alsof het zijn plicht als vader is om zulke dingen te zeggen. Hij ziet me kijken en ik weet dat hij weet dat ik weet dat hij het niet meent. Ik vraag me even af wat hij werkelijk denkt, maar ik heb de zin en het geduld niet om het hem te vragen.

'Ik weet het.'

Hij wijst naar me, zodat ik zeker weet dat hij het tegen mij heeft en niet... o, nou ja, tegen de televisie, of zo. Altijd even behulpzaam, mijn vader. 'Jouw probleem is dat je te veel wilt. Je moet niet meer willen dan je op de Miracle Mile kunt vinden. Die straat heeft alles wat een vrouw van jouw leeftijd nodig heeft.' Hij telt op zijn vingers. 'Bruidsboetieks, babykleren en wiegjes. Daar zou je mee bezig moeten zijn en met niets anders.' Hij knijpt zijn ogen samen alsof hij weet dat de moderne wereld hem een dezer dagen zal slaan. Ik heb het lef niet om daar vandaag van te maken.

Ik zeg: 'Ik weet het, papi. Oké. Hoor eens, ik heb hoofdpijn. Ik ga naar mijn kamer.'

Ik doe de deur achter me dicht en laat me met het tijdschrift op bed ploffen. Ik leun op mijn ellebogen en ga lezen. Al die mooie mensen met zulke witte tanden en prachtige kleren. Zucht. En op bladzijde 97 staat het artikel over meneer Ricky Biscayne, zijn beeldschone Servische vrouw, het fotomodel met het donkere haar en de grote, groene ogen en hun fraaie optrekje in Miami Beach. Het artikel noemt hem 'een echte huisman' en er staat dat hij Servisch aan het leren is zodat de kinderen die hij ooit wil hebben drie talen zullen spreken. In het artikel staat ook dat Ricky een gezondheidsfreak is en elke ochtend een glas broccoli- en kweekgrassap drinkt. Zijn vrouw werkt nog steeds als model en staat binnenkort in de nieuwste uitgave van *Maxim*.

Het leven is zó oneerlijk.

Ik kan wel janken. Omdat ik Jasminka niet ben. Omdat ik niet in een kast van een huis woon. Omdat niemand geld wil neertellen voor een foto van mij in bikini. Omdat in *People* altijd staat dat Renée Zellweger de *all-American girl* uit Texas is (ook al zijn haar ouders net als de mijne immigranten) en ze latino's blijven afschilderen als buitenlanders. Omdat ik morgen met mijn moeder en mijn zus mee moet op een vertrouwenscruise en ik niet sterk genoeg ben om 'nee' te zeggen. Mijn moeder krijgt om de haverklap weggevertjes zoals deze cruise, als ze belooft om ze in haar show te vermelden.

Ik wil me net in een vat vol zelfmedelijden onderdompelen als de telefoon gaat. Ja, het is een Hello Kitty-telefoon. Ik weet het. Dat helpt niet. Op de nummermelder staat Club G. Geweldig. Mijn aantrekkelijke zus heeft al een telefoonnummer voor de club die ze wil beginnen. Ze is een eeuwige optimist, nóg een reden waarom ik haar haat. Waarom kan ze niet gewoon in stilte zwelgen en klagen en lijden net als ik? Ik heb geen zin om met haar te praten. Ze gaat me toch weer vertellen hoe geweldig het leven is. Herstel: ze gaat me vertellen hoe geweldig haar leven is.

Ik laat het antwoordapparaat opnemen.

'Hallo. Met mij, Milan. Spreek een boodschap in en een fijne dag!'

'Hoi, M. Je hoeft helemaal niet te zeggen: "Met mij, Milan." Dat is overbodig.' Kutwijf, kutwijf! 'Oké, met G. Ik heb net geluncht met Ricky Biscayne, ik dacht dat je dat misschien wel wilde weten.'

Pardon? Geneva weet dat ik de secretaris ben van de onofficiële Ricky Biscayne online fanclub. Ze wéét dat ik al jaren naar Ricky verlang. Weet je wat mijn zus is? Ze is iemand die etensrestjes naar de arme kindertjes op straat gooit. Ze is door en door slecht. Ik steek mijn middelvinger naar Hello Kitty op en realiseer me hoe fout dat eruitziet, maar goed, het gaat niet om de kat zelf. Het gaat om mijn boosaardige zus.

Geneva neemt zo te horen uitgebreid een slok water, gevolgd door een ordinair slikgeluid en zegt: 'Ik heb hem ervan overtuigd om in mijn nieuwe club te investeren en volgens mij ben jij de uitgelezen persoon om daar de pr voor te doen. Wat denk je? Het zou een contract voor drie of vier maanden zijn met uitzicht op veel meer werk in de toekomst. Hij is ook op zoek naar een nieuwe full-time publiciteitsagent, dus misschien sla je twee vliegen in één klap. Bel maar als je genoeg hebt van de obstipatiebusiness met oom Messias. *Ciacito.*'

Ik duik op de telefoon af. Ik besef dat ik de gratie van een zeeleeuw op rotsen heb. De handdoek glijdt van mijn hoofd en hangt voor mijn ogen. Ik ben te laat. Geneva heeft al opgehangen en Hello Kitty valt met veel lawaai op de witte tegelvloer. Kitty's oog is eruit gevallen. Ik controleer of de telefoon het nog doet. Hij doet het. En dan, voor het eerst sinds ik weet niet hoelang, toets ik vrijwillig het nummer in van mijn boosaardige zus.

Jill Sanchez staat in een strakke, witte jumpsuit van vinyl achter een zuurstokroze podium in de vorm van haar bekende zandloperfiguur en kijkt terwijl twee sullige jaknikkers het bontgerande rode fluweel van de overmaatse poster voor haar nieuwe parfum halen.

De sukkelige journalisten en managers uit de entertainmentbusiness, die allemaal een aangename zitplek zoeken op de kussens en matrassen op de vloer van de trendy club BED in Miami, slaken een collectieve kreet van bewondering. Het was niet goedkoop om deze club op een vrijdagavond voor drie uur af te huren voor een privéfeestje, maar Jill Sanchez is ook niet goedkoop. Sterker nog, ze heeft keihard gewerkt om ervoor te zorgen dat haar naam en imago worden geassocieerd met het tegenovergestelde van goedkoop. Maar toch, ze houdt er niet van om zo veel geld uit te geven aan een stelletje verslaggevers. De onaangename prijs van de roem. De club heeft haar, naar haar idee, te veel in rekening gebracht want ze wisten dat Jill en de pers om tien uur weer weg zouden zijn, en ze hadden tijd genoeg om die avond nog flink wat publiek te trekken. Tja, wat doe je eraan?

Als een koningin op een praalwagen kijkt Jill met een glimlach op hen neer terwijl zij naar de poster opkijken, en ze geniet nogmaals van haar eigen mogelijkheden. Vroeger zei iedereen altijd dat Madonna zo'n fantastische zakenvrouw was, bla, bla, bla, Madonna, Madonna, Madonna. Maar Madonna is níets vergeleken met háár, Jill Sanchez. Niemand wil toch ruiken zoals Madónna, of wel? Madonna ziet eruit alsof ze naar syfilis ruikt. En er is ook niemand die naar die broodmagere, stekelige Celine Dion wil ruiken. Of dat andere mens die haar eigen parfum heeft. Reba McEntire of zo. Is die countrytrut nou helemaal gék? Niemand wil toch als een roodharige trol ruiken? Maar iedereen wil ruiken zoals zij, Jill Sanchez, die in haar eigen ogen de meest sensuele, schoonste vrouw ter wereld is. Zelfs toen twee filmexecutives haar vorig jaar bioscoopvergif noemden, bleef haar parfumlijn beter te verkopen dan welke andere dan ook, tot ieders verbazing, maar zij had het geweten. Zelfs Beyoncés parfum was geen partij voor haar; en haar kontje ook niet, denkt Jill.

'Dames en heren,' zegt Jill, en ze giechelt even voor het effect, al ziet ze zichzelf niet als een giecheltype. Doelbewust wankelt ze even schattig op de torenhoge plateauzolen van haar sandalen die speciaal voor haar en voor die avond door de heren van Prada gemaakt zijn, maar ze zorgt ervoor dat ze net niet valt. Door haar jarenlange danservaring en de temperamentvolle eigenschappen van een hongerige leeuwin heeft ze geleerd zelden een misstap te maken, zelfs hier op onmogelijk lastige en dure schoenen op het podium dat is bezaaid met Swarovsky-kristallen ter waarde van tweehonderdduizend dollar. De kristallen zijn misschien iets te veel van het goede, maar Jill is waanzinnig jaloers op Britney Spears sinds haar verschijning in glimmende diamanten in de videoclip van

85

'Toxic' en dit is haar wraak op die mislukte trut uit Lousiana omdat ze het lef had ook maar een moment te denken dat ze Jill Sanchez bij haar eigen spel zou kunnen aftroeven. Een dezer dagen wil Jill in het openbaar verschijnen in een diamanten string met bijpassende tepellapjes.

'Goh, wat is-ie groot,' zegt ze giechelend over de poster, en ze doet alsof ze verbaasd is, ook al is zij degene die op de gigantische afmetingen heeft gestaan. Ze heeft de zin geoefend in de stijl van Marilyn Monroe met haar lippen een beetje uiteen. Het is de bedoeling dat de ademloze woorden een spoor van seksualiteit suggereren alsof ze het over iets heel anders heeft dan over een poster. Het giechelen is bedoeld als tegenwicht voor de onbeschaamde seksualiteit, een heilige en een hoer. Ze walgt van giechelen. Maar de walgelijke media zien haar het liefst als ze zo walgelijk giechelt, dus doet ze dat als zij in de buurt zijn. Verder giechelt ze zelden.

'Zo, dit is Flamenco Flame, de nieuwe geur van mij, Jill Sanchez.'

Opnieuw giechelt ze voor het geval ze mochten denken dat ze er trots op is dat ze zichzelf brandmerkt als een domme koe. Ondertussen maakt ze zich zorgen dat de make-up en moderne studiolampen waar ze voor heeft betaald op de een of andere manier haar rimpels en lijntjes zichtbaar maken voor een wereld die nog steeds niet weet dat ze die heeft. Ze heeft binnenkort weer een botoxbehandeling nodig en misschien liposuctie van haar buik. Dat laatste is een van de beste uitvindingen aller tijden volgens Jill. Een borstcorrectie is wellicht ook op zijn plaats omdat de zwaartekracht door het jarenlange dansen dingen met haar heeft gedaan die ze niet tolereert. Jill Sanchez denkt dat ze verheven is boven zwaartekracht en andere wetenschappelijke fenomenen.

De poster is een levensgrote replica van de zachtroze getinte advertentie die binnenkort in de modebladen en op bussen in de hele wereld verschijnt. Op de voorgrond staat het roze flesje in de vorm van een zandloper naar Jills zwaar verzekerde lichaam, omdat er in Jills nederige ogen geen mooiere vorm is. Dat is niet ijdel; het is eerlijk.

Op de achtergrond staat Jill zelf, naakt als een bosnimf, hoewel ze er zo strategisch geplaatst en geretoucheerd is dat niets te zien is wat niet gezien mag worden. Ze heeft rondingen waarvan vroeger werd gedacht dat die niet verkochten, totdat ze meer ging verkopen dan wie dan ook, kleiner van boven, groter van onderen. De sfeer die de advertentie uitstraalt is nat en geil, alsof ze zo onder de douche vandaan je slaapkamer is binnengelopen, in vuur en vlam van Flamenco Flame, de nieuwe geur van Jill Sanchez.

De pers klapt. Jill doet alsof ze helemaal van haar stuk is.

'Toe, hou op, jongens,' zegt ze liefjes, en ze knippert met haar valse wimpers. 'Ach toe, het is maar een parfum. Jeetje!'

Op dat moment gaan de zes sexy meisjes die zijn ingehuurd omdat ze bijna, maar net niet zo sexy zijn als Jill Sanchez, door de club lopen met zilveren dienbladen van Tiffany vol met kleine prachtige flesjes Flamenco Flame, de nieuwe geur van Jill Sanchez. Ze spuiten en sprayen, en de aanwezigen moeten zich wel verwonderen over de volmaakte combinatie van vanille en citroengras. Jill vindt zichzelf een van de schoonste mensen op aarde, ze gaat meerdere keren per dag in bad, en smeert zichzelf in met dure crèmes die samen met de botox en de lichaamsbeweging het publiek ervan moeten overtuigen dat ze achtentwintig is, terwijl ze in werkelijkheid zevenendertig is. Jaren geleden heeft haar werkelijke leeftijd wel eens in een artikel gestaan, maar door de jaren heen is ze er alleen maar jonger op geworden en niemand lijkt dat in twijfel te trekken, behalve *The New York Times*, maar die lezen haar fans toch niet. Lezen is niet meer zo populair in Amerika en niemand weet dat beter dan Jill, die op de hoogte blijft van culturele trends zoals een effectenmakelaar marktfluctuaties bijhoudt. Waarom zou je je zorgen maken over de schrijvende pers als toch niemand meer leest?

'Wat vinden jullie ervan, jongens?' vraagt ze zo bescheiden en hartelijk mogelijk. Ze heeft ooit in een film een bescheiden meisje gespeeld, een Mexicaanse werkster, en was bijna genomineerd voor een Oscar. Dat heeft ze tenminste gehoord. Ze weet het niet zeker. Ze weet wel dat ze érgens een Oscar voor heeft verdiend.

De menigte klapt en Jill Sanchez glimlacht breeduit.

'O, jeetje. Wat ben ik blij dat jullie het lekker vinden!' Hand in de hals, uitgeput. 'Ik was zó zenuwachtig!' De waarheid is dat Jill in geen zeven jaar meer zenuwachtig is geweest, sinds ze een van de bestbetaalde actrices in Hollywood is. Ze zeggen dat Cameron Diaz tegenwoordig meer verdient, maar dat verandert gauw genoeg als iedereen doorheeft dat La Diaz eruitziet als een opgeblazen kabouter op stelten die haar succes bijna volledig te danken heeft aan Ben Stillers spermahaargel.

Op commando wordt het licht gedoofd en gaat het gordijn op het kleine podium omhoog. En daar staan de achtergronddansers van Jill Sanchez, inclusief de twee met wie ze heeft geneukt toen ze zich tijdens de tour verveelde. Ze weet niet meer hoe ze heten. En Jill draagt een microfoon om de illusie te wekken dat ze live zingt. Dan klinkt de muziek, een hiphop latin-jingle die een jonge songwriter, Matthew Baker, voor het parfum heeft geschreven, maar waar zij, Jill Sanchez, vijfenzeventig procent van de opbrengst voor krijgt, omdat Jill Sanchez een van de beste entertainmentadvocaten ter wereld heeft en omdat Matthew Baker volgens Ricky, aan wie ze hem te danken heeft, een beetje een sukkel is.

Ze begint te dansen en te zingen en doet alsof ze zelf verbaasd is over haar eigen lenigheid, iets wat ze van Britney Spears heeft geleerd. Niets trekt Amerikanen aan als onschuld in combinatie met lust. Jill Sanchez is trots op het feit dat ze veel ouder is dan Spears, maar een nog even grote rol speelt in het leven van tieners. Maar terwijl ze dit denkt, maakt ze zich zorgen dat de nieuwe generatie jonge zangers haar misschien aftroeft. Er is al een of andere Lindsay en een Ashley, minstens een, misschien meer. Ze weet niet eens meer hoe ze heten, en áls ze ze kende, zou ze het niet toegeven.

Na het optreden klapt de menigte nog wat en beantwoordt Jill Sanchez vragen. Natuurlijk hebben de meeste vragen te maken met haar verloving met Jack Ingroff, de knappe, onafhankelijke acteur, scriptschrijver en wetenschapper. Ze geeft antwoord door haar linkerhand op te steken en een kreetje te slaken bij het zien van de reusachtige gele diamant alsof ze hem voor het eerst ziet, alsof ze bij een groep vriendinnen zit in plaats van in een ruimte vol met bloedzuigers.

'O, lieve hemel! We zijn toch zó gelukkig!' zegt ze. 'Als ik bij hem ben, ben ik gewoon een meisje dat graag kookt en is hij een man die van honkbal en bier houdt.'

'Wat kook je zoal, Jill?' vraagt een verslaggever. Ergens achter in de ruimte roept een mannenstem: '¡Si cocinas como caminas, ay mami!' De Spaanssprekende mannen klappen even.

'O, mijn moeders asopao de pollo, dat is een kipgerecht met groene paprika en knoflook,' zegt ze, alsof ze het zich net bedenkt, terwijl ze in werkelijkheid elk antwoord de avond ervoor met een mediacoach heeft geoefend. 'Mijn moeder is geweldig! Ze kan fantastisch koken!'

Jill heeft de kip één keer gemaakt, maar hij was half verbrand en half rauw en smaakte een beetje naar afwasmiddel; Jack at hem op omdat hij een aardige vent is, maar had daarna dagenlang last van diarree.

'Lekker! Jack is dol op kip. En ik ben dol op koken. Ik heb eindelijk een man troffen die een eerbare vrouw van me wil maken!' In werkelijkheid heeft Jill Sanchez drie privékoks in dienst en is ze al zeker zes jaar niet in een supermarkt geweest. Ze denkt zo langzamerhand bijna dat koelkasten zichzelf vullen.

Een potige, lelijke entertainmentverslaggeefster van *The Miami Herald* nadert het podium met een strakke blik op haar gezicht. Met een kakikleurige broek die strak om haar uitgezakte onderbuik zit, doet ze Jill aan een gevangenisbewaker denken. De zakken aan de zijkant hangen open en het zijn net de gapende gaten van een balwerpspel op de kermis. Ze heet Lilia, een naam die veel mooier is dan de vrouw van wie hij is, en ze praat met dat lesbische slisgeluid waar Jill een hekel aan heeft. Zelfs toen Jill een geile lesbo in een film speelde sprak ze niet zo. Dat was een geluid dat te gruwelijk was om over de lippen van Jill Sanchez te laten komen.

Bovendien neemt Lilia zichzelf en haar werk veel serieuzer dan Jill nodig vindt en ze zal nooit de kans voorbij laten gaan om Jill op de hak te nemen in haar rubriek 'Lunch met Lilia', de enige plek op aarde volgens Jill waar Lilia zich mooi en populair kan voelen. Kranten zijn voor nerds en losers wat internet is voor psychopaten. Met andere woorden, dat zijn de enige plekken waar deze losers lotgenoten kunnen vinden.

'Het gerucht gaat,' mompelt Lilia, 'dat je weer iets met Ricky Biscayne hebt. Jill, wat is je reactie daarop?' Door het lesbische spraakgebrek komt het eruit als 'bishcayne'.

Jill giechelt en kijkt verrast, krimpt alleen vanbinnen ineen als ze hoort hoe Lilia haar naam in de zin noemt. Alsof de verslaggeefster wil overkomen als de verslaggevers in films van Bogart. Ze had alleen nog een potlood achter haar dikke, vette oor nodig. 'Dat hoor ik voor het eerst. Voor zover ik weet is Ricky getrouwd en ben ik verloofd.' Jill speelt met de gele diamant en giechelt. 'Ik vind deze ring toch zó mooi! Jullie ook, jongens?'

'Dus het feit dat een van je eigen werknemers jullie bij jou thuis heeft zien vrijen in het tuinhuisje bij het zwembad, zegt je niets?'

Jill onderdrukt haar neiging om te blozen en giechelt in plaats daarvan. 'Dat is absurd, Lilia. Misschien moet je op dieet in plaats van verhalen uit je duim te zuigen. Ik heb niet eens een tuinhuisje.'

Lilia bloost als haar collega's lachen. Hoewel de meeste verslaggevers lelijk zijn, zijn er maar weinig zo lelijk als Lilia. Jill weet dat haar ontboezeming waarschijnlijk de voorpagina's zal halen en dat een of andere ondernemende verslaggever de blauwdrukken zal opvragen en zal ontdekken dat Jill wel degelijk een tuinhuisje heeft, maar ach. Wie leest dat? Wie leest tegenwoordig meer dan alleen de koppen? En wie leest er überhaupt nog krantenkoppen als de kleurenfoto's meer dan genoeg zeggen? Slechte publiciteit bestaat niet, zelfs als de pers zegt dat ze een verhouding met Ricky heeft. Laat die Oost-Europese vaatdoek Jasminka het maar lezen; laat haar maar janken. Dat is nou precies wat veel van Jills beroemde collega's niet snappen over de pers. De pers is een instrument dat bespeeld moet worden en op dat gebied is Jill Sanchez een virtuoos.

'Grapje, Lilia, je ziet er fantastisch uit. Maar denk nou niet dat ik je wil versieren. Ik weet hoe je over me denkt.' Er wordt nog meer gelachen en Lilia beent de ruimte uit terwijl ze verwoed in haar notitieboekje schrijft. Alleen oneerlijke verslaggevers gebruiken die, merkt Jill op. De eerlijke verslaggevers gebruiken digitale opname-apparatuur. Ze kijkt de ruimte rond en ziet dat niemand een digitale recorder heeft.

Jill giechelt opnieuw, bedankt iedereen, biedt hun champagne en een attentie aan, excuseert zich dan en verlaat de club omdat ze zogenaamd een vergadering heeft. Ricky Biscayne is weer in de stad en ze hebben een afspraakje.

Ik draag een slobberig Ricky Biscayne T-shirt en een donkerblauwe spijkerbroek tot op mijn kuiten die niet zo trendy is als ik had gewild. Hij is drie jaar oud. Ik weet dat mensen dit soort broeken niet meer dragen, maar hij zit lekker en ik ga naar de boekenclub. Ik moet ook nog even zeggen dat ik Easy Spirits draag, platte sandalen, omdat ik ze leuk vind. En ze zitten lekker. Ik kwam net voorbij een vrouw met hoge hakken op een fiets, typerend voor Miami. Ik hoor hier niet altijd thuis. Soms denk ik dat ik beter in Denver of San Francisco zou kunnen wonen.

Omdat ik tijdens het eten niet veel trek had – aangezien mijn moeder zat te glimlachen alsof ze niet net een uur over clitorissen had geprat en mijn oma met open mond zat te eten – rijd ik in de Neon door de El Pollo Tropical drive-in en bestel een portie gefrituurde yucca en een mangoshake. Lekker. Ik prop het allemaal naar binnen terwijl ik de tien minuten naar Books & Books aan Aragon rijd. Als ik langs de bruidsboetieks aan de Miracle Mile kom, probeer ik mijn vaders slechte advies over trouwen en kinderen uit te bannen. Ik bedoel, ik wil best trouwen en kinderen krijgen, maar het is niet mijn enige doel in het leven. Ik zet een bandje op. Ik weet het. Een bándje. Dat hoef je mij niet te vertellen. Ik zou dolgraag een cd-speler willen hebben, naar dit is een oude Neon. Dan houdt het op, hè? Ik draai natuurlijk Ricky! Zet hem op, Ricky! Ik ken alle teksten uit mijn hoofd, ik ken elke harmonie, elke slag op de *timbale*. Deze nummers? Ze gaan over míj. Hij zingt als een man die precies weet wat er in vrouwen omgaat. Ricky heeft deze nummers geschreven terwijl hij aan mij dacht. Dat weet ik zeker. Als ik zo iemand zou kunnen ontmoeten, zou ik misschien een réden hebben om naar een bruidsboetiek te gaan. En weet je? Als wat Geneva zei waar is… dan kan ik Ricky misschien ontmoeten in dat clubproject van haar. Is dat niet cool?

Alle parkeerplaatsen bij de meters zijn bezet en ik heb geen zin om naar de parkeergarage aan de overkant van de straat te gaan. Ik rij het steegje achter de winkel in en zet de auto daar neer, hoewel het niet mag. Ik durf nogal vanavond. En allemaal omdat Geneva me heeft verteld dat ik Ricky misschien ga ontmoeten, al weet ik dat ik niet te veel waarde moet hechten aan wat mijn zus belooft; voor hetzelfde geld haalt ze een wrede grap met me uit.

Ik ren naar de winkel omdat ik laat ben en geen seconde wil missen van het leukste deel van de week. Ik haast me door het hek naar de veranda. Het is hier zo leuk. Er is een binnenplaats met een koffiehoek en een tijdschriftenrek en van die kleine gietijzeren tafels en stoelen. Mijn clubmeiden zitten buiten op me te wachten. Ze zijn met zijn zessen, plus ikzelf. De winkel ligt om de binnenplaats heen, waardoor hij een Spaanse uitstraling heeft die ik geweldig vind. Voor mij is deze boekwinkel de vredigste, meest volmaakte plek op aarde, een plek waar ik helemaal mezelf kan zijn, grapjes kan maken die mijn vader misschien niet passend vindt voor een vrouw, met mijn benen wijd kan zitten, kan dromen over werelden die groter zijn dan de mijne, en mezelf zonder angst kan verplaatsen in de vrouwelijke hoofdpersonen die deze bladzijden bevolken. Bij Books & Books ben ik niet langer alleen maar Milan; hier ben ik Bridget Jones, Jemima Jones, Jojo Harvey, Emma Corrigan, Cannie Shapiro. Hier voel ik me waanzinnig, volwassen en helemaal vrij. Hier heb ik het gevoel dat ik ooit chique schoenen zal dragen.

Zelfs al heb ik niet eens een paar chique schoenen, ik kan doen alsof. Ik zou dolgraag een paar dure, sexy schoenen willen hebben, maar ik heb nooit een goed excuus om ze aan te schaffen, en bovendien weet ik van mezelf dat ik het niet bij een of twee paar zal kunnen houden; ik heb de neiging door te slaan als het om eten en televisiekijken gaat en ik ben bang dat ik ook zo zou zijn met schoenen en kleding als ik me zou laten gaan.

De zes vrouwen van de boekenclub, ieder met *Seks, moord en een vanilla latte* van Kyra Davis op schoot, glimlachen en zwaaien. De vrouwen zijn zo blij, zo volmaakt gelukkig dat we allemaal hier zijn, zonder mannen. Ik zou echt in deze boekenclub kunnen wónen, mag ik dat even kwijt? Iedereen heeft al een cappuccino en een gebakje of ijsthee; kortom, dit zijn mijn meiden. Opeens heb ik weer honger. Ik heb zin in iets lekkers.

'Zo terug,' zeg ik, en ik leg mijn boek op mijn stoel.

'Doe maar rustig aan,' zegt een van mijn vriendinnen.

Ik ga het café binnen en bekijk de gebaksvitrine. Ik bestel een minichocoladetulband én de scone met glazuur. Je leeft maar één keer. Ik bestel ook een romige mocha-ijscappuccino. Ik was even van plan op dieet te gaan, maar daar zie ik nu het nut niet meer van in. Ik heb net een portie gefrituurde yucca op. Dan kan ik het net zo goed helemaal vergeten. Me te buiten gaan. Waarom niet? Ik voel me goed. Het kan me niet schelen.

Als ik me met mijn dienblad vol lekkers omdraai richting veranda, heb ik onmiddellijk spijt van mijn aankopen, want achter een lange, knappe (zwarte!) man, staat mijn zus Geneva in de rij in een strakke spijkerbroek, een paar adembenemende designerpumps en een sierlijk geborduurde designertanktop die speciaal voor haar en haar parmantige borsten lijkt te zijn gemaakt. De man is groot en draagt een felgele polo met kakikleurige shorts. Hij ziet eruit als een model voor Ralph Lauren en is misschien wel de aantrekkelijkste man met wie ik haar ooit heb gezien. Ik droom er al heel lang van dat ik een keer een man van haar afpak om wraak te nemen, maar ik betwijfel of het deze zal worden. Ik kan niet aan hem tippen. Geneva kan al bijna niet aan hem tippen.

'Milan!' roept Geneva al net zo verbaasd als ik. 'Wat doe jij hier?'

Ik wil mijn dienblad verstoppen. Dat lukt niet. Ik glimlach alsof ik me nergens voor hoef te schamen. Misschien denkt ze dat ik lekkere dingen meeneem voor de hele groep. 'Mijn boekenclub,' zeg ik. 'Kyra Davis.' Ik weet zeker dat de naam van de schrijfster mijn zus helemaal niets zegt.

'O, ja.' Geneva glimlacht ongemakkelijk en de man trekt zijn wenkbrauwen op en staart naar haar alsof hij op iets wacht. Goeie genade. Mijn zus heeft wel vaker afspraakjes met knappe mannen gehad, maar dit slaat alles. Geneva kijkt hem aan en begint te lachen. 'O,' zegt ze. 'Sorry. Milan, dit is mijn… een vriend van me. Ignacio. Ignacio, dit is mijn zus Milan.'

Een vriend, ja hoor. Ik vraag me af van wie ze hem heeft afgepakt.

Ze glimlacht naar de man en hij pakt haar hand. Ze trekt hem niet weg. Geneva loopt verder in de rij, negeert me. 'De voordracht gaat zo beginnen in de andere ruimte. We moeten gaan.'

'O. Goed.' Een voordracht? Geneva? Ik doe een stap naar achteren en lieg: 'Leuk je te leren kennen.'

Wat vreemd.

'Dag, lieverd,' zegt Geneva huichelachtig.

Ik werp Geneva een goedkeurende blik toe over de man en tot mijn verbazing kijkt Geneva heel even heel onzeker. Dan licht haar gezicht op alsof mijn goedkeuring haar iets kan schelen.

Ik loop naar mijn boekenclub en ga zitten. Zodra ik tussen de boekenmeiden ga zitten, voel ik de spieren in mijn rug en nek ontspannen. Alsof de lucht dikker en rustgevender wordt. Mijn ademhaling wordt rustiger en ik voel me blij. We doen het gebruikelijke begroetingsrondje met nieuws over werk, mannen, moeders (waarom moeten we het altijd over onze moeders hebben?) en geld. Dan neemt Julia, de groepsleidster, het woord.

'Zullen we?' vraagt ze, en ze houdt het boek op. Een roze omslag. Veel van onze boeken hebben een roze omslag. En lange vrouwenbenen erop. En een wapen. Hoeveel van zulke boeken bestaan er? Maar dit boek was super. Het was een van mijn favorieten.

'We zullen,' zeg ik. Ik spring in mijn stoel op en neer als een klein kind. Ken je dat gevoel nog? Alsof je op het punt staat iets heel belangrijks te vertellen aan je leeftijdgenoten? Dat betekent deze boekenclub voor mij. Ik vind het fijn dat ik hier beslissingen kan nemen, dat ik dat ook doe, dat ik als het ware mijn leven in eigen handen neem. Het is bijna, bijna alsof ik helemaal geen lapzwans ben.

'En wat vonden jullie het mooist aan dit boek?' vraagt Julia.

'Ik vond Sophie geweldig,' zegt Debra, die het over het hoofdpersonage Sophie Katz heeft. 'Ik vond het goed dat ze van gemengd ras is. Daar kan ik me dus helemaal mee identificeren als zwarte Joodse vrouw.' Debra zegt altijd 'als zwarte Joodse vrouw', wáár ze het ook over heeft. Zelfs dingen als: 'Als zwarte Joodse vrouw hou ik van eten', of 'als zwarte Joodse vrouw ga ik naar de wc'.

'Ik ook!' zeg ik over het personage. 'Ik kan me helemaal met haar identificeren.' Ze kijken me allemaal aan alsof ik gek ben. 'Wat nou?' vraag ik. 'Ik ben ook van gemengd ras.'

Ze moeten lachen. 'Je bent Cubaanse,' zegt Julia.

'Mijn familie op Cuba is zwart en blank,' vertel ik ze. 'Je zou mijn zus eens moeten zien. Ze lijkt net een lichtgetinte zwarte. Ze zit hiernaast, als je me niet gelooft.'

'Jij bent de meest blanke vrouw die ik ken,' zegt Gina.

'Maar goed,' zegt Julia, en ze rolt met haar ogen, 'even afgezien van Milans Afrikaanse afkomst, wat vonden jullie het leukst aan Sophie?'

'Haar Starbucks-verslaving,' zeg ik. 'Dat snap ik helemaal. Als Afrikaanse vrouw zijnde.'

'O, toe,' zegt Gina.

'Ik vind het niet leuk dat je me belachelijk maakt, Milan,' zegt Debra tegen me.

'Dat doe ik niet!' zeg ik. 'O, o! Ik vind het ook heel gaaf hoe de auteur chicklit combineert met een detective.' Ik voel dat mijn cafeïne- en suikerroes beginnen te werken. 'Zijn jullie ook de hele nacht opgebleven om het uit te lezen? Volgens mij had ik het in één dag uit.'

'Ja!' roepen ze. Ik neem het zoals altijd over. Als het om boeken en Ricky gaat, is er niemand die meer kan praten dan ik.

'De manier waarop ze over die man schreef die al die stiekeme plannetjes bedacht om haar het idee te geven dat ze helemaal paranoïde was,' zeg ik. Ik neem een hap cake. 'Dat was super, die intrige en alles.'

'Nou en of,' zegt Gina.

Ik neem nog een hap cake, en zo gaat het verder. Ik eet vol enthousiasme, praat vol enthousiasme, ben helemaal gelukkig en voel me goed in het gezelschap van moderne, belezen vrouwen. Ik ben eindelijk vrij om Milan het blanke (zwarte), luie, Cubaanse meisje te zijn dat houdt van lezen en niet veel meer, behalve van Ricky Biscayne en een goede dubbele koffie verkeerd. Kon ik nu ook maar een manier verzinnen om een fortuin te verdienen aan mijn intense, maar duidelijk beperkte, interesses, in plaats van poeppillen aan te moeten prijzen.

ZATERDAG 23 MAART

Mijn dochters, die absoluut niet op mij of op elkaar lijken, zitten in mijn nieuwe Jaguar terwijl ik de parkeerplaats aan de kade bij de cruiseschepen op rijd. Ze zijn stil. De spanning is te snijden, of hoe die uitdrukking ook alweer precies luidt. Ik hou er niet van om te klagen over mijn kinderen, maar deze twee zijn straalverwend. Ondankbaar, verwend en hatelijk tegenover elkaar. In Cuba zou dat nooit geaccepteerd worden. Ze zijn zo met zichzelf bezig dat ze niet beseffen dat het hemd nader is dan de rok. Ik heb er genoeg van. Als ze eens wisten hoe wij, hun ouders, hebben geknokt om hun het leven te geven dat ze nu hebben, dan zouden ze misschien beseffen hoe absurd ik hun onbenullige ruzies vind. Begrijpen ze dan niet dat familie uiteindelijk het enige is waar je van opaan kunt? Kan het ze niets schelen? Ik snap niet waarom ik nog moeite voor ze doe.

'We zijn er!' zeg ik zo vrolijk mogelijk.

'Joepie,' zegt Geneva op haar gebruikelijke sarcastische toon. Ze zit in elkaar gedoken voorin en kijkt naar iets wat ze een BlackBerry noemt. Ik heb een hekel aan al die ijzerwaren in haar neus en wenkbrauwen. Ze typt iets in op het kleine apparaatje en lacht. Ze gaat op in haar eigen wereld, zoals altijd. Het heeft Geneva nooit geïnteresseerd wat ik of iemand anders van haar vond. Daar heb ik als vrouw bewondering voor, maar als haar moeder zou ik willen dat ze anders was.

'Ja, ja,' zegt Milan.

'Wat een prachtige dag,' zeg ik. 'We gaan ons best doen om er iets leuks van te maken.'

Ik zet de motor af, doe het portier open en strek mijn armen boven mijn hoofd uit. Het is ook werkelijk een prachtige dag. Zonnig, met in het oosten een paar wolkjes aan de horizon. Overal om ons heen parkeren mensen in toeristenkleding hun auto en lopen met hun koffers in de richting van de schepen. Deze kades zijn gereserveerd voor cruiseschepen en er liggen er een stuk of zes aangemeerd, klaar voor verschillende tochten door het Caribisch Gebied. De cruisebusiness is hier groot, en ik weet dat omdat ik ooit een programma heb gemaakt over illegale seksarbeiders op deze schepen.

Mijn dochters stappen uit de auto. Geneva draagt een sexy wikkelrok en een laag uitgesneden tanktop, beide zwart, met een strak spijkerjasje. Ze ziet er beeldschoon uit in het zwart, in welke kleur dan ook. Ze heeft vandaag krullen in haar lange haar en heeft het met een sjaal naar achteren getrokken. Ze heeft een nieuwe tatoeage, een rand van bloemen, om haar rechterenkel. Ze ziet er heel zigeunerachtig en artistiek uit. Milan daarentegen? *Ay Dios mío.* Ik weet niet wat ik met haar aan moet. Het is een knap meisje, bijna net zo knap als haar zus, maar het lijkt haar niet te interesseren. Het lijkt wel alsof ze haar schoonheid voor de wereld verborgen wil houden. Ze draagt een vlekkerige, oude joggingbroek met de woorden GO IBIS op de kont, en een groot, slobberig Ricky Biscayne T-shirt, het shirt dat ze altijd draagt. Ik heb zo'n hekel aan dat shirt. Ik heb een hekel aan de hele outfit die ze aanheeft. Ze ziet er vreselijk uit. En die sandalen? Dat zijn van die dingen die hippies dragen, vrouwen met harige tenen. Haar haar ziet er vettig en vormeloos uit. Volgens mij heeft ze er nog nooit zo slonzig uitgezien. Vroeger probeerde ik haar nog wel eens te interesseren voor kleding. Ik zei altijd dat kleren, de manier waarop je je kleedt, je visitekaartje zijn. Dat doe ik niet meer, want het heeft geen zin. Mijn man Eliseo vindt het prettig dat ze niet zo haar best doet om mooi te zijn omdat hij denkt dat het op de een of andere manier een weerspiegeling is van haar toewijding aan hem. Hij heeft problemen met vrouwen, vooral wat betreft zijn eigen dochters. Hoe mooier Geneva eruitziet, des te bozer hij wordt.

Zelf draag ik een witlinnen pakje met shorts van Liz Clayborne met beige pumps en gouden sieraden. Ik draag ook een hoed, een zonnehoed. Ik mag sinds mijn gezichtsbehandelingen niet meer in de zon komen. Ik haal mijn koffer uit de kofferbak van de auto en de meisjes pakken hun tassen. Die van Geneva is van Vuitton. Milan draagt een rugzak alsof ze een sherpa is. Ze heeft alleen nog een jak nodig om het beeld af te maken. Ik snap niet dat daar nog kleren in passen. Misschien is ze van plan om morgen dezelfde kleren te dragen.

'Klaar?' vraag ik, zo opgewekt mogelijk. Milan knikt. Geneva zet haar zonnebril op haar neus en fluit op een verveelde en arrogante manier. Ze knakt met haar rug, dan met haar polsen en Milan werpt haar een vuile blik toe. Ik vraag me af waar ik in de fout ben gegaan met deze twee. Was het omdat ik zo op mijn talkshow was gericht dat ik ze niet genoeg aandacht heb gegeven? Ik weet het niet. Daar gaan we.

Het schip voor de Hernieuwd Vertrouwen Cruise is het vierde schip aan de kade, kleiner dan de andere, maar niettemin behoorlijk groot. Er zijn kennelijk een heleboel mensen in de wereld die elkaar niet vertrouwen. Het schip hoort bij een van de grote rederijen, maar is gecharterd door een plaatselijke zelfhulpschrijver die ik bij de loopplank zie staan, waar ze iedereen begroet met een warme glimlach en een omhelzing. Haar schrijversnaam is Constancy Truth en ik heb veel bewondering voor haar. Ik wil haar al heel lang ontmoeten. Dit zal heel goed zijn voor mijn meisjes. Dat voel ik.

Als we langs het tweede schip lopen, een groot, wit oceaanschip, gaat Milans mobiele telefoon en blijven we allemaal staan zodat zij kan praten, want mijn slonzige dochter kan kennelijk niet praten en lopen tegelijk. We worden aan alle kanten gepasseerd door mensen die naar hun schip lopen. Geneva zucht en kijkt op haar horloge. Het gaat tot nu toe niet zoals ik had gehoopt. Ik kijk naar het schip naast ons. Het is gigantisch. Ik begrijp nog steeds niet hoe deze enorme metalen boten blijven drijven. Het schip dat het dichtst bij ons ligt, is een carnavalsschip en hier zijn ook mensen aan het inschepen. Milan zegt geruisloos 'boekenclub' tegen me, alsof het iets heel belangrijks betekent.

'Nee,' zegt ze in de telefoon. 'Ik heb nog nooit van dat boek gehoord.'

Geneva kijkt naar mij alsof ik er iets aan moet doen en slaat haar ogen ten hemel als ik niets doe. Milan en haar boeken. Ze zou bibliothecaresse moeten zijn. Ik draai me om en kijk naar een groep onaantrekkelijke mensen met gitaarkoffers en andere muziekspullen die de loopplank naar het schip op lopen. Er zit een vrouw bij die me op de een of andere merkwaardige reden een beetje aan Milan doet denken. Een knap meisje dat zich heel gewoontjes kleedt. Ze flirt met een man die zo harig is dat het bijna niet echt kan zijn.

'Hoe heet het?' roept Milan in de telefoon, en ze steekt een vinger in haar andere oor. Ze knijpt haar ogen dicht tegen het lawaai en de commotie om ons heen, in een poging de boekenwurm aan de andere kant van de lijn te verstaan. Dat zijn haar enige vriendinnen, een stelletje vrouwen die te veel lezen. Milan zou mannen moeten ontmoeten en haar leven moeten leven. 'Is het een kinderboek? Voor tieners? Maar je hebt het uitgekozen voor de volgende keer? Hoe heet het? *Loser*? Is dat de titel? Hallo? Hallo? Hoor je me?'

Milan haalt de telefoon bij haar oor vandaan, kijkt op het schermpje, fronst haar wenkbrauwen, vloekt en klapt de telefoon dicht.

'Shit,' zegt ze. 'Geen ontvangst.'

Terwijl ze met haar telefoon speelt, zie ik een jongeman met rood haar en O-benen langs de loopplank sluipen en weer terugkomen. Hij draagt kreukelige shorts en een groezelig T-shirt en komt me op de een of andere manier bekend voor. Hij kijkt naar de vrouw in de groep muzikanten die met de harige man staat te lachen. Ik ken de roodharige man ergens van. Hij doet me denken aan een kleinere uitvoering van Conan O'Brien. Dat is het! Het is die muzikant van Ricky Biscaynes band uit *The Tonight Show*. Milan staart alleen maar naar het schermpje van haar telefoon en gaat rondlopen in een poging ontvangst te krijgen. Ze heeft geen aandacht voor haar omgeving. Geneva snuift en loopt zonder ons in de richting van het schip.

'Ik zie jullie wel aan boord,' zegt ze.

Ik blijf bij Milan staan omdat ik weet dat het altijd zo gaat bij de meisjes. Geneva kan wel voor zichzelf zorgen. Milan slentert doelloos en ontevreden door de menigte, botst tegen mensen aan zonder het in de gaten te hebben, alleen maar bezig met wat ze in haar kop heeft en anders niet. Ik zie hoe ze achteruit loopt en in haar haast om ontvangst te krijgen tegen de roodharige man botst die net de loopplank op wil. Ze duwt hem bijna het water in, maar hij weet zich vast te houden aan de ketting langs de loopplank.

'Jemig!' roept hij uit. Geschrokken kijkt hij omlaag naar het water. De vrouw die bij de muzikanten op de loopplank staat ziet hem en moet lachen. De man kijkt naar haar.

'Wat een loser!' roept ze naar hem.

Hij bloost en kijkt naar Milan. Die is nog steeds bezig met haar telefoon en kijkt hem boos aan alsof ze denkt dat hij tegen háár is aangebotst. Hij laat de ketting los en gaat rechtop staan, nog steeds een beetje verdwaasd door Milans duw. Hij glimlacht naar haar en volgens mij vindt hij mijn kleine Milan wel leuk. Ik weet genoeg van mannen af om die blik te herkennen. Ik heb een man nog nooit zo naar haar zien kijken en ik krijg er de kriebels van. Ja! Alstublieft, God, laat haar iemand ontmoeten en het huis uit gaan. Ik weet dat je je hele leven van je kinderen hoort te houden en ze met open armen moet verwelkomen, maar ik heb altijd uitgekeken naar de dag dat mijn kinderen het huis uit zouden gaan. En wat mij betreft is Milan ongeveer zes jaar te laat.

Maar ziet Milan de man staan? Nee. Zo te zien heeft ze haar vriendin net weer te pakken gekregen, want ze houdt haar hand op naar de jongeman en draait zich half om om zich te concentreren. Hij haalt zijn schouders op en wacht tot ze klaar is. Werkelijk, ik vind dat ze hem wel eens haar excuses mag aanbieden. Volgens mij staat hij daar ook op te wachten. Maar Milan werpt hem alleen weer een blik toe, alsof ze hem probeert te plaatsen, draait zich dan afwezig om en roept in de telefoon: 'Loser!'

Het gezicht van de jongeman betrekt en ik besef dat hij denkt dat ze hem heeft beledigd. Hij kijkt naar de vrouw op de loopplank en laat zijn schouders zakken. Hij geeft een rukje aan zijn honkbalpet alsof hij iets wil verbergen en loopt weg. Als Milan klaar is met bellen loopt ze weer naar mij toe.

'Je duwde die jongeman bijna in het water,' zeg ik.

'Wie, hij? Hij botste tegen mij aan.'

'Nee, hoor.'

'Jawel.

'Het was die jongen uit Ricky's band. Zag je dat?'

'Welke jongen?'

'Die muzikant.'

'Welnee, mama.'

'Straks komen we nog te laat, Milan,' zeg ik. 'Zet die telefoon uit.'

'Sorry,' zegt ze. 'Het ging over ons nieuwe boek.'

'Laat me raden,' zeg ik. 'Een boek dat *Loser* heet?'

Ze knikt. 'Hoe weet je dat?'

'Ik kon je horen,' zeg ik. Maar wat ik eigenlijk wil zeggen is dat het vast over haar gaat.

Ik heb een splinter in mijn kont. Van de tribune. Au! Ik ga er met mijn hand langs en voel hem zitten, precies tussen mijn kont en mijn dij. Ik heb op de houten tribune op en neer zitten wippen en mijn dochter Sophia aangemoedigd tijdens haar voetbalwedstrijd. Ze voetbalt niet alleen, ze speelt iedereen van het veld. Ze lijkt op mij, denk ik vol trots. Mijn dochter is niet alleen slim en mooi, ze is een voetbaltalent in de dop.

Maar goed, hier zit ik dus in het sportpark en sta het ene moment te springen en te juichen in mijn kakikleurige shorts van Target, canvas gympen en geel T-shirt met lange mouwen en even later ga ik zitten en doe ik mijn best om de andere ouders niet te zien die mij allemaal aanstaren.

'Gooooaaaalll,' brul ik, als een mislukte commentator in een Spaanstalig sportprogramma. Sophia kijkt op. Ze schaamt zich voor me, maar is ook trots op zichzelf. Ze zwaait naar me en gebaart dat ik moet gaan zitten. Kinderen horen zich te schamen voor hun ouders, vind ik. Het is onvermijdelijk en het is een vereiste. Au. Ik ben op de splinter gaan zitten. Hoe haal je zo'n ding eruit? Ik zal Jim moeten vragen om hem er straks voor me uit te halen. Ik ben blij dat ik Jim heb om splinters uit mijn kont te halen. Het leven is goed.

'Gooooall,' roep ik opnieuw. Ik trek aan mijn korte haar. Ik joel en fluit. Ik maak zo'n tumult dat mijn zonnebril eerst op de tribune valt en dan daaronder. Ik ben groot en sterk en meestal best elegant, maar nu even niet. Het valt me nauwelijks op. Ik knijp mijn ogen samen tegen de felle zon. 'Dat is míjn dochter!'

Ik merk dat een paar vaders me aanstaren. Dat gebeurt veel. De echtgenotes kijken me nijdig aan. Het is mijn schuld niet dat hun man een hufter is. Het is niet mijn schuld dat ik fit moet zijn voor mijn werk en veel vrouwen kennelijk niet. Het is niet zo moeilijk om fit te blijven. Je eet gezond en je doet aan lichaamsbeweging. Heel simpel. Mensen maken het altijd zo moeilijk met diëten en alles. Het is allemaal een afleidingsmanoeuvre.

Sophia wordt veel mooier dan goed voor haar is. Laatst zei ik tegen haar dat ik bang was dat ze te mooi werd en toen zei ze iets wat me verraste. 'Jij bent ook te mooi, mama. Je lijkt op Kate Hudson.' Het was het eerste compliment dat ik sinds jaren van haar had gehad. Ik hoop dat we een mijlpaal hebben bereikt en dat ze ook tijdens de stroomversnellingen van haar tienerjaren open tegen me blijft. Ik hoop dat ze me om advies zal vragen over jongens, ook al kan ik niet garanderen dat ik niet iets stoms en overbezorgds zal zeggen als: wacht, doe het rustig aan, maak niet dezelfde fouten als ik, ga eerst studeren.

Maak niet dezelfde fouten als ik? Zoals ik met Ricardo Batista, alias Ricky Biscayne. Ik dacht dat ik dolverliefd was, maar in werkelijkheid wist ik helemaal niets. Ik ga zitten en probeer niet aan Ricky te denken. Ik zie hem tegenwoordig overal. In winkels, op tv en op de radio, niet te geloven. Er was een tijd dat ik mijn leven zou hebben gegeven voor die jongen, en nu vraag ik me af of hij me überhaupt nog zou herkennen.

De herinneringen komen terug als een ongenode vriend, maar met subtiele details.

Engelse les. We bespreken *The Red Badge of Courage* van Stephen Crane en de lerares vertelt ons dat het boek in slechts enkele dagen was geschreven. Enkele leerlingen, onder wie ikzelf, zeggen dat dat niet kan en als het wel kan, het nooit goed kan zijn.

'Het kan echt,' zegt een jongeman achter in de klas. Ricardo Batista. Voetbalster. Eenling. Lekker ding. Een joch dat lacht om zijn eigen grapjes. Een jongeman die voortdurend oogcontact met me probeert te krijgen, maar die ik niet dichterbij durf te laten komen. In de klas durf ik hem wel aan te kijken, omdat iedereen dan naar hem kijkt. Hij is waanzinnig knap met een paar pukkeltjes die niets afdoen aan de rest. Die ogen. Wauw. De lerares, een jonge vrouw met lange krullen, glimlacht.

'Denk je dat, Ricardo? En waarom?'

'Nou,' zegt hij. 'Ik heb vorige week een dichtbundel geschreven. Tweehonderd bladzijden lang.'

De meeste kinderen in de klas lachen, maar de lerares niet. Ik ook niet. Ik schrijf ook graag gedichten en ik kan haast niet geloven dat er op deze oppervlakkige school, waar mensen zich alleen maar druk maken om kleren en populariteit, iemand is die dezelfde passie heeft als ik. Zonder poëzie zou ik doodgaan van verdriet en eenzaamheid. Mijn vaders woede is de laatste tijd voornamelijk op mij gericht. Mijn moeder is al twee weken weg en niemand weet waar ze is. Dat doet ze vaak, en ze komt altijd terug. Ik ben zo min mogelijk thuis, ik doe mijn best om uit te blinken op school, het muziekkorps en zwemmen, in alles, want ook al ben ik nog maar veertien, ik besef heel goed dat een goede opleiding de enige manier is om vooruit te komen.

'Waar gaan je gedichten over?' vraagt de lerares.

Dit is het moment waarop mijn hart voor het eerst vleugels krijgt, wanneer Ricardo Batista, de jongen naar wie ieder meisje lonkt, me recht aankijkt en met zijn grijze vulpotlood naar me wijst. 'Over haar,' zegt hij met de liefste glimlach.

'Mij?' Ik wijs naar mezelf. Een paar klasgenoten lachen.

'Over jou,' zegt hij. Het is voor het eerst dat hij iets tegen me zegt.

'Waarom over mij?'

'Ik heb je gezien,' zegt hij. 'Het valt niet mee voor je.'

'Voor mij?'

'Irene Gallagher,' zegt hij. 'Het mooiste, meest gekwelde meisje op school. Ik noem je mijn *mariposita rota*, mijn gebroken vlinder.'

De lerares onderbreekt ons en stelt voor om er na de les verder over te praten. Ze vraagt iedereen om zijn aandacht weer op het boek te richten. Ik draai me om, maar ik voel de hitte in zijn blik de rest van de les op me branden.

'Goal!' roept coach Rob, als Sophia weer scoort. Alweer! Ik had het bijna gemist omdat ik aan het verleden zat te denken. Daarom probeer ik dat dus niet meer te doen. Ik schud mezelf terug naar het heden, maar voel nog steeds de plakkerige vingers van oude liefde op mijn huid. Ik sta op en juich.

Alle meisjes van Sophia's voetbalteam roepen en lachen als Sophia over het veld rent om haar laatste goal te vieren. Haar ploeggenoten nemen haar op hun schouders, voordat ze haar per ongeluk op het harde, natte gras laten vallen. *Bonk*.

'Sophia!' roep ik uit, en ik sla geschrokken mijn hand voor mijn mond. 'Gaat het?' Ik ren het veld op.

Sophia kijkt naar me op met haar scheve grijns. Soms lijkt ze zo veel op haar vader dat ik het gewoon moeilijk vind om naar haar te kijken.

Ricky was op de middelbare school, toen we nog verkering hadden, ook goed in voetbal. Hij was slim en was in veel dingen goed, en alles wijst erop dat zijn dochter zijn talent heeft. Ik moet elk dubbeltje omdraaien om voor Sophia's muzieklessen, danslessen en voetbaltrainingen te betalen. Ze vraagt al om mooiere kleren, van die kleren die je op de tienerafdeling van dure warenhuizen ziet hangen. Ik kan zulke kleren niet betalen en ik vind het afschuwelijk om dat te moeten zeggen. Ik heb wat geld opzijgezet in de hoop dat ik ooit genoeg gespaard zal hebben om zes maanden van te kunnen leven, als het moment eindelijk daar is dat ik mijn werkgevers aanklaag wegens seksuele discriminatie. Sophia weet niets van het spaargeld of van de pesterijen. Ze denkt alleen dat haar moeder krenterig is.

Ik voel me schuldig. Ik zou haar over haar vader moeten vertellen. Misschien regelen dat ze hem kan ontmoeten. Kijken of hij iets wil bijdragen. Mijn trots heeft dat al die tijd in de weg gestaan, maar het lijkt nu zo dwaas. Ik weet het niet. Hij was afschuwelijk tegen me, ik bedoel écht afschuwelijk. Als ik nu naar hem toe ga is het net of ik zijn vooroordelen accepteer. Ik weet niet wat ik moet doen. Dat heb ik nooit geweten.

'Ik heb mijn moeder over de baby verteld,' zegt hij tegen me. We doen samen met een sinaasappelsmoothie in het winkelcentrum. We zijn nog kinderen.

'Wat zei ze?' vraag ik. Ik hoop dat Ricky's moeder me wil adopteren, me uit huis wil halen en mij en de baby samen wil opvoeden.

'Ze wil dat we het laten weghalen,' zegt Ricky.

'Wat?' Mijn hart slaat over en de tranen wellen op. Ik huil niet vaak, heb geleerd ze binnen te houden. Maar ik kan ze niet tegenhouden. Ik probeer het, maar het lukt niet.

'Ze wil niet dat we het houden.'

'Ik ben katholiek,' zeg ik. 'Ik hou het kind.'

'Dat kan niet,' zegt Ricky. 'Ze zegt dat we het moeten laten adopteren.'

'Wat? Nee! Ik hou het kind en ik voed het zelf op.'

'Dat kan niet.'

'Dat kan wel en dat ga ik ook doen, mét of zonder jouw hulp.'

Ricky kijkt naar het plafond en dan naar mij. Hij kijkt boos.

'Doe me dit niet aan, Irene.'

'Waarom vindt jouw moeder me niet aardig?' Ik heb zijn moeder een paar keer bij hem thuis gezien en ze is zo'n moeder die ik altijd heb willen hebben. Een evenwichtige, werkende vrouw die haar huis schoonhoudt.

Ricky haalt zijn schouders op. 'Weet ik niet.'

'Natuurlijk wel.'

Hij staat op, is nog steeds boos. 'Mijn moeder zegt dat je blank uitschot bent, Irene. Zo. Ben je nou tevreden?'

'Wat? Hoe kan ze dat nou zeggen?'

'Ze wil niet dat ik me je omga. Ze vindt dat je een slechte invloed op me hebt.'

'Wat vind jij?'

'Nou ja, je moet toch snappen waarom ze dat denkt. Jouw ouders…'

'Ricky! Ik dacht dat je van me hield?'

'We zijn te jong. Het is stom. Mijn moeder heeft gelijk. Ik vind dat je het kind moet laten weghalen. Ik moet ervandoor.'

Ik kijk op en ben verrast dat er tranen in mijn ogen staan. Nee. Ik ga geen contact met hem opnemen. Ik sta niet toe dat hij mijn dochter leert kennen. Hij heeft zijn recht op haar verspeeld door ons uit te schelden, op ons neer te kijken en te eisen dat ik haar zou laten weghalen.

We hebben hem niet nodig.

Sophia stuurt me terug naar de tribune. Ik maak van de gelegenheid gebruik om mijn zonnebril te pakken. Dan ga ik zitten kijken.

Sophia en de andere meisjes overleggen even met Rob, hun jonge, aantrekkelijke coach, en worden dan naar hun ouders gestuurd. Sophia rent met haar lange, bruine benen op me af en duikt in mijn armen. Ze is bijna oud genoeg om zich te schamen voor zulk gedrag, maar gelukkig voor mij houdt ze nog steeds van knuffelen, af en toe.

'Je was super, meisje,' zeg ik, en ik duw mijn neus in haar springerige, bruine haar. 'Ik ben zo trots op je, ik heb er geen woorden voor.'

'Ik heb getraind,' zegt Sophia met een zelfverzekerde glimlach.

'Dat was te zien.' Ik pak mijn spullen van de tribune en kom overeind. 'Heb je honger?'

'Kunnen we pizza eten?' Sophia is bijna net zo dol op pizza als op voetbal, en nu ze dertien is, lijkt het wel of ze altijd honger heeft.

'Tuurlijk,' zeg ik. Ik doe weer net alsof ik een moeder ben die zich niet overal zorgen om maakt. Maar ik vraag me af of de cheques die ik deze week heb uitgeschreven allemaal al zijn afgeschreven. Als dat zo is, is er niets over voor pizza of iets anders. Als het niet zo is, kan ik misschien nog wel wat schuiven, tot ik volgende week mijn salaris krijg.

'Cool!' roept Sophia. Er is niet veel voor nodig om haar blij te maken.

Hand in hand lopen we over het veld naar de parkeerplaats. Ik zie coach Rob naar ons kijken en dan komt hij op ons af gejogd. Het is een schatje. Dat is een feit. En ik weet bijna zeker dat hij mij leuk vindt. Hij wil altijd met me praten. Ik heb nooit met hem geflirt, want ik denk dat het Sophia's leven zou verpesten als ik iets met haar coach zou beginnen, zeker als het na verloop van tijd op de klippen zou lopen.

'Eh, hoi, Irene,' roept hij.

'Dag, coach Rob. Goeie wedstrijd! Wat een meid, hè?' Ik woel door Sophia's haar.

'Sophia is de beste,' zegt de coach. Hij bekijkt me van top tot teen en bloost. Hij krijgt een schuldbewuste blik in zijn ogen. 'Eh, kan ik je even onder vier ogen spreken?'

Sophia geeft me een por in mijn zij. Vroegwijs als ze is, wandelt mijn kind verder naar onze blauwe Isuzu Rodea op de parkeerplaats. 'Ik zie je zo wel bij de auto, mama,' zegt ze met een plagerige glimlach. Sophia denkt dat coach Rob verliefd op me is. De wens is de vader van de gedachte voor een klein meisje zonder vader.

Rob wacht tot Sophia buiten gehoorsafstand is en legt dan een hand op mijn schouder. Mmm. Dat is fijn. Ik wou dat het niet zo was. Ik duw enige gevoelens van interesse weg en probeer aan Jim de christelijke agent te denken. 'Ik wilde het niet zeggen waar Sophia of iemand anders bij was,' zegt hij, en hij huivert. Zachtjes gaat hij verder. 'Maar je cheque voor haar nieuwe uniform kon niet afgeschreven worden.'

O. Nee. Mijn maag keert zich om van angst, alsof ik achternagezeten word. Geldproblemen doen dat met me; vechten of vluchten. Mijn eerste reactie is meestal om te vluchten. 'Dat kan niet,' lieg ik.

'Het spijt me,' zegt hij. 'Ik heb Sophia gewoon haar uniform gegeven, maar ik moet die zestig dollar wel zo snel mogelijk hebben.'

'Tuurlijk,' zeg ik tot op het bot vernederd. 'Geen punt. Het zal wel een vergissing van de bank zijn.'

Rob glimlacht en zijn blik glijdt naar mijn mond. 'We hebben het allemaal wel eens moeilijk,' zegt hij zacht. 'Ik zou het leuk vinden als Sophia deze zomer mee naar voetbalkamp kan. We hebben haar nodig. Ik weet dat het prijzig is. Als je het niet redt, zijn er wel ouders die kunnen helpen. Ik kan proberen…'

'Ik red het wel,' lieg ik. Driehonderd dollar? Jakkes.

'Oké. Maar ik vind dat brandweermensen niet genoeg betaald krijgen. Dat vind ik niet goed. Jullie zijn degenen die je leven riskeren.'

'Tot volgende week.' Ik draai me om voordat ik rood word. Voetbalkamp? Ik kan me echt geen voetbalkamp voor de hele zomer veroorloven. Ik loop snel naar de Isuzu terwijl er tranen in mijn ogen branden. Hoe ben ik in deze situatie terechtgekomen? Hoe? Wanneer is dit gebeurd? Ik had grotere dromen. Hoe kom ik hier uit?

'Gaat het, mama?' vraagt Sophia. Ze hangt tegen de auto, kopt haar voetbal de lucht in en vangt hem met haar handen op. Dat kind is soms helderziend. Ongelooflijk dat je eigenlijk nooit kunt liegen tegen je kinderen.

'Nee,' zeg ik, terwijl ik de auto opendoe. 'Maar het komt wel goed. Stap in.'

We rijden een tijdje in stilte en Sophia speelt met de knop van de radio. Ik probeer niet te huilen, maar de tranen komen toch. Als het nu alleen tranen van verdriet waren, of alleen tranen van woede, dan kon ik het misschien aan. Maar deze tranen zijn van allebei.

'Wat is er, mama?'

'Het spijt me, Sophia. Ik wil eerlijk tegen je zijn. We hebben deze week wat geldproblemen.'

'Alweer?' Ze zakt verder in haar stoel weg, alsof ze niet wil dat iemand haar als arme sloeber in de auto ziet zitten.

'Ja.'

'Geen pizza dus?'

'Vanavond niet. Het spijt me. We kunnen thuis iets klaarmaken. Misschien heeft oma al iets gemaakt.'

'Joepie,' zegt Sophia cynisch. 'Misschien smeert ze wel broodjes mayo.'

'Het spijt me.'

'Nee, mama, het is wel goed.' Sophia slaakt een zucht. 'Heus. Ik begrijp het wel. Het is een dure week geweest met de ramen en oma's gebit.'

Ik ben verbijsterd, verbíjsterd door Sophia's veerkracht en volwassenheid. Eerder die week had iemand stenen door onze vier ramen gegooid. Vervolgens ontdekte ik dat ik per ongeluk de verzekering had laten verlopen. Dus moest ik het zelf betalen. Vervolgens viel er bij mijn moeder een brug uit. De tandarts zei dat de verzekering dat niet langer vergoedt. Dus, ja, dat moest ik ook betalen. De hypotheek en de andere rekeningen moesten ook betaald worden. Het begin van de maand is altijd het ergst. Er is gewoon niet genoeg geld, zo simpel is het.

Sophia zet een popstation op en onmiddellijk schalt de Engelstalige hit van Ricky Biscayne door de speakers. Automatisch steek ik mijn hand uit en zet ik de radio uit.

'Ik maak kans op promotie,' zeg ik. Ik krijg hem waarschijnlijk toch niet, maar het is het vermelden waard.

'Wat goed, mama. Maar zou je dan meer moeten werken?'

'Ja.' Dan zou ik zeker vier dagen en nachten per week van huis weg zijn, op de kazerne moeten zijn. Dat is de voornaamste reden dat ik mijn moeder bij ons laat wonen.

'O, nou ja,' zegt Sophia. Ze kijkt treurig. Ik wilde al brandweervrouw worden toen ze nog een klein meisje was, maar het is een waardeloze carrièrekeus voor een alleenstaande moeder. Dat weet ik nu. Maar wat moet ik dan? Ik kan op dit moment geen andere baan krijgen die net zo goed betaalt.

Ricky kan de boom in. Ricky is nu rijk. Hij was vijftien toen ik hem voor het laatst sprak. Dat betekent dat hij nu achtentwintig is. Misschien is hij veranderd. Misschien zou hij ons kunnen helpen. Ik wil niemand nodig hebben, maar toch. God. Ik weet het niet.

'En, heb je nog huiswerk?'

'Ja, wel wat,' antwoordt Sophia. 'Wiskunde.'

'We zijn dól op wiskunde.'

'Ja, vast.' Sophia heeft de kunst van sarcasme al aardig onder de knie. We hebben allebei een hekel aan getallen. 'Ik ben dol op eten. Ik verga van de honger.'

Ik rij de oprit van ons huis op en zet de motor uit.

'Zeg, mama?' vraagt Sophia als we door de voortuin lopen. Een donderwolk rommelt boven ons hoofd.

'Ja, moppie?'

'Die zanger op tv laatst, hè?'

Mijn hart begint te bonken, maar ik doe alsof ik kalm ben. 'Ja, wat is daarmee?'

'Ik vind dat hij op me lijkt.' Ik voel haar blik op me, maar ik kijk niet terug. In plaats daarvan steek ik de sleutel in het slot van de voordeur.

'Vind je?' vraag ik, en ik haal mijn schouders op.

'Ja.'

Ik probeer te lachen alsof ik niets heb om me zorgen over te maken. 'Lieverd,' zeg ik tegen haar. 'Ga naar binnen.' Sophia kijkt verward.

Voordat ze het huis in gaat kijkt ze me door half toegeknepen ogen een tijdlang aan.

Binnen ruikt het naar gebakken hamburgers.

Ik zeg: 'Zo te zien heeft oma eten klaargemaakt, Sophia. Is dat niet lekker?'

'Ik heb geen trek,' zegt Sophia, en ze laat zich fronsend op de goedkope Ikea-bank ploffen.

'Maar net zei je nog dat je verging van de honger!'

'Nou, dat heb ik gelogen,' zegt Sophia brutaal.

'Waarom deed je dat?' vraag ik afwezig.

Sophia staart me even intens aan totdat ik haar aankijk. 'Daarom,' zegt ze. 'Liegen doen we hier kennelijk allemaal.'

ZONDAG 24 MAART

Ik wil alleen maar slapen, maar de hele hut slingert met zo veel kracht heen en weer dat ik al mijn spieren moet spannen om niet over te geven. Geneva ligt op het bed naast me te doezelen, alsof er niets aan de hand is. Ondanks alle commotie en het feit dat ze ligt te slapen, is ze nog in staat haar pols op te tillen en te knakken. In haar slaap. Hoe is het mogelijk? Ze is de duivel. Anders weet ik het ook niet. Alleen de duivel kan snurken en er toch mooi uitzien. Ze snurkt terwijl onze hut aan boord van het cruiseschip een slingerende mallemolen lijkt.

Ik sta op en loop stommelend naar het kleine toilet, me bewust van het onbestendige geronk van de motoren onder de vloer. Ik weet niet waar mijn moeder is, maar niet hier. Alles aan boord van cruiseschepen is aan de vloeren en muren vastgespijkerd of gelast. Nu weet ik waarom. Ik kijk door het ronde raampje en zie water tegen het glas klotsen. Fijn. We zitten als het goed is vijf verdiepingen boven de oceaan. Waarom klotst er water hierboven? Gaan we kapseizen? Is dit normaal? Ik ben geen botenmens, denk ik op het moment dat ik struikel en op de grond val.

'Au!' schreeuw ik.

Geneva beweegt zich en kijkt me door een halfopen oog aan. Ze heeft geen mascaravlekken omdat ze eraan heeft gedacht het spul eraf te halen voordat ze naar bed ging, in tegenstelling tot ondergetekende. 'Gaat-ie, Milan?' vraagt ze. Ik weet niet of ze het sarcastisch bedoelt.

'Ja,' zeg ik. Ik kom overeind en loop wankel verder naar de wc.

Cruises zijn kut, oké? Laat dit voor eens en altijd duidelijk zijn.

Ik slaag erin het kleine toilet te bereiken en doe de deur achter me dicht. Het is bijna zo klein als een toilet in een vliegtuig. Ik wil niet kotsen. Ik wil alleen maar plassen. En weer slapen. Ik kijk op mijn horloge. Zes uur 's morgens. Ik luister naar de hete straal zeik die in de pot klatert en ik vraag me af hoe ik hier terecht ben gekomen.

Ik kom het toilet uit en zie dat Geneva rechtop in bed naar haar BlackBerry zit te staren. Ze is verslaafd aan haar e-mail. Niet te geloven dat dat ding het hier doet. Waar zijn we, trouwens? Ergens in de buurt van Cuba, varende om het eiland van de verdoemden alsof het niet bestaat? Dit is een waardeloze cruise omdat we nergens aanmeren. We zitten de hele tijd op zee, zogenaamd om elkaar te leren vertrouwen. Ik wou dat Geneva nog sliep, want ik wil de tas met guavecrèmegebakjes plunderen die ik in mijn rugzak heb verstopt, maar ik heb geen zin in die blik van haar.

De deur van de hut gaat open en onze moeder komt binnen als een moeder in een soapserie, opgewekt en kittig met volmaakte make-up en kleding. Ziet mijn moeder er dan nooit beroerd uit? Hoe komt ze aan de tijd om haar zwartlinnen broekpak te strijken? Ze ziet er chic uit met een gele sjaal om haar hals.

'Goedemorgen, meisjes!' zingt ze. Ze heeft twee bekertjes koffie van Starbucks bij zich met een deksel erop. 'Wie wil er wat cafeïne?' vraagt ze. 'Ik heb ook Dramamine bij me voor de maag.' Ze glimlacht als een schooljuf. Geneva steekt haar hand uit voor haar koffie en mompelt 'dankjewel'. Is dat een nieuwe tatoeage aan de binnenkant van haar pols? Ik hoef geen koffie, maar mijn moeder duwt het bekertje en de pillen in mijn hand.

'Ik ben niet lekker,' zeg ik. Ik zwalk naar het bed en laat me erop vallen.

'Daar is de Dramamine ook voor,' zegt mama. Goh, bedankt. Dat had ik zelf nooit kunnen bedenken.

Ik begrijp niet hoe iemand pillen kan slikken met hete vloeistof, maar ik doe mijn best. De boot stampt en slingert en het is net alsof de boeg uit het water komt en dan met een koude harde klap neervalt alsof het water van puur cement is, of zo.

'Wat was dát?' vroeg Geneva.

'Ach, het stormt een beetje,' zegt mijn moeder. Zou het orkaanseizoen al zijn begonnen? De boot helt naar één kant en mijn moeder moet zich aan het bureautje vasthouden om niet om te vallen. Niettemin glimlacht ze en strijkt ze met haar handen langs haar zij, wat ze altijd doet als ze het over een man gaat hebben. 'Ik heb net even met de kapitein staan praten en volgens hem hoef je je nergens zorgen om te maken. Over een uurtje of twee is het over, zei hij. Hij is erg aantrekkelijk. Ik vind dat jullie hem moeten ontmoeten.' Het schip trilt en duikt, terwijl Geneva en ik elkaar aankijken met een blik die zegt dat we ons allebei afvragen of ze het soms met de kapitein doet.

'Maak me maar wakker als we aan de kade liggen,' zegt Geneva. Ze kruipt onder de dekens en trekt ze over haar hoofd.

'O, toe, meisjes!' Mama neemt een slok koffie terwijl ze zich tegen de wand overeind houdt. 'Kleed je aan. Er staat een lekker buffet klaar en daarna is er een leuke workshop "Open je hart".'

'Mijn hart zit vol met kots,' zeg ik.

'Zet het dan maar niet open,' roept Geneva. 'Dat lijkt me niet zo lekker.'

We lachen. Samen. Ik en Geneva. Wie had dat gedacht? Mijn moeder lacht niet mee. Misschien krijgen Geneva en ik toch een band samen, ten koste van mama.

Mijn moeder kijkt me door samengeknepen ogen aan. 'Ik heb geprobeerd aardig te zijn,' zegt ze. 'Maar jullie halen het bloed onder mijn nagels vandaan. Jullie staan nu op en het is afgelopen met dat verwende gedrag! We gaan verdomme ontbijten.'

Miauw.

Constancy Truth is net een giraf uit een jaren-tachtigstrip die aerobicsles geeft. Ze heeft een lange magere nek, maf halfzwart, halfblond haar dat wild opspringt en elke vorm van zwaartekracht en goede smaak tart, en enorme zwarte ogen met valse wimpers. Ze staat midden in een kring van mensen in een ruimte die op een nietszeggende vergaderzaal in een willekeurig hotel lijkt. Ze draagt zuurstokroze korte hotpants en een glimmend zilverkleurig topje. De mensen zijn kansloos. Dat is het enige woord waarmee ik ze kan omschrijven. Ze zien eruit alsof ze bij een AA-bijeenkomst zouden moeten zitten of zo. Je kent het wel, armoedig, wanhopig en gekwetst. Mensen die je alles kunt wijsmaken. Constancy springt als een kikker tussen de mensen heen en weer. Ze is behoorlijk tanig en volgens mij gebruikt ze speed of zo. Ze vliegt door de kring heen en weer, schudt handen en kijkt iets te diep in onze ogen. Ze is op blote voeten, maar draagt dikke grijze beenwarmers. Waar heeft ze in vredesnaam die beenwarmers vandaan? Mijn moeder vindt haar aandoenlijk excentriek en origineel. Ik vind haar raar en eng. Geneva is het zo te zien met mij eens, want ze leunt opzij en fluistert: 'Moeten we zo meteen soms ook een of ander gifgroen drankje van haar drinken? Hadden we zwarte Nikes mee moeten nemen?' We lachen vals en mama werpt ons een zorgelijke blik toe.

'Goed, mensen!' roept mevrouw Truth. Ze heeft een accent van een van de eilanden. Jamaica? St. Thomas? 'Geef elkaar een hand.'

'O, lieve hemel,' mompel ik. Geneva gniffelt. Mama pakt onze handen en legt ze ineen.

'Werk alsjeblieft mee,' snauwt ze.

'Zeg: "Ik hou van mezelf!"' roept de girafgoeroe.

'Ik hou van mezelf!' roept de goedgelovige massa.

'Roep: "Ik hou van iedereen in deze ruimte!"'

'Ik hou van iedereen in deze ruimte!' roepen ze.

'Zo. Laat nu jullie hart tot rust komen,' zegt Constancy.

'Jullie hart,' fluistert Geneva tegen me. 'We hebben maar één hart.'

Constancy gaat verder: 'Ik wil dat je je ogen dichtdoet en de warmte en menselijkheid voelt van de mensen naast je. Haal diep adem.'

Ik adem in en ruik scheten. Gore, natte scheten van bonen en spruiten. Nóú, wat een warmte en menselijkheid. Wie heeft dat gedaan? Ik niet. Meestal ben ik het, dus dit verbaast me. O, lieve hemel. Het stinkt echt heel erg. Ik doe mijn ogen open en kijk naar Geneva. Ze heeft haar ogen wijd opengesperd.

'Getver?' fluister ik.

'Wedden dat het mama is,' zegt Geneva.

We hebben het niet meer. Constancy bazelt nog steeds, god weet waarover, en mijn zus en ik proberen niet te stikken van het lachen. Opeens maakt de boot een slinger en de helft van de mensen valt op de grond. Geneva en ik wankelen, blijven staan en werpen elkaar een blik toe.

'Geen punt!' kraait Constancy. 'Laat dit geen punt zijn. Vertrouw erop dat we hierdoorheen komen! Vertrouw erop dat het weer zal verbeteren! Vertrouw erop dat dit zo heeft moeten zijn om ons allemaal een belangrijke les te leren!'

Een paar mensen hebben overgegeven op de vloer door de zeeziekte. Eerst was het er maar één, een treurig uitziende vrouw met een kroezige permanent, maar toen zag iemand haar kotsen, waardoor híj weer moest kotsen, waardoor een ándere vrouw weer moest kotsen. Constancy schreeuwt zo ongeveer: 'Kom weer bij elkaar! Kom weer bij elkaar! Vertrouw erop dat we samen de kracht hebben om weer bij elkaar te komen en ons te verblijden!'

Nu stinkt het niet alleen naar scheten, maar ook naar kots. Ik ga dood.

'We gaan in kleermakerszit op de grond zitten,' zegt Constancy. Ze rent heen en weer en duwt mensen weer de kring in. 'We moeten vertrouwen hebben! Vertrouw erop dat door te zitten we niet zullen vallen!' De mensen kreunen en steunen en het schip stampt wild. Ik word misselijk.

'Die stank,' zegt iemand met veel grotere eierstokken dan ik. 'O, mijn god!' Goed van haar.

'Niet op letten,' zegt Constancy. Ze haalt diep adem met een geforceerde glimlach op haar gezicht en brengt op theatrale wijze haar armen boven haar hoofd. 'We moeten de geur zien als een gave van het universum, als een symbool van alles in ons hart wat ons ervan weerhoudt mensen die we wantrouwen te vertrouwen. Vertrouw erop dat de geur zoet zal zijn!'

'Is dat geen vorm van ontkenning?' vraagt Geneva aan mij. Geneva kijkt naar mama. 'Mam, Constancy zit in de ontkenningsfase.'

Mama legt een hand voor haar mond en neus alsof dat op de een of andere manier die gore lucht tegenhoudt. 'We moeten er maar het beste van maken.'

'Sorry,' zeg ik, en ik sla mijn hand voor mijn mond. Ik moet kotsen, dus ren ik de kamer uit het dek op. De koele lucht voelt prettig aan op mijn huid. Ik hang over de reling en voel de spetters zilt water op mijn huid. Geneva komt achter me aan en gaat naast me staan.

'Mama is gestoord,' zegt ze. Ze rolt met haar hoofd heen en weer als een danseres en ik hoor haar nek knakken. Getver.

'Zou je denken?'

'Vertrouw op de géúr? Waar slaat dat op? Waarom doet mama ons dit aan?'

Ik haal diep adem. 'Haar vriendje kon dit weekend zeker niet.'

Geneva kijkt me aan. 'Wist je dat?'

'Ja,' zeg ik. 'Jij?'

'O, ja. Ik heb ze een keer samen in een café gezien. Ik ben heel hard weggelopen.'

'Hij lijkt op Jack LaLanne, vind je niet?'

'O, wauw. Helemaal!'

We lachen vals. Afschuwelijk. We zijn écht verwende krengen. Maar we moeten op de een of andere manier onze spanning kwijt.

'Niet te geloven dat mama een minnaar heeft, toch?' vraagt Geneva.

'Ze gaat haar gang maar, vind ik. Papa bedondert haar al jaren.'

'Zal wel, maar ik vind het toch raar.'

Ik voel een hand op mijn schouder, draai me om en zie mijn moeder staan. Ik weet niet hoelang ze al staat te luisteren, maar ze heeft een merkwaardige, bedroefde gezichtsuitdrukking.

'O, hoi, mam,' zegt Geneva, met een schuldbewuste blik.

'Niets tegen hem zeggen,' zegt ze. 'Goed?'

DONDERDAG 28 MAART

Op maandagochtend vroeg rijdt Ricky Biscayne achter in een busje van een plaatselijke bloemist die hier dagelijks bezorgt het witte barokke landgoed van Jill Sanchez in Bal Harbour op. De chauffeur en Jill zijn dik met elkaar en ze weet dat hij het voor zich zal houden. En als hij dat niet doet, is er ook niet echt iets aan de hand, toch?

Jill heeft haar huishoudelijke hulp die dag naar huis gestuurd en ze is alleen thuis, op het bewakingspersoneel buiten na. Ze zit in haar slaapkamer op Ricky te wachten in een korte, witte, doorschijnende, kanten ochtendjas van La Perla, een Rolex van geelgoud en diamanten, haar geelgouden verlovingsring, vochtinbrengende Crème de la Mer (die bedoeld is voor haar gezicht maar die ze over haar hele lichaam gebruikt), en verder niets. Er branden honderd witte kaarsen. Ricky komt de slaapkamer binnen in een gescheurde spijkerbroek die eruitziet alsof hij een afdankertje is, een aftandse trui en Diesel-gympen. Zijn trouwring brandt een gat in zijn broekzak.

'No me jodas. Dat was niet de afspraak,' zegt hij slap, en hij probeert niet naar haar waanzinnige lijf te staren. Hij is hier voor zaken. Hij wil haar advies over het investeren in een nieuwe nachtclub, Club G, en over het aannemen van een nieuwe publiciteitsagent nu Boolla Barbosa, zijn oude agent, binnenkort de cel in moet wegens wapensmokkel en diefstal van geneesmiddelen of zulk soort onzin. Jill weet altijd de juiste mensen aan te nemen. Hij heeft hulp nodig. Op het zakelijke vlak.

116

Maar daar kan hij nu niet aan denken. Hij kan alleen maar aan dat lijf denken. Hoe is het mogelijk dat haar huid er zo zacht en glad uitziet? Jasminka is mooi, maar bleek en schonkig. Maar Jill. Háár lichaam ziet eruit alsof het uit koffie-ijs is gehouwen en haar adem ruikt naar verse, koele melk. 'We hadden afgesproken dat we ons deze keer zouden gedragen. Ik kom alleen maar naar je opnamen luisteren.'

Als ze vlak voor hem gaat staan en haar badjas laat vallen, begint Ricky te trillen en te zweten. Haar kittige, gezwollen tepels hebben een subtiele roodbruine kleur. Ze zijn klein. Jasminka heeft hangende modellenborsten met van die enorme tepels die hij als klein jongetje voor het eerst met zijn moeder in de kleedkamer van de YMCA heeft gezien. Borsten als lange Britse gezichten. Hij heeft liever Jills strakke, kleine lijf dan het lange, magere lichaam van zijn vrouw. Hij is gék op Jills lichaam, zegt hij met wilde hartstocht, met een verlangen dat hem 's nachts wakker houdt. Je kunt bijna een glas bier of een vel bladmuziek op haar kont zetten.

Jill luistert naar Ricky's pogingen om haar tegen te houden. Hij houdt van zijn vrouw – daar bazelt hij over, zoals hij wel vaker doet – maar hij zegt dat hij altijd van háár, Jill Sanchez, is blijven houden. Jill weet het niet zeker, maar het lijkt wel alsof hij zijn best moet doen om niet te huilen. Als zij hem niet had gedumpt, zegt hij, zou hij nog altijd bij haar zijn. Dan zou hij nooit met Jasminka zijn getrouwd. Maar hij is nu getrouwd en hij wil het juiste doen, wil een eerbare, goede man zijn, zoals zijn moeder hem heeft grootgebracht. Hij wil geen *sinvergüenza* zijn zoals zijn vader, die nu ergens in Venezuela woont en een heel nieuw gezin heeft. Bla, bla, bla.

'Blijf dan bij me,' zegt ze tevreden spinnend. Met haar voet glijdt ze over de scheen van haar andere been. Jills voeten hebben nooit blaren of eeltknobbels zoals andere, normale mensen hebben. Ze zien eruit als de voeten van een wassen beeld. 'Het is toch nooit te laat?'

Jill zoent Ricky's wang en dan zijn nek. Ze wrijft met haar hand over zijn kruis en knijpt zachtjes. Hij weet zich zes hele seconden te beheersen voordat hij haar vastgrijpt en overal in haar zoetgeurende huid bijt. Jills eigen parfums komen allemaal bij een klein winkeltje in Frankrijk vandaan.

Ricky legt zijn handen over haar borsten en bukt zich om een tepel in zijn mond te nemen. Jill kreunt theatraal en beseft dat het misschien een beetje overdreven is. '*Así, papi*,' zegt ze. Spaans voor: 'Ja zo, papa.' Ricky vindt het heerlijk als ze hem papa noemt en haar Spaans inspireert hem om zachtjes in haar tepel te bijten. '*Así*,' zegt ze. '*Muérdeme duro, papi*.'

'Je houdt wel van ruig, hè?' antwoordt hij.

'Hoe ruiger, hoe beter, schatje,' zegt ze. Ricky laat haar borsten los en pakt het haar in haar nek vast. Hij trekt haar hoofd hard naar achteren en van de pijn moet ze glimlachen. 'Harder,' daagt ze hem uit. Hij trekt nog harder, waardoor ze helemaal achteroverleunt, en duwt haar ondertussen op haar knieën en beweegt haar hoofd in de richting van de rits van zijn spijkerbroek.

'Pijp me,' commandeert hij. '*Mámame el bicho*.'

Jill trekt zijn rits omlaag en gehoorzaamt. Ricky's broek blijft ergens halverwege zijn dijen hangen. Ze is een beetje teleurgesteld bij het zien van zijn halfzachte lid, maar kreunt en steunt alsof ze het hartstikke geil vindt om hem uit zijn weke toestand te likken. Ze gaat hiermee verder en stimuleert zichzelf ondertussen totdat ze vindt dat het genoeg is geweest. Dan staat ze op.

'Ga op bed liggen,' zegt ze.

'Zie maar dat je me zover krijgt.'

'Oké,' zegt Jill. Ze gaat met haar rug naar hem toe staan, buigt zich voorover en spreidt met haar hand haar zorgvuldig geharste schaamlippen uiteen. Ze weet dat ze er in het perzikkleurige licht van de kaarsen, glad, sappig en onweerstaanbaar uitziet. Ricky kijkt en zegt: 'O, shit, meid.'

Jill laat zich op haar handen en voeten zakken en beweegt zich katachtig naar het bed en over het matras. Met haar voeten op de grond en haar borsten op het bed, steekt ze haar kont in de lucht en kromt ze haar rug, wenkt ze hem, terwijl ze haar hoofd draait om hem aan te kijken. Haar haar ligt als een waaier over het perzikkleurige dekbed. Haar kruis klopt van verlangen, net als de rest van haar lichaam. 'Kom hier,' zegt ze. 'Sla me.'

Ricky kleedt zich uit terwijl hij op haar af loopt en de keurige, ruime kamer ligt nu vol kleren. Hij heeft die wilde blik in zijn ogen waar Jill zo gek op is. Hij streelt zichzelf terwijl hij naar haar toe loopt. 'Zit stil,' zegt hij. Jill bijt op haar onderlip en wacht. De klap komt snel, niet te hard, niet te zacht.

'Ik ben heel stout geweest,' vertelt ze hem. 'Dat kun je beter.' Hij slaat haar harder. Jill geniet. 'Ik verlang naar je,' zegt ze. 'Ik wil je in me voelen.'

Ricky doet wat hem gezegd wordt en slaat ondertussen op haar billen. '*¿Qué carajo quieres, eh*?' vraagt hij. Jill doet haar ogen dicht en stelt zich voor hoe ze er op dit moment uitziet. Ze weet zeker dat ze beeldschoon is. Ze maakt het soort geluiden dat ze pornoactrices wel eens heeft horen maken, waardoor Ricky nog beter zijn best doet. Ze weet precies wat ze moet doen om zich door hem te laten verwennen. Net als ze denkt dat ze hem volledig in de hand heeft, verbaast Ricky haar door een vinger in haar andere opening te steken. De pijn is bijna hemels. Ze slaakt een kreetje, het geluid is oprecht. 'Wat ben jij een smeerlap,' zegt ze. '*Cochino.*'

Ricky trekt zich uit haar terug en buigt zich voorover om haar te likken. Overal. Op plekjes die je niet hoort te likken. De taboesfeer maakt Jill helemaal gek. '*Cochino*,' zegt ze weer, het Spaanse woord voor 'varken'.

'Ik ben een varken, maar dat vind je heerlijk,' zegt hij. '*A ti te gusta que te doy candela por el culo.*'

Jill draait zich om en steekt haar fraai gevormde benen in de lucht. Ricky steekt zijn tong in haar opening en daarna zijn vinger, vingers. 'Ik hou van je,' zegt ze.

'Ik hou ook van jou.'

'Maar ik haat je,' zegt ze.

Hij duwt zijn hele hand in haar en ze gilt van pijn en genot. Hij is van nature ruig, maar door zijn verwarring en pijn is hij nog ruiger. Jill is duizelig van opwinding. Met Jack is de seks bijna een automatisme geworden in de drie maanden sinds ze zich hebben verloofd, nadat ze elkaar hebben ontmoet op de set van een film waarin ze allebei speelden. Jack heeft de puriteinse eigenschap dat hij alleen ruig kan zijn met vrouwen (of jongens?) als hij een hekel aan hen heeft, en Jill vindt hij juist leuk. Maar met Ricky houdt de spanning van onbeantwoorde liefde en wederzijdse bewondering, vermengd met een onderstroom van oprechte minachting alles fris, en hij treedt voor haar op alsof hij auditie doet, en hij doet dingen met haar lichaamsopeningen die een man naar haar idee nooit met zijn vrouw zou doen.

Als ze klaar zijn, kleedt Ricky zich snel aan met een donkere blik van schaamte op zijn gezicht. 'Ik kan dit niet blijven doen,' zegt hij. 'Ik wil dat je mijn wensen respecteert.'

'Ik weet wel wat jouw wensen zijn,' zegt Jill. 'En volgens mij had ik daar zojuist heel veel respect voor.'

'Je weet best wat ik bedoel. Ik probeer te veranderen.'

Jill ligt naakt op haar bed en grijnst. 'Dump haar,' zegt ze. 'Dan ga ik bij Jack weg. Dan trouwen we, jij en ik. Moet je je de reacties in de pers eens voorstellen!'

Ricky's gezicht betrekt. Hij kijkt vol verlangen en liefde naar haar, maar zijn blik verandert onmiddellijk. 'Nee,' zegt hij. 'Daar trap ik niet nóg een keer in.'

En daarmee stormt hij de kamer uit. Jill trekt haar badjas aan en trippelt over de roze en witte tegels van haar gang achter hem aan naar de keuken waar hij net een glas ijswater voor zichzelf inschenkt.

'Ik hou van mijn vrouw,' briest hij, als ze binnenkomt. 'Ze is ongelooflijk.'

Jill gaapt theatraal.

'Je hebt geen idee wat zij in haar leven allemaal heeft meegemaakt,' zegt hij bijna in tranen. Hij heeft medelijden met Jasminka, beseft Jill; daarom zit hij aan haar vast. Maar medelijden is geen reden om getrouwd te blijven. Jill weet dit uit eigen ervaring.

'We hebben allemaal wel eens problemen,' zegt Jill.

'Jasminka heeft etnische zuiveringen overleefd, Jill. Heb je enig idee hoe dat moet zijn geweest?'

Jill knikt. Ze heeft een keer een vrouw gespeeld die zoiets had overleefd. Ze weet hoe het is.

'Ik kom hier niet meer.' Ricky slaat het water achterover en vult het glas bij. Hij steekt zijn vinger in de lucht. 'Dit was de laatste keer.'

'Ook goed,' zegt Jill. Ze wipt op het aanrecht en trekt haar badjas omhoog zodat haar benen wat beter zichtbaar zijn.

'O, god,' zegt hij. Hij wil niet kijken, maar doet het toch. 'Waarom doe je me dit aan?'

'Omdat ik van je hou,' zegt Jill.

Ricky begint letterlijk te trillen. 'Dit is zo oneerlijk,' zegt hij, terwijl het glas op het aanrecht valt. Alles is geoorloofd in de liefde en oorlog, denkt Jill, die zichzelf in oorlog ziet met Jasminka.

'Kom hier,' zegt Jill.

'Nee.'

'Kóm híér.'

Jill springt op de grond en draait zich om zodat haar bovenlichaam op het aanrecht rust. Ze trekt haar badjas nog verder omhoog zodat haar beeldschone karamelkleurige kontje zichtbaar wordt. Ricky tikt even met het glas op het aanrecht; en daarna zwicht hij voor Jills eisen, zoals hij altijd doet.

'Het is te riskant,' zegt ze, als hij haar van achteren penetreert. Ze is zoals altijd opgewonden door het gevaar en haar eigen ondeugende gedrag. 'De pers en zo. Ik ben per slot van rekening de lieveling van Amerika.'

'Welnee, meid, dat is Julia Roberts,' zegt Ricky. 'Je bent de rijke Spaanstalige trut van Amerika.'

'Hou je kop,' zegt Jill, en ze bijt in Ricky's hand. Het was bedoeld als een speelse beet, maar ze deed het een beetje te hard en een beetje te echt. Ze proeft het ijzer in zijn bloed op het gepolijste witte porseleinen fineerblad.

Ricky trekt zich van schrik even terug en pakt haar dan stevig in haar nek vast. Ze houdt van ruige seks. 'Trut. Waarom heb je zo'n hekel aan me?' vraagt hij.

'Dat weet ik niet,' zegt ze, terwijl ze haar hoofd draait zodat ze hem ziet. 'Het is gewoon zo.'

Hij staart naar haar grote, koude, zwarte pupillen, raakt met de seconde meer opgewonden en stoot harder.

MAANDAG I APRIL

Mijn voorhoofd is gevoelloos door de botoxinjecties van vanmorgen. Ik heb er ook twee in mijn oksels gehad, zodat ik minder zweet. Als moeder van twee volwassen vrouwen vind ik niet dat ik hoor te zweten onder mijn oksels. Het is niet juist.

Ik zet mijn rode baret recht op mijn blonde bobkapsel en draai me in de stoel om naar de balie van de radiostudio. Ik zet de koptelefoon over de hoed op en concentreer me op de drie jongemannen die tegenover me zitten voor de show. Dom, dommer, domst, denk ik. De mannen vormen mijn panel van vandaag en het onderwerp van mijn show is 'Cubaanse prostituees in Miami', waarom ze het doen en met wie. Het is een opname voor een inhaalshow, een show die ik kan bewaren voor dagen dat ik me een keer ziek meld.

'Welkom terug in *The Violeta Show*!' roep ik in het Spaans in de microfoon. 'We praten vandaag met mannen die hun lichaam voor geld hebben verkocht en over hoe de communisten in Cuba hen hier met schrikbarende regelmaat toe dwingen, waardoor echte mannen niet meer dan bange, communistische hoeren worden. Zo,' zeg ik tegen de knapste van de drie en ik wijs met een rode vingernagel naar hem. 'Je bent een aantrekkelijke, intelligente man. Je zou niet zeggen dat jij je vruchtbare jonge lendenen voor geld aan vrouwen verhandelt.'

'Veel geld,' grapt de lelijkste, die zo te zien high is. Ik heb echt een succesnummer gekozen. Ik kan me met de beste wil van de wereld niet voorstellen waarom een vrouw met een beetje gezond verstand met die man naar bed zou willen, laat staan dat ze ervoor betaalt. Er zijn genoeg gewillige mannen in bars te vinden. Niet dat ik daar iets van weet. Nou ja, wel dus, maar dat hoeft niemand over mij te weten, hoewel ik het vermoeden heb dat mijn dochters in elk geval van één minnaar afweten. Ik hoop dat ze niets tegen Eliseo zeggen. Ik heb geen idee hoe hij zou reageren.

Ik steek mijn hand op om het primitieve hoerenjong dat voor zijn beurt heeft gesproken de mond te snoeren en richt me iets meer op het schatje, dat ik trouwens zonder aarzelen zou nemen, dat moet ik wel zeggen. Mijn seksleven is veel actiever dan mijn man of dochters denken, dankzij enkele discrete heren in Miami, inclusief eentje in La Broward die zeker één keer per maand met me naar een seksfilmkiosk wil. 'Een vraagje, wat heeft je ertoe gebracht om dit werk te gaan doen? Heb je een moeilijke jeugd gehad, lieverd?'

'*Pues*,' begint hij, met zijn dikke Cubaanse straataccent. 'Nee. *Oye*, ik heb een heel normale jeugd gehad. Ik ben niet opgegroeid met het idee dat ik *un jinetero* wilde worden. Het is gewoon gebeurd.'

'Ja, maar hóé is het gebeurd? Hebben de communisten je gedwongen om het te doen voor het toerisme? Vertel me eens precies tot in detail hoe het zo is gekomen. Wat voor rol heeft Castro gespeeld in jouw verloedering?'

'Nou ja, je kleedt je uit en doet het met vrouwen en zij betalen je ervoor.'

Ik heb er spijt van dat ik hem intelligent heb genoemd. Je kunt ook té aardig zijn voor een gast. Hij is ongeveer zo slim als een koffiebekertje.

'Ja,' zeg ik. 'Ik denk dat we dát allemaal wel begrijpen. Wat ik bedóél is, hoe was de overgang voor jou van normale werkende man naar hoer? Kwam het door Castro? Had hij er iets mee te maken? En als het Fidel Castro niet was, was het dan Raúl Castro? Welke Castro heeft van jou een mannelijke prostituee gemaakt?'

'*Bueno*,' zegt hij, en hij begint vervolgens een verhaal dat hij portier was van het Hotel Nacional in Havana en een beeldschone, oudere Franse toeriste hem vroeg haar te helpen om haar tassen naar boven te brengen. 'Toen ik boven kwam, deed ze de deur dicht en trok ze haar kleren uit. Ik deed wat iedere man zou doen en na afloop betaalde ze me. Dat had ik niet verwacht.'

De andere panelleden lachen veelbetekenend en geven elkaar

een high five. 'Maar,' ging de man verder, 'dat geld vond ik niet vervelend en algauw had de Franse dame het haar vriendinnen verteld en neukte ik een paar van hen. Zij hielpen me om Cuba uit te komen, en nu ben ik hier.'

Ik kijk naar mijn producer. Ik weet dat hij niet blij is met het woord 'neukte'. Nou, ja. Het is een woord, hoor. Alle woorden hebben een functie. Hij gebaart dat ik naar de pauze moet door de herkenningsmelodie van de show te draaien. 'Fascinerend,' zeg ik als overgang. 'Goed, Miami. We zijn zo terug met meer verhalen van de duistere kant van de prostitutie van deze drie charmante jongemannen die door het regime van Castro zijn aangezet tot een leven vol losbandigheid en vernedering, en dan zullen we eens bedenken wat we kunnen doen om te voorkomen dat onze eigen zonen terechtkomen in dit beangstigende en gevaarlijke beroep, direct na de reclame.'

Ik kijk op de klok. Het is halfzes en mijn dochters kunnen hier elk ogenblik zijn voor ons gezamenlijke winkeluitje om iets passends te zoeken dat Milan kan dragen naar haar sollicitatiegesprek bij Ricky Biscayne. Ik hou van mijn dochter, maar ze kleedt zich als een gepensioneerde schooljuf. Het is treurig.

Ik zet mijn koptelefoon af en steek mijn hoofd om het hoekje van de studio naar de lobby. Ja hoor, mijn dochters zitten er al. Milan draagt weer een van haar slobberjurken en drinkt een grote beker ijskoffie van Starbucks; ze zit een boek te lezen. Geneva ziet er elegant en gruwelijk mooi uit in haar eenvoudige spijkerbroek, zwarte shirtje en zwarte sandalen. Zo te zien zitten ze met elkaar te praten. De cruise heeft zeker gewerkt.

Ik fluit om hun aandacht te trekken en ik zwaai.

'Hoi, mam,' zeggen de meisjes in koor. Ze hebben een blik als een geslagen hond op hun gezicht, die ze altijd krijgen als ze mijn show gênant vinden. Alsof zij nooit over deze onderwerpen nadenken of praten? Waarom verwachten kinderen dat hun moeders heilig zijn? De druk is te groot.

'Hebben jullie naar de show geluisterd?' vraag ik. Ik wil dat ze ooit waardering kunnen opbrengen voor het feit dat hun moeder op haar eigen wijze taboes weet te doorbreken. De meisjes knikken en zo te zien doet Geneva haar best om niet te lachen, terwijl Milan probeert niet te huilen. 'Nou, wat vonden jullie ervan?'

Milan en Geneva kijken elkaar verbijsterd aan en ik krijg een idee. Zonder op het antwoord van mijn kinderen te wachten, dat ze duidelijk toch niet willen geven, zeg ik: 'Als jullie nu eens meekomen en me helpen om die jongens wat vragen te stellen?'

'Nee, bedankt, mama,' zegt Geneva, en ze staart nog steeds naar haar kleine computergeval.

'O, toe. Dat is leuk! Het lijkt me geweldig om de mening van een jong iemand over het onderwerp te krijgen. Van de overspelige single vrouw en de maagd.'

Dat moet toch een reactie losmaken. Ja! Woest kijken ze op.

'Ik bén niet overspelig,' zegt Geneva. Milan glimlacht afkeurend naar me.

'Wat nou?' Geneva kijkt me aan alsof ze een verontschuldiging verwacht. 'Echt niet.' Ze kijkt gekwetst en wendt zich tot Milan. 'Jij bent toch niet nog steeds maagd, Milan?' Milan staart naar haar boek en wordt knalrood. 'O, lieve hemel,' zegt Geneva. Een duivelse grijns trekt over haar gezicht. 'Daar lieg je over tegen papa en mama? Waarom?'

'Ik ga weer. Wie gaat er met me mee?' vraag ik, en ik hoop dat Milan met haar vierentwintig jaar toch echt geen maagd meer is. Niet allemaal tegelijk, meisjes.

'Eh, ik zou best wíllen, hoor, maar ik moet dit boek vóór volgende week uit hebben,' zegt Milan. 'Voor mijn boekenclub.' Ze houdt het boek op. Iets wat *PS: Ik hou van je* heet. Zij en haar boekenclub ook altijd.

'En jij?' vraag ik Geneva.

'Ik ga wel mee,' zegt ze, en ze kijkt haar zus met een uitdagende grijns aan. 'Ik ben niet bang om iets uit te proberen.'

Ik heb medelijden met Milan, die doet alsof ze leest, maar bij wie deze opmerking hard aankomt, dat weet ik zeker. Als de deur naar de studio dichtvalt, doe ik een schietgebedje aan de Maagd van La Caridad del Cobre dat Milan de pr voor de club zó goed doet dat Geneva inziet wat ze tot nu toe heeft geweigerd, dat Milan net zo slim is als zij. Misschien krijgt Milan dan wat zelfvertrouwen en een betere baan, en gaat ze wat van de wereld zien. Ik wil dat Milan Geneva een reden geeft om voor de verandering eens jaloers te zijn op haar. Als moeder zou ik dat graag zien.

Mijn producer komt gehaast binnen en geeft Geneva een koptelefoon, terwijl ik mijn plaats als gastvrouw weer inneem. Ik zie de hongerige blik waarmee de gigolo's naar Geneva staren en ik vind het maar niets. Goddank lijkt Geneva weinig interesse in hen te hebben.

'Hallllloooo, Miami,' zeg ik. 'Welkom terug in de show. We praten met drie topprostituees uit Miami over hun werk, hun cliënten en de problemen – en gevaren – van hun werk. Dit laatste kwartier heb ik een speciale gast, mijn dochter Geneva Gotay, die economie heeft gestudeerd aan de universiteit van Harvard, die me zal helpen de vragen te stellen die je zelf zou willen stellen als je hier was. Geneva, welkom in de show.'

'Bedankt, mam,' zegt Geneva in sarcastisch Spaans.

'En, zijn ze niet knap?'

'Reken maar,' zegt Geneva met een valse grijns die me zenuwachtig maakt.

'Heb je een vraag die je aan hen zou willen stellen?'

Geneva knikt en richt zich tot de mannen. 'Zo,' zegt ze. 'Vinden jullie mijn moeder niet sexy?'

De mannen grijnzen en fluiten naar me alsof op commando.

'O, ja,' zegt een. De lelijke. Natuurlijk.

'Zouden jullie haar gratis doen?'

'Zeker weten,' zegt de knapste. Ik bloos niet snel. Daarom ben ik de koningin van taboeradio. Maar hier moet ik voor het eerst in jaren van blozen.

Geneva glimlacht naar me en zegt: '1 april, *mami*.'

Ik hou er niet van een van mijn kinderen voor te trekken. Echt niet. Maar dit meisje? Werkelijk. Toch kan ik onmogelijk geen bewondering voor Geneva en haar *cojones* hebben. Een andere tijd, een andere plaats en ik had denk ik heel erg op haar geleken.

Hoezo, vernederend? Dít is vernederend. Achter in mijn moeders nieuwe Jaguar stappen, een stijve, lelijke auto die naar chemicaliën ruikt in plaats van leer. Ben ik de enige die denkt dat de nieuwe Jaguar op de Ford Taurus lijkt? Vernederend omdat Geneva natuurlijk weer voorin zit. Naast de bestuurder. Uiteraard. Is er iemand die meer recht heeft op alles wat ze in haar leven wil dan zij? Ik, o, ach, weet je, Milan hoeft niet veel, heeft niet veel nodig, prop haar maar achterin. Laat de twee schoonheden maar voorin zitten. Als kind moest ik altijd al achterin. Geneva? Voorin. Altijd voorin. Ik zou het me niet zo moeten aantrekken. Dat weet ik. Ik zou ook met mijn eigen auto achter ze aan kunnen rijden. Maar mama wil dat we samen gaan shoppen om iets uit te zoeken voor mijn sollicitatiegesprek bij Ricky Biscayne thuis. Hij heeft een nieuwe publiciteitsagent nodig en Geneva heeft mij aanbevolen. Ik ben nog steeds niet over de schok heen. Mama wil dat we gaan winkelen en samen uit eten gaan en ons als volwassen kinderen gedragen die graag samen met hun moeder uitgaan, een moeder die net de hele middag met gigolo's uit Havana heeft zitten kletsen over hun werk.

Had ik al gezegd dat ik een nieuw leven wil? Ik kan haast niet wachten tot het sollicitatiegesprek. Mijn leven gaat veranderen. Ik voel het.

Mama gaat moeizaam aan het stuur zitten en start de motor. Hij ronkt zachtjes. Mijn Neon? Die boert en sputtert. Het leven is ook zó eerlijk! Mama werkt niet, maar krijgt mooie dingen. Ik werk en krijg niks.

'Waar gaan we naartoe, meisjes?' vraagt mama. Waarom vraagt ze het aan ons allebei? Dit is toch míjn winkeluitje? Niet dat van Geneva.

Geneva geeft natuurlijk als eerste antwoord, omdat ik bries van woede over hoe oneerlijk het allemaal is. 'Wat dacht je van Bal Harbour?'

Ik kan het wel uitschreeuwen. Alleen heel kleine vrouwen met heel kleine tasjes en heel kleine hondjes winkelen daar. En kleine vrouwen met enorme beroepsatleten als echtgenoot.

'Nee, dank je,' zeg ik.

'Nee,' zegt mama. 'Milan heeft gelijk.' Gaat ze me dan nu eindelijk vragen wat ik, Milan, wil? 'Dat is te ver weg.' Aargh! 'Waarom zou je zo'n eind rijden? Wat dacht je van Merrick Park? Dat is zo ongeveer om de hoek.'

Geneva haalt haar schouders op. 'Best,' zegt ze. 'Ik wilde eigenlijk even langs huis om Belle uit te laten, maar ze kan het hondenluikje naar de veranda gebruiken als ze het echt niet meer houdt.'

'Dat is dan geregeld,' zegt mama. Pardon? Geregeld? Ik kreeg niet eens de kans iets te zeggen en nu is het 'geregeld'? Ik heb zin om ze allebei te krabben tot het bloedt. Maar ik slaag er alleen in heel sarcastisch 'joepie' te zeggen.

'Je hoeft niet zo enthousiast te doen,' zegt Geneva. Ze draait zich om en kijkt me zelfvoldaan aan. 'We hóéven dit niet te doen, hoor. We kunnen je ook gewoon als een Amish maagd naar dat sollicitatiegesprek sturen.'

Ik knijp mijn ogen toe en kijk haar aan in de hoop dat de boodschap overkomt. Ik... haat... je.

Ik tik mijn moeder op haar schouder. 'O, mama, ik was helemaal vergeten te vertellen dat ik Geneva laatst in de boekhandel zag.' Ik werp Geneva een blik toe die haar laat weten dat ik van plan ben om mama te vertellen over Ig-na-cio de Afrikaanse prins. Geneva krijgt een paniekerige blik op haar gezicht. Ze spert haar ogen wijd open en probeert me iets duidelijk te maken. Die blik kan maar één ding betekenen.

'Wat is er, Geneva?' vraag ik haar.

'Wat deed je in de boekhandel, Geneva?' vraagt mama.

'Boeken kopen,' zegt Geneva.

'Met een vent,' zeg ik.

'Een vriend,' zegt Geneva, en ze werpt me de dodelijkste blik toe die ik ooit heb gezien.

'Aardig voor elkaar zijn,' zegt mama. Op de parkeerplaats controleert ze in de achteruitkijkspiegel of haar lippenstift en haar goed zitten. Tevreden doet ze de dop op haar lippenstift, ze zet de auto in zijn achteruit en rijdt de parkeerplaats uit. 'Het wordt een leuke avond samen, een moeder met haar twee beeldschone dochters die gezellig uit eten gaan en wat leuke dingen gaan kopen voor Milan zodat ze er leuk uitziet voor haar sollicitatiegesprek. *¿Me entienden?*'

'Jee, mama, kun je misschien nog een paar keer "leuk" zeggen?' vraagt Geneva, en ze snuift sarcastisch, terwijl mama de glimmend zwarte Jaguar Red Road op rijdt.

Ik zou mijn zus een stomp kunnen geven zonder er spijt van te krijgen. Dat is eng. Ik kan haar op het moment echt niet uitstaan. En dat terwijl ik net dacht dat we het misschien wat beter met elkaar konden vinden. Wat is er mis met mijn kleren? Niets. Dat ik er nou toevallig niet zo uitzie als Geneva of mijn moeder. Ik zie er prima uit.

'Léúk,' zegt mama tegen Geneva. 'Daar zou je nog wel iets over kunnen leren van je zus.'

Ik glimlach. Heel vals. Maar mijn pret duurt niet lang.

'En jíj,' zegt mama tegen mij, en ze kijkt me in de achteruitkijkspiegel hekserig aan. 'Als het om mode gaat zou jíj nog wel iets kunnen leren van Geneva. Ik denk dat we allemaal wel iets van elkaar kunnen leren. Dat is het mooie van familie. Kom, dan gaan we nu shoppen. En geen geruzie meer.'

Miauw.

Geen geruzie meer. Geen geruzie meer. Dat galmt door mijn hoofd terwijl we door de parkeergarage naar de gang lopen in de richting van het winkelcentrum. Mama en Geneva lopen dicht bij elkaar, allebei met een dure handtas over hun linkerschouder.

'Is dat een Tod's?' vraagt mama aan Geneva, en ze doelt op een botergele tas met beige randjes.

'Een Carlos Falchi,' zegt Geneva.

'Prachtig,' zegt mama.

Ik hoor er niet bij. Symbolisch. Dit is mijn leven. Ze zijn allebei lang en slank. Mama draagt een zwart pakje en die belachelijke rode baret. Geneva loopt in haar spijkerbroek en volmaakt zwart topje. Ik bungel erbij als een vlag op een modderschuit. Mijn handtas is een Cherokee van Target. Heel chic.

In de gang probeer ik een paar stappen achter hen te lopen. Ze koeren bij het zien van de gigantische posters van sieraden van Tiffany & Co. Die wil ik hebben, zegt Geneva. Zo oosters. Wat heeft zij met Aziatische dingen de laatste tijd? Daar snap ik geen zak van. Ze draagt vandaag sieraden van jade voor geluk, althans, dat heeft ze me verteld. Doe me een lol, zeg. Het ergst vind ik nog wel dat Geneva zó veel op het model lijkt dat mama blijft staan en Geneva voor de poster zet. Ik zie de overeenkomsten, maar mama moet het er nog even inwrijven.

'Milan, moet je zien.'

'Wat?'

'Geneva. Het model. Ze zijn identiek.'

Geneva loopt weg en verrast me door haar arm door de mijne te steken, alsof we dat zo vaak doen. 'Goed,' zegt ze, en ze rolt met haar ogen naar mama. 'Wat zou je willen kopen?'

Ik haal mijn schouders op, al zou ik het liefst willen weten waarom ze de moeite neemt mijn mening te vragen. Je zou kunnen zeggen dat ik wrok koester.

We komen de gang vanaf de parkeergarage uit in het licht van het winkelcentrum. Het is hier echt heel aangenaam en mooi, dat moet ik toegeven. Ik ben hier maar een paar keer geweest, beide keren met mama. Het is drie verdiepingen hoog en heeft een soort U-vorm rondom een groene binnenplaats met fonteinen en palmbomen. Elk balkon heeft tientallen grote plafondventilatoren die de lucht rond blazen. We zijn op de eerste verdieping en kijken over de rand van het balkon en zien beneden beeldhouwwerken staan. Er zijn nauwelijks mensen, alleen een paar dames die bezorgd kijken. Hoe is het mogelijk dat mensen met meer geld het minder leuk vinden om het uit te geven? Als ik zo veel geld had, zou ik er blij mee zijn. Ik zie drie vrouwen over de binnenplaats lopen bij de paarse en gele bloemen en ze dragen alle drie dezelfde Louis Vuitton-tas, zo'n transparant plastic geval dat iedereen hier tegenwoordig heeft. Het winkeluniform van de dag is kennelijk een strakke broek, iets wat lijkt op een paardrijbroek, en hoge paardenstaartjes. Zelfs vrouwen van in de vijftig en zestig kleden zich zo en kwebbelen in hun mobieltje in het Spaans, en zo nu en dan in het Portugees of Engels. De mannen hebben hun haar strak naar achteren als boosaardige mannen in van die films van Lifetime. De meesten hebben een driedubbele onderkin en dragen opzichtige ringen. Ik vertrouw ze niet. Hun wenkbrauwen zijn sardonisch opgetrokken alsof ze het ergens niet mee eens zijn, of alsof ze iedereen willen laten weten hoe rijk ze zijn. Mannen uit Miami.

'Waar gaan we naartoe?' vraagt mama, die ons bij de balustrade inhaalt. Ik kijk naar haar en zie dat ze haar buik inhoudt. Dat doet ze als ze op dit soort plekken is. Leeftijd doet niets tegen ijdelheid.

'Kan me niets schelen,' zeg ik. En dat meen ik. Wat ik ook aantrek, ik zie er niet uit.

'Neiman Marcus?' vraagt mijn moeder.

'Nee,' zegt Geneva. 'Antropologie. Milan is een Antropologie-meisje.'

Dus lopen ze weer verder, al kibbelend over waar ik kleren ga kopen. Het doet me denken aan de eerste keer dat ze me een metamorfose wilden geven op de middelbare school.

'Ook goed,' zegt mama ten slotte. 'Antropologie.'

Ik loop achter ze aan, terwijl zij verder huppelen, en ik vraag me af wat me kan helpen om met goed fatsoen in een en dezelfde ruimte te zijn als de vrouw van Ricky Biscayne. Niets. Maar goed, het kan ook geen kwaad om iets leukers te dragen dan wat ik nu aanheb. Ik raak zowaar een beetje enthousiast.

'Kom op,' zegt mama. Ze pakt mijn hand vast en sleept me met een grijns met zich mee. 'Niet moeilijk doen. Dit wordt leuk.'

Ik probeer 'leuk' te denken, maar zodra we de winkel binnengaan, denk ik: eh, nee. Het is gek. Om te beginnen líjkt het niet eens op een kledingwinkel. Het is eerder een combinatie van een ijzerwarenhandel en een tapijtwinkel, met kleren die tussen emmers en schoffels in op tafels zijn neergesmeten. De schoenen staan uitgestald in koffers op de grond. Het is een winkel die te veel zijn best doet. En alles ziet er oud en muf uit, alleen moet dit zogenaamd nieuw en trendy zijn. Grote wijde rokken, kleine geborduurde truitjes. Poedelkleren. Geneva vindt mij een 'Antropologie-meisje'? Zei ze dat nou? Wil ze me soms beledigen?

'*Pero*, snuffelen, *ya*,' zegt mama.

'Ik weet het niet.' Ik blijf als de grootste sukkel op het schoolfeest in de deuropening staan.

'Kom op.' Mama slaat haar ogen ten hemel. 'Kijk nou gewoon even ránd. Kijken kan geen kwaad.'

Ik loop een stukje verder de winkel in en kijk op het prijskaartje van een blouseje. Achtennegentig dollar? Voor een blouseje? Dat is toch te gek voor woorden? 'Dit kan ik niet betalen,' zeg ik.

'Je hebt je hele leven geen huur hoeven te betalen,' helpt mijn moeder me herinneren. 'Waar gaat jouw geld aan op?'

'Ik spaar.'

'Hoeveel heb je gespaard?'

Dat gaat haar niks aan. Maar het is bijna twintigduizend dollar. Ik haal mijn schouders op. Mama schudt haar hoofd en zegt: 'Je hebt geld. Laat het een beetje rollen.'

Geneva komt dansend op ons af, swingend op de muziek die overal tettert. 'Kom mee. We maken dit snel en pijnloos. Ik ben een winkelwonder. Ik zou personal shopper moeten worden.'

Ik loop achter haar aan, terwijl zij van alles voor me uitzoekt. Ik kijk toe en frons mijn wenkbrauwen. Ze kiest een paar wijde rokken tot op de knie uit. Die staan mij dus echt van zijn leven niet.

'Ik doe geen auditie voor *Grease*,' zeg ik tegen haar. 'Ik heb liever iets langers.'

'Denk je dat ik dat niet weet? Je kleedt je als een non. Nee, dat neem ik terug. Je kleedt je als een priéster. Daar gaan we nu verandering in brengen.'

'Ik zie er beter uit in lange rokken. Mijn benen.'

'Dit is *Het kleine huis op de prairie* niet, Milan. We hebben het hier over Ricky Biscayne.'

'Ik heb dikke enkels.'

'Er is níks mis met je enkels,' zegt Geneva. 'Jezus, hoe kom je zo onzeker?'

Misschien omdat jij me vroeger altijd een dik vet varken noemde, denk ik. Misschien omdat de mannen die ik echt leuk vond, me allemaal in de steek lieten voor jou. Ik haal mijn schouders op. Ze sleept me mee naar een U-vormige kleedruimte met allemaal deuren en grote fluwelen stoelen waar iedereen lekker in kan zitten terwijl ik mezelf in deze belachelijke kleren wurm. Fijn voor ze.

Een verkoopster neemt de kleren aan, doet een deur open en duwt me naar binnen. Ik doe de deur achter me dicht en haal diep adem. Wat ben ik ook een sukkel. Als ik wist wat ik aan moest trekken, zou ik zelf wel iets uitkiezen, maar ik heb geen idee wat leuk is.

Ik trek de linnen jurk van Dress Barn uit. Hij is zweterig op de rug en in het deel waar mijn kruis zat, toen ik in de auto zat. Ik probeer niet naar mezelf te kijken in de versleten beha en omaonderbroek met de scheur in het elastiek. Tot mijn afschuw gaat op dat moment de deur van het hokje open en staart Geneva naar me.

'Dat dacht ik al,' zegt ze, en ze bekijkt me van top tot teen.

'Wat nou?' Ik knal de deur dicht.

'Volgende halte? De lingeriewinkel,' roept Geneva. De trut.

Ik doe de deur op slot en trek die stomme kleren aan.

Alleen zijn ze niet stom.

Wacht even. Ik bekijk mezelf in de spiegel, en zal ik je eens wat zeggen? De dikke, zwarte rok die tot op mijn knie komt, staat me goed. Mijn enkels vallen wel mee. Het is allemaal heel flatteus. Ik draai me om en bekijk mezelf van alle kanten. Wat gek. Ben ik dat? Dat blouseje ook. Ik zou nooit zoiets uitgekozen hebben. Het is nota bene mouwloos, met veel stof van voren, laag uitgesneden. Ik doe niet aan mouwloos. Of aan veel stof. Of aan laag. Maar het blouseje staat me goed. De felle kleuren en het dessin zijn een mooi tegenwicht voor de eenvoudige zwarte rok, en het lijkt of ook mijn lichaam direct beter in verhouding is. Het volle effect geeft de illusie van een grotere boezem.

Er wordt aan de deur gerammeld.

'Hoe gaat het daar?' roept Geneva.

Ik doe de deur open en stap naar buiten. Ik bloos een beetje. Ik zie er helemaal niet beroerd uit. Helemaal niet.

'Wauw!' roepen ze. Ze zijn zo blij. Waarom kunnen ze niet zo blij zijn als ik een leuk boek lees? Of als ik iets anders doe dan er alleen maar beter uitzien?

'Die baan heb je in je zak,' zegt Geneva. Ik heb haar nog nooit zo verbaasd zien kijken. 'Ik bedoel, je ziet er echt uit als een publiciteitsagent voor een ster.'

Ja, denk ik. Dat ís zo.

DINSDAG 2 APRIL

Ik zit aan mijn bureau met de ramen open en er waait een koele bries tussen de bomen door. Ik ben dol op mijn kantoor. Het is eigenlijk de grootste van twee slaapkamers in een art-decogebouw aan Meridian, tussen Seventh en Eighth. Het is een rustig deel van South Beach en ik hoor de vogels fluiten. Ik heb in deze flat gewoond met zijn houten vloeren en oude apparaten aan de rustige met bomen omzoomde straat, totdat ik genoeg geld had gespaard met mijn partybedrijf om het appartement in Portofino Towers te kopen. Ik heb de flat aan Meridian aangehouden als kantoor. Ik ben gesteld op de buren en de rust van de locatie. Ik heb er wat gestroomlijnde moderne en kleurige art-decomeubelen in gezet. Ik heb een verzameling Caribische schilderijen hangen. Ik hou van dit pand. Soms slaap ik hier ook. Het is er klein, gezellig en aangenaam. Hier ben ik mijn carrière begonnen. Ik ben eraan gehecht. In het voorste deel van het kantoor, wat vroeger de woonkamer was, verdiept mijn assistent zich in de prijzen van glaswerk en sanitair. In de achterste slaapkamer zijn mijn partyplanners bezig met het voorbereiden van een extravagante rapshow. Mijn tweede assistent heeft vandaag vrij. Ik heb binnenkort een derde assistent nodig. Ik kan niet alles zelf, ook al ben ik een controlfreak en doe ik alles het liefst zelf.

Ik neem een slok Fiji – het enige merk water dat ik tegenwoordig nog drink – en luister naar muziek. Ik heb een stapel cd's op mijn bureau liggen en ik luister ze allemaal. De beste deejays van de stad – en van New York en Los Angeles – die ik heb gevraagd een demo te maken gebaseerd op de filosofie van Club G, hebben me die toegestuurd. Er zitten wat blijvertjes bij. En een paar losers. Er ligt ook een stapel portfolio's van binnenhuisarchitecten. Daar moet ik er ook een uitkiezen. Ik heb het huurcontract voor het gebouw aan Washington Avenue getekend en ik ben er helemaal lyrisch over. Club G is mijn baby. Ik ben aan het nestelen, plannen, voorbereiden. En weet je wie me geweldig geholpen heeft? Milan. Ja. Mijn zusje. Ze heeft haar sollicitatiegesprek met Ricky nog niet gehad, maar om vast een voorsprong te krijgen, heeft ze een persbericht over Ricky's nieuwste onderneming, Club G, rondgestuurd, en letterlijk hónderden mensen van de media hebben het opgepikt. Vanaf dat moment gingen de banken mij bellen. Alles valt als puzzelstukjes op zijn plek, precies zoals het hoort.

Belle ligt in haar mand onder mijn palmboom en trappelt in haar dromen met haar pootjes. Terwijl ik naar de reggaetonmix luister, maak ik op een gele blocnote een lijst van de diensten die Club G gaat aanbieden, hoe we zullen verschillen van andere soortgelijke clubs in de stad en hoe ik die diensten ga aanbieden. Ik schrijf 'uniformen' op. Handgemaakte harem- en djinntenues in weelderige rode, gele, roze en paarse tinten. Ik denk er een tijdje over na. De club heeft straks serveersters en obers die niet alleen achter de bar werken maar ook door de hele club lopen. Op elke mannelijke werknemer moeten er minstens drie vrouwen zijn, om de doodeenvoudige reden dat mannen en vrouwen beiden geconditioneerd zijn om mooie vrouwen te waarderen en omdat mannen vaak geïntimideerd zijn door aantrekkelijke mannen.

De obers moeten met ontbloot bovenlijf lopen, besluit ik, en gouden armbanden en korte, bewerkte zilverkleurige broeken dragen. De serveersters moeten allemaal even lang zijn, of maat 34 tot 38 hebben, zeker niet groter, omdat het niet aantrekkelijk is om nog dikkere vrouwen in de club te hebben die in nietsverhullende pakjes door de club lopen én omdat ik niet meer geld aan uniformen wil uitgeven dan nodig is. Als ik ze in drie of vier maten bestel, is dat probleem opgelost. Ik maak een ruwe schets van de ideale outfit voor een serveerster. Lage doorschijnende harembroek met daaronder een met steentjes bezette string. Platte schoenen met een krul op de neus. Een bikinitopje met een klein, kort doorschijnend jasje. Het bedienende personeel moet allemaal lang haar hebben in een paardenstaart, met sluiers over hun gezicht. Dat laatste zal nog controversieel worden, gezien de toestand in de moslimwereld en de Amerikaanse relaties met het Midden-Oosten. Maar ik ben van plan om de Marokkaanse invloed op Spanje en de landen van de Spaanse diaspora te benadrukken, meest recent te merken aan de ritmes van reggaeton en latin-hiphop die zwaar worden beïnvloed door populaire Arabische muziek. Er is trouwens niets zo sexy als vrouwen met een sluier en prachtige ogen. Het worden geen gewone sluiers. Ze worden doorschijnend. De hele sfeer van Club G wordt sexy, als een harem en verrukkelijk onzedelijk.

Ik zoek in mijn adresboek op mijn computer naar de telefoonnummers van enkele plaatselijke kledingontwerpers die ik ken. Ik bel er een paar en beschrijf de tenues om te zien of het iets is wat ze zouden willen doen. Ze zijn allemaal geïnteresseerd. Ze weten allemaal al van de club vanwege Ricky's rol. Nieuws gaat als een lopend vuurtje in Miami. Ik vraag de ontwerpers allemaal of ze een prototype willen maken gebaseerd op mijn beschrijving. De winnaar krijgt het contract. En gratis publiciteit. Ze zijn allemaal bereid het zo te doen.

Ik ga door naar het volgende onderwerp. Diensten. Ik wil het gebruikelijke assortiment aan diensten verlenen dat chique clubs in Miami aanbieden, inclusief geschenkverpakkingen met slimme namen die je kunt kopen. Zoals? Ik kauw op mijn pen en denk na. Ik open de Explorer en google op 'Genghis Khan', bekijk de informatie op sleutelwoorden. Een hit valt op. *Nokhor*. Een Mongools woord voor 'kameraad' dat heel erg lijkt op 'neukhoer'. Klinkt goed. Club G gaat de Nokhor-geschenkdoos aanbieden voor vrouwen die met een man mee naar huis willen die ze in de club hebben leren kennen, maar het toch veilig willen doen. Zo'n geschenkdoos bevat, en ik schrijf het allemaal op, condooms, eetbare bodylotion, verschillende lustopwekkende middelen (van groene M&M's tot vanille en kruidnagel), een wegwerpcamera, pepperspray en het alarmnummer voor het geval het niet gaat zoals gepland. Hoe moet het verpakt worden? Daar denk ik over na. Zou een vergulde djinnlamp met fallische uitsteeksels wat zijn? Nou en of! Met rood touw en kwastjes eromheen. Bingo.

'Geniaal,' fluister ik in mezelf, terwijl ik het allemaal opschrijf. Ik krijg er kippenvel van. Dat krijg ik altijd als ik met een succesnummer bezig ben. 'Dit wordt helemaal geweldig.'

Er wordt op de deur geklopt en als ik opkijk, zie ik dat mijn neuk-maatje Ignacio zijn hoofd om een hoekje steekt. Al mijn vriendin-nen hebben neukmaatjes. Toevallig is die van mij heel slim, heeft hij twee academische titels en word ik misschien wel verliefd op hem. Toen ik voor het eerst met hem naar bed ging, had ik heel verkeer-de ideeën over hem, waarschijnlijk omdat hij heel zwart is en ik een sukkel ben. Ik ging ervanuit dat hij gewoon een fitnesstrainer was. In werkelijkheid is hij een beroemde balletdanser uit Cuba die en-kele jaren geleden is overgelopen en zijn hele familie hiernaartoe heeft gehaald. Mijn familie zou me verstoten als ze wisten dat ik met een zwarte man uitging, ook al hebben we voldoende gelaatstrek-ken en geschiedenis in onze familie om aan te tonen dat we zelf ook deels zwart zijn. Welkom, schijnheiligheid, Cubaanse stijl.

'Hoi,' zeg ik. Het is bijna halfeen. Ik had afgesproken dat ik mee zou gaan naar zijn zumba-les om een uur, maar ik ben de tijd verge-ten. Dat gebeurt wel eens als ik het naar m'n zin heb.

'Klaar?' vraagt hij. Hij glimlacht naar me alsof hij van me houdt. Ik smelt. Ik stop de pen in zijn houder, pak mijn sporttas en kom overeind.

'Ja. Kom, dan gaan we, schatje.'

Station 42 in Pinecrest Bay is een perzikkleurig mediterraan ge-bouw dat eruitziet als een heel groot huis met een heel grote gara-ge voor de truck en de ambulance. Maar het is echt een huis, en het huis waar ik achtenveertig uur per week non-stop in het gezelschap van mannen verkeer. In de twaalfkoppige ploeg ben ik de enige vrouw. Ik ga naar binnen en meld me bij de brandmeester wiens dienst er bijna op zit. Hij brengt me op de hoogte van wat er de vo-rige dienst is gebeurd, niets eigenlijk. Ik bedank hem met 'meneer' aan het eind en loop naar de woonkamer.

Zoals in elk huis, is ook hier een woonkamer, die we de televisie-kamer noemen. De televisie staat meestal op het nieuws of op een sportzender. Dat vind ik best, want ik kijk toch niet vaak tv. Een paar collega's zitten er al. We dragen allemaal ons uniform dat be-staat uit een donkerblauwe broek en T-shirt. We hebben een keu-ken waar de mannen en ik gezamenlijk koken en eten en hij kijkt uit over de televisiekamer. Ik begroet de mannen.

'Hoi, Irene,' zegt een. 'Hoe hangt-ie, schoonheid?'

137

Ze glimlachen. Ik glimlach terug en doe alsof ik me er niets van aantrek. Ik weet dat ze alleen maar aardig willen zijn.

'Wat eten we vanmorgen?' vraag ik. 'Wie van de dames gaat koken? Roerei voor mij, meisjes, geen gebakken ei.'

'Ik zal eens in jou roeren,' grapt er een.

'Ik ga mijn bed opmaken,' zeg ik, en ik loop naar de slaapkamer. 'Tot zo, dames, en zorg dat mijn boterham gesmeerd is.'

Ik loop als een vent, zonder heupwiegen, want ik wil niet dat ze me nastaren. Ik wil ze ook niet laten merken dat ik kwaad ben. In het begin probeerde ik onder het koken uit te komen omdat ik niet wilde dat ze dachten dat ik een huisvrouwtype was waar ze overheen konden walsen. Ik had het erover met mijn politieagent/minnaar Jim, over de manier waarop ik hier door de mannen behandeld word, en hij schijnt te denken dat ik het er wel naar gemaakt zal hebben als ze op insinuerende toon tegen me praten. Dat zei hij. Het is tijd om Jims telefoontjes niet langer aan te nemen. De stress van een wedergeboren vriend die denkt dat ik het er zelf naar maak heb ik niet nodig. Als God wil dat ik een vriendje heb, dan stuurt hij wel een leukere vent dan Jim. Daar ben ik van overtuigd.

Ik ga het achterste slaapvertrek binnen. We hebben in deze kazerne twee slaapvertrekken en twee kleinere slaapkamers voor de hoofdbrandmeester en de brandmeester. De slaapvertrekken zijn groot en kaal, met een witte tegelvloer en kluisjes die de ruimte in kleinere stukken verdelen. Elk stuk heeft een tweepersoonsbed met een eenvoudige gestreepte matras – geen boxspring – en een kleine tv en niet veel meer. Geen posters, niets wat iemand zou kunnen beledigen of afleiden. Het lijkt op een gevangenis, vooral omdat het niet ons doel is om het hier naar onze zin te hebben. Ons doel is om te bestaan met als enige missie om uit te rukken als er ergens brand of een noodgeval is. Brandweerkazernes zijn niet op comfort gemaakt.

Ik leg mijn weekendtas op de dunne gestreepte matras om de inhoud in mijn metalen kluisje te stoppen. Ik zie dat mijn kluisje openstaat en er ligt een 'cadeautje' in. Niet erg origineel. Degene die dit heeft gedaan, doet het niet voor het eerst. Deze keer is het een stapel pornotijdschriften met een foto van mij over het gezicht van de vrouwen geplakt. Op het briefje, dat vrijwel zeker in L'Roys handschrift is geschreven, staat: *dit zou jouw goed staan*. Met een 'w'.

Niemand heeft L'Roy er ooit van kunnen beschuldigen ontwikkeld te zijn. Op zijn vijfendertigste is hij de ergste corpsbal die er bestaat, maar dan zonder het studiegedeelte. Hij is een ouwe jongen uit Daytona Beach die in zijn jonge jaren op Burt Reynolds leek, een genetische vergissing die hem het idee geeft dat hij onoverwinnelijk is en vrouwen mag behandelen zoals hij wil. En hoe behandelt hij ons dan? Laten we maar zeggen dat toplessrestaurants zijn voorkeur hebben. Hij is vier keer gescheiden. Hij heeft me een keer mee uit gevraagd en toen ik 'nee' zei, begon hij een campagne om met dit soort attenties in mijn gratie te komen. Ik zie hem als een Neanderthaler. Ik ben ervan overtuigd dat hij niet beseft dat hij iets verkeerd doet. Hij denkt dat ik hem nog wel een keer aardig ga vinden.

Ik zucht en prop de tijdschriften in mijn tas. Die stop ik thuis in een bak in mijn garage, waar ik al dit soort dingen opberg. Wie weet? Ooit kan ik ze misschien gebruiken. Juridisch gezien.

Ik ga terug naar de televisiekamer en leun tegen de muur. De meesten zijn er nu en de mannen van de vorige dienst vertrekken zo langzamerhand.

'Hé, waar zijn mijn eieren?' roep ik dapper, met mijn beste 'een van de jongens'-grijns. 'Ernest? Billy? Wie gaat er voor me koken?'

Een jonge rekruut, Kevin, kijkt over de deur van de koelkast. 'Dat doe ik wel, meneer Irene,' zegt hij.

'Vergeet de toast niet, zus,' zeg ik.

Terwijl Kevin het ontbijt klaarmaakt, verzamelt de rest zich voor het appel. Ik zie direct dat we een nieuwe hebben. Een héél aantrekkelijke nieuwe. Een heel jonge, aantrekkelijke nieuwe. De meeste brandweermannen zijn fit en aantrekkelijk vanwege de lichamelijke vereisten, maar deze man heeft ook nog eens het bijpassende gezicht en de twinkelende ogen. Wauw. Ik schat hem ongeveer zevenentwintig. Om de een of andere reden zijn de meeste mannen hier in de dertig. De nieuwe is gladgeschoren en heeft een sterke gelijkenis met The Rock. En The Rock is mijn ideale man. Ik heb iets met The Rock. Ik bedoel, ik ga voor sterke mannen. De nieuwe ziet me kijken en ik kijk beschaamd de andere kant op.

Hoofdbrandmeester Sullivan leest onze namen op. Om de een of andere reden ben ik de laatste.

'Gallagher!'

'Ja, meneer.'

L'Roy maakt zoengeluiden. Zijn maten lachen. Ik doe net of ik hem niet hoor. Dat is het beste.

'Goed,' zegt hoofdbrandmeester Sullivan, en hij negeert de mannen, 'ik wil jullie voorstellen aan het nieuwste lid van onze ploeg. Dit is Nestor Perez. Hij komt helemaal uit New York.'

De prachtige jongeman doet een stap naar voren en glimlacht met een zoetheid die me overvalt. Ik heb nog nooit iemand gezien bij wie het uniform als gegoten zat, strak over zijn kontje en nauwsluitend genoeg om een flink, zo niet opmerkelijk zaakje te tonen. 'Zorg dat hij zich welkom voelt.'

We kunnen gaan.

Perez, de nieuwe, doet mee met de controle van de uitrusting en doet zijn best de indruk te wekken alsof hij hier altijd is geweest. Sommigen geven hem een hand. Maar als Kevin met de koffiemok rondgaat om geld voor de boodschappen van de dag op te halen, bloost Nestor Perez en zegt hij dat hij vergeten is geld mee te nemen. Dat is nou net het voordeel waar L'Roy en zijn onzekere kornuiten op zaten te wachten.

'Wat is er, Nestjochie? Eet jij nooit?' vraagt L'Roy. Hij ziet het als zijn taak om iedereen te ontgroenen. Volgens mij zou L'Roy ons er allemaal van langs geven als hij de kans kreeg.

'Jawel,' zegt Perez met grote ogen, geschrokken door de vijandigheid.

'Ja, maar lust jij ook een geil poesje?' vraagt L'Roy. Hij grijnst naar mij. Ik haal mijn schouders op. 'Sommige mensen lusten daar wel pap van, nietwaar, Irenie?'

'Ja,' zeg ik. 'L'Roy beft Kevin bijvoorbeeld graag,' zeg ik. De mannen joelen, maar Nestor Perez kijkt erg ongemakkelijk. Ik bedenk me opeens dat normale mensen uit de echte wereld deze kleedkamerhumor misschien behoorlijk aanstootgevend vinden. Maar is hij dan nooit eerder in een brandweerkazerne geweest? Kennelijk is hij echt een groentje.

Nestor Perez staart naar L'Roy en hij knijpt zijn ogen langzaam samen. 'Pardón?' zegt hij, en hij fronst zijn voorhoofd van zorgelijkheid en afkeer. Net als The Rock in die film waarin hij een sheriff speelt die het tegen de hele stad opneemt. Ik voel mijn buik spannen. Hij doet een stap in de richting van L'Roy en zegt: 'Wat vroeg je me net?'

De mannen grinniken en ik voel dat mijn adem stokt. Ik doe de deur van de wagen open en controleer de zuurstoftanks. Vol.

'Ik vroeg of je ook van geile poesjes houdt,' zegt L'Roy, en hij gaat wat dichter bij Perez staan. Dit is zulk mannengedrag en zo stompzinnig dat ik mijn ogen niet kan geloven. Perez gaat rechtop staan, hij is zeker vijf centimeter langer dan L'Roy, meer dan een meter tachtig. Allemachtig. Wat is hij knap, woestaantrekkelijk. Hij steekt zijn borst vooruit, kijkt onverschrokken opzij, fronst zijn wenkbrauwen en steekt dan van wal.

'Ik ken je nog niet goed genoeg om daar antwoord op te geven,' zegt Perez. 'En als ik hier zo naast je sta, weet ik niet of ik je ooit goed genoeg wil leren kennen. Maar ik weet wel dat er hier een dáme aanwezig is, en wat jij net zei gaat volledig over de schreef.'

Ik bloos als hij het over mij heeft. 'Ik ben geen dame,' zeg ik.

Dennis controleert de spuiten en grinnikt. 'Irenie is een van de jongens.'

'Ben je soms een mietje?' vraagt L'Roy aan Nestor Perez. Ik weet dat L'Roy gewoon aan het geinen is, althans dat denk ik, maar kennelijk heeft Nestor niet hetzelfde gevoel voor humor.

Nestor Perez haalt zijn schouders op. 'Ik ken je ook niet goed genoeg om je dat te vertellen,' zegt hij op suggestieve toon, terwijl hij doelbewust en heel beheerst L'Roys gezicht bestudeert.

Is hij homo? Ga weg! Dat geloof ik niet. Onze eerste homoseksuele brandweerman. En ik dacht nog wel dat ík het moeilijk had. Deze man mag zijn borst natmaken.

'Maar als ik homo was,' zegt Perez, en hij gaat steeds dichter bij L'Roy staan, terwijl hij expres naar L'Roys mond staart en langs zijn eigen lippen likt, 'zou jij dat toch niet erg vinden, of wel?' Voor het eerst zie ik L'Roy met zijn bek vol tanden staan. Volgens mij zitten er geen homo's in het team. 'Samenwerking is de essentie van brandbestrijding,' zegt Perez. 'Ik bedoel, dat heb ik in het handboek gelezen. Samenwerking en respect. Ik zou het heel vervelend vinden als jij discrimineerde, zeker aangezien het jouw taak is om mensen te redden.'

'Mensen moeten mijn respect verdienen,' stottert L'Roy.

'Ik zal je eens wat vertellen,' zegt Perez. Hij komt steeds dichter bij L'Roy staan en praat zachtjes. Vol zelfvertrouwen trekt hij zijn wenkbrauwen op, haalt hij zijn tong nogmaals over die heerlijke lippen en zegt hij zacht: 'L'Roy. Zo heet je toch, hè?' L'Roy zegt niets. 'Nou, ik zal je iets vertellen, L'Roy. Als ik al homo was, dan kan ik je zeggen dat jij mijn type niet bent.'

Perez glimlacht naar mij. Ik glimlach terug. Is hij nou homo of niet?

Op dat moment gaat het alarm in de kazerne om aan te geven dat er ergens brand is. Vanuit de meldkamer wordt om ons en enkele andere kazernes gevraagd. Dit betekent dat het niet zomaar een brand is, maar een gróte brand. Op dat moment vergeet iedereen zijn vooroordelen en agitaties en we komen in actie.

We haasten ons naar de haken aan de wand en trekken onze brandweerbroek, jas en grote gele laarzen aan. We maken ons snel en zonder problemen klaar. Nestor volgt ons en lijkt kalm ondanks het feit dat hij daarstraks zo'n groentje leek. We hijsen onze zuurstoftanks op de rug en doen onze helm op. En dan gaan we in de wagen zitten. Ik hang aan de zijkant bij het verdeelstuk. Nestor zit daar recht tegenover.

Als de wagen de straat op rijdt, hoor ik over de radio in de cabine dat ze in de meldkamer om versterking vragen. De sirenes loeien en we zijn weg.

De adrenalinestoot is onbeschrijflijk. Ik wil het niet toegeven, maar ik ben opgewonden, en daar gaat het uiteindelijk allemaal om bij deze mannen.

We verschillen misschien van achtergrond, geslacht en andere dingen, maar diep vanbinnen voelen we ons stuk voor stuk aangetrokken tot gevaar, en iedereen in deze wagen heeft een masochistische liefde voor een lekker heet vuur.

Mijn naam is Jasminka en ik honger mezelf nog steeds uit.

'Je moet meer eten, Jasminka.' De arts, een zwarte jongeman met een dubbele onderkin, kijkt me over de rand van zijn bril recht aan. 'Dit is ernstig. Als je niet meer gaat eten, is er een goede kans dat je een baby met een laag geboortegewicht krijgt of in het ergste geval een miskraam.'

Ik ga rechtop zitten en probeer mijn waardigheid te hervinden. Ik hoor het papier op de onderzoekstafel onder me ritselen. Kennelijk heb ik wel enige substantie anders zou het niet ritselen. Ik ben niet helemaal onzichtbaar. 'Oké,' zeg ik. 'Ik zal meer eten, goed?'

'Dat hangt ervan af wat je eet.' Hij slaakt een zucht en gaat in de stoel tegen de muur zitten, doet zijn bril af en wrijft over zijn neus. Hij wordt moe van me. Waarom? Ik ben gewoon een vrouw. 'Er zijn hulpgroepen voor anorexiapatiënten,' zegt hij. 'Ik stel voor dat je daarnaartoe gaat.'

Ik haal mijn schouders op. 'Ik heb geen anorexia.'

Hij lacht. Hoort een arts dat te doen? 'O, nee? Hmm. Boulimia, dan? Hoor eens, als een vrouw een meter tachtig is en tweeënvijftig kilo weegt, en ze is zwanger, dan bestaat er een goede kans dat ze een eetstoornis heeft. Er is geen andere verklaring voor het feit dat je ernstig ondergewicht hebt, tenzij je ziek bent en dat ben je niet. Dit is een ernstig probleem in jouw beroep en als jij de gezondheid van je baby en van jezelf serieus neemt, dan moet je naar me luisteren.'

Hij heeft gelijk. Ik weet dat hij gelijk heeft. Ik wil het alleen niet toegeven. 'Misschien wel,' zeg ik. 'Ik zal meer eten. Ik zal eten, ik zal eten.'

Hij geeft me wat folders over eetstoornissen en eentje over voeding. Hij zegt dat ik minstens tweeduizend calorieën per dag moet eten. 'De meeste vrouwen komen niet meer dan elf kilo aan tijdens hun zwangerschap, maar jij zou met gemak achttien kilo kunnen aankomen zonder dat het ongezond zou zijn,' zegt hij. 'Zelfs als je niet zwanger was zou je nog achttien kilo kunnen aankomen en nog steeds gezond zijn. Gezonder dan nu.'

Ik verlaat de kliniek en rijd naar huis in de gouden Cadillac Escalade die Ricky voor me heeft gekocht. Ik ben zwanger. Ik ben zwanger! Ongeveer tien weken. Ik krijg een kind. Ik kan het niet geloven. Ik ga naar de drive-in McDonald's en bestel een cheeseburger met frites. Ik eet tijdens het autorijden en geniet van elke zoute, vettige hap. Ik voel me schuldig als ik het op heb, alsof ik op zoek moet naar een toilet om het uit te kotsen. Ik hou me in en doe mijn best om me met iets anders bezig te houden.

Ik loop naar de studio achter het huis om te zien wat Ricky aan het doen is. Ik ga op de sjofele, rood met witte Spaanse bank in de kleine zitruimte zitten en luister naar de klanken van een ballad die uit de opnamecabine komen. Het is een mooi nummer. Ricky's liedjes zijn allemaal mooi. Ik ben dol op zijn muziek. Maar de kamer? Ik krijg alweer kotsneigingen. De kleuren zijn lelijk. Rood, wit, geel en blauw. Ricky heeft talent en hij is aantrekkelijk, maar hij heeft geen verstand van binnenhuisarchitectuur. Ik zou het huis het liefst compleet nieuw inrichten. Het ziet eruit alsof het is ingericht door een dronken figuur met een fles ketchup in zijn handen. Het is een mooi huis, maar het staat op instorten. Hij zei dat hij er twee miljoen contant voor heeft betaald. Ik vraag me af waarom hij niet wat meer heeft uitgegeven aan het onderhoud of aan een professionele binnenhuisarchitect. Hij heeft nota bene een pooltafel en een jukebox in de woonkamer staan. In zo'n soort huis wil ik mijn kind niet grootbrengen. Het is een... Hoe noem je dat? Een vrijgezellenwoning. Het is alsof Ricky nooit heeft geaccepteerd dat hij getrouwd is of dat ik het recht heb om hier dingen te veranderen. Ricky noemt dit huis in Cleveland Road nog steeds 'zijn' huis, alsof ik hier op bezoek ben. Daar moet ik eens met hem over praten.

Door het raam van de mengcabine zie ik Matthew Baker zitten. Zijn gezicht heeft iets geruststellends. Zijn hele aanwezigheid eigenlijk. Hij is heel gecentreerd. Spiritueel gezien. Ik mag hem wel. Volgens mij heeft hij ook veel talent, en hij is een trouwe vriend van Ricky. Iedereen is Ricky toegewijd. Hij heeft iets over zich waardoor je hem wilt redden. Matthew kijkt van zijn mengpaneel op en glimlacht naar me. Hij heeft humor in zijn ogen, ogen die een vrouwenhart kunnen doen smelten. Hij verdient een goede vrouw. Beter dan dat enge mens uit IJsland dat hier soms langskomt als het cruiseschip aan de kade ligt. Ik mag haar niet. Eydis, zo heet ze. Ik ken Matthew niet goed genoeg om het er met hem over te hebben. Maar ik heb veel mensenkennis en dat meisje heeft iets dwangmatigs.

Matthew doet de deur open. 'Hoi, Jasminka, hoe gaat het?'

'Dag, Matthew,' zeg ik. 'Waar is mijn man?'

'Hier ben ik, schatje,' zegt Ricky, en hij komt achter Matthew vandaan. Hij komt als een opgewonden hond op me af gehold. Hij kust me. Gaat op zijn knieën naast me zitten en houdt mijn hand vast. 'Wat zei de dokter?' Ik vertel hem over het eten. Hij fronst zijn wenkbrauwen. 'Wat weet die dokter er nou van?' vraagt hij. 'Je bent hartstikke gezond.'

'Hij wil dat ik meer eet.'

'Dan moet je meer eten,' zegt hij. 'Ik zal mijn moeder vragen of ze eens voor je wil koken.'

Ik sla mijn armen om hem heen en zoen hem in zijn nek. Ik ben misselijk door de zwangerschap en het enige wat lijkt te helpen is de geur van zijn nek. Daar ben ik gek op. Hij doet me denken aan de reden dat ik misselijk ben, omdat ik Ricky's kind in me draag. Ricky wrijft over mijn rug alsof hij weet dat ik er last van heb. Soms kan hij mijn lichaam lezen alsof we dezelfde persoon zijn. Heel bijzonder.

'Iets lager, graag,' zeg ik.

'Zo?' Hij leunt naar voren en kust mijn sleutelbeen terwijl zijn handen achter me heen en weer gaan. Hij slaat zijn armen om mijn nek.

'Ik hou van je,' zeg ik.

'Ik hou ook van jou, schatje,' zegt hij.

'Ahem,' zegt Matthew.

Ricky zoent me op de mond, geeft me een kneepje en glimlacht naar zijn productiepartner. 'Sorry, jongen,' zegt hij. 'Maar als je zo'n beeldschone vrouw hebt en ze is ook nog eens zwanger van je...'

'Je... wat?' Matthew kijkt naar me en glimlacht. 'Echt waar? Ben je zwanger?'

Ik knik.

'Dat is goddomme geweldig!' roept hij. Hij rent op ons af, geeft Ricky een hand en mij een klopje op mijn rug. 'Waanzinnig. Straks loopt hier een kleine Ricky rond. Shit!'

Een ding dat me is opgevallen aan muzikanten is dat ze voortdurend vloeken, zonder dat ze het zelf doorhebben. Het is hun eigen taaltje. Ricky staat op en pakt zijn vloei en wrange, ruwe tabak uit Thailand van de salontafel. Hij rookt de laatste tijd veel. Ik ben gestopt en heb hem gevraagd dat ook te doen. Hij zegt dat hij dat niet kan.

'Ricky, niet roken,' zeg ik. 'De baby.'

Hij legt de spulletjes weer neer en knikt. 'Ja. Sorry. Vergeten.'

'Jaz, je moet het nummer horen waar we mee bezig zijn,' zegt Matthew.

'Zet maar op,' zegt Ricky tegen Matthew, die naar de cabine holt en op knoppen drukt totdat het nummer begint. Hij komt terug en gaat samen met Ricky naast me op de bank zitten. Het is een prachtig nummer, een gevoelig stuk met flamenco-invloeden en een tekst over het verdriet van een man die zijn vrouw aan een ander kwijtraakt. Ricky en Matthew hebben een prachtig mannelijk gevoel voor muziek, de manier waarop ze luisteren en naar voren leunen en elkaar grijnzend aankijken bij dingen die gewone mensen niet horen of begrijpen. Ik ben jaloers op Ricky's broederlijke vriendschap met Matthew. Ik vraag me af of ik ooit een vrouw zal ontmoeten bij wie ik me zo veilig voel. Tussen modellen onderling is er altijd rivaliteit die ware vriendschap in de weg zit.

Even wens ik dat God me een vriendin stuurt. Een doodgewone vrouw.

Bijna alsof op commando wordt er aangebeld. Ik geloof in voortekenen. Het is een chique deurbel, een melodietje met miljoenen noten die maar blijft bellen en bellen. Ik loop naar het huis. Cynthia veegt net haar handen af alsof ze wil gaan opendoen. Ik heb genoeg van het gevoel dat dit niet mijn huis is. Alsof het personeel hier meer rechten heeft dan ik.

'Ik doe wel open,' zeg ik. Ik loop naar het huis en ga naar binnen. Mishko loopt met haar manke poot de woonkamer uit en kwispelt. Wat een brave hond. Mijn familie. Ik hou van haar. Ik krabbel haar achter haar oren. 'Kom, meisje,' zeg ik in het Servisch.

Ik loop door de lange gang naar de deur, strijk mijn haar naar achteren, meer uit gewoonte dan iets anders, en doe de deur open. Op de stoep staat een mollige jonge vrouw die zo veel op mijn moeder lijkt dat ik naar adem hap. De wereld werkt op mysterieuze wijze.

'Het spijt me,' zegt de vrouw. 'Heb ik u laten schrikken?'

'Nee, nee,' zeg ik. Ze heeft blond haar tot op haar schouders, heel licht met highlights, in een modieus kapsel. Ze draagt heel bescheiden make-up in goud- en perzikkleuren. En ze draagt een mooie zwarte, gerimpelde rok met rode schoenen en een rood met paars mouwloos topje. Aan haar schouder hangt een schattig Vuitton-tasje, het doorzichtige. Ik heb er net zo een.

'Het zijn de kleren,' zegt de vrouw, terwijl ze naar zichzelf kijkt alsof ze iets lelijks draagt. 'Daar bent u van geschrokken.'

'De kleren?'

'Die moest ik van mijn zus aantrekken.' Ze trekt ongemakkelijk aan de zoom van de rok. Hij doet me denken aan een traditionele Servische rok, klederdracht van dik katoen, maar ook modern. 'Het spijt me. Ik ben Milan Gotay.' De vrouw bloost en steekt haar hand uit. Milaan? Ging het nummer dat Ricky net zong niet over die stad? Nog een voorteken. God heeft me een vriendin gestuurd. Dat weet ik zeker. 'Ik kom voor een sollicitatiegesprek met meneer Biscayne voor de baan als publiciteitsagent.'

Publiciteitsagent? O, ja! Ricky heeft een vacature. Die vent zit in de cel. Zo gaat het meestal met mensen die hij uitkiest. 'Welkom,' zeg ik. Ik pak haar hand en druk hem. Haar hand is, net als haar lichaam, stevig, maar niet zacht. Ik vind haar beeldschoon en wezenlijk en ik ben jaloers op haar en voel me tegelijkertijd tot haar aangetrokken. Ik heb bewondering voor vrouwen met een platte buik en een groot achterwerk. 'Ik ben Jasminka, de vrouw van Ricky.'

'O, ik weet wie u bent! U bent zo mooi,' zegt Milan dweperig met een kinderlijk stemmetje.

'Ik voel me vandaag niet bepaald mooi. Ik ben een beetje ziek.' Ik wil haar vertellen dat ik zwanger ben, maar Ricky en zijn manager willen dat ik zo lang mogelijk wacht. 'Kom toch binnen.'

Het gezicht van de vrouw verzacht van verwondering als ze het huis binnengaat. Ooit dacht ik dat het een luxe huis was, maar sinds ik als model werk, heb ik betere huizen gezien en ik vind dat Ricky het huis niet goed onderhoudt.

'U hebt een prachtig huis,' zegt ze weer met die ademloze, kinderlijke stem. 'Wauw.'

'Ik loop met je mee naar Ricky,' zeg ik, en ik hoop dat Ricky haar aanneemt.

De brand heeft de helft van een appartementencomplex van één hoog in een arm deel van Cutler Ridge verzwolgen en ik voel de hitte door mijn pak heen. Het is net alsof ik geen helm opheb en geen zuurstoftanks draag. Ik voel de hitte alsof iemand een fakkel bij mijn huid houdt.

Ik spring uit de wagen en pak een bijl. Het is een van de gouden regels van de brandweer dat je altijd een stuk gereedschap bij je hebt of je het nu denkt nodig te hebben of niet. Ik doe mijn grote rode zaklamp aan en maak me gereed om het vuur in te gaan. Ik weet niet meer goed welke brandweerlieden er allemaal om me heen staan. Als eenheid begeven we ons naar het gebouw. Hoofdbrandmeester Sullivan vertelt ons dat onze kazerne als reddingsploeg is aangewezen, met andere woorden, er zijn nog mensen binnen. Mensen die misschien nog leven of al dood zijn. Het is onze taak om ze naar buiten te halen.

We haasten ons het brandende gebouw binnen, onzelfzuchtig, bereid ons leven te geven. Op dit soort momenten lééf ik meer dan ooit; dan tart ik het lot en zeg ik tegen het vuur en de andere elementen en krachten die me willen vernietigen dat ze niet zullen winnen, niet in mijn dienst. Ik ga dit winnen. De hitte komt op me af als een wind uit de hel en ik storm door de deuropening de rook en de duisternis in. Ik adem zuurstof in, maar de smaak en geur van rook is overal om me heen. Ik hoor huilen en schreeuwen en ik volg het geluid door een met rook gevulde gang. Ik hoor het krakende, onmiskenbare gekreun van hout in vlammen. Ik ren verder en voel het gewicht van de tank en het uniform op mijn rug.

Aan het eind van de gang kom ik bij een gesloten deur. De kreten komen vanaf de andere kant. Ik trap de deur open en ga naar binnen. Er zijn drie kinderen in de kamer, twee van hen staan in een hoekje te trillen en het andere, een baby, ligt slap op de grond. Ik gris de baby mee en voel dat er een andere brandweerman achter me staat. Ik weet niet wie het is. Hij rent naar binnen en grijpt de meisjes vast. 'Kom, wegwezen hier,' zegt hij. Ik herken de stem niet. We rennen met de kinderen door de vlammen en de rook, terug naar het licht, net op het moment dat er een balk in de gang naar beneden valt en rakelings langs mij en de baby scheert. Ik ren met het kind, een meisje in een luier en met roze speldjes in haar haar, naar de dichtstbijzijnde ambulancemedewerkers. Ze nemen haar over en beginnen met het vaststellen of ze leeft en hebben de afschuwelijke taak om haar weer tot leven te brengen. De andere brandweerman, volgens mij Nestor Perez, brengt de twee oudere kinderen naar de ambulancemedewerkers. Ze schreeuwen dat hun neef nog binnen is, op zijn kamer, en hun moeder.

Ik ren het gebouw weer binnen en loop op de tast door de gang. Er zijn al twee brandweerlieden en aan hun manier van bewegen en aan hun stemmen weet ik dat het Dennis en L'Roy zijn. Ze hebben het kind. Dennis rent met de jongen langs ons heen en schreeuwt iets over een man die de kamer niet wil verlaten. Nestor en ik haasten ons met L'Roy naar de kamer en vinden daar een man die erg dronken of high is en suïcidaal lijkt. Hij verzet zich als we hem de kamer uit willen halen. We gaan hem samen te lijf en tillen hem van het bed. Nestor hijst de man over zijn schouder en loopt de kamer uit. L'Roy en ik willen achter hem aan gaan, maar net als we de deuropening door willen, stort deze in en komen er van boven vlammen op ons neer, overal om ons heen. L'Roy wordt door het vallende hout tegen de grond geslagen. Ik hoor hem schreeuwen van pijn. Ik kijk om me heen op zoek naar een uitweg, maar die is er niet. Alles brandt. De enige uitweg is door een raam, maar dat wordt versperd door puin en vlammen.

'Hou vol, L'Roy,' roep ik naar hem. 'Kun je je bewegen?'

'Nee! Mijn been, verdomme! Jezus, wat doet dat zeer!'

Ik ga zo snel te werk dat ik het gevoel heb alsof ik vanaf een punt ver weg naar mezelf sta te kijken. Ik spring de vlammen in, hak in de muur rondom het raam en hoop dat het gebouw niet instort. Ik ga als een bezetene tekeer, steeds weer opnieuw, totdat goddank een deel van de muur het begeeft en er een gat ontstaat dat groot genoeg is voor ons allebei. Door al het hakken is mijn masker losgeschoten en ik voel dat de rook me verstikt. Ik wil het masker rechtzetten, maar het lukt niet. Ik moet hier weg, maar ik kan L'Roy niet alleen laten. Dat kan ik niet.

'Kom op,' schreeuw ik, en ik ren terug naar L'Roy. Het is volkomen tegennatuurlijk om dit te doen. Ik mag deze man niet. Hij heeft geen respect voor me. Ik zet mijn leven op het spel om hem te redden en ik kan geen goede reden bedenken, behalve dan dat hij een mens is. Ik heb het gevoel dat ik in brand sta. Elke centimeter van mijn lijf staat in brand en ik kan het gevoel bijna niet verdragen, de speldenprikken in mijn huid, messteken in mijn longen. Ik laat deze man hier niet doodgaan, denk ik. 'Hou je aan mij vast!' L'Roy slaat zijn armen om mijn nek en ik sleep hem naar het licht. Door de vlammen, door het puin weet ik ons op de een of andere manier buiten te krijgen. Ik sleep hem zo ver mogelijk bij het gebouw vandaan en laat me dan samen met hem in het gras vallen en rol ons om om de vlammen uit te krijgen. L'Roy schreeuwt van de pijn, maar dat kan me niets schelen. Als ik de vlammen niet doof, gaat hij dood. En dan liggen we daar en komen de anderen op ons af, hoor ik geschreeuw en word ik duizelig. Iemand tilt me op alsof ik een veertje ben. Ik kijk door zijn masker en zie Nestor Perez. Zijn ogen zijn waterig van de rook of iets anders.

'Goddank,' zegt hij, met een stem verstikt van emotie. 'Goddank, je leeft nog.'

Op hetzelfde moment rijdt er een zwarte Lincoln Town Car met getinte ramen door het bewaakte hek van Jills landgoed van tien miljoen aan het water aan Bal Bay Drive. Hij rijdt de ronde, roze betegelde oprit op en blijft bij het ronde witte torentje staan dat als formele ingang dient naar de binnenplaats die naar de voordeur leidt. Voor een vrouw die haar fortuin heeft verdiend met nummers als 'I'm Still Ur Ghetto Girl' en die een zogenaamde straatreputatie heeft, is Jill merkwaardig gesteld op formaliteiten, hoe opzichtiger en bonter, hoe beter.

Met een jetlag en een pijnlijke achillespees die hij heeft verrekt tijdens een belachelijk acrobatische, betaalde wip met een waanzinnig mooie Japanse travestiet, doet Jack Ingroff het achterportier van de auto open, hoewel de chauffeur – een werkloze hoogleraar natuurkunde uit Azerbeidzjan – met zijn zware lijf haastig uit de auto springt en naar achteren rent in een zenuwachtige poging om Jack in de watten te leggen zoals zijn verloofde altijd eist. Maar Jack, die in theorie, maar niet altijd in de praktijk, een socialist is en van bescheiden afkomst, is niet zo. Hij maakt zijn eigen portier open, betaalt zijn eigen rekeningen en ziet zichzelf, op dat hele betaalde seksgebeuren na, als een verdomd goede en normale vent.

'Man, doe niet zo moeilijk. Echt, Yaver, dat hoeft niet,' zegt Jack, terwijl hij in zijn verkreukelde spijkerbroek en T-shirt in het felle zonlicht van Zuid-Florida staat te knipperen met zijn ogen. Hij ziet de verraste blik op Yavers gezicht bij het horen van zijn naam en denkt dat het waarschijnlijk komt doordat Jill nooit de moeite heeft genomen om de namen te onthouden van de mensen die voor haar werken. En als ze Yavers naam al kent, dan gebruikt ze hem waarschijnlijk nooit. Jack, die is opgevoed door een alleenstaande moeder die dichteres en universiteitsdocente in een klein plaatsje in Massachusetts was, wordt voortdurend verrast – en soms geïntrigeerd – door de natuurlijke harteloosheid van zijn aanstaande vrouw. Als gevoelig schrijverstype en voormalig schriel astmapatiëntje dat nu gezien wil worden als de stoere vent die hij ooit speelde (vrij slecht, vindt hij zelf) in een groot kassucces, hoopt hij dat hij uiteindelijk misschien iets van Jills wreedheid overneemt. Want dan is Hollywood en de bagger die daarmee gepaard gaat veel gemakkelijker te verhapstukken, denkt hij. Dan is hij misschien zelfs weer in staat een gewone winkel, een supermarkt, binnen te gaan. Nu raakt hij al in paniek als hij alleen maar een kassa ziet met alle roddelbla-den ernaast. Het is maar goed dat Jill personal shoppers heeft om haar voedsel en voorraden aan te vullen, want anders zou hij alleen maar in restaurants eten, denkt Jack. De gedachte om iemand in te huren die voor hem naar de supermarkt gaat vindt hij bijna net zo weerzinwekkend als wachten tot een dikke, oude Azerbeidzjaanse natuurkundige zijn portier voor hem opendoet.

Yaver rent naar de achterklep en doet hem open omdat hij graag íéts wil doen. Jack ziet dat de oudere man een beetje mank loopt en bedenkt zich direct dat ze op dit moment allebei mank lopen. Het is een beetje treurig en bijna *noir*, en Jack schiet in de lach. Hij heeft de slechte gewoonte te lachen om grapjes die hijzelf in gedachten maakt, waardoor hij in sommige kringen gestoord lijkt. In andere kringen vinden ze hem gewoon een eikel.

'Het spijt me, meneer,' zegt Yaver, en hij rukt een van Jacks twee Louis Vuitton-koffers uit de kofferbak. 'Heb ik iets verkeerd ge-zegd?'

Jack legt zijn hand geruststellend op Yavers schouder en schudt glimlachend zijn hoofd. 'Nee, nee, kerel. Helemaal niet. Je doet het fantastisch. Maar ik neem de koffers wel.'

Yaver kijkt beledigd en verward bij dit laatste. 'Weet u het zeker?' vraagt hij.

'Het zijn goddomme mijn eigen koffers,' zegt Jack. Het is een onverwacht vijandige uitbarsting die geheel op hemzelf is gericht. Hij voelt zich schuldig en een bedrieger vanwege het feit dat hij meer dan twaalf miljoen per film verdient, terwijl hij de eerste is die zal toegeven dat hij maar een middelmatig acteur is. Jack zoekt al-tijd nieuwe manieren om zijn geld te verbrassen omdat hij walgt van het idee dat het allemaal op de bank staat.

Yaver heeft geen idee wat de redenen achter Jacks uitbarsting zijn en denkt dat Jack drugs gebruikt en misschien gevaarlijk is. Dat is niet waar, maar beide hebben breeduit in de roddelpers gestaan. 'Het spijt me, meneer.'

'Nee,' zegt Jack, en hij haalt gefrustreerd zijn hand door zijn war-rige haar. 'Zo bedoelde ik het niet. Ik bedoel dat ik een zak ben om-dat ik in een positie verkeer waarin ik iemand als jij heb, een goeie vent als jij, een intelligente man die mijn designerkoffers voor me draagt.'

'Oké.' Yaver blijft op een afstandje staan.

Jack moet opnieuw lachen met die droge halve grijns waardoor miljoenen vrouwen over de hele wereld, zelfs in Azerbeidzjan, verliefd op hem zijn geworden. 'Ik zie er misschien als een nichterig watje uit, maar ik kan nog altijd met mijn eigen zooi slepen. Dát wilde ik zeggen, Yaver.'

Yaver buigt lichtjes waardoor Jack zich helemaal beroerd voelt. Yaver zou er maar wat graag als zo'n watje uitzien en begrijpt niet wat die knappe jongeman te klagen heeft.

'Hoor eens,' zegt Jack. 'Je hoeft dit allemaal niet te doen.' Jack imiteert Yavers onderdanige gedrag. Hij gaat iets zachter praten en beseft dat de vijf flessen Sapporo die hij tijdens de vlucht heeft gehad nog niet helemaal zijn uitgewerkt. 'Echt niet. Ik weet dat je natuurkundige bent. Je bent tien keer slimmer dan Jill en ik. Dat weet ik, en dat weet jij ook.'

Yaver wordt knalrood en staart naar de grond.

'Dat weet jij toch ook? Je weet toch best dat je voor een stelletje godvergeten imbecielen werkt?' Jack glimlacht. Yaver zegt niets. 'Dus,' zegt Jack, 'zijn we cool?'

Yaver knikt zonder op te kijken. Jack zet de koffers neer en loopt op de oudere man af. Jack legt zijn hand onder Yavers kin en tilt zijn gezicht op totdat hun ogen elkaar eindelijk ontmoeten.

'Je weet dat ik gelijk heb,' zegt Jack met een grijns. Hij wijst naar Yavers borst. Yaver knippert een paar keer met zijn ogen en glimlacht.

'Ja,' zegt hij zacht. 'Dat geloof ik wel.' Tot nu toe wist alleen Yavers vrouw dat hij Jill Sanchez en haar metgezellen minacht.

'Goed zo,' zegt Jack, en hij slaat de man op zijn borst. 'Neem me niet kwalijk, ik moet nu de trap van deze opzichtige, idiote taart van een landhuis op lopen.'

'Ja, meneer,' zegt Yaver. Hij slikt een lachje in.

'Het ís toch ook opzichtig, vind je niet?'

Yaver bestudeert het witte Toscaanse pleisterwerk van het landhuis met de roze rand, de witte marmeren zuilen, de klaterende fonteinen met dikke engeltjes die in het blauwe bruisende water dartelen. 'Dat geloof ik wel, meneer.'

Jack haalt zijn schouders op, gaat wat zachter praten en kijkt samenzweerderig om zich heen. 'Ik ben haar aan het bewerken, hoor.'

Yaver knikt ernstig en doet zijn best zijn blik niet ten hemel te slaan; hij heeft meer mannen gezien die Jill probeerden te bewerken met even weinig succes als mannen die gerechtigheid en een eerlijk staatsbestuur in Oost-Europa en Rusland willen bewerkstelligen.

'Ik heb een plan,' zegt Jack met een dromerige blik. 'New Mexico. Daar wil ik graag wonen. Ergens dicht bij de bergen met indrukwekkende zonsondergangen. Een leuk huisje van klei vol met kunst, een paar kinderen. Santa Fe. Daar zit ik aan te denken. Een volkomen normaal leven, skiën, wandelen. Geloof het of niet, meer wil ik niet.'

Yaver glimlacht door zijn medelijden en weerhoudt zich ervan te buigen. 'Het is een goed plan, meneer,' liegt hij.

'Jack. Geen "meneer" meer, akkoord?'

'Akkoord.'

'Akkoord, Jáck.'

'Eh, oké, Jack.'

'Zijn we cool?'

'We zijn cool.'

En daarmee draait Jack zich om naar Jills huis en laat hij Yaver in de hete zon achter. Hij hobbelt de opzichtige marmeren treden op naar het torentje en sleept de twee belachelijke, foeilelijke, veel te dure designerkoffers met zich mee die Jill voor hem heeft gekocht.

Ricky's lijk van een vrouw, het fotomodel, doet de deur naar de opnamestudio achter in de tuin van Ricky Biscaynes huis open en ik ga naar binnen. Heb ik al gezegd dat ik een hekel aan haar heb? Omdat ze bij hem hoort, omdat ze bloedmooi is, omdat ze een exotisch accent heeft. Ik knipper even met mijn ogen en daar is hij: Ricky. In een spijkerbroek en een eenvoudig wit T-shirt, op blote voeten met een half broodje in zijn hand. Zo gewoon, maar toch zo goddelijk. Zucht. Ik sta te trillen, ben zenuwachtig, ga bijna hyperventileren. Ik verdien het niet om hier te zijn. Hem te zien. De geur van de kamer op te snuiven; het ruikt naar augurk en mosterd en – wat nog meer? – sigaretten. Ricky rookt toch niet? Misschien is het die andere vent die zich nu omdraait en me met samengeknepen ogen aankijkt alsof hij me haat. O, jee. Het is die kleine Conan O'Brien muzikant, van wie mijn moeder zei dat hij die dag op de kade was.

'Jij bent dat mens dat me laatst bijna heeft verzopen,' zegt hij. 'Degene die me een loser noemde.'

'Ik duwde jou niet,' zeg ik tegen hem. 'Jij duwde míj.' Ricky werpt hem een bevreemde blik toe en de roodharige man blijft me aanstaren.

'Ricky, dit is Milan,' zegt de vrouw. 'Voor het sollicitatiegesprek.' Ricky komt een paar stappen dichterbij en ik hoor bijna violen. O, wacht even. Ik hoor echt violen. Ze zitten naar muziek te luisteren, naar een nummer van Ricky. Wauw! Ik sta in de opnamestudio in het huis van Ricky Biscayne te luisteren naar een nummer dat nog niemand heeft gehoord en hij wil me net een hand geven. Wat zouden de meisjes van Las Ricky Chickies daarvan denken? Ik zit te popelen om het ze te vertellen. Ik had mijn digitale camera mee moeten nemen.

'Hoi, Milan,' zegt hij. Zijn stem is laag en hees. 'Geneva heeft me veel over je verteld. Kom. Ga zitten. Wil je wat drinken, een glaasje water of zo? Maak het je gemakkelijk.'

Ik sla het water af. Ik voel me veel te vreemd in deze kleren om zoiets normaals te doen als water drinken. Zijn vrouw het fotomodel zegt dat ze naar de keuken gaat om wat te eten. Goed idee. Die zou een jaarlang moeten eten. De kalende gitarist vraagt Ricky of het goed is als hij wat *overdubs* aan de track toevoegt, wat dat ook moge betekenen. Hij is een beetje mollig en heeft een accent dat ik niet kan plaatsen. Californië? Omdat ik een masochist ben als het om mannen en seks gaat, vind ik het leuk dat hij me zo vuil aankijkt. Hij is onbeschoft en heeft me bijna in het water geduwd, maar ik zeg het je, als deze man mij zou willen, zou ik hem zo nemen. Misschien Ricky én deze man tegelijkertijd, zoals ik op foto's op internet heb gezien. O… mijn… god. Dat zou gaaf zijn, een verhaal om níét aan mijn kleinkinderen te vertellen.

Ricky stelt me voor aan de man met de pet die Matthew Baker heet. Dat doet me denken aan mijn oma en alle onzin die ze de laatste tijd uitkraamt uit het Evangelie van Mattëus. Ik overweeg even dit hardop te zeggen, maar bedenk me dan. Ik schud Matthew Bakers hand. 'De wereld is klein,' zegt hij arrogant. Hij heeft mooie, expressieve ogen.

Ik ga op de bank zitten en sla mijn benen over elkaar. Ricky hoeft niet zo snel al zo veel te zien, als je begrijpt wat ik bedoel. Nee, ik maak géén geintje. Als ik hem moet pijpen voor die baan, dan doe ik dat. Ik wil hem overal bijten. Ik wil hem knijpen om te zien of hij echt is. Hij gaat naast me zitten en ik ruik de grassige eau de cologne op hem. Ik kan hem wel opeten. Hem. Helemaal. Uitgehongerd.

'O, hemel,' zeg ik. 'Ik ben heel zenuwachtig. Ik hou van u. Ik bedoel, ik hou van uw muziek. Dat meen ik, ik bedoel, dit, ik, ik ben uw grootste, grootste, stomste fan van de hele wereld. Ik ben de secretaris van Las Ricky Chickies, weet u? De internetfanclub voor u? Kent u ons?' Ik zie dat de kleine Conan O'Brien een veelbetekenende blik op Ricky werpt en ik besef dat ik mezelf belachelijk maak. Ik probeer me te herstellen. 'Ik bedoel, ik ben ook heel professioneel, hoor. Ik ben een goede publiciteitsagent. Echt waar. Alleen, o mijn god. Ik weet het niet. Sorry.' Ik kijk naar mijn handen. 'Ik gedraag me als een idioot.'

'Je bent een schatje,' zegt Ricky, en hij neemt me in zich op.

'Maar ik ben niet écht een idioot.' Dan hou ik mijn mond omdat tot me doordringt dat Ricky me zojuist een schatje heeft genoemd. 'Echt waar?'

'Ja, ja,' zegt Ricky. Hij glimlacht en legt zijn hand op mijn knie. 'Haal eens diep adem, Milan. Rustig maar.' Hij kijkt naar Matthew. 'Ze is mooi, vind je niet?'

Matthew haalt zijn schouders op. 'Volgens mij is dat niet waar jullie het over moeten hebben,' zegt hij. Hè? Vindt Matthew mij niet mooi? Zelfs niet na de complete door Geneva ingegeven metamorfose met highlights en een nieuw kapsel en make-uplessen? Ik heb ontzettend hard mijn best gedaan om er vandaag goed uit te zien. Waarom vindt hij mij niet mooi? Ik wil dat ze me allebéí mooi vinden.

'O, werkelijk.' Ricky kijkt hem aan alsof ze vaker ruzie hebben. 'En waar moeten we het dan wel over hebben, meneer Perfectie?'

'Haar cv, of zo.' Matthew staat op en schudt zijn hoofd. 'Ik zit in de cabine als je me nodig hebt, Ricky. Milan, leuk je te ontmoeten. Fijn dat je me op de kade niet hebt vermoord. Jammer dat je me een loser vindt. Een verontschuldiging zou aardig zijn. Laat hem niets doen wat je niet wilt.'

Ricky en ik blijven stilzitten totdat de deur naar de cabine dicht is.

'Let maar niet op hem,' zegt Ricky. 'Eikel.'

'Wie is hij?'

'Mijn producer. Hij is gewoon jaloers. Hij weet niet hoe hij met vrouwen om moet gaan. Zeker niet met schatjes zoals jij. Zo, waar hadden we het over?'

'Eh, dat u me een schatje vindt.' Ik heb het gevoel dat ik naar een film over iemand anders zijn leven kijk. Dit is absurd.

'Ja.' Hij schuift naar me toe en trekt zijn wenkbrauw op. 'Als het meisje van hiernaast, of zo.' Hij staart naar mijn mond. Alsof hij me wil kussen. Dat is raar. Maar niet onmogelijk. Of toch? Oké. Denk na, Milan. Waarom doet hij dit? Je hebt zijn vrouw net gezien. Ze is volmaakt. En jij niet. Jij, Milan, bent een heel gewoon meisje. Maar goed, dit is dezelfde man die liedjes schrijft ter ere van heel gewone meisjes. Misschien meent hij het echt?

'Dit is heel vreemd,' zegt Ricky. Hij zit nog steeds dichtbij en staart naar me.

'Wat?' Stink ik? Ik heb gedoucht. Ik heb geboend. Heb me geschoren. Ik heb me zelfs als een kat voorovergebogen en mijn *chocha* geschoren, voor het geval dat.

'Ik voel iets bij jou wat ik niet had verwacht.'

Ik stamp met mijn voet om zeker te weten dat ik niet droom. 'Wat voelt u dan?'

'Positieve energie. Hij staat op en geeft me zijn hand. 'Kom.'

Ik pak zijn hand en kom overeind. Dit... kan... niet... waar... zijn. Hij trekt me door een gang mee naar een deur. Het is donker en de deur zit dicht. Hij zet me voor de deur en gaat vlak achter me staan.

'Je hebt een prachtig lichaam,' zegt hij.

Ik zeg niets. Er zit een bordje met KANTOOR op de deur, wat me nogal overbodig lijkt, maar ik ben ook zo subtiel...

'Dit,' zegt Ricky, 'is je kantoor.'

'Mijn kantoor?' piep ik. 'Maar u hebt me nog helemaal niets gevraagd. Ik ben er net.'

Hij steekt zijn hand uit en doet de deur open. Hij duwt me de donkere kamer binnen. Het is een kantoor met planken en een bureau, planten en een kleed. Het is best een mooi kantoor, met veel ruimte. De computer ziet er ook goed uit, een Mac met een gigantisch beeldscherm. Ingelijste posters van Ricky sieren de wanden. Ricky komt achter me de kamer in en doet de deur dicht.

'Milan,' zegt hij. Ik verroer me niet. 'Draai je eens om. Kijk me aan.'

Ik doe het. Het is zo'n lekker ding. Ik weet het, dat is een armzalige omschrijving, maar ik weet niet wat ik anders moet zeggen. Ik krijg gewoon geen lucht, laat staan dat ik een woord kan uitbrengen. Dit is zo verkeerd, een kant-en-klare rechtszaak. Als dit iemand als *tío* Jesús was, zou het helemaal verkeerd zijn. Maar dat is het niet. Het is Ricky Biscayne. En in mijn gedachten hebben we al duizenden keren gevrijd. Het is net of hij dat weet, zoals hij naar me glimlacht. Ik heb het gevoel alsof ik hem al ken, alsof ik hem al mijn hele leven ken.

'Kom hier,' zegt hij.

'Daar?'

'Hier.' Ik loop naar hem toe. Hij raakt mijn gezicht aan en zegt: 'Ik doe dit anders nooit. Ik heb niet van die sterke gevoelens voor de vrouwen die voor me werken.'

'Nee?'

'Nee.' Hij kijkt me diep in de ogen en ik zie dat ze bloeddoorlopen zijn. Waarschijnlijk werkt hij te hard en slaapt hij te weinig. Hij heeft mijn hulp nodig. 'Maar je moet het volgende over me weten. Ik ben heel intuïtief. Ik voel dingen die anderen niet voelen. Ik weet wanneer dingen goed of fout zijn, want dat voel ik. Het is haast alsof ik helderziend ben.'

'Helderziend?'

'Ja. En ik vertrouw op mijn intuïtie. Altijd. Zo ben ik hier gekomen, waar ik nu ben, zo ben ik Ricky Biscayne geworden.'

'Wat heeft dat met mij te maken?' vraag ik.

'Ik mag jou,' zegt hij tegen me. 'Ik denk dat het plezierig zou zijn om met elkaar samen te werken. Hou je van plezier?'

Waar slaat dat op? Ik knik zwakjes. Ik verwacht dat hij me nu gaat kussen, maar dat doet hij niet. Met een grijns doet hij een stap naar achteren, doet het licht aan en verblindt me.

'Welkom bij Ricky Biscayne Productions, Milan,' zegt hij. 'Dit is jouw kantoor.'

Wat? Geen kus? Geen seksuele intimidatie? Niet te geloven. Na dat alles? Is die vent gestoord? 'Heb ik de baan?'

Hij doet de deur open en wil vertrekken. 'Ja,' zegt hij.

'Maar u hebt me helemaal niets gevraagd. U weet helemaal niets over me.'

Hij kijkt naar me. 'Ik weet meer dan je denkt,' zegt hij. 'En ik vertrouw je zus. Je kunt direct beginnen. Ik moet terug naar de studio. Laat het maar weten als je iets nodig hebt, schatje.'

Hij gaat weg. Daar sta ik, vernederd omdat ik dacht dat hij me zou verleiden. Helemaal, compleet vernederd. Ik loop achter hem aan door de gang. 'Meneer Biscayne?' vraag ik. Hij blijft in het kleine zitgedeelte staan en we gaan weer naast elkaar op de bank zitten. 'Wat wilt u dat ik doe? Ik bedoel, u zegt dat ik direct kan beginnen, maar waarmee precies?'

Ricky glimlacht weer naar me en wijst naar het raam van de geluidscabine waar Matthew Baker achter een groot mengpaneel aan allerlei knoppen zit te draaien. 'Mag je hem?' vraagt Ricky.

'Pardon?'

'Matthew. Mag je hem?' Ricky kijkt naar Matthew alsof hij om de een of andere reden een hekel aan hem heeft.

'Ik, eh, ik ken hem niet.'

'Mijn vrouw vindt hem aantrekkelijk. Ik vind hem een trol. Aan wiens kant sta jij?'

Kant? Moet ik een kant kiezen? Echt waar? Ga toch weg. Dat is niet eerlijk. Maar ik wil deze baan. En kennelijk houdt Ricky zich niet aan de gebruikelijke sollicitatieprocedures. 'Eh, die van jou denk ik.'

'Denk je?'

'Nee. Die van jou. Zeker weten.'

'Jij vindt Matthew ook een trol?'

Ik knik en haat mezelf. Waarom doe ik dit? Waarom beledig ik een vent die ik niet eens ken? Maar goed, hij haalde zijn schouders op toen Ricky hem vroeg of hij mij mooi vond, dus je zou het als wraak kunnen zien. Matthew Baker kan de pot op. Hij is onbeschoft.

'Van wat voor mannen hou jij?' vraagt hij.

'Mannen die eruitzien zoals jij,' antwoord ik eerlijk. 'Ik heb allemaal foto's van jou op mijn kamer hangen.'

Hij draait zich halfom en grijnst. 'Je neemt me in de zeik.'

'Nee, hoor.'

'Misschien had ik je toch moeten kussen in het kantoor. Ik was bang dat je dat niet wilde.'

Ik sta met mijn mond vol tanden. Helemaal, compleet. Woorden? Welke woorden? Wat zijn woorden? Ik ben amper in staat adem te halen en te blijven leven. Hij komt lachend overeind.

'Hé, kijk niet zo bang. Het was een geintje, dat weet je toch wel?'

Hè? 'Ja,' zeg ik. Maar ik weet het niet. Ik weet helemaal niets meer. 'Tuurlijk.'

'Ik maak maar een geintje!' zegt hij. Hij lacht hard om mijn geschokte blik. 'Je bent een schatje. Dat meende ik. Maar, Milan, ik ben getrouwd.'

Duizelig. Haal adem, Milan. Ik zeg: 'Ik, eh, heb uw vrouw gezien. Ze is erg aardig.'

'We zijn allemaal aardig. We zijn één grote familie. En we maken geintjes als een familie. We flirten. Wen er maar vast aan. Welkom bij de meest gestoorde familie sinds The Osbornes.'

Ricky maakt een bamboedoosje op de salontafel open en haalt er een vreemd sigaretje uit dat hij in zijn mondhoek steekt. Nee! Hij rookt niet! Toch? Dat heb ik nog nooit gelezen. Ik heb in interviews gelezen dat Ricky Biscayne zijn gezondheid heel serieus neemt. Ik weet nog precies welk artikel en dat erin stond dat hij elke ochtend een broccolishake met kweekgras dronk. Toen ik dat had gelezen, kreeg ik zelf een paar keer de neiging om broccoli en appelsap te blenden om net als hij te zijn. Het was om te kotsen zo smerig en na twee dagen ging ik weer over op eieren en bacon.

Ik staar hem met open mond aan.

'Ik rook er zo nu en dan eentje,' zegt Ricky schouderophalend, alsof hij mijn gedachten kan lezen. 'Maar ik wil ermee stoppen.' Hij steekt de lucifer aan aan de rits van zijn spijkerbroek en ik voel een tinteling van opwinding. Hij glimlacht en blaast rook in mijn gezicht. Zo knap. Hij is superknap met zijn lippen zo. Ik vergeet helemaal dat ik sigaretten smerig vind.

Ricky pakt een stapel foto's van zichzelf van de salontafel en begint er al rokende doorheen te bladeren. 'Wat vind je van deze?' vraagt hij. Het is een sensuele foto van Ricky in een nat T-shirt en een strakke spijkerbroek, leunend tegen de muur met een tandenstoker in zijn mond. Zijn buikspieren zijn scherp afgetekend. Waanzinnig.

'Die zou ik boven mijn bed hangen,' zeg ik. Ik realiseer me dat dit een heel ongepaste opmerking is en sla mijn hand voor mijn mond. 'O, god. Sorry.'

'Ik mag jou wel.' Hij knipoogt naar me. Gaf hij me nou net een knipoogje? Mag dat? Waarom zit ik hier als een hert in de koplampen van een megagrote Hummer?

'O, ja?' Hè hè, stomme Milan.

Met zijn hand strijkt hij een lok haar uit mijn gezicht. 'Eens kijken wat jij allemaal kunt, schatje.'

Ik hap naar adem als de gup die uit het Tupperware-bakje op het aanrecht op de keukenvloer was gesprongen toen ik klein was en ik van mijn moeder de vissenkom moest schoonmaken. Ik zag hem happen, alleen hapte hij niet naar lucht, maar naar water. Maar je snapt het wel. 'Oké.'

Hij kijkt me diep in de ogen. 'Soms vind ik het jammer dat ik getrouwd ben,' zegt hij. Hij neemt nog een trekje van zijn sigaret, zo dichtbij dat ik de vonken kan horen knisperen, en hij knijpt zijn ogen toe. 'Mijn manager komt straks langs voor een strategiebespreking. Vanavond is er een feest in het Delano. Jij gaat met ons mee.'

'Ik?'

Ricky neemt nog een lange trek van zijn sigaret, knijpt met het puntje van zijn duim en wijsvinger in het uiteinde en heeft zijn andere vingers samengebald. Hij raakt mijn kin met zijn hand aan en lijkt me weer in zich op te nemen. 'Jij. Ik denk dat Ron jou wel mag. Maar, eh, ik wil dat je in het zwart gaat. Dat adviseer ik je. Nee, eigenlijk is dat mijn enige eis. O, en die sexy zus van je. Breng haar ook mee.'

'Sorry?' Vertelt hij me nu wat ik moet aantrekken? Die sexy zus van me? Hallo? Wat is dit? Hij probeert me te verleiden, of doet alsof, speelt met me? Dat mag toch allemaal niet, of wel? Waarom geeft het me zo'n goed gevoel? Waarom vind ik het helemaal niet erg?

'Sorry hoor, schatje. Ik heb een imago en mijn mensen horen bij dat imago. De meeste grietjes die voor me werken – ik heb er een paar op de loonlijst staan – dragen spijkerbroeken, hoge hakken en sexy topjes. Sexy. Veel zwart, mijn lievelingskleur. Jij bent funky en leuk. Maar je ziet er niet sexy uit.' Hij likt zijn lippen weer af. Hij komt dichterbij en strijkt heel zachtjes langs mijn lippen, geen echte kus, maar bijna. Ik voel dat mijn kruis in brand vliegt. Te... mooi... om... waar... te... zijn. En met zachte, diepe stem zegt hij verleidelijk: 'Ik vraag me af hoe je er sexy uitziet.'

Abrupt leunt hij naar achteren, bekijkt nog een paar foto's en blijft kijken naar een van hem in zijn ondergoed bij een felblauw zwembad. 'En deze?' vraagt hij. 'Goed voor de publiciteit?'

Ik voel tranen in mijn ogen komen. Ik hou van deze man. Echt waar. 'Ik kan er niet over uit dat ik voor jou mag werken. Dankjewel, Ricky.'

Hij grinnikt, duwt de sigaret uit op de achterkant van de foto's die hij kennelijk niet mooi vindt en staat op alsof hij opeens niet meer in mij is geïnteresseerd.

'Het is zeker je geluksdag, vandaag,' zegt hij, en hij loopt weg.

Dat zal wel.

Ricky loopt naar de opnamestudio. Hij heeft een triomfantelijke blik in zijn ogen. Matthew kijkt hem aan en denkt dat hij die psychotische sollicitante zeker zover heeft gekregen hem te pijpen. Matthew zag dat ze net op de bank zaten te zoenen. Walgelijk. Zo gaan sollicitaties meestal als de kandidaat een aantrekkelijke vrouw is. Hij neukt ze, beft ze en laat zich door hen pijpen. Hij is een godvergeten klootzak.

'Ze lijkt me aardig,' zegt Matthew. Hij heeft medelijden met het meisje ook al is ze onbeschoft, want als er iemand is die onbeschoft is, dan is het Ricky wel. Waarschijnlijk had ze geen idee wat ze zich op de hals heeft gehaald. De meeste meisjes zijn zo verblind dat ze geen 'nee' kunnen zeggen. Ze willen een baan, geld, bekendheid en ja, de meesten willen waarschijnlijk ook met Ricky neuken. Het zal wel. Matthew kon het niet aanzien, daarom ging hij weg toen Ricky dicht tegen haar aan ging zitten op de bank. Zijn vrouw is zwanger, en toch gedraagt hij zich zo? Dat is toch idioot. Ricky is een psychopaat.

'Vind je haar leuk?' vraagt Ricky. 'Kleine Milanesa?'

'Ik ken haar niet.' Matthew doet alsof hij de vraag beledigend vindt, om Ricky iets duidelijk te maken; om hem te laten inzien dat je niet moet rotzooien met vrouwen die je net hebt ontmoet, zeker niet als je erover denkt ze in dienst te nemen.

'Maar vind je haar leuk? Zou je haar willen neuken?'

'Ze is knap,' zegt Matthew. Hij haalt zijn schouders op. Hij houdt er per definitie niet van om vrouwen te 'neuken'. Hij wil met ze vrijen en alleen als hij van ze houdt, en om van een vrouw te houden

161

moet je met haar praten en haar leren kennen. Zo denkt Matthew erover, maar Ricky heeft dat nooit begrepen omdat hij zo stom is als het achtereind van een varken.

'Nou, je kunt het wel vergeten,' zegt Ricky, met een merkwaardig triomfantelijke blik in zijn ogen.

Matthew krijgt een loodzwaar gevoel in zijn maag. 'Hoezo?'

'Ik heb haar wat over jou gevraagd, man,' zegt Ricky. 'Terwijl ze me pijpte.'

'Je bent een gestoorde eikel.'

'Je kent me, ik heb het beste met je voor. Probeer altijd iets voor je te regelen.'

'Ja, bedankt nog.'

'Maar ik moet eerlijk tegen je zijn.'

'Dat hoeft niet, hoor,' zegt Matthew.

'Wil je weten wat ze zei?'

'Nee.' Matthew loopt naar de deur. Hij heeft er geen zin in om afgewezen te worden. Het ging al fout toen hij Eydis de avond ervoor op het cruiseschip had gebeld op haar satelliettelefoon en haar had gesmeekt terug te komen. Ze had gelachen en gezegd dat ze erover zou nadenken.

'Ze zei dat ze je een trol vond,' zegt Ricky. 'Een loser.'

'Nietwaar.'

'Kerel, ik zou het niet zeggen als het niet waar was. Dat zou ik je niet aandoen.'

'Dat was ook niet aardig van haar.'

'Ik heb haar aangenomen,' zegt Ricky. 'Ze kan goed pijpen. Dat mag ik wel in een publiciteitsagent.'

Matthew begint echt een hekel te krijgen aan Ricky Biscayne. Hij was ervan uitgegaan dat zijn jeugdvriend en partner net als hij in de loop der jaren volwassen zou worden. Maar het lijkt erop dat Ricky achteruitgaat.

Matthew wil zo snel mogelijk weg uit de studio, ver bij hen allebei vandaan.

Ze zeggen altijd dat brandweerlieden zo dapper zijn, hè? En dat zijn we ook, als het moet. Maar over het algemeen is ons leven verdomd saai. Dit is een van de saaie momenten. Ik heb de opdracht gekregen om Nestor Perez, de aantrekkelijke nieuweling uit New York, te laten zien hoe je de ramen van de kazerne lapt, en dus staan we in het hete witte zonlicht en een weerzinwekkende vochtigheid met emmers en doeken en een ladder, ramen te lappen. Op rustige momenten in een kazerne doet iedereen dingen die traditioneel gezien vrouwenwerk zijn: schoonmaken, koken, wassen. Ironisch. Ik heb een keer een interview gelezen met een piloot bij een commerciële luchtvaartmaatschappij die zei dat hij zich het grootste deel van de tijd doodverveelde en de rest van de tijd in een doodsbange paniek verkeerde. Dat is hier hetzelfde.

Ik moest toch even de kazerne uit. Vanwege L'Roy. Hij heeft me niet één keer bedankt voor het feit dat ik zijn leven heb gered. Hij doet alsof het nooit gebeurd is. Niemand heeft het zien gebeuren en dus vertelt hij mensen nu dat we tegelijkertijd de brand uit kwamen. Ik had het Jim verteld, mijn vriend de agent, en zijn advies was om L'Roy zijn trots te gunnen. Waarop ik eindelijk de beroemde woorden sprak: 'Het wordt niks tussen ons.'

'Zo,' zeg ik tegen Nestor Perez, terwijl ik de spons in de emmer laat vallen.

'Weet je het zeker?' zegt hij met een droge grijns. Hij heeft kauwgom in zijn mond. Hij heeft een New Yorks accent. 'Dus de spons gaat in het water, klopt dat? De spons gaat niet op de grond? Ik wil zeker weten dat ik de basisprincipes van het ramenlappen goed begrijp.'

'Heel grappig,' zeg ik.

'Dank je.' Hij glimlacht en begint met lange halen een groot raam te wassen. De spieren in zijn rug tekenen zich af door zijn shirt. Wauw. Wat maakt het uit dat hij waarschijnlijk homo is? Hij is nog altijd de meest aantrekkelijke, lekkerst ruikende man bij wie ik in de buurt kom. En als hij homo is? Dan kunnen we over mannen kletsen. Het zal in het begin wel hartverscheurend zijn om alles over zijn veroveringen te horen, maar daar zal ik wel aan wennen, en dan hebben Sophia en ik iets gemeen, een beste vriend die knap en homoseksueel is.

'Eh, doe ik het zo goed?' vraagt hij met een stalen gezicht. 'Niet te hard? Te zacht? Ik bedoel, ik wil er zeker van zijn dat ik het begrijp.'

Ik werp een blik op Nestor en kijk toe hoe de spieren in zijn armen zich spannen terwijl hij het vuil van de ramen poetst. Allemachtig. 'Je doet het goed,' zeg ik.

'Jij doet het ook goed,' zegt hij. Hij laat weer die stralend witte tanden zien. Wauw. Wat ik daarmee niet zou willen doen. Ik probeer aan iets anders te denken. Het eerste wat in me opkomt is Sophia, die de laatste tijd hints laat vallen dat ze weet dat Ricky Biscayne haar vader is. Het is bijna zomervakantie en dan heeft ze niets anders te doen dan rondhangen met haar vriendje David, die haar waarschijnlijk zal proberen over te halen om iets te laten piercen of iemand te overvallen. Ik zou David graag willen vertrouwen, hem aardig willen vinden, maar hij is te wild en te aantrekkelijk voor Sophia. Ik vind het maar niets dat Sophia voor een homo valt, maar goed, ik heb weinig recht van spreken, nietwaar? Ik huiver bij de gedachte dat Sophia misschien eigen seksuele fantasieën krijgt. Dat is te afschuwelijk voor woorden. Ze is mijn kleine meisje. Ze kan toch niet zo snel zo groot worden. Ben ik er net achter hoe ik een moeder moet zijn en nu dit, nu al? Dat is niet goed. Ik weet niet meer hoe ik met Sophia om moet gaan.

Hoofdbrandmeester Sullivan komt met zijn bierbuik bij ons staan en kijkt even toe hoe we de ramen lappen, tot hij mij vraagt met hem mee te gaan naar zijn kamer. Mijn hart gaat tekeer en ik voel een adrenalinestoot door me heen gaan. Waarom wil hij me spreken? Ik heb het gevoel alsof ik op het matje word geroepen bij de rector. Ik zet de emmer en trekker neer en ruk de gele handschoenen uit.

'Ik maak het wel af,' zegt Nestor. Hij glimlacht naar me, bloost. Waarom bloost hij naar me als hij homo is? Hij heeft volmaakt witte, rechte tanden met een heel klein spleetje tussen zijn voortanden. Schattig.

Hoofdbrandmeester Sullivan gaat me voor de kazerne in, naar zijn kamer en blijft bij de deur staan tot ik naar binnen ga. Hij doet de deur achter ons dicht.

'Ga zitten,' zegt hoofdbrandmeester Sullivan. Zijn buik hangt over zijn broek en zijn huid heeft de grauwe gloed van een man die te weinig groente eet. Ik ga in de krakkemikkige stoel van vinyl zitten. 'Ik weet dat je aan het studeren bent voor het examen voor brandmeester,' zegt hij.

Ik knik.

'Weet je dat L'Roy en een paar anderen dat ook willen?'

Ik knik opnieuw.

Sullivan kijkt naar de papieren op zijn bureau, fronst zijn wenkbrauwen en zucht. 'Ik zal eerlijk tegen je zijn, Gallagher. Je hebt de
beste papieren voor die baan. Dat is duidelijk. Maar als je hoofdbrandmeester moet ik zeggen dat ik je op dit moment niet de beste
kandidaat voor deze functie vind.'

Wat? Een onzichtbare vuist geeft me een stomp in mijn maag.
'Wat? Waarom niet?'

Hij zucht weer en durft me niet recht aan te kijken, de lafaard.
'Gezien de opbouw van de kazerne op dit moment, met de persoon-
lijkheden die hier werken, moest ik gewoonweg een beslissing nemen die naar mijn idee het beste was voor de hele ploeg, niet alleen
voor een of twee individuen.'

'Dat begrijp ik niet.'

Weer een zucht. Hij kijkt door zijn kamer, naar alles behalve naar
mij. 'Wat ik wil zeggen, is dat ik vind dat je je tijd op dit moment beter niet kunt verspillen aan dat examen. Weet je, ik denk gewoon
niet dat een aantal van deze mannen orders van jou zal opvolgen,
Irene. Hoewel ze dat wel zouden moeten doen, begrijp me niet verkeerd. Ik denk alleen niet dat ze er klaar voor zijn.'

'Waarvoor?'

'Een vrouwelijke chef. Het is niet persoonlijk bedoeld. Het gaat
om het team.' Ik zeg niets, maar staar hem aan totdat hij huiverend
mijn kant op kijkt. Mijn mondhoeken verstrakken. Hij zegt: 'Wacht
even, ik ben nog niet klaar. Een belangrijke reden dat je deze promotie wilde was omdat je in je eentje een kind moet opvoeden. Dus
zal ik je salaris verhogen naar $ 41.850,–, gelijkgesteld aan de posi-
tie als brandmeester, dus in zekere zin is het alsof je toch promotie
krijgt. Financieel gezien in elk geval. Ik wil niet dat je denkt dat ik je
harde werk niet waardeer.'

'Dus u wilt me betalen alsof ik de promotie krijg, zonder me enige autoriteit te geven, meneer?'

Hij zucht. 'Ik weet dat je dit niet wilt horen, maar bij dit soort
werk moet je bedenken wat het beste is voor het functioneren van
het hele team, Irene. Dat weet je net zo goed als ik. En geloof me,
als jij niet zo'n teamgeest had, als je zo'n *feminazi* was die over dit
soort dingen rechtszaken zou aanspannen, zou ik hier niet zo open
met je over praten. Ik weet zeker dat je er begrip voor hebt.'

Ik bedank hoofdbrandmeester Sullivan met het gebruikelijke

'meneer' aan het eind, loop zonder te reageren op het fluitconcert van L'Roy de kazerne uit en ga verder met ramen lappen.

'Hé,' zegt Nestor Perez, en hij gooit zijn zeem in de emmer en probeert mijn blik te vangen. 'Gaat het?'

'Niet echt. Maar het komt wel goed.'

'Kan ik je ergens mee helpen?' vraagt hij. Ik kijk op van zijn spannende spieren naar zijn oprechte, hoekige gezicht en denk: ja, je kunt me achter in je auto nemen voordat ik naar huis ga naar mijn ellendige moeder en mijn tienerdochter.

'Nee,' zeg ik. 'Maar bedankt.' Ik werk fluitend verder als een van de godvergeten zeven dwergen. Als een van de mannen.

Alsof ik goddomme niets heb om me druk om te maken.

Pretentieus. Dat is het woord dat in me opkomt. Ik ben geen fan van het woord. Het is geen Milan-woord, zie je. Maar ik moet het gebruiken omdat er eerlijk gezegd geen betere manier is om het Delano Hotel, waar ik op dit moment ben, te beschrijven. Pretentieus. Hef een glas blauwe martini. Knipoog. Gooi je hoofd achterover en laat een klaterende lach horen voor de mensen om je heen die het misschien niet zo waanzinnig naar hun zin hebben als jij. *Yes, darling.* Zo moet het. Je hebt het door. Ook jij hoort nu in het Delano thuis. Kus, kus!

Ik ben hier duizenden keren langsgereden en ik heb er van Geneva over gehoord. Je kent het, ook al denk je van niet. Stel je gigantische witte gordijnen voor aan de buitenkant. Misschien zijn ze heel lichtroze. Een hoog gebouw, art deco, kalkwitte en roze steen, net als van die pepermuntkussentjes, maar dan is het een hotel. Bij het Delano draait het om de verdiepingenhoge gordijnen, volmaakt schoon en kreukvrij – god weet hoe – die heel kalmpjes en sprookjesachtig heen en weer bewegen. Dat is buiten, aan de voorkant. Binnen moet je je iets minimalistisch voorstellen. Donkere houten vloeren met enorme dikke witte zuilen als enorme stukken trottoir, allemaal zo schoon en fris en wit dat je een frisse oneindige ademteug wilt nemen en weg wilt zweven. De dingen hebben merkwaardige proporties hier, zoals een witte lampenkap die boven een kleine witte bank hangt. Interessant. Ik vind het wel wat hebben. Het is hier echt heel mooi. Maar ík hoor hier juist niet thuis. Tot vanmorgen deed ik aan poep-pr. Dat doet wat met je zelfvertrouwen. Ik vind niet dat een poepschuiver hier thuishoort. Milan in het Delano is net zo pijnlijk als een verjaardagsclown met een kater in een sushibar.

Het is voor het eerst dat ik echt híér ben. Het hotel ligt aan het strand in South Beach en het is heel pretentieus ook al beweert het 'casual chic' te zijn. Ik ben net samen met Ricky en zijn entourage binnengekomen. Mag ik dat woord nu gebruiken? Entourage. Ik maak deel uit van de entourage. Alleen voel ik me wel die clown met de kater binnen het gezelschap, terwijl de rest van de entourage bestaat uit mensen als Jasminka en haar modellenvriendinnen, andere mensen die er veel mooier uitzien dan ik, en Geneva, die ik heb meegenomen omdat Ricky dat wilde. 'Sexy Geneva' past hier heel goed met haar stinkhondje en haar Fiji-water. Ze zwaait zelfs naar de manager nadat ze met haar polsen heeft geknakt, en zwaait dan naar wat andere mensen in de lobby omdat ze iedereen hier in de stad kent uit haar tijd als party-planner. Ik kijk naar haar en probeer dezelfde houding aan te nemen. Als deel van de entourage pas ik hier misschien beter dan ik denk. Ik weet het niet. Maar ik weet wel dat ik in gedachten beter het woord 'entourage' niet meer kan gebruiken want ik krijg er koppijn van en ik ben een sukkel en ik val in herhaling als ik zenuwachtig ben. Entourage, entourage, entourage. Over de entourage gesproken, ik vraag me af waar die kleine roodharige man is. Hoort hij niet bij Ricky's entourage?

We slenteren verder, de gróép en ik, achter Ricky en zijn manager Ron DiMeola aan, die is getrouwd met Analicia, de Mexicaanse *novela* ster. Het personeel van het hotel begeleidt ons. Is dat niet cool? Gewone mensen moeten hun eigen weg vinden. Ricky wordt overal begeleid. Ze bieden hem flessen mineraalwater aan, buigen en kruipen. Ik zou ook wel willen dat er voor mij gebogen en gekropen werd. Dat zou gaaf zijn. Ik vind deze baan steeds leuker, ook al voel ik me een vreselijke bedrieger. Ik zal er wel aan wennen. Nee, echt. Dat beloof ik.

We lopen door gangen die naar hout en lak ruiken, langs fantastische mensen die fantastische maaltijden eten in fantastische bars en pretentieuze restaurants. We betreden een veranda op de begane grond die vol staat met allemaal potjes met bloemen die naar citrusvruchten en aarde ruiken. De zon gaat onder en de geluiden klinken gedempt. Ik kijk naar Geneva en ze glimlacht naar me.

Zonder sarcasme. Alsof ze trots op me is en het allemaal een beetje spannend vindt.

'Mooi, hè?' zegt ze, terwijl we achter Ricky aan verder lopen.

'Bedankt,' zeg ik, en ik ben echt dankbaar voor haar hulp om deze baan te bemachtigen. 'Ik kan niet geloven dat ik hier ben.'

'Ja,' zegt ze, terwijl ze Belle achter haar oren krabbelt. 'Misschien kun je dat beter voor je houden.'

Pang! Daar gaat mijn ballon met zusterlijke liefde.

We komen bij het strand en het lijkt wel een heel elegant circus met her en der vierkante pastelgroene en witte tenten, en tenten met bars en prachtige mensen in bikini en, eh, Speedo's. Halló? Zouden Speedo's niet verboden moeten worden? Ik bedoel, voor mannen? Dat is misschien wel de onaantrekkelijkste uitvinding voor het mannelijk lichaam. Rechts van ons staat een man die er een draagt. Hij draait zich om en ik zie dat het, getverdegetver, een string is. Geneva hapt naar adem en grijpt mijn arm vast.

'Getver, wat lelijk,' zegt ze.

We lachen. Ah, onzekerheid. Niets geeft zo'n goed gevoel als een ander neer te sabelen.

Terwijl we naar onze eigen verzameling pastelkleurige sprookjestenten lopen, bedenk ik dat het wel meevalt met mij. Ricky heeft me per slot van rekening aangenomen. Hij heeft zelfs geprobeerd me te kússen, maar dat ga ik niemand vertellen. Misschien oordeel ik te hard omdat ik nog steeds niet het gevoel heb dat ik hier thuishoor. En ja, ik zou graag langer, slanker, rijker en beter gekleed zijn, en ja, ik zou graag mooi bruin zijn en prachtige witte gewaden dragen die me een Grieks en statig uiterlijk geven, maar ik ben tevreden. Ik ben niet 'chic' maar op het moment voel ik me toch een beetje pretentieus. Ik wil een blauwe martini.

Ricky komt onze kant op in een wit doorschijnend shirt en witte, linnen shorts, hij slaat een arm om me heen en leidt Geneva en mij de tent in. Hij vraagt ons wat we willen drinken. Geneva bestelt een Cosmopolitan. Ik wil de blauwe martini. Wauw! Alsof hij mijn gedachten heeft gelezen. Daar gaat hij. Niet te geloven dat deze ster onze drankjes haalt. Ik heb het gevoel alsof ik dat zou moeten doen.

'Hij is cool,' zegt Geneva.

Ik wil haar dolgraag vertellen over onze bijna-kus, maar dat doe ik niet.

'Je ziet er goed uit, Milan,' zegt ze met een verbaasde klank in haar stem waarzonder ik kan. Ze tikt met haar vingernagels op de bar, pulkt eraan en ik leg mijn hand over de hare om haar te stoppen. Ik draag de opbrengst van het uurtje paniekshoppen vanmiddag: een donkere, lage spijkerbroek van Moschino en een mouwloze zwarte Cavalli-tuniek. Ik vind het mooie kleren, maar ben steeds bang dat iedereen mijn bilspleet kan zien. Geneva vindt dat ik een mooie buik heb en dat ik me daarop moet richten, maar ik maak me altijd zorgen over mijn kont. Ze stelde voor dat ik een navelpiercing zou nemen, maar ik steek nog liever een tandenstoker door mijn trommelvlies.

Geneva draagt haar versie van dezelfde outfit, al heeft haar spijkerbroek kleine achterzakken. Geneva heeft me verboden spijkerbroeken met kleine kontzakken te dragen. Hoe groter de kontzakken, des te beter, zegt ze. We lopen allebei op blote voeten en hebben onze schoenen in onze tas gestopt. Geneva wist dat we naar het strand zouden gaan en had slippers en grote tassen geadviseerd.

Ricky arriveert met onze drankjes en werpt me een van zijn blikken toe. Een verleidelijke blik. Dan loopt hij naar de volgende tent om iets anders te doen, kijkt nog even achterom en knipoogt naar me.

'Wat was dat?' vraagt Geneva.

'Wat?'

'Die knipoog.'

'Wat voor knipoog?'

Geneva kijkt me over de rand van haar Cosmopolitan aan. 'Wees voorzichtig,' zegt ze.

'Pardon?'

'Doe nou niets doms.' Ze raakt mijn nieuwe kortere kapsel met highlights aan en glijdt met haar vingers door de vele lagen. 'Ik kan maar niet uit over jouw haar. Waarom heb je zo lang gewacht met een nieuw kapsel?'

'Weet ik niet.'

'Waarom luister je niet wat vaker naar me?'

'Omdat je mijn vriendjes hebt afgepakt en ik kwaad op je was, Geneva. Daarom.'

Ze staart naar het zand en schudt haar hoofd. 'Het spijt me. Echt waar. Het was onvolwassen en dom van me. Ik zal het nooit meer doen.'

'Oké.'

'Neem je nu een navelpiercing?'

'Weet ik niet,' zeg ik.

'Dat moet je niet de hele tijd zeggen.'

'Wat?'

'"Weet ik niet." Dat zeg je veel te vaak.'

'Sorry.'

'En je moet ook geen "sorry" zeggen.'

We kijken naar de sterren en modellen. 'Je moet één ding ont-houden,' zegt Geneva, en ze wijst met haar glas naar Ricky en zijn betoverende... entour... groep.

'Wat dan?'

'Het zijn gewone mensen. En de meesten zijn hartstikke onzeker en totaal verknipt.'

'Waarom vertel je me dat nu?'

'Omdat je verblind lijkt,' zegt Geneva. 'Laat je niet meeslepen. Zo geweldig is hij niet. Hij is gewoon een man die geen verstand van mode heeft.'

'Wat sarcastisch.'

'Onthoud het nou maar, dan komt het wel goed.'

Drie martini's en bijna een uur later zitten we er nog steeds en kij-ken we toe hoe Ricky en zijn maten rondrennen en drinken. Belle ligt te slapen, goddank. 'Gaan we nog vergaderen, of hoe zit dat?' vraag ik. Geneva moet lachen. 'Wat nou?' vraag ik. 'Ricky zei dat het een bespreking was. Ze zijn nu al een uur aan het drinken en pa-raderen.'

Geneva schudt haar hoofd. 'Jij bent onvoorstelbaar,' zegt ze.

'Hoezo?'

'Feesten ís zakendoen in Miami Beach, schatje, wist je dat niet? Ze bekijken elkaar allemaal. Het recht van de sterkste.'

Ik kijk toe. Er wordt gegeten, gedronken en gevoosd. Jasminka is er ook weer in haar bikini en sarong. Elke keer dat Ricky zich voor-overbuigt om haar te kussen, voel ik pijn in mijn lijf. Hij is van mij. Weet ze dat dan niet? Ik grom en besef te laat dat ik het hardop heb gedaan. Ik kan maar beter niet drinken en werken tegelijk.

'Mooi niet,' zegt Geneva, terwijl ze met haar enkel knakt.

'Wat bedoel je?'

'Je kunt niet met hem naar bed.'

'Met wie?'

Haar blik zegt me dat ze weet dat ik precies weet wat ze bedoelt en dat ze me maar een idioot vindt. 'Zelfs als hij zich áánbiedt. Zeg "nee". Je moet "nee" zeggen. Begrepen?'

'Hè?'

'Laat maar zitten.'

Jasminka en haar modellenvriendinnen slenteren weg om in zee te gaan zwemmen. Hun platte billen wiegen amper terwijl ze huppelen en rondspringen. Ze doen me denken aan een kudde jonge herten. Uiteindelijk komen Ricky, Ron en Analicia bij ons in de kleine tent zitten. Ron doet de gordijnen dicht. Ik pak een notitieboekje uit mijn tas. Geneva begroet iedereen en Ricky stelt haar voor als zijn nieuwe zakenpartner in een 'sexy, nieuwe club'. Mij stelt hij voor als zijn nieuwe rechterhand, wat dat ook mag betekenen.

Ron is dronken en dik en oud, met het lijf van Jack Nicholson. In zijn jasje zonder overhemd, zijn lange haar glad achterovergekamd over zijn kale kruin, ziet hij er opgedirkt, zweterig en vettig uit als een stereotype Italiaanse maffioso uit een Hollywood-film. Waarom kleedt hij zich zo? Je zou denken dat hij er als Italiaanse Amerikaan juist niét stereotype zou willen uitzien. En waarom is Analicia, een novela ster en popzangeres die door iedereen in Latijns-Amerika en vele andere delen van de wereld wordt aanbeden, uitgerekend met hém getrouwd? Ze was toch al rijk? Ze was ook heel mooi; met haar blanke huid en sproetjes was ze bijna een veel mooiere slankere uitvoering van mij. Ik snap niet wat een volmaakte en succesvolle vrouw als Analicia in een glibberige smeerlap als Ron DiMeola ziet, een man die vorig jaar bij een dynamische platenmaatschappij is ontslagen, als ik het goed heb onthouden. Maar dat zijn mijn zaken niet. Hij is ook zeker vijfentwintig jaar ouder dan zij. Als ik het uiterlijk van Analicia had zou ik op zoek gaan naar iemand als Ricky. *En punto.*

'Zullen we beginnen, heren?' vraag ik, en ik doe mijn best om zelfverzekerd over te komen, alsof ik hier thuishoor. Geneva rolt met haar ogen en lacht naar me. Bedankt voor je hulp, mannendief.

'Ja, even mijn vitaminen innemen.' Ron pakt een zilveren blikje uit zijn zak. Ricky kijkt toe hoe hij het openmaakt en een klein bergje wit poeder laat zien en hij glimlacht. Analicia staart in de verte en doet alsof ze niets ziet, terwijl Ron de onderkant van een klein zilveren buisje in het blikje steekt en de bovenkant in zijn dikke, vette, harige neusgat stopt. Eh, oké. Ik had niet verwacht dat ik in een slechte aflevering van *Miami Vice* terecht zou komen. Echt niet. Alleen Don Johnson en een perzikkleurige herenblazer ontbreken nog.

Kennelijk zakt mijn mond open, terwijl Ron snuift als een varken dat op zoek is naar truffels. Hij kijkt me aan met zijn 'wat moet je nou'-blik. 'Wil je ook, Milan?' vraagt hij op een toon die zegt dat hij weet dat ik een drugsmaagd ben. De toon suggereert ook dat ik het niet overleef als ik hem verraad. Ik kijk naar Analicia, maar het sterretje staart nog steeds in de ruimte en speelt met een lok krullend bruin haar.

'Nee, dank je,' zeg ik.

'Geneva?'

'Nee.'

Ik bedenk dat Analicia een paar jaar geleden een serie Spaanstalige idealistische reclames heeft gedaan over hoe slecht drugs voor kinderen zijn. Hoe kon ze zo liegen? Ik voel me steeds minder een clown met een kater en steeds meer een kind dat wakker wordt om te zien of de Kerstman is geweest en ontdekt dat papa en mama het onder de kerstboom met het rendier doen.

Ron geeft de cocaïne door aan Ricky. Die kijkt naar mij en Geneva en schudt dan zijn hoofd. 'Nee, bedankt, man.'

Ron lacht. 'Zelf weten.' Hij wendt zich tot mij. Hij ziet eruit als een hongerige wolf. 'Zeg Milan, als Ricky net cocaïne had gebruikt, wat hij nu niet heeft gedaan omdat het eikeltje goddomme een goede indruk wil maken, dan is dít een van die dingen die je natuurlijk niet aan de pers mag vertellen.'

Ron, Analicia en Ricky lachen. De martini's zijn naar mijn hoofd gestegen en ik denk ook dat ik moet lachen, al weet ik niet waarom. Ik grijns dom, doe mijn best om erbij te horen. Geneva bekijkt het allemaal zonder de afkeurende blik van haar gezicht te halen.

'Natuurlijk,' zeg ik.

'Hoor eens, kleintje. Zo nu en dan krijg je zo'n slimmerd die naar dit soort dingen vraagt,' legt Ron uit. 'En wat zeg je dan?'

'Dan zeg ik niets.' Is dat het goede antwoord? Ik heb geen idee.

'Mis,' zegt Ron. Oké. Ik begin het te snappen. 'Je zegt dat ze hartstikke gestoord zijn. Je zegt dat Ricky zo gezond is als Jane Fonda.' Hij werpt Ricky een blik vol afkeer toe en geeft een klap op zijn mollige knie. 'Waar heb je die publiciteitsagent van je vandaan, Ricky, de huishoudschool?'

'Milan heeft een lange dag gehad,' zegt Geneva, die me te hulp schiet. 'En dit,' zegt ze, en ze wijst naar Ron en de drugs, 'is niet bepaald professioneel gedrag.'

Analicia klimt in haar minirokje en bustier bij haar man op schoot en rookt een sigaret. Ga weg! Ze róókt ook? 'Wie is Jane Fonda, schatje?' vraagt Analicia met haar vette Spaanse accent, terwijl ze met haar vingertop langs zijn lippen gaat alsof hij helemáál niet zo walgelijk is als een gorilla in een dierentuin die zijn eigen slijmerige, gele drol opeet.

'Niets, laat maar,' zegt Ron tegen Analicia. Kennelijk brengt het feit dat ze bij hem op schoot zit hem tot rust, want hij houdt zijn mond en grijnst. Vervolgens pakt hij, waar iedereen bij zit, haar borst vast en knijpt erin. 'Deze zijn zo godvergeten lekker,' zegt hij tegen Ricky. 'Ze zijn nieuw. Ze heeft ze laten liften en vullen. Het zijn verdomme net strandballen. Hoe vind je ze?'

'Ja, man,' zegt Ricky, terwijl Analicia giechelt. Ricky werpt me een verontschuldigende blik toe. Ik heb medelijden met hem. Volgens mij vindt hij het ook niet leuk.

'Hier,' zegt Ron. Hij pakt Ricky's hand en legt die op de borst van zijn vrouw. Geneva en ik happen naar adem als Ricky erin knijpt en Analicia haar hoofd in haar nek werpt en lacht. Wat mankeert die lui?

'Heel mooi,' zegt Ricky monotoon tegen Ron, en hij knipoogt naar me. Hij schaamt zich, de arme jongen.

'Als je dat al mooi vindt, moet je dit eens zien.' Ron duwt met zijn handen Analicia's benen uit elkaar. Ze draagt geen ondergoed. Aha. Wat krijgen we nou? 'Het mooiste geschoren poesje dat je ooit hebt gezien.'

'O, mijn god,' fluistert Geneva, en ze geeft me een schop.

'Braziliaans geharst,' verbetert Analicia. 'Niemand scheert tegenwoordig nog, schatje. 'Daar krijg je pukkeltjes van.'

Geneva en ik kijken elkaar aan. We zijn in het lachpaleis terechtgekomen. We zijn in een konijnenhol gevallen of zoiets. Dit is een ander universum. En Geneva? Degene die naar mijn idee toch moet weten hoe ze met zoiets omgaat? Volgens mij weet zij ook niet wat ze moet doen. Ik kijk en zie nog net dat Ron een van zijn vieze, vette vingers aflikt en in zijn vrouw duwt. Getver! Analicia kreunt van genot en kust hem in zijn nek.

Ricky kijkt de andere kant op en rookt een sigaret. Nóg een sigaret? Jezus.

'We gaan wel even weg,' zegt Geneva, en ze pakt mijn hand.

'Nee, wacht even,' zegt Ricky. Hij richt zijn aandacht op zijn manager. 'Ron, de dames voelen zich niet op hun gemak. Laten we het wat rustiger aan doen.'

'Best,' zegt Ron. Hij heeft opeens een levendige blik in zijn ogen, en terwijl Analicia in zijn nek sabbelt, haalt hij zijn vinger uit haar en likt zij hem af.

'Jezus,' fluistert Geneva. Ze kijkt me met grote ogen aan. 'Waar heb ik je bij betrokken?'

'Míj? Jij hebt net een cheque van die vent geïnd. Ons. Waar heb je óns bij betrokken?'

'Ons,' verbetert Geneva zichzelf. Analicia heeft de glazige blik van een junkie. 'Waar heb ik ons bij betrokken?'

'Milan,' zegt Ron. 'Tijd om godvergeten zaken te doen. Laten we eens bedenken' – hij wijst naar me alsof hij niet net mijn naam heeft genoemd – 'hoe jij en ik van hem' – hij wijst naar Ricky – 'de nieuwste, meest sexy jongen in de Amerikaanse muziekgeschiedenis kunnen maken. Een keurige jongen, All-American, met latino-heupen.'

Ik kan wel janken. Ik weet niet precies waarom, want ik ben een beetje dronken en bang, maar ik zou nu het liefst in een hoekje kruipen om te huilen. 'Wat is er?' vraagt Ron. 'Zenuwachtig?'

Ik kijk naar Geneva en ze staat met haar mond vol tanden. We staan allebei met onze mond vol tanden. Ik mag haar wel weer. Mijn zus. Shit, wat ben ik blij dat zij hier is. Bij zulke natuurrampen krijg je een band met elkaar.

Ron kijkt afkeurend naar Ricky. 'Je had met mij moeten overleggen voordat je haar in dienst nam,' zegt hij. O, o. Gaat hij me ontslaan? Dat zou jammer zijn. Dan zou ik worden ontslagen zonder ooit met mijn baas naar bed te zijn geweest.

'Het is haar schuld niet,' zegt Geneva. 'Jullie gedragen je als klootzakken. Wat had je dan verwacht?'

Ron haalt zijn schouders op en lijkt Geneva te negeren. 'Maar nu ze er is en ze bepaalde dingen over ons weet die niet bekend mogen worden, moeten we het probleem oplossen.'

Door zijn New Yorkse accent, zijn waardeloze zinsbouw en zijn maffiose uiterlijk krijg ik het idee dat ik omgelegd ga worden. Geneva kijkt alsof ze hetzelfde denkt. Allemachtig. Wat heeft ze me aangedaan? Waarom kon ik niet gewoon de secretaris van de online fanclub blijven? Waarom wilde ik zo nodig deze baan?

Jasminka steekt haar hoofd om een hoekje. 'Hoi,' zegt ze tegen Ricky. 'Hoe gaat het?'

'Prima,' zegt Ricky. Hij zegt niets over de pornoshow.

Ik zie dat Analicia's ogen zich vernauwen bij het zien van de beeldschone Jasminka. Is ze jaloers? Wat maf. Ik ook!

'We gaan naar de suite,' zegt Jasminka. Ze ziet mij en glimlacht hartelijk. 'Hoi, Milan! Leuk dat je voor Ricky gaat werken! We kunnen iemand als jij goed gebruiken.'

Ik glimlach zwakjes terug. Jasminka zwaait en loopt de tent weer uit zonder een enkel idee van wat er hier zojuist is gebeurd.

'Hoeveel betaalt hij je?' vraagt Ron me. Ik vertel het hem. Het is een goed salaris, bijna een derde deel meer dan ik verdiende bij mijn oom.

'Verdrievoudig het,' zegt hij tegen Ricky.

'Wauw,' zegt Geneva. Een zescijferig bedrag? Verdien ik nu meer dan mijn zus?

Ron gaat verder. 'En koop verdomme een nieuwe auto voor haar. Ik zag daarstraks die roestbak van haar staan. Wat is het?' Hij kijkt naar Ricky.

'Een Dodge Neon?'

Ron schudt zijn hoofd terwijl Analicia lacht. 'Onaanvaardbaar. Zeg hem wat voor auto je graag wilt.'

Ik knipper met mijn ogen. 'Sorry?'

Ron knikt ongeduldig, alsof hij dit al voor de honderdste keer hoort. 'Toe dan.'

Ik begin te stotteren en Geneva schiet me te hulp. 'Een Mercedes,' zegt ze. 'Mijn zus wil graag een witte Mercedes.'

Hallo? Ik bedoel, het is waar. Maar toch. Waarom doet ze dit? Moet ik niet gewoon ontslag nemen? Dit is raar. Maar misschien werkt het zo in de hoofdklasse. Geneva kan het weten. Ik niet.

'Deal,' zegt Ron.

Ik staar hem sprakeloos aan. Godsamme, wat krijgen we nou?

'Wat, wil je soms ook nog kleren? Wijven willen verdomme altijd kleren. Ricky?'

'Ja.'

'Verdrievoudig haar salaris, koop die auto voor haar en zeg tegen je vrouw dat ze met haar moet gaan shoppen. Ben je nu tevreden, Milan?'

Ik verroer me niet. Ik zeg niets. Ik ben dronken en heb een heel naar gevoel. Ik wil naar huis. Ricky werpt me nog een verontschuldigende blik toe en nu verlang ik naar hem zoals ik nog nooit naar iets heb verlangd. Wat? Waarom kijkt hij zo naar me?

'Milan,' zegt hij. 'Kan ik buiten even met je praten?'

Ik kijk naar Geneva voor toestemming. Vraag me niet waarom. Macht der gewoonte. Ze glimlacht en haalt haar schouders op. Ik loop achter Ricky aan de tent uit de avondlucht in.

'Mijn excuses voor Ron,' zegt hij met een gepijnigd gezicht. 'Hij heeft het moeilijk op het moment. Ik kan je verder niets vertellen, maar…' Hij zwijgt even en bijt op zijn onderlip. Ik zie hoe gekweld Ricky is en heb medelijden met hem. Misschien gedraagt Ron zich niet altijd zo. Misschien komt dit haast nooit voor. Misschien komt alles wel goed. 'Ik vind dit echt heel, heel gênant,' zegt Ricky. 'De platenmaatschappij heeft me gedwongen hem aan te nemen voor het Engelse deel en ik ben al een tijdje van plan om hem te lozen, maar ik heb nog geen vervanger. Het spijt me echt heel erg. Oké?'

Hij raakt mijn wang aan.

'Wil je de baan nog?'

'Ik geloof het wel,' zeg ik. Hij lijkt zo oprecht, zo gewoon. Net een echt mens, geen ster. Ik wil hem vasthouden. Ik wil dat hij mij vasthoudt.

'Ik zal met hem praten,' zegt Ricky. Hij snuift en veegt zijn neus af met de rug van zijn hand. Met een felle blik staart hij naar de tent. 'Hij werkt voor mij, en niet andersom.'

'Oké, Ricky.'

'Nee, dat meen ik. Hij haalt altijd van die rotgeintjes uit. Hij ligt eruit.'

'Oké.'

'Ik zweer het je, Milan. Geloof je me?'

Hij doet een stap dichterbij en trekt me naar zich toe. En kust me. Kust me.

Op de mond. Met een kleine beet, een zoet genot, in mijn onderlip. Ik krijg geen lucht. Waar ben ik? Waar zijn mijn benen? Ik heb geen gevoel meer in mijn benen.

Hij maakt zich los en ik kijk hem grijnzend aan. Ik ga zo tegen de vlakte, of tegen het zand, of wat er dan ook onder me ligt, dat weet ik niet meer.

'Sorry,' zegt hij zachtjes met zijn ogen dicht. Dan doet hij ze open en kijkt in mijn ziel. 'Je hebt zo'n mooie, kleine mond. Ik kon het niet laten. Dat wilde ik al toen ik je voor het eerst zag. Ik vind dit vreselijke mensen. Vergeet dat niet. Geloof je me?'

Ik weet niet wat ik moet geloven. Maar ik hou nog steeds meer van Ricky Biscayne dan van welke andere zanger dan ook. Niemand is volmaakt. Ik heb hem jarenlang aanbeden. En hij is zo'n emotionele zanger en schrijver, dat hij volgens mij helemaal niet zo grof en walgelijk kan zijn als de man in de tent. Ik glimlach naar hem. Ik ben dol op zijn muziek. Dat zegt meer over zijn ziel dan die nachtmerrie met Ron. Ik ken hem door zijn muziek. Ik hou van hem. 'Ik geloof je.'

'Mijn vrouw en ik, het is niet wat het lijkt, we hebben problemen. Zij heeft vannacht een aparte slaapkamer en ik wil jou bij mij in bed. Ik weet dat het brutaal is. Ik ben impulsief. Dat heb ik je al gezegd. Ik heb gevoelens voor je.'

'Voor mij?'

Hij kijkt aandoenlijk beschaamd. 'Het spijt me. Ik ben ook maar een man, en ik heb gevoelens voor je, Milan, die ik nooit eerder heb gehad…'

Geneva komt de tent uit gestormd alsof ze zo stoned als een garnaal in een foute komedie zit. 'Hoi,' zegt ze, en ze knippert sarcastisch met haar ogen.

'Hoi,' zeg ik. Heeft ze iets gezien? Nee. Dat kan niet. Geneva pakt mijn arm vast en trekt me bij Ricky vandaan.

'Wat doe je?'

'Ze zijn aan het neuken,' zegt Geneva met een geforceerde grijns.

'Wie?'

'Dat vette varken en Analicia.'

'Wat?'

'Alsof het zeehonden zijn. Milan, je hoeft deze baan niet aan te nemen. Ik vind heus wel andere investeerders.'

'Nee, het is goed. Ricky heeft zijn excuses aangeboden. Hij zegt dat hij Ron gaat ontslaan.'

'Zeker weten? Kun je dit aan?'

'Ja,' zeg ik, terwijl tot me doordringt dat ik zojuist Ricky Biscayne heb gekust. 'Het is alleen Ron. Het ligt niet aan Ricky. Ricky is oké. Zijn platenmaatschappij heeft hem gedwongen die vent aan te nemen.'

'Het spijt me dat ik je hierbij heb betrokken,' zegt Geneva. 'We moeten naar huis.'

'Eh,' zeg ik. Ik wil blijven, met Ricky naar boven gaan. Maar dat kan ik Geneva niet vertellen en ze trekt me mee. Ik weet niet wat ik moet doen. Ik kijk achterom naar Ricky en deze keer heb ik de verontschuldigende blik. Ik zie dat hij zich terugtrekt, aantrekkelijk, begripvol, teder, met liefde in zijn hart voor een eenvoudige, interessante vrouw als ik. Hij is niet gelukkig met zijn vrouw. Dat heeft hij me zelf verteld. En nu sleurt Geneva me mee? Dit kan niet waar zijn. Dit overkomt mij niet. Dat kan niet. Echt? Nee. Onmogelijk.

'Kom op,' zegt Geneva, en ze draait met haar nek totdat hij knakt. 'Dan breng ik je naar huis.'

'Ik ben met mijn eigen auto.'

'Je bent dronken.'

Als Geneva me meesleept door de mooie, pretentieuze lobby, voortgedreven door haar woede, zie ik Matthew Baker in zijn eentje in een stoel zitten. Hij leest een reisboek over Milaan, nota bene. Maf. Het is eigenlijk wel een schatje. Hij heeft een bezorgde blik. Hij kijkt op en ziet me, kijkt me met merkwaardige, trieste ogen aan en zwaait als ik langskom.

'Deze loser van een trol ziet je maandag wel weer, pr-meisje,' zegt hij als een collega. Alsof ik een doodnormale baan heb, met normale mensen. Niet dus. 'Prettig weekend.'

Het tweede trimester

ZONDAG 5 MEI

Bezweet van het fietsen door Homestead, zet Sophia haar roze Huffy met een ketting aan een kleine, armetierige palmboom op de parkeerplaats van de megasupermarkt en loopt over de enorme, drukke parkeerplaats naar de winkel. Ze had niet verwacht dat het zo druk zou zijn. Misschien is zondag niet de beste dag voor winkeldiefstal. Maar haar moeder moet werken en ze hoeft niet naar school, en dat betekent dat het haar enige kans is.

Sophia draagt een T-shirt en spijkerbroek van Faded Glory die uit deze winkel komen, kleren die ze de dag ervoor vol schaamte naar school heeft gedragen. Kleren die vorig jaar nog prima zouden zijn geweest, maar die kansloos lijken nu ze op de middelbare school zit en kleren belángrijk zijn. Ze hoopt dat ze niemand van school tegenkomt die ziet dat ze twee dagen achter elkaar hetzelfde draagt. Haar moeder heeft de laatste tijd niet zo vaak kleren gewassen en aan haar oma heeft ze eigenlijk niets. Sophia bedenkt dat ze maar beter haar eigen was kan gaan doen, maar de gedachte dat ze zich druk maakt over deze kansloze loserkleren maakt haar boos. Waarom is haar moeder altijd zo gierig? Andere ouders hebben gewone banen net als haar moeder, maar ze lijken om de een of andere reden allemaal meer geld te hebben dan bij Sophia thuis.

Sophia gaat de winkel binnen en zegt de slome vent in het blauwe uniform bij de winkelwagentjes gedag; hij staat er om de mensen te begroeten, maar ziet eruit alsof hij zichzelf van kant wil maken. In de winkel lopen gezinnen rond en de gebruikelijke verzameling idioten, sommigen zonder schoenen of tanden. Hier doet Irene één

181

keer in de week, gewapend met kortingsbonnetjes de boodschappen, en Sophia kent er net zo goed de weg als op school of thuis. Sophia is het enige meisje van haar leeftijd dat hier alleen is. Haar hart bonkt vol verwachting als ze door de gangpaden loopt en probeert te doen alsof ze op zoek is naar haar vader of moeder. En in zekere zin is dat ook zo.

Ze loopt naar de muziekafdeling en ziet direct het Engelstalige album van Ricky Biscayne, *Nothing for Free*, dat uitgestald staat tegen de wand boven het vak popmuziek, met de zanger op de voorkant in zijn strakke shirt en spijkerbroek. Hij lijkt precíes op haar! Iemand met een halve hersencel zou dat nog kunnen zien. Mama probeert het dan wel te verbergen, maar Sophia is niet achterlijk. Ze weet hoe het zit. Die man is haar vader. Haar moeder weet het en Sophia weet het ook.

Ze pakt een van de cd's, draait hem om en ziet een foto van Ricky met ontbloot bovenlijf met tatoeages en een gleufhoed over zijn ogen als een gangster. Hij ziet er stoer en slim uit. Als híj haar van voetbal ophaalde, zou geen van de meisjes uit de buurt haar ooit nog durven pesten. Dan zouden ze één blik op hen werpen en zeggen: oeps, we hadden het mis, Sophia, je bent wél cool, zelfs in deze Wal-Mart spijkerbroek. Als Ricky Biscayne haar vader was, had ze waarschijnlijk niet eens een spijkerbroek van Wal-Mart en had ze waarschijnlijk ook geen problemen. Sophia heeft geprobeerd er met haar moeder over te praten, maar het is altijd hetzelfde liedje: we zijn beter af zonder je vader; misschien kun je hem ontmoeten als je volwassen bent, maar op dit moment hebben we niets aan hem.

Haar hart gaat sneller kloppen als ze zich voorstelt hoe het zou zijn als hij erachter komt dat hij een dochter heeft. Dan haalt hij haar uit Homestead weg en geeft hij haar een grote kamer in een huis met een zwembad. Dan heeft ze mooie kleren net als Raven en al die andere knappe meisjes op het Disney Channel, en schoenen! Heel veel schoenen. Nu heeft ze maar twee paar, een voor school en een voor voetbal en beide zijn gympen. Ze is op een leeftijd dat ze wat meisjesachtige schoenen zou willen hebben, maar haar moeder, die superstoere brandweervrouw die een hekel heeft aan mannen, heeft zelf geen vrouwelijke schoenen en zou waarschijnlijk voor Sophia ook nooit iets meisjesachtigs kopen. De kinderen op school zeggen tegen Sophia dat haar moeder een pot is, maar ze gelooft niet dat dat waar is. Althans, vroeger dacht ze dat het niet waar was. Als Sophia ziet hoe haar moeder die aantrekkelijke coach Rob negeert, terwijl overduidelijk is dat hij haar wel ziet zitten, denkt Sophia dat haar klasgenoten misschien wel eens gelijk zouden kunnen hebben. Dat zou pas echt waardeloos zijn. Dan is ze niet alleen vaderloos en arm, maar heeft ze een moeder die door iedereen belachelijk gemaakt wordt en is de kans op een rok of een lippenstift compleet verkeken. Shit! Dat zou echt vreselijk zijn.

Sophia moet een manier zien te vinden om Ricky te ontmoeten. Als hij haar eenmaal ziet, weet hij dat ze familie zijn en zal hij haar vast redden uit dit leven. Dan krijgt ze een eigen kamer, met uitzicht over het water, met een stapelbed, maar niet zo'n klein stapelbed – een gróót stapelbed, kingsize – en kan ze elke avond kiezen of ze boven of onder wil slapen. Dan kan ze midden in de nacht opstaan en van bed verwisselen als ze dat wil. Dan heeft ze van die witte kleden van nepbont als van een ijsbeer en kan ze haar tenen erin duwen voor de warmte omdat ze altijd airconditioning hebben en niet alleen tijdens de drie warmste uren van de dag, zoals nu. De horren in Ricky's huis zouden heel zijn, niet zoals thuis, met gaten omdat de katten erin gehangen hebben om binnen te komen, gaten waar vervolgens de muggen doorheen komen die haar steken terwijl ze ligt te slapen, omdat haar moeder te zuinig is om de airconditioning 's nachts aan te hebben of de horren te laten repareren. Soms heeft Sophia een hekel aan haar moeder.

Sophia zal het afschuwelijk vinden om haar moeder na al die jaren alleen te laten en bij haar vader in te trekken, maar misschien hoeft dat niet. Misschien kan ze ervoor zorgen dat Irene en Ricky weer verliefd worden zodat zij en haar moeder in het landhuis kunnen gaan wonen. Als haar moeder geen lesbo was, tenminste. Ze hebben toch ooit van elkaar gehouden? Zo is zij, Sophia, ter wereld gekomen. Ze kunnen weer van elkaar houden. Waarschijnlijk houden ze nog steeds heimelijk van elkaar, maar willen ze het niet toegeven, en nu hebben ze Sophia om hen te helpen de stoute schoenen aan te trekken. Dan trouwen ze en mag zij een prachtige, glanzende jurk aan en mag ze Ricky de ring aangeven zodat hij hem aan haar moeders vinger kan schuiven. God, wat zou ze haar moeder graag een keer in een jurk willen zien, één keer! Met make-up en een mooi kapsel. En als Ricky al getrouwd was, zou hij haar en haar moeder veel geld geven, zouden ze een beter huis kopen en zou Sophia tijdens de weekenden en vakanties bij haar vader zijn, net als andere kinderen met gescheiden ouders. Alleen de woorden 'mijn vader' geven Sophia al een opgewonden gevoel. Ze heeft er nooit een gehad en nu is haar vader een van de beroemdste mannen van de wereld! Daar boft ze maar mee.

Sophia klemt de cd tegen zich aan en kijkt verder onder de B. Er staat er maar eentje. Ze loopt naar een vrouwelijke winkelbediende toe die christelijke boeken aan het ordenen is en tikt haar op de schouder. 'Pardon,' zegt Sophia. 'Hebt u nog meer cd's van deze zanger?' Ze houdt de cd op en denkt *van mijn vader*, maar zegt het niet. Ze heeft kriebels in haar buik bij de gedachte dat ze familie is van zo'n bijzondere, belangrijke man en ook bij de gedachte aan wat ze gaat doen.

'Ricky Biscayne?' vraagt de bediende met een Spaans accent en haar gezicht licht op als ze de cd ziet. 'O ja, we hebben een heleboel cd's van hem. Ik vind hem geweldig. Vind je hem niet fantastisch? Het is zo'n goede vent. Ik heb hem op Cristina gezien en toen zei hij dat hij zo van zijn familie houdt.'

Ze loopt met Sophia naar een deel waar MÚSICA LATINA boven staat en wijst naar een vak met zeker vier andere Ricky Biscayne cd's. 'We hebben ze niet allemaal, maar er staan er wel een paar.'

Sophia bedankt de medewerkster en tuurt vervolgens tien minuten naar de cd-hoesjes. Ricky Biscayne zingt in het Engels en in het Spaans. Geen wonder dat Sophia altijd affiniteit met de Spaanse taal heeft gehad, ook al is er niemand in haar familie – voor zover ze dat tot nu toe wist – die het goed spreekt. Je moet het op zijn minst een beetje kunnen spreken, om hier te kunnen wonen, maar Sophia's oma is niet bepaald gesteld op latino's.

Sophia wacht tot niemand kijkt en scheurt dan de plastic verpakking van twee cd's van Ricky Biscayne, inclusief het deel waardoor het alarm af gaat. De verpakking verstopt ze in de prullenbak onder wat cd's. Ze stopt de cd's onder haar grote T-shirt en probeert zich normaal te gedragen. Ze zoekt de bediende weer op.

'Ik ben mijn vader kwijt,' zegt ze. 'Kunt u hem voor me omroepen?'

'Natuurlijk,' zegt de bediende. Ze neemt Sophia mee naar de

voorkant van de winkel en zegt haar dat ze moet blijven wachten terwijl zij haar vader omroept. 'Hoe heet je vader?'

'Rick,' zegt ze, en ze denkt: Ricky Biscayne.

Als de omroep door de hele winkel schalt, rent Sophia de parkeerplaats op, terwijl de cd's onder haar shirt een brandende belofte vormen.

Jack ligt op Jills grote witte bontsprei *The Southern Mystique (Radical 60s)* van Howard Zinn te lezen en voelt zich erg socialistisch nostalgisch ter ere van de Dag van de Arbeid in Cuba. Hij logeert al een maand bij Jill in Miami en hij krijgt er genoeg van. Miami wordt een internationale stad genoemd. De hoofdstad van de latino's. Maar in Jack Ingroffs ogen is het een zuidelijk, provinciaals achtergebleven gebied met een Spaans accent dat wordt geleid door een stelletje Cubaanse nazi's die goodwill bij het volk en de pers proberen te kweken door te doen alsof ze latino's zijn, zoals Mexicaanse boeren latino zijn. Wat een grap.

Hij heeft zich al twee dagen niet gewassen en geniet van het plakkerige gevoel in zijn bilspleet en de gore lucht in de uitgelebberde kraag van zijn Boston Red Sox T-shirt. Zijn ballen bungelen in de bries in zijn grijze shorts. Zijn voeten broeien in verschillende sportsokken. Hij voelt zich een kerel, en het is lekker om je een kerel te voelen. Het enige wat ontbreekt is een enorme vettige pizzadoos en een sixpack Sam Adams. Dan zou het de volmaakte avond zijn.

In de kamer ernaast, eigenlijk een kast, maar Jack vindt het een kamer omdat hij groter is dan de meeste flats waar hij heeft gewoond toen hij nog studeerde, staat Jill zich op te tutten en klaar te maken voor hun dineetje. Uit de stereo in de kast (de ironie van zo veel overdaad ontgaat Jack niet) tettert haar eigen stem, een oude remix van de single 'Born Again' die de platenmaatschappij heeft uitgekozen als eerste single wanneer de cd over een paar maanden uitkomt.

Jack weet dat hij het misschien best een leuk nummer zou vinden, als hij het toevallig hoorde, als het door het open raam van de Honda straatracer van een of andere idioot blèrde. Maar nu vindt hij dat zijn verloofde klinkt als een kleuter die helium heeft ingeademd. Niemand zou zo mogen klinken. Jack houdt meer van blues, Bessie

Smith of zelfs Billie Holiday. Iets met lef en soul en diepgang. Jack verlangt terug naar de tijd dat zangers niet beeldschoon hoefden te zijn.

Jack wil die avond het liefst thuisblijven en zijn boek uitlezen, maar Jill heeft haar eisprong en hij weet wat dat betekent. Het betekent dat Jill nog meer aandacht nodig heeft dan anders, en alle aandacht die hij haar kan geven zal niet genoeg zijn. Ze heeft de aandacht van de menigte nodig. Toen hij haar net had leren kennen – op de set van een film waarin ze samen speelden en die flopte – leek ze lief en charmant, heel onschuldig en moest ze altijd om zijn grapjes lachen. Nu beseft hij dat het kwam doordat ze zich zó in haar karakter had ingeleefd – een lieve, charmante, onschuldige vrouw – dat ze een tijdlang dacht dat ze dat ook werkelijk was. Helaas is ze inmiddels weer haar eigen echte, chagrijnige, oppervlakkige zelf.

'Jack!' roept ze. 'Ga nou douchen! We komen te laat.'

'Neem een dag vrij, Jill,' zegt hij. 'Het is de Dag van de Arbeid in Cuba.'

De ergernis druipt van haar stem af. 'Wat?'

Hij roept zodat hij zeker weet dat ze hem hoort. 'Ja, een dag om de solidariteit te vieren onder die edele mensen die moeten werken voor hun brood. O, wacht. Daar weten wij niets van. Sorry. Vergeten.'

'Sta op.'

'Oké, oké,' zegt hij afwezig, en hij blijft lezen terwijl hij zijn benen over de rand van het bed zwaait. 'Je moet dit boek lezen, Jill. Het is verbijsterend. Het verandert je leven. Het verandert voorgoed de manier waarop je over het zuiden denkt.'

Jill komt in de deuropening staan met een nijdige blik op haar gezicht vanwege zijn luiheid, en propt zich ondertussen in een wit korset met linten op de juiste plaatsen en een lage witte Jill Sanchez-spijkerbroek met diamantjes. Ze heeft haar haar in een lange, hoge paardenstaart en draagt gigantische ringen in haar oren. Hij kijkt op, geniet van haar berekende rondingen, maar is geïntimideerd door de blik in haar ogen. Voor iemand die zo mooi is, is ze wel uitzonderlijk gemeen.

'Wat is er?' vraagt hij. 'Waarom kijk je zo?'

'We hebben nog tien minuten, Jack. Wat heb je al die tijd gedaan?'

'Gelezen.'

Ze slaat haar ogen ten hemel. 'Als het geen script is, heb je er geen tijd voor,' zegt ze.

'Waar slaat dat op?' De laatste tijd zit ze hem op de huid omdat hij niet zo veel films doet als zij, en de avond ervoor hebben ze nog ruzie gehad over wie van hen beiden het meeste talent heeft. Hij doet niet zo veel films omdat hij kieskeurig begint te worden, in tegenstelling tot Jill.

Ze negeert de vraag. 'Ik heb je kleren voor je klaargelegd in de badkamer. Schiet nou op. Als je over vijf minuten niet klaar bent, ga ik zonder je.'

'Waarom hebben we zo'n haast? Het is gewoon een étentje. We leven niet zoals iedereen. Je hoeft er niet op een bepaalde tijd te zijn, Jill. Waarom kun je niet gewoon als een normaal mens naar een restaurant gaan?'

'Omdat ik geen normaal mens ben.' Ze zegt het alsof het haar op de een of andere manier superieur maakt. Hij lacht hardop.

'Nee, dat ben je niet,' beaamt hij, terwijl hij aan zijn ballen krabt. 'Je bent zeer zeker geen normaal mens.'

'Schiet nou maar op.'

'Hoezo? We kunnen gaan wanneer we willen.'

'Nee, dat kunnen we niet. Ik heb laten uitlekken dat we er om zeven uur zijn, dus we moeten er om zeven uur zijn.'

Laten uitlekken? Jill heeft de gewoonte om pr-mensen zoals die walgelijke Lizzie Grubman te laten doorgeven waar ze zal zijn aan journalisten en fotografen, om te zorgen voor non-stop publiciteit die volgens haar een lange en gezonde carrière in de entertainmentwereld garandeert. Weet ze dan niet dat je ook te ver kunt gaan? Mensen beginnen genoeg van hen te krijgen. Jezus, híj heeft genoeg van hen en hij ís hen. Weet je waar hij nog meer een hekel aan heeft? Aan de manier waarop Jill South Beach 'SoBe' is gaan noemen, als iemand die niet weet hoe hij 'sorbet' moet uitspreken of zo. Het is pretentieus en trendy, net als zij. Jack houdt meer van klassieke dingen. Maar Jack raakt Jack langzamerhand kwijt. Zijn vrienden komen niet meer langs als Jill er is en ze proberen hem ervan te overtuigen dat deze relatie niet goed voor hem is.

Jack komt van het bed af en beent naar de grote marmeren douche in de slaapkamer en loopt langs de uitgekozen outfit; hij is uitgestald als in een boetiek, compleet met bijpassende sokken en schoenen, verdomme. Jill heeft beslist oog voor mode, dat moet hij haar nageven, ook al is het een beetje ordinair en, zoals hij haar bont en stiletto's noemt, een beetje gangsterachtig. Lange broek, over-hemd en das, glanzend en gelikt; ongetwijfeld weer gemaakt door een van die stomme, godvergeten designers die allemaal willen dat Jill hun wandelende reclamebord is. Het is echt níéts voor hem. Hij lacht om de kleren en moet dan om zichzelf in de spiegel lachen. Hij heeft helemaal geen zin om naar Rumi te gaan, het omhooggeval-len restaurant waar Jill heeft gereserveerd en waar ze ongetwijfeld de meest onbehaaglijke, pijnlijke avond van hun leven hebben waarbij elke fractie van een seconde camera's flitsen. Het heet een soireerestaurant te zijn. Wat een gelul. En hij heeft ook geen zin om deze belachelijke kleren te dragen. Hij pakt ze op en kijkt op het la-bel. Prada? Welke flikker draagt deze troep? Zijn vrienden herken-nen hem niet meer sinds hij joggingpakken van velours en meer van dat soort ellende draagt, alsof hij een of andere modepop is die ze bijpassende kleren kan aantrekken.

Hij smijt de kleren weer op de rand alsof ze een lege hamburger-wikkel zijn. Hij wil lezen en aan zijn ballen krabben en boeren, en als ze uit eten gaan, zou hij net zo lief naar een of andere tent aan Calle Ocho gaan waar hij kan toekijken hoe oude mannen ruziema-ken tijdens hun dominospel. Rumi? Rumi kan de pot op. Als hij ge-luk heeft, krijgt hij straks te zien hoe iemand als Robert Downey jr. in elkaar geslagen wordt door iemand als Pauly Shore.

Eigenlijk wil Jack van zijn relatie met Jill af, maar hij weet niet hoe. Ach, deels wel. Maar deels denkt hij dat haar glans misschien zijn ruwe kantjes kan gladstrijken als een saaie vent met wat eigen-aardige sekskronkels waar hij van af wil. Een tijdje geleden dacht hij dat hij zou genezen van zijn verlangen om ruige seks te hebben met vreemde partners als hij getrouwd was met iemand die zo sensueel is als Jill Sanchez, maar sindsdien heeft hij zich gerealiseerd dat het sensuele imago, net als de meeste andere dingen bij Jill Sanchez, niet meer is dan dat. Een imago. De echte Jill Sanchez heeft het al-tijd te druk om te vrijen en als ze er eindelijk aan toekomt, lijkt ze zich veel meer bezig te houden met hoe het eruitziet op de onzicht-bare camera in haar hoofd dan dat ze hem wil verwennen. Het meest plezierige voor Jill is Jill en ze denkt dat iedereen gelukkig is als zij zichzelf verwent. Jack kan er niet meer gelukkig van worden.

'Dit is zo gestoord,' zegt hij tegen zijn spiegelbeeld, terwijl hij Howard Zinn op de grond naast het toilet gooit en zijn geliefde weekendkleren uittrekt. Hij pakt het ondergoed dat ze voor hem heeft klaargelegd. Versace? Een string? Ja, hoor! Komt Ashton Kutcher zo dadelijk uit de linnenkast springen om 'Punk'd' te roepen? Met een nijdige grijns wijst hij naar zichzelf in de spiegel terwijl hij zich uitkleedt om onder de douche te springen om zijn reet te wassen zodat die belachelijke reetveter tussen zijn billen gespannen kan worden. 'Je weet toch wel hoe gestoord dit is, hè?'

ZATERDAG 11 MEI

Zaterdag. Matthew heeft een hekel aan zaterdag omdat het hem méér dan zondag doet beseffen hoe eenzaam hij is. Om zijn zaterdagse existentialistische verdriet te vermijden is hij gaan koken als hobby en hij haalt een grote wok van Calphalon uit een kartonnen doos. Als hij geen muzikant was geweest, was hij chef-kok geworden. Dat is zijn droom. Er zijn meer dan genoeg mannen in kookprogramma's die niet uitgesproken aantrekkelijk zijn, maar die bij de dames in de smaak vallen vanwege de manier waarop ze met eten omgaan. Kijk maar eens naar die Bobby Flay. Hij is niet bepaald moeders mooiste, gewoon een roodharige jongen als Matthew, maar hij is getrouwd met een fotomodel omdat vrouwen van eten houden. Ze zeggen dat de liefde van de man door de maag gaat, maar dat geldt meer voor vrouwen dan voor mannen. Dit is Matthews nieuwste idee om vrouwen aan te trekken. Hij kookt zich hun bed in.

De wok komt eindelijk los uit de doos en Matthew houdt hem als een pasgeboren baby in de lucht. 'Prachtig,' zegt hij, en hij strijkt met zijn vingers over de gladde rondingen van de wok. Hij houdt van gladde, ronde lijnen. De laatste tijd voelt hij zich erg aangetrokken tot de gladde, ronde lijnen van Ricky's nieuwe publiciteitsagent, degene die hem op de kade loser noemde en hem uitschold voor walgelijke, kleine trol. Nou ja, misschien zei ze niet dat hij walgelijk was. Of klein. Maar een trol noemde ze hem wel en dat suggereert 'walgelijk' en 'klein'.

Waarom Matthew altijd moet vallen voor de meest onmogelijke

vrouwen, is hem een raadsel. Maar het is moeilijk om niet voor Milan Gotay te vallen met haar flirterige blonde haar en haar waanzinnige achterwerk. Ricky maakt Milans kont belachelijk en Matthew vraagt zich dan af: waar heb je het over, vent? Ze is spéctaculair. Ricky beweert dat hij Milan 'genomen' heeft en dat ze wel 'oké' was, maar Matthew gelooft het niet. Hij gelooft het niet. Ook al zag hij ze die keer toen op de bank, dicht bij elkaar. Ricky is een zak. Zelfs nadat hij beweerde dat hij Milan had 'genomen', had hij het erover dat hij met Milans zus wil neuken. Ricky vindt Milans zus Geneva veel aantrekkelijker dan Milan zelf. Daar zouden de meeste mannen het wel mee eens zijn, maar dat komt doordat de meeste mannen vallen voor datgene wat pal voor hun neus staat. Matthew niet. Hij wordt aangetrokken door de subtiele schoonheid van bescheiden vrouwen, en zijn smaak wat vrouwen betreft heeft niets te maken met modebladjes. Vrouwen als Geneva zijn eenvoudige liedjes, kinderdeuntjes. Je kunt de kern in een fractie van een seconde in een andere zetting overbrengen. Maar vrouwen als Milan hebben vele lagen, zijn contrapuntisch, met draaiingen in de melodie waardoor je heel goed moet luisteren om die te horen. Hij heeft het gevoel dat Milan een wild trekje heeft. Een verlangen diep vanbinnen. Ricky is een sukkel. Hoe kun je als normale man niet geraakt worden door een achterwerk als dat van Milan? De evolutie heeft mannen geprogrammeerd om vrouwelijke rondingen te waarderen. Matthew vraagt zich af of Ricky wel tot hetzelfde soort hoort als andere mensen. Terwijl Matthew de wok in de gootsteen zet om hem af te wassen, vraagt hij zich af of Ricky niet stiekem homo is. Niet dat het er iets toe zou doen. Er zijn heel veel latino-popsterren die homo zijn. De meesten, lijkt het wel. Maar toch.

Een tról?

'Kut,' zegt Matthew. Hij zet de kraan open tot het water bloedheet is.

Als hij de schone wok op het plastic afdruiprek zet, wordt er op de voordeur geklopt. De enige deur. Het is een kleine flat. Verrast droogt hij zijn handen aan een stukje keukenrol af, gooit het in de afvalbak onder het aanrecht en beent met zijn korte beentjes door de woonkamer. Hij tuurt door het spionnetje.

'Godver shit,' zegt hij. Hij haalt zijn hand door zijn dunner wordende haar en tuurt door de kamer op zoek naar een honkbalpet.

Afstandsbediening, *Details*, vuile sokken, de *Herald* van een hele week. Geen pet. Nee. Ga hem niet vertellen dat al zijn petten bij de wasserij een straat verderop liggen. Ga hem dat niet vertellen. Hij overweegt een shirt om zijn hoofd te doen, maar beseft dan dat de enige waardige oplossing is om zijn kalende hoofd te accepteren. Hij doet de deur open en daar staat ze.

'Eydis,' zegt hij.

Ze draagt een spijkerbroek en een goedkoop uitziend shirt met glitters, gympen en de trieste kinderlijke blik die ze heeft als ze hem wil vragen of hij haar terug wil nemen. Ze draagt een oranje plunje-zak en haar nagels hebben gebladderde paarse lak. Ze is een compleet, aantrekkelijk wrak.

'Mag ik binnenkomen?' vraagt ze, terwijl ze op haar vingertop-pen bijt.

'O, tuurlijk,' zegt Matthew. Hij doet een stap opzij en weerstaat de neiging om haar te zoenen. Er is niets veranderd. Hoe wanhopig graag hij zijn gevoelens voor haar ook wil veranderen, het gebeurt niet. En terwijl ze naar de bank loopt, kijkt hij naar haar prachtige kontje.

'Wat doe je hier?' vraagt hij. Hij kijkt op zijn horloge. Hij heeft straks een etentje met een Cubaanse rapper uit Los Angeles die Goyo heet, om te praten over een paar nummers voor zijn nieuwe album.

Ze laat zich op de bank vallen en kijkt om zich heen. 'Wat een zooi,' zegt ze.

'Ja, het is mijn zooi. Daarom is het mijn huis. Wat doe je hier?'

Eydis haalt haar schouders op en barst in huilen uit. Hij heeft er een hekel aan als ze huilt. Hij moet deze keer streng zijn. Hij moet deze keer 'nee' zeggen. Misschien kan hij eerst met haar vrijen en dan 'nee' zeggen. Nee. Zo werkt het niet. Hij moet haar hier weg zien te krijgen.

'Hij is bij me weg,' jammert ze.

'Wie?'

'Shasi. De drummer.'

'De harige Israëli.'

Eydis glimlacht even, maar huilt nog steeds. 'Ja,' zegt ze drome-rig. 'Hij is erg harig.'

'Waarom?'

'Dat zit in zijn genen.'

'Nee, ik bedoel waarom hij bij je weg is.'

'Omdat ik hem in bed betrapte met de masseuse aan boord.'

Matthew gaat op de grond naast de bank zitten, maar niet zo dichtbij dat Eydis hem kan aanraken. Hij houdt van haar accent. Heel schattig. Hij vraagt zich ook af hoe cool het zou zijn om met een masseuse te neuken. Die kennen waarschijnlijk allemaal trucjes. Dan vraagt hij zich af wat masseuses doen met zulke harige mensen als de Israëli. Eerst scheren? Extra olie?

'Dat is lullig, Eydis, maar het verklaart nog niet waarom je hier bent.'

Ze kijkt hem aan. 'Ik hou van je,' zegt ze.

'Grappig dat je altijd van me houdt als je je afgewezen voelt.'

Ze wil iets zeggen, maar wordt afgekapt door Matthews telefoon. Ze springt op om op te nemen, iets wat Matthew merkwaardig en eng vindt, en sexy.

'Hallo?' roept ze met haar hese alt. Ze vertrekt haar gezicht alsof ze iets smerigs proeft. 'Met wie spreek ik? Milan?' Ze kijkt hem met een jaloerse blik van woede aan. Wat heeft dat mens, verdomme? Milan? Milan belt hem? Eydis praat verder. 'Dag, Milan. Ik ben Matthews vriendin Eydis. O? Jij werkt met hem samen. Oké. Wacht even.'

Matthew duikt op de telefoon af. Eydis geeft hem met een beschuldigende blik aan. Matthew grist de telefoon uit haar hand. Ricky heeft Milan gevraagd om Matthew te bellen over een paar nummers die zijn verdwenen uit de studio.

'Zeg maar tegen Ricky dat ik ze mee naar huis heb genomen om dit weekend aan te werken,' zegt Matthew.

'Oké,' zegt Milan.

'Wacht even,' zegt Matthew. 'Waarom moet jij mij op zaterdag bellen van Ricky?' Ricky is een eikel en een dictator.

'Dat weet ik niet zeker.'

Matthew heeft opeens een overweldigende neiging om iedereen in zijn leven een trap te geven. Eydis omdat ze een stiekeme, jaloerse, harteloze trut is. Ricky omdat hij een luie dictator is. En Milan omdat ze een stem heeft die net zo mooi is als haar gezicht en omdat ze hem een trol heeft genoemd. Een tról?

'Zeg maar tegen Ricky dat hij moet dimmen en dat hij mensen

niet moet lastigvallen in het weekend,' zegt Matthew. Milan lacht.

'Is goed. Fijn weekend. Sorry dat ik je heb gestoord.'

'Welnee, je stoort niet.'

'Tot maandag.'

'Oké.'

Matthew hangt op, loopt direct naar de deur van zijn flat en trekt hem open. 'Eruit,' zegt hij tegen Eydis. Ze staart hem met haar helderblauwe ogen geschokt aan.

'Sorry?'

'Eruit.'

'Maar waar moet ik dan naartoe?'

'Weet ik niet,' zegt hij. 'Maar volgens mij is de hel nog open.'

'Dat meen je niet.' Eydis staat op en pakt haar tas.

'Ik ben bloedserieus.'

'Je stuurt me nooit weg.'

'Nu wel.'

'Kunnen we praten?' Ze wil zijn gezicht aanraken, maar hij slaat haar hand weg.

'Nee.'

Eydis begint te janken. Niet toegeven, zegt Matthew tegen zichzelf. Niet doen. 'Hou je dan niet van me?' vraagt ze. 'Je zei dat je altijd van me zou houden, wat ik ook deed. Ik heb een stomme vergissing gemaakt.'

Matthew duwt haar de deur uit. 'Dat was vóór Shasi,' zegt hij. 'Een fijn leven nog.'

Matthew duwt de deur dicht en doet hem op slot. Hij is verdomme geen trol. En hij is ook geen watje.

Milan staat bij de ingang van La Carreta met de telefoon tegen haar oor gedrukt. Ze ziet er tegelijkertijd leuk, modieus en bezorgd uit, iets wat volgens mij nog nooit is gebeurd. 'Oké, Ricky,' zegt ze op een manier die me duidelijk maakt dat ze wil dat iedereen om haar heen weet dat ze Ricky Biscayne aan de telefoon heeft. Wat suf. 'Weet ik. Ik heb Matthew daarstraks gebeld, dat heb ik je toch gezegd, en hij heeft de nummers. Rustig maar.'

Mijn zus werkt veel te hard voor Ricky. Het is zaterdag en ze hoort helemaal niet te werken. Ze hoort bij het wekelijkse familiedinertje te zijn met mijn ouders en grootouders. De straf, zoals ik het graag noem. Ik heb Belle thuisgelaten. Ik ga vanavond de knuppel in het hoenderhok gooien door mijn liefde voor de zwarte balletdanser Ignacio te verkondigen, *el negrito más lindo del mundo*. Dat wordt interessant. Mijn ouders zijn verschrikkelijke racisten.

Ik loop naar Milan toe. Ze bekijkt me van top tot teen. Ja zeg, beoordeelt ze míj nu? Wie denkt ze wel niet dat ze is? Alsjeblieft. Ik draag een zijden kimono-stijl mini-jurkje van BCBG en een Aziatische hoofddoek, met een levervormige, rode handtas van Dior en bijpassende sandalen. Ik probeer het exotische gevoel op mijn hele leven te betrekken, in overeenstemming met de essentie van de club. Mensen staren. Maar dat ben ik gewend. Milan ziet er goed uit. Echt goed. Gek. Ze draagt een nieuw, felgroen shirt. Ze heeft zelf gewinkeld. Geen kleur die iedereen kan dragen. Maar met haar net geblondeerde haar staat het haar goed. Verontrustend. Ik ben eraan gewend dat ik de enige knappe ben. Ik weet niet of ik dit wel leuk vind.

Milan hangt op. 'Jij ziet er… interessant uit,' zegt ze tegen me.

'Problemen in Ricky-land?'

Milan trekt een gekwelde blik. 'Hij is zo toegewijd aan zijn kunst,' zegt ze. 'Hij is… ik weet het niet.'

'Dwangmatig? Tiranniek?'

'Ja.' Is het mijn verbeelding of ziet ze er hopeloos verliefd uit? Ze legt haar hand over de mijne en zegt: 'Hou alsjeblieft op met je nagels, G, ik ben niet in de stemming.' Ik had niet eens in de gaten dat ik zat te pulken.

'Je moet je grenzen bepalen als het om hem gaat,' zeg ik.

'Ja, maar ik blijf naar zijn muziek luisteren en hij is zo waanzinnig. Hij begrijpt dingen, Geneva. Zijn muziek is fantastisch. Die ziel. God. Ik hou van hem.'

'Zullen we naar binnen gaan?' En hou alsjeblieft op met kwijlen over die vunzige vent. Waarom heeft ze niet door dat hij vunzig is? We gaan La Carreta binnen, een van de beste Cubaanse familierestaurants in Miami, en we gaan bij de bonte verzameling Gotays aan een grote ronde tafel zitten. Ik zweer je, zodra ze me zien, zie je hun gezichten betrekken.

'Moet je een geisha voorstellen, of een slavin?' vraagt mama.

'Leuk je te zien.' Ik negeer de opmerking. Milan en ik lopen de tafel rond, omhelzen iedereen en geven ze een zoentje op hun wang. Dan gaan we zitten. Ik leg mijn servet snel op mijn schoot. Milan ziet dit en doet hetzelfde. Zo is ze. Best in staat om intelligente beslissingen te nemen, maar ook heel grillig.

'Ricky Biscayne heeft je zus nu al opslag gegeven,' zegt mama. Wil ze me soms jaloers maken? Al mijn hele leven, of tenminste het deel van mijn leven waarin Milan aanwezig is geweest, lijkt het of mijn moeder haar best doet om Milan het gevoel te geven dat ze net zo goed is als ik. Iets wat ons allebei alleen maar de boodschap geeft dat mama liever mij heeft en medelijden heeft met Milan, maar goed.

'Dat weet ik.' Ik weet ook waarom. Iets met cocaïne en seks en een vunzige manager. 'Ik was erbij.'

Milan bloost. 'Zullen we het over iets anders hebben?'

'Ze heeft kleren en parfum gekocht,' vertelt mama me. Altijd maar opscheppen.

Papa kijkt fronsend met zijn wenkbrauwen naar het menu. 'Er was niets mis met haar vorige baan,' zegt hij tegen het menu. 'En ze kleedt zich tegenwoordig als een...'

'Ik heb gehoord dat de garnalen vandaag goed zijn,' zegt mijn moeder over het hoofd van mijn vader. Om Milan te beschermen, lieve, kleine, weerloze, maagdelijke Milan. Waarom kunnen ze Milan niet zien voor wie ze is?

Hij laat de menukaart zakken en wijst met zijn vinger naar Milan. 'Jouw oom, mijn broer, heeft jou een heel goede baan gegeven, Milan. Wie moet *tío* nu aannemen, hè?' Hij richt zijn aandacht op mij en wijst nog steeds. 'En jij. Je maakt de familie te schande met je avontuurtjes met jongens. Waarom moet je zo pronken met je afspraakjes? Ik begrijp jullie tweeën niet. Jullie hebben een prima leven en je wilt alleen maar meer, meer, meer, beter, beter, beter.' Hij wijst naar het plafond. Hij wijst altijd naar iets. 'In Cuba zouden jullie nooit zo verwend zijn.'

De serveerster arriveert en neemt onze bestelling op zonder een notitieboekje, want ze weet precies wat we willen omdat dat zelden verandert. *Masas de puerco* voor papa. Kippensoep voor mama. Garnalen voor *abuelita*. Kippensoep en Cubaanse steak voor *abuelito*. *Vaca frita* voor Milan. Ik neem wat ik altijd neem: Cubaanse steak met Franse frietjes en een romige mamey-shake.

'Ik denk dat ik de club in de herfst kan openen,' flap ik eruit als de serveerster weg is. Ze mompelen allemaal hun felicitaties. Wat een enthousiasme, denk ik. Ze begrijpen me niet en snappen niet wat ik doe.

Opa ziet er nog het beroerdst uit. En hij is niet de enige. Alle oude mannen in het restaurant zien er vreselijk depressief uit. Ik leef met ze mee, maar in zekere zin hebben ze hun eigen ellende gecreëerd. Ze hadden er de afgelopen veertig jaar het beste van kunnen maken, ze hadden op zijn minst Engels kunnen leren, maar dat hebben ze niet gedaan. Ze hebben veertig jaar lang lopen klagen, de eeuwige treuzelaars. Ik kan geen geduld opbrengen voor treuzelaars.

Papa neemt het gesprek over en begint over zijn eigen zaak te praten. Hij vond het zeker te bedreigend dat ik het misschien wel net zo goed doe als hij. Of beter. Hij praat een halfuur lang en dan komt het eten. Daarna praat papa over al zijn vrienden die dochters hebben die gaan trouwen en hoe trots die ouders zijn. Bah.

Tijd om hun wereld eens op te schudden.

'Ik denk niet dat ik ooit ga trouwen,' zeg ik. 'Ik vind het fijn om single te zijn. Ik bedoel, waarom zou ik mezelf aan een of andere dominante engerd binden als dat niet hoeft?' Ja pa, ik heb het over jóú.

Milans blik glijdt naar de ingang en ze hapt naar adem. We draaien ons allemaal om om te zien waar ze naar kijkt. Ik zie twee personen, een zwarte en een kalende roodharige man, bij de ingang staan wachten tot ze een tafeltje krijgen.

'Wat is er?' vraag ik aan Milan.

'Niets, dat is alleen die vént.' Ze laat haar hoofd zakken alsof ze niet gezien wil worden.

'Welke?'

'Die met dat rooie haar,' zegt ze. 'Ik werk met hem samen. Hij heet Matthew.'

'Dat is de jongen die je toen op de kade in het water hebt geduwd,' zegt mijn moeder tegen Milan.

'Overdrijf niet! Hij botste tegen mij aan en niemand viel in het water, mama. Jezus!'

Als op commando begint mijn oma te bazelen. 'En wie in mijn naam één zo'n kind bij zich opneemt, neemt mij op. Wie een van deze geringen die in mij geloven van de goede weg afbrengt, die kan maar beter met een molensteen om zijn nek in zee geworpen worden.'

'Gezellig,' zeg ik.

'Wat doet hij hier?' vraagt Milan. 'Ik kom hem overal tegen. Het is echt maf.'

'Wat een superlekker ding,' zeg ik over de zwarte man. 'Wauw.' Ik herken hem als een beroemde Cubaanse rapper die Goyo heet en vertel het aan iedereen aan tafel. Niemand schijnt ooit van hem gehoord te hebben, maar zo gaat dat in mijn wereld. Ze weten helemaal niets van de dingen die belangrijk voor me zijn.

Milan maakt oogcontact met Matthew en ze wuiven even ongemakkelijk naar elkaar voordat de twee mannen naar een tafel in een hoek achterin worden gebracht. Oma zwijgt en we eten verder. Milan heeft rode wangen en ik vraag me af of ze soms voor Ricky en elke andere vent op dat kantoor valt. Wat heb ik haar aangedaan? Ik had haar nooit deze wereld in moeten duwen, had haar geen metamorfose moeten geven. Nu is het te laat.

Terwijl iedereen zit te eten, vraagt mijn moeder: 'Zeg, Geneva. Met wie ben jij tegenwoordig single? Iemand in het bijzonder?' De blik in haar ogen zegt me dat ze weet dat ik een nieuwe vriend heb. Heeft Milan haar over Ignacio verteld? Ik werp een blik op Milan en ze schudt haar hoofd alsof ze wil zeggen: dat heeft ze niet van mij.

Ik hou een stuk vlees in de lucht bij mijn mond. 'Ja, toevallig wel,' zeg ik.

Milan vraagt, alsof ze het nog niet weet: 'Wie dan? Kennen we hem?'

'Het is een Cubaanse balletdanser,' zeg ik.

'Ballet!' krijst mijn opa. '*¡Qué cosa!*'

'Uit Cuba?' vraagt mijn vader.

'Ja. Vers van de boot. En hij is zwart.' Ik grijns en neem een slokje van mijn shake.

Mama hapt naar adem. Papa laat zijn vork op zijn bord kletteren. *Abuelo* staart moedeloos naar de muur en mompelt iets in zichzelf en oma is de eerste die haar mond opendoet en een kruis slaat.

'Tja, daar zul je het hebben. Ik zei toch al dat ze niet deugde.'

O ja? Ik dacht dat oma me wel mocht.

'Hij is heel aardig,' zegt Milan. 'Ik heb hem ontmoet.'

Mama staart geschokt naar Milan. 'Heb je hem ontmoet? Je hebt me helemaal niet verteld dat je hem ontmoet hebt. Je zei alleen dat

je hem een keer had gezíén, je hebt niet verteld dat je hem had ontmoet.'

'Heb je haar over Ignacio verteld?' roep ik uit. '*Kennedita!*'

'Nee,' zegt Milan. 'Ja, bedoel ik.' Mama concentreert zich op iets
interessants op haar blouse en Milan probeert een triest gezicht te
trekken. Ik ken deze vrouwen niet. Echt niet.

Mijn grootvader zegt: 'Geen kleindochter van mij zal trouwen
met een zwarte!'

'Wie zegt dat ik ga trouwen?' zeg ik. 'Ik neuk alleen met hem.'

Iedereen hapt naar adem. Opa ziet eruit alsof hij stikt.

Papa bijt me toe: 'Zo praat je niet aan tafel.'

Ik zeg: 'Kan iemand in deze familie me misschien vertellen wat
het probleem met zwarte mensen is? Kijk nou eens naar ons. Ben ik
de enige die het opvalt dat aan papa's kant van de familie iedereen
zwart lijkt? Opa, je eigen vader was zwart omdat jouw oma het met
de knecht deed. Dat weet iedereen.'

'Dat mag je niet zeggen,' zegt mama.

'Waarom niet? Omdat het waar is?'

'Het is niet waar,' zegt mama.

'Echt waar. Als jullie naar welke andere stad dan ook in dit land
zouden gaan, zou je zien dat er overal in de Verenigde Staten mensen als wij zijn die zwart lijken. Behalve jij, Milan. Ik weet niet waar
jij vandaan komt.'

'De postbode?' grapt Milan. Papa loopt rood aan. 'De man van
de kabel?'

'Jullie mogen dit je familie niet aandoen,' zegt hij. Hij gooit zijn
servet neer en slaat met zijn vork op tafel om iedereen te laten weten hoe hij zich voelt. Opeens lijkt het of iedereen tegelijk praat,
boos over een man die ze nog nooit hebben ontmoet, boos op de
eerste man die mij gelukkig maakt.

MAANDAG 13 MEI

Het gevoel dat mijn heupen breder worden om ruimte te maken voor de groeiende baarmoeder is zowel gruwelijk als verbazingwekkend. Het is als een schip dat volloopt met water en breekt. Alles doet pijn. Overal. Vooral mijn borsten. Ik ben al meer dan elf kilo aangekomen en kan nog steeds mijn favoriete oude Yanuk-spijkerbroek aan, maar wel met de rits open. Ik draag er een ruim shirt overheen, dan ziet niemand het.

Ik zit in het zonnige ontbijtzitje van de grote luxe keuken van mijn huis, wat nog steeds als Ricky's huis aanvoelt. Ik heb gevraagd of ik de boel wat mag opknappen, maar ik mag alleen de babykamer doen. Niet eerlijk. Als je getrouwd bent, hoor je alles fifty-fifty te doen, maar Ricky lijkt dat niet te snappen. Of hij wil het niet. Hij is erg bezitterig wat betreft het huis.

Ik drink gekoelde gemberthee die Ricky's moeder Alma voor me heeft klaargemaakt in mijn lievelingsglas met de blauwe bodem. Volgens mij is het van Kate Spade, maar wat maakt het uit? Ik heb genoeg van designers, namen, trends. Ik heb een hekel gekregen aan modellenwerk en alle domme mensen die erbij betrokken zijn. Ik had nooit in die kuil moeten vallen, maar het is gebeurd en het is over en ik moet nu verder. Zonder mijn modellencarrière had ik Ricky nooit ontmoet. En het leven draait nu om andere dingen. Deze baby. Mijn lichaam dat groeit. Kleuren. Ze zijn zo veel levendiger nu ik zwanger ben. Geuren die ik altijd al aangenaam heb gevonden, ruiken nu nog lekkerder. Een zwangerschap zet de volumeknop van het leven voluit. Ik ben een supervrouw, althans zo voel ik me, maar dan op een heel beschermende, koesterende manier.

Alma drentelt door de keuken, bekommert zich om me, maakt dingen klaar waarvan ze denkt dat ik ze nodig heb en bergt ze op in plastic bakjes. Ze is een lieve vrouw, maar een beetje prikkelbaar. De koele, intense kleur van geblazen glas past bij de erker en kalmeert me. Ik ben nu drie maanden zwanger en de afschuwelijke misselijkheid trekt 's middags weg, maar 's morgens nog niet. Ik ben een beetje misselijk, maar ik heb ook vreselijke trek. Mishko ligt op de koude tegels een beetje te hijgen en wacht tot er iets lekkers in haar wereld valt. Ik zou net als Mishko willen zijn, nemen wat komt, zonder veel te vragen of nodig te hebben, tevreden dutten en eenvoudigweg zijn.

Alma staat bij het fornuis en maakt pannenkoeken met banaan klaar. Daar kan ik de laatste tijd geen genoeg van krijgen, met bosbessensiroop. Ik weet niet wat voor magisch ingrediënt erin zit, maar ik heb er behoefte aan. Terwijl ik uit het raam staar, zie ik dat Milan langsloopt met haar hoge hakken en strakke spijkerbroek. Ik heb nog steeds bewondering voor de manier waarop Milans kleding om haar rondingen valt, maar de manier waarop ze naar mijn man kijkt, bevalt me niet. Ze aanbidt hem, en volgens mij wil ze hem zoals een vrouw een man wil. Ik word er droevig van. Heel veel jonge vrouwen die voor Ricky werken, hebben die blik in hun ogen. Ik denk dat Ricky me trouw is, maar ik weet dat hij zwak is en dat zijn grootste verlangen in het leven is om aanbeden te worden door vrouwen. Ik heb wel gezien hoe hij naar haar lijf kijkt. Je zou misschien denken dat ik als model heel zelfverzekerd ben wat betreft mijn lichaam, vergeleken met een vrouw als Milan, maar dat ben ik niet. Je hebt schoonheid die je in tijdschriften ziet, die volgens mij vooral wordt bewonderd door andere vrouwen en homo's, en je hebt een dierlijke aantrekkingskracht die mannen voelen voor lichamen als dat van Milan, lichamen die lekker zijn om aan te raken, tegenaan te bewegen. Ik ben jaloers. En ik denk dat ik het beste maar vriendschap kan sluiten met Milan om er zeker van te zijn dat ze niets met Ricky gaat uithalen, zodat zij op zijn minst een klein beetje loyaliteit naar mij toe voelt en ik haar op zijn best goed genoeg ken om te weten wat ze denkt.

Misschien heb ik ook zulke heupen en zo'n lijf als de baby geboren is. Dat weet ik niet. Ricky zeurt tegenwoordig over mijn gewicht. Ik heb nu maat 38, en hij heeft gezegd dat hij thuis een fitnessruimte wil maken zodat ik hierna weer mijn 'normale' maat kan terugkrijgen. Maar hij beseft niet dat ik helemaal niet van plan ben om dat te doen. Ik wil deze maat houden, of misschien nog wel wat dikker worden. Voordat ik mijn vaderland verliet was ik fors, maat 40, denk ik. De manier waarop ik op de grond sta, voelt prettig aan. Ik voel me stevig. Ik ga niet terug.

Ik zucht als ik aan Ricky denk. Waarom zo zwaarmoedig? We hebben al twee weken niet gevrijd. Hij zegt dat hij geen zin heeft. Ik heb de hele tijd zin.

Ik wend me van Milan af en richt me op Alma. Met haar verfijnde zilvergrijze bobkapsel, haar perzikhuidje en donkere ogen, is Ricky's moeder werkelijk oogverblindend en onverstoorbaar. Zelfs haar kleren lijken onverstoorbaar, nooit gekreukt. Alma draagt een keurig lichtgeel broekpakje met beige sandalen. Ze draagt altijd leuke combinaties, zoals zo veel vrouwen van middelbare leeftijd die ik hier in Miami heb gezien. Het is een stad waar vrouwen zich tot de dood druk maken om schoonheid. Ik hou van Alma om die onverstoorbaarheid. Alma heeft haar hele leven bij hetzelfde advocatenkantoor gewerkt en is geen vrouw die veel risico's neemt. Ze houdt van voorspelbaarheid, en ik vermoed dat ze daarom niet zo te spreken is over haar eigen zoon, mijn man.

'Drink,' zegt Alma met haar zware, Spaanse accent, terwijl ze nog wat thee inschenkt voordat ze de pannenkoeken omdraait. Ze is in Mazatlán opgegroeid. 'Dan voel je je beter.' Alma laat de pannenkoeken bruin worden en richt haar aandacht op de doos met pastelkleurige zeepjes die ik voor haar heb meegebracht om te keuren. Ik maak ze in een van de logeerkamers, een ruimte die ik heb omgebouwd tot een zeepfabriek met al mijn drankjes en chemicaliën. Ze pakt een saliekleurig stuk zeep op in de vorm van een blad en ruikt eraan.

'Voortreffelijk,' zegt ze. Ze doet hetzelfde met nog zes zeepjes die allemaal heerlijk ruiken en prachtige vormen hebben. Ik leg alle liefde voor mijn kind in mijn handwerk. Ik geniet ervan. 'Niet te geloven dat je dit allemaal hier in huis doet,' zegt Alma. 'Je hebt talent, *mija*.'

'Ach,' zeg ik. 'Het is maar een hobby.'

'Als je ze mooi verpakt, zou je ze via het Home Shopping Network kunnen verkopen. Ze zijn hartstikke goed.'

Ik glimlach en neem een slokje thee. Alma is heel lief, voor mij. Ze is liever voor mij dan voor Ricky. Ik voel me beter. Van al Alma's middeltjes tegen ochtendmisselijkheid werkt deze koude thee het beste. Acupressuurbanden zijn geldverspilling. Meditatie werkt niet. Maar gember is goed. Heel goed.

'Voel je je beter?' vraagt ze. Ik knik. 'Goed genoeg om naar de film te gaan?' Ze wipt de pannenkoeken uit de pan, legt ze op een groot blauwe bord en zet het voor me neer. We waren van plan om naar een romantische comedy te gaan en ik voel me goed genoeg. Ik vertel haar dat ik nog steeds wil gaan, en ze glimlacht. Volgens mij vindt ze het leuk om iemand te hebben met wie ze dingen samen kan doen. Ik geloof niet dat Alma veel vrienden heeft. Ik schenk een dikke laag bosbessensiroop over de pannenkoeken en tast toe.

'Heerlijk, Alma. Dankjewel.'

Alma kijkt me met een droevige blik in haar ogen aan en antwoordt op trage toon. 'Je bent te goed voor mijn zoon,' zegt ze. Ik geloof dat het een compliment is.

De achterdeur gaat piepend open. Ricky onderhoudt het huis niet zoals zou moeten. Ik moet iemand bellen om de deur en andere dingen te repareren. Milan steekt haar hoofd om een hoekje en zegt dat ze alleen even wil weten of alles goed is. Alma's neusvleugels trillen en ze knijpt haar ogen samen. Ik ruik Milans parfum, dat door de bries naar binnen waait. Iets geels en zonnigs.

'Moest je van Ricky bij haar kijken?' vraagt ze Milan.

'Eh, min of meer,' zegt Milan.

Alma schudt haar hoofd alsof dit haar mateloos stoort, en Milan verontschuldigt zich.

'Alles is prima, dank je,' zeg ik. Ik probeer vriendelijk over te komen. Het is niet Milans schuld dat Ricky me niet vertrouwt. 'Hoe gaat het daar?'

'Ik wilde net lunchpauze nemen,' zegt Milan. 'Maar het gaat goed.' Er glijdt een brede glimlach over haar gezicht. 'Ik ben toch zo blij dat ik hier ben. Je hebt geen idee hoe leuk ik deze baan vind. Ik bel mensen op en ze luisteren naar me. Op mijn oude werk was dat niet zo. Mensen houden van Ricky.'

'Dat klopt,' beaam ik. 'Dat weet ik.'

Milan straalt en wiebelt op haar tenen heen en weer. 'Ik heb net een profiel in *Details* gescoord.'

'Goed gedaan, schatje,' zegt Alma. 'Ricky boft maar met je.'

'Ga met ons mee naar de film,' flap ik eruit. Het is vast niet ge-past, maar dat bedenk ik te laat.

'Meen je dat?' Milan kijkt om zich heen alsof iemand het mis-schien heeft gehoord. 'Ik weet het niet. Ik heb nog wat werk liggen.'

'Doe dat straks maar,' zegt Alma. 'Ricky wil dat je zijn vrouw be-spioneert... nou, dit is nog beter. Ga mee. Dan gaan we er een leu-ke middag van maken.'

'Heus? Denk je dat dat kan?' Milan loopt de keuken in en doet de deur dicht.

'Zeker weten,' zeg ik.

Alma knikt en zegt: 'Een meidenmiddagje.'

Ik voel me lekker. Lekker eten in een keuken vol met stevige vrouwen en mijn buik gevuld met nieuw leven. Ik heb het gevoel alsof er wortels uit mijn voeten de grond in kruipen en me eindelijk met de aarde verbinden. Ik bekijk de ruimte en mijn blik valt op het messenblok.

Voor het eerst sinds ik me kan herinneren, heb ik geen aandrang om mezelf te snijden.

Waar ben ik mee bezig? Ik ga naar de film met Ricky's moeder en zijn vrouw? Nadat ik hem heb gekust? En terwijl ik elke dag het ge-voel heb dat ik hem van deze vrouw wil afpakken? Dit is gestoord. Voordat hij naar New York ging, liet Ricky doorschemeren dat hij meer wil als hij terugkomt. Ik heb hem tot nu toe weten te weer-staan, omdat het dom lijkt iets anders te doen, maar ik weet niet hoelang ik het nog volhoud. Echt niet.

Mevrouw Batista rijdt met ons in haar Toyota Camry die ram-melt en bonkt alsof hij een opknapbeurt nodig heeft. Ik wil net ach-terin stappen, zoals altijd, als Jasminka zegt dat ik voorin moet gaan zitten. Hè?

'Meen je dat?' vraag ik.

'Ja, ik heb ruimte nodig om me te strekken. En jij bent onze gast.' Stel je voor.

Terwijl Alma langzaam de oprit uit rijdt, zie ik dat Matthew zijn fiets van de ketting haalt om te gaan lunchen. Hij ziet er erg be-zweet uit. 'Ach, arme Matthew,' zegt Alma.

'Hoezo arme Matthew?' vraagt Jasminka.

'Ricky waardeert hem niet,' zegt Alma.

'Volgens mij wel,' zegt Jasminka. Ze klinkt een beetje nijdig. Alsof Alma Ricky altijd beledigt.

'Matthew is een goede man. Hij zal nog eens een fantastische echtgenoot voor iemand zijn,' zegt Alma.

'Volgens mij heeft hij een vriendin,' zeg ik, en ik denk aan het telefoontje waarbij dat vreemde meisje aannam.

'Nee, hoor,' zegt Jasminka verrast.

Ik zeg: 'Jawel, ik belde hem zaterdag op en toen zei een vrouw dat ze zijn vriendin was. Ze had een vreemd accent.' Te laat besef ik dat ik met twee vrouwen aan het praten ben die beiden een accent hebben. Oeps.

'O, nee,' zegt Jasminka.

'Wat is er?' vraagt Alma.

Jasminka zucht. 'Dan is het weer aan met haar. Ik dacht dat hij genoeg van haar had.'

'Hij is best een lekker ding,' zeg ik. Dat meen ik, maar ik denk ook dat ik misschien de geur van Ricky van mijn lippen krijg als ik interesse toon in iemand anders.

'Hij heeft wel iets, hè?' zegt Alma met een glimlach. 'Hij heeft passie en medeleven. Passie zonder medeleven is nutteloos.'

'Niet te geloven dat hij haar heeft teruggenomen,' zegt Jasminka.

Alma knikt. 'Ricky heeft geen medeleven.'

Waar gaat dát over? Waarom zou de moeder van een van de succesvolste opnameartiesten in de wereld zoiets zeggen? Heel vreemd.

Jasminka leunt naar voren en legt een hand op Alma's schouder. 'Alma, met alle respect, maar waarom ben je zo hard voor Ricky?'

Alma haalt haar schouders op. 'Bij mannen kun je nooit voorzichtig genoeg zijn.' Hallo? Dit is echt heel vreemd. '*Ay*, Jasminka, ik weet dat je van mijn Ricky houdt en dat is een zegen. Dat een heilige als jij verliefd wordt op mijn zoon en hem een kind schenkt.'

Jasminka zegt: 'Ricky is geweldig. Waarom zie je dat niet?'

Ja, denk ik. Waarom zie je dat niet? Ik zie het. Dat zou niet moeten, maar ik zie het wel.

'Hij is een goede man,' zegt Ricky's moeder. 'Maar hij is wel een man.'

'Ik weet niet waar dat op slaat,' zegt Jasminka.

'Ricky heeft zijn zwakke kanten. Ik maak me zorgen over hem, en over jou. Dat is alles.'

'Nee, mam, je hoeft je nergens zorgen over te maken.' Mam? Ze noemt deze vrouw 'mam' en ze hebben het erover dat 'mam' zo'n hekel heeft aan haar eigen zoon. Raar. Eng.

'Dat hoop ik maar,' zegt Alma. 'Ricky heeft altijd van gevaar gehouden, al toen hij klein was. Hij heeft een keer geprobeerd om over een vaart te springen en is toen bijna verdronken.'

Ze zwijgt even alsof dit van invloed is op Ricky's huidige leven.

'Hij was nog klein, mam. Kleine jongens doen zulke dingen.' Jasminka gaat weer achterover op de achterbank zitten.

'Hij knoopte vroeger hagedissen op en smeet ze tegen de muur. Wist je dat?'

'Dat heb je me verteld.'

'Dan moest ik huilen.' Alma snuft alsof ze elk moment weer kan beginnen. 'De hagedissen zo bloederig en dood in de tuin. Ik dacht dat hij een seriemoordenaar zou worden. Ik keek wel eens naar hem en dan dacht ik: grote god, waar is deze jongen vandaan gekomen? Wie is dit kind? Hoe is het mogelijk dat dit mens uit mij is gekomen? Hij was heel anders dan ik.'

En nu? Nu voel ik me helemaal een indringer. Ze doen net alsof ik er niet bij ben en ik hoor hier ook niet bij. Het is niet goed.

'Ik denk dat Ricky het heel fijn zou vinden als je trots op hem was, mam.'

'Dat ben ik ook! Ik hou van mijn zoon.' Ze huilt nu echt. Hallo? Haal me hier weg. Ik heb Ricky gezoend. Ik ben afschuwelijk. Ik ben een afschuwelijk mens. 'Ik ben trots op hem. Ik hou van hem. Ik maak me alleen zorgen. Hij neemt slechte beslissingen, Jasminka. Dat zie jij nog niet. Maar ik zeg het je.' Eindelijk kijkt ze naar mij. 'Ik ben blij dat hij jou heeft aangenomen. Zorg ervoor dat hij goede mensen om zich heen heeft, want als hij ze zelf moet uitkiezen, neemt hij geen goede beslissingen. Hij maakt veel vergissingen.'

Ja, denk ik. Zoals ik.

Jasminka verdedigt hem weer. 'Hij heeft goede mensen om zich heen. Ik ben trots op Ricky en ik ben blij voor hem.'

Alma Batista remt voor een rood licht, draait zich om en kijkt naar Jasminka. 'Je bent zo'n lief kind,' zegt ze, alsof dit het treurigste van de wereld is.

Chester, de zwarte kater die de nieuwe brandweerman Nestor Perez heeft geadopteerd toen niet zo vriendelijke buren verhuisden en het beest helemaal alleen achterlieten, miauwt. Eigenlijk dénkt Chester dat hij miauwt, is Nestors theorie. In werkelijkheid maakt hij een geluid dat lijkt op een kruising tussen een woeste geest en een klein kind met een verstuikte enkel: *wrrrauauauauwww!*

'Wat is er, jochie?' Nestor gaat op zijn knieën in de kleine keuken zitten en krabt achter Chesters gehavende oren. Jarenlang vechten om terrein in het hart van Kendall heeft Chester hard gemaakt, maar na zijn castratie onlangs is hij een beetje zeurderig geworden.

Wrrrauauauauwww!

Chester wrijft langs het zachte, grijze katoen van Nestors pyjama en spint. Volgens de dierenarts was spinnen een goed teken, een teken dat de kat niet altijd wild was geweest. In Chesters verleden heeft ooit iemand van hem gehouden. Nestor Perez put troost uit het feit dat Chester opnieuw liefde heeft gevonden en hij hoopt dat hij op een dag hetzelfde kan zeggen.

'Kijk eens, vriend,' zegt Nestor, en hij maakt een blikje biologisch kattenvoer open, zo'n oranje blik dat je alleen bij de dierenarts kunt krijgen. Het spul is duur, maar als enige liefde in Nestors leven is Chester het waard.

Terwijl Chester het eten op het blauwe schoteltje met de vissen naar binnen schrokt, doet Nestor de koelkast open om zijn ontbijt bijeen te scharrelen. Hij heeft een hekel aan vrije dagen. Dan is er te veel om over na te denken, dingen uit het verleden waar hij niet over wil nadenken. Hij haalt een pak sap en een zak met scones uit de koelkast en doet de deur dicht. Dan kijkt hij naar de foto's die daarop zitten geplakt. De mollige vrouw met de vlechtjes heeft een glimlach die haar hele gezicht doet stralen. Ze heeft een meisje van twee vast dat precies op haar lijkt; het meisje heeft een kleine Dominicaanse vlag aan een houten stokje in haar hand, een herinnering aan de Dominicaanse Parade. Moeder en dochter zitten samen op de grote glijbaan in de speeltuin van Central Park in New York, terwijl de zomerzon de grond bezaait met miljoenen vredige schaduwvlekjes. Een maand voordat zijn vrouw en dochter waren omgekomen bij een brand in hun flatgebouw in Washington Heights terwijl hij naar avondschool was om een burgerrechtenadvocaat te worden, had Nestor deze foto genomen. Lisa, zijn vrouw, had een kunstgalerie aan 125th Street gehad, gewijd aan Afro-Dominicaanse werken. Hun dochter Fabiola was net naar de peuterschool gegaan en had haar eerste vriendinnetje gekregen.

Gedurende de maanden na de brand was Nestor in de diepste depressie van zijn leven terechtgekomen en verdronk hij zich in de alcohol, totdat zijn ouders, broers en zussen en Lisa's familie een interventie hielden in het huis waarin hij was opgegroeid in de Bronx en erop stonden dat hij hulp zocht. Hij had hulp gekregen en hoewel zijn hart in scherven ergens onder in zijn lijf lag, had hij de beslissing genomen om brandweerman te worden in plaats van advocaat zodat hij op zijn minst ooit zou kunnen voorkomen dat iemand hetzelfde lot zou moeten ondergaan.

Hij had zijn opleiding in New York gedaan, maar in die stad waarden alleen nog maar spoken rond. De musea en filmhuizen waren ondraaglijk omdat Lisa hem daar mee naartoe had genomen. Hij kreeg gedachten aan zelfmoord als hij lachende kinderen, of zelfs huilende kinderen hoorde. Waar was zijn kleine Fabiola? Wat was er met haar gebeurd, zo'n vrolijk wezentje, zo vol levenslust, levendiger dan wat ook? Hoewel de warme geur van Fabiola's haar al lang was verdwenen van het kussen waar ze op lag als ze bij zijn moeder logeerde, bleef Nestor het dicht tegen zich aangeklemd houden, zijn neus vol wanhopig verlangen naar een spoortje van haar. Waar was ze, verdomme? Hoe kon de belangrijkste persoon uit zijn leven zomaar verdwijnen? Was ze bang aan gene zijde? Had ze haar vader nodig? Was het egoïstisch van hem dat hij nog leefde, terwijl zij hem in de hemel nodig had? Soms keek Nestor wekenlang expres niet uit als hij overstak en smeekte hij God om hem naar zijn gezin te brengen zodat hij zijn neus weer in Fabiola's haar kon duwen en Lisa's adem op zijn huid kon voelen.

Uiteindelijk had Nestors moeder voorgesteld om een tijdje de stad uit te gaan om ergens anders een leven op te bouwen. Zijn tante en wat neven en nichten woonden in Miami, dus ging hij daarnaartoe. Het kon niet erger zijn dan New York.

Maar nu hij zijn eerste baan als brandweerman heeft, nu hij zich heeft geïnstalleerd in een schone, anonieme eenkamerflat en nu hij de verloren ziel van Chester heeft gevonden om hem te troosten, merkt Nestor dat het onmetelijke verdriet in zijn lijf omslaat in woede. Zijn handen trillen als hij aan de kleine eettafel gaat zitten

208

en zichzelf wat ananassap inschenkt. Hij voelt zich uit het lood geslagen door de enorme onrechtvaardigheid in de wereld, door de
natuurrampen die honderdduizenden onschuldige mensen het leven kosten, maar ook door de vele bekrompen, vooringenomen
mensen die het leven voor de nabestaanden tot een hel maken.

Chester, 's werelds snelst etende kat, is al klaar en is op een lekker
plekje in de zon gaan liggen op het tapijt van de woonkamer waar hij
zich met half toegeknepen ogen van genot ligt te wassen. Nestor
benijdt de kat om zijn rust en plezier. Zelf is hij vergeten hoe hij
moet lachen. Hoe hij zich moet ontspannen. Nestor neemt een hap
van zijn supermarktscone met rozijnen en neemt zich voor om te
gaan genieten van de eenvoudige dingen: eten, zonlicht, een warme
douche. Maar het zal niet meevallen. Zijn leven hier lijkt bijna net
zo pijnlijk als zijn leven in New York. Geesten kennen geen staats-
grenzen. Geesten leven in elke cel van je lichaam.

'Wat gaan we vandaag doen, Chester?' vraagt hij. De kat antwoordt alleen door zijn oren wat platter naar achteren te leggen.
Het likken is het enige wat telt. Dat geeft niet, denkt Nestor. Hij
weet al wat hij gaat doen. Hij gaat doen wat hij meestal doet als hij
vrij heeft. Dan pakt hij zijn mountainbike, rijdt tot hij niet verder
kan, draait zich om en dwingt zichzelf om weer naar huis te trappen.
Hij heeft vrolijke muziek op zijn iPod staan, voornamelijk meren-
gue, in de hoop dat de combinatie van muziektherapie en endorfi-
nen hem uit zijn hel zullen schieten. Meestal werkt het een paar uur,
maar dan komt het schuldgevoel terug. De loodzware waarheid van
zijn gemis.

Nestors moeder, een verpleegkundige in een psychiatrische kliniek, is ervan overtuigd dat hij weer verliefd moet worden, dat alleen een vrouw kan redden wat er van hem over is. Nestor wordt
niet zo gauw verliefd; maar er roert zich wel iets in zijn ziel, gevoelens voor Irene Gallagher, de beeldschone brandweervrouw met
vuur in haar ogen.

Zijn nieuwe collega's zijn bekrompen lui. Ze vitten op de zwakken, de eenzamen, de triesten. Vrouwen. Nestor heeft brandweermannen altijd als echte heren gezien, of op zijn minst als galant.
Maar nu weet hij beter. En in het verleden was Nestor er misschien
van uitgegaan dat iemand als Irene, met haar blonde haar en blauwe ogen, nooit een zwaarder leven zou kunnen hebben gehad dan

zijn donkergekleurde moeder, puur om het feit dat Irene blank is. Maar nu, sinds de brand, merkt Nestor dat hij geen onderscheid meer maakt tussen rassen. De brand die zijn vrouw en kind van het leven heeft beroofd, had geen onderscheid gemaakt – er waren blanken, zwarten, Puerto Ricanen en Italianen bij omgekomen; iedereen die die nacht in bed had gelegen. En Nestor heeft het verdriet gezien van de nabestaanden en dat verdriet lijkt hetzelfde. Het leven en de mensen die erdoorheen strompelen op zoek naar betekenis, zijn nu in de ogen van Nestor Perez kleurloos.

Door zijn eigen verdriet is hij veel meer in staat om verdriet bij anderen aan te voelen, en bij Irene Gallagher voelt hij een eenzaamheid en tragedie die bijna zo intens zijn als die van hem. Hij kent haar achtergrond niet, niet helemaal, maar dat komt nog wel. Hij zal niet aandringen. Hij kan wachten.

Nestor kan niet geloven dat het leven alleen maar willekeur is nadat de twee dierbaarste mensen in de wereld hem zijn afgenomen, en hij is er inmiddels van overtuigd dat er een hogere orde is. Hij gelooft dat hij hier op dit moment naartoe gestuurd is; niet om iemand van een brand te redden, maar vanwege Irene. Het is zijn doel om vriendschap te sluiten met Irene en haar over te halen om de strijd aan te gaan met de idioten die boven haar staan. Aangezien hij nog maar één semester verwijderd was van een titel als meester in de rechten, weet hij genoeg van de wet af om te beseffen dat ze wellicht een zaak kan aanspannen wegens discriminatie. Hij weet ook dat ze een buitengewoon aantrekkelijke vrouw is en dat hij zich altijd al aangetrokken heeft gevoeld tot sterke vrouwen met gevoel voor humor.

Nestor Perez was er de afgelopen zes jaar van overtuigd dat hij nooit meer van iemand zou kunnen houden, maar dankzij een kat die Chester heet, is hij aan dat idee gaan twijfelen.

DINSDAG 14 MEI

Ik ben in een verdomd goede bui als ik naar huis ga, en ik ben van plan een proteïneshake te drinken, mijn pijnlijke benen en armen te strekken en vroeg naar bed te gaan. Toen ik de kazerne verliet, kwam ik Nestor Perez tegen op de parkeerplaats; ik was net klaar en zijn dienst begon net. Toen ik hem zag, stond hij voorovergebogen om zijn weekendtas van de achterbank van zijn auto te pakken. Lieve hemel. Dát was nog eens een mooi gezicht, het mooiste wat ik in jaren heb gezien.

Geloof het of niet, hij had nota bene een cadeautje voor me meegebracht. Een doosje bonbons met een kaartje waarop *Laat je door niemand klein krijgen* stond, vanwege die promotie tot brandmeester. Hij had zijn telefoonnummer erbij gezet en gezegd dat ik hem altijd kon bellen als ik me niet veilig voelde op mijn werk of als ik bang was en hij er niet was, en dat hij dan direct zou komen. *Zie me maar als je grote broer*, had hij geschreven. Zijn woordkeus was netjes, doelbewust. Toen ik zijn handschrift zag, besefte ik dat Nestor een kalme, georganiseerde man is. Hij móét wel homo zijn. Een broer? Zie me maar als je broer? Dat was niet goed. Ach, nou ja.

Ik loop het huis binnen en zie dat mijn moeder languit op de bank ligt te slapen met een zak Doritos op haar borst. Treurig. Er komt harde muziek uit Sophia's slaapkamer. Ik herken de stem en voel dat mijn bloed begint te koken. Ricky Biscayne? O, nee, nee, nee. Verdómme, nee.

Oké. Het is normaal dat tieners naar harde muziek luisteren. Dat is bijna een cliché. Maar het is niet normaal dat meisjes als Sophia naar gewaagde teksten van ene meneer Ricky Biscayne luisteren die uit de kleine gettoblaster komen die ik voor mezelf had gekocht, maar die mijn kind heeft ingepikt. Ik draaide er mijn cd's van Norah Jones en Paula Cole op, maar hij is nu van Sophia. Alleenstaande moeders hebben weinig spullen van zichzelf.

Ik zet mijn tas in de gang neer en doe de slaapkamer van mijn dochter open.

'Hallo? Kun je niet kloppen?' roept Sophia beledigd, en ze legt haar hand over de telefoon. O, ja. Ik had moeten kloppen. Maar ik ben te boos om te kloppen.

'Wie heb je aan de telefoon?' wil ik weten.

Het meisje ligt languit op haar buik op het tweepersoonsbed met de doosjes van twee of drie cd's van Ricky Biscayne voor zich. Ze heeft haar voetbalbroek en grote T-shirt aan met vergeelde sport-sokken. Ik moet meer sokken voor haar kopen. Waarom vergeet ik dat steeds? Ze heeft al maanden nieuwe sokken nodig. Ik ben zo moe.

Sophia steekt haar hand op om me het zwijgen op te leggen. Ze houdt de telefoon tussen haar wang en haar schouder vast en schrijft iets op in een van haar schoolschriften. Naast het schrift ligt een roddelblad met een foto van Ricky Biscayne, zijn landhuis in Miami en zijn beeldschone vrouw, het fotomodel. Ondersteboven lees ik de kop: EN BABY MAAKT *TRES*. Ik word misselijk.

'Goed, dank u wel,' zegt Sophia tegen de persoon aan de andere kant van de lijn. 'Dus dan neem ik de 70 naar de 1 en dan stap ik daar over? Moet ik twee keer betalen? Fijn. Dank u wel.'

Ze kijkt me met een schuldbewuste blik aan.

'Je kunt hier niet zomaar binnenlopen, mama. Ik heb mijn privacy nodig.'

Ik loop naar de stereo en zet hem uit. 'Wie had je aan de lijn?' Ik voel dat mijn bloed langzamer gaat stromen ook al gaat mijn hart tekeer. Het lichaam bereidt zich voor op een gevecht. Ik haat dit. O wee, als ze met Ricky aan de telefoon zat. Ze is toch niet echt met Ricky in contact gekomen, of wel?

'Niemand.' Ze klinkt als een kreng. Ik vind het vreselijk dat ik aan het woord 'kreng' denk, want dat gebruikte mijn moeder altijd voor mij, als ik me alleen maar verdedigde.

Sophia klinkt eerder als een 'meisje'. Laat ik het zo maar noemen.

Ik had gehoopt dat mijn dochter nooit zo'n kind zou worden dat altijd 'een grote bek' had, zoals mijn moeder het noemde. Ik had vroeger een vreselijk grote bek en hoewel ik weet dat deze erg defensieve eigenschap Sophia later nog van pas kan komen in haar leven, heb ik geen zin om ruzie met haar te maken. Het is te pijnlijk om mijn kleine meisje op die manier kwijt te raken en haar te zien veranderen in een humeurige en, ja, krengerige tiener.

'Daar lúísterde ik naar,' zegt Sophia, en ze wijst naar de stereo. 'Zet hem weer aan.' Sophia gaat met een pruilerige blik rechtop zitten. 'Nu!'

Wat zeg je tegen zo'n dochter? Huisarrest helpt niet, want dat negeert Sophia gewoon. Ik ben er niet om het af te dwingen. En Alice? Aan haar heb je niets. Ik wrijf met mijn vingertoppen over mijn slapen. 'Niet nu, Sophia. Ik heb hoofdpijn.'

'Je hebt altíjd hoofdpijn.' Haar stem klinkt beschuldigend.

Ik plof op de grond naast het bed van mijn dochter neer en staar naar het plafond. Er zit een vochtplek op. Ik was van plan die weg te werken, maar ben het vergeten. Sophia heeft er lichtgevende sterren op geplakt om hem weg te moffelen. Dat wist ik niet. Ik haat het dat er dingen zijn die ik niet van haar weet. Voor de hand liggende dingen als deze. 'Ik weet het. Ik weet dat ik altijd hoofdpijn heb. Ik weet dat je me niet kunt uitstaan. Ik weet dat je behoefte hebt aan privacy. Vertel me nu eens wie je aan de telefoon had.'

Sophia staat op en zet de muziek weer aan, deze keer wat zachter.

'Het derde nummer vind ik het mooist,' zegt ze. Ze drukt op de knoppen tot het nummer klinkt. Ze verrast me door in het Spaans mee te zingen met de woorden in het boekje. Ik spreek geen Spaans, maar ik ken genoeg woorden om te weten dat het liedje een leugen is, over liefde, toewijding, eeuwige liefde.

'Doe uit,' zeg ik. 'Schiet op.'

Sophia staart me woedend aan. Ze lijkt volwassen, alsof ze me zo kan verslaan. Beangstigend. 'Zie maar dat je me zover krijgt.'

Ik draai me om en kijk haar aan. Neem haar van top tot teen in me op. Ze is lang en opstandig met ogen als die van haar vader. Je voedt ze niet op om op hun vader te lijken en toch gebeurt het. Ik ga rechtop zitten en leg de cd's op een stapeltje op het bed.

'Hoe kom je hieraan?'

'Die vond ik zomaar onder mijn kussen.'

'Heel grappig. Hoe kom je aan het geld om hiervoor te betalen?'

Sophia haalt haar schouders op en grimast sarcastisch. 'Ik wist niet dat Ricky's kinderen hoefden te betalen voor zijn muziek. Jij wel?'

Mijn hoofdpijn wordt erger. 'Sophia.'

Sophia aapt me na. 'Móéder.'

'Wie had je aan de lijn?'

'Niet Ricky Biscayne, als je daar soms bang voor was. Maar dat komt nog wel. Let maar eens op.'

Wat kan ik doen? Een andere baan zoeken die beter betaalt dan de baan die ik nu heb? Nee. Maar ik kan deze werktijden niet aanhouden en dit meisje alleen laten. Ze heeft me meer dan ooit nodig. Ze ziet er misschien volwassen uit, maar dat is ze niet. Als ik niet snel iets doe, eindigt Sophia als al die andere vaderloze kinderen hier in de buurt, zwanger, aan de drugs verslaafd, opstandig. Er moet iets gebeuren.

'Waar heb je die cd's vandaan, Sophia?'

'Als je het zo nodig moet weten, die heb ik uit de supermarkt gestolen.'

'Oké, trek je schoenen aan.' Ik sta op en rek me uit tot mijn botten kraken.

Sophia kijkt beledigd. 'Waarom?'

'We gaan terug om ervoor te betalen.'

Sophia staart me boos aan en langzaam wellen er tranen in haar ogen op. 'Ik haat je. Je wíst het. Je hebt het al die tijd geweten en nooit iets gezegd. Waarom?'

Het gevoel van ongemak in mijn maag verandert langzaam in een koude brok graniet. 'Kom, trek je schoenen aan.'

'Nee, ik wil mijn schoenen niet aantrekken.'

Sophia grist de cd's mee en rent de kamer uit. De jonge vrouw die ze over niet al te lange tijd zal zijn is even verdwenen en het kind is terug. 'Ik haat je!' schreeuwt ze.

Ik loop achter haar aan naar de keuken en zet haar naast de kleine houten tafel klem. 'Je kunt niet zomaar spullen uit winkels meenemen, Sophia,' zeg ik. 'Je weet heel goed dat stelen niet mag, lieverd.'

Sophia veegt haar ogen af met de mouw van een lange, slungelige arm en staart me aan. Hard en kil, als een kat. 'Jíj ook,' zegt ze. 'Je bent gewoon een hypocriet.'

Ik schud mijn hoofd om Sophia te laten weten dat ik niet weet wat ze bedoelt. Maar dat weet ik best. Ik weet het. Ze heeft gelijk. Ik weet het. Ik weet het en het doet verdomde zeer.

'Je hebt mijn váder van me gestolen,' gilt mijn dochter, en ze slaat met haar hand tegen haar borst. 'En ik vind het tijd dat je me terugbetaalt.'

'Waarom denk je dat hij je vader is, Sophia?' Het is een laatste wanhoopspoging, maar ik moet iets doen.

'Ik denk het niet alleen, ik wéét het,' zegt Sophia. Ze slaat met haar vuist tegen haar borst. 'Hier. Ik weet het hier, mama. Ik weet het.'

We kijken elkaar lang aan en dan voel ik de tranen in mijn ogen komen. Ik ga aan tafel zitten en ben aangenaam verrast als Sophia hetzelfde doet. Alice slaapt door alles heen. Ik vraag me af of mijn moeder weer aan de drugs is. Waarschijnlijk wel.

Ik moet huilen en zou willen dat ik kon ophouden. 'Ik wilde gewoon niet dat hij jou zou kwetsen zoals hij mij heeft gekwetst,' zeg ik uiteindelijk eerlijk.

'Dat jij een hekel aan jouw vader had, betekent nog niet dat ik de mijne moet haten,' zegt Sophia boos. Ze weet niet wat mijn vader me allemaal heeft aangedaan. Alleen Alice weet dat, en zij kan zich waarschijnlijk niet eens al die keren meer herinneren dat mijn vader me bijna bewusteloos sloeg omdat hij stomdronken was.

'Dat is het niet, Sophia,' zeg ik. Maar waarschijnlijk is dat het wel. Die dochter van mij is niet dom. 'Ricky liet me in de steek toen ik zwanger was omdat zijn moeder me blank uitschot vond. Dat is de waarheid.'

'Dat slaat nergens op,' zegt Sophia.

'Dat weet ik.'

'Mexicanen kunnen niet discrimineren tegen blanken.'

Ik moet lachen. Ja, vast. 'Mensen zitten ingewikkeld in elkaar, Sophia. Zijn moeder komt uit een rijke Mexicaanse familie.'

'Dat slaat nérgens op.'

'Niemand van zijn familie belde me terug nadat jij was geboren. Het was alsof ze dachten dat we paria's waren. Zoals in India. Zo behandelden ze ons.'

Sophia knijpt haar ogen samen. 'Misschien kwetste Ricky jou omdat hij jou net zo haat als ik.'

Au. Jezus, dat doet pijn. Ik heb het gevoel alsof iemand me met de gesp van een riem slaat zoals mijn vader vroeger deed, en ik hap naar adem. Hoe is het mogelijk dat mijn kind zo naar doet? Sophia glimlacht naar het gezicht op het cd-doosje. 'Maar hij zou míj nooit kwetsen. Dat weet ik zeker.'

VRIJDAG 24 MEI

Jill Sanchez glimlacht terwijl de camera's flitsen, en ze doet haar best om te doen alsof ze giechelt terwijl ze achter in een glanzende witte Lincoln Town Car langs lichtelijk irritante paparazzi en verslaggevers rijdt. Ze doet alsof ze geschokt is dat ze het lef hebben om haar privacy te schenden, terwijl ze eigenlijk zit te mopperen op haar verloofde die naast haar zit en de fotografen na-aapt.

'Pruil niet zo en lach,' zegt ze glimlachend door op elkaar geklemde kaken. Het is niet haar schuld dat ze de schade moeten beperken vanwege het zoveelste verhaal over Jacks stripclubgewoonten. Het is zijn schuld. En dit keer betekent schadebeperking een buitengewoon sensuele mini-jurk met petticoat van Dsquared2, met een strak lijfje en strak van boven, maar ruim genoeg van onderen om te suggereren dat ze wel eens zwanger zou kunnen zijn, hoewel ze dat natuurlijk niet is. De beste manier om je foto en verhaal in de bladen te houden is om te doen alsof je zwanger wilt zijn, om de camera's te plagen. Slonzig is het zeker niet. Het is heel kort en haar benen zijn zacht en glitteren volmaakt, de gouden dijen komen vakkundig boven de zachte, beige suède kniehoge stilettolaarzen uit. Jill Sanchez gaat voor de 'sexy mama, misschien'-uitstraling, en dat is deze.

'Rumi was waardeloos en deze Tantra-shit is waarschijnlijk ook waardeloos,' zegt Jack over het uitje. Hij draagt weer een van de outfits die zij voor hem heeft uitgekozen en die bedoeld is om een combinatie van Ward Cleaver en Kurt Cobain uit te stralen. Precies de papa die jij wilt, denkt hij; gaat 's morgens naar kantoor en schiet zichzelf 's avonds voor zijn kop. Hij heeft een saai overhemd aan dat hij open draagt en een donkere spijkerbroek die hij eigenlijk wel mooi vindt. Met sandalen die hij verfoeit. Hij is blij als hij bedenkt dat hij binnenkort een zakenreisje naar zijn favoriete stad Los Angeles heeft en dat deze nachtmerrie binnenkort voorbij is en hij weer in zijn eigen buurtje is.

Jill heeft Tantra uitgekozen voor hun 'afspraakje' vanwege de seksuele associaties, want om de schade te beperken wil ze een beeld van liefde en vreugde over hun relatie uitstralen. De restaurant-nachtclub in South Beach staat bekend om zijn schaamteloos sensuele menu met pikante citaten als *een vrouw hoort alleen in het openbaar te eten als het zeekreeft en kaviaar is*, en gerechten die gegarandeerd de geslachtsdrift verbeteren, opvoeren en anderszins stimuleren.

Alleen blije, geile minnaars gaan naar Tantra volgens Jill Sanchez. Ze gaan naar Tantra om samen van de Tantra combo te genieten: oesters, garnalen, een pijlinktvissalade, in sojasaus gegrilde paling, met zeekreeft gevulde deeghapjes, krabbenpootjes, sushi met tonijn en een wasabisorbet. Hier kom je niet als je preuts of verlegen bent; hier komen alleen hippe jonge minnaars die schaamteloos praten over hun hartstochtelijke vrijpartijen zelfs al zijn ze onderweg naar het saaie, oude altaar.

In werkelijkheid – een dimensie waar Jill Sanchez zo min mogelijk komt – hebben zij en Jack de afgelopen paar dagen zó erg ruziegemaakt dat ze zelfs met haar nagels een schram op zijn bovenarm heeft achtergelaten. Natuurlijk had hij niet terug gekrabd of geslagen. Zo is hij niet. Hij stond haar maar een beetje uit te lachen met een van zijn stomme boeken in zijn hand. Ze wil niet weten hoe gewelddadig haar relaties soms zijn, want dan zou ze een nederlaag moeten toegeven. Jill Sanchez is nog niet bereid om deze boze geest los te laten en ze heeft geen zin om erover na te denken zolang hij niet verslagen is.

Jill kijkt niet meer naar Jack, maar ze vermoedt dat hij nog steeds sarcastische bekken trekt naar de paparazzi bij Tantra, ook al heeft ze het hem al honderd keer gezegd: sarcasme komt op foto's alleen maar over als lelijk. En boos. Ze wil niet dat de bladen gaan speculeren dat ze een slechte relatie hebben. Ze wil dat ze optekenen hoe gelukkig en verliefd iedereen lijkt. Ze moet die akelige verhalen ontzenuwen dat Jack in Tokyo met travestieten heeft geneukt, en dat lukt niet als Jack de verslaggevers in de zeik neemt. Hij zou zijn neus in haar hals moeten duwen of haar kussen alsof de media er niet zijn. Hij zou iets moeten doen om te tonen hoe wanhopig en waanzinnig verliefd hij op haar is, net zoals zij glimlacht en glimlacht tot haar gezicht pijn doet om aan de wereld te bewijzen dat ze eigenlijk de gelukkigste, mooiste en rijkste vrouw ter wereld is, een vrouw op wie je in alles wilt lijken, met wie je naar bed wilt.

Het stoort Jill Sanchez dat Jack Ingroff acteren niet zo serieus neemt als zij.

Het stemt Jill Sanchez tot tevredenheid dat ze in staat is te allen tijde te acteren, zelfs als ze alleen maar zichzelf speelt zoals anderen haar zouden moeten zien.

'Lach,' zegt ze weer. 'Trek geen lelijke gezichten.'

Jill Sanchez is niet lelijk en dat moeten haar mannen ook niet zijn, vindt ze. Er is maar één uitzondering op die regel geweest en dat was D-Kitty, een zoetsappige rapper die zo stinkend rijk was dat hij het hele jaar aan Cape Cod kon verblijven en zijn eigen zonlicht en warmte kon maken. Ze had vorige week foto's van hem gezien dat hij bij zijn huis in Cape Cod in de kou aan het tennissen was, verwarmd met gigantische lichtbakken en warmtebronnen. Jill heeft nog steeds bewondering voor zijn stijl en panache, ook al weet ze eigenlijk niet precies wat dat laatste betekent. Ze is een tijdje met hem uitgegaan, totdat ze zag dat twee van zijn maten een andere rapper neerschoten en toen had ze het gehad. Ze giechelde tijdens interviews waarin ze niet huilde en soms deed ze beide om haar eigen onschuld en machteloosheid aan te dikken. Het publiek schijnt alweer vergeten te zijn dat het wapen tussen de zitting van haar Escalade limousine is gevonden en dat ze in die fase van haar leven een bandana om haar hoofd droeg alsof ze lid was van een bende. Ze neemt graag risico's, maar een lelijke mond en gewelddadige maten zijn risico's die je maar één keer neemt als je van plan bent om de wereld aan je voeten te krijgen zoals Jill Sanchez.

Klik! Er gaan meer flitsen af in de donkere lucht van South Beach als Jack en Jill uit de Town Car stappen en de drukke stoep op gaan. Jill draagt een zonnebril alsof ze niet herkend wil worden, maar aangezien het haar eigen ontwerp voor bij haar kledinglijn is – zelfs met haar eigen merknaam, JSan, in bladgoud op de zijkant – is ze natuurlijk zo te herkennen. Ze houdt haar nieuwe handtas op, een vierkant botergeel tasje van Celine, waarvan ze hoopt dat het het juiste beeld uitstraalt: luiertas/sexy draagtas. Een ding is zeker, zodra de foto's in de bladen staan wil iedereen in de wereld een tas als deze. Boft Celine even.

'Dit is kut,' zegt Jack, terwijl Jills bodyguards en de arme chauffeur Yaver de toeristen en fans uit de weg duwen.

'Jill Sanchez!' roept iedereen. Ze happen naar adem. Jill Sanchez geniet van het feit dat ze deze reactie bij mensen losmaakt. Iedereen kan wel een voorbeeld in zijn leven gebruiken. Liever zij dan sommige mensen die ze kan bedenken.

Ze wijzen en staren. Ze gooien hun pennen en honkbalpetten of T-shirts naar haar in de hoop dat ze een handtekening krijgen. Een paar mensen vragen Jack om een handtekening, inclusief een vreselijke nerd die alleen die van Jack wil, maar de meesten willen die van haar, wederom bewijs dat ze gelijk heeft wat betreft hun voortdurende ruzie over wie van hen het meeste talent heeft. Jack kan niet zingen. Hij kan niet dansen. Hij mist de creatieve passie die Jill in haar lijf heeft, en Jill is blij dat het publiek dit ook opmerkt. Jill zet een paar handtekeningen en geeft haar bodyguards dan het geheime teken, twee knikjes, waarop zij een weg naar de deur voor haar banen.

'Wat doe je hier?' roept iemand.

Jill draait zich om voordat ze het restaurant binnengaat om te kijken wie het is. Het is een verslaggever van *People* en dus wil ze wel antwoord geven.

Giechelend wuift ze alsof ze net een oude vriend heeft gezien en ze schermt haar ogen af alsof ze niet goed kan zien wie de vraag stelt. 'Soms heb je opeens verschrikkelijk veel zin in echt goede sushi!' roept ze. 'Maar voorlopig geen rauwe vis.' Ze legt haar hand op haar buik alsof ze zwanger is en trek heeft en giechelt.

En daarna duikt ze naar binnen alsof ze helemaal verrast is door de commotie en de fotografen.

Als ze aan hun tafeltje gaan zitten, roept Jill de kruiperige, dolgelukkige eigenaar bij zich en vraagt of er tijdens het diner vier hulpkelners bij het tafeltje kunnen staan om grote witte servetten op te houden, zodat de rest van de mensen in het restaurant haar en Jack niet kunnen zien. De eigenaar stemt in. Jill is geschokt als een van de hulpkelners haar groet en vraagt hoe het met haar is; hij zegt dat hij Jills laatste film niet zo leuk vond als haar eerdere films en hij stelt voor dat ze weer 'films met inhoud' gaat doen.

Wát? Het is niet aan hem om dat te zeggen. Ze geeft geen antwoord. In plaats daarvan verzoekt ze de eigenaar de betreffende hulpkelner te vervangen omdat hij haar privacy heeft geschonden. Als zijn vervanger er is, laat Jill Sanchez de mannen en de servetten zó plaatsen door haar bodyguards dat een of twee, van tevoren uitgekozen, fotografen op de stoep een goede 'heimelijke' blik op haar kunnen werpen, terwijl de andere moeten raden.

'Volmaakt,' zegt ze.

'O, doe me een lol,' mompelt Jack. 'Wat stel jij je aan.'

'Een ware ster moet ervoor werken,' zegt ze, waarmee ze het mes in de gevoelige plek nog eens omdraait. 'Anders verdwijnt het.'

'Een ware ster is iemand als Don Cheadle of Gael García Bernal,' zegt Jack. Hij bazelt over iets of iemand wat totaal niet relevant is. 'Iemand die werkelijk iets voor mensen betekent.' Jack is saai. Jill wil opeens zo ver mogelijk bij Jack Ingroff vandaan zijn. Hij is raar en hij vormt een belemmering voor haar. Ze neemt doelbewust een slok champagne, glimlacht voor de camera's op straat en geeft hem een hartstochtelijke zoen op de lippen. Hoe gelukkiger ze nu lijken, des te meer ze in de pers zullen komen als ze uit elkaar gaan.

Ze mist Ricky vreselijk.

Jill Sanchez heeft een echte man nodig. Een man zonder angst.

Een man zoals Ricky Biscayne.

MAANDAG 3 JUNI

Het is maandag en het is zomervakantie. Sophia is officieel van de basisschool af. In de herfst gaat ze naar de middelbare school. En ze is niet van plan om naar Homestead High te gaan. Ze verdient beter. Ze heeft genoeg van de scholen hier in de buurt en als haar moeder er niets aan doet, dan zal ze het probleem zelf moeten oplossen.

Daarom loopt Sophia samen met haar beste vriend, een slungelige, aantrekkelijke jongen van vijftien die David heet, van haar huis naar de bushalte. David is al meer dan een meter tachtig, heeft verschillende tatoeages, een verwijfd loopje en een stekeltjeshoofd en woont in een goedkope flat met zijn moeder die met stockcars racet, en hij noemt zichzelf voor de gein de 'conservatieve, blanke homo'. Hij is erg knap, grappig, bedachtzaam en een fantastische komiek in de dop. Sophia kan beter met hem opschieten dan met haar vriendinnen. Ze vallen op hetzelfde soort jongens, maar weten tegelijkertijd dat ze nooit elkaars concurrent zullen zijn. Als een jongen Sophia leuk vindt, vindt hij David waarschijnlijk niet leuk, en andersom. Op het moment vallen beide tieners op de zanger Mario. Hij is mager, aantrekkelijk, en Sophia en David hebben beiden de neiging om hem te beschermen. Eigenlijk valt Sophia ook op David, maar dat kan ze hem niet zeggen. Dat heeft geen zin.

David huppelt zingend naast Sophia over de stoep. 'Wat gaat je moeder doen als ze erachter komt?' vraagt hij.

'Interesseert me niet,' antwoordt Sophia. Haar moeder is op dit moment hard aan het werk als de Geweldige Brandweervrouw en weet niet waar ze naartoe gaat, en als alles volgens plan verloopt, komt ze er ook niet achter. Als alles volgens plan verloopt, krijgt Sophia haar vader te zien en is ze op tijd thuis voor het avondeten met mama en oma.

Ze wachten in het vroege zonnetje op de bus. Sophia probeert dapper en stoer te lijken in haar versleten spijkerbroek en T-shirt. Ze draagt een rugzak over beide schouders, ook al vindt David dat ze er als een loser uitziet, en smeekt hij haar om hem over één schouder te hangen. In de tas zitten foto's van haar familie, haar geboorteakte en alles wat ze tot nu toe heeft verzameld over de man die volgens haar haar vader is: tijdschriftknipsels, cd's en zelfs een dvd van een uitverkocht concert dat hij in Madison Square Garden heeft gegeven. Sophia wil het risico niet lopen dat de tas gestolen wordt als ze hem op een manier draagt die cool en onbekommerd is. Ze voelt zich allesbehalve onbekommerd.

Bij de bushalte staan ook twee mannen die er dakloos en dronken uitzien. Als de bus eindelijk komt, stappen de dronkenlappen niet in. Sophia beseft dat ze de bushalte alleen gebruikten als een plek om te zitten. Sommige mensen hebben het slechter dan zij, denkt ze.

'Dag,' zegt ze tegen de buschauffeur. Geen reactie. Chagrijnige buschauffeur. Als Sophia een bus moest besturen zou ze ook chagrijnig zijn.

'Fijne dag nog,' zegt David op sarcastische toon tegen de chauffeur, in de hoop dat de chauffeur beseft hoe bot hij is. Tegen Sophia zegt hij vervolgens: 'Werkelijk, ik weet níét wat mensen tegenwoordig hebben.'

Ze gaan achterin zitten en David begint te zingen. Enkele medepassagiers kijken hem afkeurend aan en Sophia probeert hem het zwijgen op te leggen. 'Wil je straks in elkaar geslagen worden?' vraagt ze. 'Doe nou effe normaal.'

Sophia is nog nooit met de bus geweest. Dat mag ze niet van haar moeder. Ze probeert de indruk te wekken dat ze weet wat ze doet. Het is een lange rit, vooral omdat ze bij verschillende haltes moeten wachten, maar verder is het precies zoals de dame van de vervoersinformatie haar aan de telefoon had verteld.

Tegen de tijd dat ze eindelijk in Miami Beach zijn, is het laat in de middag en vergaan ze van de honger. Sophia's schouders hangen naar voren, doen pijn en zijn verbrand. 'Heb jij nog geld?' vraagt ze aan David.

'Ben je gek?' is zijn antwoord. 'Ik heb al mijn geld uitgegeven aan die helse busrit. Ik ben hartstikke blut.'

'Ik wist niet dat het zo lang zou duren. Ik heb honger.'

'Ik ook. Laten we maar doen alsof we supermodellen zijn die genieten van uithongering,' zegt David. Met zijn armen boven zijn hoofd haalt hij diep, theatraal adem. 'Laten we onze honger leven. Voel het. Voel het echt.'

Vanaf de laatste bushalte tot Ricky's huis is het ongeveer vijf straten lopen. Sophia heeft op internet een route naar Ricky Biscaynes huis uitgezocht, maar wat de routekaart haar niet heeft getoond, is dat de buurt is afgesloten met een hek en een bewaker. David en zij zien de bewaker al van veraf en duiken weg tussen de palmbomen om een plan te bedenken. Ze zien dat er verschillende auto's door het hek rijden en dat een vrouw met twee honden zonder op te kijken langs de bewaker loopt. Er is niemand die haar tegenhoudt.

'Dát moet je gewoon doen,' zegt David.

'Wat?'

'Heel doelbewust en gericht lopen,' zegt hij.

'Echt waar?'

'Meisje, gedraag je gewoon alsof je hier hoort. Als ze ernaar vragen, ben je Ricky's nichtje en ik ben je vriend. Meer hoef je niet te doen. Ik regel de rest.'

'Niemand gelooft dat jij mijn vriend bent,' zegt Sophia.

'Wat?' Hij kijkt gekwetst. 'Ik kan best hetero doen.' Hij gaat rechtop staan en duwt zijn borst naar voren. 'Ik Tarzan, jij Jane.'

'Nou lijk je net een boze kapper,' zegt Sophia.

'Trut,' zegt David, met een valse grijns. 'Kom, we gaan. Ik beloof je dat ik me niet als een homo zal gedragen.'

Sophia heft haar hoofd op, trekt haar rugzak recht en begint fluitend te lopen, zo nonchalant als ze kan. David loopt naast haar mee en doet zijn best om op een hetero te lijken. Ze kijkt helemaal niet naar het wachthuisje, maar loopt gewoon over de stoep naar de kleine opening in de muur. Ze doet haar best om haar verwondering niet te tonen over de grote huizen achter de muur. Het zijn complete paleizen.

'Hé, jullie twee!' De vrouwenstem is scherp. Sophia draait zich om, glimlacht en zwaait.

'Hoi!' zegt ze. Snel leest ze wat er op het naambordje van de vrouw staat. Myrna. Wat een lelijke naam.

'Waar gaat dat heen?'

'Eh, Myrna?' zegt David, die zich volledig aan zijn rol overgeeft. 'Ken je ons niet meer?'

De blik van de bewaker verandert direct van dreigend naar onzeker, en Sophia feliciteert David in gedachten. Ze wijst naar zichzelf en glimlacht vriendelijk. 'Ik ben het, Sophia. Ricky's nichtje. Ik kom voor bijles.'

De bewaker knijpt haar ogen een beetje toe. 'Ik ken jou niet. Niemand krijgt in de zomer bijles.'

'Wel voor zingen.'

'Ik ben Sophia's vriend. We gaan allebei meedoen aan *American Idol*. Ricky gaat ons helpen.'

Sophia kijkt snel even naar het wachthuisje en ziet een grote, lichtgroene fles staan met Arizona ijsthee. 'De vorige keer hadden we het nog over ijsthee. Weet je dat niet meer? Ik had groene thee bij me, en je zei dat jij dat ook lekker vindt.' Ze probeert niet te laten merken dat ze vreselijke dorst heeft.

'Zo veel antioxidanten,' zegt David. Sophia kijkt hem nijdig aan omdat hij vreselijk nichterig overkomt.

Myrna schudt langzaam haar hoofd en is er nog steeds niet uit.

'We kunnen haar oom bellen, als je dat wilt,' zegt David. Hij haalt zijn schouders op in een poging dreigend over te komen. 'Maar ik kan je nu alvast vertellen dat hij daar de vorige keer behoorlijk kwaad over was, want hij had jullie instructies gegeven om ons door te laten. Hij is bezig met een nieuw album en wil niet gestoord worden, tenzij het dringend is. Maar als je wilt, bel ik hem nu meteen. Ik pak mijn mobieltje wel even.' David haalt zijn mobiele telefoon uit zijn broekzak en doet alsof hij een nummer intoetst. 'Maar hij heeft er een hekel aan om onderbroken te worden, hè, schatje?' vraagt hij aan Sophia.

'Nogal,' zegt Sophia, en ze knikt.

'Als wij hier problemen mee krijgen, is het jouw schuld, Myrna.'

Myrna glimlacht en schudt haar hoofd. 'Het is wel goed. Ik weet alweer wie jullie zijn.'

Ja! Sophia is ervan overtuigd dat David ooit acteur wordt.

'Cool. Leuk je weer te zien. Fijne dag nog!' Sophia draait zich om en loopt langs de paleizen in de richting van het huis van haar vader. David pakt haar hand vast en knijpt er even in. Ze blijven hand in hand lopen om de illusie voort te zetten, ook al huppelt David.

Ik zou hier best aan kunnen wennen, denkt Sophia, als ze de prachtige buurt met de luxe wagens en kilometers gazon ziet. Hand in hand met een jongen van wie ze houdt. Ja, denkt ze, dat zou ik zo kunnen.

Ik lig op mijn gele bed in mijn gele kamer en heb net Ricky Biscayne aan de telefoon gehad. Ik heb hem gezegd dat ik het een eer zou vinden om zijn geheime minnares te zijn en ik vraag me af in wat voor ellende ik me zojuist heb gestort. Ik neem een slokje ijskoffie die mijn moeder voor me heeft klaargemaakt (heel lief van haar) en veeg de kruimels van een 'pastelito met ananas'-vreetbui van mijn shirt. Hij zegt dingen tegen me die ik nog nooit van een andere man heb gehoord, zoals 'het noodlot heeft ons bij elkaar gebracht', en ik weet dat ik hem niet moet geloven, maar toch doe ik het. We zijn zielsverwanten, daar ben ik al jarenlang diep vanbinnen van overtuigd. Ik vind het verbijsterend dat hij het ook zo voelt. Ik heb mijn taak als secretaris van Las Ricky Chickies opgezegd en heb 'belangenverstrengeling' als reden aangevoerd. Ik heb een paar gemene e-mails van leden gekregen waarin ze me ervan beschuldigen dat ik arrogant bent. Het kost me moeite om niet steeds gewoontegetrouw in te loggen op de site, zoals ik vroeger deed.

Ik probeer een paar bladzijden te lezen uit de boekenclubkeus van deze week, *The Frog Prince* van Jane Porter, maar ik kan me niet concentreren. Ik loop achter. Ik ga wel, maar weet niet waar iedereen het over heeft en dat hebben zij ook door. Ik ben mezelf niet, zeggen ze. En in mijn chique kleren vertrouwen ze me ook niet. Ze denken dat ik met mijn nieuwe baan in een andere kring ben gestapt, of zo. Het is niet meer hetzelfde. Ik weet niet wat me overkomt. In korte tijd is mijn leven erg veranderd. Mijn vader wil niet eens meer met me praten omdat hij denkt dat ik hem heb verraden door de extraatjes aan te nemen, de auto, de kleren en zo. Hij vindt dat ik me als een hoer kleed, wat eigenlijk waar is, maar toch? Ik ben gelúkkig. Is er dan niemand hier in huis die dat ziet? Mijn moeder is wel blij voor me, maar ze maakt zich ook zorgen. Iedereen in mijn familie maakt zich altijd zorgen als een ander het goed doet. Alsof daar iets mis mee is. Alsof het onmogelijk zo kan blijven. Alsof er een addertje onder het gras zit. En dus weet ik zeker dat er een addertje onder het gras zit, en ik denk dat het te maken heeft met het feit dat het noodlot ervoor heeft gezorgd dat ik de nieuwe vrouw in Ricky's leven ga worden. Ik weet niet hoe mensen daarop zullen reageren. Ik weet zelf niet eens wat ik daarmee moet. Ik weet alleen dat ik van hem hou. Ik denk dat ik een heel goede echtgenote zou zijn van een rijke, beroemde man. Daar zou ik zeker aan kunnen wennen.

Oké, tijd om op te staan en me gereed te maken voor mijn werk. Is het nog werk als het niet als werk aanvoelt? Is het nog werk als het het langste afspraakje ter wereld lijkt? Ik weet het niet.

Ik loop in mijn badjas en slippers naar de badkamer, trek mijn kleren uit, douche, scheer mijn benen en oksels, kom eronder vandaan, wikkel een handdoek om mijn hoofd, trek mijn badjas weer aan en loop terug naar mijn kamer. Ik trek de kast open om te kijken wat ik aan moet. Vroeger was dat niet zo'n belangrijke beslissing. Vroeger droeg ik een duffe jurk en dat was dat. Ik vond het leven toen eigenlijk leuker, maar alleen omdat het niet zo veel werk was. Ik word er doodmoe van om de hele tijd te moeten bedenken wat ik voor Ricky moet dragen om er leuk uit te zien. Het slaat nergens op. Ik begrijp niet dat andere vrouwen dit volhouden. Wat een gedoe. Ik dacht dat ik het leuk zou vinden, maar dat is niet zo. Ik vind het nogal irritant. Ik wil het liefst een joggingbroek aan en de hele dag tijdschriften lezen, maar dat kan niet meer.

Het is laat in de middag. Ik weet het. De meeste mensen zouden nu op hun werk zitten. Maar ik heb een goede reden. Ik geef vanavond een feest voor de media in Ricky's studio. Nou ja niet de hele media. Alleen voor degenen die belangrijk zijn. *The New York Times*, *Billboard* en *People*. O, en iemand van Associated Press. Ze denken allemaal dat ze een exclusieve blik krijgen op het genie Ricky die aan zijn nieuwe Spaanstalige album werkt, en ik heb alle critici die ik heb uitgenodigd ook stuk voor stuk verteld dat ik hun mening meer dan alle andere op prijs stel en dat ik daarom graag wil dat ze komen luisteren om te laten weten wat ze ervan vinden. Verslaggevers reageren goed op vleiende woorden. Maar dat geldt denk ik voor iedereen, inclusief mezelf. Ik bedoel, waarom sta ik hier anders te kijken naar de verleidelijke eigenschappen van verschillende kledingstukken? Voor mijn werk?

Ik kies een zwarte enkelbroek van DKNY uit, een oranje tanktop van Dolce & Gabbana en een lichte, zwarte, katoenen sjaal. Ik lijk Geneva wel met al die onzin van merknamen. Deze kleren zijn allemaal met de complimenten van Ron DiMeola en zijn drugsverslaving. Het zijn kleren die ik van Ricky's geld heb betaald. Daar voel ik me schuldig en vreemd over. Vies. Ik vind het lekker om me vies te voelen, maar dat wil ik niet. Ik rechtvaardig deze groeiende ellende door mezelf voor te houden dat ik in mijn nieuwe baan de verantwoordelijkheid heb om Ricky's trendy imago hoog te houden bij de leden van de pers.

Ik kleed me aan en pak dan mijn nieuwste aankoop, een paar bijpassende oranje sandalen uit de Jimmi Choo-winkel in Merrick Park. Schoenen interesseren me eigenlijk niet, maar ik heb het gevoel dat ik wel moet omdat ik altijd naar *Sex and the City* heb gekeken waarin Sarah Jessica Parker vindt dat haar getrouwde vrienden schoenen voor haar zouden moeten kopen omdat ze single is en ze aanbidt een paar Jimmi Choo's. Maar. Als je het mij vraagt? Ik vind het gewoon belachelijk dure schoenen. Zo bijzonder zijn ze niet. Er zijn vast mensen die er anders over denken. Maar terwijl ik ze aantrek, denk ik: nou en? Ik draag liever gympen. Is dat zo erg? Nou? Ik bedoel, zeshonderd dollar voor een paar schoenen? Terwijl er mensen in de wereld zijn die honger lijden? Hoe absúrd is dat? Behoorlijk. Ik dacht dat ik schoenen leuker zou vinden. Onze maatschappij maakt vrouwen wijs dat schoenen bijzonder zijn.

En dan nu het echt irritante gedeelte. Ik loop terug naar de badkamer om mijn haar en make-up te doen. Je haar en make-up doen is echt de meest kolossale tijdverspilling in meisjesland die je je maar kunt bedenken. Ik moet de aantekeningen van de stylist erop naslaan om te weten hoe ik mijn haar ook alweer moet doen. Ik kan het nog steeds niet zonder smokkelen. En de hele make-uptoestand? Soms is het wel leuk. Maar elke dag? Het is een uitputtingsslag. En een beetje smerig om allemaal verf op je gezicht te smeren. Ik snap het niet. Ik bedoel, ik begrijp dat mensen beter op me reageren als ik make-up draag. Mannen houden de deur voor me open. Ricky, eh, zoent me. Dat soort dingen. Kleine dingen.

Oké, wezenlijke dingen.

Ik föhn mijn haar tot het bijna droog is, gebruik dan de straightener om het steil en glad te maken zodat de highlights meer opvallen. Ik gebruik een klein wit make-upsponsje om mijn gezicht te bedekken met een laagje vloeibare foundation van NARS. Ik mag dan geen verschil zien tussen dure en goedkope schoenen, maar ik merk wel verschil met make-up. NARS is het beste wat ik ooit op mijn gezicht heb gesmeerd. Hierna breng ik een glanslaagje van Benefit op mijn wangen en lippen aan in een romige perzikkleur. Mijn lippen laat ik verder neutraal en ik benadruk mijn ogen met donkergrijze en lavendelkleurige oogschaduw van NARS en nog wat lagen zwarte mascara, Maybelline's Great Lash, die volgens Geneva en iedere andere vrouw die ik ken de beste op de markt is, ook al kun je hem gewoon bij de drogist krijgen. Als ik klaar ben, maak ik het af met een dun laagje gezichtspoeder van Clinique. Volmaakt.

Papa en mama zijn naar hun werk. Ik weet niet waar mama's show vandaag over gaat. Ik kan het me niet herinneren. Misschien wíl ik het me niet herinneren. Ze heeft het wel gezegd. En als ik heel hard nadenk, komt het vast wel boven. Eh… o, ja. Getver. Dat is waar ook. Het gevaar van smegma.

Ik zeg mijn opa en oma gedag. Zij willen nog steeds met me praten. Ze praten tegen me om tegen me te zeggen dat Geneva die *negrito* moet dumpen voordat ze de goede naam van de familie bezoedelt. De goede naam van de familie? Schei toch uit. Afijn, ze zitten samen op de veranda achter het huis te kaarten en hebben het over het grote feest dat ze mede organiseren voor alle ballingen uit de stad Trinidad op Cuba. Ze houden dit feest al jaren. Ze zien er zo lief uit en op de een of andere manier ook heel triest, dat ik snel naar ze toe loop en ze allebei omhels. 'Ik ben vanavond pas laat terug van mijn werk,' vertel ik ze. 'Blijf maar niet wakker voor mij.'

'Waarom zouden we wakker blijven voor jou?' vraagt mijn oma. 'Dat is je moeders taak.'

Goh, bedankt, zeg. Ook goed.

Ik trek de deur achter me dicht en loop naar mijn Mercedes. Zei ik 'mijn Mercedes'? Het is niet juist. Het zit me niet lekker dat ik deze auto heb, alsof ik ben omgekocht om mijn mond te houden. O, wacht even. Dat is ook zo. Dat is waar ook. Afijn, hij is niet echt van mij, want Ron heeft hem geleased op naam van het bedrijf, en ik mag erin rijden. Maar toch. Een witte Mercedes helemaal voor mij alleen? Om te gebruiken, in elk geval. Waanzinnig.

Ik stap in de auto en zet de stereo aan. Een demo van Ricky's cd begint te spelen, die waar de critici vanavond naar komen luisteren. Aantekening: cd-spelers zijn véél gaver dan cassettespelers. Tweede aantekening: een Mercedes is véél gaver dan een Neon.

Ik rij rustig de oprit uit. Ik wil naar de sterren zingen als ik dit nummer hoor. Ik vind het prachtig. Ik vind het geweldig dat Ricky zulke nummers kan schrijven en zingen. Hij heeft waanzinnig veel talent. Ik ben verliefder op de muziek dan op het lichaam; nu ik het lichaam zo vaak zie, is het niet eens meer bijzonder. En dit? Dit is het beste album dat Ricky ooit heeft opgenomen, vol met sentimentele ballades waar ik gek op ben, maar ook met pittige dansnummers die de rest van de wereld is gaan associëren met de Wereldbeker voetballiederen.

Ik zet hem wat zachter, en terwijl ik door Coral Gables rij, bel ik naar kantoor met mijn mobiel. Hoor je hoe dat klinkt? Ik bel naar kantoor met mijn mobiel. Zo chic. Helemaal niet aanstellerig. Heel cool.

Ricky's assistente neemt op, een meisje dat Penelope heet, en ik vraag of ze me wil doorverbinden met de cateraars voor het feest van vanavond. Doorverbinden. Chic, hè? Afijn, ik wil ervoor zorgen dat alle neuzen in de juiste richting staan, klaar zijn enzovoort. Ik zou bijna denken dat ik hier de papieren voor heb. Ik zie mezelf en denk dat ik iedereen verdomd goed voor de gek weet te houden. Beter dan dit wordt het niet.

Ik rij de Dixie Highway op en bevestig dat de cateraars een uur voordat de eerste gasten arriveren langskomen met de hapjes en de champagne. Terwijl ik de noordelijke snelweg neem, in dit deel van de stad veel meer een boulevard, bel ik Ricky's assistente en vraag of zij bij de zes critici wil checken of ze ook werkelijk komen. Dan hang ik op, zet het volume hoog en rij verder.

Als de Dixie Highway samenkomt bij de 95 naar het noorden, geef ik plankgas om te voelen hoe de Mercedes optrekt. De Neon kachelde altijd een beetje achteraan in de spits, doorhangend en slap, terwijl alle auto's me inhaalden. Hoewel ik serieus betwijfel of Ricky Biscayne mijn minnaar wil zijn, weet ik dat hij het wel gezegd heeft en daarom rij ik snel naar hem toe. Niemand haalt mij nog in.

Aan het eind van de middag zet ik de Mercedes bij Ricky's huis neer en zie ik nog net dat Matthew Baker op zijn rode fietsje aan komt rijden met zijn honkbalpet en T-shirt van Green Day. Hij heeft iets heel mannelijks en natuurlijks. Iets wat absoluut niet bij Miami past.

Ik zwaai. Hij grijnst een beetje en zwaait dan pas terug. Hij kijkt me niet recht aan. Waar slaat dat op? Hij is heel onaardig tegen me. Ik vraag me af of hij soms van Ricky weet. Waarschijnlijk wel. Hij keurt het natuurlijk af, en dat zou ik ook doen. Misschien was het toch niet zo verstandig om mijn baas te kussen. Mijn getrouwde baas. Mijn beroemde getrouwde baas. Geen goede beslissing. En nu ik Jasminka leuk genoeg vind om haar niet te kunnen haten, is het nog erger.

Ik stap de Mercedes uit en druk op de sleutel om hem op slot te doen. Matthew loopt snel voor me uit.

'Late lunch?' roep ik hem na, in de hoop dat hij blijft staan. Dat doet hij. Hij stopt zijn handen in zijn zakken en kijkt me aan alsof ik hem zojuist heb beledigd.

'Ja, toevallig wel,' zegt hij.

'Was het lekker?' Ik haal hem in en doe zo normaal mogelijk, een gezellig gesprek tussen collega's. Ik begrijp nog steeds niet wat de Matthew-connectie is, waarom ik voortdurend zijn naam en hemzelf tegenkom, en waarom hij zo'n hekel aan me heeft. Misschien is het masochistisch, maar als iemand mij niet mag, zie ik het als een uitdaging om hem van gedachten te laten veranderen.

Matthew klopt op zijn buik en grijnst weer. 'Zie ik eruit als iemand die ooit iets anders doet dan lekker lunchen, Milan?'

'Nou, ja,' zeg ik. Ik weet niet goed hoe ik hierop moet reageren. 'Is Ricky in de buurt?'

'Ik heb hem de hele dag nog niet gezien.' Matthew houdt het hek van de achtertuin voor me open. Ik wacht op hem. Maar hij beent langs me heen en wacht niet op mij. Hij heeft haast. Of hij haat me. Dat weet ik niet. Ik mompel: 'Leuk even met je te praten.' Maar ik zeg het niet zo hard dat hij het kan horen.

Ik sta in de tuin en probeer mijn gedachten op een rijtje te zetten. Ik luister naar de golven die tegen de muur om de tuin kabbelen. Ik hoor iemand op een jetski langsscheren. Waar was ik ook alweer mee bezig? O, ja. Het feest vanavond. Maar Ricky is er niet. Ik loop naar het huis om Jasminka te vragen of hij het met haar over het feest heeft gehad. Als hij het niet is vergeten. Het zou toch zonde zijn om een feest te geven terwijl de gastheer niet komt opdagen, nietwaar? Ik druk op de bel bij de achterdeur en Jasminka doet vrijwel meteen open, alsof ze naar me heeft staan kijken. Eng.

'Milan, je hoeft toch niet aan te bellen, je mag altijd binnenkomen,' zegt het model. Ze ziet er rond en mooi uit. Ik wil heel graag een hekel aan haar hebben zodat het gemakkelijker is om haar man af te pakken, maar dat kan ik niet. Ze is veel te aardig. Ze omhelst me zelfs en ik kan haar ademhaling horen die oppervlakkig en op de een of andere manier erg zwanger is. Ik ben slecht. Ronduit egoïstisch.

We gaan naar de keuken en ik vraag haar naar Ricky. Zij zegt ook al dat ze hem de hele dag niet heeft gezien. Ze haalt haar schouders op. 'Hij is de laatste tijd veel weg,' zegt ze. Ze kijkt een beetje treurig.

'Veel werk?'

'Niet echt. Hij is voornamelijk bij zijn vriendjes.'

'O, nou, als je iets van hem hoort, wil je hem dan zeggen dat hij echt om zeven uur op het feest aanwezig moet zijn? Het is heel belangrijk.'

'Tuurlijk.' Jasminka houdt een doos met zeep voor me waar ik aan moet ruiken. 'Die heb ik net gemaakt,' zegt ze. 'Ik noem hem Celebrity. Als het goed is, ruikt hij naar pijnbomen en munt.'

Ik ruik eraan. Wauw! Dat is waanzinnig. Er zit iets van mentol in waar je ogen van beginnen te tranen. Ik word er helemaal wakker van. 'Heb je die zelf gemaakt?'

'Ja. Een hobby van me.'

'Wat goed, zeg.'

'Hou maar,' zegt Jasminka. 'Ik moet me klaarmaken voor mijn manicure. Ze komen aan huis.' Jasminka kijkt om zich heen alsof ze zeker wil weten dat niemand kan horen wat ze zegt. 'Ik weet niet of je het weet, maar ik mag van Ricky het huis niet meer uit. Hij vindt het niet veilig.' Ze slaat haar ogen ten hemel. 'Dus voortaan komt iedereen naar mij toe. De styliste, de manicure.'

'Goh,' zeg ik. Hè? Zegt ze nu net dat ze van Ricky het huis niet uit mag? Wat betekent dat? Ik wist niet dat je een volwassene kon verbieden haar eigen huis te verlaten. 'Lijkt me… fijn?'

Jasminka kijkt me even onderzoekend aan en ik voel me de gemeenste, bedrieglijkste mens ter wereld. 'Dat vind ik anders niet,' zegt ze. 'Het is niet fijn.'

Poeh. Dus het is waar. Ze hebben problemen. Ricky heeft me de waarheid verteld. Hij gaat bij haar weg als de baby er eenmaal is.

Hoef ik me niet meer zo schuldig te voelen.

Ik ga naar mijn kantoor en pleeg wat telefoontjes. Voornamelijk met televisiemedia aan de westkust, waar het nog behoorlijk vroeg is. Ik verzin wat dingen voor mezelf voor een nieuw verkooppraatje dat is bedoeld om Ricky in reisbladen te krijgen. Terwijl ik aan het schrijven ben, hoor ik de vette dijen van een man in een pak langs elkaar schuren en zie dan de bijbehorende grote vetklep opdoemen. Ik kijk op. Het is Ron DiMeola, die zonder te kloppen binnen komt waggelen zoals iedereen in mijn leven.

'Ron!' Ik knipper een paar keer met mijn ogen en tover een geforceerde glimlach om mijn lippen. 'Hoe is het?' Heeft hij het niet warm in dat pak en die glimmende das? Het is bloedheet. Hij ziet eruit alsof hij hier niet thuishoort. Hij kijkt me met een beheerste blik aan en glimlacht met één kant van zijn gezicht. 'Je ziet er goed uit, Milan,' zegt hij. 'Veel beter dan de vorige keer.'

Ik probeer uit mijn gedachten te bannen hoe deze man zijn vrouw, stoned als een garnaal, letterlijk aan ons blootgaf, maar ik krijg het niet voor elkaar. Ik dacht dat Ricky hem zou ontslaan, maar hij hangt hier nog steeds rond. Wat moet hij hier, verdomme?

'Misschien vraag je je af wat ik hier doe,' zegt Ron.

'Nee hoor, niet echt.' Hè? 'Je bent hier altijd welkom.'

Ron gaat verder alsof ik niets heb gezegd. 'Waarom is hij hier, vraag je je af. Ik ben hier omdat ik je persoonlijk wil feliciteren omdat je zulk goed werk doet voor Ricky.'

Hè? 'Eh, bedankt.'

'Ik heb bijgehouden wat je zoal doet. Ik heb het stuk gezien waarin Ricky het over biologisch tuinieren heeft. Dat artikel over zijn liefdadigheidswerk.' Hij lacht hardop. 'Shit. Fantastisch.'

'Dank je.'

'Weet je, toen ik je voor het eerst zag, dacht ik niet dat je het in je had om te liegen, dat zal ik je eerlijk zeggen. En nu? Ik dacht dat ík de grote leugenaar was.' Hij grinnikt met zijn kin in zijn nek. 'Maar jij? Jij bent echt een eersteklas leugenaar.' Een leugenaar? Maakt Ron DiMeola me nu uit voor leugenaar? Er is dus tóch een god.

'Wat bedoel je?'

'Ricky? Een gezondheidsfreak?'

'Hij is behoorlijk gezond.'

'Hoe kun jij jezelf recht in de ogen kijken?' vraagt hij, met een valse glimlach. Hij komt overeind. 'Dat wil ik graag weten, Milan. Hoe jij jezelf recht in de ogen kijkt.'

Het is een goede vraag. 'Ik weet niet wat je bedoelt, Ron. Ricky is een goeie vent.'

Langzaam glijdt er een sullige glimlach over Rons gezicht en hij begint weer te lachen.

Bij het appel zie ik met een schok van blijdschap dat Nestor Perez dienst heeft. In de twee maanden dat hij hier werkt zijn we vrienden geworden op een manier zoals collega's vrienden van elkaar worden. We eten samen. We praten over televisieprogramma's en sport of politiek. We hebben dezelfde politieke ideeën, dus dat is mooi. Hij helpt me als ik aan het bankdrukken ben, en ik help hem. Ik praat met hem over mijn familie. Hij heeft het nooit over zijn familie. Ik weet niet of hij die heeft. Hij praat nooit over zichzelf. Hij houdt van fietsen en hij heeft een kat. Daaruit maak ik op dat hij homo is. Dat weet ik nu zeker. Alle mannen in de kazerne weten het zeker en ze praten constant over hem achter zijn rug om; ze durven het niet recht in zijn gezicht te zeggen en doen hun best om niet te veel tijd met hem door te brengen, alsof homoseksualiteit een besmettelijke ziekte is. Ik gedraag me ook stom, want ik draag vanwege hem tegenwoordig mascara en blush naar mijn werk, maar ik besef hoe zinloos mijn ijdelheid is; hij is homo. Daar verandert mascara niets aan.

Hoofdbrandmeester Sullivan kondigt aan dat het op het moment rustig is, en we krijgen weer de opdracht ramen te lappen. Met emmers en sponsen lopen we naar buiten en babbelen even. Daarna werken we een tijdje in stilte. Dan zie ik dat Nestor naar me staat te staren.

'Alles goed?' vraag ik. Hij gooit zijn zeem in de emmer op het gras beneden.

'Irene. Mag ik je iets vragen?'

'Natuurlijk,' zeg ik, terwijl ik weinig enthousiast vogelpoep probeer weg te poetsen. Hoe slaagt een vogel er in vredesnaam in om horizontaal tegen ramen aan te schijten? Is de wind in Zuid-Florida zo krachtig?

'Waarom laat je over je heen lopen? Door L'Roy en al die anderen?'

Ik lach het weg. 'Over me heen lopen? Door hen? Ga toch weg.'

'Ik weet dat je doet alsof het je niets kan schelen, maar dat kan toch haast niet,' zegt hij tegen me.

'Er zijn belangrijkere dingen.'

'Je moet terugvechten,' zegt hij. 'Wat ze doen, mag niet.'

Ik haal mijn schouders op. 'Ik maak me er denk ik niet zo druk om.'

'Nou, dat zou je wel moeten doen,' zegt hij.

Op dat moment komen L'Roy en zijn maten naar buiten om wat werk te doen. Nestor loopt de ladder af om zijn zeem weer te pakken. 'Zullen we het er straks over hebben?' vraagt hij.

'Best,' zeg ik.

'Ik ben vandaag vroeg klaar,' zegt hij.

'Ik ook.'

'Zullen we samen ergens gaan eten?'

Eten? Meent hij dat? Mijn hart maakt een sprongetje als ik bedenk dat hij me mee uit vraagt. Niet waarschijnlijk. Homo's maken geen afspraken met, nou ja, vrouwen. Zelfs niet met vrouwen die mascara ophebben naar hun werk.

'Best,' zeg ik. 'Dat lijkt me gezellig.'

Ik hou de deur open voor twee vrouwen van de nagelsalon. De hitte van de middagzon dampt door de drukkende vochtigheid van Miami Beach. Ik heb zin om naar bed te gaan. Ik ben moe. Zo moe ben ik nog nooit geweest.

'Dank u,' zegt de eerste manicure, Shelly, terwijl zij en haar partner Diana koffers met materiaal naar binnen brengen. Ze heten in werkelijkheid anders, ze hebben Vietnamese namen, en het kost me moeite om ze te begrijpen met hun accent.

Ik wil net de voordeur dichtdoen, als ik zie dat een jong meisje heupwiegend de oprit op komt, samen met een jongeman. Het meisje is lang en knap. Ik knijp mijn ogen samen om te zien of ze misschien een model is dat ik ken. Maar nee. Het meisje, dat een eenvoudige spijkerbroek en een simpel zweterig, rood T-shirt draagt, heeft niet de kenmerken van een model. Ze straalt zelfvertrouwen uit, is sterk als een atleet en lijkt zich niet bewust van haar schoonheid. De jongeman is ook aantrekkelijk, maar overduidelijk homo; hij legt zijn hand op de arm van het meisje en giechelt zelf ook meisjesachtig.

Het meisje kijkt op een papiertje in haar hand, controleert het adres op de muur om het huis, lijkt dan diep adem te halen en loopt snel de oprit op met de jongen op haar hielen. Ik hou de deur open en kijk naar het meisje totdat ze zo dichtbij is dat ze me kan horen.

'Hallo? Kan ik iets voor jullie doen?'

Het meisje kijkt op en als ze glimlacht, word ik duizelig en bekruipt me een angstig gevoel. Ze lijkt op Ricky. Ik krijg kippenvel.

'Hoi,' roept het meisje. Haar stem is voller en dieper dan je zou verwachten bij een meisje. Ze loopt naar de voordeur en blijft met haar armen langs haar zij staan. Haar houding doet me aan die van Ricky denken. Het kippenvel kruipt over mijn armen en rug omhoog. 'Ik ben op zoek naar Ricky Biscayne.' De jongen komt er ook bij staan en zwaait met een malle grijns.

'Hij is er op het moment niet,' zeg ik. Dat is waar. Ricky is niet thuis, hij is er tegenwoordig nooit meer. Ik weet niet waar hij is. Hij moet straks naar een of ander feest volgens Milan, maar ik weet niet of hij dat gaat redden.

'Dan wachten we wel,' zegt de jongen.

'Kan ik jullie helpen?' vraag ik. Ze ruiken naar zonlicht en zweet.

'Jij bent zijn vrouw Jasminka, het model,' zegt het meisje. 'Je komt uit Kroatië.'

'Servië.'

'Servië,' zegt de jongen, en hij doet alsof hij het meisje een tik geeft.

'O ja. Sorry,' zegt het meisje, en ze doet alsof ze hem een tik teruggeeft.

'En wie zijn jullie?' vraag ik.

Het meisje glimlacht nog breder, zodat haar wangen haast zeer moeten doen en ze steekt haar hand uit. 'Neem me niet kwalijk. Wat onbeleefd van me. Ik ben Sophia, Ricky's dochter. En dit is mijn vriend David.'

'De conservatieve, blanke homo,' zegt David, en hij maakt een kniebuiging.

Ik grijp de deur vast om niet te vallen. Ik ben duizelig. 'Wat zei je?'

'Ik weet dat het een schok is,' zegt de jongen. 'Maar sommige mensen zijn homoseksueel.'

'Nee, dat niet,' zeg ik. 'Over Ricky.'

'Hij en mijn moeder hadden verkering op de middelbare school,' zegt het meisje. 'Niet schrikken. Niemand weet het. Ik ben er zelf ook pas achter gekomen.'

Mijn gezicht is rood en warm. Ik knipper met mijn ogen en weet niet wat ik moet doen. Dit kan niet waar zijn. Dat zou hij me hebben verteld. Maar ze lijkt wel op hem. Heel erg. Wat is hier aan de hand?

'Het geeft niet,' zegt het meisje. 'Ricky weet ook niets van mij af. Mijn moeder heeft het hem nooit verteld.' Ze rolt met haar ogen. 'Ik haat mijn moeder soms. Ik snap wel waarom hij haar heeft gedumpt.'

De jongen vraagt: 'Mogen we binnenkomen? Het is bloedheet buiten.'

Ik blijf in de deuropening staan. Verward, gekwetst. Spuugmisselijk. 'Ik weet het niet,' zeg ik. 'Hoe weet ik zeker dat jullie de waarheid spreken?'

'Hallo?' zegt de jongen, en hij pakt het gezicht van het meisje vast. 'Moet je nou zíén.'

Het meisje doet haar rugzak af, duikt erin en haalt er een van Ricky's cd's uit. Ze houdt hem naast haar gezicht en doet de pose na, een dreigend, ernstig gezicht. 'Zie je wel?' Het meisje pakt een andere cd uit de tas en doet ook die pose na, een vrolijke, guitige blik. Ze heeft geen idee dat mij dit wel eens zou kunnen kwetsen. Ze is onschuldig en hoopvol en ik ga kapot vanbinnen.

'Ik weet niet wat ik moet zeggen,' zeg ik tegen ze.

'Als je ons nou eens een glas water aanbiedt,' zegt de jongen. 'We hebben de hele dag in de bus en in de tram gezeten. We wonen in Homestead.'

'Homestead?'

'In het zuiden,' zegt het meisje.

'In het vreselijke zuiden,' zegt de jongen met een lachje.

Ik staar ze aan. 'Hoe zijn jullie langs de beveiliging gekomen?'

'We hebben gelogen,' zegt de jongen. 'Mogen we nu binnenkomen?'

'Eh, ja. Kom binnen,' zeg ik. Ik doe een stap opzij om ze binnen te laten. 'Ik zou net een manicure krijgen.'

Ik neem ze mee naar binnen. Ik zie hoe ze om zich heen kijken. Hun mond valt open bij het zien van het huis.

'G-gááf,' zegt de jongen, terwijl hij alles aanraakt. Dan ziet hij de woonkamer en hij slaat zijn armen over elkaar en krijgt een donkere blik. 'Maar die pooltafel-in-de-woonkamer-look is zó passé. Die is van vorig jaar, van tien jaar geleden.'

'Dus hier woont mijn vader,' zegt het meisje. Ze kijkt trots en tegelijk ongemakkelijk. 'Cool!'

David tuit zijn lippen. 'Ik dacht dat het er mooier zou uitzien. Het is een mooi huis, hoor, maar wat is dát? Een jukebox? Nee. Nee, nee, nee. Ik bedoel, het is niet persoonlijk bedoeld, Miss Servië, maar jullie hebben dringend een metamorfose nodig voor je huis.' Hij knipt met zijn vingers alsof hij een gast bij Jerry Springer is.

'Daar ben ik het niet mee eens,' zeg ik. 'Ricky vindt het mooi.'

'Dan is Ricky een sukkel,' zegt David. Hij slaat zijn armen om het meisje heen. 'Het spijt me, liefie. Ik weet dat hij je vader is. Waar zijn mijn manieren? Hetero's hebben geen gevoel voor stijl. Het is dieptragisch.'

Ik neem ze mee naar de slaapkamer waar de manicuursters meestal hun massagetafels klaarzetten in de nis. Shelly en Diana staan op me te wachten met een dampend voetbad. De reusachtige kamer heeft blauwe en gouden tinten en overal zit een nepfamiliewapen op.

'Eh,' zegt David. 'Dit lijkt wel de foeilelijke kamer van een rector magnificus.'

Ik mag die jongen wel. Van het meisje krijg ik nog geen hoogte.

'Slaapt hij hier?' vraagt het meisje vol bewondering.

'Wij slapen hier,' zeg ik. Maar meestal lig ik hier alleen. Ik weet niet waar Ricky tegenwoordig slaapt.

'Wauw.'

'Dag,' zegt Shelly tegen het meisje. 'Wil jij ook een manicure?'

Voordat ik nee kan zeggen, komt Sophia ertussen.

'Graag,' zegt ze. Ze loopt door de kamer en gaat voorzichtig op de rand van het bed zitten.

'Ooo, ooo!' roept de jongen, en hij wappert met zijn handen. 'Ik ook!'

Hij neemt een aanloop en duikt op het bed. Ze rollen eroverheen alsof het van hen is. Het meisje glimlacht naar me en zegt op on-schuldige toon: 'Ik heb nog nooit een manicure gehad. Maar gezien de omstandigheden kan ik er maar beter aan wennen.'

Ik weet niet wat ik moet zeggen.

Ricky komt uiteindelijk amper twintig minuten voor het feest opda-gen. Hij loopt direct door naar mijn kantoor en doet een beetje be-zweet en buiten adem de deur achter zich dicht. Hij draagt een spij-kerbroek en een Red Ringer T-shirt en zo te zien heeft hij vandaag in de zon gezeten. Hij ziet er gezond en gelukkig uit… om op te eten. Mijn hart blijft er bijna in.

'Hoi,' zeg ik. Ik bloos vanwege ons gesprek van daarstraks aan de telefoon, waarin ik heb beloofd me helemaal… te geven. Ik weet niet wat ik met mijn handen, mijn lichaam moet doen; alles zit op de verkeerde plek, doet wat het niet moet doen. Mijn kleren zijn ten-minste goed, denk ik. Ik draag een broekpak met een jasje met kor-te mouwen. Daaronder draag ik een zijden hemdje. Ik word er spuugziek van om zo mijn best te moeten doen op die kleren, mag ik dat even kwijt? Het kost me al mijn energie. Maar dat zal wel bij mijn baan horen.

'Ik heb je gemist,' zegt hij. 'Ik wilde je zo graag weer zien.'

Voordat ik er erg in heb, heeft hij de deur op slot gedaan, het zon-nescherm omlaaggetrokken en zit hij op me in mijn stoel en kust me. Niet te geloven dat dit echt gebeurt! Ik heb het gevoel dat ik uit mijn lichaam treed, het allemaal bekijk zoals mensen die bijna dood zijn, alleen leef ik bijna. Ik voel dat mijn geest vleugels krijgt en wil opstijgen.

Ricky neemt me bij de hand en we tuimelen in een wirwar van kussen op de grond.

'De critici komen zo,' zeg ik. 'En Jasminka. Ze is thuis.'

'Die kunnen de klere krijgen,' zegt hij. 'Ik wil jou.' Hij trekt zich terug en kijkt me diep in de ogen. 'Weet je hoe het is om opgeslo-ten te zitten, Milan? Om opgesloten te zitten en ongelukkig te zijn en dat dan de vrouw van je dromen, de vrouw over wie je liedjes hebt geschreven, opeens bij je op de stoep staat? Weet je hoeveel pijn dat doet?'

Ik schud mijn hoofd. 'Nee. Het spijt me, Ricky.' Ik kus hem op-nieuw, zachtjes, bijna moederlijk om hem te troosten. Ik wil zijn pijn wegnemen. 'Wat kan ik voor je doen?'

'Mag ik je beffen?' zegt hij.

Dat lijkt me niet te veel gevraagd gezien de omvang van zijn verdriet. 'Meen je dat?' Intuïtief duw ik mijn benen tegen elkaar. Ik ken niemand die dat graag doet, laat staan erom vraagt. Meestal moet je ze die kant op duwen, of smeken, of – zoals Whoopi Goldberg ooit zei – je moet er een snoepje neerleggen om ze af te richten.

'Natuurlijk meen ik het. Ik schenk vrouwen graag genot.'

'Vrouwen?'

Hij slaat zijn ogen ten hemel. 'Jou. Ik wil jóú genot schenken, Milan. Je verdient het.'

'We hebben er geen tijd voor,' zeg ik. Dat is ook echt zo. Het duurt bij mij een ééuwigheid.

'Dan doe ik het snel,' zegt hij.

Nou zeg, dat wil een vrouw graag horen, denk ik. Waarom is dit zo grappig en triest tegelijk? Hij maakt mijn broek los en ik wriemel me eruit. Ik kan het niet geloven. Ik zie er niet uit, zo dik van achteren, maar dat lijkt hem niet te kunnen schelen. Ik moet dit niet doen.

'Je bent zo mooi,' zegt hij. Hij staart naar mijn lichaam alsof ik een schilderij ben dat in het Louvre hangt.

'Ik kan niet geloven dat dit gebeurt,' zeg ik.

'Het is toch echt zo,' zegt hij. 'Je bent voor me gemaakt.'

Ricky trekt mijn broek en slipje uit en doet wat hij gezegd heeft; ik in mijn bureaustoel en hij op zijn knieën op de vloer. Ik kan nog steeds niet geloven dat Ricky Biscayne mij op die manier genot wil schenken. Dit is het meest erotische, emotionele moment van mijn leven. Hij doet het nog behoorlijk goed ook, en ik ben zo opgewonden dat ik binnen enkele seconden explodeer. Hij glimlacht naar me van daar beneden en gaat door, ook al ben ik nu zo gevoelig dat ik wil dat hij ophoudt. Hij blijft doorgaan. En tot mijn grote verbazing kom ik direct nog een keer. Ik wist niet dat ik dat kon. Ik had er wel eens over gehoord in die show van de twee zussen Berman en in mijn moeders walgelijke programma, maar ik wist niet dat ik het kon. Ricky bezit magische krachten over mijn lichaam. Ik begin te bazelen. Ik vertel hem dat ik me nog nooit zo heb gevoeld, dat ik denk dat het liefde is, dat hij mijn zielsverwant is, dat ik door zijn liedjes meer eigenwaarde heb en meer van mijn leven ben gaan houden, dat ik de gelukkigste mens op aarde ben.

'Fijn dat je het lekker vond.'

'Ik vond het heerlijk.' En ik hóú van je, denk ik.

'Zo,' zegt Ricky, en hij maakt zijn eigen broek los. 'Mijn beurt, ik neuk je benen uit je lijf, meid.'

De benen uit mijn lijf neuken? Is dat het soort taalgebruik dat je bezigt tegen je verloren gewaande zielsverwant? Soms is Ricky zo recht voor zijn raap dat nauwelijks is voor te stellen dat hij dezelfde man is die zulke spirituele, poëtische liedjes schrijft. Maar goed, ik wil dolgraag met hem vrijen. We hebben alleen écht geen tijd. Over een minuut of twee komen de critici.

Ricky rolt me op mijn buik en duwt me op handen en voeten. Ik hoor dat hij een condoom pakt en als ik mijn hoofd omdraai, zie ik nog net dat hij het om doet. Dan stoot hij bij me naar binnen. *Bam, bam, bam.* Mechanisch. Het is wel lekker, maar het is niet het liefdevolle moment waarop ik had gehoopt, snap je? Eigenlijk is het een beetje vervelend. De telefoon op mijn bureau gaat en vervolgens hoor ik Matthew die een bericht inspreekt en doorgeeft dat de verslaggever van *The New York Times* er is.

'Schiet alsjeblieft op,' fluister ik tegen Ricky.

'Ik kom bijna, schatje,' zegt hij. Stoot, stoot, stoot. *Bam, bam, bam.* Gaap? Dit zou toch niet slaapverwekkend moeten zijn? Het is niet vreselijk, maar het is niet wat ik ervan had verwacht. Voordat ik er erg in heb, laat hij zich op mijn rug vallen en verplettert hij me terwijl hij schokt en kreunt. 'Jill,' zegt hij.

Ik duw hem van me af. 'Pardon?' Ik kruip over de grond om mijn broek en slipje te pakken.

'Mil,' zegt hij. 'Mijn nieuwe bijnaam voor je. Vind je het leuk?'

Ik beeld me zeker dingen in. 'Schattig,' zeg ik.

Hij kust me nog een keer, komt dan overeind en doet zijn broek dicht. 'Bedankt, schatje. We moeten naar het feest,' zegt hij. Hij knipoogt. 'Dat was leuk. Ik wist het wel.'

Nestor haalt Irene in zijn zilveren Mitsubishi Galant bij haar huis op. Hij is na zijn werk naar huis gescheurd om zich te verkleden, verschillende lichaamsholten met Calvin Klein te besprenkelen en zijn oksels met deo in te smeren. Haar groene, gepleisterde huis en de huizen eromheen zijn goed onderhouden, maar overal ziet hij de veelzeggende tekenen van een getto: mannen die op de stoep rondhangen en niets anders te doen hebben dan drinken, meisjes in kleren die veel te weinig om het lijf hebben, tieners die roken en naar onbekende auto's zoals de zijne staren met hun handen in hun zakken alsof ze wapens bij zich hebben. Hij wil hier niet langer blijven dan nodig is.

Irene komt het huis uit voordat hij de kans heeft om zijn auto te parkeren, alsof ze op de uitkijk heeft gestaan. Ze draagt een eenvoudige spijkerbroek en een T-shirt met lange mouwen waardoor Nestor zich onmiddellijk veel te opgeprikt voelt in zijn zwarte nette broek en zachtblauwe zijden guayabera. Hij had het als een afspraakje gezien, maar zij niet, beseft hij opeens. Waarschijnlijk gaat ze nooit uit met collega's. Door de manier waarop ze met haar omgaan, heeft ze geen reden om hen te vertrouwen. Misschien is hij haar type niet. Hij voelt zich vernederd.

'Hoi,' roept ze, en ze zwaait. Nestor ziet dat het gordijn in de voorkamer naar achteren getrokken wordt en hij heeft het gevoel dat hij bekeken wordt. Hij stapt uit om het portier voor Irene open te doen, maar ze staat erop het zelf te doen. Natuurlijk. Het is geen afspraakje. Het is geen afspraakje.

'Dat doe ik zelf wel,' zegt ze, terwijl ze het portier opentrekt. 'Laat maar.' Hoewel ze zich niet heeft opgetut, heeft Irene wel iets met haar haar gedaan en make-up opgedaan. Dat vindt hij een goed teken. Nestor vindt haar een van de aantrekkelijkste vrouwen die hij kent; ze doet hem aan Kate Hudson denken met haar grote ogen en roomkleurige huid, maar met een zelfverzekerde tred en een sierlijk, krachtig lichaam waar hij steeds aan moet denken. Ze kijkt bezorgd, en vertelt dat haar dochter nog niet uit school is thuisgekomen. Hij wordt opeens door paniek overvallen, maar maant zichzelf tot kalmte. Sinds de brand die zijn vrouw en kind het leven heeft gekost, moet hij zijn emoties over alledaagse dingen in de gaten houden, moet hij zich ervan weerhouden niet het ergste te denken. Met enige moeite oppert hij dat het meisje misschien bij vrienden is. Nestor krijgt het gevoel dat Irene zelden haar zorgen opzijzet om zich echt te ontspannen, ook al doet ze alsof ze heel makkelijk en joviaal is.

Nestor controleert of ze haar gordel om heeft en rijdt dan weg. Wat nu? Hij vraagt: 'Wil je in Homestead blijven?' Het was niet zijn bedoeling om zo angstig te klinken. Ze werpt hem een nieuwsgierige blik toe.

'Eh… we kunnen ook ergens anders naartoe,' zegt ze. 'Van wat voor eten hou je?'

'Van alles,' zegt hij.

'Italiaans?'

'Lekker.'

'In Pembroke Pines zit een Olive Garden,' zegt ze. Hij heeft het gevoel dat ze bevreemd naar zijn kleren en haar eigen uiterlijk kijkt.

'Lekker,' zegt Nestor, ook al geeft hij eigenlijk de voorkeur aan onafhankelijke winkels en restaurantjes in plaats van aan die grote ketens. Het is de ongemakkelijke dans van het elkaar leren kennen. Hij heeft dit al heel lang niet gedaan.

Onderweg hebben ze het voornamelijk over werk. Hij vraagt hoelang ze de treiterijen van L'Roy en de anderen al moet verduren. Ze probeert het weg te lachen, maar geeft uiteindelijk toe dat het al vanaf het begin zo is, al vijf jaar. Dan zegt ze hem, alsof het onbelangrijk is, dat hoofdbrandmeester Sullivan haar heeft afgeraden aan het promotietraject mee te doen uit bezorgdheid om haar mannelijke collega's en hun ego's.

'Waarom pik je dat van hem?' vraagt hij.

'Ik heb een kind, Nestor. Het is allemaal niet zo eenvoudig.' Nestor denkt aan zijn moeder en de manier waarop zij consequent protesteerde als ze oneerlijk werd behandeld, of het nu in de metro was of op haar werk en hoe dat hem ertoe gebracht heeft om voor gerechtigheid in deze wereld te werken.

'Heb je er wel eens aan gedacht dat je dochter er misschien meer aan heeft als ze kan zien dat je terugvecht?' vraagt hij.

'Nee,' zegt Irene. 'Ik zeg haar gewoon niet hoe erg het is.'

Nestor rijdt peinzend verder, haalt diep adem en zegt dan: 'Kinderen zijn verbazingwekkend. Ze weten meer dan wij denken.'

'Wat bedoel je daarmee?'

'Het zou me niets verbazen als je dochter meer begrijpt van jouw gevoelens dan je denkt. Je kunt kinderen niet tegen alles beschermen.'

'Sophia is cool,' zegt Irene. Ze glimlacht, maar er ligt een zweem van droefheid in haar ogen.

'Niet dat ik beweer dat ik iets over jouw dochter weet,' zegt hij.

'Goed zo. Ik heb een stelregel dat mannen zonder kinderen vrouwen met kinderen niet de les moeten lezen.' Irene slaat haar armen over elkaar en kijkt hem aan alsof hij het niet moet wagen om nu nog iets te zeggen. Ze is er zo aan gewend om stoer te doen, dat hij zich afvraagt of ze ooit echt over haar gevoelens zou kunnen praten.

'Ik ben vader geweest,' zegt hij zacht.

'Hè? Geweest?'

'Mijn dochter is gestorven,' zegt hij. Het is de enige manier waarop hij het kan zeggen, en terwijl hij de eenvoudige woorden hardop zegt, kan hij het nog nauwelijks bevatten.

'O, mijn god. Wat erg.'

Nestor rijdt de parkeerplaats bij de Olive Garden op en zet de auto neer. 'Ze heette Fabiola,' zegt hij, en hij doet het portier open. 'Zullen we?'

Ze lopen in stilte van de auto naar het restaurant en Irene zegt pas weer iets als ze aan tafel zitten en hun water is ingeschonken.

'Hoe is ze overleden?' vraagt ze.

'Bij een brand in huis,' zegt hij. Hij heft zijn glas als trieste toost. 'Op ons beroep.'

Irene laat haar glas staan. 'Was je al brandweerman toen het gebeurde?'

Nestor schudt zijn hoofd. 'Omdat het is gebeurd.'

'Had je een partner?'

'Die is ook overleden.'

'God. Wat spijt me dat.'

'Nergens voor nodig. Niet jouw schuld.'

'Wat deed je hiervoor?'

Nestor vertelt haar dat hij bezig was om een burgerrechtenadvocaat te worden. 'Daarom stoort het me zo dat jij in deze situatie op je werk zit en er niets aan doet. Je hebt het recht aan jouw kant, Irene, als je bewijsmateriaal hebt.'

Ze lacht. 'Hele stapels.' Tot zijn verbazing vertelt ze hem dat ze van alles wat haar de afgelopen jaren is aangedaan bewijs heeft bewaard in de hoop dat ze op een dag kan terugvechten.

'Jij zou ze ook kunnen aanvechten, wegens discriminatie tegen jóú,' zegt ze.

'Waarvoor?' vraagt hij.

'Nou ja, omdat je homo bent.'

Nestor is even verbijsterd en herinnert zich dan zijn eerste werkdag. Voor het eerst in lange tijd moet hij spontaan lachen.

244

'Wat is er nou zo grappig?' vraagt ze. Hij geniet van de manier waarop ze bloost wanneer ze zich schaamt of in de verdediging schiet. Ze is beeldschoon en heel sterk. En ze heeft geen idee.

'Ik ben geen homo, Irene,' zegt hij.

Ze kijkt verbaasd, verward. 'Sorry,' zegt ze. 'Maar ik dacht...'

'Weet ik. Ik heb L'Roy die indruk gegeven omdat het een klootzak is.' Hij kijkt haar aan met een brede grijns. 'Zei je daarom net "partner"? Omdat je dacht dat ik homo was?'

Irene knikt en glimlacht, en Nestor is opgelucht. Het heeft de lucht geklaard. Hij wil nu niet aan het verleden denken. Hij wil weer leven.

'Ik was getrouwd. Met een vrouw. Een fantastische vrouw. Ik hou van vrouwen, Irene. Heel veel.'

Irene schiet nu in de lach en bloost. 'Dat is mooi,' zegt ze, en ze lijkt zich dan direct te schamen voor haar woorden.

'Dat is mooi? Hoezo?'

'Ik bedoel... Ik was wel een beetje voor je gevallen.'

'O, ja?' Nestor glimlacht veelzeggend en schuift wat meer naar Irene toe aan de grote hoektafel.

'Maar mag ik je iets vragen?' vraagt ze.

'Natuurlijk.'

'Ben jij erg religieus?'

Nestor schudt zijn hoofd. 'Ik heb een band met God, maar die is heel persoonlijk en ik hou niet zo van georganiseerde religie.'

Ze glimlacht naar hem alsof ze dit een opluchting vindt. 'Dat mag ik wel.'

Hij maakt van de gelegenheid gebruik en wil haar kussen. Niks heftigs, gewoon een lieve, onschuldige zoen. Het is behoorlijk onbehouwen, ja. Maar hij is het niet meer gewend. Helemaal niet meer. Ze zijn geen kinderen meer. Waarom voelt hij zich dan zo onhandig? Ze kijkt hem aan en vraagt hem waar hij mee bezig is, met die omfloerste glimlach van een vrouw die precies weet waar hij mee bezig is, maar zich genoodzaakt voelt om het toch te vragen. Hij komt langzaam dichterbij, zijn hart gaat tekeer en dan...

Haar telefoon gaat. Met de muziek van *Star Trek*.

'O shit, sorry,' zegt ze. Ze duikt naar achteren en zoekt haar tas. Ze vist de telefoon eruit, kijkt naar het nummer en verontschuldigt zich dan. 'Het is mijn moeder,' zegt ze. 'Wacht even.'

Nestor leunt achterover, eet een paar soepstengels en glimlacht om het misverstand. Dat verklaart het. Homo? Toe, zeg. Irene is heel sexy, alleen al door de manier waarop ze de telefoon vasthoudt. Ze is een zeer lichamelijke vrouw. Maar terwijl ze praat, verandert zijn blijdschap over het feit dat hij voor het eerst weer iets heeft wat op een afspraakje lijkt, omdat haar gezichtsuitdrukking verandert.

Ze schrijft een adres op het servetje, vloekt een paar keer, hangt dan op en pakt onmiddellijk haar tas en sleutels.

'Het spijt me, Nestor,' zegt ze. 'Ik moet weg. Het gaat om mijn dochter. Ik moet zo snel mogelijk mijn auto halen.'

De restaurantgeluiden hebben op Nestor opeens een omgekeerd effect als een plaat die de verkeerde kant op draait. 'Is het een noodgeval?'

'Ze is bij haar váder thuis,' zegt Irene, alsof dit gevaarlijk is. 'En haar váder wil dat iemand haar onmiddellijk komt ophalen. Wat is het toch een eikel, ik kan het niet geloven. En zíj! Zij krijgt ervan langs, dat kan ik je wel vertellen.'

'Wat is er mis mee dat ze bij haar vader is?'

Irene kijkt even naar het plafond en haalt diep adem. Daarna vertelt ze duidelijk, maar zachtjes: 'Haar vader is beroemd. Ze heeft het net ontdekt. Hij is een klootzak, maar wel beroemd. En zonder het mij of hem te vragen, is ze naar zijn huis in Miami Beach gegaan en nu ontkent hij dat ze van hem is, wat wel het geval is.' Ze zucht en slaat haar ogen ten hemel. 'Het is ingewikkeld.'

'Ik breng je wel,' zegt Nestor, omdat hij niet alleen in die ongemakkelijke stilte wil achterblijven. Bovendien wil hij weten wie deze beroemde man is die de vader van Irenes kind is. De lieftallige Irene wordt met de minuut interessanter. 'Ik bedoel, het is sneller als we niet helemaal terug hoeven naar jouw huis, toch?'

'Goed dan,' zegt Irene. 'Maar het is wel helemaal in Miami Beach, hoor.'

'Weet ik, dat zei je net,' zegt Nestor, die blij is dat hij nog wat langer bij Irene kan zijn en dat hij misschien kan achterhalen waarom ze deze relatie heeft met de vader van haar kind.

Hij vindt het ook niet erg dat hij straks de lange rit terug moet maken met een boze vrouw en een mokkend kind in zijn auto. Hij stoort zich niet meer aan de veranderlijke buien van vrouwen. Hij heeft zelfs wel eens een pact met God gesloten dat hij niet zal zeuren over PMS, als hij op een dag zijn hart terugkrijgt.

Misschien is dat wel nu, denkt Nestor.

Het is lief van Nestor dat hij me helemaal naar Miami Beach brengt, maar zodra we de oprit van Ricky's huis aan Cleveland Road op rijden, zou ik willen dat ik alleen was. Als ik naar het verwilderde gazon en de armetierige palmbomen kijk rondom het grote, eenvoudige, rechthoekige witte huis, dat er helemaal niet zo mooi uitziet als ik zou verwachten, zou ik willen dat ik alleen was en niet híér. Ik wil hier niet zijn. Ik heb geen zin om uit te stappen en Ricardo Batista te zien, of Ricky Biscayne of wie hij ook denkt te zijn.

'Gaat het?' vraagt Nestor.

'Hmm.' Ik huiver.

'Wil je dat ik haar haal? Dat doe ik graag.'

'Nee.' Ik doe mijn portier open. Ik hoor de motor van een boot die over de baai achter het huis vaart. Ik hoor krekels en nachtvogels. Het is hier vredig, maar toch voel ik dezelfde adrenaline door me heen pompen als wanneer ik een brand in ga.

Nestor stapt ook uit en komt bij me staan. Als we naar de veranda lopen, doet Ricky de deur open alsof hij heeft staan wachten. Mijn adem stokt als ik hem zie en Nestor legt geruststellend een hand op mijn rug, tussen mijn schouderbladen, alsof hij weet hoe ik me voel. Ricky staat op blote voeten in de deuropening van het huis in een groene basketbalbroek en een wit T-shirt. Ik kan zijn gezicht amper zien door al het licht achter hem. Ik kan vanaf de voordeur recht door het huis heen kijken, door de gang en de woonkamer tot aan de achterkant. Het licht weerkaatst op de hardhouten vloeren binnen. De hele achterwand lijkt van glas en ik zie de turkooizen gloed van het zwembad oplichten en de baai daarachter. Zo te zien heeft hij een steiger.

'Ik ben bij je,' zegt Nestor zacht. 'Ik ben bij je, Irene.'

'Ricky,' zeg ik. Ik slaag erin een glimlach op mijn gezicht te toveren. Hij doet een stapje naar voren en glimlacht terug. Ik kan zijn gezicht nu beter zien en hij is niets veranderd, alleen wat ouder bij de ogen. Hij is nog net zo knap als op de middelbare school. Even lijkt het alsof het weer vroeger is. Zijn blik kruist de mijne en een fractie van een seconde zie ik dat hij het zich ook allemaal nog herinnert. Ricky's blik wordt harder als hij Nestor in zich opneemt. Ik zie een vrouw die ik herken als het model met wie hij getrouwd is om een hoekje kijken en ze roept mijn dochter. Ik voel een stroom kou uit het huis komen in de dikke vochtige avondlucht.

'Irene Gallagher,' zegt Ricky, alsof mijn naam de clou van een foute grap is. 'Is mijn leven niet waanzinnig gelopen?' Hij gebaart naar het huis alsof ik trots op hem moet zijn.

Ik zie hem als een brand die ik moet blussen, als de vijand. 'Waar is Sophia?' Na alles wat er is gebeurd – we hebben een kind samen – is dit het enige wat hij tegen me kan zeggen? De pijn van alles overspoelt me. Hij was toen al een verknipte, egoïstische jongen en dat is hij nog steeds. Het enige verschil is dat hij nu een zwembad en een dure vrouw heeft.

Sophia en haar vriend David duiken achter Ricky op en hij doet een stap opzij om hen erlangs te laten.

'Sophia! Kijk dan! Je moeder en een lekkere vent!' kraait David. Hij geeft haar een speelse por om de spanning met wat humor te doorbreken. Zijn specialiteit. 'Ik wist niet dat jouw moeder lekkere mannen kende! Jij wel?' David kijkt naar mij. 'Ik bedoel, neem me niet kwalijk, mevrouw Gallagher, maar ik dacht dat ik de enige was die lekkere mannen kende.'

'Mama!' roept Sophia als ze me ziet. Ze is boos. 'Zeg tegen Ricky dat hij mijn váder is. Je wéét dat hij mijn vader is. Hij doet alsof hij niet weet waar ik het over heb. Hij zegt dat hij geen kinderen heeft, dat ik onmogelijk van hem kan zijn. Zég het hem.'

David grijnst sullig en loopt het trapje af de oprit op. 'Je moet toegeven dat Sophia verschrikkelijk veel op hem lijkt, Irene.' Met zijn kin in zijn hand kijkt hij hen aan. 'Die gekke ogen, het maffe haar, die lange stelten van benen.'

Ik kijk naar mijn dochter die naast haar vader staat en ze lijken precies op elkaar. Ik word overvallen door een golf van misselijkheid. Heb ik het al die jaren verkeerd gedaan? Was het niet goed om ze bij elkaar vandaan te houden? Dan slaat Ricky zijn armen over elkaar en vermijdt oogcontact met mij en met iedereen. Zonder dat ze er erg in heeft, slaat Sophia haar armen precies zo over elkaar als haar vader heeft gedaan.

'De afwerende lichaamstaal,' gaat David verder, terwijl hij met zijn kin op zijn hand steunt alsof hij *De Denker* van Rodin is. 'De complete uitvoering, eigenlijk.'

'David, hou je mond,' zeg ik.

'Ja, mevrouw.' Hij kijkt me spottend aan.

'Ik meen het,' zeg ik tegen hem. 'Kop… dicht.'

David doet alsof hij zijn mond op slot doet met een onzichtbare sleutel en slaat zijn handen ineen voordat hij heupwiegend naar de auto paradeert.

'Kom,' zeg ik tegen Sophia. 'We gaan naar huis. We hebben het er straks nog wel over.' Ik gun het Ricky niet dat ik hier toegeef dat hij de vader van dit ongelooflijke, talentvolle meisje is. Hij verdient haar niet. Ze is van mij.

'Straks?' roept Sophia. Ze stuift de trap af, gaat voor me staan en geeft me een duw. 'Waarom doe je dit? Waarom hou je dit voor mij verborgen?' Er stromen tranen over haar wangen en haar mond vertrekt van verdriet. Ik pak haar handen vast om te voorkomen dat ze me slaat.

'Sophia, we gaan,' zeg ik.

Ze rukt haar handen los en duwt me nog een keer weg en wendt zich dan woedend tot haar vader. 'Jullie zijn walgelijk!' schreeuwt ze. 'Je wéét dat ik je dochter ben! Dat wéét je! Ik kan het voelen, maar je wilt de verantwoordelijkheid niet nemen en mijn moeder wil om de een of andere stomme reden niet dat je die neemt.' Ze draait zich om en kijkt me dreigend aan. 'Ik haat je!' gilt ze.

'Sophia!'

'Ik haat je!' herhaalt ze. 'Ik haat je!'

'Misschien zie je het allemaal verkeerd,' opper ik, omdat ik niet weet wat ik anders moet zeggen. Sophia stormt langs me heen in de richting van Nestors auto.

'En misschien heb je straks geen dochter meer om op te rekenen,' zegt ze huilend. 'Misschien duw je me weg met je leugens net zoals je Ricky hebt weggeduwd. Misschien eindig je straks net als je moeder helemaal alleen omdat niemand van je houdt!'

Ik kijk naar Ricky, maar hij heeft zich al omgedraaid en loopt naar binnen. Zonder dat hij nog iets zegt, doet hij de voordeur dicht.

'Het spijt me,' zegt Nestor. 'Kinderen zeggen dingen die ze niet menen. Als je maar onthoudt dat het niet aan jou ligt.'

Verblind door de tranen loop ik naar de auto. 'Soms menen ze het wel,' zeg ik, en ik bedenk me dat ik maar iets ouder dan Sophia was toen ik zwanger van haar werd. Ik was net zo koppig als zij en ik dacht ook dat ik mijn ouders haatte. En in mijn pijn stortte ik me in de armen van de eerste de beste jongen die van me hield. Op dat moment besef ik dat ik mijn kind voorgoed kwijtraak als ik me niet verdiep in haar verdriet. Ik voel dat Nestor zijn armen lief en bemoedigend om me heen slaat en ik dank God dat hij geen homo is, en dat David het wél is.

ZONDAG 23 JUNI

Ik sta in het halfdonker in het verlaten hotel op de hoek van First Avenue en Washington Avenue met mijn binnenhuisarchitect Sara Behar-Asis. We gaan hier om een oordeel te vellen, de toekomst te visualiseren. Ik doe mijn zonnebril af en werp een blik op Sara's kleren. Eigenlijk wil je andere vrouwen niet beoordelen op hun kleding, maar toch doe je het elke dag, vooral in Miami. We beoordelen elkaar zelfs op wat onze honden dragen. Vandaag draagt die van mij een bikini en zonnebril. Ik kriebel Belle onder haar kin en kijk om me heen.

Sara is middelgroot met blond haar en blauwe ogen. Ze draagt een elegant wit linnen broekpakje met een roze zijden topje en beige sandalen en een bijpassende handtas. Het merk weet ik niet, maar ik denk dat het een Ann Taylor of iets soortgelijks is. Eenvoudig, elegant, functioneel. Daardoor voel ik me een beetje te casual. Ik draag een spijkerbroek met een scheur op de knie en een eenvoudige witte tanktop – geen beha – en sandaaltjes met steentjes. Ik draag mijn haar in een paardenstaart met een sjaal om mijn hoofd.

'Nou,' zegt Sara. 'Wat vind je ervan?'

Timmermannen en andere werklieden hameren een eind weg, breken muren af en bouwen nieuwe op. 'Ziet er goed uit,' zeg ik tegen haar. Dat is ook zo. Zó goed dat ik er kippenvel van krijg. Het gaat echt gebeuren. Ik kan het niet geloven. Ik maak mijn nek los.

'Au,' zeg Sara, en ze huivert. Misschien had Milan gelijk en knak ik te veel met mijn gewrichten.

'Sorry,' zeg ik. 'Slechte gewoonte.'

Ik wilde Sara voor dit werk omdat zij met het computermodel kwam dat het dichtst bij mijn visie voor Club G komt. Sara begrijpt de hele haremsfeer en ze heeft er dingen mee gedaan die nog niet eens bij me waren opgekomen. Bijvoorbeeld 'geurmerken' met een originele wierook die in vergulde houders in de hele club branden en kleine bedoeïenententen hier en daar vol met kussens die kunnen worden gesloten voor wat privacy. Sara kwam ook met het idee om een reizend circus in de club te hebben, een groep acrobaten die optreden voor de gasten zoals mariachi's in Mexicaanse restaurants langs de tafeltjes gaan. Heel Chinees, zei ze. Geniaal!

'Ik vind het zó spannend,' zegt Sara. 'Ik vind het geweldig dat we nu echt zijn begonnen.'

'Hoelang gaat het nog duren, denk je?'

'Hangt ervan af. Maar ik denk dat we heel goed een opening in de herfst kunnen plannen. Misschien zelfs wel augustus of september.'

Augustus zou fantastisch zijn.

WOENSDAG 26 JUNI

Op blote voeten, met een zonnebril van Yves Saint-Laurent op zijn neus en in een glimmend wit Adidas-shirt zit Ricky zijn geroosterd brood te eten op de veranda in de achtertuin en leest hij het artikeltje over het tienermeisje uit Homestead dat beweert dat hij haar vader is. Het is nog maar een paar dagen geleden dat ze hier was. Hoe kan het nu al in het nieuws zijn, als deze mensen niet op zijn geld uit waren? Het was een campagne, waarschijnlijk georganiseerd door een van zijn concurrenten. Dat moet wel. Dat probeert hij zichzelf in elk geval wijs te maken, hoewel hij de waarheid kent. Dat ze zijn dochter is. Je hoeft maar naar hen te kijken om het te zien, maar hij heeft geen zin in die ellende. Dát is het punt. Als ze hier twee jaar geleden mee was gekomen, of nog vijf jaar had gewacht, zou het anders zijn. Maar Ricky is net bezig om een beroemde All-American latino-ster te worden. Hij kan op dit moment geen schandaal gebruiken. Hij kan het echt niet hebben dat mensen nu gaan zeggen dat hij een onverantwoordelijke jongen was. En boven alles wil hij niet geassocieerd worden met Irene Gallagher, een meisje van wie hij ooit hield, maar dat altijd armzalig blank uitschot is geweest en het ook altijd zal blijven. Hij wás bereid om met ze te praten, misschien in alle stilte zelfs iets te regelen, maar nu ze naar de pers zijn gestapt? Vergeet het maar. Dit betekent oorlog, schatje.

Hij richt zich tot Jasminka die naar de baai staart zoals ze altijd doet. Ze zit in een zijden pyjama op de tegels in de schaduw van de palmbomen. Ze heeft niet de moeite genomen zich aan te kleden omdat ze zegt dat ze alleen maar wil slapen. Ze eet een bagel met een dikke laag roomkaas. Zulke dingen at ze vroeger nooit. Moet je zien hoe dik ze is. *Caraculo*. Zelfs haar gezicht is dik. Alles aan haar. Vindt ze het aanvaardbaar dat ze zich zo laat gaan? Als je met een model trouwt, verwacht je dit soort shit toch niet? Jill zou zichzelf nooit zo laten gaan als ze zwanger was, dat weet hij verdomd zeker. Jill zou de hele zwangerschap blijven trainen, als een echte vrouw. Er is iets mis met Jasminka, een depressie of zo. Hij heeft er schoon genoeg van. Hij heeft schoon genoeg van alles en iedereen. Hij wil weg, samen met Jill naar een stil plekje waar ze rust kunnen vinden en elkaar kunnen begrijpen. Ze heeft gelijk over hem. Ricky moet zich omringen met de juiste mensen, Jills soort mensen. Jill begrijpt hem. Zij zou wel weten wat hij nu moet doen. Jasminka niet. Moet je haar nou zien, blubberend van het vet en ze blijft maar eten. Ze eet alleen nog maar. Ze beweert dat het van de dokter moet. Walgelijk. Dat hele gedoe met die lui uit Homestead was ook haar schuld. Ze had ze het huis niet binnen hoeven laten, maar dat deed ze wel. Waarom? Het was stom en gestoord. Ze had niet de juiste intuïtie, dat was haar probleem. Ze wist het verschil niet tussen goed en fout.

'Laat nooit, maar dan ook nóóit meer iemand hier in huis zonder het mij eerst te vragen,' zegt hij, en hij smijt het artikel naar haar hoofd. 'Heb je dat begrepen? Dit is goddomme jouw schuld. Dit allemaal.'

Jasminka bijt op haar onderlip, een slechte gewoonte die hem vertelt dat ze bang voor hem is. Ze zou een waardeloze pokerspeler zijn. Ze kijkt naar de foto van het meisje in de krant. 'Dit meisje is jouw kind, ja?'

Ricky moet zich inhouden om haar niet te slaan. Waarom treitert ze hem hiermee? Misschien ís het kind van hem. Dat wéét hij goddomme niet. Waarschijnlijk wel. Maar dat gaat hij haar niet vertellen. Dat gaat hij niemand vertellen. En hij laat zich zeker niet in de luren leggen door een of ander gestoord wijf dat hij nog van de middelbare school kent omdat hij nu beroemd is. Mensen zijn niet te vertrouwen, echt niet.

'Nee, ze is goddomme niet van mij,' zegt hij. Hij weet dat het waarschijnlijk een leugen is, maar als je gewend bent aan liegen, leer je snel dat je consequent moet zijn. Je moet tegen iedereen liegen. Zelfs tegen je vrouw. Zelfs tegen jezelf. Je moet het geloven. En hoewel Ricky zich – ergens – nog wel kan herinneren dat Irene hem destijds vertelde dat ze zwanger was, dat ze de baby wilde houden en dat ze het kind met of zonder hem wilde grootbrengen, en dat hij haar vertelde dat Alma had gezegd dat hij bij haar uit de buurt moest blijven, wil hij het zich nu niet herinneren. Nu wil hij het leven dat hij voor zichzelf heeft opgebouwd. Zijn rijk. Hij houdt niet van het verleden. Hij wil die tijd vergeten omdat de man die hij vertrouwde als een vader hem heeft aangerand. Hij wil goddomme niet aan die kutperiode denken. Hij wil zijn leven terug, hij wil rust. Zoals het is. Hij wil niets met het verleden te maken hebben. Die lui hebben het al die tijd zonder hem gedaan. Waarom willen ze hem nu kapotmaken?

'Het spijt me,' zegt Jasminka. Onhandig komt ze overeind met haar hand in haar rug. Ze draait zich om en loopt om het zwembad heen naar huis. Ricky propt een stuk brood in zijn mond en loopt achter haar aan. Je keert Ricky Biscayne niet zomaar de rug toe. Dat doet niemand. Hij heeft nog een lijntje cocaïne nodig. Die van die ochtend is alweer uitgewerkt, en dat is nóg zoiets. Ron bedondert hem met waardeloze cocaïne. Hij weet dat de klootzak hem op de een of andere manier naait, maar pas op dit moment dringt tot hem door dat het via de cocaïne is. Versnijdt die vent het soms met blóém? Zoiets. Hij heeft verdomme goeie cocaïne nodig, niet die smerige shit die Ron hem aansmeert. Cocaïne, man. Dat is het enige wat hem tot rust kan brengen. Hij heeft medicijnen nodig, of zo. Hij voelt zich ziek en alleen.

'Kom terug, mens,' roept hij.

'Ze lijkt precies op je, Ricky. Wat wil je dan? Ik doe mijn best om begripvol te zijn.' Staat ze nou te janken? Wat krijgen we nou? Dit is zó gestoord.

'Loop niet bij me weg, vette trut,' zegt hij.

'Je hebt gesnoven,' zegt ze. 'We praten wel als je weer helder bent. Ik wil nu slapen.'

Hij grijpt haar bij de kraag van haar pyjama vast om haar tegen te houden. 'Jij gaat slapen als ik zeg dat het tijd is om te slapen,' zegt hij. 'En voortaan eet je als ik zeg dat je mag eten, *mamabicho*. En praat eens normaal, je weet best hoe dat moet, je bent gewoon te lui om het je te herinneren.'

Jasminka kijkt hem aan en hij ziet opnieuw dat ze bang voor hem is. 'Laat me los,' zegt ze zwakjes. 'Toe. Ik ben misselijk.'

Misselijk? Waarvan? Ricky weet dat Jasminka zwanger van hem is. Nóg een kind. Geweldig, dat heeft hij net nodig. 'Heb je enig idee hoe óúd je eruitziet als je kinderen hebt?' vraagt hij. Ze slaat haar blik neer. 'Ik ben niet oud genoeg om kinderen te krijgen,' zegt hij. 'Ik zou niet eens getróúwd moeten zijn. Weet je dat? Ik wou dat ik nooit met je getrouwd was. *¡Vete pa'el carajo!* Weet je hoeveel beter alles zou zijn als ik je nooit had ontmoet? Kijk nou eens naar jezelf. Je bent moddervet. Je ziet er niet uit. Ik ben met een model getrouwd. Wat is er goddomme met je gebeurd?'

Jasminka begint te huilen en hij laat haar los.

'Je bent kansloos,' zegt hij. '*Más fea que un culo.* Je bent het gewoon niet waard om boos op te worden. Janken, janken, janken. Dat is goddomme het enige wat je kunt, klagen en janken en eten. Je bent achterlijk. Ik begrijp niet dat je de mazzel hebt gehad om die bommen thuis te overleven.'

'Ik hou van je,' zegt ze, met een gekwelde blik. 'Waarom doe je me dit aan?'

'Kijk naar je buik, mens,' zegt hij. 'Walgelijk. Wie wil er nou zo'n moddervette vrouw? Niemand. Achterlijke klootzakken, die wel. Ik ben goddomme een stér, Jasminka. Ik kan iedere vrouw krijgen die ik hebben wil. Je moet jezelf niet laten gaan terwijl je dat weet. Hoe kun je zo stom zijn?'

'Ik ben zwanger, Ricky.' Ze snikt en haar gezicht ziet er monsterachtig uit. Wat is ze lelijk. Hij haat haar.

Ricky wijst naar haar buik. 'Ik moet die baby niet. Ik wil geen kinderen.'

Jasminka snikt. 'Je zei van wel. Wat is er toch met je?'

Nu is het Ricky's beurt om Jasminka de rug toe te keren. Hij wipt van zijn ene voet op de andere. Hij bedenkt dat hij nog cocaïne in zijn zak heeft – ja – en hij pakt het, snuift waar ze bij staat. Dan wiebelt hij nog wat heen en weer, helemaal hyper en klaar om te knokken. Hij wil haar het liefst zo snel mogelijk kwijt. Hij heeft meer cocaïne nodig. Hij snuift het allemaal op en begint direct boven alles en iedereen uit te zweven. Ze is een blok aan zijn been, ze zit hem in de weg. En Ricky kan vliegen. Dat begrijpt Jasminka niet. Hij is Superman. Hij heeft de kracht niet, hij ís de kracht. Niets kan hem nog tegenhouden nu hij een ster is, en dat geldt ook voor vrouwen en kinderen. Niemand zal hem in de weg zitten.

'Rot op, trut,' zegt hij tegen haar, en Jasminka holt het huis bin-nen.

Ricky sprint door de kleine tuin naar het eind van de steiger en schreeuwt zo hard als hij kan over het water van de baai. 'Ik ben goddomme een superster! Hoor je me?' Hij pakt een steen en gooit die in de richting van de middagzon. 'Ik ben goddomme een ster!' De steen gehoorzaamt aan de wetten der natuur, die in Ricky's ogen niet voor hem gelden, en landt op Ricky's hoofd.

'Kut!' schreeuwt hij, '¡Canto de cabrón!' Hij voelt aan zijn hoofd. 'Ik ben godverdomme beschoten! Ik ben beschoten!'

'Ricky?'

Hij kijkt op en ziet Matthew Baker met een verwarde gezichtsuit-drukking uit de studio komen. Hij rent naar Ricky toe, de nederige slaaf. 'Gaat het, man? Wat is er aan de hand?'

'Dat takkewijf.' Ricky gaat tekeer.

'Oké, kalm maar, man.' Matthew probeert Ricky vast te houden, hem rustig te houden, maar Ricky wil er niets van weten. Hij is toch geen mietje? Wat ís dit? 'Loop het eruit,' zegt Matthew. Lópen? Waar heeft hij het goddomme over? 'Doe even rustig. Dan kunnen we erover praten.'

'Ik ben een ster,' zegt Ricky. 'Het wordt tijd dat ze dat eens door heeft.'

'Wie?' Matthew kijkt verward. Hij kijkt altijd verward. Híj is ook geen ster. Hij is te slap, een softie, net als Jasminka en dat meisje uit Homestead en die geniepige, leugenachtige, blanke trut van een moeder van haar.

'Al die takkewijven in mijn leven,' zegt hij. 'Allemaal.'

Milan komt in de deuropening van de studio en de kantoren staan met die geschokte blik van haar. Waarom moet die godverge-ten teef overal zo geschokt op reageren? Hij heeft geprobeerd haar stil te houden door haar te geven wat ze het liefste wil, namelijk de gedachte dat hij naar haar verlangt. Je hebt meer macht over men-sen als ze denken dat ze zelf macht hebben. 'En dat geldt ook voor jou, Milan!' schreeuwt Ricky.

'Voor mij? Wat?' Milan kijkt naar Matthew.

'Tú sabes,' zegt Ricky. 'Wat? Weet je dat niet meer?'

'Hij heeft een inzinking,' zegt Matthew tegen Milan.

'Kan ik wat doen?'

'Ga naar binnen,' zegt Matthew. 'Je hoeft dit niet te zien. Vergeet dat je dit hebt gezien.'

'Eh, oké.'

Is ze achterlijk, of zo? En zij is ook al zo'n slappeling. Dat zijn ze allemaal. Stuk voor stuk zijn ze slap. Niemand heeft de kracht die Ricky heeft. Jill is de enige ter wereld die zich met hem kan meten. Ze heeft macht en ze is sterk. Wat heeft Jasminka? Een platte reet en wat achterlijke zeepjes waar ze mee rotzooit in de logeerkamer die ze in een soort laboratorium heeft veranderd. Ze lijkt Frankenstein wel, denkt hij. Ze is te lang voor een vrouw, en met die grote, rare ogen lijkt ze wel een buitenaards wezen.

'Mooi niet, Jasminka!' schreeuwt hij in de richting van het huis. 'Jij zult me niet kapot krijgen, *tú no me jodas*, trut! Hoor je me? Jij niet, geen enkele trut!'

Ze denkt dat ze me klein kan krijgen met dat kind en de baby, denkt hij, terwijl hij naar de donkere bosjes en bomen kijkt, op zoek naar de schutter. Ricky duikt bij Matthew weg, rent over de steiger langs het zwembad naar de bosjes aan de andere kant van het huis. Hij duikt in de struiken. 'Toe dan, *pendejo*! Schiet me maar neer! Mij krijg je toch niet. Ik ben onoverwinnelijk!'

'Ricky?' Matthew loopt op hem af als een temmer op een leeuw en hij gebaart naar Milan dat ze naar binnen moet gaan. Denkt Matthew soms dat hij nu de baas is? 'Ga je even mee naar binnen, man, even chillen?'

'Kom hier,' zegt Ricky tegen Matthew. Hij gaat in het koele gras zitten. De grassprieten voelen als handjes op zijn huid. 'Ik zal je eens wat vertellen, *bellaco*.'

'Best,' zegt Matthew, de achterlijke klootzak. Moet je die bril nou zien. Waarom draagt hij zoiets lelijks? Heeft hij dan niet door dat hij eruitziet als een loser? Hij heeft een dubbele onderkin. 'Wat is er?' Matthew gaat naast Ricky in het gras zitten. 'Je moet een tijdje met die cocaïne stoppen, Ricky,' zegt hij zacht. 'Zorgen dat je je stem terugkrijgt, dat je even kunt nadenken.'

'Mijn vrouw, ik vertrouw haar niet,' zegt Ricky zacht en schor.

'Waarom niet? Jasminka is oké.'

'Ik wil dat je iets voor me doet, *mamón*. Als ik er niet ben, wil ik dat je haar in de gaten houdt.'

'Hoe bedoel je?'

'Ik verdubbel je salaris. Zorg dat je haar *chocha* niet uit het oog verliest. Ze wil me kapotmaken. Ze is niet meer in vorm, man.'

'Eh, goed, Ricky. Wat je wil, jongen.'

Matthew kijkt niet alsof hij Ricky gelooft. Maar goed, misschien zit Matthew ook in het complot. Hij doet alsof hij geen geld voor de nummers wil, maar dat wil hij wel. Hij wil een ster zijn, ja toch? Daar gaat deze shit allemaal om. Jasminka zegt altijd dat Matthew zo sexy, zo aardig, zo getalenteerd is. Misschien is het zijn kind wel, hè? Maar let op: Matthew is geen ster. Ricky Biscayne is de godvergeten ster.

En als ster kun je niemand vertrouwen.

DINSDAG 2 JULI

Ik sta in een advocatenkantoor en het lijkt helemaal niet op wat je in films ziet. Om te beginnen is het er niet zo mooi als je zou verwachten; ik bedoel, het is in een torenflat in het centrum en het is er ruim. Maar elke vierkante centimeter is bezaaid met papieren en afval. Die man is een slons. Een mens wil toch geen slons als advocaat? Die moet netjes en georganiseerd zijn. Nestor heeft hem voor me gevonden. Hij heet Sy Berman en schijnt een van de beste arbeidsadvocaten in de omgeving te zijn. Waarom draagt hij dan een sweatshirt en een honkbalpet? Waarom eet hij gefrituurde kip uit een enorme bak op zijn bureau?

'Kom verder,' zegt Sy Berman met volle mond. 'Ga zitten.'

Nestor is bij me. Sy Berman geeft mij als eerste een hand. Dat mag ik wel. Meestal gaan mannen eerst op de man af.

'Aangenaam kennis te maken, Irene,' zegt Sy Berman. 'Zeg maar Sy. Ga zitten. Wil je iets drinken? Wat water? Iets anders?'

'Nee, dank je,' zeg ik.

Nestor en Sy geven elkaar een hand en Nestor gaat naast me zitten en hoeft ook niets te drinken.

'Die klotebouw ook,' zegt Sy. Hij wijst met een stuk kip naar het raam. 'Appartementen. Overal waar je kijkt, zijn ze appartementencomplexen aan het bouwen. Vroeger had ik uitzicht over het water. Nu niet meer. Nu kijk ik tegen appartementen aan.' Sy boert in zijn vuist en neemt een flinke slok uit een grote kartonnen beker.

Ik voel me overdreven netjes. Ik ben gisteravond nog naar Dadeland Mall gegaan om hier nette kleren voor te kopen. Ik dacht dat ik op chic moest. Sophia ging mee, en ik heb voor haar ook wat kleren gekocht. Ze kostten meer dan ik me kan veroorloven, maar soms moet je geld laten rollen. We hadden nota bene een *InStyle* bij ons om te raadplegen, en we moesten allebei lachen omdat we zo weinig over mode weten. Ik vertelde haar over de rechtszaak en ze leek trots op me. 'Je gaat winnen,' zei ze. 'En dan kopen we alle kleren die we maar willen.'

Ik draag iets wat ze een 'chique spijkerbroek' noemen, van een donkere, dikke stof, met een zwart topje met korte mouwen van Express en zwarte puntige schoenen. Heel eenvoudig. Nestor kan zijn ogen niet van me afhouden. Dat vind ik leuk, maar ik voel me er tegelijkertijd niet prettig bij. Sinds die avond bij de Olive Garden hebben we het niet meer over mijn gevoelens voor hem gehad. Ik weet niet eens of hij iets voor mij voelt, en ik zeg er niets over. Dit is waarschijnlijk wel het slechtste moment om iets te beginnen met een collega. Toch? Ik bedoel, ik sta op het punt een aanklacht in te dienen wegens seksuele intimidatie, en ik denk dat ik verliefd ben op Nestor. Niet slim. Dat is, om een beroepscliché te gebruiken, spelen met vuur.

'Mag ik wat vragen?' zegt Sy. Hij kijkt afwezig naar de sportpagina van *The Herald* op zijn bureau. 'Hebben jullie iets samen?'

Is die vent soms helderziend? Ik kijk naar Nestor en hij kijkt naar mij. Ik haal mijn schouders op. Hij schudt zijn hoofd. 'Nee,' zegt hij.

Nee?

'Zeker weten?' vraagt Sy. 'Dat moet ik weten, want ze zouden het tegen je kunnen gebruiken. Ik weet dat ik jullie net ken, maar ik ben niet gek.' Hij zwaait met een kippenpootje. 'Jullie hebben spanning.'

'Pardon?' zeg ik. Wat onbeleefd.

'Ja, jij kijkt naar hem, hij naar jou. Dat zie ik.'

'Met alle respect,' zegt Nestor. 'Waarom wil je dat weten?'

Sy veegt zijn mond aan een papieren servetje af, verfrommelt het en gooit het op de grond. Dan leunt hij naar voren en kijkt ons allebei bedaard aan. Hij ziet er intelligent uit. 'Ik bekijk zaken door de ogen van de tegenpartij,' zegt hij. 'Ik heb de papieren hier. Ik weet dat je een goede zaak hebt. Ik weet ook dat jullie twee van de aantrekkelijkste mensen zijn die ik ooit heb gezien, en dat zullen ze op de een of andere manier tegen je gebruiken, Irene, zeker als er seks in het spel is.'

'Geen seks,' zeg ik.

'Of genegenheid,' dringt hij aan.

Nestor kijkt naar mij en dan naar Sy. 'Ik mag haar, meneer Berman,' zegt hij. 'Ik weet niet wat ze voor mij voelt, maar ik zal open kaart spelen. Ik mag Irene bijzonder graag.'

'Op die manier?'

Nestor knikt. 'Dat denk ik wel, ja. Op die manier.'

Sy glimlacht en haalt zijn schouders op. 'Geen punt. Het wordt pas een probleem als je niet helemaal eerlijk tegen me bent, als er iets is wat ik zou moeten weten.'

Sy kijkt naar mij. En wacht. Alsof ik iets moet zeggen. 'Wat is er?' 'Mag je hem?'

Ik schuif heen en weer. 'Ja,' zeg ik. 'Best wel.' Nestor grijnst verrast naar me.

'Goed dan,' zegt Sy. 'Dat is duidelijk. Luister naar mijn advies en doe wat je kunt om te voorkomen dat de mannen op de kazerne erachter komen. In je vrije tijd kun je zo veel flikflooien als je wilt, maar blijf op het werk bij elkaar uit de buurt totdat dit voorbij is. Begrepen?'

Ik knik beledigd. 'We flikflooien helemaal niet,' zeg ik. 'We gaan gewoon met elkaar om.' Waarom voel ik me net een puber? We waren gisteravond nog samen, toen we samen met Sophia naar het vuurwerk keken. Sophia is degene die *The Herald* over haar vader heeft verteld en die nog steeds ontroostbaar is vanwege de kille ontvangst van haar vader. Maar ik doe mijn best om eerlijk tegen haar te zijn en iets te bedenken om haar dit te laten verwerken.

De advocaat zegt: 'Best. Wat ik bedoel is, geef ze geen enkele reden om je te ontslaan.'

Dat weet ik. Maar eerlijk gezegd? Het interesseert me niet meer. Ik zou bijna willen dat ze me ontslaan, zodat ik een uitkering kan aanvragen en meer bij Sophia kan zijn.

Sy pakt een slappe, bevlekte kartonnen doos onder zijn bureau vandaan en laat hem naast zijn lunch op het blad ploffen. 'Dit is wat we hebben,' zegt hij. Het is al het bewijsmateriaal dat ik heb verzameld en dat ik in opdracht van Nestor hier een paar dagen geleden naartoe heb gestuurd. Sy grijnst als een klein kind. 'Er zit verdomd goed spul bij,' zegt hij. 'En als je het voor elkaar krijgt om je hoofdbrandmeester op band te laten zeggen dat hij niet wil dat je solliciteert naar de functie van brandmeester...'

'Dat lukt me wel,' zeg ik.

'Dan zou ik zeggen dat we ijzersterk staan.'

Ik staar naar de vunzige foto's waar mijn gezicht overheen is geplakt, de groezelige vingerafdrukken van de mannen die duidelijk zichtbaar zijn op de foto's. Seksspeeltjes. Obscene briefjes.

'Deze mannen – als we ze zo kunnen noemen – zijn arrogant en slordig geweest,' zegt Sy. 'Ze waren beslist niet bang dat je zou terugvechten, Irene. Of ze zijn gewoon achterlijk.'

'Waarschijnlijk allebei,' zegt Nestor.

Sy slaakt een zucht. 'Je moet goed weten waar je aan begint, Irene. Ik zal je zaak met plezier in behandeling nemen. Maar deze "mannen" zullen de vreselijkste dingen over je zeggen. Ze zullen je beledigen, vernederen, door het slijk halen... misschien zelfs bedreigen.' Hij kijkt me recht aan. 'Ben je daar klaar voor?'

Ik glimlach. Ben ik daar klaar voor? Meent hij dat nou? Ik zeg: 'Je hebt zojuist een normale werkdag beschreven.'

De advocaat schiet in de lach, maar Nestor niet.

'Ze zullen dit waarschijnlijk in verband brengen met het artikel dat Sophia in *The Herald* heeft gescoord,' zegt Nestor. Mijn maag trekt samen.

'Daar heb je gelijk in,' zegt Sy. 'Daar wilde ik het nog over hebben. Ze zullen zeggen dat je op alle mogelijke manieren op geld uit bent.' Hij zwijgt even en pulkt met zijn pink tussen zijn tanden. 'En, wil je nog steeds doorgaan?'

Ik knik en zeg: 'Ik heb niets te verliezen.'

'Dan gaan we ze eens flink aanpakken,' zegt Sy Berman. Ik mag hem wel, ondanks de kip.

Tien minuten later zit ik naast Nestor in zijn Mitsubishi en laat me door hem naar huis rijden. Ik zak weg in mijn stoel, ontspan me en geef me volledig aan hem over. Tegen al mijn hoog ontwikkelde zelfbeschermende gevoelens in, laat ik iemand anders zich even zorgen maken om mijn leven, terwijl ik alleen maar ademhaal. Dat heb ik nog nooit gedaan. Ik doe mijn ogen dicht en bedenk hoe het zou zijn om Nestor te kussen. We hebben nog nooit gekust. Het is net alsof we allebei bang zijn. Of zoiets.

'Irene?' vraagt hij. 'Vertel me eens wat er met Ricky is gebeurd? Waarom haat je hem zo?'

Normaal gesproken zou ik direct dichtklappen. Maar ik kan niet langer gehoor geven aan dat verlangen. Het heeft niet gewerkt. Op dit moment wil ik Nestor volgen. Om de een of andere reden lijkt het alsof ik hem al veel langer ken. Ik voel me veilig bij hem. En dus vertel ik het hem. De mishandelingen bij ons thuis vroeger, de dakloosheid, de pijn, de poëzie. Ricky en zijn poëzie. Zijn pijn. Hoe we een band kregen die vrijwel alleen op pijn gebaseerd was en hoe Ricky, door mijn tienerangsten en een thuis waar niemand van me hield, voor mij een thuis leek. Het gekke is dat ik nu besef dat ik bijna net zo verliefd was op zijn moeder als op hem.

'Wat bedoel je daarmee?' vraagt Nestor.

'Ik bedoel dat ik verliefd was op het idee dat deze nuchtere, rustige vrouw me aardig zou vinden en voor me zou zorgen.'

'Overlevingsdrang,' zegt Nestor. 'Je zocht een surrogaat. Heel normaal.'

'Dat zal wel.'

'Die is bij jou heel groot.' Hij kijkt naar mij. 'Die overlevingsdrang. Je bent een doordouwer.'

Ik ontspan me nog iets meer en vertel hem de rest. Over Sophia. De zwangerschap, een verrassing. De seks, die nooit goed was geweest, of langzaam, of fantastisch, zoals het zou moeten zijn. Het was de eerste en laatste keer. En het verdriet toen Alma Ricky ervan overtuigde dat hij me moest vergeten. Hoe hij me afwees en op het afschuwelijkste moment uit mijn leven verdween. Mijn vader die me sloeg. De scheldpartijen. Van school af moeten. De 'speciale' school voor zwangere meisjes. De baantjes, het ene nog beroerder dan het andere. De afschuwelijke flatjes. Mijn uiterste best doen. Altijd rennen, niet zomaar rennen, maar voor mijn leven op de vlucht, jarenlang.

'Het houdt niet op, weet je?' zeg ik. 'Het jagen. De adrenaline.'

'Ben je niet moe?' vraagt hij. We staan stil voor een rood licht.

'Ik ben kapot.' Ik voel tranen over mijn wangen biggelen. Maar geen trieste tranen. Andere tranen.

'Wil je samen rennen?' Hij leunt opzij. Strijkt met zijn hand langs mijn wang. 'Je bent heel bijzonder,' zegt hij. En dan kust Nestor me. Eindelijk. Warm, zacht, met gesloten lippen. Zo teder ben ik nog nooit door een man gekust. Een helende kus. De tranen stromen over mijn wangen en ik glimlach.

'Dank je,' zeg ik. Het licht springt op groen en Nestor veegt met zijn duimen de tranen weg voordat hij verder rijdt.

'Een bijzondere vrouw,' herhaalt hij. Hij rijdt voorzichtig, geeft altijd richting aan, controleert altijd de dode hoek. Ik voel me zo veilig. Ik kijk naar de palmbomen en de glimmende auto's van Miami die voorbijrazen. Waarom zijn de kleuren hier zo veel feller dan in mijn stukje van de wereld in het zuiden? Waarom woon ik niet op zo'n kleurrijke plek? Het is hier mooi. Omgeven door kleuren en met een man aan het stuur die ik vertrouw. Wat is dit voor gevoel?

'Gaat het?' vraagt Nestor. Hij kijkt opzij en richt zich dan weer op de weg.

'Het gaat goed.' Echt goed.

'Zeg me waar je behoefte aan hebt, Irene,' zegt hij. 'Iets te eten? Koffie? Wil je naar huis? Een stukje wandelen? Wat kan ik doen? Wat je wilt. Zeg het maar.'

Ik kijk hem aan. Hoe is dit mogelijk? Hij kan niet fantastischer zijn. Hij is Dominicaan. Dat heb ik hem weten te ontfutselen. Zijn ouders komen uit de Dominicaanse Republiek. Maar hij is heel anders dan Ricky en zijn moeder. Nestor heeft geen vooroordelen. Hij houdt van mensen. Hij houdt echt van ze. Hij is teder. Verfijnd. Als je naar hem kijkt, denk je misschien dat hij een worstelaar of een bullebak of zo is, vanwege zijn spieren en zijn kaaklijn, maar dat is hij niet. Hij is een heel lieve pitbull. Maar dan knapper, natuurlijk. Wat ik het liefst zou willen zeggen, is dat ik in zijn bed wil liggen, onder de dekens, in zijn armen. Ik wil weten hoe het is om een volwassene te zijn die niet altijd overal grapjes over maakt als overlevingsstrategie, om de intiemste ruimte en gedachte die er zijn te delen met iemand die teder en veilig is. En sexy.

Maar in plaats daarvan zeg ik: 'Ik heb wel trek in koffie.'

Hij legt zijn hand in mijn nek en wrijft teder. 'Dan wordt het koffie.'

Het voelt zo lekker aan. Zo veel lekkerder dan als Jim me streelde. Nestors vingers tintelen en ik voel het en mijn lichaam reageert op manieren die ik niet verwacht. Ik wil dat hij me vasthoudt. Ik wil hem in me voelen. Bewegen. Zacht en daarna misschien niet zo zacht.

'Weet je?' zeg ik. 'Eigenlijk wil ik niet naar een café of zo.'

'Oké. Wil je dat ik je naar huis breng?' Hij kijkt me zo onschuldig en vriendelijk aan dat ik me schaam voor mijn vleselijke verlangens. Ik weet niet hoe ik deze man moet vragen met me naar bed te gaan. Hoe doe je dat? Ik kijk naar Nestor, de brede spieren onder de stof van zijn shirt, de platte buik, zijn mannelijke nek en handen, en ik voel mijn lichaam ontbranden. Eigenlijk wil ik met hem mee naar huis. Hoe zeg je zoiets? Dat doe je niet. Ik kan het niet.

'Ja,' zeg ik. 'Naar huis.'

'Wat je maar wilt,' zegt Nestor. Hij lijkt teleurgesteld. Toch? Of is het mijn verbeelding. 'Zeg het maar.'

'Ik kan je niet zeggen wat ik wil,' zeg ik.

'Waarom niet?'

'Weet ik niet.'

'Vertrouw je me niet?' vraagt hij.

Vertrouwen. Dat is het woord dat ik zoek. Ik vertrouw hem volledig. Dat is het punt niet.

'Ik vertrouw mezelf niet,' zeg ik. 'Als ik bij je ben. Alleen. Met jou in dat pak. Je ziet er goed uit in dat pak. Oké? Dit is wat ik wil. Ik wil jou.' Mijn wangen staan in brand en ik voel druk achter mijn ogen. Ik schaam me. Ben bang. Sta in vuur en vlam, niet te blussen.

Hij glimlacht naar me en trekt een wenkbrauw op. 'Wauw,' zegt hij. 'Dat lijkt me wel wat.'

'Wauw,' herhaal ik. En ik glimlach.

Hij schraapt zijn keel en pakt mijn hand vast. Zijn hand is warm. Zo warm. Hij zegt: 'Wat dacht je hiervan? We gaan naar mijn huis en dan zien we wel hoe het loopt.'

Vlammen in elke vezel van mijn lichaam. Ik kijk uit het raam en glimlach naar de lucht. 'Goed,' zeg ik. 'Afgesproken.'

De lust verdwijnt zodra ik zijn flat binnenkom en wordt vervangen door angst. Nestor heeft nog steeds overal foto's staan van zijn overleden vrouw en kind. Ik ben niet in staat hem aan te raken terwijl hun ogen naar ons kijken en ik heb ook echt het gevoel dat ze naar ons kijken. Hij merkt wat ik voel als hij naar me kijkt.

'Het spijt me,' zegt hij. 'Ik had die foto's weg moeten halen.'

'Nee,' zeg ik. Ik ga op de bank zitten. 'Je haalt ze weg als je daaraan toe bent.'

Hij komt naast me zitten en pakt mijn hand. De daaropvolgende twee uur is dat het lichamelijke contact, terwijl we een diepere connectie maken. We praten. We praten over ons leven en vertrouwen elkaar de pijn toe die ons met elkaar verbindt.

WOENSDAG 3 JULI

Ik voel me erg pikant en uitdagend. Ik weet niet of dat goed of slecht is. Een zwart rokje, oranje topje. Limoengroene schoenen. Ik word avontuurlijk. En volgens mij begin ik een gevoel voor stijl te krijgen, al ben ik niet dapper genoeg om het aan anderen te vragen, omdat ze misschien met een andere versie van de realiteit komen, bijvoorbeeld dat ik eruitzie als een berg kots. Dat zou niet leuk zijn.

Met mijn lippen om een groen rietje van Starbucks in een ijscappuccino dans ik door de gang en open ik de deur van mijn kantoor. Ik verwacht bijna dat er van die kleine behulpzame Disney-vogeltjes rondfladderen met handige spulletjes voor me in hun bek. In plaats daarvan tref ik... Ron. Getver. Helemaal geen Disney-vogeltje. Hij lijkt eerder op Gollem uit die Hobbit-films. Gollem in een fout pak. Volledig overbodig, want zelfs in een goed pak zou Gollem er slecht uitzien. Puur door zijn Gollemigheid is een goed pak slecht bij Gollem. Glibberig en klam.

'Milan,' zegt hij met die merkwaardige grijns van hem. Ik zie nog steeds voor me hoe hij zijn vingers in Analicia duwde. Zo... walgelijk.

Ik maak mijn ogen van Gollem los en zie dat hij niet alleen is. El Ricky is hier, en in shorts en een tanktop ziet hij er verdraaid lekker uit. Naast hem zit Jasminka met haar hond. Het is gewoon eng hoeveel ze op elkaar lijken, de vrouw en de hond. Triest, warm, moe. Ik wil ze allebei aaien, maar dat is waarschijnlijk geen goed idee.

'Roepen jullie nu "verrassing" en bedenk ik dat ik jarig ben?'

vraag ik. Flauw grapje. De waarheid is dat ik me aangetast en ont-eerd voel. Ik krijg er de rillingen van. Ik loop behoedzaam op mijn bureau af. 'Nou zeg, is het goed als ik erbij ga zitten?' Ik verbaas me over mijn vrijpostigheid bij deze mensen. Dat pikante, uitdagende gevoel in mij maakt me dapper.

'Excuses voor de overval,' zegt Ron. Alsof het een grapje is, knakt hij met zijn knokkels. Oké. Dit is het moment waarop de maffioso over wie mijn vader het altijd heeft uit de kast tevoorschijn komt en me met paperclips bekogelt. Is dat het?

'Wat is er aan de hand?' vraag ik. Laten we maar zeggen waar het op staat.

'Ga zitten, Milan,' zegt Ricky met een innemende glimlach. Die verleidelijke glimlach. Is hij gek geworden? Waar zijn vrouw bij zit? Hij zegt: 'Het is niet zo erg als het eruitziet.' Ik zet mijn handtas en koffertje neer en ga aan het bureau zitten.

'Ricky heeft je hulp nodig,' zegt Jasminka mismoedig en futloos. Na die toestand in de tuin toen hij haar zo beledigde, begrijp ik niet wat ze hier nog doet. Ze is al net zo trouw als haar hond.

'Wij allemaal, eigenlijk,' zegt Ricky.

O, o. Ik bestudeer hun gezichten. Ik voel mijn bloed stollen. Dit is niet goed. Dat voel ik. Ron leunt naar voren en schraapt zijn keel. Ik hoor stof scheuren. Volgens mij is hij net uit zijn broek geknapt. Ik heb geen behoefte om zijn jasje op te tillen om dat bevestigd te zien. Hij zegt: 'Laat me, om te beginnen, zeggen dat je voor gewel-dige berichtgeving in de pers hebt gezorgd voor Ricky's nieuwe al-bum. De *Rolling Stone*, Milan?'

'Ja.'

'Hoe krijg je dat goddomme voor elkaar?'

'Slijmen,' zeg ik. 'Liegen.' Ze schieten allemaal in de lach alsof ik een grapje maak. Dat doe ik niet.

'Da's een goeie,' zegt Ron, en hij wordt opeens heel serieus. De serieuze Gollem. 'De zaak zit zo. Ricky heeft een probleem. Een groot probleem.' Jasminka bijt op haar onderlip. Mishko jankt als hij ziet dat zijn baasje zich niet op haar gemak voelt. Hij duwt zijn kopje tegen haar hand.

'Het meisje?' vraag ik. Denken ze soms dat ik dat niet weet?

Ron knikt en Ricky kijkt verward en gekwetst. 'Journalisten bel-len ons overal vandaan op,' zegt Ron. 'En we ontkennen het alle-

268

maal op onze eigen manier. Maar ik wil er door dit gesprek voor zorgen dat we het allemaal op dezelfde manier ontkennen.'

'Schadebeperking,' zeg ik. 'Ik was hetzelfde van plan.'

'Precies. Mooi.'

Jasminka spreekt. 'Het is niet zozeer schadebeperking, Milan, want er is geen schade. Ricky zweert dat het niet zijn dochter is, dat het hier om opportunisten gaat die geld willen zien en ons kapot willen maken.'

'Hoe zit het trouwens met haar?' vraag ik.

Ricky en Jasminka kijken elkaar aan en zij zegt: 'Milan. Om te beginnen wil ik iets zeggen. Wat je laatst zag, met Ricky?'

Die zenuwinzinking? De cocaïne? Die gestoorde vent? Ik haal mijn schouders op alsof ik niet weet waar ze het over heeft. In werkelijkheid heb ik geprobeerd het te verdringen. Geniale mensen doen dit soort dingen nu eenmaal, denk ik. Ik heb nog nooit een geniale artiest van dichtbij meegemaakt, dus ga ik ervanuit dat ze allemaal zo zijn. Zo zijn ze ook in de film, dus waarom niet in het echt?

'Hij had een inzinking door de spanning,' zegt Jasminka. 'Meer niet.'

'Meer niet,' zegt Ron. Het lijkt op een waarschuwing. Hmm.

'Zelfs als iemand beweert dat er iets anders aan de hand is,' begint Ricky. Jasminka en Ron werpen een snelle blik op hem. 'Dat is het niet. Ik kan niet goed tegen stress. Ik ben erg gevoelig.'

'En daarom moet jij dit zo snel mogelijk zien weg te werken,' zegt Ron. 'Ricky moet nu in topvorm zijn. Hij kon niet instorten vanwege wat rottige leugens.'

'Oké,' zeg ik. Het is vast klote als de hele wereld volgt wat je doet. Dat ze je voor gek verslijten als je PMS bijvoorbeeld wat heftiger is dan anders. Ik noem het 'Mariah'en', die neiging van de pers om iedereen met een klein beetje creatief talent en uiterlijke schoonheid voor gek uit te maken. De pers houdt niet van aantrekkelijke creatieve mensen. Dat is het punt. Ze zijn jaloers. 'Ik zal je verdedigen, Ricky. Dat is mijn baan.'

'Echt hartstikke klote,' zegt Ricky. 'Alles.'

'Dat weet ik,' zeg ik, en ik voeg er in stilte 'schatje' aan toe. Ik wil hem 'schatje' noemen en aan zijn oorlelletje sabbelen. Ik hou van hem. Ik hou zo ontzettend veel van hem. Hij is vast niet goed voor me, maar toch hou ik van hem.

Ricky vertelt me het verhaal van Irene Gallagher. Dat hij vroeger bij haar op de middelbare school heeft gezeten, maar haar niet goed kende en haar niet meer heeft gesproken sinds hun eerste jaar. Hij gaat ervanuit dat de hele familie geld en aandacht van hem wil krijgen omdat hij nu een grote ster is.

'Dat is walgelijk,' zeg ik. En professioneel gezien heel spannend. Ik voel me net een renpaard in de stal, opgewonden en gewillig en klaar om het tuig van de wereld aan te pakken, helemaal omdat het mijn Ricky aanvalt. Mijn Ricky. Hij is van mij. Ik wend me tot hem, klaar voor de strijd. 'Wat wil je dat ik eraan doe?'

Ricky haalt zijn vingers door zijn haar en staart niets ziend naar mijn bureau. Zo ziet hij er vast ook uit als hij muziek schrijft, als Mozart in de film *Amadeus*, alsof hij op zoek is naar een teken van God. Hij ziet er gekweld uit en ik vind het hartverscheurend. 'Daar heb ik jou voor ingehuurd,' zegt hij. Hij laat zijn ogen zakken tot zijn blik de mijne ontmoet. Hij heeft een geheim, ons geheim. Ik wou dat Jasminka wegging. Ik wil hem van haar afpakken. Ik wil Ron de laan uitsturen en Ricky's vrouw en manager zijn. Dan zouden we niet te stuiten zijn. Hij zegt: 'Om dit soort problemen voor me op te lossen. We dachten dat je wel zou weten wat je moest doen.'

'Dat weet ik,' zeg ik. 'Weet je of ze dit nog ergens anders openbaar hebben gemaakt, behalve in *The Herald*?'

'Nog niet,' zegt Ricky. 'Ik hoopte dat het gewoon zou verdwijnen, dat het in *The Herald* zou worden begraven, maar Ron is gisteravond uit New York teruggekomen omdat hij er voortdurend over werd lastiggevallen. Zo te zien gaat iedereen het oppakken.'

'Dat kunnen we wel aan,' zeg ik.

Ricky bijt op zijn onderlip en staart weer naar de grond. 'Ik weet het niet, Milan.'

'De pers alleen al kan ons kapotmaken,' zegt Ron.

Ricky kijkt me vol liefde en verlangen aan. 'Jij weet er vast wel raad mee.'

Ik weet wel raad met hém. Hier, ter plekke.

Ron schraapt zijn keel weer. 'Heb je dat begrepen, Milan? Hij kent de moeder, maar hij is niet de vader van dat kind. Ik wil dat je dat mens op alle mogelijke manieren zwartmaakt en haar in opspraak brengt.'

Ik knik. Reken maar. 'Ik doe alles wat nodig is.'

Ron grijnst breeduit, komt overeind en legt een boerse Gollem-hand op mijn schouder.

'Brave meid,' zegt hij. Hij ruikt naar nat wasgoed dat een nacht in de machine is blijven liggen. Hij vraagt Jasminka of ze klaar is. 'Ik ga met haar naar de gynaecoloog,' zegt Ron. Hè? Dat is zo raar dat ik er niet eens naar wil vragen.

Ricky bereidt Jasminka er zeker op voor dat hij bij haar weggaat. Joepie!

Ricky kijkt naar mij en alsof hij mijn vraag aanvoelt, zegt hij: 'Ik moet vanmiddag de studio in en ik vind niet dat Jaz op dit moment alleen moet zijn.'

Wat lief.

Jasminka en haar hondje lopen achter Ron aan de kamer uit en zeggen ons gedag. Dan zijn we met zijn tweeën en kijken elkaar aan. Hij doet de deur dicht. Doet de zonneschermen dicht. Ik voel dat mijn lichaam ontbrandt. 'Bedankt, meid,' zegt hij. Hij komt achter me staan en slaat zijn armen om me heen. Hij buigt zich vooroverover en kust me boven op mijn hoofd. Ik ruik zijn frisse eau de cologne. Hij ruikt zo lekker. Ik wil hem. Nu meteen. 'Ik wist wel dat ik op je kon rekenen.'

Ik draai me in mijn stoel om om hem aan te kijken, en hij staat voor me. Mijn gezicht zit... o, precies op die hoogte. Je weet wel wat ik bedoel. Ik kijk naar hem op en voordat ik weet waar mijn handen mee bezig zijn, liggen ze aan weerszijden van zijn bekken en gaan ze lichtjes op en neer.

'Ik zou alles voor je doen,' zeg ik.

Hij komt een stap dichterbij. Ik probeer niet aan Jasminka te denken. Ze is een goed mens. Maar ze bevredigt Ricky niet zoals ik. Ze passen niet bij elkaar. Dat weet ik. Ik til zijn shirt op en zie de lijn van donker haar op zijn harde buik. Ik krul de haartjes voorzichtig om mijn vinger. Ik kan niet geloven dat ik dit doe.

'Alles?' vraagt Ricky.

'Alles,' zeg ik.

Ik leun naar voren en kus zijn buik. Zijn huid voelt koel aan tegen mijn lippen. Ik heb het bloedheet. Ik voel zijn handen in mijn haar en vervolgens stuurt hij me, leidt hij mijn hoofd. Ik kus hem lager door zijn shorts. En dan voel ik hem hard worden tegen mijn mond.

O, god. Hij duwt zich tegen me aan en opeens trekt hij zijn shorts omlaag.

Daar is het, Ricky's zelfverzekerde paarse en bruine ding. Ik zit op mijn kantoor oog in oog met de stijve pik van Ricky Biscayne. Deze fantasie heb ik al heel vaak gehad, maar toen zag en rook hij niet zo goed als nu. Ik raak hem eerst met mijn handen aan, streel hem, geef het wiebelende lid een plekje om te liggen. Hij kreunt een beetje.

'Ik ben gek op je,' zegt hij. 'Ik moet steeds aan je denken.'

Ik glimlach naar hem en onze blikken kruisen elkaar. Hij glimlacht terug. Het is een droom die werkelijkheid wordt. Ik kan niet geloven dat ik hier ben. Ik kijk weer voor me, duik naar voren en strijk met mijn lippen langs hem. Voorzichtig. Deze dingen zijn zo kwetsbaar, denk ik, zo open en bloot. Ik heb medelijden met mannen. Maar niet zo veel. Ik kus hem. Overal. Droge kusjes met mijn handen aan weerszijden en dan op het topje. En ik lik hem als een lolly. Hij smaakt goed. Ik denk aan alles wat ik al die jaren in damesbladen over pijpen heb gelezen en ik vouw mijn lippen over mijn tanden. Ik schuif hem naar binnen. En ik voel iets openspringen tussen mijn benen. Ik zwel overal op en het voelt heerlijk aan. Ik beweeg op en neer en hij gaat naar binnen en naar buiten. Ik wil hem. Ik wil hem in me voelen. Ik verlang zo ontzettend naar hem dat ik wel kan janken.

'Dat is lekker,' zegt hij. 'Zo is het lekker, schatje.'

Ik kijk naar hem op. Ricky heeft zijn ogen dicht en glimlacht een beetje. Hij doet me aan een standbeeld denken. Ik zou alles voor hem doen. Ik voel de woorden uit mijn ziel omhoogborrelen en ik kan ze niet tegenhouden. Ik neem hem even uit mijn mond en zeg: 'Ik hou van je.'

Ricky houdt zijn ogen dicht. 'Dank je, schatje,' zegt hij. Hij doet een hand omlaag, pakt zijn ding en duwt het naar mijn gezicht. 'Niet ophouden, Milan. Ga door.'

'Ricky,' zeg ik, en ik neem hem weer in mijn mond. Met mijn mondvol mompel ik: 'Ik doe alles wat je maar wilt.' Ik hoop dat hij gaat zeggen dat hij met me wil vrijen.

In plaats daarvan zegt hij: 'Dan wil ik over je gezicht klaarkomen.'

Merkwaardige woorden voor een gevoelige en geniale dichter.

Heel merkwaardig.

Jill haast zich over de bestrate oprit naar de brievenbus in haar korte shorts en tanktop, en op blote voeten, maar ze ziet er goed genoeg uit om tussen de bomen rondom haar landgoed door gefotografeerd te worden. Ze pakt de *People* uit de brievenbus, rent terug naar het huis en gaat op de zachte witte bank in de woonkamer zitten om erdoorheen te bladeren op zoek naar foto's van zichzelf. En ja hoor, er staan foto's in van haar en Jack bij Tantra met twee koppen: HOPELOOS VERLIEFD en MEER DAN WATER HALEN. In de tekst staat dat zij en Jack hartstochtelijk verliefd zijn en niet in staat waren om van elkaar af te blijven, en ze vermelden Jills verzoek om privacy. Perfect. Ze zijn er weer ingetrapt, de sukkels.

Jill geniet ervan dat zij en Jack zo mooi op de foto staan. Zij is de betere actrice en beroemdheid, maar hij is bijna net zo fotogeniek als zij. Wat een kin. Wat een kuiltjes. Wat heeft hij mooi haar zonder er moeite voor te hoeven doen. Prachtige glanzende krulletjes. Ze zouden beeldschone kinderen hebben gehad. Het is bijna jammer dat ze hem binnenkort moet dumpen. Maar ze overleeft het wel. Jack niet.

Jill slaat het tijdschrift dicht en bladert er dan opnieuw doorheen, deze keer vanaf het begin om te zien wat de concurrentie allemaal doet. Beyoncé staat erin met haar vriendje de rapper, terwijl ze weer kip zit te eten en haar vingers aflikt als het plattelandsmeisje dat ze altijd beweert te zijn. Foei, foei. Dat kind heeft geen enkele discipline. Weet ze dan niet dat plattelandsmeisjes alleen maar dik worden en in ordinaire familierestaurants eindigen? En daar heb je mama Britney die haar string uit haar bilspleet trekt. Heel fraai. Dat meisje heeft het niet lang volgehouden, was altijd al uitschot. Jill overweegt even om zwanger te worden, maar verwerpt dat idee. Waarom zou ze dáármee haar lichaam verpesten? Dan heb je Jessica die vecht en sekst. Jill bewondert Jessica Simpson, die in staat is geweest van haar huwelijk en scheiding winstgevende handelswaar te maken. Ze kan zichzelf wel voor haar kop slaan dat zij er niet eerst aan heeft gedacht. Er is geen betere manier om Amerika aan je voeten te krijgen dan een bloedmooi, sexy huisvrouwtje te zijn van wie iedereen houdt en die iedereen wil neuken. Ze lacht om de verhalen over Paris Hilton en Nicole Ritchie, maar staart lange tijd naar foto's van actrices zoals Cate Blanchett en Hilary Swank. Die intrigeren haar. Als er één soort vrouw is dat haar intrigeert, dan is het wel de uitgemergelde onafhankelijke actrice die niets om haar uiterlijk lijkt te geven en toch beeldschoon is. Dat zijn de actrices over wie Jack altijd vol eerbied praat. Ze behoren tot een rustige, elegante wereld waar Jill geen lid van is, een wereld waar ze met een vermakelijke blik en lach zouden opkijken als Jill een van hun privéfeesten zou bezoeken. Ze zijn voorbestemd voor lange carrières, zoals Susan Sarandon, omdat ze sterke vrouwen spelen en serieus genomen worden. Jill denkt soms dat zij ook die weg zou inslaan als ze het allemaal over kon doen. Maar ze kan het niet allemaal overdoen en nu heeft ze een imago en een imperium in stand te houden.

Ze slaat nog een bladzij om en staart dan recht in de ogen van Ricky Biscayne. Het is een vreselijk lelijke foto waarop hij tegen iemand staat te schreeuwen, waarschijnlijk een fotograaf. Hij lijkt net een schriele rat. Ricky heeft een bloedhekel aan de pers en steekt dat niet onder stoelen of banken. De kop schreeuwt BISCAYNE BABY? Hè?

Naast de foto van een schreeuwende Ricky staat een foto van een slungelige, aantrekkelijke jonge vrouw van een jaar of dertien, in een voetbalbroek en met een vrolijke lach. Jill hapt naar adem en schiet overeind. Ze weet wel beter dan te geloven wat ze in dit soort blaadjes leest, maar de waarheid is dat ze de meeste dingen over haar leven goed hebben, zelfs als ze dat niet wil, dus er bestaat een kans dat dit nieuws echt klopt.

In het artikel staat dat ene Sophia Gallagher uit Homestead, Florida, contact heeft gezocht met de pers in Zuid-Florida en beweert dat ze Ricky's verloren dochter is. Er staat nog een foto bij van een vrouw in een brandweeruniform waaronder staat geschreven dat de vrouw Ricky's vriendinnetje op de middelbare school was. Jill kan zich herinneren dat Ricky het wel eens over haar heeft gehad. Ze hadden een jaarlang iets met elkaar, heel lang geleden. Volgens het artikel ontkent Ricky dat hij de vader is en beweert hij dat hij de moeder van het meisje destijds alleen vaag kende.

Jill houdt het tijdschrift bij het licht en bekijkt het meisje eens goed. Ze lijkt veel op Ricky: dezelfde krullen, dezelfde honingbruine ogen. Jill voelt de adrenaline door haar aderen stromen. Dit is niet ideaal. Dit is niet fijn. Ze is van plan om met Ricky te trouwen, en een kind in de steek laten komt niet goed over in de pers. Maar Jill houdt wel van een uitdaging, een publiciteitspuzzel die beetje bij beetje intelligent opgelost moet worden totdat het plaatje dat zij in haar hoofd heeft ook werkelijkheid is.

Ze pakt de telefoon en belt Ricky mobiel.

'Dag, mijn hartje,' zegt hij als hij opneemt. Haar koosnaampje.

'Goh,' zegt ze. 'Is het kind van jou?'

Het blijft lang stil en dan zucht Ricky. Tegen de meeste mensen kan hij goed liegen, maar tegen haar niet. Ze weet dat ze dat effect op hem heeft. Jill voelt haar mondhoeken omhoogtrekken en glimlacht.

'Nee,' zegt hij. 'Ze is niet van mij.'

'Je bent schattig als je liegt,' zegt ze, en ze maakt een spinnend geluid.

'Ik lieg niet,' zegt hij. Zijn stem slaat over.

'Je bent een waardeloze acteur,' zegt ze.

'Jij ook, als je de critici moet geloven.'

Touché. Jill balt haar vuist en grijnst. 'Kom hiernaartoe,' zegt ze. 'En zeg dat recht in mijn gezicht.'

'Ik kom niet,' zegt hij. 'Ik ben aan het veranderen.'

Jill moet lachen.

'Nee, echt. Deze keer meen ik het echt. Ik hou van mijn vrouw. Ik moet het goed doen deze keer.'

'Deze keer?'

'Ik wil een goede man zijn.'

'Dat ben je. Je bent de beste die ik ooit heb gehad.'

'Jill, niet doen. Toe, niet doen.'

'Ik ben naakt,' fluistert ze. 'Zorg dat je er over een uur bent.'

Ricky zwijgt even en zegt dan: 'Oké.'

MAANDAG 8 JULI

S merig, smerig, smerig. Zo voel ik me. Ik zit aan het ontbijt met mijn vader en moeder in de smetteloos witte keuken met het rode aanrecht, dat ik vanmorgen heb schoongemaakt omdat dat van mij wordt verwacht. Ik moet zo naar mijn werk, maar de enige gedachte die door mijn hoofd gaat is hoe slecht ik me heb gedragen met Ricky. Het is zó slecht. Toch? Op zo veel manieren. Maar het was heerlijk. En ik moet er steeds aan denken. Maar ik begin mijn belangstelling te verliezen voor alles wat mij míj maakte, inclusief mijn boekenclub, waar ik het tegenwoordig altijd te druk voor heb. De meisjes bellen me niet eens meer om te vragen of ik kom. En Las Ricky Chickies? Die willen niet eens meer met me omgaan, alsof ik een verrader ben. Mijn oude vriendinnen herkennen me niet meer, zoals ook ik mezelf niet meer herken. Ik kijk naar mijn *pan tostado* en vraag het brood: wat is er van mij geworden?

'Wat is er aan de hand?' vraagt mama. Ze staart naar me als een roofvogel en neemt een slokje sterke Cubaanse espresso, koffie die ik voor iedereen heb gezet in het dure espressoapparaat, dank u. (Papa heeft er geen moeite mee om geld uit te geven aan 'belangrijke' dingen.)

'Hoezo?' vraag ik.

'Er is iets aan de hand.'

Mijn vader negeert ons allebei. Hij walgt van de vrouwen in zijn leven. Van ons allemaal. Of ten minste van mij en Geneva, want de ene is verliefd op een *prieto* en de andere is verliefd op haar getrouwde *mexicano* baas. Het enige wat hij ooit wilde was dat we zouden trouwen met blanke Cubanen. Hij heeft het opgegeven en zegt tegenwoordig dat hij het liefst zoons had gehad.

'Er is niets aan de hand.'

'Je bent verliefd op je baas,' zegt ze.

Ik kijk op mijn horloge. 'Ik moet gaan, mama, papa. Dag.' Ik schiet van tafel weg en neem mijn vaders bord mee naar de gootsteen. Mijn moeder staart nog steeds naar me. Volgens mij bloos ik. Ik haast me de keuken en daarna het huis uit naar mijn nieuwe auto.

Onderweg naar mijn werk luister ik naar Ricky's muziek en ik voel me diepbedroefd. Ik wil *la otra* niet zijn. Dat vind ik niet fijn. Maar ik kan beter Ricky's *la otra* zijn dan de *mujer* van een gewone vent. Zo zie ik het. Het is een compromis. Waarom voel ik me dan zo onzeker? Schuldgevoel? Ja. Dat is het. Ik mag Jasminka. Maar zelfs terwijl ik dit bedenk, besef ik dat Ricky's vrouw niet mijn verantwoordelijkheid is. Ze is zijn verantwoordelijkheid. Of haar eigen. De tekenen zijn duidelijk. Als ik haar was, zou ik wel doorhebben dat hij me gewoon niet zo zag zitten.

Terwijl ik van de 395 over MacArthur Causeway naar Watson Park rij, zie ik op de vluchtstrook een bekende voorovergebogen over zijn stuur zitten met een zwarte gitaartas over zijn schouder. Matthew Baker? Waar is hij mee bezig, wil hij soms dood? Het is snoeiheet buiten en hij glimt van het zweet. De weg loopt hier hoog boven de baai. Dit is niet de veiligste plek om te fietsen. Aan de ene kant een heel steile, dodelijke val in het water, en aan de andere kant vermorzeld worden door langsrazende auto's. Is hij helemaal gek geworden?

Ik rem af, ga naast zijn fiets rijden en druk op een knopje om het raampje aan de andere kant omlaag te doen.

'Hé,' roep ik. Maar hij heeft de dopjes van een koptelefoon in zijn oren zitten. Hij ziet me niet, ook al hebben de auto's achter me me wel gezien en beginnen ze te toeteren. Eindelijk kijkt hij mijn kant op. Hij kijkt verrast, waarna de fiets gaat zwabberen alsof hij zo kan vallen. O, heel fijn, denk ik. Straks rij ik hem nog te pletter.

Hij stapt af. Doet de oordopjes uit.

'O, hoi, Milan,' zegt hij. Zweet druppelt in zijn mond.

'Wat doe je hier?'

Hij lacht alsof ik dom ben, hoort het Ricky Biscayne-nummer op mijn cd-speler en lacht opnieuw. Waarom ben ik eigenlijk gestopt?

Matthew is zo gemeen tegen me. 'Ik was aan het fietsen,' zegt hij.

'Dat zie ik. Wil je een lift?'

Hij schudt zijn hoofd. 'Nee, dank je. Ik kan de lichaamsbeweging wel gebruiken.'

Suggereert hij nu dat dat ook voor mij geldt? Dat doet hij altijd. 'Zelf weten,' zeg ik.

'Trouwens, ik krijg mijn beste ideeën als ik op de fiets zit,' zegt hij. Hij trekt een gezicht. 'Luister je naar Ricky?'

'Ja.'

'Krijg je op je werk niet genoeg van hem?'

'Ricky is geniaal.'

Hij fronst zijn wenkbrauwen.

'Maar goed…' zeg ik. 'Ik zie je op kantoor wel.'

'Oké, tot straks.'

Als ik wegrijd, zie ik in de achteruitkijkspiegel dat Matthew me een handkus toewerpt. Die vent is zó ráár.

Als ik op mijn werk ben, hou ik me schuil op mijn kamer. Er is verder nog niemand. Dat is fijn, want ik wil mijn tijd niet verspillen met seks met mijn baas. Oké, dat lieg ik. Maar toch. Ik heb nog een hoop werk liggen.

Om een uur heb ik zeventien artikelen geregeld over de valse vaderschapsbeschuldigingen tegen Ricky Biscayne, de toegewijde huiselijke echtgenoot. Ik ben vastbesloten mijn liefde voor hem te bewijzen. Vraag me niet waarom. En ja, ik besef dat mijn motieven niet bepaald professioneel zijn. Maar ik geloof oprecht in Ricky Biscayne. Ik voel me net een soldaat die haar geliefde uit de klauwen van de vijand redt. Maar van al dat praten over Ricky, het kijken naar zijn foto's en het luisteren naar zijn muziek word ik alleen maar geil en hebberig. Ik wil hem niet meer met iemand anders delen.

Terwijl ik met een verslaggever van *Entertainment Weekly* praat en vaginaoefeningen doe om in topvorm te raken voor mijn baas, komt Matthew Baker met een rood hoofd en een notitieboekje binnen. Ik ontspan mijn spieren en hoop dat hij het niet heeft gezien. Hij heeft zich verkleed, maar ziet er nog steeds verhit uit na zijn rit. Wat moet hij? Hij draagt een Bob Marley T-shirt en wijde, katoenen shorts, en zijn benen zijn harig en gespierd op een manier die me doet denken aan foto's van rafters in mannenbladen. Ik mis de tijd dat ik me kleedde als Matthew Baker. Hij en ik hebben een natuurlijke stijl die beter past bij bijvoorbeeld Colorado dan bij Miami. Het leven was stukken gemakkelijker toen ik me nog niet elke dag zorgen hoefde te maken over hoe ik eruitzag. Zelfs verhit ziet Matthew er ontspannen en op zijn gemak uit, toegankelijk en aantrekkelijk, als de niet zo aantrekkelijke 'jongen van hiernaast' die zó aardig is dat de meisjes hem toch mogen. Zijn vriendin is vast heel knap. En heilzaam. Veel leuker en netter dan ik.

'Ik ga lunch bestellen,' zegt hij. 'Wil jij ook iets hebben?'

Matthew geeft me een stapeltje bevlekte, beduimelde afhaalmenu's. Ik ben zo druk bezig geweest dat ik helemaal niet aan eten heb gedacht en ik heb honger. Heel erge honger. Alles lijkt me lekker. Als ik alleen was, zou ik een berg eten bestellen. Maar waar een jongen bij is? Niet veel. Ik doe alsof lunch me niet interesseert.

'Ik heb laat ontbeten,' lieg ik. Ik heb vroeg ontbeten met mijn moeder die me non-stop ondervroeg, waardoor ik onmogelijk mijn brood met ei dat ik voor iedereen had klaargemaakt naar binnen kreeg.

'Ach, toe,' zegt hij. 'De Thai is erg goed. Hou je van Thais eten?'

Ik ben dol op Thais. Ik hou van mannen die van Thais eten houden. Ik ben jongensgek en het is vernederend. 'Ik hou van alle soorten eten,' zeg ik eerlijk. Ik bestel een salade. Heel meisjesachtig om een salade te bestellen.

'Je moet wel wat meer eten,' zegt Matthew.

'Hoezo?'

'Ik hou van een meisje dat lekker kan eten,' zegt Matthew met een beschaamde glimlach. 'Ik bedoel, ik vind dat vrouwen net zo veel zouden moeten eten als mannen. Nee, wacht. Ik bedoel dat ik het cool vind als een vrouw niet bang is om te eten.'

Ik probeer hoogte van hem te krijgen. Doet hij nou sarcastisch? Gaat hij zo weer lachen? Waarom gaf hij me daarstraks een handkus? Hoe zit het met deze man? Ik kijk wantrouwig naar het menu.

Ik vraag: 'Houdt je vriendin van eten?' Oeps. Het woord 'vriendin' kwam er sarcastisch uit. Dat was niet mijn bedoeling. Het gebeurde gewoon.

'Wie?' Matthew kijkt oprecht verrast.

'Je vriendin.' Ik hoest achter mijn hand. Ik had er niet over moeten beginnen. Heel onprofessioneel.

Matthew begint te lachen. 'O, zíj. Tja, ach. Opblaaspoppen eten niet veel, Milan.'

Ik kijk verward. 'Hè?'

'Laat maar zitten. Je mag best eerlijk tegen me zijn,' zegt hij. 'Je hebt gewoon geen zin om te lunchen met een loser en een trol. Het is wel goed. Dat begrijp ik best.' Hij grijnst weer.

Een trol? 'Welke trol? Waar heb je het over?'

Matthew wordt rood en komt naar me toe. Hij kijkt om zich heen alsof hij paranoïde is en loopt dan terug om de deur achter zich dicht te doen. 'Hoor eens,' zegt hij. 'Ik wil eerlijk tegen je zijn, Milan.'

'Waarover?' O, shit. Weet hij van het pijpen? Wil hij nu ook? Is dat het? Ben ik nu de kantoorsnol?

'Over mij. Ik bedoel, ik ben raar. Het is een feit. Dat weet ik. Dat snap ik. Maar ik moet je iets zeggen.'

'Ga je gang.'

'Vanaf het moment dat je hier bent komen werken, heb ik bepaalde gevoelens voor je, en daardoor is het verdomd moeilijk om mijn werk te doen.'

'Wat voor gevoelens?' Haat, of zo?

'Man-vrouwgevoelens. Zelfs trollen hebben die.'

'Maar je vriendin. Bedonderen alle mannen hier hun partner?'

'Welke vriendin?' roept hij. 'Ik heb geen vriendin, Milan. Dat zei ik net!'

'O?'

'Ja! Nou ja, ik zei eigenlijk dat ik een opblaaspop als vriendin had, en dat was een leugen.' Hij grijnst weer. 'Ik heb niet eens een opblaaspop. Die vinden me niet aantrekkelijk.'

'Nou, toen ik belde, nam er anders een vrouw op die zei dat ze jouw vriendin was.'

'Dat liegt ze. Ze is mijn ex. Dat mens is gek.'

'Dat zeggen ze allemaal,' zeg ik als grapje. Hij lacht niet. Hij kijkt boos.

'Ze is gek. Dat stelt niks voor. Weet je wat er echt aan de hand is?' Hij gaat op de rand van mijn bureau zitten en begint met de nietmachine te spelen. 'Jij vindt mij een walgelijke trol. Daar draait het om. Je vindt me een loser. Dat dacht je vanaf het moment dat je me op de kade probeerde te verdrinken.'

280

'Waarom heb je het toch steeds over trollen, Matthew? Dat vind ik heel vreemd. Heb je soms een trollenfetisj? En waarom zeg je steeds dat ik je een loser heb genoemd? En ik wilde je helemaal niet verdrinken! Jij botste tegen míj aan.'

'Je schold me uit voor loser en wilde me vermoorden.'

'Ik hád het niet eens tegen jou! Ik noemde de titel van een boek dat we aan het lezen waren bij de boekenclub.'

'O,' zegt hij op een toon alsof hij me niet gelooft. 'En toevállig heette dat *Loser*.'

'Ja, toevallig wel. Het is een goed boek. Je zou het eens moeten lezen.'

'Ik zou het moeten schrijven,' zegt hij. 'Het zou een autobiografie kunnen worden.'

'Misschien is dat jouw probleem,' vertel ik hem. 'Je projecteert al jouw problemen met je eigenwaarde op mij.'

'Ha!' roept Matthew koppig. 'Was jíj anders niet degene die me voor trol uitmaakte toen je hier net begon?'

'Wat?'

'Ricky zei dat je me een trol vond.'

'Ricky? Wat? Nee. Dat heb ik nooit…' Ik zwijg. Ik denk opeens aan mijn eerste gesprek met Ricky, toen hij bijna eiste dat ik zei dat Matthew… een trol was. 'O, dat. Hij dwong me min of meer om dat te zeggen. Ik dacht niet dat hij dat tegen jou zou zeggen.'

'Dus het is wel zo. Je vindt me een trol. En een loser.'

'Ik heb je nooit een loser genoemd, Matthew. Hou daar nou eens over op.'

'Best. Best.' Verontwaardigd komt hij overeind.

'Nee, Matthew, ik vind je geen trol. Dat meende ik niet. Ik wilde een baan. Deze baan, bedoel ik. Ik was een gigantische fan van Ricky en ik deed wat hij wilde.'

'Wacht even,' roept Matthew uit. 'Je moest van Rícky zeggen dat ik een trol was?'

'Zoiets. Nee, niet precies. Ja. Eigenlijk wel.'

'Wat?'

Ik probeer mijn lachen in te houden, maar dat lukt me niet. Het is grappig. Op een tragische manier. 'Sorry,' zeg ik. 'Je bent geen trol. En ik heb je nooit een loser genoemd. Ik heb je nooit een trol genoemd.'

Zijn ogen staan wat vriendelijker. Hij doet zijn best om niet te glimlachen. 'Bestaat er echt een boek dat *Loser* heet?'

'Ja. Van een man die Jerry Spinelli heet. Zoek maar op.'

Hij fronst zijn wenkbrauwen opnieuw. 'Ik haat Ricky.'

Ik haal mijn schouders op. 'Ik hou van hem,' zeg ik. Ik weet niet waarom, maar het lijkt het juiste moment om mijn liefde openbaar te maken. Matthew lacht bitter.

'Je hóúdt van hem?'

'Ik hou van hem. Ja.' Ik haal gelaten mijn schouders op. En, voeg ik er stilzwijgend aan toe, volgens mij houdt hij ook van mij.

'Heb je hem al moeten pijpen?'

Mijn mond valt open. Móéten? Al? 'Al?' vraag ik. 'Waar slaat dat op?'

Matthew blaast lucht uit zijn mond en schudt zijn hoofd. 'Ja, dus. Tja. Dat was te verwachten.'

'Wat? Wat was te verwachten?'

'Niets.'

'Wát? Zég het!' Mijn hart gaat tekeer als een bange muis. Hoe kan de magie tussen Ricky en mij te verwachten zijn? Ricky houdt van me. Dat heeft hij zelf gezegd. Althans, dat denk ik. Misschien ook niet. Misschien heeft hij het toch niet gezegd.

'Milan. Ricky laat zich door iedere vrouw die voor hem werkt pijpen. Dat weet iedereen. De vent houdt ervan gepijpt te worden.'

'Hè?'

'Het is een obsessie van hem. Ik weet het niet. Maar pas op. Als je het niet al gedaan hebt, zal hij het van je verwachten.'

'Hè?' Ik ben er kapot van. En aan de meewarige blik van Matthew te zien, is dat van mijn gezicht af te lezen.

'O, nee,' zegt Matthew. 'Niet jij ook. Laat me raden: hij zei dat zijn vrouw niet hartstochtelijk genoeg is. Hij zei dat hij iets heel speciaals voor je voelde zodra hij je zag. Hij zei dat jullie zielsverwanten zijn. Dat hij zijn nummers voor jou heeft geschreven.'

Ik zeg niets. Ik kan alleen de tranen weg knipperen met mijn ogen en mijn mond dichthouden.

Matthew zucht en zegt: 'Ik ken Ricky al tien jaar. Geloof me. Hij heeft een leuke babbel, maar als het erop aankomt, gaat het hem alleen om het pijpen.'

We staren elkaar even zwijgend aan.

'Ik heb het niet gedaan,' lieg ik.

'Maar hij wou het wel.'

'Ja.'

Matthew lacht. 'Laten we het maar over iets anders hebben. Straks heb ik geen trek meer.'

'Oké.'

'Maar goed, ik heb dus geen vriendin. En jij hebt Ricky niet gepijpt. Je vindt niet dat ik een trol ben. We gaan vooruit. Zin om te lunchen?'

Ik kan wel janken. Daar heb ik zin in. Ben ik niet de enige? Ben ik niet de enige voor Ricky? Hij houdt niet van me? Hij gaat niet bij zijn vrouw weg voor mij? 'Gaat wel,' zeg ik.

'Nou niet pruilen.'

'Ik pruil niet.'

'Je pruilt wel. Je houdt van Ricky en je dacht dat je een kans bij hem maakte.'

'Dat is niet waar.'

Zo te zien heeft hij medelijden met me. 'Ik heb dit al zo vaak meegemaakt dat het niet grappig meer is, Milan.'

'Je hebt mij niet horen zeggen dat het grappig is.'

Hij kijkt me vriendelijk aan. 'Ricky is een lekker ding,' zegt hij. 'Ik mag dan een man zijn, maar waarschijnlijk zou ík hem nog pijpen als hij dat vroeg. Vrouwen willen zijn lichaam. Daar hoef je je niet voor te schamen, meisje. Je bent heel normaal.'

'Ik wil Ricky's lichaam niet,' zeg ik, en ik krijg tranen in mijn ogen. 'Ik wil zijn ziel.'

'Volgens mij heeft hij die lang geleden al aan de duivel verkwanseld.'

Ik begrijp het niet. 'Ik hou van zijn ziel. Zijn muziek. Zijn teksten. Zijn stem. Zijn hersens. Dát maakt Ricky juist zo bijzonder.'

Matthew houdt zijn hoofd schuin. 'Meen je dat?'

'Ja,' zeg ik, en ik veeg mijn tranen weg. 'Als hij dat niet had, was hij gewoon een model. Er zijn massa's aantrekkelijke mannen op de wereld. Maar er zijn niet zo veel zangers en schrijvers als Ricky.'

'Meen je dat?'

'Als Ricky door een brand verminkt raakte en onder de littekens zat, zou ik nog steeds van hem houden om wat er vanbinnen zit.'

'Ja?'

'Ja.'

'Zelfs als hij er als een trol uitzag?'

'Zelfs als hij er als een trol uitzag.'

'Of een loser?'

'Ja.'

'En als hij eruitzag zoals ik?'

'Zit je nou naar complimentjes te vissen?' Ik mag Matthew wel. Hij is aardig. Hij is toch niet zo raar. Hij is gewoon aardig.

'Nee,' zegt hij. Matthew staart me gespannen aan alsof hij iets belangrijks wil zeggen. Hij doet zijn mond open alsof hij iets wil zeggen en klapt hem dan dicht.

'Wat is er?'

Hij glimlacht bedroefd en schudt zijn hoofd. 'Niets. Het is gewoon lief. Het is lief van je om dat te zeggen. Over Ricky.' Hij vermant zich en doet zijn best vrolijk te lijken. 'Zo, lunch. Zullen we iets bestellen?'

Ik schrik wakker van de telefoon. Wie belt me nog zo laat? Hoe laat is het? Middernacht? O wee, als dit een flauwe grap is. Met pijnlijke spieren van het gewichtheffen met Tommy en Nestor op de kazerne gisteren, grijp ik in het donker de draadloze telefoon van het nachtkastje.

'Hallo?'

Het is die verslaggever van *The Miami Herald*. Degene die het originele artikel over Sophia heeft geschreven. 'Neem me niet kwalijk dat ik u thuis lastigval, maar ik heb zojuist de archieven doorgenomen en ik wil graag weten of u de Irene Gallagher bent die een discriminatiezaak aanspant tegen de brandweer van Pinecrest Bay?'

'Ja,' zeg ik slaperig. 'Dat ben ik.'

'En u bent ook degene met een dochter die beweert dat Ricky Biscayne haar vader is?'

'Ja, maar dat was ik niet. Dat heeft ze zelf gedaan.'

'Dat was het, mevrouw. Ik wilde alleen de feiten controleren. Het spijt me dat ik u lastig heb gevallen. Goedenavond.'

Ik zeg goedenavond en hang op. Ik heb hier een heel slecht gevoel over. Heel slecht.

MAANDAG 15 JULI

Sophia verveelt zich zo erg dat ze de blaadjes aan de plant op de keukentafel namen heeft gegeven. Ze begon met Disney-figuren en ging toen verder met DreamWorks. Hoewel haar moeder een stapel tienerboeken met geruite kaften voor haar uit de bibliotheek heeft gehaald en een lijst met klusjes voor haar heeft gemaakt om haar bezig te houden, en ook al heeft ze nog een paar vrienden over die niet denken dat ze gestoord is omdat ze Ricky Biscayne heeft gestalkt (dat denkt de rest van de buurt, trouwens), weet ze zichzelf niet te vermaken en verveelt ze zich als ze niet op voetbalkamp is. David heeft een baantje bij een supermarkt om geld te verdienen om straks te kunnen studeren, dus hij is er niet vaak meer. Sophia is eenzaam. Dat is het punt.

Ze pakt de voetbal achter uit haar kast. Ze heeft frisse lucht nodig. Ze moet hier weg. Ze heeft geen zin om de kattenbak te verschonen en naar oma te luisteren die zit te lachen als quizshowdeelnemers het foute antwoord geven. Alsof oma het beter kan. Toe, zeg.

Sophia loopt het huis uit en loopt twee straten verder naar het verlaten veld dat net bouwklaar gemaakt is. De grond is kaal en geëgaliseerd. Ze laat de bal vallen en begint wat te trappen, oefent haar bewegingen. Ze durft niet meer naar het park te gaan. Alle kinderen die daar komen denken dat ze gek is. Ze haat ze.

Het is eenzaam om Sophia te zijn. Maar nu mensen allemaal vervelende dingen over haar beginnen te zeggen, is Sophia het eindelijk eens met wat haar moeder altijd roept als Sophia haar vraagt waarom ze nooit met mannen uitgaat: je kunt beter alleen zijn dan in slecht gezelschap.

Ik word wakker van de bittere geur van koffie en ik word er niet misselijk van. Wonderlijk genoeg heb ik zelfs trek. Sinds ik zwanger ben, moet ik mezelf dwingen om te eten, maar nu heb ik zin om mijn tanden in zacht brood te zetten. En er is iets waar ik echt trek in heb: wafels met boter en stroop.

Ricky slaapt nog en ik kus zijn warme, zachte mannelijk geurende wangen en sta op. Ik ga naar beneden. Cynthia, onze kokkin, is al bezig met het voorbereiden van de sofrito voor vandaag. Sinds ik zwanger ben, heb ik Cynthia's keuken vermeden omdat ik vreselijk misselijk werd van de geuren van gefruite uien en groene pepertjes. Maar deze ochtend is het anders.

'Dat ruikt lekker, zeg,' zeg ik.

'Je voelt je beter,' zegt ze.

Ik vraag aan Cynthia of ze een Belgische wafel voor me wil maken en richt mijn aandacht dan op *The Miami Herald* op de ontbijttafel. Ik lees de standaardverzameling deprimerend internationaal nieuws. Er verandert niet veel in de wereld en ik denk niet dat het ooit zal gebeuren.

Ik pak het kunstkatern om over de meest recente films te lezen en ik vraag me af of ik ooit weer een film in een bioscoop 'mag' zien. Voordat ik Ricky kende, ging ik graag met vriendinnen naar de bioscoop. Maar nu zegt Ricky dat hij niet wil dat ik met aantrekkelijke vrouwen omga die misschien de aandacht op mij vestigen. En dus eist hij dat ik niet langer met ze omga. Modellen zijn de enige vriendinnen die ik heb naast Milan en Alma. Sinds Ricky heb ik niet veel vriendinnen meer over, besef ik. Ik ga het huis nooit meer uit.

Ik sla de voorkant van het katern op, op zoek naar het filmnieuws, maar ik zie iets anders. Ricky-nieuws. Mijn adem stokt. Sinds Sophia hier was en beweerde dat ze zijn kind is, hebben de media deze buitenkans benut en wordt er al een maand bijna elke dag wel iets over geschreven. Ik heb medelijden met het meisje. En ik vermoed nog steeds dat Ricky liegt. Hij moet haar vader wel zijn. Ze lijkt precies op hem en hij heeft met haar moeder op school gezeten. En ook al heeft hij tegen verslaggevers gezegd dat hij Irene Gallagher amper kende, het meisje had kiekjes van hen samen in galakleding.

Ricky beweert dat ze alleen graag met hem op de foto wilde, maar volgens Sophia is dat een leugen. Ik zal het Ricky's moeder moeten vragen. Zij weet waarschijnlijk wat de waarheid is.

Dit artikel gaat over Irene Gallagher, zogezegd de moeder en Ricky's jeugdliefde. Zo noemt het artikel haar. Ik weet niet wat 'zogezegd' betekent. Ik vraag het Cynthia. Ik doe mijn best om mijn Engels te verbeteren.

'Het betekent zogenaamd,' zegt Cynthia. 'Als ze dat in een krantenartikel schrijven, bedoelen ze eigenlijk dat iemand liegt.'

'Echt waar?' Ik dacht dat de Amerikaanse media zo eerlijk waren, maar het lijkt mij niet netjes om taal op zo'n manier te gebruiken dat je zegt dat iemand liegt zonder het letterlijk te zeggen.

In het artikel staat dat Irene Gallagher niet alleen probeert geld af te troggelen van de geweldige Ricky Biscayne, toegewijd echtgenoot en gezinsmens, maar dat ze ook probeert hard te maken dat haar werkgever, de brandweer van Pinecrest, haar gediscrimineerd heeft omdat ze een vrouw is. *Volgens bronnen zegt Gallagher, die in een armoedig huis in Homestead woont, dat niets haar te ver gaat om het geld te krijgen dat ze in haar ogen verdient. Een bron bij een bank bevestigde dat een Irene Gallagher uit Homestead onlangs op een lijst is geplaatst van mensen die met enige regelmaat ongedekte cheques uitschrijven.*

Het artikel citeert Ricky's nieuwe publiciteitsagent, Milan Gotay, die gezegd zou hebben dat Ricky *wordt verteerd door verdriet vanwege deze beschuldigingen. Niets is minder waar. Op de middelbare school was Ricky een serieuze leerling en atleet die zich richtte op zijn droom om ooit carrière in de muziek te maken. Hij kende Irene Gallagher nauwelijks.*

Ik kijk naar de foto van Irene Gallagher en probeer te begrijpen wat ik in de ogen van de vrouw zie. Ik heb in mijn korte leven veel leugenaars gekend. En in de ogen van deze vrouw zie ik geen leugenaar.

Lilia speelt met de haren op haar kin terwijl ze aan haar groezelige bureau op de redactie van de *Herald* zit. Ze is opgewonden. En hoe opgewondener ze wordt, hoe sneller ze haar haar om haar vingers draait. Het komt uit een moedervlek. Het haar, niet de opwinding.

De opwinding borrelt op vanuit haar binnenste. Of zijn dat de frietjes met chili en kaas? Dat weet ze niet zeker. Maar wat ze wel weet, is dat het de eerste keer is in de afgelopen vijf jaar dat ze echt opgewonden is over een verhaal van haar hand. Het is ook voor het eerst dat de redacteurs haar van de column 'Lunch met Lilia' af hebben gehaald; ze hebben te weinig personeel en er was iemand nodig met inside-information om te helpen met een verhaal over een mogelijk bastaardkind van Miami's eigen cross-over latino-zangsensatie Ricky Biscayne. Voor de duidelijkheid, Lilia is zich niet bewust van het feit dat haar gedachten als voorspelbare clichés in haar opkomen. Net als opwinding inspireren clichés Lilia om met haar haar te spelen.

De telefoon gaat en de beveiligingsman beneden vertelt haar dat Milan Gotay er is. Precies op tijd, denkt Lilia. Ze houdt van een stipte publiciteitsagent. Die heb je in Miami niet veel. 'Zeg haar maar dat ik eraan kom,' zegt Lilia. Ze hangt de headset aan de plastic haak die ze aan haar computer heeft geplakt, gooit het papieren bordje van de frietjes met chili en kaas uit de kantine in de prullenbak, logt uit – je weet maar nooit wanneer die andere verslaggevers in je databases en adresboek inbreken als je er niet bent – en dendert als een dolle stier de roltrap af.

Milan Gotay staat in de hal in een strakke designspijkerbroek, een zwart topje en zwarte sandaaltjes, met een tas die Lilia herkent als een Louis Vuitton en een plastic bekertje van Starbucks. Het uniform van een sexy meisje in Miami. Ze glimlacht als ze Lilia ziet, en Lilia krijgt het gevoel alsof ze een oude vriendin ziet. Ze houdt niet van dat gevoel. Meestal veracht of benijdt ze de mensen die ze interviewt liever, omdat het veel gemakkelijker is om ze vervolgens op papier af te maken. Het zal moeilijk worden om de schattige, lieve Milan open te rijten.

'Dag,' zegt Milan. 'Heel leuk om je eindelijk te ontmoeten. Ik ben al jaren een groot fan van je.'

Dat zeggen ze allemaal, denkt Lilia, terwijl ze Milan een hand geeft. Milans huid voelt prettig aan en even stelt ze zich voor hoe dit jonge, lieve ding in bed zou zijn.

'Ik vond vooral dat stuk over Kid Rock goed dat je in 2000 maakte,' zegt Milan. 'Je schreef dat hij rook naar witte brood op een camping. Die zin zal ik nooit vergeten. Zo origineel.'

Lilia bestudeert Milans gezicht even. Iedere publiciteitsagent geeft haar complimentjes, maar slechts weinigen kunnen zich een column van haar hand herinneren. 'Heb je dat echt gelezen?'

'Ik lees alles wat je doet.' Lilia weet het niet zeker, maar het lijkt wel alsof Milan met haar flirt.

Lilia glimlacht en schrijft Milans naam in het gastenboek bij de beveiliging. 'Zullen we boven verder praten?' zegt ze, en ze stelt zich voor dat ze in haar flatje in Kendall zijn en niet in de lobby van haar werkplek.

'Oké,' zegt Milan.

Lilia gaat Milan voor naar de kantine van de redactie. 'Neem maar waar je zin in hebt. We hebben een privébalkon waar we kunnen praten.'

Milan neemt een flesje water en een koekje, en hoewel Lilia's maag nog onrustig is van de laatste portie, bestelt ze nog een portie friet met chili en kaas en een grote beker limonade.

Ze gaan aan een tafeltje op de veranda buiten zitten. Lilia is trots op de veranda die uitkijkt over het water met een verpletterend uitzicht op de skyline van het centrum. Hoeveel kranten kunnen dat zeggen? Ze heeft bij verschillende kranten in het land gesolliciteerd, maar wilde toen toch hier blijven vanwege het uitzicht en de vrouwen.

'Wat prachtig,' zegt Milan. Jij ook, denkt Lilia.

'Zo,' zegt Lilia. 'Vertel me eens over dat kind in Homestead. Hoe zit het echt, Milan? Is ze van Ricky?'

Milan schudt haar hoofd en fronst haar wenkbrauwen. 'Zeer zeker niet. Ricky heeft geen kinderen. Lilia, jij kent een boel sterren. Ik bedoel, je bent zélf zo ongeveer een ster. En je weet hoe mensen zijn.'

'Ik ben geen ster,' protesteert Lilia.

'Hoe bedoel je? Je bent hartstikke beroemd! Iedereen kent je. "Lunch met Lilia". Het is de droom van iedere ster om in jouw column te staan.'

Dat is waar. Lilia is beroemd. Meestal vindt ze het vervelend dat sterren en hun managers haar macht en prestige niet erkennen. Maar dit schatje is anders.

'Afijn,' zegt Milan. 'Dit is gewoon weer een geval van een onbeduidend iemand die probeert naam voor zichzelf te maken – en geld – door zich te associëren met een ster. Je weet hoe dat gaat.'

Lilia knikt. 'Maar het meisje lijkt wel op Ricky als je de foto's bekijkt die ik heb gezien. Vind je niet?'

'Precies. Ga maar na. Als jij blut en enigszins labiel was en je had problemen op je werk en het zag ernaar uit dat je zou worden ontslagen of zo en je kind leek erg op Ricky en je had ooit met hem op school gezeten, dan zou het een perfect plan zijn.'

Lilia luistert hoe Milan Irene Gallagher uit Homestead beschrijft als een typisch ordinair mens op zoek naar geld, en terwijl de publiciteitsagent de namen opnoemt van andere sterren die er vals van zijn beschuldigd iemands vader te zijn, begint ze haar te geloven. Ze begint ook echt naar haar te verlangen. Zo lief. Zo'n ronde, kleine mond. Zulke schattige sproetjes en mooie wenkbrauwen.

'Je lijkt helemaal niet op de andere publiciteitsagenten die ik ken,' zegt Lilia.

'O, nee?'

'Nee, ik bedoel, ik zou het leuk vinden om eens iets met jou te doen.'

Milan glimlacht en kucht in haar vuist. 'Eh. Hmm. Dat lijkt me… leuk.'

'Wat dacht je van dit weekend?' Lilia is verbaasd over haar eigen assertiviteit. Ze heeft al heel lang niet veel succes bij de dames en het kan geen kwaad om direct te zijn, denkt ze. Ze kan per slot van rekening merken dat Milan haar wil.

'Eh, ja. Denk ik.'

Lilia schrijft haar privénummer op een stukje papier. 'Bel me. Ik ken een waanzinnig goed Braziliaans restaurant. Nieuw, met massa's sterren.'

'Ga jij veel naar dat soort hippe tenten? Volgens mij wel.' Milan kucht weer in haar vuist. Is ze ziek?

'Wil je een keeltabletje?' Met een vlezige hand klopt Lilia Milan op de rug. 'Zo. Is dat beter?'

Milan huivert en hoest nog een keer.

'In mijn bureau liggen wat keeltabletjes.' Lilia wil graag samen met Milan door het kantoor lopen, want dan gaan de mensen praten. Journalisten zijn de grootste roddelaars en ze weten allemaal dat Lilia een lesbienne is. Ze hebben gezien hoe aantrekkelijk haar vriendinnen zijn.

'Nee, nee. Het gaat wel.' Met een gekwelde blik staart Milan naar het water. Lilia vindt het wel schattig dat Milan zo zenuwachtig is.

'Ja, ik ken alle hotspots.'

'Wauw,' zegt Milan. 'Dat is geweldig. Maar het echte verhaal, waar jullie vast in geïnteresseerd zijn, is een plek die je fantastisch zult vinden, denk ik.'

'Wat dan?' vraagt Lilia, en ze gaat zo zitten dat Milan haar armen goed kan zien. Lilia heeft thuis een serie handhalters en daar traint ze elke avond mee. Ze heeft indrukwekkende armen.

'Ricky heeft in een nieuwe club hier in de stad geïnvesteerd die Club G heet, en dat wordt de hipste tent in Miami sinds Mansion.'

'Mansion gaat wel,' zegt Lilia. Ze trekt suggestief haar wenkbrauw op en kijkt Milan aan. 'Maar ben je wel eens in Lady Luck geweest?'

Milan verslikt zich in haar water en glimlacht naar Lilia bij het horen van de naam van de nieuwste lesbische nachtclub van de stad; Lady Luck heeft de plaats ingenomen van Godyva. Sommige mensen noemen de club 'Lady Lick' wat Lilia erg grappig en spannend vindt. Aan de reactie van Milan te zien, heeft ze wel eens van de club gehoord. Ha, denkt Lilia, waarschijnlijk is ze er wel eens geweest. Lilia vermoedt dat Milan heimelijk lesbisch is. Ze kan ze er op een kilometer afstand uitpikken.

'Daar wil ik het nu liever niet over hebben,' zegt Milan.

'Waar wil je het wel over hebben?' Lilia leunt naar voren en doet haar best om te flirten. Ze duwt haar schouders naar achteren en ontbloot haar tanden als een wild beest. 'Over jou? Mij? Ons?'

Milans neusvleugels beginnen te trillen en ze knippert met haar ogen alsof er een vuiltje in zit. 'Ricky's nieuwe club. Daar móét je echt over schrijven. Ik beloof je dat het een veel groter verhaal is dan dat hele gedoe met dat kind.'

'Alleen als jij met me meegaat naar Lady Lick,' zegt Lilia, en ze benadrukt haar creatieve aanpassing van de naam van de club door de 'l' wat langer vast te houden met haar tong tegen haar tanden.

'Eh, hmm. Tja. Eh, eh. Hmm.'

Lilia kijkt haar stralend aan en likt aan het puntje van haar potlood zonder haar blik van Milan af te wenden. 'Goed. Vertel me eens over die nieuwe nachtclub van onze Ricky.'

DONDERDAG 18 JULI

Jill Sanchez trekt haar spierwitte zweetbandje recht, trapt op de StairMaster, staart naar haar spiegelbeeld in haar sportruimte thuis en luistert naar het dagelijkse nieuws dat Rigor, haar persoonlijke trainer, in zijn sterk Australische accent voorleest. Ze heeft geen tijd om de krant zelf te lezen en als ze op de StairMaster leest wordt ze misselijk.

'Ja,' zegt hij. 'Hier staat dat Ricky Biscayne in een sexy nieuwe club in Miami Beach heeft geïnvesteerd. Hij heet Club G.'

'Wat staat er nog meer?' Jill bewondert de spieren in haar dijen, zowel hoe ze eruitzien als hoe ze aanvoelen als ze ze aanspant. Ze voelt een scheut adrenaline als ze zich even voorstelt dat zij en Ricky hun nieuwe romance bekendmaken.

'Hier staat dat de club cool is,' zegt Rigor. Hij klinkt als een kruising tussen Curly van de Three Stooges en Arnold Schwarzenegger.

'Rigor, lees nou gewoon wat er staat. Ik wil geen samenvatting van je.'

Rigor fronst zijn wenkbrauwen en gehoorzaamt. In het artikel van dat afschuwelijke mens van 'Lunch met Lilia' staat dat Ricky Biscayne een trendy nieuwe club heeft gefinancierd. *De sexy nieuwe club heeft nu al wachtlijsten voor de vipafdeling met beroemdheden als Shalim en de Olsens.* Jill trekt haar neus op. Lilia snapt nog steeds niet wie er in de wereld van beroemdheden cool is. *Biscaynes club zal een Marokkaanse stijl krijgen. De nieuwe club belooft Biscayne op de kaart te zetten als de machtigste entertainer in Miami, waarmee hij de volup-*

tueuze feeks Jill Sanchez voor eens en voor altijd van de troon zal stoten.

'Lees dat nog eens,' zegt Jill, en ze knijpt haar ogen samen. Rigor leest het opnieuw.

'Wat een kutwijf,' snauwt Jill.

'Wie, ik?' vraagt Rigor. 'Wat heb ik gedaan?'

'Nee, jij niet, sukkel,' zegt Jill. 'Lilia. Ze haat me.'

Rigor slaakt een zucht en zegt met een heel iel stemmetje: 'Wie zou jou nou kunnen haten, Jill?'

'Hou je kop en geef me de telefoon. Die club is van mij.'

Ik ben nooit veel in Allapattah geweest. Eigenlijk ben ik er nog nooit geweest. Als een van de armste, zwartste buurten in Miami in de buurt van het Civic Center en het Jackson Memorial, was Allapattah in mijn jeugd niet bepaald een plek waar mijn familie graag naartoe ging. Sterker nog, we vermeden het zo veel mogelijk. Omdat het aan Wynwood grenst en mijn ouders niet wilden dat wij met Puerto Ricanen omgingen (echt waar, mijn ouders zouden zó bij de Ku Klux Klan kunnen), ken ik dit deel van Miami eigenlijk helemaal niet.

Terwijl ik met Ignacio naar zijn moeders huis aan NW Thirty-fourth Street in de buurt van Twenty-second Avenue in Allapattah rij – het huis waar hij met zijn moeder ging wonen toen ze in Amerika kwamen wonen, voordat hij het flatje in Collins kreeg, waar hij nu woont – kijk ik naar de vervallen gebouwen, kapotte stoeptegels, dorre begroeiing en de voornamelijk donkere gezichten. Afrikaanse gezichten. Mijn hart gaat tekeer van angst. Waarom? Het slaat nergens op. Ik besef hoe absurd het is, maar toch is het zo. Gehersenspoeld. Ik probeer heel bewust al mijn vooroordelen los te laten, alle onzin en angst die van kinds af aan in mijn psyche is gepompt. Ik bedenk dat zeventig procent van de buurt uit Cubanen bestaat, zwarte Cubanen, en dat ik in zekere zin onder mijn eigen mensen ben. Ignacio's mensen. Dit is het Cubaanse Miami dat verder niemand kent buiten deze stad omdat het niet past bij het bekrompen beeld van Amerika over wie latino's zijn en hoe we eruitzien. Ik durf zelfs te zeggen dat Cubanen over het algemeen sowieso niet bij dat stereotype beeld passen.

'Dat is de bibliotheek,' zegt hij, als we langs een laag, grijs gebouw komen. Het verbaast me dat Allapattah een bibliotheek heeft, en dat zou niet mogen. We gaan per slot van rekening naar een etentje ter ere van Ignacio's nichtje dat in de herfst aan de universiteit van Stanford gaat studeren en die afgelopen maand cum laude haar eindexamen heeft gehaald.

We rijden langs een redelijk nieuw huis en hij zegt: 'Dat was een kaal perceel waar mijn neefjes en nichtjes vroeger honkbalden met hun vriendjes.' Hij herkent iemand op een veranda en zwaait. Hij draait het raampje omlaag en roept in het Spaans: 'Hoe gaat het met jullie?' Ik hoor muziek uit passerende auto's. Cubaanse muziek, harde Spaanse rap en *timba*. Ik kan ook Cubaans eten ruiken, dat herkenbare aroma van vet, varkensvlees en witte rijst. Ik hoor kinderen spelen en lachen en in het Spaans dingen roepen.

Het huis is klein en felblauw. Zo te zien zijn er illegaal delen aangebouwd, houten kamers die schots en scheef zijn, wat metaal hier, een wirwar aan lakens voor een raam. Om je de waarheid te zeggen, lijkt het haast iets uit de derde wereld, maar het is wel met liefde verzorgd. Er staat een kippenren in de voortuin en er staan tomaten in pot.

Ignacio zet de auto bij de stoep neer en maakt het portier voor me open. Drie kinderen komen de voordeur uit gerend en stommelen lachend op ons af. Ik draai me om en ze blijven abrupt staan. Stomverbaasd. Ze zijn netjes gekleed en schoon, gezond en aantrekkelijk. Volgens mij is Ignacio's hele familie aantrekkelijk. Ignacio stelt me voor aan zijn neefjes en nichtje en ik zwaai ze gedag. Ze zijn opeens heel verlegen en de kleinste rent terug naar huis terwijl hij in het Spaans roept dat Ignacio een blank meisje mee naar huis heeft genomen. Ignacio kijkt me verontschuldigend aan en ik glimlach om hem te laten weten dat het niet erg is. Ik zeg maar niet dat 'een blank meisje' veel aardiger is dan wat mijn familie over hem zou zeggen als ik hem mee naar huis nam.

Ignacio pakt mijn hand vast als we de treden naar de veranda op lopen. Ik doe mijn zonnebril af en zie het silhouet van een vrouw door de hordeur. De deur gaat open en een elegante vrouw doet een stap naar voren in een smaakvol beige broekpak van linnen met een elegante gouden ketting en bijpassende oorbellen, precies het soort outfit dat mijn moeder zou dragen. Ze draagt haar haar kort op een manier die past bij haar mooie, hoekige gezicht. Haar donkerbruine ogen nemen me wantrouwig in zich op. Ignacio stelt haar in het

Spaans voor als zijn moeder. Hij stelt mij voor als zijn vriendin. Terwijl ik haar een hand geef, vraag ik me af hoe oud ze is. Ze lijkt veel te jong om zijn moeder te zijn.

'Kom binnen,' zegt ze in het Spaans, en ze voegt er niet erg overtuigend aan toe: 'Welkom.'

Het aroma van knoflook en groene pepers overvalt me als ik de kleine woonkamer binnenga. De vloeren zijn van hout en de kamer voelt koel aan. De muren zijn geschilderd in een perzikkleur en overal hangen goedkope religieuze afbeeldingen. Een groepje van zes of zeven kinderen zit voor een kleine televisie, speelt videospelletjes en joelt zoals kinderen dat doen. Verschillende volwassenen zitten naar een honkbalwedstrijd te kijken op een breedbeeldtelevisie en ik voel dat ze me in zich opnemen, ook al zijn ze te beleefd om me aan te gapen. Ik zie het klassieke Cubaanse altaar op een tafel in een hoek met La Caridad del Cobre en een aantal Santeria katholieke heiligen. Over vrijwel alle andere dingen liggen kanten doekjes en er staan verschillende ingelijste foto's van familieleden.

Een man, een wat oudere, dikkere versie van Ignacio, komt uit een bruine leunstoel overeind en komt langzaam op me af alsof hij last van zijn rug heeft. Hij draagt een groene polo en kakikleurige shorts met extreem witte gympen en hoge witte sokken. In tegenstelling tot de vrouw glimlacht hij niet naar me. Hij kijkt me bezorgd aan als Ignacio me aan hem voorstelt.

'Geneva, dit is mijn vader.'

Ik steek mijn hand uit en Ignacio's vader staart er alleen maar naar. Een ogenblik later geeft hij mij even onwillig een hand.

'Het is een goeie jongen,' zegt hij. 'Ik wil niet dat iemand hem pijn doet.'

Ignacio's moeder rolt met haar ogen naar mij om me op mijn gemak te stellen en terwijl haar man terugsjokt naar zijn stoel, leunt ze naar voren en fluistert in mijn oor: 'Let maar niet op hem. Hij is overbezorgd als het om zijn kinderen gaat.'

Ignacio stelt me aan de rest van de groep voor. Voornamelijk familie. Ignacio's zus Magdalena, een kleine vrouw met een stijlvol afrokapsel en lange houten oorbellen, komt de kamer in terwijl ze haar handen aan een theedoek afdroogt. Ze kijkt wantrouwig naar me en er kan geen glimlachje af. Met opgetrokken neus bekijkt ze me van top tot teen. Mijn spijkerbroek en met kralen afgezette slippers lijken opeens helemaal niet netjes, en ik ben me er sterk van bewust dat ik geen beha draag. De vrouwen hier zijn allemaal veel conservatiever en formeler gekleed. Zelfs Ignacio draagt een lange broek en een oranje zijden blouse met nette sandalen. Hij ziet er goed uit. Waarom heb ik een spijkerbroek aangetrokken? Ik sla mijn armen over elkaar en probeer mezelf onzichtbaar te maken.

Ignacio's moeder loopt de kamer uit en komt even later terug met een dienblad met drankjes. 'Wie wil er een *doncellita*?' vraagt ze. Zonder op antwoord te wachten, geeft ze me een van de glazen. Een doncellita is een traditioneel Cubaans drankje waar ik dol op ben, gemaakt van chocoladelikeur en dikke room. Het wordt geserveerd in een dik, hoog glas met een rietje en met kersen erop. Het is net een chocoladeshake waar je dronken van bent voordat je er erg in hebt. Voor de kinderen heeft Ignacio's moeder gewone chocolademelk met slagroom en een kers bovenop.

'Kom, ga zitten,' zegt Ignacio. We gaan naar de eetkamer die via een smalle deuropening uitkijkt op de keuken. We gaan aan tafel zitten en nemen een slok van ons drankje. Het is een van de lekkerste doncellitas die ik ooit heb gehad en ik geef Ignacio's moeder een complimentje. Ze knikt zonder te glimlachen, gaat dan weer naar de keuken en voegt zich bij haar dochter en een vrouw die Ignacio's tante is, zo vertelt hij me.

'Kan ik ergens mee helpen?' vraag ik. Ze zeggen nee, het is bijna klaar. Zijn moeder doet de oven open en pakt er drie borden met hapjes uit en zet ze op de grote eettafel neer die kennelijk is uitgeklapt voor het gebeuren en die nu bijna de hele kamer in beslag neemt.

Ze roept de mensen in de andere kamers om vast iets te eten. Ze legt papieren bordjes en servetjes neer en gaat dan terug naar de keuken. Het zijn bekende Cubaanse hapjes. Kroketjes, ham, yuca en malaga, een soort wortel. Er staan ook olijven, ongeveer zes verschillende soorten, en iets wat ik niet herken, maar wat volgens Ignacio een soort *plantain tamales* is. Hij vertelt dat zijn familie oorspronkelijk uit Oriente komt en dat ze daar voedsel hebben dat veel eerder met Haïti wordt geassocieerd. Ik proef een van de tamales en ben verrast door de scherpte en de mengeling van smaken. Het is heerlijk.

Ignacio leunt naar voren en stopt een kroketje in mijn mond. Ik

heb zin om hem te kussen, maar hou me in. Ik zie er toch al niet netjes genoeg uit, alsof ik er niet bij pas; dan wil ik niet ook nog eens
ordinair overkomen. Er lopen allerlei mensen om ons heen en ik
hoor het geroezemoes van gesprekken. Er worden grapjes gemaakt,
sommige snap ik en andere zijn voor ingewijden. Ignacio vraagt me
wat ik er tot nu toe van vind. Ik zeg hem dat ik zijn familie aardig
vind. Ze lijken erg op mijn familie, maar dan minder gestoord.

Terwijl de vrouwen koken, stellen ze me vanuit de keuken de gebruikelijke vragen: waar ik woon, wat ik doe. Ik voel me niet erg op
mijn gemak, maar dat wordt snel beter naarmate ik meer doncellita
drink. Algauw voel ik me heel ontspannen. En zoals ik vaak doe als
ik me op mijn gemak voel op onbekend terrein, leun ik achterover
en kijk ik toe. Ik ben keer op keer teleurgesteld over mijn eigen oer-
instinct om te denken: wauw, die mensen zijn net als wij. Toch denk
ik het. Ik ben er niet trots op. Ik heb er zelfs een hekel aan. Ik vraag
me af of dat gevoel ooit weggaat, of dat mijn ouders en de maatschappij me voorgoed verziekt hebben als het om rassenkwesties
gaat.

Ignacio's moeder roept dat het eten klaar is. De volwassenen zijn
na de doncellita wat vriendelijker tegen me dan eerst. Ik ben zelf zo
ontspannen dat ik help met het afruimen van de hapjes en het tafel
dekken. Ignacio staat achter in de kamer en volgt me met een dwa-
ze grijns op zijn gezicht. Ik vind hem zó sexy dat ik hem ter plekke
zou willen bespringen midden in de eetkamer van zijn moeder. Ik
vraag me af of ik te veel heb gedronken. Wat heeft ze in die doncellitas gedaan?

De kleine keuken, die oud maar netjes en praktisch ingericht is,
heeft op wonderbaarlijke wijze een overvloed aan eten geprodu-
ceerd. Ik vraag me af waarom mensen als ik, die zelden koken, zulke grote, opzichtige keukens nodig hebben met absurde granieten
aanrechten en roestvrijstalen keukenapparaten. Als er iemand is die
een lastige keuken zou moeten hebben, dan ben ik het. Ik gebruik
hem toch niet. Als er iemand is die een handige keuken zou moeten
hebben, dan is het Ignacio's moeder.

Samen met de andere vrouwen zet ik een stapel allemaal verschillende aardewerken borden op een buffetkast in de eetkamer. Er zijn
gevulde groene pepertjes en gele rijst met kip; geroosterd varkensvlees en witte rijst met kidneybonen; *fufú*, plataanpuree met knof-

look; donkere, zoete gebakken pisang; gekookte yuca met olijfolie, limoensap en knoflook en soep, een *ajiaco*, of een soort stoofschotel.

'Wat hebben jullie hard gewerkt, dames,' zeg ik. Ignacio's moeder kijkt me aan alsof ze wil zeggen: ach, het stelt niets voor. En de andere vrouwen kijken helemaal niet naar me, maar kijken elkaar met opgetrokken wenkbrauwen aan. Iedereen schept achter elkaar zijn bord vol. Ignacio staat achter me en duwt zijn neus in mijn nek.

'Ik ben blij dat je er bent,' zegt hij.

Ik draai me om en kus hem zachtjes op zijn lippen. Het kan me niet schelen als zijn vader me ziet en een hekel aan me heeft. Ik hou van deze man en ik ben een beetje aangeschoten. 'Ik ook,' zeg ik.

Ik hoor een bekend geluid aan de andere kant van de kamer. Mijn mobiel! Ik geef mijn bord aan Ignacio en ren eropaf om hem op te nemen. Ik weet dat het onbeleefd lijkt, maar met de opening van Club G zo dichtbij, kan ik het me niet veroorloven om telefoontjes te missen. Ik graaf in mijn tas als een eekhoorn op zoek naar een noot en vis de telefoon eruit.

'Hallo, met Geneva Gotay,' zeg ik.

'Geneva, je spreekt met Jill Sanchez.'

Hè? Ik zeg niets. De vrouw aan de andere kant van de lijn herhaalt wat ze zei.

Ik zeg: 'Jill Sanchez? Zoals de actrice en zangeres Jill Sanchez?'

'Je vergeet modeontwerpster en danseres,' zegt ze.

Ik zeg niets.

'Ik wil met je praten over de mogelijkheid om te investeren in je nachtclub.'

'Eh, oké.' Ik loop naar de woonkamer voor wat privacy.

De persoon die beweert dat ze Jill Sanchez is zegt: 'Ongeacht wat Ricky Biscayne geïnvesteerd heeft… ik verdubbel het. Wat vind je?'

Ik wil 'ja, graag' zeggen, maar ik kan geen woord uitbrengen. Is dit serieus?

'Hallo?' vraagt Jill Sanchez. 'Goed dan, ik verviervoudig het. Ben je er nog?'

'Ja, ik ben er nog. Dat zou fantastisch zijn. Ik bedoel…'

Opeens onderbreekt Jill Sanchez me en praat nog harder en sneller dan de meeste mensen die ik ken. Ze zegt: 'Ik krijg nog een telefoontje. Wacht even. Ik ben zo terug.'

Ik hoor een klik, maar kennelijk lukt het wisselgesprek niet. Een seconde later hoor ik de stem van Jill Sanchez als stroop in mijn oor glijden. 'Ik mis je verschrikkelijk, Ricky. Mijn string wordt al nat als ik eraan denk dat je me *por detrás* neemt.'

Ik schraap mijn keel. 'Eh, Jill? Met mij nog steeds. Geneva.' En ik zou Jill Sanchez voor geen goud van achteren willen nemen, denk ik bij mezelf. Het blijft even stil.

'Ricky heeft zeker opgehangen,' zeg ik.

'Ja,' zegt Jill, en ze giechelt. 'Nou ja, het was toch niet belangrijk.'

Jill vertelt vervolgens dat ze in mijn club wil investeren. Ik kan het niet geloven. Ze wil zelfs verdomd veel in mijn club investeren. Ik maak een afspraak met haar, doe mijn best om niet te opgewonden over te komen, maar als ik heb opgehangen slaak ik een kreet en spring ik op en neer. Ignacio komt de woonkamer binnen en vraagt waar ik zo blij over ben. Ik vertel het hem en hij vertelt het nieuws aan zijn familie door me de eetkamer in te slepen en met zijn lepel tegen de rand van zijn glas te tikken.

'Mag ik jullie aandacht, allemaal?' roept hij in het Spaans. Een voor een zwijgen zijn familieleden. 'Ik wil aankondigen dat mijn lieve vriendin Geneva zojuist, nu net, in ons nederige huisje een aanzienlijke businessdeal heeft gesloten met niemand minder dan de Puerto Ricaanse superster Jill Sanchez.'

Er wordt gemompeld. Dan begint Ignacio's vader te klappen en een voor een doen de andere familieleden mee. Ze glimlachen naar me met een soort respect dat ze daarstraks niet voor me hadden, en als ik ga zitten om te eten, ben ik, de vrouw met wie niemand daarstraks wilde praten, opeens geweldig interessant.

Geen Amerikaan is immuun voor de aantrekkingskracht van faam, hoe recent hij hier ook is komen wonen.

VRIJDAG 19 JULI

'**M**ilan, *hija*, je breekt mijn hart met die lesbische toestanden van je.'

Mijn moeder staart naar me over de rand van haar zonnebril. Ze lijkt net Elizabeth Taylor, voordat Elizabeth Taylor dik werd.

'Wat?' vraag ik. Achter ons laat een ober een blad vallen en breekt honderdduizend glazen. Au? Mijn oren? We hebben net een 'reuzegezellige' moeder-dochterlunch gehad in Big Pink, een erg pretentieus restaurant in Miami Beach, aanbevolen door niemand minder dan Ricky Biscayne. Ik had gehoopt mama, op subtiele wijze natuurlijk, over mij en Ricky te vertellen, zodat ze me advies zou kunnen geven. Haar shows zijn soms bot en ordinair, maar over het algemeen geeft mijn moeder goed advies aan vrouwen en daarom is ze nog steeds op de radio. Maar ik had het lef niet. Ik vond het veel te gênant en ze was zo trots op mij en de baan die ik heb dat ik haar droom niet durfde te verpesten door haar de waarheid te vertellen, dat ik een echtbrekende *puta* ben.

Het lawaai neemt af en ze staart me nog steeds met grote ogen aan. Alsof ze het gerinkel niet eens heeft gehoord. Ze heeft stalen zenuwen of misschien kan ze haar gezicht niet zo snel bewegen.

'Mam?' vraag ik. 'Waarom kijk je zo naar me?'

'Omdat ik niet kan geloven dat je me zojuist hebt verteld dat je naar een pottenclub gaat,' zegt ze, alsof ik achterlijk ben.

Oké, even terugspoelen. Vóór de kletterende borden had ik mijn moeder verteld dat ik een goede daad voor Geneva ging doen door met die verslaggeefster van de *Herald*, Lilia, naar een club te gaan om een groot artikel over Club G te scoren. Ik zei er níét bij dat het waarschijnlijk een lesbische bar zou worden.

'Dat zei ik helemaal niet,' protesteer ik.

'Je moeder is niet van gisteren, als je dat soms denkt.' Mijn moeder tikt tegen haar hoofd alsof haar slaap er iets mee te maken heeft.

'Nee, toevallig denk ik dat je van bijna zestig jaar geleden bent.'

Mijn moeder kijkt beledigd en schuift wat dichter naar me toe. 'Sst,' zegt ze. 'Dat hoeft niet iedereen te weten, dankjewel.' Ze knijpt haar ogen samen. 'Ik weet dat je naar een pottenbar gaat, omdat ik Lilia's ouders ken en die hebben me verteld dat ze een pot is.'

Ik krimp ineen omdat mijn moeder steeds 'pot' zegt. Dat klinkt zó erg uit haar mond, maar afijn. Ik zou er zo langzamerhand aan gewend moeten zijn. Dat mijn moeder misplaatste seksueel getinte dingen zegt, bedoel ik. Ze heeft me net zelfs doodleuk verteld dat ze straks naar de studio gaat om een show te doen over opgerekte schaamspleten ten gevolge van overmatig overspelig gedrag. Ik wil haar vragen wat 'overmatig' overspelig gedrag is en ik vraag me af of ik in aanmerking kom voor die titel. Maar ik laat het zitten.

'Mam, ik weet niet waar we naartoe gaan. Ze vroeg me gewoon mee uit en ik heb ja gezegd. Volgens mij vroeg ze me niet voor een date. Jezus, mama.'

'*Pero Dios mío*, Milan! Wat mankeert jou? Die verslaggeefster is de grootste pot die er bestaat!'

Ik krimp weer ineen. Mijn moeder.

'Ik wil niet dat je het hier met je vader over hebt,' zegt mijn moeder.

'Ha,' zeg ik. Alsof ik dat zou doen.

Mijn moeder slaat haar armen over elkaar en houdt haar hoofd schuin. Ze tuit haar lippen alsof ze iets weet wat niemand anders weet. 'Ga je daarom nooit met mannen uit? Omdat je lesbisch bent?'

'Ik ben niet lesbisch, mama!'

Ze haalt haar schouders op alsof ze me niet gelooft. 'Je kunt het me gerust vertellen. Het geeft niet. Het zou mijn hart breken, maar daar kom ik wel overheen omdat ik van je hou en je moeder ben en wil dat je gelukkig bent, ook als je dat alleen als lesbienne kunt zijn.'

'Dat is niet zo!'

'Veel vrouwen zijn nieuwsgierig... Ik bedoel, zelfs ík heb ooit... maar dat was lang geleden.' Haar blik dwaalt af alsof ze zich iets herinnert wat ik écht niet over haar wil horen.

'Mama! Ik ben niet lesbisch!'

Ze zet haar ellebogen op tafel en heeft die filosofische blik op haar gezicht waar ik een hekel aan heb. 'Weet je wat ik denk? Ik denk dat we zijn geëvolueerd om in harems te leven en dat vrouwen van nature biseksueel zijn.'

'Wat?' Ik staar haar geschokt aan en bedenk dat mijn moeder net sint-jakobsschelpen heeft gegeten. Dit is allemaal erg ontstellend. 'Denk je dat écht?'

Ze schudt zichzelf even door elkaar en glimlacht. 'Maar daar hadden we het niet over. We hadden het over jouw gevoelens voor Lilia. Dat je lesbisch bent.'

'Ik bén niet lesbisch!' Mijn moeder is bi? Getver.

'Waarom gaan jullie dan naar een lesbische club, Milan? En lieg niet tegen je moeder.'

'Het is omkoperij. Weet ik veel. Ik wilde dat Geneva veel publiciteit voor haar nieuwe club zou krijgen.'

'Omkoperij?' Ze trekt een gezicht van afkeer. 'Wie ben jij en wat heb je met mijn dochter gedaan?'

'Het is wel goed, mam. Ik denk dat het interessant wordt.'

'Nee, dat is het niet. Wat mankeert jou?'

'Niets. Ik doe het voor Geneva.'

Mama kijkt verward. 'Is Geneva lesbisch?' Nu kijkt ze alsof ze het begrijpt. 'Dat verklaart veel.'

'Nee, mam. Niemand is zo hetero als Geneva. Ik doe dit om een artikel in de *Herald* te scoren over haar nieuwe club.'

'Geneva kan wel voor zichzelf zorgen. Jij gaat níét naar die club.'

'Maar als die verslaggeefster nou boos wordt en wraak neemt?'

Mama schudt haar hoofd terwijl ze haar platina AmEx creditcard op het blad legt. '*Mira*, Milan. Ik ken de ouders van dat manwijf. Lilia is degene die zich zorgen moet maken over wat er gebeurt als uitlekt dat ze met haar bronnen neukt. Wist je dat ze de clitoris van lesbiennes hebben opgemeten en dat die meestal groter is dan van een heterovrouw?'

'Mam!' Ik moet kotsen. Nee, echt. Dat meen ik. 'Hou op. Toe. Zullen we het over iets anders hebben?'

Mama glimlacht. Ze geniet ervan om me misselijk te maken. '¿*Qué?* Doet ze dat dan niet? Je versieren? Dat doet ze wel en dat weet je zelf ook.'

'Daar wil ik niet over nadenken.'

'*Sí, cómo no.* Ik ook niet. Maar luister nou even. Als ze je lastigvalt, dan maak ik het gewoon openbaar in mijn show. En dan bel ik haar ouders.' Mama kijkt op haar horloge. 'Wilde je me nog iets vertellen, Milan? Ik heb het idee dat er iets is wat je me niet tegen me zegt.'

Ik denk aan mijn intieme relatie met Ricky en schud met een glimlach mijn hoofd. 'Nee,' zeg ik. 'Zullen we gaan?'

De geur van mijn lichaam – een lichaam vol levensschenkende sappen en de geur van slaap – is zo geruststellend dat ik niet weg wil uit de veilige omgeving van deze zachte, witte lakens. Ik heb het lekker warm hier en de lucht is koel in de slaapkamer door de airconditioning. Ik ben alleen. Ik weet niet waar Ricky is. Ik weet alleen dat deze baby momenteel al mijn energie opgebruikt en dat ik niet in staat ben om op te staan. Maar ik moet wel. Ik wil niet. Ik wil mijn ogen dichtdoen en voor altijd slapen. Op mijn zij, natuurlijk. Ik mis dat ik niet meer op mijn buik kan slapen. Dat gaat niet als je zwanger bent.

Ik heb last van mijn rug en het zou fijn zijn als ik een man had die me wilde masseren. Maar mijn man gaat liever uit met zijn 'jongens', de groep mannen die hij nog van de middelbare school kent. 'Mannen' zijn het niet; ze zijn niet volwassen genoeg om mannen genoemd te worden. Het zijn jongens, maar dan zonder de positieve associaties. Een zootje ongeregeld. En Ricky? Misschien zijn het de hormonen, maar volgens mij is hij de koning van het zootje. Zijn succes heeft niets veranderd aan zijn feestgewoonten of zijn vrienden. Ik ben nu bijna zes maanden zwanger. Je zou verwachten dat hij vaker hier zou zijn. Maar Ricky lijkt niet geïnteresseerd in de baby, of in mij, alleen in zijn vrienden, feesten en – ik moet het onder ogen zien – cocaïne. Ik begrijp niet dat hij überhaupt nog kan werken. Het is vreemd.

Ik kom moeizaam overeind en kijk de kamer rond, rek me uit. Ik draag een grote, witte katoenen, mouwloze nachtjapon van Laura Ashley. Ik zie een stapel vuile kleren van Ricky op de grond liggen.

Dat shirt met de smalle kleurige strepen rook gisteren naar iemand anders. De laatste tijd ruikt hij naar een andere vrouw. Hij ontkent het, maar ik heb een goede neus. Ik herken parfums en zeep en lotion. Ik weet hoe een vrouw ruikt. Ik weet dat de geur die Ricky zelfs op zijn huid draagt – en vreemd genoeg ook in zijn adem – niet van mij is en niet van hem. Het is ook een onmiskenbaar vrouwelijke geur en katachtig met ondertonen van bloed. Als iets of iemand die bronstig is. Ik weet min of meer wat Ricky probeert te verbergen, maar ik heb de energie of de hulpmiddelen niet om daar nu iets mee te doen. Als er een perfect moment is om je vrouw te bedonderen, dan is het wel als ze zes maanden zwanger is, geen werk heeft en geen familieleden die haar kunnen helpen.

Ricky belde net half lacherig en verontschuldigend op om te zeggen dat hij vannacht bij zijn vriend Hughie is blijven slapen na een feest met vrienden van vroeger. Hij beloofde dat hij gauw thuis zou zijn en vroeg of ik aan Matthew wilde doorgeven dat hij maar vast zonder hem moet beginnen. 'Bel hem zelf maar,' zei ik. Ik heb er een hekel aan dat hij de onverantwoordelijke dingen die hij doet laat opknappen door anderen. Ricky hing zonder verder iets te zeggen op, wat betekent dat ik naar beneden moet gaan om Matthew te zeggen dat Ricky later komt, want anders doet niemand het.

Ik dwing mezelf om op te staan en wikkel mezelf in een dikke witte badjas. Ik voel me uit balans door mijn dikke buik vanwege de baby. Ik ben tweeëntwintig kilo aangekomen en ik ben dol op eten. Ik heb nu maat 40. Ik loop naar de kast en prop mezelf in mijn favoriete spijkerbroek van Robert Rodriguez en laat de rits voor het gemak open. Daarbij draag ik een Elie Tahari-tuniek die mijn buik verbergt. Ik besef dat ik nog steeds minder weeg dan veel niet-zwangere vrouwen, maar Ricky zegt steeds dat ik dik ben. Dat vind ik niet leuk en zijn overspel ook niet. Eigenlijk vind ik niets aan hem nog leuk. Hij wil ook niet meer met me vrijen. In tegenstelling tot wat ik dacht, heeft de zwangerschap mijn libido niet verminderd. Als je zwangere vrouwen op straat ziet, denk je niet dat ze geil zijn. Maar zo voel ik me wel op dit moment. Geiler dan ik me ooit heb gevoeld. Ik vraag me af wat het doel daarvan is, evolutionair gezien. Waarom begrijpen mannen niet dat een vrouw zich sensueler dan ooit voelt in het laatste trimester van de zwangerschap? Ik schaam me ervoor, maar ik heb nog nooit zo veel gemasturbeerd als nu;

daar moet toch een wetenschappelijke reden voor zijn. Misschien wil het lichaam de spieren in de onderbuik versterken om het voor te bereiden op het persen. Of zo.

Ik dwing mezelf om naar beneden te gaan en loop in platte rubberen tuinklompen door de achtertuin naar de studio. De schoenen staan altijd op de veranda. Ik voel me sterk en beheerst. Ik blijf niet veel langer bij Ricky. Dat kan ik gewoon niet. Ik ga bij hem weg zodra de baby is geboren en ik de energie heb om terug te vechten. Ik ben geen dood meisje meer. Ik ben een vrouw. Ik heb me nog nooit zo vrouwelijk gevoeld, zonder mezelf te verminken, niet alleen, met een ziel in mijn lichaam.

Ik loop de studio binnen en zie Matthew die met zijn koptelefoon op in de zitruimte zit te wachten. Hij heeft zijn ogen dicht en concentreert zich op de muziek. Hij tokkelt op een akoestische gitaar, flamencostijl. Het klinkt angstaanjagend en prachtig. Ik kijk even naar hem en vind dat hij er ongelooflijk sexy uitziet. Niets is zo sexy als iemand die iets creëert, of het nu leven, muziek, literatuur of, in mijn geval, zeep is. Het zijn misschien mijn hormonen weer, maar Matthew straalt een intense artisticiteit uit als de gloeiende hitte van een ster. Ik fantaseer er even over om hem te verleiden, maar het is een absurd idee dat hij de zwangere vrouw van Ricky zou willen. Ik leg mijn hand even op zijn arm en hij springt op. De muziek stopt.

'O hoi, Jasminka!' Hij doet de koptelefoon af en glimlacht. Matthew is altijd op tijd en lijkt ook altijd goedgemutst. Zijn wangen zijn zó roze dat ik erin zou willen knijpen als bij een klein kind. Er zit een kleine rimpel tussen zijn wenkbrauwen van de concentratie. Die trekt wel weg. Hij is zo levendig en roze. Hij eet vast veel groene bladgroente, want hij heeft zo'n frisse adem.

'Ricky belde net,' zeg ik. 'Hij zei dat hij is verlaat en dat je maar vast zonder hem moet beginnen.'

Matthew werpt een blik op zijn horloge en schudt teleurgesteld zijn hoofd. 'Die jongen heeft mijn mobiele nummer,' zegt hij. 'Ik begrijp niet waarom hij mij niet gewoon belt.'

Ik slaak een zucht en ga naast hem op die afzichtelijke rode bank zitten. Ik voel de warmte van zijn lichaam op mijn arm, ook al zit er zeker dertig centimeter tussen ons. Hij ruikt naar shampoo. 'Is er iets wat je zonder Ricky kunt doen?'

Matthew lacht in zichzelf en kijkt alsof iemand net heeft ge-vraagd of hij een geslachtsverandering wil ondergaan. 'Eh, ja,' zegt hij. 'Ja,' zegt hij zachtjes, alsof het alleen voor hem is bedoeld. 'Dat denk ik wel. Sterker nog, ik zou Ricky's hele album in mijn eentje kunnen doen.'

'Wat bedoel je?' vraag ik.

Matthew staat op en ijsbeert even door de kamer.

'Mag ik je iets vragen?' is zijn antwoord. Ik kijk hem met grote ogen aan om aan te geven dat ik luister. 'Hoeveel weet je over je man?'

Ik haal mijn schouders op en vraag me af of hij van Ricky's ver-houding weet. Misschien weet hij met wie. Ik geloof niet dat ik het wil weten. 'Dat weet ik niet,' zeg ik. 'Zo veel als een echtgenote weet over haar man.'

Hij praat alsof hij het alleen tegen zichzelf heeft. 'Ik moet dit ei-genlijk niet doen.' Hij kijkt me met een gekwelde blik aan. 'Jawel.'

'Matthew,' zeg ik. 'Als het om Ricky en die andere vrouw gaat…'

Hij kijkt verward. 'Nee,' zegt hij. Zijn verwarring slaat om in me-deleven; hij heeft medelijden met me. Hij weet van het bestaan van de andere vrouw, maar heeft het me niet verteld. Het verbaast hem dat ik het weet. 'Dat is het niet.'

'O.'

Matthew steekt zijn hand naar me uit, glimlacht vriendelijk en zegt: 'Ga even met me mee. Ik wil je iets laten zien.'

Ik loop met hem mee naar de geluidsstudio. Hij biedt me een zwartleren draaistoel aan, zet de computers en andere elektroni-sche apparatuur aan, komt dan naast me staan en drukt op een aan-tal knoppen. Algauw hoor ik Ricky's hit 'You're the Girl for Me'. Onwillekeurig moet ik glimlachen omdat Ricky me heeft verteld dat hij dit nummer speciaal voor mij heeft gezongen. De muziek speelt, maar de zang begint niet op het juiste moment.

'Oké,' zegt Matthew. Hij zet het nummer stil en spoelt het een klein stukje terug. 'Ik ga de opnamestudio in.' Hij wijst naar de ruimte aan de andere kant van de grote ruit. 'En als ik daar ben, wil ik dat je deze knop indrukt en dan deze. Goed? Kun je dat?'

Ik knik. Matthew loopt naar de opnamecabine. Hij wijst en ik doe wat hij heeft gezegd. Het nummer begint opnieuw zonder de zang. Matthew doet zijn mond open en begint te zingen. Ik krijg kippenvel. Ik zie zijn mond bewegen, maar hoor Ricky's stem. Als Matthew ophoudt met zingen, houdt Ricky's stem op. Matthew doet dit nog een paar keer en komt dan terug naar de studio.

'Ik begrijp het niet,' zeg ik.

Matthew fronst zijn wenkbrauwen. 'Je bent niet de enige,' zegt hij. 'Dat is het mooie.'

'Maar Ricky kan fantastisch mooi zingen,' zeg ik. 'Dat vindt iedereen.'

'Ricky kan góéd zingen,' zegt Matthew. 'Maar hij is niet constant. Zijn... eh... recreatieve activiteiten hinderen hem tegenwoordig.'

'De drugs.'

Matthew haalt zijn schouders op. 'Drugs?' zegt hij sarcastisch. 'Welke drugs? Ricky is een gezondheidsfreak. Dat heb ik in *Newsweek* gelezen.'

'Dat artikel klopt niet,' zeg ik.

Matthew glimlacht en ik begrijp dat ik zijn sarcasme niet doorhad. 'Dat weet ik, Jasminka,' zegt hij vriendelijk. 'Dat weet ik al heel lang.'

'Hij is verslaafd,' zeg ik.

Matthew knikt. 'Ja. Het is triest. Hij weet het en ik weet het. Ik ben blij dat jij het ook weet.'

'Ik weet het al heel lang, Matthew.'

'Volgens mij is Milan de enige die het niet doorheeft,' zegt Matthew.

'Weet zij het niet?'

Matthew trekt een gezicht alsof ik hem heb gevraagd of hij Mozart is. 'Eh, nee. Milan is de aardigste, meest beschermd opgevoede vrouw op aarde.' Zie ik liefde in zijn ogen? Ja. Matthew vindt Milan leuk. Ik weet niet waarom, maar ik ben een klein beetje jaloers.

Ik kijk naar de apparatuur en de studio. De geur van elektriciteit en rubber. 'Hoeveel zing jij in Ricky's nummers, Matthew?'

Hij haalt zijn schouders op. 'Dat weet ik niet. Ik corrigeer altijd al dingen voor hem.'

'Je corrigéért dingen? Wat betekent dat?'

Hij kijkt me aan alsof het doodsimpel is. Hij knijpt zijn ogen samen alsof hij een klap verwacht en zegt dan zacht: 'Ik bedoel dat ik voor het grootste deel Ricky's nummers zing, Jasminka.'

Ik voel dat mijn hart tekeergaat. 'Dat kan niet.' Ondanks al zijn fouten zijn Ricky's talent en kunst altijd goede redenen geweest om van hem te houden. Als die niet echt zijn, wat héb ik dan? Wat héb ik dan? Het is bijna te gruwelijk om aan te denken.

'Dankzij de wonderen van de moderne techniek is alles mogelijk,' zegt Matthew. 'Iedereen kan een zangtalent zijn. Met de juiste mensen achter de schermen.'

'Waarom zou je hem dat laten doen?'

Hij haalt zijn schouders op. 'In het begin leek het een goede deal. We waren vrienden. Ik was de *gringo* die van salsa hield en hij was de aantrekkelijke vent die van aandacht hield. Tijdens onze studie kon niemand me zo aan het lachen maken als Ricky. Ik was gek op hem, als vriend, snap je? Ik kreeg de kans om salsa te zingen, wat ik geweldig vind, en mijn nummers kwamen op de radio zonder dat ik eerst een facelift moest ondergaan.'

Hij lacht alsof dat laatste grappig is, maar ik begrijp zijn humor niet.

'Maar Ricky is miljonair,' zeg ik. 'En jij...'

'Ik ben een arme sloeber, dat weet ik.' Terwijl hij glimlacht, krijg ik een gevoel van heiligheid bij hem. Hij is niet wat hij zegt. Hij is een geschenk. Ik voel dat soort dingen aan en ik voel dat nu bij hem.

'Waarom, Matthew?'

'Ik ben klein omdat ik niet graag op hoge hakken loop,' grapt hij. Hij kijkt me aan, maar ik lach niet. Ik kan het niet. 'Moet je horen,' zegt Matthew. Hij leunt tegen het controlepaneel. 'Geld interesseert me niet. Het heeft me nooit geïnteresseerd. Mij gaat het om de muziek. In feite was Ricky voor mij een manier om muziek te kunnen maken. Dat was geweldig.' Hij haalt ongemakkelijk zijn schouders op, verontschuldigt zich en zegt dan: 'Voor mij ging het altijd om de muziek, de creativiteit. Voor Ricky ging het altijd om de roem en het podium. Een tijdlang was het alsof we voor elkaar gemaakt waren.'

'Dus hij is een leugenaar,' zeg ik.

'Dat zijn we allemaal, denk ik,' zegt Matthew. 'Maar er zijn de laatste tijd dingen in mijn leven gebeurd waardoor ik denk dat het beter is om eerlijk tegen mensen te zijn. Ik begin bij jou.'

'Dus jij zou een ster moeten zijn?'

Matthew schudt zijn hoofd. 'Nee. Ik wíl geen ster zijn. Ik ben niet goed op een podium. Ik kan niet dansen. Ik ben te dik, ik heb rood haar en ik ben kaal.'

'Maar jij zingt de nummers en je schrijft ze?'

'Vroeger zongen we ongeveer evenveel. Maar de laatste tijd, op zijn Engelstalige album, heb ik het meeste zangwerk gedaan. Maar Ricky heeft ook veel gezongen. We hebben alleen veel moeten snijden. Dat weet hij niet.'

'Maar zonder jouw stem klinkt het niet als Ricky Biscayne?'

'Hier.' Matthew drukt weer op een paar knoppen. Ik zie grillige lijnen over een groot computerscherm bewegen als de lijnen op een hartmonitor. Het nummer begint met slechts één stem. Ricky's stem. Het klinkt goed, maar lang niet zo goed als toen Matthew meezong. Eigenlijk klinkt het een beetje iel, levenloos, een beetje zoals ik vroeger was.

'Hij is niet zo goed in de harmonieën en het hogere register. En met die nieuwe cross-over muziek is hij niet zo goed in de gospel-achtige pentatonische riffen. Dus help ik hem. Ik heb vroeger in de kerk gospel gezongen.' Hij grijnst. 'Mijn ouders waren missionarissen.'

Ik trek verrast mijn wenkbrauwen op. Maar ik kan geen woord uitbrengen. Mijn hart is te zwaar. We blijven in stilte zitten. Ik voel verlies, een emotie die net zo vertrouwd is als ademhalen. Verlies. Het begint zijn langzame tocht door mijn lichaam en verdooft me.

Matthew steekt met een nieuw zelfvertrouwen dat ik nog niet eerder bij hem heb gezien zijn kin in de lucht. Hij zou zo een felbegeerde ster kunnen zijn, als hij zou willen. Hij heeft gewoon niet door hoe aantrekkelijk hij is. Hij beseft niet dat vrouwen zelfs de lelijkste mannen mooi vinden als het kunstenaars zijn. Bovendien is hij niet lelijk.

Hij zegt: 'Maar het merkwaardige is dat hoe meer de hele wereld denkt dat het Ricky is, hoe meer hij het gaat geloven, weet je? Hij doet nu zelfs alsof hij me niet nodig heeft. En daar heb ik wel een beetje genoeg van, dat mag je best weten.'

Ik kom overeind. Het is te veel. Ik voel tranen, woede, pijn. Waar heeft Ricky nog meer over gelogen? 'Het spijt me,' zeg ik. 'Ik moet ergens naartoe.'

'Zeg het niet tegen Ricky,' waarschuwt Matthew. 'Zéker niet als hij high is. Dat wordt niet fraai.'

'Ik ga niet naar Ricky.' Ik hijs mijn dikke, uitgeputte lijf van de bank. 'Fráái interesseert me niet. Ik haat fraai.'

'Wat moet ik tegen Ricky zeggen als hij terugkomt?' vraagt Matthew.

'Niets.'

'Hij heeft me gevraagd om je in de gaten te houden, weet je nog? Alsof ik de bewaker van zijn godvergeten harem ben, of zo. Waarom laat je hem zo met je omgaan? Het is gestoord.'

De woede stuwt door me heen. Ik voel me als een opgejaagd beest. 'Zeg maar dat ik ben ontsnapt.'

Met tranen in mijn ogen rij ik in de Escalade suv naar het huis van Ricky's moeder aan Southwest Fourth Street in Fort Lauderdale. Het stroomt van de regen. Het onweert. Donderklappen alsof iemand boven met meubels schuift.

Ik zet de auto op de oprit van het kleine, geel gestuukte huis achter Alma's Toyota Camry. Terwijl ik naar het huis kijk, voel ik een soort melancholisch respect in me opkomen. Ik zou het liefst willen gillen. Maar dat kan ik niet. Ik ben zo verdrietig, zo intens verdrietig. Hoe komt dat precies? Het heeft iets te maken met het lijden van vrouwen. Met de anonimiteit van trots. Met de hormonen die door mijn bloed kolken terwijl ik een gloednieuw leven creëer. En met het gezamelijke universele verdriet van het moederschap en het collectieve geweten waarmee ik nu verbonden ben. Kinderen zijn een stukje van je, maar ze zijn jou niet. Ze zijn van jou, maar je hebt geen macht over ze. En soms overleven ze je in het extreme. Soms moet je ze alleen laten in de wereld zodat ze hun eigen weg kunnen zoeken.

Ik stap uit en ren door de regen naar de voordeur. Ik voel de koele druppels regen op mijn hoofd, wangen, armen. Ik wil in de regen blijven staan, me laten reinigen. Ik klop op de deur en bel dan aan. Even later doet Alma de deur open terwijl ze haar handen afdroogt aan een versleten, maar schone theedoek. Hoewel ze geen bezoek verwacht, ziet Alma er keurig uit in een rode trui van velours en met gouden oorbellen. Haar boblijn lijkt pas gekamd en er zitten nog sporen van make-up op haar gezicht. Volgens mij ziet ze er nooit onverzorgd uit.

'Jasminka!' zegt ze verrast. 'Wat doe jij hier? Is alles goed? Kom gauw uit die regen. Straks word je nog ziek.' Ze trekt me het huis in, doet de deur dicht en pakt mijn handen vast. Er ligt een blik van be-

310

zorgdheid op haar gezicht. 'Wat is er?' vraagt ze, en ze kijkt me recht aan.

'Dat weet ik niet,' zeg ik. Alma gaat me voor naar een kleine, nette woonkamer en laat me op de bank zitten. In tegenstelling tot Ricky's huis is dat van Alma modern ingericht. Ze heeft niet veel geld, maar wat ze heeft, besteedt ze zorgvuldig aan stukken van Crate and Barrel en meer van dat soort winkels. Ricky's huis staat eerder op instorten ondanks alle mensen die eraan werken en het geld dat hij eraan besteedt. Alma's huis voelt aan als een thuis, gezellig, warm en uitnodigend. Ik wil hier niet meer weg.

'Wat heeft hij gedaan?' vraagt ze. Ik vertel haar over de valse opnames. Alma lijkt niet verbaasd. 'En?' zegt ze. 'Wíst je dat dan niet?' Alma kijkt alsof ze medelijden met me heeft, maar het ook wel grappig vindt.

'Jij wel?' vraag ik.

Alma lacht. 'Natuurlijk wist ik het. Hij is mijn zoon. Denk je dat een moeder de beperkingen van haar kind niet kent? Denk je dat ik die nummers op de radio hoor en niet doorheb dat dat niet het kind is dat vroeger midden in de nacht om een slokje water riep? Een moeder kent de stem van haar kind.'

Ik frons mijn wenkbrauwen.

'Wat is er?' zegt Alma, die nog steeds staat. 'Vind je dat wreed?'

'Ja.'

'Ik ben zo terug. Ik heb iets op het fornuis staan.'

Als Alma terugkomt, heeft ze twee glazen ijswater bij zich met een schijfje limoen. Hier,' zegt ze. 'Drink op. Je moet goed drinken. Je ziet bleek.'

Ik neem het water aan en zeg: 'Alma, ik ben hier niet vanwege de muziek.'

'Waarom dan?'

'Vanwege dat meisje uit Homestead.'

Alma knikt en neemt een slokje water. Ze weet precies over wie ik het heb. 'Sophia Gallagher. Wat is er met haar?'

'Is ze Ricky's dochter?'

Alma grinnikt opnieuw en kijkt me weer met een mengeling van medelijden en pret aan. 'Natuurlijk.'

'Natúúrlijk?' Ik heb het gevoel alsof ik geen lucht krijg. Alma wist het en ze heeft nooit iets gezegd?

Alma slaakt een zucht. 'Ricky hield van Irene. Al die onzin die hij nu in de kranten verkoopt, is net zo nep als zijn muziek, *mija*.'

Ik heb het gevoel alsof iemand een riem om mijn ribbenkast aansnoert. Mijn voorhoofd rimpelt. Ik doe mijn best om niet te huilen. Alma's blik verzacht. Ze legt haar hand even over de mijne.

'Het spijt me,' zegt ze. 'Je bent zo'n lief, naïef kind.'

'Weet je het zeker van dat meisje?'

Alma knikt, staat op en loopt de kamer weer uit. Ik barst in snikken uit. Als Alma terugkomt, heeft ze een grote doos met foto's bij zich. Ze zet de doos op de bank, haalt de porseleinen snuisterijtjes van de salontafel en zet de doos daar neer. Dan haalt ze het deksel eraf en legt deze behoedzaam op de donkerhouten vloer.

In de doos zitten herinneringen aan Ricky's jeugd, dingen die mijn ouders vroeger voor mij bewaarden en die aan gruzelementen zijn gebombardeerd met mijn verleden. Bij het zien, komen de herinneringen aan mijn eigen verloren jeugd boven.

Alma bekijkt de spulletjes, haalt wat dingen uit de doos en legt ze op tafel. Ik kijk en verbaas me over haar gezichtsuitdrukking. Verdriet en blijdschap terwijl ze zich haar kleine jongen herinnert. Alma houdt een vel lijntjespapier omhoog waar met dikke potloodstrepen hoofdletters op zijn gekalkt.

'Hij was een fantastisch kind,' zegt ze. 'Zo lief, zo slim. Slimmer dan je je kunt voorstellen. Wist je dat Ricky zijn eerste zinnetje zei toen hij nog geen een was?'

Dat wist ik niet.

'Ja. Niemand wilde me geloven. Maar hij was een briljant kind. Op zijn derde leerde hij zichzelf lezen. Apart. Lastig. En briljant.'

Alma rommelt verder door de inhoud van de doos en kijkt naar een gipsafdruk van Ricky's kinderhand. Dan graaft ze verder tot ze vindt wat ze zoekt, een zakelijke bruine envelop. Alma maakt hem open en laat de inhoud op de bank tussen ons in vallen. Een stapel brieven in envelop, sommige in Ricky's handschrift, andere met een onbekend handschrift dat er Amerikaans en meisjesachtig uitziet.

'Liefdesbrieven,' zegt Alma. Ze maakt er een open en leest hem. Het is een dweperige, verliefde brief van Irene Gallagher. Hij verhaalt over haar liefde voor hem en ze vertelt hoe spannend het is dat hij ook van haar houdt. De brief is kinderlijk, lief en bijna beschamend oprecht.

'Deze is van die vrouw in Homestead?' Ik wil de brief pakken. Alma legt hem vriendelijk in mijn hand en knikt.

Alma pakt nog een brief. 'Deze is van Ricky aan haar, maar hij was te lui om hem te versturen.'

De brief is prachtig geschreven. Ik had geen idee dat Ricky zo veel talent had. Hij schrijft poëtisch over Irenes schoonheid en smeekt dat hij haar mag ontmaagden. Alma's stem slaat over van emotie als ze hem leest. Wanneer ze klaar is, zet ze haar bril af en wrijft ze in haar ogen en over haar neus.

'Eigenlijk was het geen luiheid,' zegt Alma. 'Ik weet wel waarom Ricky deze brief nooit heeft verstuurd. Hij is een perfectionist. Hij vond hem niet goed genoeg.'

Ik voel een schok van nieuwe pijn. 'Ja,' zeg ik. 'Dat herken ik.'

'Ricky is altijd zo geweest, zelfs toen hij klein was. Hij was niet zoals andere kinderen die vallen en dan om hun moeder huilen. Als Ricky viel, werd hij boos op zichzelf. Daar kon ik niets aan doen. Zo heb ik hem niet opgevoed. Zo was hij gewoon. Het maakte me vroeger erg verdrietig dat hij zo gesloten was, dat hij niet wilde dat zijn mama het beter maakte.'

'Zo is hij met mij ook. Hij vindt zichzelf nooit goed genoeg.'

'Wat betreft muziek is dat misschien ook zo,' zegt Alma. 'Ricky's echte talent heeft altijd bij het schrijven gelegen. Het was een fantastische schrijver. Maar hij vond schrijven saai. Hij wilde op het podium staan, aanbeden worden door vrouwen, vrouwen die hij kon zien.'

Alma zoekt tussen de brieven naar een stapeltje foto's die met een elastiekje bij elkaar zitten. Ze maakt het elastiekje los en bekijkt ze. Dan geeft ze ze aan mij. Het zijn foto's van een heel jonge Ricky met zijn armen om een mooi, jong, blond meisje en beiden hebben ze een tennisracket op hun schouder.

'Deels was het mijn schuld,' zegt Alma.

'Jouw schuld?'

'Ik mocht haar familie niet,' zegt Alma. 'Ze waren arm en blank. Ik vertrouwde ze niet. Het meisje was dakloos toen ze zwanger raakte van Ricky.'

'Buiten haar schuld? En ze was toen zwanger?' Ik ben kapot van wat Alma me zojuist heeft verteld. Ricky heeft een dakloos, zwanger meisje in de steek gelaten?

'Ik weet het. Maar de ouders waren junkies. Het waren slechte mensen. Ik wilde niet dat mijn zoon met zulke mensen omging. Ik heb toen tegen hem gezegd dat hij haar moest mijden,' zegt Alma. Ik kijk haar ingespannen aan. Er staan tranen in Alma's ogen. 'Hij zei later dat ze het kind had laten weghalen en dat het uit was tussen hen.'

'Goeie hemel, Alma.'

'Het was een moeilijke tijd voor Ricky. Hij praatte niet meer met me. Hij schreef niet langer. Dat was het ergste. Hij heeft er talent voor, Jasminka.'

'Waarschijnlijk was het moeilijker voor het meisje, Alma.'

Alma klemt haar kaken op elkaar. 'Heeft Ricky je wel eens over Alan verteld?'

Ik schud mijn hoofd.

'Rond de tijd dat Irene zwanger werd, hadden we een buurman die Alan heette en die wel eens langskwam om te helpen met dinge- tjes in en rond het huis; hij was een vriend van ons. Hij was schrij- ver. Ricky bewonderde hem. Alan zei dat hij de rol van Ricky's va- der een beetje op zich wilde nemen, wilde gaan vissen met Ricky, dat soort dingen, en ik vond dat goed.' Alma's onderlip begint te trillen. 'En die klootzak misbruikte Ricky op zijn boot.'

'Wat?' Ik ben verbijsterd.

'Hij praat er niet graag over. Ik weet niet precies wat er is ge- beurd, omdat Ricky het me nooit heeft verteld. Hij zei dat de man hem dwong tot orale seks en andersom. Dat is het enige wat ik weet. Dat gebeurde dus allemaal rond dezelfde tijd. Het was voor geen van beiden makkelijk.'

'God.'

Ik kijk naar de foto's op mijn schoot. De foto's van een gelukkig tienerstelletje dat mal doet in het winkelcentrum en op het strand, en dat naast elkaar staat in een glanzende galajurk en smoking.

'Mag ik?' vraag ik, en ik pak de brieven.

Alma knikt. 'Ik vind het afschuwelijk hoe het gegaan is, Jasminka. Ik wil ze graag ontmoeten, maar ik weet niet hoe, na al die tijd. Na wat ik over haar heb gezegd.'

Het daaropvolgende uur lees ik de brieven die Irene Gallagher aan Ricky heeft gestuurd. In het begin zijn de brieven lief en vol hoop en opwinding. De zestienjarige Irene schrijft dat ze ernaar uitkijkt om haar maagdelijkheid eindelijk aan Ricky te schenken. Ze maken een afspraak, het schoolfeest. Na het feest verandert de toon van de brieven. Irene vraagt zich af of haar vader het soms weet omdat hij steeds meer begint te drinken en haar uitscheldt voor 'ordinaire hoer'. En dan een maand later groot nieuws. Irene schrijft dat ze een zwangerschapstest heeft gedaan en dat die positief is. Ze wil er met Ricky over praten. In de volgende brief smeekt ze Ricky om te reageren. Ze schrijft dat ze hem heeft geprobeerd te bellen en dat hij haar ontloopt. Er zitten een paar van zulke brieven bij. En dan de laatste brieven. Irene schrijft dat ze niet kan geloven dat Ricky wil dat ze het kind, dat zij *het onverwachte, maar niettemin vreugdevolle product van hun verbintenis* noemt, laat weghalen. Kennelijk reageerde Ricky hier niet op, want hierna volgen nog maar twee brieven. In de ene staat dat ze de baby laat komen en dat ze hem nog een laatste kans geeft *om zich als een man te gedragen*. En dan de laatste brief waarin ze zegt dat hij het recht op zijn kind heeft verspeeld en zweert dat ze het kind nooit zal vertellen wie de vader is, omdat *een vader die zijn kind niet erkent het niet verdient om dat kind te kennen. En als je zoon of dochter geweldige dingen in zijn of haar leven bereikt, kom dan niet bij ons aankloppen voor een aalmoes. Dan kennen we je niet. Let maar eens op.*

Ik vouw de laatste brief op en leg hem rustig boven op de stapel.

'En zo is het gegaan,' zegt Alma.

'Waarom is hij zo wreed om het meisje in de steek te laten?'

Alma staart in de verte. 'Ik weet het niet. Maar misschien heeft het te maken met het feit dat zijn vader precies hetzelfde deed.'

Ik sta in een lesbische bar te wachten op... tja, zo ongeveer de lelijkste lesbienne aller tijden. Zegt mijn vader dat hij me niet meer kent? Ik ken mezelf niet eens meer. Ik sta hier in een flatteus roze jurkje van Y-Yigal te wachten op een bloedlelijke pot en kan alleen maar denken dat iedereen mijn kont kan zien. En die muzíék! Is dit een jaren negentig revival? 'Rythm is a dancer'? Schei toch uit! Wat is er met mijn leven gebeurd? Ik dacht dat mijn carrière in de lift zat, maar ik kan je op dit moment eerlijk zeggen dat ik liever publiciteitsmedewerker voor laxeermiddelen ben in een lekkere, comfortabele slobbertrui.

Ik trek de sjaal van chiffon over mijn haar, duw de zonnebril hoger op mijn neus en voel me erg opgelaten. Ik wil niet dat iemand me bij Lady Luck ziet staan wachten op Lilia. Maar ik hoop vooral dat Lilia me niet herkent en ervandoor gaat. Dat zou fijn zijn, als ze gewoon weer wegging. Dan kon ik naar huis.

Helaas.

In een zwarte strapless jurk en lompe sandalen, en met de sierlijkheid van een stoomlocomotief steekt Lilia de straat over. Ze ziet eruit als een rondborstige buldog in een strak topje en ik zou bijna verwachten dat ze haar tong uit haar mond laat hangen.

'Milan!' Ze trekt me naar zich toe en slaat haar armen om me heen zodat ik geen kant op kan. Ze is lelijk en ze is een worsteltalent. 'Leuk dat je er bent.'

Getverdegetver. Blijf van me af.

We gaan de club binnen en Lilia betaalt mijn toegang. Dat wil ik niet. Ze staat erop. 'Doe die bril en sjaal af,' blaft Lilia. 'Dan gaan we dansen.'

'Lilia,' roep ik boven de herrie van de dansmuziek uit. Ze grijnst en probeert me te imponeren met een countryachtige twostep. Ze heeft een toekomst in worstelen én linedance. 'Ik ga.'

'Hè? Waarom?'

'Ik had niet moeten komen. Ik bedoel, ik had het je direct willen vertellen toen je kwam. Ik ben niet lesbisch. Ik wist niet dat je dit van plan was.'

Lilia glimlacht alsof ik het schattigste meisje ter wereld ben, wat ik ook ben, nietwaar? Maar toch. Je wilt niet dat een country-and-western worstelaarster dat vindt. 'Ik snap 'm,' zegt ze. Waar zit ze op te kauwen. Pruimtabak? 'Je zit nog in de kast.'

'Nee, dat is het niet. Ik ben hier alleen omdat ik blij was met je hulp wat betreft Ricky, en…'

'Hulp? Journalisten hélpen niet. We schrijven de waarheid, meer niet. Ik vind het een belediging dat je denkt dat ik heb geholpen. Zeg dat niet nog een keer.'

'Sorry. Ik wil nu weg.'

'Oké. Oké.'

Lilia loopt samen met me de club uit. Net als we buiten komen, komt Matthew Baker fluitend op zijn fiets langs in een geruite bermuda en een hawaïblouse. Als hij me ziet, keert hij om.

'Milan?' Hij valt bijna om en zijn fiets komt zwabberend tot stilstand. Waarom valt deze man altijd om als ik in de buurt ben? Lilia gromt als ze hem ziet en ze probeert beschermend een arm om me heen te slaan. Ik pak die vast en duw hem weg. Kennelijk moet ik óók met mijn wilde worsteltechnieken op de proppen komen.

'Hé,' zegt Lilia.

'Ik ben niet lesbisch.' Ik wend me tot Matthew en zeg: 'Hoi! Ik ben hier met Lilia van de *Herald* om te werken aan dat hele Homestead/Ricky-verhaal.'

Matthew bekijkt het tafereel, inclusief twee zeer vrouwelijke lesbiennes die bij de ingang staan te vozen. Hij grijnst zoals de meeste mannen zouden grijnzen bij die aanblik.

'Wauw, Milan. Jij bent wel de meest gecompliceerde persoon die ik ooit heb ontmoet,' zegt hij.

'Nee!' roep ik uit. 'Ik ben niet lesbisch. Echt niet. Ik zweer het je.'

'Best, ik zal je niet langer ophouden,' zegt hij tegen me, en hij wil weer gaan.

'Nee!' jammer ik. Ik duik bij Lilia weg, die me probeert vast te klampen. 'Toe. Blijf bij me.' Ik kijk Matthew recht aan. 'Toe.' Zachtjes voeg ik eraan toe: 'Ik weet niet hoe ik hier in godsnaam terecht ben gekomen, maar ik wil hier niet zijn. Neem me alsjeblieft mee.'

Lilia komt bezitterig naast me staan. 'Zeg, wie is die engerd? Valt hij je lastig?'

'Dit is Matthew, een van mijn collega's.' Matthew en Lilia knikken even ongemakkelijk naar elkaar. In paniek verzin ik wat en ik flap eruit: 'En, eh, mijn vriend.'

Matthews wenkbrauwen schieten verrast omhoog en blijven hoog staan, zo te zien van de pret. 'Ja,' zegt hij, bijna iets te snel. 'Ik ben haar vriend.' Ik lach iets te snel en krijg vlinders in mijn buik als hij mijn hand vastpakt. Matthew kijkt met een lach in zijn heldere, en naar mijn mening mooie pretogen recht aan en zegt: 'Ik vroeg me al af waar je was. Toen je me vroeg of ik je bij Lady Luck wilde ophalen, had ik geen idee wat voor tent het was.'

'Ik ook niet,' zeg ik. Wat aardig dat hij het spelletje meespeelt. Wat een toffe gozer.

'Zeg, wacht eens even,' zegt Lilia. 'Ik dacht dat we hier voor onze lol waren. Niet voor werk.'

'Dat is dan een misverstand, denk ik.'

'Milan is hetero,' zegt Matthew. Hij kijkt naar me. 'Toch?'

'Helemaal,' zeg ik. Ik leg in een naar mijn idee speels gebaar mijn hoofd op Matthews schouder. De waarheid is dat ik in een dronken bui wel eens heb gefantaseerd over een triootje met een man en een vrouw of zelfs wel eens over wat één op één-actie met een vrouw, maar de vrouw van mijn dromen zag er niet uit zoals Lilia; de vrouw in mijn fantasieën leek meer op Shakira. 'Dus we moeten maar gaan.'

'Haar vader is erg ziek en heeft gevraagd of ik haar wilde halen.'

'Op de fiets?' vraagt Lilia.

'We moeten opschieten,' zegt Matthew. 'Waar staat je auto?'

Ik wijs naar de parkeerplaats aan de overkant. 'Hij komt me altijd ophalen en dan geef ik hem een lift naar huis. De fiets gaat in de achterbak.'

Lilia gromt.

'We houden contact,' zeg ik nog, terwijl Matthew en ik de straat oversteken. 'Het was gezellig. Bedankt.'

We leggen Matthews fiets in de kofferbak van mijn Mercedes, terwijl Lilia wantrouwig naar ons blijft kijken. 'Stap in,' fluister ik. 'Ik leg het zo wel uit.'

We stappen in en ik rij weg. 'Ze staat nog steeds te kijken,' zeg ik.

'Nou, dan moeten we haar maar iets geven om naar te kijken,' zegt Matthew, als we op de hoek voor het stopbord staan. Hij leunt opzij en kust me op de lippen. Mijn hart maakt een sprongetje. Ik kan niet uitleggen waarom deze kus anders is dan bijvoorbeeld die van Ricky. Maar hij is anders. In elk geval niet onaangenaam.

'Wauw,' zegt hij. 'Je kunt goed zoenen.'

'Welnee,' zeg ik beschaamd. Ik wil dus echt níét dat Matthew Baker denkt dat hij kans bij me maakt. Ik heb een gebroken hart, maar mijn gebroken hart is van Ricky. Alhoewel, hoe kun je nou beter van een gebroken hart genezen dan door de ene man te vervangen door een andere. Maar dan kunnen die twee mannen beter niet samenwerken. Dat is geen goed idee.

'Nee, echt. Je hebt geweldige lippen. Prettige adem.'

Ik bloos en rij Matthew naar huis. Hij wijst me waar het is en ik parkeer voor het appartementencomplex.

'Bedankt,' zeg ik. 'Je hebt me gered. Dat vind ik fijn. Je had het niet zover hoeven meespelen, maar ik ben er heel blij om.'

'Graag gedaan,' zegt hij. 'Heb je zin om nog even mee naar binnen te gaan?' O, o.

'Heb je soms gehoord dat ik de kantoorslet ben?'

Hij kijkt beledigd. 'Nee, helemaal niet. Ik dacht gewoon dat je misschien zin had om een film te kijken of zo, als vrienden.'

'O,' zeg ik. 'Dat van die kantoorslet was maar een grapje.'

'Mooi,' zegt hij. Maar hij kijkt alsof hij iets over me weet. Hij weet wat ik met Ricky heb gedaan. 'Ik heb een paar dvd's als je zin hebt om te kijken. *Ocean's Twelve*, *Meet the Fockers*, *Hitch*. Ik krijg niet vaak bezoek.'

Ik denk er even over na. Eh. Ik heb niets beters te doen. Waarom niet?

Ik zet de motor af.

Matthews appartement is een heel eenvoudige kleine doos met een witte tegelvloer, plastic zonneschermen, schuifkasten, een zitzak, een oude slaapbank, maar ook overal kabels en snoeren die aan allerlei keyboards, versterkers, computers en speakers zitten. Hij heeft meer speakers dan een elektronicawinkel. Sterker nog, zijn appartement líjkt wel een elektronicawinkel.

'Ik ben een gestoorde wetenschapper,' zegt hij ter verklaring. 'Ik ben mijn eigen monster aan het maken.'

Hij houdt mijn hand vast als ik over een aantal snoeren moet stappen. Ik blijf met de hak van mijn waanzinnige roze sandaaltjes van Via Spiga achter een snoer hangen en val toch. Dat is het gevaar van die stomme hoge hakken. Gelukkig vliegt mijn jurk niet over mijn hoofd. Matthew verontschuldigt zich en helpt me overeind.

'Ik wilde je een biertje aanbieden, maar ik zie dat je al behoorlijk dronken bent,' grapt hij.

'Een biertje lijkt me anders wel lekker,' zeg ik.

Matthew brengt me naar de bank en springt dan over de kabels naar de keuken. Ik kijk hoe hij beweegt. Hij heeft een merkwaardige sierlijkheid. Niet zoals Ricky. Die is heel zichtbaar en sensueel. Maar een soort zelfvertrouwen over zijn plek in de wereld, een spirituele sierlijkheid. Hij is precies waar hij wil zijn. Hij ziet er trouwens ook helemaal niet beroerd uit. Hij komt terug met twee open flesjes bier. 'Alsjeblieft.' Hij grijnst. Wat een schatje. Echt een schatje. 'Proost,' zegt hij. Hij houdt zijn flesje voor het mijne.

'Proost,' zeg ik hem na. Wat nu? Wat moet ik nu zeggen? 'Eh, je woont hier leuk.' Eugh. Niet dat! Alles behalve dat! Stomme Milan. Ik heb soms zo'n hekel aan mezelf.

Matthew lacht. 'Je bent grappig. Een grappig meisje.'

'Waarom grappig?'

'Mmm. Tja, je kunt het hier van alles noemen. Maar leuk hoort daar niet bij.'

We kijken elkaar aan, glimlachen suf en kijken dan allebei beschaamd de andere kant op.

'Dit is raar,' zeg ik.

'Ja,' zegt hij.

'We werken samen.'

'Min of meer.'

'En Ricky,' zeg ik. Oeps. Zei ik dat?

'Wat is er met Ricky?' vraagt hij.

Ik denk erover na. Moet ik het hem zeggen? Nee. Er is geen reden dat Matthew hoeft te weten dat ik het met Ricky heb gedaan.

'Niets,' zeg ik.

Hij neemt een flinke slok, veegt zijn mond aan zijn mouw af en zegt: 'En, heb je hem al gepijpt?'

Ik verslik me in mijn bier en spuug het uit als iemand uit zo'n slechte comedy. Overal bier, ook op Matthew. Hij glimlacht toch. Ik zeg niets, maar kijk beschaamd de andere kant op.

'Ik weet het,' zegt hij, terwijl hij zijn gezicht aan zijn shirt afveegt.

'Echt waar?'

'Ricky vertelt me alles. Ik ben zijn persoonlijke adviescolumn, alleen luistert hij nooit naar me.'

'O, hemel!' zeg ik. Ik wil hier weg. Zou dat onbeleefd zijn? Wacht even… Over onbeleefd gesproken! Waar háált hij het lef vandaan?

'Waar haal jij het lef vandaan?' vraag ik.

'Pardon?'

'Dat is iets heel persoonlijks.'

'Sorry. Je hebt gelijk. Zin in een film?' Hij pakt *Napoleon Dynamite* van de grond onder de kabels.

'Handig opbergsysteem heb je,' zeg ik.

'Dank je. Het bevalt me prima.'

Hij staat op, doet de dvd aan de andere kant van de kamer in het apparaat en komt terug. De voorfilms beginnen en hij pakt de afstandsbediening en zet het geluid uit. 'Zo, Milan,' zegt hij. 'Even uit nieuwsgierigheid. Waarom heb je het gedaan?'

'Wat gedaan?'

'Ricky?'

'De film begint,' zeg ik. Ik kijk naar de televisie, maar ik voel Matthews ogen op me. 'Wat nou?' Ik kijk naar hem en hij grijnst.

'Waarom heb je het gedaan? Wat heeft hij voor bijzonders?'

'Ik ben jaren geleden al verliefd geworden op Ricky.'

'Ja, maar waarom?'

Ik haal mijn schouders op. 'Om zijn muziek.'

Matthews gezicht licht op. 'Ja?'

'Ja. De film begint.'

Hij zet het geluid aan en schuift wat dichter naar me toe. 'Zal ik je masseren?' vraagt hij, en hij zet zijn flesje bier op de grond.

'Wel raar om dat nu aan te bieden,' zeg ik.

'Ik ben aardig. Ik ben goed met mijn handen. Ik ben dan wel een trol, maar ik ben goed met mijn handen. Vingers. Je weet wel.' Hij knakt zijn knokkels en glimlacht naar me.

'Ik heb nooit gezegd dat je een trol bent,' protesteer ik. Ik staar naar de televisie ook al volg ik Matthew vanuit mijn ooghoek. Hij is vreemd.

'Dat klinkt als "Ja, Matthew, ik wil graag gemasseerd worden, dank je".' Hij komt naar me toe en draait mijn lichaam zo dat we nog steeds naast elkaar zitten, maar ik met mijn rug naar hem toe zit. Dan begint hij te wrijven. En hij heeft gelijk. Hij is goed met zijn handen. Gewéldig.

'O, god. Dat is lekker,' zeg ik.

'Mooi,' zegt hij. 'Je hebt mooie schouders.'

'Schouders?'

'Deze.' Hij duwt op de botten bij mijn schouders.

'Vreemd dat dat je opvalt.'

'Ik zie dingen aan vrouwen die de meeste mannen niet zien.'

'O.'

'Ik ben helemaal vergeten te vragen of je deze film al eens had gezien.'

'Ja,' zeg ik.

'Ik ook.'

'Waarom heb je hem dan gehuurd?'

'Weet ik niet. Ik had hem niet gezien voordat ik hem huurde. Toen heb ik hem gekeken. Maar hij ligt nog steeds hier. Zullen we iets anders kijken?' Hij springt op en zet de dvd-speler stil. 'Die film was alleen maar een list om je boven te krijgen.'

'Waarom?' vraag ik. 'Zodat je me kon uithoren over je baas?'

'Min of meer.' Hij grijnst als een gestoorde. 'Muziek?' Hij wijst naar me en doet zijn mond open terwijl hij een kleine dansbeweging maakt. Waarom doen mensen hun mond open als ze wachten op antwoord? Om beter te kunnen horen?

'O, best.'

'Waar hou je van? En zeg nou niet Ricky Biscayne.'

Ik haal mijn schouders op. 'Ik hou toevallig van Ricky Biscayne.'

'Ik was al bang dat je dat zou zeggen. Dat heb je me ook al verteld. Zullen we iets anders opzetten? David Bisbal? Komt dat in de buurt?'

'Best.'

Matthew zet de cd op. Dan komt hij weer naast me zitten. 'Dat is beter.' Hij gaat verder met zijn massage. 'Zo, wat is je lievelingsnummer van Ricky?'

'"Not Complicated", over dat gewone meisje,' zeg ik.

Matthew lacht en neemt even een slok bier. 'Ja? Wat vind je daar zo mooi aan?' Zijn handen glijden over mijn rug omlaag naar de plek tussen mijn schouderbladen en zo te voelen gebruikt hij nu zijn duimen om het vlees tussen mijn schouderbladen en op mijn wervelkolom te kneden. Gód. Het voelt waanzinnig lekker aan. Zo lekker dat ik alleen al van zijn handen op mijn huid bijna een orgasme krijg. Wat treurig. Ik ben echt de kantoorslet.

Ik zeg: 'Ik vind de woorden mooi en Ricky's stem als die helemaal omhooggaat in dat stuk. Ken je dat stuk? Het klinkt gospelachtig, bijna kerks. En vervolgens gaat het over in flamenco. Weet je welk stuk ik bedoel?'

'Eh, ja, dat geloof ik wel,' zegt Matthew. Hij snuift zo hard dat ik ervan schrik. Is dat snuiven sarcastisch bedoeld? Waarom doet hij dat?

'Vind je het geen mooi nummer?' vraag ik. Hoe leuk ik Matthew ook vind, hij kan nóóit echt een vriend van me worden als hij dat nummer niet mooi vindt. Het gaat over mij. Als hij dat lied niet snapt, zal hij mij ook nooit snappen.

'Het is een mooi nummer,' zegt Matthew. 'Als je daarvan houdt.' Hij lacht in zichzelf. Ik voel hoe hij tegen me aan schuift en zijn handen verder omlaag laat glijden naar mijn middel. 'Vertel eens verder. Wat vind je er nog meer mooi aan?'

'Dat is heel lekker,' zeg ik. 'Maar misschien zit je iets te dichtbij, vind je niet?'

Hij schiet terug. 'Sorry.' Hij blijft me masseren en ik doe mijn ogen dicht. David Bisbal. Die is ook geweldig. Maar hij moet nodig naar de kapper. Zijn haar is net pijpenkrullenvermicelli. Wat mankeert vrouwen in Spanje dat ze de natte Pauly Shore-look echt mooi vinden?

'Wat vind je nog méér mooi aan dat nummer van Ricky?' vraagt Matthew. Ik voel zijn adem in mijn nek en ik krijg er kippenvel van op mijn rug, rond mijn middel en mijn borsten. Ik huiver van de onverwachte kilte. Kantoorslet, denk ik. Ik ben de kantoorslet. Het ligt aan mijn opvoeding. Ik hoor helemaal niet seksueel te zijn. En dus neem ik wraak op iemand. Ik weet niet wie. Daar kan ik nu niet aan denken door het kippenvel, de adem. Jezus.

'Geen idee.' Waarom stelt hij zo veel vragen over dat liedje? En over Ricky? Raar, hoor. 'Ik vind het gewoon mooi.'

'Deed je alsof hij het voor jou zong?' fluistert Matthew. Ik krijg nu echt de kriebels van hem.

'Ik krijg nu echt de kriebels van je,' zeg ik. Ik hoor een gek geluid, alsof hij zijn mond opendoet, maar niets zegt. Hij zegt niets. Bizar. Wat heeft hij met dit nummer? Ik bedoel, ik weet dat hij de producer is. Maar hij hoeft er toch niet zo… opgewonden over te zijn? Enge vent. 'Waarom…'

'Sst,' zegt hij. 'Geen vragen meer.'

Even vraag ik me bezorgd af of Matthew zelf soms gevoelens voor Ricky heeft. Ongezonde gevoelens.

'Ben jij soms verliefd op Ricky?' flap ik eruit. Hij buldert van het lachen in mijn oor. Ik sla mijn hand over mijn oor en schreeuw van de pijn. 'Au!' zeg ik. Ik heb daar zo'n hekel aan. Waarom beseffen mensen niet dat oren heel erg gevoelig zijn? 'Jezus.'

'O, Milan, het spijt me,' zegt hij. Hij lacht nog steeds. 'Dat was niet mijn bedoeling. O, jee. Gaat het?' Hij legt zijn hand over de mijne op mijn oor.

'Ik overleef het wel.' Ik wuif hem weg en hij gaat verder met masseren. 'En, deed je of Ricky het speciaal voor jou zong?'

'Min of meer.'

'Goed zo.' Matthews handen glijden verder omlaag, waarna hij ze heel langzaam om mijn middel slaat en om mijn buik vouwt.

'Eh, Matthew?'

'Ja?'

'Wat doe je?'

'Ik hou je vast.'

'Waarom?' Matthew ligt tegen mijn rug. Ik voel zijn lippen in mijn nek. Ik wil protesteren, maar ik ben geil van al dat fantaseren over Ricky, zijn muziek en... wie weet. Misschien is dit net wat Ricky nodig heeft om een beetje jaloers te worden en me voor eens en voor altijd de zijne te maken.

'Omdat je doet alsof Ricky dat nummer voor jou zingt,' zegt hij.

Getver. Ik wil hem wegduwen, maar ik ben verlamd door de idiotie. Zíjn idiotie. Ik wou dat ik niet van idiotie hield, maar dat doe ik wel. Ik ben een idioot meisje, denk ik. Maar dit is mij een beetje té idioot. Hij vindt het leuk dat ik van Ricky hou? Mensen zijn zó gecompliceerd dat het niet eens de moeite waard is om te proberen ze te snappen. Tja, ze zijn beter dan apen, zullen we maar zeggen. Matthew valt in elk geval nog wel onder het menselijk ras met zijn vreemde fantasieën. Hij knabbelt aan mijn oorlel, een oorlel die kennelijk een directe verbinding met mijn clitoris heeft, mijn spieren van staal. *Boing!* Misschien had ik dat biertje niet moeten nemen. Eh, die biertjes. Ja. 'Kun je een geheim bewaren, Milan?'

'Ja,' zeg ik. Ik ril helemaal. Hij laat me los en gaat voor me zitten. Hij pakt mijn handen vast en kijkt me diep in de ogen. Hij ziet er een beetje gestoord uit en eerlijk gezegd vind ik dat wel leuk. 'Ik moet je iets heel belangrijks vertellen, Milan, voordat dit verdergaat.'

'Wie zegt dat ik wil dat het verdergaat?' zeg ik. Ik kan net zo goed doen alsof. Zodra ik het heb gezegd, besef ik dat mijn hand mijn borst streelt. Oeps. Ik ben er zo aan gewend om alleen te zijn dat ik het soms vergeet als het niet zo is.

'Nou...' Hij grijnst als hij mijn hand ziet. 'Je bént de kantoorslet.'

'Hé!'

Hij kijkt me aan met een volmaakte mengeling van humor, geilheid en tederheid. Zijn gezicht is rood. 'Ik citeer jóú alleen maar. Ik vind je het schatje van kantoor. En het genie van kantoor. En de Rick-o-fiel van kantoor.' Ik zou wel antwoord willen geven, maar ik ben nog steeds verlamd door idiotie. Zijn gezicht betrekt en hij fronst zijn wenkbrauwen. 'Maar even serieus.'

O, o. Matthew buigt zich naar voren en kust me eerst teder, zijn lippen strijken langs de mijne, en dan harder. Hij heeft waanzinnige lippen en hij kan net zo goed zoenen als Ricky. Beter eigenlijk, alleen is Ricky zo Rícky, dus zijn Ricky's middelmatige kussen beter dan de waanzinnige kussen van eenvoudige stervelingen. Ik weet niet waarom ik hem zijn gang laat gaan, alleen is het heel lekker, op een idiote, metafysische manier. Maar dat is misschien het bier. Ik haat het als bier begint te praten. Bier is zo onverstaanbaar. Mensen zeggen wel eens dat blanke mannen geen lippen hebben, maar Matthew heeft prachtige, volle lippen.

'Zo,' zegt hij, als we naar adem happen. 'Goed, Milan. Dat nummer van Ricky dat je zo mooi vindt?'

'Jezus, Matthew,' zeg ik. 'Laat dat nummer nou maar. Hou erover op.' Neem me, wil ik zeggen. Hou alsjeblieft je mond. Ik heb een meisjesstijve. Waarom begint hij hier nou over? Hij is een idioot, daarom. Hij moet daaraan denken om opgewonden te raken. Best. Ik laat hem wel lullen, als hij me straks maar helemaal neemt. Meer niet. Is dat te veel gevraagd?

'Dat heb ik geschreven,' zegt hij. Hij glimlacht triomfantelijk, alsof ik hem nu nog leuker vind of zo.

Ik staar hem aan. 'Dat is niet grappig,' zeg ik. 'Speel geen spelletjes met me, Matthew.'

'Nee. Het is waar. Ik heb het geschreven. Van A tot Z. Het is mijn nummer.'

'Best, Matthew.' Ik ken het cd-hoesje uit mijn hoofd en daar staat duidelijk op dat Ricky het nummer heeft geschreven. Die vent is nog gestoorder dan ik dacht. Hij doet aan voorspelplagiaat.

'En dat is nog niet alles.' Hij kijkt me aan alsof hij iets van wezenlijk belang gaat onthullen. Ik luister. Ik wil niet luisteren. Ik wil hem weer zoenen.

'Ik heb het ook gezongen, Milan.'

'De achtergrondzang, dat weet ik. Ik heb de tekst op de cd-hoes gelezen.' Hij hangt aan mijn muur, maar dat hoeft Matthew niet te weten.

'Nee. Ik heb álles gezongen. Het hele nummer. De leads ook. Alles.'

'Wat?'

'Ricky was te stoned.'

'Te stóned? Doe me een lol. Echt niet. Stoned waarvan? Ricky gebruikt geen drugs.'

'Echt wel. Ricky was die dag te stoned. Dus heb ik het gedaan.'

Alsjeblíéft zeg! Is die jongen zo wanhopig? Ik duw hem weg en zoek mijn tas. Ik heb het heus wel door. En ik mag dan misschien graag de kantoorslet zijn, ik ben niet van plan om de kantoorslet te spelen voor de kantoorpsychopaat.

'Wat doe je?' roept Matthew. 'Waar ga je naartoe?' Hij pakt mijn arm vast.

Ik snauw: 'Blijf... van... me... af.'

'Hè? Hoezo? Wat is er?'

'Jij bent zó kansloos,' zeg ik tegen hem.

'Ik? Kansloos? Hoezo?'

Hmm. Waar zal ik beginnen? Waardeloze flat. Leugenaar. Ik doe de voordeur open. 'Ik zou het met je hebben gedaan als je niet had gelogen,' zeg ik.

'Gelogen?'

'Gelogen. Dat is het enige waar ik een hekel aan heb, Matthew. Ik doe niet moeilijk, ik hou van mannen, maar ik kan niet tegen leugenaars. Hoe kun je zo stom zijn om de eer op te strijken van iets wat Ricky heeft gedaan?' Ik kan niet tegen leugenaars? Heb ik echt zoiets stoms gezegd? 'Ik zou het met je gedaan hebben als je gewoon de kantooridioot was geweest. Maar ik ben geen kantoorslet voor de kantoorléúgenaar.'

'Je verwart me met Ricky,' zegt hij met een grijns. Die verdomde grijns.

'Eh, nee hoor,' zeg ik. 'Je verwart jezélf met Ricky.'

'Het was geen leugen, Milan,' zegt hij. Hij praat nog steeds, maar ik weet niet wat hij zegt omdat ik de deur in zijn gezicht heb dichtgeslagen en naar mijn auto ren. Ik hoop dat ik niet te dronken ben om te rijden. Ik zou eigenlijk een taxi moeten bellen, of Geneva. Maar het zal wel goed gaan.

Dat was op het nippertje, denk ik, terwijl ik nog een keer naar de deur van de flat kijk. Loser. Matthew Baker is dus toch een loser. En ik was bijna met hem naar bed gegaan. Heb ik dan zo weinig respect voor mezelf? Dat ik met een loser van kantoor naar bed zou gaan?

Papa heeft gelijk. Ik ben mezelf niet meer.

MAANDAG 22 JULI

Ricky zit stoned van de cocaïne in kleermakerszit op de vloer van de mengcabine te luisteren naar het nummer en denkt aan de zeven dwergen die uitgelaten dansen. Om te gillen. Hij weet niet goed waarom hij hieraan moet denken, maar hij moet erom lachen. Hij kan zich niet alle namen van de dwergen herinneren en dat maakt hem kwaad.

'Was Gimpy een dwerg, *cabrón*?' vraagt Ricky. Hij krabt door zijn nylon sportbroekje aan zijn ballen.

Matthew, in zijn bekende shorts en een T-shirt van de Boston Red Sox, negeert hem en past wat niveaus aan. Ze horen allebei de voordeur van het kantoor opengaan en als ze zich omdraaien, zien ze Milan binnenkomen in een strakke, zwarte enkelbroek en een geel, kanten shirt dat langs haar smalle middel omhoogkruipt.

'Ja, jongen, dat bedoel ik dus,' zegt Ricky. Hij is botergeil sinds Jill een paar minuten geleden heeft gebeld en hem heeft gezegd dat ze wil dat hij haar in haar *culo* neemt. Haar woorden, niet de zijne. *Por detrás.* Die vrouw heeft hem precies waar ze hem hebben wil. Ze is vulgair en onverzadigbaar.

Matthew kijkt naar Milan en wuift. Ze zwaait niet terug, maar werpt hem een woeste blik toe.

'O, nee,' zegt Matthew. 'Daar was ik al bang voor.' Ricky kijkt naar hem, dan naar haar en dan weer naar hem.

'Waarvoor?'

'Niets,' zegt Matthew, maar Ricky kent die blik.

'Je bent met haar naar bed geweest,' zegt Ricky, en hij trekt zijn mondhoek op.

'Nee, man,' zegt Matthew.

'Ze is van míj. Dat weet je,' zegt Ricky. 'Maar je mag haar wel nemen als je wilt.' Hij wil zijn vuist tegen die van Matthew aanstoten, maar Matthew negeert hem.

'Best, man.'

'Alle wijven in dit gebouw zijn van mij. Dat zijn de regels.'

Matthew doet alsof Ricky niets heeft gezegd. Wat maakt het hem uit?

Ricky glimlacht. Hij houdt wel van een uitdaging. Concurrentie. Een beetje strijd is gezond. 'Ik ben zo terug,' zegt hij tegen Matthew, en hij loopt zachtjes door de gang achter Milan aan naar haar kantoor en kijkt toe hoe haar ronde achterwerk heen en weer wiegt. Die verdomde Jill ook dat ze over '*rómpeme por detrás*' kontneuken begon. Ricky is normaal gesproken geen man die vrouwen graag in die opening neukt, maar Jill heeft hem veranderd. Hij houdt nu van konten en die van Milan is lekker. Heel lekker. Een fraai exemplaar. Ze gaat haar kantoor binnen zonder hem te zien en als ze zich omdraait, staat hij bijna boven op haar in de deuropening. Ze maakt een sprongetje van schrik.

'Sorry,' zegt hij met een brede grijns. Zonder af te wachten, steekt hij zijn hand naar achteren en doet hij de deur achter zich dicht. Met een klik en een grijns doet hij hem op slot. 'Heb je me gemist, schatje?' Ze kijkt moeilijk, verward, maar blij. Hij vindt het leuk dat hij haar zo aangrijpt. 'Zo,' zegt hij. 'Hoe was hij?'

'Wie?' vraagt ze. Zelfs te midden van haar verwarring en verdriet verlangt ze naar hem. Moet je kijken hoe ze tegen haar bureau leunt en haar lichaam zó probeert te plaatsen dat ze precies goed voor hem staat. Ze is verlegen en ze houdt van hem. Geweldig als wijven zo van je houden, denkt hij. Dan doen ze alles voor je. En hij is er klaar voor om iets meer met Milan te doen. Iets wat bewijst hoezeer ze bereid is te lijden om hem te behagen, iets wat te maken heeft met haar mooie kontje.

'Matthew,' zegt Ricky.

Milans mond valt open. Een lekker mondje. Daar kan ze goed mee zuigen. Heel goed. Hij komt wat dichterbij. 'Ja,' zegt hij, en hij streelt haar wang en kust haar zacht. 'Was het lekker?'

'Wat heeft hij je over me verteld?' vraagt ze.

Ricky duwt zich tegen haar aan en voelt dat ze haar armen om hem heen slaat. Ze kan er niets aan doen, denkt hij. 'Hij zei dat hij je gisteravond heeft geneukt.'

'Ik zweer je dat dat niet waar is,' zegt Milan, met een blik van paniek in haar ogen. 'Ik ben bij hem thuis geweest en we hebben een stuk van een film gezien en een biertje gedronken, hij heeft me gemasseerd, maar dat was alles.'

'Hoe weet ik dat je me de waarheid zegt?' vraagt hij. Ze kijkt schuldbewust en bang. 'Je weet dat ik je voor mezelf wil.'

'Vind je dat niet een beetje hypocriet?' vraagt ze.

'Ik ben bezig met mijn huwelijk. Daar kom ik wel onderuit, en dan gaat het alleen om ons, jij en ik. Mijn hart is van jou.' Terwijl hij het zegt, ervaart hij een déjà vu dat een acteur krijgt die avond aan avond hetzelfde stuk speelt.

'Ricky, ik zweer je dat ik niets met Matthew heb. Hij probeerde me wijs te maken dat hij "Not Complicated" heeft geschreven en gezongen, alsof hij daarmee bij me kon scoren of zo, en toen…'

'Wat zei hij?' De speelsheid is verdwenen en Ricky voelt de adrenaline door hem heen pompen. Die godvergeten wezel van een Matthew. De klootzak.

'Hij probeerde me in bed te krijgen,' zegt Milan.

'Wat een gelul. Je gelooft hem toch niet, hè?'

'Nee,' zegt Milan. 'Ik denk dat hij het zei omdat hij onzeker is en wil dat ik hem leuk vind zoals ik jou leuk vind. Zoals ik van jou hou.'

Ricky doet zijn best om er artistiek en getergd uit te zien. 'Dat nummer komt uit het diepst van mijn ziel. Dat wéét Matthew. Hoe kan ik hem nu nog vertrouwen?' Milans blik verzacht en ze kijkt alsof ze hem wil redden. Hij houdt van vrouwen met die blik, omdat je dan alles – álles – met ze kunt doen. Dan kun je ze zelfs in die kleinste opening veroveren, terwijl ze het uitschreeuwen van pijn.

'Ik voel me echt gekwetst,' zegt Ricky. 'Werk je keihard aan iets en dan probeert de producer er een slaatje uit te slaan bij een mooie vrouw.'

Ze glimlacht verlegen. 'Vind je me mooi?'

'Natuurlijk, schatje.' Hij kust haar nek en duwt zich tegen haar aan. Ze ruikt naar de zee. 'God, wat ruik je lekker. *Te quiero mamar la chocha*.'

'Ricky,' kreunt ze. Haar stem is verstikt door emoties. 'Ik weet niet wat ik eraan moet doen.'

Hij kijkt haar aan. 'Waaraan, schatje?'

'Ons. Het is niet goed. Ik heb hier een slecht gevoel over. Het is niet goed voor me, dit allemaal.'

Ricky kust haar op de mond en werkt tussen het kussen door zijn standaardverhaal af. Ze smelt tegen hem weg, duwt zich tegen hem aan, schuurt met haar heupen tegen de zijne. Ze kreunt en zegt dat ze hem wil, dat ze eindelijk klaar is om zich helemaal aan hem te geven en zegt dat ze zelfs heeft geaccepteerd dat ze hem voorlopig met zijn vrouw moet delen totdat de baby is geboren.

'Heb je ondergoed aan?' vraagt hij aan haar.

'Ja,' zegt ze. 'Hoezo?'

'Dat zal ik je laten zien.' Ricky draait haar om en duwt haar over het bureau heen. Zo hoort het. Ze doet precies wat hij wil, ze is net een lappenpop. Daar houdt hij van. Hij vindt het fijn dat ze doet wat hij wil. Hij trekt haar broek omlaag en daar is het, haar spectaculaire, roomwitte kontje, rond als een appel, met een zwarte, kanten string in het midden.

'Mooi slipje,' zegt hij, terwijl hij zijn vinger achter de stof haakt en hem langzaam opzij trekt. 'Mooi,' zegt hij.

'Ricky, ik geloof niet dat dit goed is,' zegt ze. Maar haar heupen beginnen onwillekeurig te bewegen.

Ricky ritst zijn spijkerbroek open en trekt hem een stukje omlaag tot halverwege zijn heupen. 'Je weet dat ik om je geef, Milan,' zegt hij. '*Vamos a echar un casquete.*' Hij plaatst zich achter haar en duwt zich bij haar binnen. Ze spant haar spieren, hij voelt het. Sterk meisje. Hij begint te stoten en zij begint te kreunen. Ja, schatje. Hij geniet van haar blozende gezicht dat over de papieren op het bureaublad heen en weer beweegt.

'Ik weet het niet,' zegt ze, terwijl ze hem wegduwt en zich omdraait. 'We moeten dit niet meer doen.'

'Hou je van me?' vraagt hij.

'Ik hou van je, Ricky. Daar ligt het niet aan.'

'Ik heb ook intense gevoelens voor jou,' zegt hij. 'Vind je niet fijn wat we doen?'

'Jawel, maar ik moet respect voor mezelf hebben.'

Wat is het soms lastig om die wijven bij de les te houden. 'Ik heb respect voor je, schatje,' zegt hij. 'Blijf bij me. *Chiiiinga.*'

'Maar ik wil je niet meer delen,' zegt ze. Vroeg of laat zeggen ze dat allemaal.

'Weet ik, schatje, weet ik,' zegt hij. 'Hou het nog even vol. Meer vraag ik niet.'

'Wat je maar wilt, Ricky,' zegt ze. Met een vertwijfelde blik laat ze zich weer omdraaien en hij gaat verder. Ze zegt: 'Ik hou van je.' Hij geeft geen antwoord.

Waarom moeten ze altijd van hem houden? Het zou verdomme veel gemakkelijker zijn als dat niet zo was.

Dus, ja. Daar komt het wel op neer, ja. Ik ben officieel de kantoorslet. Ik kan zelf niet eens geloven wat ik net heb gedaan. Mijn zwarte broek is nat en beschimmeld van schuldgevoel en ik vraag me af of iedereen Ricky kan ruiken aan mijn gele kanten topje. Ik zou beter moeten weten dan in deze situatie verzeild te raken. Jezus, hoe stom kan ik zijn? Hoe verlíéfd kan ik op deze man zijn? Ik zal je zeggen hoe verliefd ik op Ricky ben. Ik hou zijn vrouw voor hem in de gaten. Ja, je hoort het goed. Ik hou haar in de gaten alsof ik een bewaker ben. Hij heeft gevraagd of ik op haar wil letten omdat hij denkt dat ze hem bedriegt. Je wilt het niet weten. Wat een ironie, hè? Ik ben een loser. Ik voel me een loser, maar een hoopvolle loser, want deels geloof ik alles wat hij zegt, en het komt door zijn muziek, ik zweer het je. Als hij zingt: *she walks alone among many, twisting in her own defeat, they don't appreciate her, never understand that I see the truth of what she can be, beautiful, the woman that hides behind the sad eyes, walking alone among the many, simple love is all she needs, respect and justice, why can't she just, let me fall into her grace and there forever fly high, high...* dan wil ik dit soort dingen gewoon doen. Ricky's muziek zit in mijn ziel. Hij heeft gevraagd of ik wil wachten en dat doe ik, ook al holt het me met elke seconde vanbinnen uit.

Ik kijk toe terwijl Jasminka in een kleurrijke zomerjurk en platte, bruine sandalen van het ene fruitstalletje naar het andere slentert en de gekleurde mango's en papaja's aanraakt alsof het juwelen zijn. Ze heeft Ricky de hele dag aan zijn hoofd gezeurd over een shake. Shakes, shakes, shakes. Dat is het enige waar ze aan kan denken, zegt hij. Hij vroeg of ik een adresje wist voor een lekkere kokosshake, waar de baby volgens haar zin in heeft. Natuurlijk weet ik precies waar je in Calle Ocho moet zijn. En dus zijn we nu hier. Het is een markt in Cubaanse stijl met elke shake die je je maar kunt bedenken, en een verzameling oude Cubaanse mannen die buiten domino spelen.

'De kleuren zijn zó fel,' zegt Jasminka tegen het fruit in haar merkwaardige, onhandige Engels. Ik wil een hekel aan haar hebben, maar dat kan ik niet. Ze is eigenlijk onschuldig. Ze houdt een enorme Mexicaanse papaja voor haar neus en ruikt eraan. Mannen staren naar de lange, verbijsterend symmetrische en overduidelijk zwangere vrouw met de zonnebril en de glanzende lokken die over haar schouders vallen. Ik kijk toe, terwijl zij bedenken waar ze haar van kennen. In een stad vol beeldschone vrouwen is Jasminka's schoonheid van een andere klasse. De meeste schoonheden in Miami hebben donkere ogen en een Latijns-Amerikaanse of Spaanse afkomst. Jasminka ziet er heel anders uit.

We lopen naar de balie en bestellen een shake bij de verveelde vrouwen die daar werken. Ze maken geen oogcontact. Ik probeer de vliegen te negeren. Het is een openluchtmarkt, de vliegen horen erbij. De shakes zijn lekker, ondanks de vliegen.

We nemen ons drankje in de grote witte, piepschuimbekers mee en gaan op een bankje naast het parkeerterrein zitten. Mijn voeten doen zeer door de chique schoenen. Ik heb genoeg van chique schoenen. Het is warm. Het koele drankje voelt heerlijk aan in mijn keel. Jasminka zet haar zonnebril af en glimlacht naar me. 'Vertel eens,' zegt ze. 'Hoe komt het dat je zo glanst, Milan?'

'Ik?' O, o.

'Jij.'

'Shimmer?' Ik leg een hand op mijn wang, glimlach en haal ingetogen mijn schouders op. 'Ken je dat spul dat je op je huid smeert?' Dit is waarschijnlijk niet het beste moment om haar te vertellen dat ik net met haar man heb geseskt.

'Nee, het is iets anders. Je ziet eruit als een verliefde vrouw.'

'Ik?' O, nee. Alarm. Bedenk iets. Snel. Niet liegen. Liegen is doorzichtig. 'Dat ben ik ook,' zeg ik. 'Ik ben verliefd.'

Verzin iets, denk ik. Op wie? Wie kan ik noemen zonder dat het raar lijkt? Ik zit behoorlijk in het nauw. Matthew? Jasminka klapt in haar handen. 'Vertel, vertel.' Ze is zo lief.

'Dat kan ik niet,' zeg ik. Matthew? Nee. Ik weet het niet. Kan ik ter plekke iemand verzinnen? Jasminka glimlacht vriendelijk. Ze is zo aardig. Aardig. Dat is het juiste woord. Ik zeg: 'O, goed dan. Het is Matthew.'

Jasminka's ogen lichten op. 'Echt waar?'

'Ja. Maar ik weet niet of hij mij leuk vindt.' O, toe zeg!

'Aaah,' zegt ze, en ze houdt haar hoofd schuin alsof ze naar een puppy kijkt. 'Ik weet zeker dat hij jou leuk vindt.' Net zo snel wordt haar blik weer bezorgd. O, o. Heeft ze me door? Wat moet ik doen? Ik ben een afschuwelijk mens. Ik ben echt een afschuwelijke kantoorslet.

Ze zegt: 'Milan, zou je iets voor me willen doen?'

Vraag me alsjeblieft niet of ik met je man geneukt heb. Ik knipper zo onschuldig mogelijk met mijn ogen en zeg: 'Tuurlijk, zeg het maar.'

Jasminka haalt een map uit haar Louis Vuitton-tas en geeft die aan mij. Ik sla hem open en zie kopieën van een handgeschreven brief. Daaronder liggen nog tientallen andere.

'Wat is dit?' vraag ik.

'Lees maar. Begin daar en lees ze allemaal. Ik ga een koekje halen. Wil jij nog iets hebben?'

'Nee, dank je,' zeg ik. Ik begin het eerste vel op de stapel te lezen. Het is een prachtige brief die is geschreven door een verliefde tiener die Ricardo Batista heet. Ricky? Heeft Ricky dit geschreven? Meer dan tien jaar geleden? Waarom laat Jasminka mij dit zien?

Ik lees de rest.

Ongeveer een uur later kijk ik met tranen in mijn ogen op van de map met liefdesbrieven tussen de jonge Ricky Biscayne en de jonge Irene Gallagher en zie dat Jasminka aan haar derde shake bezig is.

'Ik heb nog nooit van mijn leven zo hard gewerkt, en dat allemaal om het leven van deze vrouw kapot te maken?' vraag ik, en denk aan de prozaïsche betekenis hiervan.

Jasminka knikt. 'Weet ik. We hebben het haar allemaal aangedaan. Daarom heb ik je gevraagd me hier te brengen. Dit wil ik je vragen. Je moet dit aan de pers laten zien. We moeten voorkomen dat deze vrouw door de slijk gehaald wordt.'

'Het slijk?'

Ze bloost. Ze is zo aardig en lief. Ik begrijp niet wat Ricky in mij ziet, terwijl hij deze engel kan krijgen. Over Ricky gesproken, ik heb een misselijk gevoel in mijn maag. Behoorlijk. 'Ja. Het slijk. Maar Ricky mag niet weten dat ik je dit heb laten zien. Dat mag je hem niet vertellen.'

'Waarom doe je het dan?' vraag ik.

'Omdat het goed is. En…' Ze heeft een bezorgde blik. 'En omdat hij me bedriegt. Dat weet ik. Dat voel ik.'

'Denk je?' vraag ik.

'Ik weet wie het is,' zegt ze. 'Ik heb hem laten volgen door een vriendin van me.'

O, nee.

Ze glimlacht bedroefd. 'Jill Sanchez, kun je dat geloven?'

Wát? 'Echt waar?' vraag ik, en ik slik moeizaam. 'Jill Sanchez?'

Jasminka knikt. 'Hij kan haar niet vergeten. Hij doet maar. Als de baby er is, ga ik bij hem weg.' Ze kijkt naar me. 'Ik heb je hulp hierbij nodig.'

'Maar dan raak ik mijn baan kwijt,' zeg ik, terwijl ik denk dat ik op dit moment heel graag mijn baan kwijt zou willen. Jill Sanchez?

'Had je hiervoor een baan?'

'Ik was publiciteitsmedewerker voor laxeermiddelen,' zeg ik. Jill Sanchez? Jíll Sánchéz?

'Dat zou je weer kunnen doen, toch?' Aan de glazige blik van Jasminka kan ik zien dat ze geen idee heeft wat een publiciteitsmedewerker voor laxeermiddelen is.

Ik haal mijn schouders op. 'Dat zou kunnen,' zeg ik. Jill Sanchez? Ik ben duizelig door het verraad. Ricky bedriegt ons? Ons. Ik weet het, het is absurd. Ik zou niet verrast moeten zijn. Maar hij heeft zulke mooie dingen tegen me gezegd. Jill Sanchez? Dat is nog eens concurrentie. Wat ben ik toch een sufferd.

Jasminka legt haar hand even over de mijne. 'Je krijgt heus wel een andere baan,' zegt ze. Ze denkt dat mijn bedroefde blik met mijn werk te maken heeft, niet met Ricky. Ik kijk naar haar arm en zie dat hij onder de rode schrammen zit.

'Hoe komt dat?' vraag ik.

Jasminka trekt haar arm snel terug. 'Dat doe ik wel eens,' zegt ze. Als Jasminka haar arm onder haar sjaal trekt, valt deze even weg en zie ik een donkere plek, een blauwe plek op haar bovenarm.

'En dat?'

Ze bedekt zich weer en doet haar best om te glimlachen. 'Dat heeft Ricky gedaan. Hij kneep heel hard. Daar komt dat van.'

'Waarom?'

'Hij zegt dat ik te dik ben.' Daar schrik ik meer van dan van het nieuws dat Ricky me bedriegt met Jill Sanchez.

'Je bent helemáál niet dik!'

'Dat weet ik. Hij ziet me liever mager.'

Jezus. Als Ricky Jasminka dik vindt, dan moet hij mij wel moddervet vinden. Ik weet niet wat ik moet zeggen. Maar in één ontnuchterend moment besef ik dat Jasminka's leven niet is wat het lijkt. Ricky's leven is niet wat het lijkt. Irene Gallaghers leven is niet wat het lijkt. En ik? Is mijn leven wat het lijkt? Ik heb de nieuwe auto, de mooie kleren, de ambitieuze baan, het beroemde vriendje; maar wat doe ik nou eigenlijk? Ik zorg dat Ricky heel wat lijkt. Maar tegen welke prijs?

'Ik zal je helpen,' zeg ik, en opeens ben ik bozer op Ricky dan ik ooit voor mogelijk had gehouden. Niet vanwege Jasminka, niet eens vanwege Irene Gallagher. Maar vanwege Jill Sanchez én omdat Ricky vindt dat Jasminka dik is. 'Zelfs als ik mijn oude werk weer moet doen.'

Violeta is klaar met het script voor de show van de volgende dag over genitale wratten, baarmoederhalskanker en het nieuwe HPV-vaccin, en zit nu in de stille avonduurtjes tevreden op haar werkkamer en neemt een slok van haar Red Zinger ijsthee. Ze draagt een zwarte pyjama van Donna Karan die eruitziet als een yogabroek en een tanktop en ze heeft een dikke laag Orlane Vitamine C antirimpelcrème op haar gezicht en in haar hals gesmeerd. Eliseo slaapt. Ze is van plan om hem straks zachtjes wakker te maken en met hem te vrijen. Ze heeft bij een online seksshop tepelklemmen besteld en die zijn die dag gearriveerd. Ze is benieuwd hoe hij daarop reageert. Ze weet dat haar minnaar uit Fort Lauderdale van kinky dingen houdt, maar ze wil ze op Eliseo uitproberen. Haar man is niet meer geïnteresseerd in seks. Ze hebben al heel lang niet meer met elkaar gevrijd. Al meer dan een maand niet. Door zijn beperkte libido is het gemakkelijker om haar minnaars te rechtvaardigen. Bovendien vindt ze dat minnaars haar seksleven met en haar gevoelens voor Eliseo juist hebben verbeterd. Dat begrijpt haar simpele, dominante echtgenoot niet, dus houdt ze het geheim. Ze raken allebei zo ondergesneeuwd door hun leven en hun gewoonten dat ze altijd moe zijn. Maar een vrouw moet blijven proberen om de liefdesvlam aan te wakkeren, op welke leeftijd dan ook en hoelang ze al bij elkaar zijn. Nee, júíst op hun leeftijd en om hoelang ze al bij elkaar zijn.

Violeta vindt van zichzelf dat ze helderziend is. Het is een van haar vele talenten. Het helpt haar, dit zesde zintuig, om om te gaan met de gasten in haar radioshow. En al de hele avond heeft ze het moederlijke voorgevoel dat er iets aan de hand is met een van haar kinderen. Of allebei. Ze spitst haar oren om geluiden uit de rest van het huis op te vangen. De koelkast bromt, de vogels fladderen op hun stokjes. In de slaapkamer van haar ouders liggen El General en Maria Katarina in koor te snurken zoals ze al tientallen jaren doen als twee roestige versnellingen van een oude rammelbak. En in Milans kamer... Wat is dat? Lachen? Nee. Huilen?

Violeta leunt naar voren, houdt haar hoofd schuin en luistert. Waarom ligt haar dochter in vredesnaam midden in de nacht te huilen? Ze maakt zich zorgen om Milan. Ze staat op en loopt door de gang. Bij de deur van Milans kamer blijft ze staan luisteren.

Zonder aan te kloppen doet ze vervolgens de deur open. Zo vrijpostig is Violeta in geen jaren geweest bij een van haar kinderen, maar dit is een ongewone situatie. En omdat haar dochter ogenschijnlijk niet van plan is om het huis uit te gaan of zelfs maar een afspraakje te hebben, vraagt ze zich af of er niet iets ernstig mis is en is ze bang dat ze op een dag een zelfmoordbriefje zal aantreffen met duistere geheimen over haar dochter waar ze geen idee van had.

Milan zit in haar konijnensloffen en haar lange, ouderwetse katoenen nachtjapon met twee staartjes in haar haar op het bed, omgeven door spulletjes van Ricky Biscayne: posters, Trading Cards, T-shirts, alle troep die ze de afgelopen vijftien jaar over de zanger heeft verzameld op een grote hoop alsof het een vuilnisbelt is.

'Mam!' roept Milan uit, als ze Violeta's nijdige gezicht bij deze aanblik ziet. Ze krabbelt overeind om de troep te verbergen, maar zonder succes. 'Kun je niet kloppen?'

'Wat is er, *hija*?' vraagt Violeta. Ze loopt met gespreide armen op haar dochter af. 'Waarom zit je hier in je eentje te huilen? Waarom zit je naar al die foto's van Ricky Biscayne te kijken?'

Milan zegt niets, maar Violeta weet het wel. Ze was al bang dat dit zou gebeuren. Ze heeft zelfs even overwogen om haar dochter te waarschuwen om niet verliefd te worden op haar werkgever, maar ze heeft een stap teruggedaan en erop vertrouwd dat Milan oud en wijs genoeg was om de juiste beslissing te nemen. Ricky Biscayne is getrouwd en hij is beroemd; hij zal heus niet vallen op iemand als Milan. En Violeta mag nog zo veel van haar dochter houden, ze weet dat dit waar is.

'Ik wist het wel,' zegt Violeta, voordat haar dochter de kans heeft om antwoord te geven. 'Je had die baan nooit moeten nemen. Het was een ramp in wording. Alleen een stabiele vrouw zou zo'n baan aankunnen, en niet een vrouw die jongensgek is en zich gedraagt als een klein meisje.'

'Mam! Hoe kun je dat nou zeggen?'

'Ben je met hem naar bed geweest? Milan? Met Ricky Biscayne?'

'Nee!'

Violeta gaat naast Milan op het bed zitten en laat de kamerdeur open. Ze weet wanneer haar dochter liegt. En dit is een van die momenten. 'Mama, doe de deur dicht!'

'Waarom? Heb je iets te verbergen? Alles wat we hier zeggen kunnen anderen hier in huis horen, is dat het probleem?'

'Mama!'

'Wil je niet dat papa en oma weten dat je verliefd bent op Ricky Biscayne? Dat je seks hebt met de echtgenoot van een zwangere vrouw?'

'Wat?'

'Moet je jezelf eens zien. Ik begrijp niet dat jij jezelf dit aandoet. Het is dieptreurig.'

'Verliefd op Ricky Biscayne?' Milans vertrekt haar gezicht van afkeer. 'Mama, waar heb je het over?'

'Boehoe, jammeren over een getrouwde man. Heb je dan niets van mij geleerd?' Violeta klopt op het voorhoofd van haar dochter alsof het een ondoordringbare deur is. 'Hallo? Luister je ooit wel eens naar de gasten in de show van je moeder?'

'Mama, je begrijpt het niet…'

'Jij zou beter moeten weten. Je zou…'

'Mama, wacht nou even.'

'Je moet je baan serieus nemen, Milan. En je persoonlijke gevoelens erbuiten houden. Heeft hij je gedwongen? Is het zo gegaan? Zei hij dat hij je zou ontslaan als je niet met hem naar bed wilde? Is dat waar het om gaat?'

'Laat me nou even wat zéggen. Jezus.'

Violeta kijkt naar haar dochter alsof ze zich verveelt en al weet wat Milan wil zeggen. 'Zeg dan wat. Ga je gang.'

'Ik ben níet verliefd op Ricky Biscayne, mama.' Zachtjes voegt ze eraan toe: 'Niet meer.'

Violeta kijkt haar dochter aan alsof ze net heeft verteld dat het sinds Castro beter gaat met Cuba. 'Toe,' zegt ze. 'Lieg niet tegen me. Ik ken je beter dan jijzelf. Je bent al jaren gek op die man. Moet je dit allemaal zien.'

'Nee, mam. Dat is het hem juist. Ik dácht dat ik van hem hield. Ik was verliefd op een man die niet bestaat. Daarom moest ik huilen. Ik heb het gevoel alsof Ricky Biscayne dood is en een stukje van mij ook.'

Violeta vindt dat laatste maar afgezaagd en onvolwassen, maar ze kijkt met hernieuwde interesse naar haar dochter. Dit had ze niet verwacht. 'Dood? Hoe bedoel je?'

Milan snift en plukt een roze tissue uit de doos op haar nachtkastje. 'Hij is niet zoals ik dacht.'

'Hoe bedoel je? Was hij slecht in bed?'

'Mam! Ik ben niet een of andere gast in je show. Hou óp! Ik heb nog altijd recht op een klein beetje privacy.'

'Best. Maar kom dan niet met van die boekenwoorden aan.'

'Laat me nou vertellen waarom ik moest huilen. Goed?'

Violeta luistert vol ongeloof terwijl Milan haar over de brieven vertelt en over Ricky's vrouw die van hem niet zonder chaperonne het huis uit mag. Dat de vrouw denkt dat hij het met Jill Sanchez doet, een vulgaire vrouw die Violeta veracht. Ze luistert terwijl Milan huilend vertelt over de verhalen die ze in de pers heeft laten plaatsen waarin Irene Gallagher is zwartgemaakt en waar ze zich diep voor schaamt. Ze zegt dat ze ervan overtuigd is dat ze het leven van een vrouw kapot heeft gemaakt en niet alleen van die vrouw, maar ook van haar dochter.

'Ik voel me de ergste zondaar die er bestaat,' zegt Milan, en haar blik dwaalt van haar moeders gezicht naar het beeldje van La Caridad op het dressoir. 'Ik heb gelezen dat Irene misschien haar baan kwijtraakt.'

'Nou en? Dat is toch niet jouw schuld?'

'Mam, het is afschuwelijk. Haar collega's hebben haar van de weg af gereden en haar kind bedreigd. Dat stond in elk geval in de krant en ze verwijzen altijd naar dat stomme verhaal van Lilia waarin staat dat Irene Gallagher labiel is, en dat was precies het woord dat ik tijdens het interview heb gebruikt: "labiel". Voor het interview heb ik er lang over nagedacht en een verhaal verzonnen zodat Ricky heel wat zou lijken, en nu is het uit de hand gelopen en is het leven van deze vrouw kapot, mama. Door mij.'

'Je deed op dat moment je werk, toch?'

'Dat maakt het er niet beter op. Niet als ik bedenk dat deze mensen op dit moment met deze shit te kampen hebben.'

Violeta glimlacht als ze haar dochter hoort vloeken. Dat is beter, denkt ze. Ze ziet graag dat Milan zelf nadenkt, opkomt voor zichzelf, een eigen mening heeft en stevige taal gebruikt. Ze ziet Milan ook graag in een trendy yogabroek en mascara. Haar dochter is knap. Dat heeft ze altijd al gevonden.

'Nou, dan weet je wat je moet doen,' zegt Violeta.

Milan knikt. 'Dat geloof ik wel.'

'Twee dingen.' Violeta steekt twee vingers op. 'Een, je zegt de waarheid en je biedt die moeder en haar arme dochter je excuses aan.'

'Maar mijn baan.'

Violeta staart haar dochter even zwijgend aan omdat ze haar heeft onderbroken. 'En twee, we gaan naar de kapel van La Caridad en bidden dat tío Jesús het je vergeeft dat je bij hem bent weggegaan.'

WOENSDAG 24 JULI

Club G is een feit.

Ik sta samen met de ontwerpster, Sara, midden in de ruimte die helemaal af is, en ik kan nauwelijks ademhalen. Hij is prachtig geworden en hij schittert als het beloofde land. Alles wat ik wilde. De punttenten met de glinsterende granaatappelstoffen en gouden vlaggen, de rode zijde die in geweldige plooien langs de muren gedrapeerd is. Perfect.

'Je bent een tovenaar,' zeg ik tegen Sara. Ze glimlacht en we kijken toe terwijl de fotograaf van *Architectural Digest* foto's schiet voor een uitgebreid artikel in de oktobereditie over de hipste nieuwe club in de stad. Wat een primeur!

'Perfect,' zeg ik. We omhelzen elkaar even.

'Geneva?' Sara legt haar handen op mijn armen en glimlacht. 'Ik heb een voorstel.'

'Zeg het maar.'

'Het is eigenlijk niet van mij afkomstig, maar van mijn beste vriendin Elizabeth. Ze is een van de producers van mijn show.'

'Ja.'

'Nou, ze is lesbisch en ze klaagt altijd dat er in Miami eigenlijk niet zo veel te doen is voor lesbiennes, ook al heeft de stad de reputatie dat het geweldige partymogelijkheden biedt aan de homogemeenschap. Die zijn voornamelijk voor homo's, weet je?'

Dat is absoluut waar. Ik schaam me dat ik er nooit eerder over gedacht heb. Er zit een enorme kloof tussen de entertainmentmogelijkheden voor homoseksuele mannen en vrouwen in de stad. Alsof

de vrouwen een beetje vergeten zijn. Ik kijk naar Sara en vraag me
af of zij lesbisch is. Lijkt me niet waarschijnlijk, maar je weet het
maar nooit. Enkele van de mooiste vrouwen in Miami zijn lesbisch.

'Maar goed, ik vertelde haar over dit project en zij stelde voor dat
je een avond voor alleen lesbiennes zou kunnen organiseren, en dat
zou dan het meest opzienbarende in de stad kunnen worden. Want
vrouwen hebben nu eigenlijk alleen Sax on the Beach, en die tent is
een beetje afgezaagd. Dit zou waanzinnig kunnen zijn, het hele G-
gedeelte, dat is je naam, dat weet ik, maar het zou ook connotaties
kunnen hebben met de G-plek. Ik weet niet of jou dat iets lijkt,
maar je zou er wel veel aan kunnen verdienen.'

'Wauw,' zeg ik. 'Je hebt helemaal gelijk.'

Sara haalt haar schouders op. 'Het was maar een idee.'

'Nee, ik vind het goed. Echt goed. Ik ga het doen.'

'Er is nog iets,' zegt Sara. 'Ik wilde je vragen of je Jill Sanchez
kunt bellen en haar kunt zeggen dat ze me hier niet meer moet lastigvallen.'

Jill Sanchez? 'Wat doet ze dan?'

'Ze wil alles aanpassen aan haar smaak,' zegt Sara, en ze slaat haar
ogen ten hemel. 'En de smaak van die vrouw heeft niet bepaald mijn
voorkeur.'

'Is ze híér geweest?'

'Elke dag.'

'Wat? Dat staat niet in het investeringscontract. Dat hoort ze helemaal niet te doen.'

'Nou, ze doet het wel. Ze heeft het over háár club. Ze wil alles op
haar manier. Ik word gek van het mens.'

'Goed, ik zal haar bellen.' Maar waarschijnlijk pas na de opening.
Dat zal ik maar niet zeggen. Ik heb die eigenzinnige, dominante actrice echt nodig bij het feest en de pers. Ik kan het me niet veroorloven om haar weg te jagen.

'Mijn telefoon gaat en ik vis hem uit mijn tas. Het is Milan. 'Hoi.
Hoe gaat-ie?'

'Geneva, ik moet met je praten,' zegt ze. Ze klinkt serieus, dringend. 'Het gaat om Ricky. Kunnen Jasminka en ik straks ergens met
je afspreken?'

'Jasminka?'

342

'Ricky's vrouw.'

'Wat moet zij erbij?'

Milan zwijgt even en ik hoor dat ze diep ademhaalt. 'Ik heb haar min of meer beloofd dat ze bij mij en papa en mama kan komen wonen.'

'Wat? Waarom?' Dat is het vreemdste wat ik in tijden heb gehoord.

'Ze kan niet langer bij Ricky blijven. Het is te gevaarlijk.'

'Gevaarlijk?'

'Hoor eens, ik vertel het je straks allemaal. Weet je waar Vizcaya Gardens is? Het museum? In Coconut Grove?'

'Natuurlijk,' zeg ik. Wie niet? 'Daar ben ik wel eens met je geweest, Milan.'

'O, ja? Sorry. Oké. Ik ben op het moment een beetje afwezig. Kunnen we daar over een uur afspreken? Dan kunnen we daarna wel eten.'

'Waarom daar?'

'Omdat het een plek is die niets voor Ricky betekent. Als hij hierachter komt, vermoordt hij ons. Allemaal.'

'Wat doe je theatraal.'

'Kom je? Toe?'

'Oké,' zeg ik. Ze mag blij zijn dat ik tijd heb.

Sophia en David lopen langs het park naar de supermarkt om chips voor oma te kopen en ze doen hun best om zich niets aan te trekken van een groep populaire kinderen van hun school. Maar ze trekken het zich wel aan. En ze weten wat gaat komen.

'Je moet ze gewoon negeren, schatje,' zegt David. 'Gewoon doorlopen.'

Elke keer dat Sophia ze ziet, wordt het erger. Het groepje populaire kinderen hangt rond de picknicktafel die ze zich hebben toegeëigend en ze voelt hun ogen op zich.

'Hé, Sophia,' roept er een. 'Heb je je "vader" de laatste tijd nog gesproken?'

Sophia probeert hun gelach te negeren, maar de opmerkingen blijven komen.

'Waar zit je naar te kijken, mietje?' zegt een van hen tegen David.

'Lullig van je moeders baan,' zegt een ander tegen Sophia.

'Ja,' zegt weer een. 'Misschien kun je dit park aanklagen.'

'Of mij. Je hebt mij nog niet aangeklaagd.'

De kinderen lachen vals. Sophia recht haar rug en heft haar kin op, terwijl David beschermend een arm om haar heen slaat en ze samen de supermarkt in duiken.

'Wat een stelletje boerenkinkels,' zegt David. 'En geloof me, meisje, ik weet hoe boerenkinkels zijn.'

Maar als Sophia door het gangpad naar de chips loopt, is het verdriet in haar leven meer dan ze aankan. Ze wil hier niet zijn. Ze moet hier weg.

'We gaan,' zegt ze tegen David.

'En de chips voor oma Alice dan?'

'Oma Alice wordt veel te dik. Die heeft ze niet nodig.'

Sophia draait zich om, rent naar buiten en botst tegen een paar van haar treiteraars aan. Ze lachen om de tranen op haar gezicht, om haar haast, maar het kan haar niet schelen. Niets kan haar nog schelen. David komt achter haar aan en haalt haar een straat verderop in.

'Hé,' zegt hij. 'Wat is er in vredesnaam met je?'

'Ik wil hier niet meer zijn,' zegt ze.

'Waar niet?'

'Hier niet. In Homestead niet. Ik haat het hier.'

'Ik ook.'

'Laten we ergens anders naartoe gaan,' zegt ze.

'Waarnaartoe?'

'Dat weet ik niet.'

'Zullen we eieren gooien tegen je vaders huis?' stelt David voor.

'Ik vind het best,' zegt Sophia.

Sophia en David nemen de bus weer naar het noorden. Sophia wil het liefst nooit meer naar huis en zegt dat tegen David. Het enige wat ze thuis heeft zijn haar moeder en oma die 'bewijsmateriaal' doorpluizen en een juridisch gevecht beramen waarvan Sophia denkt dat ze het geheid gaan verliezen. Haar moeder is verplicht met 'verlof' en werkt niet meer.

Sophia betaalt haar buskaartje, gaat zitten en ziet een krant naast zich liggen. Ze pakt hem en ziet het zoveelste verhaal over Ricky Biscayne: RICKY WORDT TRICKY?

'Dat moet je niet lezen,' zegt David, en hij probeert hem van haar af te pakken. 'Dat is niet goed voor je.' Ze trekt hem los.

'Laat me nou,' zegt ze, en dat doet hij.

Haar moeder heeft de krant afgezegd en Sophia leest hem niet meer. In alle kranten staat hoe geweldig Ricky wel niet is en dat zij en haar moeder tuig van de richel zijn, wat helemaal niet waar is.

Deze keer gaat het verhaal over een of andere nieuwe nachtclub die Ricky samen met Jill Sanchez en nog wat andere mensen opent.

'Daar gaan we naartoe,' zegt ze, als ze het artikel heeft gelezen. 'We gaan die club kort en klein slaan.' Ze geeft de krant aan David. Hij leest het en beaamt dat het een beter plan is, omdat daar misschien geen bewakers zijn.

'Het begint een beetje een gewoonte te worden,' zegt David. 'Dat we Ricky Biscayne stalken in South Beach. Ik mag het wel. Het is erg nichterig.'

Sophia kijkt even naar haar beste vriend en is dankbaar. Hij is de enige die haar begrijpt. En hij is de enige die haar kan opvrolijken. Ze wil haar moeder bellen om te zeggen dat ze wat later thuiskomt, maar ze kan haar telefoon niet vinden.

'Waar is hij?' vraagt ze David. Ze zoeken in de bus en concluderen dan dat ze hem bij de bushalte heeft laten liggen.

'Je krijgt wel een nieuwe,' zegt David. 'Ricky Biscayne koopt een hele gsm-fabriek voor je.'

'Ik hou van je, David,' zegt ze, en ze legt haar hoofd op zijn schouder.

'Ik hou ook van jou, gek mens,' zegt hij, en hij geeft haar een geheel platonische, heerlijke zoen op haar hoofd. 'We gaan die suffe stadslui eens laten zien hoe waanzinnig Sophia uit de rimboe is.'

Ik leg de telefoon in mijn kantoor neer en begin mijn spullen te pakken om naar huis te gaan. Het is zo stil dat ik de plafondventilator kan horen zoemen en draaien.

Opeens mis ik mijn oude leven. Ik mis mijn oude kleren en mijn oude vrienden. Ik draag weer een chique onzinoutfit, deze keer met een gehaakt haltertopje van Milly, en een wijde, blauw met witte rok. Een paar Prada-schoenen die te smal zijn en te strak zitten. De rok kriebelt. Ik wil een joggingbroek en een oversized T-shirt aan. Zo nu en dan wil ik net zulke kleren dragen als Matthew Baker. Misschien ben ik gewoon een beetje depressief, maar ik heb zin om dagenlang in bed te liggen met een boek en een enorme chocolade-reep.

Ik zal iets moeten doen om de neerwaartse – zij het modieuze – spiraal van mijn leven tegen te houden, en snel ook.

Maar hoewel ik weet dat ik afstand van Ricky moet nemen, blijf ik naar hem verlangen. Het feit dat hij het met Jill doet en dat hij misschien een kind heeft, heeft niets gedaan om de begeerte naar zijn lichaam af te zwakken. Merkwaardig genoeg hebben ze mijn verlangen naar hem verhevigd en ik heb de psychologische puf niet om te bedenken waarom dat is. Zelfs terwijl ik denk dat ik me zou moeten vermannen, fantaseer ik onderweg naar de gang dat ik Ricky hier en nu voor een snelle wip op mijn kantoor zou kunnen nemen, gewoon voor de laatste keer. Een laatste, heerlijke keer, vanwege zijn muziek en zijn stem en alles wat die dingen al die jaren voor me hebben betekend. Hij heeft misschien problemen en is misschien gekwetst, maar hij is nog steeds een geniaal artiest met een lijf om een moord voor te doen.

Ik hoor muziek uit de opnamestudio komen en ik geef toe aan mijn fantasie om te kijken wat er gebeurt. Kan geen kwaad. Of liever gezegd, het kan niet meer kwaad dan er al is geschied. De deur naar de opnamestudio is dicht en ik blijf met mijn gebroken hart staan luisteren naar Ricky's krachtige en viriele stem. Ik zie bijna voor me hoe hij zijn heupen op de maat naar voren stoot. Hij is zo goed dat ik nauwelijks adem kan halen. Zo sexy. Ik hou nog steeds van hem. Ik hou van die stem en de emotie die hij in elke noot legt, in een nieuw Spaanstalig nummer. Het klinkt prachtig, een ballade, en ik sta als een enorm watje te snotteren, terwijl ik luister. Ik haat het dat ik nog steeds van hem hou. Maar hoe kan ik mijn liefde voor een man met zo'n stem en talent stopzetten? Zeg het maar. Hoe moet dat? Dat kan niet. Het is een feit. Dat kan ik niet. Dat wil ik niet. Dat doe ik niet.

Langzaam draai ik aan de deurknop. Ik weet dat Ricky niet graag gestoord wordt als hij nummers aan het inzingen is. Hoe zeg ik dat? Aan het inzingen. Dat is muziekpublicistentaal die ik heb opgepikt. Cool. Ik ben dan misschien de kantoorslet, maar ik heb wel wat nuttige vaktaal opgepikt.

Zachtjes doe ik de deur open en hoop dat ik nog één keer de man van mijn dromen zie die het mooiste nummer zingt dat ik ooit heb gehoord, voordat ik hem de rug toekeer en hem verraad. Ik voel me als een vrouw in de dodencel die Cheetos en Fresca als galgenmaal heeft gekozen. Het is niet goed voor me, maar ik wil het, verdomme. Ik moet hem zien, wil hem nog een keer in me voelen. Ik heb zo veel jaar van hem gehouden dat ik bang ben dat het nog jaren zal duren voordat ik van hem afgekickt ben.

Ik steek mijn hoofd om een hoekje in de verwachting dat Matthew aan het mengpaneel zit en Ricky in de cabine staat. In plaats daarvan zit er iemand met een koptelefoon op zijn oren aan het mengpaneel die ik nog nooit heb gezien. En Matthew. In de cabine. Met zijn ogen dicht. Voor een microfoon. Hij zingt. Ricky is nergens te bekennen.

Matthew zíngt?

De beide mannen hebben me niet in de gaten omdat ze zo opgaan in het nummer. Ik zie hoe Matthews gezicht verwringt van emotie als hij de hoge noten en de gospelriffen en alle andere dingen eruit perst die Ricky Biscayne beroemd maken.

Alleen is het niet Ricky. Shit.

Terwijl alle noten en woorden uit zijn prachtige mond komen, sta ik versteld, ben ik verbijsterd door Matthew Bakers schoonheid. Eindelijk snap ik het. Ik heb altijd geweten dat hij iets bijzonders heeft, maar tot nu toe ging ik ervanuit dat hij een beetje sneu was, zielig. Maar dat is hij niet. Hij is geniaal. Hij is prachtig. En sexy. En echt. Hij heeft me die avond de waarheid verteld, de avond dat hij me masseerde en aan mijn oorlelletje sabbelde.

Ik word misselijk.

Op dat moment zingt Matthew de laatste woorden en hij doet zijn kleine, glanzend bruine ogen open. Ze richten zich direct op mij alsof hij heeft aangevoeld dat ik er ben. Hij glimlacht vriendelijk en zwaait een beetje beschaamd. De andere man draait zich om en zet zijn koptelefoon af.

'Hé, hoe gaat-ie?' zegt hij. 'Ik ben Rory Clooney.' De producer. Ik ken hem van naam. Beroemde vent. Bloedlelijk met een enorme natte spleet tussen zijn tanden zo groot als een rivier.

Matthew zet zijn koptelefoon af en doet de deur van de opnamecabine naar de mengstudio open. 'Hoi, Milan,' zegt hij. 'Sta je daar al lang?' Hij heeft een merkwaardige, sarcastische blik op zijn gezicht. Ik besef nu dat het sarcasme en de grijns een verdedigingsmechanisme zijn voor een man met een heel zachtaardige en gevoelige ziel. Waarom heb ik dat niet eerder gezien?

'Ik ben er net,' zeg ik. 'Ik dacht dat ik Ricky hoorde.'

De twee mannen kijken elkaar aan en Rory zegt: 'Dat was ook zo. In feite.'

Matthew haalt zijn schouders op. 'Ik heb het je gezegd.'

'O, mijn god,' zeg ik. En dan dringt het tot me door. Het dringt echt tot me door. 'Dat was de waarheid?'

Matthew glimlacht zonder verbitterd te lijken. 'Ricky heeft al meer dan twee jaar zijn eigen zang niet meer opgenomen.'

'Jij hebt het nummer geschreven dat ik zo mooi vind?'

'Ik heb ze bijna allemaal geschreven,' zegt hij.

Ik krijg geen lucht. Ik word rood. 'O, mijn god,' zeg ik opnieuw. Als het Ricky niet is, met wie heb ik dan zitten rotzooien? Een leugenaar? Een zelfzuchtige maniak? Een junkie? Een vrouwenmishandelaar? Een bedrieger? 'O mijn god, o mijn god.' Ik hoop dat Jill Sanchez geen hepatitis of iets dergelijks heeft.

Matthew slaat goedmoedig een arm om mijn schouders. 'Dus nu weet je het. Ik ben geen leugenaar. En ik ben ook niet de psychopaat van kantoor.'

'Nee,' fluister ik. 'Dat ben ik.'

Dag in, dag uit komen ze bij haar, smeken ze haar om hulp. Ze gooien muntjes in het water, biechten fluisterend hun zonden op en smeken om vergiffenis. Ze kent ze inmiddels goed en over het algemeen is ze niet gauw meer verrast. Ze luistert nu al duizenden jaren naar dezelfde lijst zonden en deugden, hoop en wraak.

Maar dit keer is anders. Milan Gotay met een gekwelde blik op haar anders zo mooie gezicht. Wat zit haar zo dwars? Heeft haar smeekbede om Ricky Biscayne te ontmoeten niet opgeleverd wat ze had gehoopt? Mensen zijn kwetsbaar. La Caridad del Cobre glimlacht in zichzelf. Soms moet je mensen gewoon zelf laten ontdekken hoe het zit. Soms kun je ze niet waarschuwen door middel van voorgevoelens omdat ze zo beschermd zijn opgevoed dat ze niet weten wanneer voorzichtigheid geboden is.

De waarheid is dat La Caridad del Cobre Milan al had verwacht. Ze is verrast dat ze het nog zo lang heeft uitgehouden. Ze is ook verrast bij het zien van de nieuwe kleren, omdat ze Milan nooit als een ijdel type heeft gezien. De jonge vrouw knielt voor haar neer en vertelt haar probleem. La Caridad del Cobre luistert. Ach, ja. Ricky Biscayne. De superster. Ze hoort al jaren over hem van zijn verdrietige moeder. En van verschillende ongure cocaïnedealers die te laat tot inkeer komen. En van Jasminka. Er zijn zo veel mensen die zachtjes hun geheimen over Ricky Biscayne vertellen, en die – gebukt onder zijn stormachtige gewoonten – om rust vragen. De luidste stem komt van heel ver weg, van een kind dat niet is opgevoed met La Caridad del Cobre, maar dat het bloed van het volk van de maagd in haar aderen heeft. La Caridad is geraakt door Sophia's spectaculaire en eenzame verdriet dat vanuit Zuid-Florida omhoogdwarrelt en naar zee spoelt. La Caridad weet dat ze iets moet doen als ze de pijn van een kind voelt.

La Caridad heeft plannen gesmeed om Ricky te helpen. Te helpen? Ja. Te helpen om te veranderen. Je doet wat je kunt. Het lukt niet altijd. Mensen zijn niet altijd bereid te luisteren naar wat ze te zeggen heeft. Ze negeren La Caridad del Cobre steeds vaker. Maar dat maakt haar niet machteloos. Ze weet dat er een oplossing zal komen voor zijn gedrag. Ze had er niet echt op gerekend dat de stille jonge vrouw uit Coral Gables deel van de oplossing zou zijn, wier levensdoel tot dusverre heeft bestaan uit de zorg voor haar zieke opa, het eten van koekjes en het doen alsof ze geen vrouwelijke verlangens heeft die dreigen haar leven te beheersen. La Caridad had zich voorgesteld dat, als ze Milan en Ricky bij elkaar bracht, Milan zou beseffen dat er een Milan was, en dat ze echt was en dat echte mensen een echt leven verdienen en hun jeugd en energie niet horen te verspillen aan een fantasie die nooit werkelijkheid zal worden. Dat was het doel van La Caridad del Cobre geweest die een hekel heeft aan de vercommercialisering en aan valse idolen.

Maar de maagd is verrast door de kracht van Milans woorden. Milan heeft meer gevonden dan realiteit. Ze heeft pijn gevonden. Ze heeft met Ricky gevrijd terwijl hij haar neukte. Ja, La Caridad mag zulke woorden zeggen. Ze weet meer over de menselijke aard dan wie dan ook in het universum. En nu is Milan hier en beseft ze dat ze verliefd is, maar haar gevoelens op de verkeerde man heeft geprojecteerd.

'Help me, gezegende maagd, om het juiste te doen en te weten wat dat is.'

La Caridad piekert en piekert. Er moet een manier zijn om dit op te lossen. Dat moet. En dan weet ze het, en La Caridad del Cobre weet wat er moet gebeuren. Veel mensen kunnen hier wat leren. Voor een godin is het een genot om levenspaden van mensen zo te laten lopen dat ze zo nu en dan synchroon lopen, zodat de mensen op die paden zodanig verrast worden dat ze op een zachtaardige en ironische manier beseffen dat er iemand is die op hen let en dat alles een doel en een betekenis heeft.

En dus rekent ze. Dat doen godinnen als de beste. En, beseft ze met de pret van een wiskundige die eindelijk de oplossing voor een complexe berekening heeft, er is een manier om alles op een en hetzelfde moment recht te zetten. Stervelingen noemen het een wonder. Maar La Caridad weet dat wonderen plaatsvinden met de hulp van mensen die anderen graag willen helpen. Dat zijn de beste wonderen. En er zal een wonder plaatsvinden.

Binnenkort.

Ricky ijsbeert in zijn gestreepte katoenen pyjama van Paul Smith zonder ondergoed door de lege slaapkamer met de telefoon in zijn hand. Zijn haar staat overeind omdat hij erdoor heeft zitten woelen. Hij haat zichzelf. Geeft zichzelf de schuld. Waarom? Omdat hij zijn hele leven heeft verkloot. Omdat hij een *huelebicho* is. Omdat hij alles en iedereen die ooit iets voor hem hebben betekend kwijtgeraakt is. Jasminka. Zijn moeder. Zijn vader. Het is zijn schuld. Nooit goed genoeg.

Ricky valt op zijn knieën op de grond, vindt zichzelf jammerlijk theatraal, komt overeind en valt opnieuw. Hij weet niet wat hij met zijn voeten, zijn handen, zijn lichaam moet doen. Zijn gedachten gaan te snel. Die zijn altijd te snel gegaan en ze hebben hem genaaid. Hij verveelt zich snel. Hij geeft het gauw op, terwijl dat niet zou moeten, duwt mensen weg om te zien of ze terugkomen. Hij is een klootzak. Een *bollo*. Hij haat zichzelf. Dit huis. Hij haat het. Hij wil het niet meer. Wat heeft het voor zin zonder haar? Hij heeft het huis gekocht met als doel er een vrouw bij te zoeken. Jasminka? Hij hield van haar. Hij hóúdt van haar. Hij houdt altijd het meest van vrouwen als ze niet bereikbaar zijn, en Jasminka is niet bereikbaar. Dat is de vloek van Ricky. Hij geniet als vrouwen lijden, want dan kan hij ze redden. Jasminka lijdt nu, en dat is zijn schuld. Hoe heeft hij dat kunnen doen? Wie heeft dat gedaan? Wie doet zoiets? Een vrouw zo kwetsen? Alleen om haar te kunnen redden? Ze is teer. Ze is diep gewond, als een manke zeemeeuw met kapotte vleugels. Hoe is dit zo gekomen? Hoe is zijn leven zo geworden? Hij heeft alles kapotgemaakt met zijn egoïstische manier van doen. Drugs. Dat is wel de meest egoïstische shit die hij gebruikt. Hij is afschuwelijk, een afschuwelijk mens en alles is zijn schuld. Dat is altijd zo geweest. Hij is onsympathiek, zo geboren, gebrekkig, schuldig, altijd de schuldige. Een *foquin pendejo*.

Hij voelt een gat in zijn buik, en daar zit niets dan leegte en stilte en kou. Hij zal nooit heel worden, want niemand zal ooit genoeg van hem houden. Waarom vinden mensen hem nooit goed genoeg om voor altijd van hem te houden? Wat doet hij verkeerd? Hij probeert de beste te zijn. Hij oefent en danst. Hij treedt op. Maar niemand kent hem echt. Het interesseert ze niet. Het is zijn eigen godvergeten schuld. Hij staat op, loopt naar de spiegel en bekijkt zijn gezicht. Hij is helemaal niet mooi, zoals ze allemaal zeggen. Hij is lelijk. Afzichtelijk. Een mooi mens doet anderen geen pijn. Een mooi mens heeft geen cocaïne nodig om zich zelfverzekerd te voelen, om te vergeten. Mooie mensen hoeven niet zo veel dingen, zo veel spoken te vergeten die je van binnenuit vermorzelen totdat je goddomme geen lucht meer krijgt.

Hij belt Jasminka weer op haar mobiel en nog steeds neemt ze niet op. Hij heeft al een aantal berichtjes achtergelaten. Al een heleboel. En ze belt niet terug. Waar is ze, verdomme? Weet ze dan niet hoe gevaarlijk het in de wereld is? Ze draagt zijn kind en wat hij ook zegt, hij wil dit kind dolgraag, hij houdt van ze. Hij wil huilen, maar dat kan hij al jaren niet meer. Het is alsof hij niet meer weet hoe. Vroeger heeft hij meer dan genoeg gehuild en het hielp niets. Dingen die niet werken laat je vallen als je vooruit wilt, en dat is Ricky's enige doel geweest vanaf het moment dat hij in staat was een doel in zijn leven te formuleren. Ontsnappen. Uitblinken. Slagen. Bezitten, consumeren, overreden, de godvergeten koning van de godvergeten wereld zijn. Met haar trouwen, het model dat iedereen wilde. Zodat ze naar hem zouden kijken als hij naar Grammy-feestjes ging en de klootzakken zouden denken: wauw, moet je hem zien. Wat een bloedmooie vrouw heeft hij. Maar modellen zijn ook mensen. Dat had hij niet begrepen. Dat Jasminka geen plaatje in een tijdschrift is. Dat ze 's morgens uit haar mond stinkt en dat ze huilt en dat ze een verhaal heeft; een verhaal dat zó indrukwekkend en duister is, zo veel erger dan dat van hem, dat hij het zich niet kan voorstellen, en als hij er goed over nadenkt, kan hij niet begrijpen waarom hij zo'n enorme hufter is geweest toen ze hem nodig had en smeekte om iemand die haar verdomme kon beschermen.

'Kut!' Hij trapt tegen het kussen dat hij net ook heeft geschopt. Waar ís ze? Waarom doet ze hem dit aan? Waarom kan hij niet van mensen houden? Wat mankeert hem? Waarom heeft God hem zo gebrekkig op de wereld gezet? Jasminka is het beste wat hij ooit in zijn leven heeft gehad, een zachte, lieve ziel, en nu maakt hij alles kapot, duwt hij haar weg. Hij balt zijn vuisten, haalt uit, klaar om een ram tegen de muur te geven. Maar terwijl hij dit doet, beseft hij dat dat nou juist mis is met hem. Hij is zwak. Hij is gewelddadig. Hij haat het zoals hij er nu uitziet. Zo heeft zijn moeder hem niet opgevoed. Zo is hij niet echt.

Ricky trekt zijn armen terug en slaat ze om zichzelf heen. Zijn kop knalt uit elkaar. Hij belt Jasminka nog een keer. 'Neem op,' zegt hij zachtjes in zichzelf. 'Neem op. Neem op.' Hij kijkt naar het kruis aan de wand, het houten kruis dat zijn moeder hem heeft gegeven toen hij zijn eerste opnamecontract had gescoord, en hij belooft God, Jezus, wie er maar wil luisteren, dat hij deze keer zal veranderen. Als ze hem maar de kracht geven. Dán gebeurt het onverwachte.

'Hallo?' Het is Jasminka die na uren de telefoon eindelijk opneemt. Ze snift alsof ze heeft gehuild, en haar stem klinkt hol en nasaal, zoals bij een verkoudheid of intens verdriet.

'Jasminka, goddank is alles goed met je,' zegt Ricky. Hij vertelt haar dat hij van haar houdt. Hij laat zich op het zachte beige tapijt van de kamer vallen en smeekt haar om vergeving voor het feit dat hij haar heeft geslagen. Hij is nog nooit zo ruw met haar geweest en hij kan zelf niet geloven dat hij de mooiste, indrukwekkendste vrouw ter wereld zoiets kon aandoen; de vrouw die hem van zijn verslavingen en slechte vrienden heeft gered, de vrouw van wie hij de rest van zijn leven wil houden, de vrouw die binnenkort zijn kind baart.

'Ik heb het verkloot,' zegt hij. 'Maar ik ga hulp zoeken. Dat zweer ik. Ik zal een cursus zelfbeheersing volgen. Ik doe alles. Wat dan ook. *Te lo juro, manita.* Als jij maar terugkomt.'

Jasminka blijft even stil en vraagt hem dan of hij het meent. Hij zegt ja, en vraagt haar waar ze is.

'Het spijt me,' zegt ze. 'Nee.'

'Ik zal het nooit meer doen. Ik kan leren van mijn fouten. Echt.' Hij meent het. Godsamme, maar hij meent het verdomme echt.

'Nee, Ricky.'

Nee? Néé? 'Kut,' zegt hij. Niemand zegt nee tegen Ricky. Daarvoor heeft hij te veel bereikt, heeft hij te hard gewerkt.

'Ik wil niet dat je zo tegen me praat,' zegt Jasminka. 'Dat pik ik niet meer, Ricky. Ik meen het.'

Opeens zijn alle warme, liefevolle gevoelens en spijt die Ricky had verdwenen en stelt hij zich Jasminka voor met een andere man. Doet ze daarom zo? Omdat ze al een nieuwe vent heeft? Omdat ze iets probeert te verbergen? Dat zou ze hem toch niet aandoen, of wel? Niet in haar toestand! Tenzij die toestand het gevolg is van seks met iemand anders. Terwijl er van alles door zijn hoofd spookt, kijkt hij van een afstandje naar zichzelf en beseft hij hoe absurd zijn gedrag is. Hij is niet rationeel. Hoe moet hij zich dan gedragen? Hij denkt hier even over na en vermant zich. Niet boos worden, houdt hij zich voor.

'Kom alsjeblieft naar huis, schatje,' zegt hij, en hij weet op hetzelfde moment hoe godvergeten moeilijk het zal zijn om haar niet weer te slaan als ze terugkomt.

'Ben je boos op me?' vraagt ze zacht; ze wankelt, komt terug, is overtuigd. Ricky krijgt een overwinningsgevoel vanbinnen. Het is hem gelukt. Hij is tot haar doorgedrongen. Na alles wat hij heeft gedaan. Hij heeft haar overtuigd. Hij is de mán.

'Nee, schatje,' zegt hij met een tederheid die niets te maken heeft met de kolkende woede in zijn binnenste. 'Ik ben boos op mezelf. En ik zal het nooit meer doen.'

De bel in de eersteklascabine geeft aan dat het vliegtuig tienduizend voet heeft bereikt en de stewardess meldt via de intercom dat passagiers 'draagbare elektronische apparatuur' mogen gebruiken. Jack vraagt zich af of vibrators hier ook onder vallen en overweegt even om het aan de stewardess te vragen die bepaald niet lelijk is. Doordat hij naar mooie stewardessen kijkt, beseft hij dat hij niet langer meer zo geïnteresseerd is in zijn verloofde. Toen hij pas een relatie met Jill Sanchez had, dacht hij aan haar zoals de meeste mannen aan haar denken, als de meest sexy vrouw op aarde, een aantrekkelijk wezen zonder rivale, exotisch, hartstochtelijk en één brok begeerte. De waarheid over Jill Sanchez is zo ver verwijderd van haar publieke persona dat Jack hardop moet lachen als hij zich bedenkt wat voor illusies hij over haar had. Hij dacht dat ze wild in bed zou zijn, lenig en beweeglijk als in haar video's. Dat ze zich onder hem net zo wellustig zou gedragen als voor de camera. Niet, dus. Hij moet nog harder lachen en wordt door zijn medepassagiers aangestaard.

'Komt door de drugs,' grapt hij. Hij beseft tegelijkertijd dat de kans erg groot is dat er morgen een artikel over zijn zogenaamde drugsverslaving in de *Los Angeles Times* staat. Daar gaat hij naartoe, naar Los Angeles, om een paar dagen in zijn eigen aangename varkenskot van een huis in Encino te zijn en om het contract voor een nieuwe filmdeal te tekenen.

Jack haalt zijn laptop onder zijn stoel vandaan en typt een brief naar de redacteur van *Vanity Fair* over een recent artikel over de zelfmoord van Hunter S. Thompson. De avond ervoor zat hij tegen Jill te mopperen over het artikel, maar zij weet niet eens wie Thompson is. Al met al is hij twee uur bezig met het opstellen van de brief en zit hij nog eens twee uur te lezen in *Manufacturing Consent: The Political Economy of the Mass Media* door Noam Chomsky, et al.

Uren later, met de smaak van walging over zijn land en de media in zijn mond, klemt Jack gespannen zijn handen om de leuningen terwijl het toestel vanwege een geweldige regenstorm heel ongebruikelijk vanuit oostelijke richting op LAX landt.

Jack gaat regelrecht van het vliegtuig naar de bagageband ook al heeft hij geen bagage. Hij heeft thuis alles wat hij nodig heeft en zijn andere kleren en spullen liggen bij Jill. Hij walgt van zijn eigen burgerlijkheid, maar wat moet hij anders? Met die afzichtelijke koffers rondlopen vol troep die hij niet nodig heeft?

De chauffeur van de studio staat op hem te wachten met een bord met PIPER, het codewoord dat ze hem die dag hebben gegeven. Het slaat nergens op, want iedereen die hem ziet weet precies wie hij is: die belachelijke sukkel met het sikje die verloofd is met Jill Sanchez. Mensen, en dan vooral degenen die een hekel hebben aan hun eigen leven, doen raar over beroemdheden. Ze wijzen naar hem en praten over hem alsof hij er niet is. Alsof hij nog steeds in de televisie, op het scherm of in de tijdschriftpagina's zit, waar de starende massa hem voor het laatst heeft gezien. Hij haat het hele concept van beroemd-zijn. Als hij het over kon doen, zou hij dit leven niet kiezen. Hij is niet gemaakt voor de aandacht en de absurditeit ervan. Als hij het over kon doen, zou hij schrijver willen worden, of filosoof. Maar hij is vierendertig, wordt in de meeste delen van de wereld herkend en heeft het niet in zich om het nog eens over te doen. Al met al heeft hij alleen een onechte, overschatte carrière die hij van plan is uit te melken voor alles wat hij eruit kan halen, voordat hij in de vergetelheid raakt waaruit verachtelijke producers met een kleine pik slachtoffers halen voor hun 'Hoe is het nu met ze'-talkshows.

Jack laat de chauffeur het portier voor hem opendoen en stapt de auto in zonder zijn gebruikelijke litanie ter verdediging van het proletariaat. Hij heeft de energie niet om de chauffeur te leren kennen. Deze keer houdt hij zijn zonnebril op en zijn mond dicht. Hij is moe, en als je moe bent is het wel het makkelijkst om je te gedragen als een godvergeten ster.

Jacks verschillende agenten, managers, verzorgers en overige onderkruipsels zitten op hem te wachten in de kamer van de president van de studio in hun gebruikelijke zwarte en trendy outfits waarin ze eruitzien alsof ze hun best doen er niet té goed uit te zien. Het ondertekenen is een formaliteit. Hij heeft al ingestemd met het project. Dit is alleen een bijeenkomst om hem aan Lara Bryant voor te stellen, de gespierde, frisse, jonge televisiester met de grote tanden die oorspronkelijk uit Idaho komt en die zijn tegenspeelster wordt. Hij heeft haar show een paar keer gezien en vindt dat ze iets geruststellends heeft, als een frisse, jonge studente die net haar gezicht heeft gewassen op haar studentenkamer. Ze ziet eruit als een meisje dat twee keer per dag flost.

Drijfnat van de regen komt Lara een paar minuten na Jack het kantoor binnen. Ze draagt een spijkerbroek, een sweatshirt en rubberlaarzen en ziet eruit als een model in de L.L.Bean-catalogus die door een storm is overvallen. Hij heeft sinds New England geen rubberlaarzen meer gezien, en het maakt hem weemoedig. Ze draagt geen make-up en op haar korte, mogelijk afgekloven nagels zit geen lak of ander giftig product dat Jill altijd draagt. Lara glimlacht als ze hem een hand geeft, en haar tanden zien er natuurlijk wit uit, alsof ze vroeger veel groente en fruit heeft gegeten en veel water heeft gedronken. Hij kan geen enkele porie in haar blozende gezicht ontdekken. Haar ogen zijn wel het meest opvallend. Ze zijn bruin, hebben lange wimpers en stralen een intense intelligentie uit die volledig vrij lijkt te zijn van cynisme. Ze is slim en aardig. Dat leest hij in haar ogen. Het interessantst is wel, ziet Jack, dat ze een boek in haar andere hand heeft. *The Impossible Will Take a Little While: A Citizen's Guide to Hope in a Time of Fear*, van Paul Loeb. Wauw. Is er dan toch een god?

'Jack Ingroff. Ik wil jou al een hele tijd leren kennen,' zegt ze, en haar ogen glinsteren met een mysterie dat Jack opeens wil ontdekken. 'Dit wordt leuk.'

Mijn dienst zit erop en ik heb geen baan meer. Sinds de mannen van Kazerne 42 hebben gehoord dat ik van plan ben om de brandweer aan te klagen wegens seksuele discriminatie hebben ze geen woord meer tegen me gezegd en ben ik voor onbepaalde tijd met verlof gestuurd. Ja. Alsof ik onzichtbaar ben. Ik word liever openlijk belachelijk gemaakt dan doodgezwegen. Maar het geeft niet. Ik ben op een punt aangekomen dat ik me niet langer veilig bij hen voel tijdens een brand. En, zoals hoofdbrandmeester Sullivan me zelf een keer heeft verteld, zodra een brandweerman zich niet meer veilig voelt binnen zijn team, is het tijd om overplaatsing of ontslag aan te vragen. Je kunt je leven niet toevertrouwen aan mannen die een hekel aan je hebben.

Nestor komt met zijn harde, lange lichaam de slaapruimte binnen en glimlacht naar me zoals mensen glimlachen naar iemand met gips om zijn arm. 'Gaat het?' vraagt hij. Medelijden. Net wat ik nodig heb.

Ik haal mijn schouders op en prop een fles shampoo in mijn sporttas. 'O, ja hoor,' zeg ik. 'Geweldig. Van niets kikkert een mens zo op als van twee dagen lang genegeerd worden om vervolgens te horen dat je geen baan meer hebt omdat je dezelfde kansen wilt als ieder ander.'

Hij gaat op de bank zitten en slaakt een zucht. 'Als je maar weet dat ik achter je sta.'

'Ja, bedankt.' Ik zucht. 'Ik ben op. Ik moet een stuk gaan joggen, of zo. Grasmaaien.'

'Laten we erover praten tijdens het eten.'

Ik voel een warme golf door me heen gaan als ik denk aan die keer dat we de hele avond bij hem thuis hebben zitten praten. 'Je bent gek, weet je dat?' zeg ik.

'Dat zei onze baas ook net tegen me toen ik zei dat ik je heel dapper vind, dus dat kan niet kloppen.'

Ik moet mijn best doen om niet te glimlachen. Mijn telefoon gaat. Mama, dochter, of verslaggever. Zeg het maar. Verder belt niemand me nog. Ik kijk op het display. Mama.

'Is Sophia bij jou?' vraagt Alice, nog voordat ik hallo kan zeggen. Een en al charme, mijn moeder.

'Nee,' zeg ik. 'Waarom zou ze?'

'Ze mos' vanmorgen van me naar de supermarkt om een zak chips te kopen en toen is ze niet teruggekomen.'

'Moest.' Ik verbeter haar constant, maar ze leert het nooit. 'Heb je haar gebeld?'

'Ja. Er nam een man op die geen Engels sprak en hij lachte en hing toen op,' zegt mijn moeder.

'Jezus, mama, waarom zeg je dat niet meteen?'

De kriebel van vrouwelijke lust, het verlangen naar Nestor, versteent onmiddellijk tot een brok moederlijke angst.

De jonge popproducer Rory Clooney zit in de mengcabine van zijn opnamestudio in Miami met een paar collega-producers en doet zijn best om zijn afkeer niet aan Jill Sanchez te laten blijken.

Superster Jill Sanchez draagt een lage spijkerbroek en een wit coltruitje met lange mouwen dat tot vlak onder haar borsten komt. Ze staat voor de microfoon in de opnamestudio aan de andere kant van het grote raam van plexiglas. Haar buikspieren glinsteren. Heeft ze glitter op? Wie doet nou glitter op tijdens een opnamesessie? Ze heeft een koptelefoon op haar hoofd over een glanzend witte honkbalpet die Rory haar heeft gevraagd af te zetten omdat de pet haar stem breekt op een manier die hij niet mooi vindt, waardoor hij kleiner en metaalachtig klinkt. Als je stem toch al iel en metaalachtig is, wil je dat probleem niet nog eens versterken. Dat is Rory's onderbouwde muzikale mening. Maar zoals gebruikelijk is Jills mening de enige die telt zolang zij in het gebouw is. Jill Sanchez weigert de pet af te doen, die ze naar eigen zeggen zelf heeft ontworpen, maar iedereen die voor Jill werkt, weet dat Jills ontwerpen in werkelijkheid de creaties zijn van een heel team van talentvolle ontwerpers die in haar schaduw staan en haar de eer op laten strijken. Net als Rory zelf.

Het doel van de sessie is dat Jill de zangtracks bijschaaft die ze maanden geleden heeft opgenomen voor de nummers van haar nieuwe album *Born Again*. De laatste versie van het album moet aan het eind van de week bij de platenmaatschappij zijn en zal een paar weken later in de winkel liggen. Rory heeft Jills eerste twee cd's ook gedaan en net als die twee heeft deze hard correcties nodig.

'Oké,' zegt hij in de microfoon, terwijl hij de rode knop ingedrukt houdt zodat Jill hem via haar koptelefoon kan horen. 'Dat was beter. Maar laten we het nog een paar keer doen, zodat we zeker weten dat we de juiste take hebben.'

Hij laat de knop los zodat Jill niet langer hoort wat er gezegd wordt in de mengcabine. Naast hem zegt een van de assistenten zacht: '"Beter." Dat is nogal subjectief, mijn vriend, vind je zelf ook niet? Beter als in: beter dan een bord kokendhete shit?' De andere assistent doet ook een duit in het zakje. 'Beter dan een klysma met batterijzuur.' De eerste assistent kaatst hem weer terug. 'Beter dan een snee in je oogbol.'

Jill fronst haar wenkbrauwen ondertussen in de studio, schraapt haar keel, gaat wat rechterop staan en doet haar best om op een professionele zangeres te lijken die zich klaarmaakt om eens wat spetterende *tracks* op te nemen. Het is een optreden dat een Oscar waardig is. Rory houdt zijn gezicht in de plooi en laat Jill Sanchez niet zien dat de opmerkingen van zijn collega's een borrelende lach in zijn stevige buik opwekken. Omdat hij zich niet helemaal kan inhouden, slaat hij zijn hand voor zijn mond en doet hij alsof hij moet hoesten.

'Jullie zijn vals,' zegt hij.

'Vals, hè?' zegt de eerste assistent. 'Eens kijken. Beter dan een koude stok in je anus?'

'O, shit,' zegt Rory en hij blijft 'hoesten'.

'Hallo? Tijd is geld. Kunnen we?' roept Jill in de microfoon. Ze klinkt net als Micky Mouse. Ze gedraagt zich tijdens deze sessies superieur, alsof ze denkt dat ze een geweldige zangeres is. Misschien denkt ze ook écht dat ze een geweldige zangeres is. Als ze al weet hoe slecht haar stem is, dan laat ze niets merken. Maar de waarheid is dat het mens gewoon geen muzikaal gehoor heeft. Hij weet het en alle musici, songwriters en producers die aan haar albums werken weten het. Maar als ze tot diep in de nacht werken, hun gecomputeriseerde magie erop loslaten, de pitch aanpassen en de betaalde studiozangers haar 'back-up' laten doen, heeft Jill Sanchez albums waar miljoenen van verkocht worden. In haar videoclips ziet ze er goed uit en dat is tegenwoordig belangrijk. Rory is zelf een waanzinnig zanger en songwriter, maar hij is dik en lelijk en dus gedoemd om voorgoed een rol op de achtergrond van de moderne muziekindustrie te spelen. Hij verlangt naar de tijd van Fats Domino. Maar ze kunnen het zich niet veroorloven om te klooien met hun salaris, hoezeer het werk voor Jill Sanchez hem ook doet denken aan vingernagels over een schoolbord. De meeste producers van Jill wonen in landhuizen en rijden in luxe wagens. Daar zijn ze aan gewend, ze willen niet terug. Rory weet heel goed dat hij zijn huis in Pinecrest met de fonteinen en de openluchtkeuken nooit zal opgeven als dat niet hoeft. Zijn Range Rover wil hij ook niet kwijt.

'Klaar, schatje,' zegt Rory. 'Ik start je bij het refrein. Gá echt voor die hoge noten, Jill. Oké? Laat je diafragma werken. Niet bang zijn om het eruit te gooien.'

Jill houdt haar hoofd schuin en zet woedend haar hand in haar zij. 'Ga mij verdomme niet vertellen hoe ik moet zingen,' snauwt ze. 'Daar heb ik Balthazar voor, begrepen? Jij hoeft alleen maar de knoppen in te drukken.'

Rory knikt, maar zou Jill het liefst laten weten dat Balthazar vorige week nog in een artikel in *Entertainment Weekly* alle erkenning heeft geweigerd voor de zang van Jill Sanchez, hoewel ze hem al vijf jaar fulltime in dienst heeft.

'Beter dan je pik afsnijden met het deksel van een soepblik,' zegt de tweede assistent-producer met een schouderophalen om aan te geven hoe redelijk hij is.

'En door de plee gespoeld te worden,' stelt de eerste assistent voor. De assistenten halen instemmend hun schouders op en grijnzen vals naar elkaar.

'Kut,' zegt Rory, en hij voelt echt een pijnscheut tussen zijn benen. Dan drukt hij op de knop, en zoals iedereen die betaald wordt

om in Jill Sanchez' wereld te zijn, liegt hij tegen haar. 'Je hebt helemaal gelijk, schatje. Je klinkt geweldig. We doen het nog een keer.'
    Vanuit de cabine vertelt Jill Rory dat hij nog drie takes heeft om
het goed te doen.

Terwijl Ricky na zijn wip met Jill een sigaret opsteekt en weer achteroverleunt op haar bed om naar MTV *en Español* te kijken, trekt Jill
haar nachthemd weer aan. Ze kruipt onder de zachte, koele lakens
en slaat de nieuwste *Star* op die een van haar assistenten voor haar
heeft gehaald. Op de voorkant staat een foto van Jack waarin het
lijkt of hij zo uit een reclame van Encino Coffee Bean & Tea Leaf is
gelopen, hand in hand met dat meisje-van-hiernaast Lara nog iets.
Bryant. Met de grote tanden.
    'Nee, dat is niet wáár,' briest Jill. Ricky knijpt zijn ogen samen te-
gen de rook die uit zijn mond omhoogdwarrelt en is zo geboeid
door de nieuwste videoclip van Kumbia Kings dat hij niet op haar
let. Seks met Jill is vermoeiend.
    Jill slaat het omslagartikel op en ziet nog meer foto's van Jack met
Lara. Op een van de foto's lijkt het of ze staan te zoenen. Jill voelt
een schok van emotie. Ze is niet jaloers of zelfs maar gekwetst. Het
kan haar niet schelen met wie hij rotzooit, zolang niemand het maar
weet en zolang het publiek gelooft dat zij en Jack samen gelukkig
zijn. Wat haar zo nijdig maakt is dat Jack er zo nonchalant over
doet. Heeft hij dan niet door dat de pers hem volgt? Is hij werkelijk
zó naïef? Begrijpt hij dan niet hoe belangrijk het is dat fans zien dat
hij verbonden is met haar, Jill Sanchez, en niet met een of andere
omhooggevallen actrice in zwart leer en een roze pruik op een on-
beduidende zender? Is hij achterlijk?
    Volgens het artikel hebben Jack en Lara elkaar ontmoet tijdens
het ondertekenen van de contracten voor een nieuwe film waarin ze
beiden de hoofdrol spelen. Kennelijk vlogen de spetters ervan af zodra Jack zag dat Lara net als hij is geïnteresseerd in 'links-liberaal
gezever'. Belachelijk, denkt Jill Sanchez. Hebben die mensen dan
niet door dat het politieke klimaat momenteel naar rechts neigt?
Hoewel Jills eigen politieke ideeën naar de liberale kant neigen, is
ze niet zo dom dat rond te bazuinen, zeker nu niet. Was zij, Jill Sanchez, niet degene die Jack een tijdje geleden die klus heeft bezorgd
om soldaten in het Midden-Oosten een hart onder de riem te ste-

ken in de hoop dat het hem meer conservatieve fans zou opleveren? Nu verpest hij alles. Werkelijk, ze begint zich zo langzamerhand af te vragen of Jack al haar moeite en energie wel waard is. Ze had gehoopt dat ze hem over een paar weken, ná de release van hun film, kon dumpen. Het laatste wat Jill Sanchez op dit moment wil is dat Jack echt verliefd wordt op dat magere, blanke wicht en bij haar, Jill Sanchez, weggaat. Jill vindt het ondenkbaar dat een man dat magere snolletje interessanter of boeiender vindt dan de exotische en getalenteerde Jill. De emotie – verwarring – overweldigt haar. Ze begrijpt eenvoudigweg niet hoe Jack in staat is zo'n slechte, carrièreverwoestende beslissing te nemen.

'Ik kan niet geloven dat hij me dit aandoet,' jammert ze.

Ricky duwt zijn sigaret uit in de Jill Sanchez-asbak op het nachtkastje en draait zich om. Hij kust haar hand, pols, arm, schouder, nek en lippen. 'Wat is er, *mamita*?'

Jill duwt het tijdschrift in Ricky's gezicht en hij leest het artikel met een grijns. Jill slaat haar armen over elkaar en schudt haar hoofd. 'Hij zou beter moeten weten,' zegt ze, en ze zwaait met haar vinger. 'Hij speelt met vuur.'

Ricky ervaart ook een emotie, maar in tegenstelling tot Jill is hij écht jaloers. Hij houdt van deze vrouw, aanbidt haar bijna, en hoewel ze zegt dat ze van hem houdt, lijkt ze nog steeds iets te voelen voor die stomme verloofde van haar. Daar haat hij haar om.

'Je bent een loeder, weet je dat?'

Fel kijkt Jill Sanchez hem aan en haar prachtige ogen zijn slungelachtige spleetjes geworden. 'Wat zei je?'

'Ik zei dat je een loeder bent.'

Jill is gekwetst door Jacks ontrouw en Ricky's belediging en ze slaat hem in zijn gezicht. Ricky reageert met een bloedmooie, boze grijns. Hij pakt haar handen beet en klemt ze achter haar hoofd tegen het bontzachte roze hoofdbord. Jill wurmt boos als een kat in het nauw, maar geeft het even later op. Ricky brengt zijn gezicht naar het hare en spreekt zacht en intens.

'Het probleem met Jack Ingroff,' zegt hij, 'is dat hij niet weet hoe hij je in het gareel moet houden. Hij weet niet dat Jill Sanchez gewoon een vrouw is die net als alle vrouwen zo nu en dan graag op haar nummer gezet wil worden. Hij snapt niet dat je graag wilt dat ik zeg: *mámame el bicho*, hè?'

Jill hoort wat Ricky zegt, maar is niet onder de indruk van zijn voorspelbare namaakgettotaal. Ze weet dat hij gehoorzaamt als ze hem opdraagt om verdomme van haar af te gaan; daar is Ricky goed in… doen wat zij hem zegt. Jill Sanchez heeft die macht over mensen. Maar ze denkt na en weet dat ze beter kan doen alsof ze naar hem luistert zodat ze even alleen kan zijn met haar gedachten.

'Neukt hij je zoals ik?' vraagt Ricky heetgebakerd. Jill reageert niet. Ze kijkt in Ricky's mooie lichtbruine, bijna gele ogen en neemt de situatie in overweging. Het zou eigenlijk best in haar voordeel kunnen werken om de arme lieve latina te zijn die in de steek wordt gelaten door de grote, gemene overintellectuele gringo. Ze zou bij Barbara Walters of Diane Sawyer – of, nog beter, bij Oprah! – over haar verdriet kunnen jammeren, volmaakt getimed met de release van haar nieuwe film en album. Haar mensen hebben aangegeven dat het publiek een beetje moe wordt van haar onstuitbare succes en dit is misschien wel de perfecte oplossing. Als ze als de onschuld zelve overkomt vol liefdesverdriet, als ze Jack kan afschilderen als de kwaaie pier, zal Amerika haar, Jill Sanchez, meer dan ooit in de armen sluiten. En als Amerika Jill Sanchez in de armen sluit, zullen ze meer dan ooit voor haar producten willen betalen. Jill glimlacht als ze de opwinding door haar heen voelt borrelen en ze spreidt haar benen.

'Nee, schatje,' zegt ze tegen Ricky. 'Jack neukt me niet zoals jij.' In stilte voegt ze eraan toe: *zijn lul is groter en hij doet alsof ik een Japans jongetje ben.*

Ricky glimlacht en duwt zijn lichaam tegen het hare. '*Trágate la leche, mamita.*'

'Zet me op mijn nummer, Ricky,' zegt ze uitdagend, en ze onderdrukt een gaap. 'Laat het me voelen.'

'Weet je mammie waar je bent?' Mijn moeder kijkt fronsend naar Sophia.

Ja. Je hoort het goed. Geneva is daarstraks komen aanzetten met Sophia, Ricky's bastaardkind. O, én met Sophia's homovriendje David. Je wilt het niet weten. Oké, je wilt het dus wel weten. Vraag maar. Dan zal ik het je zeggen.

Het meisje en haar vriend waren naar Club G gegaan en hadden de deur met eieren bekogeld. Geneva was binnen met de architecte, dus die gingen buiten kijken toen ze het lawaai hoorden. Geneva moest de architecte smeken om de politie niet te bellen. Geneva had zeker medelijden met het meisje, en ik ook, maar toch. Waag het niet om de club van mijn zus met eieren te bekogelen. Dat kun je gewoon niet maken. En nu heeft Geneva ze hier als twee zwervers van de straat voor het eten meegenomen.

Gek. Net als je denkt dat Geneva meedogenloos is, doet ze zoiets. Bijna net zo gek als het feit dat ik mijn Ricky-obsessie heb verruild voor een Matthew-obsessie, alleen weet ik redelijk zeker dat Matthew een hekel aan me heeft omdat ik hem niet meteen geloofde en maak ik nu dus geen schijn van kans bij hem.

Jasminka komt de badkamer uit met haar handen op haar onderrug. Ze is nog steeds graatmager, maar heeft een buik als een strandbal. Ze ziet eruit als een beeldschoon, zwanger buitenaards wezen. O. Had ik al verteld dat ze hier woont? Kennelijk nemen we al Ricky's vluchtelingen in huis.

'Mijn moeder hoeft niet te weten waar ik ben,' zegt het meisje boos. Ze is langer dan mijn moeder en haar ogen glinsteren van verontwaardiging. Dertien lijkt tegenwoordig op vijftien van een generatie geleden. 'Ze geeft toch niks om me.'

Mijn moeder kijkt dreigend naar Sophia. 'Natuurlijk geeft jouw mammie om je,' zegt ze. Haar vriend David schudt zijn hoofd om Sophia bij te staan. Mijn moeder werpt hem nu die blik toe en hij krabbelt terug. Hij zegt dat hij ons huis gewéldig vindt. Jasminka leunt zwijgend tegen de muur en eet een peer. 'Alle mama's geven om hun kinderen,' zegt mijn moeder door op elkaar geklemde kaken. 'Waar is ze?'

'In Homestead,' zegt Sophia, alsof ze van het woord alleen al ziek wordt.

'De zonnige hoofdstad van Zuid-Florida,' voegt David eraan toe.

'*Pero Dios mío!*' roept Violeta uit. Ze slaat haar handen ineen op een manier die kinderen bang maakt, verheft haar stem zoals Cubanen dat doen en kijkt geschokt naar Geneva. 'Hoe zijn ze helemaal in Miami Beach gekomen?'

'Met de bus,' zegt Sophia.

Geneva haalt haar schouders op, weet niet wat ze hiermee aan moet. 'Met de bus,' zegt ze zwakjes tegen mama. Nu werpt mama Geneva die blik toe. God, ik hoop niet dat ik zo aan de beurt ben.

Mama zegt vervolgens: 'We zullen je mammie eens bellen en haar vertellen dat alles goed met je is. Ze is vast doodongerust.'

'Die maakt zich alleen druk om zichzelf,' zegt Sophia.

'Dat kan niet waar zijn,' zegt Jasminka met haar mond vol peer.

'Wat weet jij daar nou van?' snauwt Sophia. 'Jij wou niet eens toegeven dat Ricky mijn vader is.'

'Dat spijt me,' zegt Jasminka. 'Ik wist toen niet wat ik nu weet.'

'Kom, we gaan je mammie bellen,' zegt mijn moeder.

'Nee! Ze haat me,' zegt Sophia tegen haar.

'Onzin,' zegt Violeta, en ze legt Sophia's bezwaren naast zich neer. Ze geeft mij opdracht om de telefoon te pakken, alsof ze daar zelf niet toe in staat is. Ook goed. Ze denken nog steeds allemaal dat ik de brave dochter ben. Laat ze maar. Het kan mij niet schelen. Het is beter dan de waarheid. Mijn moeder zegt: 'We gaan haar moeder bellen.'

'Ik weet haar nummer niet,' zegt Sophia. Ja, vast! Wat een stomme opmerking. Ik kom terug met de telefoon (hij lag wel helemaal aan de andere kant van de kamer, moet je weten) en ik zie dat mijn moeder het gezicht van de arme Sophia bestudeert. Mijn moeder lijkt wel een roofdier.

'Jij,' zegt ze, en ze wijst naar het meisje, 'je doet me denken aan een heel lastig meisje dat ik vroeger kende.' Ze kijkt naar Geneva.

Ha! Ik win. Ik win. Geneva was het lastige kind.

Ha.

Goh, wat volwassen.

Ik geef mijn moeder de telefoon en ze houdt hem even vast, terwijl ze geniet van de onbehaaglijkheid van het meisje.

'Belt u haar alstublieft niet,' zegt Sophia.

Mijn moeder knijpt haar ogen samen en zegt: 'Je ziet eruit alsof je honger hebt.'

'Ik verga van de honger,' zegt Jasminka.

'Jij niet,' zegt mijn moeder tegen Jasminka. 'Bij jou is honger een gegeven.'

'Bel alsjeblieft mijn moeder niet.' Sophia kijkt deze keer naar Geneva. 'Ze vermoordt me.'

'Ze vermoordt haar,' zegt Geneva tegen mama met een schuldbewuste blik.

'Ik heb twee meisjes grootgebracht en ik weet zeker dat jouw mammie zich zorgen om je maakt,' zegt mijn moeder. Oké, ik begin nu een beetje genoeg te krijgen van dat hele mammie-gedoe. Ze heeft het tegen een tiener die langer is dan zijzelf. Ze zou gewoon 'moeder' moeten zeggen. Maar misschien zegt ze het op zijn Spaans, als '*mami*' en klinkt het als mammie. Wie zal het zeggen. Wat maakt het verdomme uit.

'Toe,' zegt Sophia. 'Waarschijnlijk heeft ze niet eens door dat ik weg ben.'

'Waarschijnlijk niet,' zegt David. 'Haar moeder ziet nooit wat. Ze heeft ADHD.'

'David!' zegt Sophia. 'Dat is niet waar.'

'Wel waar.'

'Niet waar.'

Op dat moment gaat mijn Hello Kitty-telefoon op mijn slaapkamer. Heel fijn. Doe ik mijn best om volwassen te zijn, moet ik een Hello Kitty-telefoon opnemen.

'Neem me niet kwalijk,' zeg ik.

Ik ren naar mijn kamer om te zien wie het is en ik heb het akelige gevoel dat het Ricky wel eens zou kunnen zijn. Ik kijk op de nummerweergave en, ja hoor, daar staat RICKY BISCAYNE PRODUCTIONS. Ik neem op.

'Hoi, Ricky.'

Het is even stil. Dan hoor ik Ricky's stem die zegt: 'Milan? Met Matthew.'

Matthew? 'Eh, hoi.'

Ik hoor hem lachen en ik kan niet geloven dat me nooit eerder is opgevallen dat zijn stem precies lijkt op de stem waar ik al jaren van hou. Ik ben nog steeds gek op die liedjes. Ik voel mijn hartslag versnellen en bedenk dat de man die daarvoor verantwoordelijk is single en aardig is en míj belt.

'Eh,' zegt hij. 'Ik vroeg me af of je binnenkort zin hebt om die film nog een keertje te kijken.'

Ik glimlach in mezelf en voel vlinders in mijn buik. 'Maar die hebben we allebei al gezien,' zeg ik.

'Nog beter,' zegt hij. 'Want dan kan ik me beter concentreren op de massage.'

'Wat dacht je van vanavond?' flap ik eruit.

Hij wacht even. 'Oké.'

'Hé, wacht even. Ik ga met je mee,' roept Nestor, terwijl hij me over de parkeerplaats achterna rent. Ik heb geen tijd om afscheid te nemen van mijn collega's. De vraag is of ze merken dat ik er niet meer ben. Ik bel Sophia's nummer en krijg direct de voicemail.

'Nee,' zeg ik. Ik laat mijn sleutels op het asfalt vallen. Mijn handen trillen. 'Dit moet ik alleen doen.'

Nestor komt naast me staan en raapt mijn sleutels op. Hij legt zijn hand op mijn arm en kijkt me recht aan. 'Irene, ik weet dat je sterk bent. Dat ben je ook. Moet je kijken. Je hebt zo veel bereikt. Daar heb ik bewondering voor. Maar je moet nu niet alleen zijn,' zegt hij.

'Ik ben niet alleen,' snauw ik. 'Ik ga naar de politie. Dan zijn zij er.'

'Zíj zijn je vrienden niet,' zegt hij. 'Je hebt een vriend nodig.'

Hij heeft gelijk. Sinds de geboorte van Sophia heb ik mezelf geen tijd gegund voor vrienden. Sindsdien heb ik alleen maar heen en weer gerend en nooit gedacht dat er iemand in de wereld was die met me mee wilde rennen. Ik wil niet meer alleen zijn. Dat wil ik niet. Ik vecht tegen de tranen, stuntel met de autosleutels en zeg: 'Waarom doet ze me dit aan?' Het komt eruit als een jammerklacht.

'Hé.' Nestor legt zijn hand op de mijne en duwt de sleutel in het slot. Draait hem om. Rustig. Behulpzaam. Liefdevol. 'Sophia heeft misschien helemaal niets gedaan. We moeten gewoon ons best doen om haar te zoeken. Geen verwijten, goed?'

Hij doet het portier voor me open, helpt me met instappen. Ik leun opzij om het andere portier open te doen. Nestor stapt moeizaam in mijn auto. Zo'n lange man, zo sterk en zo lief. Ik kan het nauwelijks geloven. Terwijl ik de motor start, voel ik dat mijn keel samengeknepen wordt en ik probeer mijn tranen in te slikken. Ik voel dat hij naar me kijkt. Ik wil niet huilen waar hij bij is. Ik wil nu niet instorten. Sophia heeft me nodig.

'Er is niets met haar aan de hand, oké?' zegt Nestor. Dus hij kan ook al gedachten lezen? 'Er is vast niets aan de hand. Ze is gewoon een tiener. En ze heeft het moeilijk op het moment. Laten we gewoon bedenken waar ze kan zijn.'

Ik rij de straat op en bijt op mijn onderlip. 'Ik weet het niet,' zeg ik. 'Voetbalkamp, school en vrienden, anders weet ik het niet.'

'Laten we om te beginnen haar vrienden bellen,' stelt Nestor voor. Hij is zo kalm en redelijk. Natuurlijk. Sophia is vast bij een vriend of vriendin. Waarom heb ik daar zelf niet aan gedacht? Waarom heb ik altijd direct de neiging om van het ergste uit te gaan?

Nestor pakt zijn mobiele telefoon en klapt hem open. 'Weet je telefoonnummers of namen? Dan bel ik terwijl jij rijdt.'

'Waar ga ik ook alweer naartoe?' vraag ik. Ik ben het kwijt, voel me overweldigd, sta op instorten onder het gewicht dat op mijn ziel drukt.

'Het politiebureau.'

'Dank je.'

Ik geef hem het nummer van David. Nestor belt en Davids moeder zegt dat ze niet weet waar haar zoon is, maar dat ze zich geen zorgen maakt. We vragen haar om Davids mobiele nummer. We bellen, maar er wordt niet opgenomen. Ik vertel Nestor dat Sophia volgens mij bijna nooit meer bij anderen is. Ze hebben zich allemaal tegen haar gekeerd. Ze geloven wat er over ons in de krant staat.

'Even nadenken,' zegt hij rustig, terwijl ik verder rij. 'Denk je dat ze misschien weer naar Ricky's huis is?'

Ik krijg er kippenvel van. Ricky. Natuurlijk. 'O, jee,' zeg ik. 'Ik heb haar nog zo gezegd dat er wat zou zwaaien als ze dat deed. Daar hebben we een goed gesprek over gehad.'

Nestor lacht.

'Wat is daar zo grappig aan? Dit is niet grappig!'

'Je hebt tegen haar gezegd dat er wat zou zwaaien?'

'Ja, en?'

'En hoe oud is Sophia ook alweer?'

'Dertien.' Hij grijnst naar me en zegt niets. Ik kijk hem aan. 'Wat nou?' vraag ik. 'Waarom kijk je zo naar me?'

'Irene, je beseft toch wel dat Sophia op een leeftijd is dat problemen haar eerder aantrekken dan afschrikken?'

Ik rij de parkeerplaats bij het politiebureau op en heb weer wat meer hoop. Hij heeft gelijk. Alweer. Nestor is verstandig. Sophia wíl me overstuur maken.

'Laten we eerst bij Ricky kijken,' zeg ik.

'Goed,' zegt Nestor. 'Dat is waarschijnlijk een goed idee. Je hoeft niet direct de politie erbij te halen.'

Ik rij de parkeerplaats af en bots bijna tegen een tegemoetkomende auto. Nestor biedt aan om te rijden. 'Ik weet de weg nog,' zegt hij. 'Laat me helpen.'

Een uur later rijdt Nestor door Miami Beach als mijn telefoon gaat. Het is niet mijn moeder. Niet Sophia. Niet David. Ik neem op. 'Hallo?'

De vrouw heeft duidelijk een Spaans accent. 'Mevrouw Gallagher? U spreekt met Violeta Gotay. Uw dochter zit hier in mijn woonkamer en ik wilde u laten weten dat alles goed met haar is. Ik heb zelf een dochter van die leeftijd gehad en ik weet dat u waarschijnlijk doodongerust bent geweest. U hoeft u dus geen zorgen te maken, *mami*, alles is goed met haar.'

'Wie bent u?'

'Ik ben de moeder van de publiciteitsagent van Ricky Biscayne, en uw dochter heeft zojuist met ons gezin meegegeten en ze wil nu graag dat u haar komt halen.'

Goddank. Alles is goed met haar. Maar, Ricky's publiciteitsagent? Ho even. Dat kan niet goed zijn. 'Violeta, mag ik haar even spreken?'

'Mama, papa, ik moet terug naar mijn werk om wat formulieren te regelen die ik ben vergeten,' zeg ik. Mijn vader en moeder zitten aan de kleine, zelfgemaakte bar op de patio met hun vrienden en mijn opa en oma. Ze drinken cognac en praten over – wat anders? – die goeie, oude tijd in Cuba. Ik lieg tegen ze. Mijn moeder vermoedt iets en ze knijpt haar ogen toe.

'Werk, werk, werk,' zegt mijn vader in het Spaans tegen zijn vrienden. Hij heeft gedronken en is ongewoon luidruchtig. 'Deze meisjes zijn door Amerika verpest. Ze werken als mannen.'

Ik zwaai naar Jasminka en Sophia die in de woonkamer door *Living in Cuba* bladeren, een schitterend salontafelboek vol foto's. Ik schiet de hal in, sluit me op in mijn slaapkamer en doe de kastdeur open. Wat moet ik aan naar Matthew? Het is avond, maar Matthew is niet bepaald het smokingtype. Ik heb genoeg van al dat optutten, maar ik wil er wel goed uitzien. Ik wil een goede indruk maken. Ik wou dat ik kon douchen zonder dat mijn vader wantrouwig wordt. Weet je, volgens mij wordt het eindelijk tijd om het huis uit te gaan. Binnenkort.

Ik gooi rokken, broeken en T-shirtjes op bed en graaf in mijn ladekast naar nog meer. De maagd kijkt me met haar porseleinen ogen aan. Ze kijkt geamuseerd. 'Wat nou?' vraag ik haar. 'Had ik door moeten hebben dat Ricky een leugenaar is? Hoe had ik dat moeten weten? Het spijt me dat ik je ooit heb gevraagd om hem te mogen ontmoeten. Ben je nou blij? Wees voorzichtig met je wensen. Ik weet het, ik weet het.'

Ik richt mijn aandacht op de kleren. Ik kies een hippieoutfit van Anna Sui; een witte blouse waarvan de stof aan de voorkant bijeen komt als een tuniek, en een mosgroene laagjesrok waar een witte onderrok onderuit komt. Ik maak het geheel af met blauwe platte schoentjes van Marc Jacobs. Ik word steeds experimenteler met kleuren. De meeste aandacht besteed ik aan mijn ondergoed, want ik wil dat Matthew mijn ondergoed te zien krijgt. Ik kies een licht voorgevormde body van Victoria's Secret – de beste beha die ooit is gemaakt – en bijpassende string. Mannen houden van strings. Zo moet ik waarschijnlijk niet denken. Ik moet leren van mijn fouten en het rustig aan doen. Maar nu ik weet dat hij de stem en het talent achter de nummers is die mijn leven hebben veranderd, de liedjes waarom ik heb gelachen en gejankt, wil ik me helemaal aan hem geven. Hij is de meest aantrekkelijke man op aarde.

Ik glip het huis uit en rij naar Miami Beach terwijl ik duizelig van opwinding naar Matthews muziek luister. Matthew is het talent en Matthew is vrij. Hij is bescheiden en grappig. Het lijkt nu zo logisch. Nu ik erover nadenk, paste Ricky's persoonlijkheid ook helemaal niet bij de liedjes. Matthew ís de liedjes.

Ik parkeer langs de straat, ook al is dat alleen voor vergunninghouders, en hoop dat ik geen bon krijg. Ik ren de trap naar Matthews voordeur op en klop aan. Ik hoor binnen muziek, het klinkt Afrikaans, drums en zang. Ik hoor gestommel en dan gaat de deur open. Matthew kijkt me glimlachend aan. Hij draagt wijde shorts, deze keer met een vaalgroen T-shirt waarop staat YOU BET YOUR ASS I LOVE BLUEGRASS met een plaatje van een banjo erbij.

'Hoi!' zegt hij. Hij doet een stap opzij om me binnen te laten.

'We zijn alle twee in het groen,' zeg ik. Niet de meest snuggere opmerking. Maar dat zeg ik nu eenmaal.

'Inderdaad,' zegt Matthew.

Het flatje ziet er stukken beter uit dan de vorige keer, alsof Matthew de rommel een beetje heeft opgeruimd. Op de salontafel staan twee ongeopende biertjes, Red Stripe, naast een grote blauwe plastic kom met popcorn. We babbelen wat over ons werk, het weer, zijn flatje, hij zegt dat ik er leuk uitzie en dan gaan we zitten. Het verbaast me dat hij me aantrekkelijk vindt.

'Zo,' zegt hij, terwijl hij de muziek iets zachter zet. 'We kunnen een film uitkiezen. Ik heb *Ocean's Twelve*, die heb ik nog steeds niet gezien, maar ik geloof niet dat ik vandaag de strijd aan wil met Brad Pitt en George Clooney. Ik heb *Spanglish*, maar die heb ik al gezien en geloof me, die imperialistische, kolonialistische, stereotype bagger, nee echt, over de deugdzame, arme latina en de liefdadige rijke blanke man wil je niet zien. Pure bagger. En dan ben ik nog een fan van Adam Sandler en James Brooks. Maar goed. Dat was een flop. Afijn. Wat verder? Ik heb *In the Bedroom* omdat ik dacht dat het porno was, maar het bleek iets te zijn met Sissy Spacek.'

'Heftig,' zeg ik.

'Nogal. Niemand wil porno met Sissy Spacek zien.'

'Verder nog iets?'

'Ja. *Hero*. Maar dat was het.'

'Die is leuk.'

Matthew staat op en ik kijk toe terwijl hij naar de andere kant van de kamer loopt. Opnieuw valt me op hoe goed hij zich in zijn eigen lijf voelt. Hij heeft gespierde benen van het fietsen en ik zou de rossige krulletjes willen strelen. Hij is erg mannelijk op een manier die je in Miami niet veel ziet. Hij ziet eruit alsof hij zo een berg zou kunnen beklimmen om daar een tent op te zetten.

'Wat is er?' Matthew ziet dat ik naar hem zit te staren. 'Heb ik iets op mijn kont zitten?'

'Nee. Je hebt toevallig een heel lekker kontje.'

'Ja?'

'Ja.'

Hij grijnst en stopt de dvd in het apparaat, doet het grote licht uit, zet een bureaulamp in de hoek aan en loopt op me af.

'Grappig, dat vind ik van jou ook,' zegt hij. Ik kauw afwezig op de popcorn terwijl hij naar de salontafel loopt, de bierflesjes opent en er een aan mij geeft. 'Proost,' zegt hij. 'Op de waarheid.'

'Op de waarheid,' zeg ik.

'Die schijnt bevrijdend te werken.'

'Ja, dat heb ik ook gehoord.'

Hij leunt op zijn gemak achterover en trekt de bak popcorn op schoot. 'Kom hier.'

'Waar? Ik ben er al.'

'Nee. Dichterbij. Kom naast me zitten.'

Ik schuif wat dichter naar hem toe en voel de warmte van hem af stralen. Hij pakt de afstandsbediening en zapt langs de titelrol. Ik probeer het begin van de film te volgen, maar ik voel me ontzettend tot hem aangetrokken. Ik kan nauwelijks ademhalen. De wetenschap dat ik naast het talent achter mijn levensobsessie zit is nu sterker dan ooit met Ricky, want de waarheid is hier. Ik geloof in Matthew. Met Ricky was er altijd iets wat net niet helemaal klopte.

'Hoe zit het met die massage die je me had beloofd?' vraag ik.

Matthew zet de popcorn en zijn bier weer op tafel en glimlacht naar me. 'Ik dacht dat je het nooit zou vragen.'

Ik sla mijn bier achterover, zet het flesje neer en keer me met mijn rug naar Matthew toe. Net als de eerste keer begint hij over mijn nek en schouders te wrijven met warme sterke vingers die precies lijken te weten waar en hoe ik aangeraakt wil worden. Het voelt ongelooflijk lekker aan en ik doe mijn ogen dicht en hoop dat hij nooit meer stopt. Matthew komt wat dichter bij me zitten en drukt zich tegen me aan, terwijl hij alle spanning uit mijn lichaam wrijft en kneedt. Ik voel zijn lippen achter in mijn nek. Kleine, tedere kussen.

'Je ruikt zo lekker,' zegt hij met die stem. Die waanzinnig sensuele stem. Die prachtige stem. Ik kan geen woord uitbrengen. Hij kust me opnieuw en zijn handen blijven over mijn rug gaan en glijden dan langzaam onder mijn blouse. Hij houdt me bij mijn middel vast met mijn rug tegen zijn borst. Hij kust mijn oor heel teder, voorzichtig en ik voel zijn adem. Overal kippenvel. 'Je ruikt heel lekker,' zegt hij.

'Het spijt me,' zeg ik. Ik laat me slap, ontspannen tegen hem aan leunen.

'Wat spijt je?'

'Dat hele gedoe met Ricky.'

'Zullen we het niet over hem hebben?' zegt Matthew. 'Laten we gewoon samen zijn.'

Ik draai mijn hoofd om om zijn gezicht te kunnen zien. 'Oké,' zeg ik. Ik kus hem zachtjes, teder op zijn mond, een helende zoen. Ik voel een hitte in me die ik nog nooit heb gevoeld, een zielsverwantschap. Ik heb wel eerder naar mannen verlangd, maar niet zoals nu, niet dat onze zielen met elkaar botsten en de vonken over ons lichaam spatten. Spanning in elke lichaamscel.

Ik draai me om en we kussen lang, hartstochtelijk, onderzoekend. We proeven, knabbelen en duwen. Steeds weer opnieuw. Matthews kussen zijn niet de doelgerichte, agressieve kussen van Ricky. Ze zijn teder, vol humor en gevoeligheid en eerbied. Dat is het. Hij lijkt respect en eerbied voor me te hebben die er beslist niet waren als ik met Ricky vrijde.

'Je bent zo mooi,' zegt hij tegen me. Zijn handen dwalen lichtjes over de huid van mijn handen, mijn armen, mijn schouders, nek. Op de achtergrond draait de film. Nu zijn het mijn handen die onderzoekend, strelend over zijn lichaam glijden. Ik wil hem me eigen maken. Ik wil zo graag een deel van hem zijn. Ik wil hem opeten. Ik wil door hem verorberd worden. Ik wil dat we één zijn.

'Wil je naar de slaapkamer?' vraagt hij.

'Is Sissy Spacek daar?'

'Volgens mij is ze weg.'

'Oké.'

Matthew vlecht zijn vingers door de mijne en ik ga met hem mee naar zijn slaapkamer. Het is er eenvoudig en schoon vergeleken met de woonkamer, opgeruimd, met een bed met een moderne zwartmetalen ombouw, een ladekast en een stoel. Er liggen alleen grijze lakens op het bed. Hij pakt mijn hand, trekt me mee en kust me. Ik voel een schok door me heen gaan, en het is alsof onze levenskrachten elkaar ontmoeten, magneten die elkaar aantrekken. We vallen al zoenend op bed. De lakens zijn heel zacht, van die lakens die aanvoelen als T-shirts, van jersey.

Ik steun op mijn arm op mijn zij en Matthew doet hetzelfde met zijn gezicht naar me toe en we zoenen. Met zijn andere arm trekt hij me naar zich toe, dicht tegen zijn lichaam en even houden we elkaar alleen maar vast. Ik voel zijn hart kloppen. Mijn arm slaapt. Ik laat me opzij rollen en ga boven op hem zitten. Hij grijnst met een verbaasde blik naar me.

'Je bent een beetje een wilde, hè?' zegt hij.

'Blijf liggen,' zeg ik. Ik buig me voorover en strijk met mijn lippen langs de zijne. Ik voel dat zijn handen me naar zich toetrekken en hij kust me lange tijd hartstochtelijk. Mijn rechterhand glijdt over zijn borst naar zijn buik en lager. Hij is hard en dik. Dik is goed. Een goede maat, heel goed.

'O, god,' zegt hij, en hij duwt zijn heupen naar mijn handen terwijl ik zachtjes knijp. Ik kijk hem diep in de ogen en zie een glimlach. Er is geen afstand en agressie zoals ik die bij andere mannen heb gevoeld. Matthew is hier als mens en de Matthew op dit moment is niet anders dan de Matthew op andere momenten. Hij is gewoon, simpelweg Matthew, en na zo veel complicaties is het gewoon, simpelweg goed.

Ik laat hem los en laat mezelf boven op hem zakken, terwijl we allebei onze kleren nog aan hebben. Ik glimlach naar hem terwijl ik mijn witte blouse en beha uittrek. Hij kijkt naar me. 'Wauw,' zegt hij. 'Je bent heel bijzonder.'

Ik bloos. Matthew gaat iets rechterop zitten en wurmt zich uit zijn T-shirt. Ook hij is heel bijzonder. Ik geniet van hoe hij eruitziet, hoe hij ruikt, hoe hij is. Hij is zo híér, zo open, zo bíj me, alsof ik bij een vriend ben. Volgens mij heb ik, met mijn bescheiden ervaring met mannen, nog nooit met iemand gevrijd die me niet het gevoel gaf dat ik deed alsof. Die afstand schiep en me een vervelend gevoel gaf.

Ik laat me weer op hem zakken en voel zijn borsthaar tegen mijn borsten. Zijn warmte. Ik zoen hem en hij zoent me terug. Hij doet zijn hoofd omlaag en kust mijn borsten, trekt met zijn tong een spoor over mijn tepels en neemt ze dan in zijn mond. Het is goddelijk.

Matthew draait me om zodat ik onder lig en blijft mijn borsten kussen en glijdt dan lager en lager. Hij komt bij mijn rok en trekt die teder uit. Dan de onderrok. Dan mijn string. Hij kust mijn heupen, mijn navel, mijn buik, lager, lager. Mijn benen gaan uit elkaar, ik krom mijn rug, allemaal onwillekeurig. Ik ben hulpeloos onder zijn aanraking. En dan, daar. Hij kust me daar zacht, ervaren, teder alsof hij precies weet wat ik nodig heb. Zijn vingers glijden in me en ik krijg een gevoel dat ik nog nóóit heb gehad. Het is bijna alsof ik moet plassen, maar ook weer niet. Ik hap naar adem. Zijn tong gaat over mijn clitoris, de vingers van zijn ene hand zijn in me en met de vingers van zijn andere hand streelt hij mijn borst. Alweer een overweldigend gevoel diep in me, een ongelooflijk genot. Ik heb dit nog nooit gevoeld. Nog nooit.

'Wat doe je?' vraag ik, en ik steun op mijn ellebogen.

'Je G-plek,' zegt hij met een glimmende grijns. 'Is dit hem?'

Ik laat me weer achterover op bed vallen, zwak en kronkelend onder zijn handen, vervuld met een genot en liefde die ik niet voor mogelijk hield.

'Ja!' roep ik. Ik heb de volmaakte man gevonden. 'Ja! Ja! Ja!'

MAANDAG 29 JULI

Ik zit aan mijn bureau en luister naar het kletteren van de regen buiten. Het plan is in werking gesteld. De plannen. In mijn paarse zonnejurk van David Meister die ik bij Neiman Marcus heb gekocht. Ik zie er nog heel lief uit ook. In mijn zonnejurk die ik alleen maar heb gekocht omdat Jasminka er zo schattig uitzag in die van haar. Je zou niet denken dat een vrouw in een zonnejurk zoiets duivels van plan was als ik van plan ben om Ricky aan te doen.

Dat is toch niet verkeerd? Een man in de val lokken? Een man in de val lokken in een jurkje als dit, een jurkje waarin je over een heuvel wilt huppelen en tegen schapen wilt zingen? Maar toch. Hij heeft mensen gekwetst en dat is verkeerd. Karma. Dat zeg ik. Ik ben niet langer de kantoorslet. Ik ben de kantoorwreker.

Ik recht mijn rug, doe mijn best om een onwetende, blije werknemer van Ricky Biscayne Entertainment te lijken. Ik zou 'actrice' op mijn lijst met talenten moeten zetten. Weet je nog dat ik vroeger zei dat ik ooit een leven zou hebben? Iets van betekenis. Nou, volgens mij heb ik het gevonden. In mijn leven gaat het er nu om om dingen recht te zetten. Om leugenaars en bedriegers te ontmaskeren. Het gaat ook om wraaknemen op Ricky, maar dat is niet echt nobel, dus daar hebben we het niet over. Ik pak de telefoon en bel de pr-afdeling van het Rode Kruis en vertel dat Ricky geïnteresseerd is om als ambassadeur op te treden, als ze dat wat lijkt. Fase 1.

Na een kwartiertje over Ricky's sterstatus te hebben gestoeid, denkt de pr-afdeling, of de mensen die daar werken, dat ik geniaal ben. Een afdeling kan niet denken. Maar ik wel. En dat heb ik gedaan. Ik spreek met ze af dat Ricky een aankondiging in de pers zal doen waarin hij er onverschrokken mee zal instemmen om bloeddonor te worden. Daarmee zal hij de bevolking van Miami en de latino's in het hele land, die nogal bang zijn aangelegd, motiveren om hetzelfde te doen. Ik vraag of ze een formeel verzoek willen indienen zodat Ricky kan zien dat dit uitstekende idee van hen afkomstig is. Ze voelen zich gevleid.

Een uur later wordt de brief van het Rode Kruis per koerier afgeleverd en neem ik hem mee naar de studio om Ricky te laten lezen en zijn mening te vragen. Ricky zit naar een nummer te luisteren waarvan ik nu weet dat Matthew het heeft geschreven en gezongen. Een choreograaf laat Ricky wat nieuwe bewegingen zien voor bij de gitaarsolo's. Ricky beweegt zich fantastisch zoals altijd, maar zijn ogen zijn bloeddoorlopen en verzonken; hij ziet eruit alsof hij al nachten op is. Omdat ik weet dat Ricky een vreselijke controlfreak is die alles op zijn eigen manier wil, benader ik het zoals mensen praten tegen kleuters en tieners.

'Ik haat bloedprikken,' zeg ik. 'Ik bedoel, het is raar. Nou ja, niet raar. Ik bedoel, er zijn grote sterren die het hebben gedaan. Het goeie nieuws is dat ze alleen mensen vragen die conventionele sterren zijn, dus dat betekent dat we iets bereikt hebben! En je wilt het natuurlijk niet doen als je bijvoorbeeld iets in je bloed had wat anderen niet zouden mogen weten. Niet dat ik zeg dat dat bij jou zo is.'

Ricky trekt zijn joggingbroek recht en grijnst naar me alsof hij denkt dat hij zo weer lekker een potje met me gaat neuken. Arme sukkel. Hij neemt een slok water uit een fles en schudt zijn hoofd.

'Dat zie je verkeerd, Milan,' zegt hij. 'Ik vind het een goed idee. Er zijn heel veel mensen die bloed nodig hebben en het is een goede manier om meer naamsbekendheid te krijgen. Maar eh, er kan wel wat alcohol in mijn bloed zitten.'

'Denk er nog eens over na, Ricky. Ze screenen je niet.' Ik doe mijn best om weifelend en angstig te kijken.

'Ik hoef er niet over na te denken,' zegt hij. 'Meld me maar aan.'

Ik loop terug naar mijn kamer en bel het Rode Kruis. Ik zeg: 'Er is één verzoek. Ricky wil zelf een paar buisjes bloed hebben. Ik weet niet waarom. Ik denk dat het net als met Angelina Jolie is, dat hij het aan een kettinkje wil hangen, of zoiets. En hij wil niet dat de rest daadwerkelijk gebruikt wordt. U begrijpt vast wel dat we discreet willen zijn. Even onder ons, hij slikt wat groeihormonen voor zijn spieren. Meer niet. Maar dat hoeft niet iedereen te weten.'

Het is een wonder, maar ze gaan ermee akkoord.

Vanuit mijn ooghoek zie ik iets bewegen en als ik opkijk zie ik dat Ricky mijn kantoor binnenkomt. Hij doet de deur achter zich dicht. O, o.

'Hoe gaat-ie, Ricky? Je klonk waanzinnig op die nieuwe track.'

'Ja, hè?'

'Mm-mm.'

Hij pakt mijn hand vast en kijkt me diep in de ogen. 'Ik moet je iets vragen, Milan.'

'Eh, ik ben ongesteld.'

Hij negeert mijn opmerking. 'Weet je waar mijn vrouw is?'

Mijn hart gaat als een bezetene tekeer. Lieg. Lieg tegen de klootzak. Zoals je nog nooit heb gelogen. 'Jasminka?' vraag ik, en ik probeer tijd te rekken. Hij staart me met natte, gedrogeerde ogen aan. Kil. Ik zeg: 'Sorry. Geen idee.'

Ricky brengt mijn hand naar zijn lippen en plant kleine kusjes op mijn knokkels. Zachtjes likt hij mijn huid. '*Déjame mamarte la chocha, mamita.*'

'Eh, Ricky, dat gaat niet. Niet nu. Ik heb het echt heel druk.'

Hij neemt een van mijn vingers in zijn mond en zuigt eraan. Ik voel een schok door me heen gaan. Maar in plaats van een schok van lust, zoals eerst, is het een schok van walging. Ik wil dat hij oprot.

'Ik heb gehoord dat je iets met Matthew hebt,' zegt hij. Hij loopt om het bureau heen en gaat op de grond tussen mij en het bureau zitten. Hij duwt mijn knieën uiteen en legt zijn handen op mijn dijen.

'We zijn een paar keer uit geweest,' zeg ik. 'Ik vind hem leuk.' Ik wil hem wegduwen, maar hij duwt me in de stoel.

'Het maakt mij niet uit als mijn werknemers wat rotzooien,' zegt hij, en hij gaat met zijn vingers over mijn benen omhoog. 'Zolang het met mij is. Je bent van mij. Niet van hem. Onthoud dat, Milan.'

'Ricky, niet doen,' zeg ik.

'Wat, schatje? Wat is er? Mag Matthew ons niet zien?'

'Nee,' stamel ik. 'Ja. Ik bedoel, ik wil dit niet meer.'

'Of misschien' – zegt Ricky, terwijl hij tussen mijn benen om-

hoogschuift en mijn wang kust. Hij grijpt mijn kruis hard vast –
'weet je waar Jasminka is?'

Ik probeer Ricky van me af te duwen, maar hij houdt vol, kust me
op mijn lippen.

'Wat doe je?' Ik probeer me weg te trekken. Hij heeft holle ogen.
Zo koud als ijs. Waarom is me dat nooit eerder opgevallen?

'De meeste vrouwen zouden een moord doen om in jouw schoenen te staan,' zegt hij.

'Dat weet ik,' zeg ik. Laat niet te veel merken, nog niet, niet voordat het plan in gang is gezet. Op dat moment hoor ik dat er zachtjes
op de deur wordt geklopt. Ik kijk op, langs Ricky die tussen mijn benen zit, en ik zie Matthew in de deuropening van het kantoor staan
met een stapeltje afhaalmenu's in zijn handen.

'Matthew,' roep ik, terwijl Ricky's mond zich op de mijne sluit.

Matthew zegt niets, maar staart ons alleen met pijn in zijn ogen
aan. Hij draait zich om en loopt weg.

'Nee!' schreeuw ik. Ik schop Ricky van me af. 'Matthew!'

Ik duw Ricky opzij en ren achter Matthew aan, maar ik zie hem
nergens meer. De voordeur staat open. Hij is de regen in gerend.

Ricky loopt op zijn dooie gemak langs alsof er niets is gebeurd.

'Zo,' zegt hij. 'Nu weet je hoe het is om iemand te verliezen van
wie je houdt. Als je iets van Jasminka hoort, laat het me dan weten.'

Ik vlucht naar mijn kamer, doe de deur op slot en bel Matthews
mobiele nummer. Er wordt niet opgenomen. Ik kijk naar de ar-
chiefkast. Ik plunder hem op zoek naar contracten. Ik vind ze.

Twee uur lang zit ik te lezen en ik kan mijn ogen niet geloven.
Ricky heeft Matthew jarenlang vreselijk bestolen.

Ik bel hem opnieuw en spreek een berichtje in.

'Matthew. Het was niet wat je dacht. Ik kom naar je toe,' zeg ik
schor van de tranen. 'En ik neem je contracten mee. We nemen een
advocaat in de arm.'

Nestor trekt een blikje kattenvoer voor Chester open, wast zijn
handen en pakt voor zichzelf een vertrouwde biologische magne-
tronmaaltijd uit de witte radioactieve verpakking.

Hij gaat in zijn lievelingsstoel zitten en leest opnieuw de brief van
de rechtenfaculteit van de universiteit van Florida waarin staat dat
hij is aangenomen. Bijna al zijn behaalde studiepunten van de uni-

versiteit van New York tellen mee, wat betekent dat hij binnen het jaar meester in de rechten zal zijn. Hij is niet geschikt om branden te blussen, vindt hij. Echte branden. Hij is meer geschikt voor het blussen van andere vuurtjes.

Hij pakt de telefoon van de salontafel en belt met Irenes advocaat Sy Berman voor de stand van zaken. Irene heeft het er zo druk mee om haar dochter thuis te houden en haar voor problemen te behoeden, en om haar moeder aan de antidepressiva te krijgen dat deze rechtszaak wel het laatste is waar ze aan denkt. Het lijkt wel of Irene genoeg heeft van vechten, genoeg heeft van de pers en er niets meer mee te maken wil hebben. De laatste keer dat hij haar heeft gesproken, een paar uur geleden, leek ze te berusten in een baantje als serveerster en zei ze dat ze een tijdje schuil wilde houden. Dat is onaanvaardbaar. Irene is slim, bekwaam, en ze is in Nestors ogen een van de beste brandweerlieden van Zuid-Florida. En hij is niet van plan om toe te staan dat ze het zomaar opgeeft.

De advocaat verzekert Nestor dat hij al het mogelijke doet, maar zegt ook dat het erg moeilijk zal worden om een jury te krijgen die haar kant van de zaak ziet, gezien alle negatieve berichten in de pers over Irene en Ricky Biscayne. Nestor zegt tegen de advocaat dat hij een zekere Milan Gotay moet bellen, die mogelijk informatie heeft die hem op andere gedachten zal brengen. 'Het is maar een ingeving,' zegt hij. De advocaat bedankt Nestor en zegt dat hij hem nog zal bellen.

Nestor doet de tv aan, probeert zijn aandacht af te leiden van de spoken. Ze komen niet zo vaak meer, maar ze komen nog wel.

Bij een entertainmentshow blijft hij hangen; goedkoop en blinkend, kleurrijk en vrolijk genoeg om zijn aandacht even van zijn eigen leven af te leiden.

Op het beeldscherm is Jill Sanchez te zien die naast Oprah Winfrey zit en huilend vertelt hoe Jack Ingroff haar gedumpt heeft omdat hij verliefd is op iemand anders. 'Ik deed alles voor hem,' zegt de actrice en zangeres snikkend. 'Ik kookte, maakte schoon. Ik werd een echte huismus. Maar dat was kennelijk niet wat hij zocht. Diep vanbinnen denk ik dat ik gewoon te traditioneel voor hem was. Ik hou nog steeds van hem en dat zal ik altijd blijven doen.' Jill draagt een hoge col alsof ze een schooljuf in een oude western is. Oprah pakt haar hand vast en de camera zwenkt naar het publiek. Vrouwen zitten openlijk te huilen uit medeleven met Jill Sanchez, terwijl er een treurig boleromuziekje op de achtergrond speelt.

'Getver,' zegt Nestor, en hij zapt naar een motorcrossrace op ESPN. Jill Sanchez en haar ijdelheid vindt hij maar vervelend. Hij begrijpt niet waarom iemand dat mens aantrekkelijk vindt.

Vergeleken met Irenes zelfopoffering en toewijding aan haar gezin, of de artistieke visie van iemand als zijn overleden vrouw, is het openbare geneuzel van de talentloze multimiljonaire Jill Sanchez maar armoedig.

Het derde trimester

MAANDAG 5 AUGUSTUS

*B*am, *bam, bam*. Kom op, Matthew. Doe open. Ik weet dat hij thuis is. Ik sta al zes minuten op de deur te rammen. Ik weet zeker dat hij er is. Zijn fiets staat boven op slot en ik hoor muziek binnen. Ik heb een verzameling waardeloze contracten bij me die hij om de een of andere reden, overgehaald door Ricky, heeft getekend en ik moet met hem praten. Ik moet het hem allemaal uitleggen, ook die zoen van Ricky en dat hij zich aan me opdrong. Ik moet met hem praten, want ik denk dat ik verliefd op hem ben.

Ik bonk opnieuw op de deur. En nog een keer. Ten slotte gil ik: 'Matthew, doe open! Ik ben het, Milan. Ik moet met je praten!'

Uiteindelijk geeft Matthew het op. 'Wat moet je?' zegt hij monotoon door een piepkleine kier. Hij ziet er niet uit, alsof hij heeft liggen slapen. Alsof hij dringend onder de douche moet. Ik kan me nog goed herinneren dat ik er vroeger ook zo uitzag. Die goeie, ouwe tijd.

'Het was niet wat het leek, Matthew,' zeg ik. 'Met Ricky.'

Hij knikt ernstig, sarcastisch. 'Tuurlijk. Ricky tussen je benen met zijn tong in je mond. Een eenvoudige vergissing.' Hij snuit zijn neus.

'Hij drong zich aan me op, Matthew.'

Matthew lacht snuivend. 'Kom hier alsjeblieft niet meer,' zegt hij. 'Ik heb hier geen zin in. Echt niet.'

'Ik wil dat je weet dat ik met je contracten naar een advocaat ga om te zien of ze wel rechtsgeldig zijn,' zeg ik.

'Wat?' Hij doet de deur wat verder open en staart me vol afschuw aan. 'Waarom doe je dat? Om nog een nagel in mijn doodskist te slaan, Milan? Ben je gek of zo?'

'Omdat hij je zou moeten betalen wat je waard bent.'

'Ik hoef zijn geld niet.'

'En omdat iedereen moet weten hoe goed je bent.'

'Zodat ik een platencontract kan scoren en jij met me naar bed wilt? O, wacht. Je hebt me al geneukt. Moet ik nog iemand aan het lijstje toevoegen?'

'Dat is niet eerlijk,' zeg ik. 'Wat wij hadden was magisch.'

Matthews gezicht vertrekt van pijn. 'Jezus, Milan. Ik wil geen lichaamsopeningen delen met die vent.'

Hij slaat de deur dicht en ik probeer mijn tranen in te houden. Een opening? Au. Dat doet pijn. Ik zie mezelf niet graag als een gat. Een slet, oké, maar geen gat. Ik bons weer een paar keer op de deur. Geen reactie. Dan ga ik over op schoppen. Eindelijk doet hij de deur open.

'Ga weg,' zegt hij. 'Straks kun je Ricky niet meer aftrekken met die hand.'

'Hou op! Je hoeft niet zo gemeen te doen!'

'Ben je daarom hier? Om me te vertellen hoe gemeen ik ben? Een beetje ironisch, vind je niet?'

'Hoor eens,' zeg ik. 'Ik weet dat het er erg uitzag. Ik neem het je niet kwalijk. Maar ik hou van je, Matthew, en ik was niet aan het vrijen met Ricky. Hij wilde me bang maken.'

Opnieuw lacht Matthew. 'Kennelijk heb ik "vrijen met superster" niet onder "bang maken" in het woordenboek zien staan.'

'Zo zie ik hem niet.'

'Nee, dat zal wel niet.'

'Vroeger wel. Maar nu niet meer.'

'Weet je, vanaf onze studietijd heeft Ricky alles van me afgepakt,' zegt Matthew. Zijn stem klinkt bijna te beheerst. Ik vind het eng.

'Hij heeft mij niet afgepakt,' zeg ik. 'Ik ben de jouwe als je me wilt hebben.'

'Alles waar ik voor heb gewerkt, heeft hij van me afgepakt. En nu jou.'

'Nee. Matthew. Zo is het niet.'

'Neem dan ontslag. Bewijs het. Zoek een andere baan.'

'Dat kan ik niet.'

'Natuurlijk niet.'

'Niet nu. Ik kan nu nog geen ontslag nemen.'

'Ga weg,' zegt Matthew.

'Al praat je nooit meer tegen me, Matthew, doe me één lol. Kom naar de opening van Club G zodat je kunt zien waarom ik nog steeds voor Ricky werk. Ik heb een plan. Toe.'

'Wat?'

Ik begin te huilen. Ik kan er niet over uit dat dit gebeurt. Ik haat Ricky. Echt waar. 'Kom nou maar. Dan zie je vanzelf hoe ik in elkaar zit, goed? Alsjeblieft?'

'Ik zie je wel op kantoor,' zegt Matthew. Even kijkt hij me recht aan en hij lijkt verrast door mijn tranen. 'Dag, Milan,' zegt hij. 'Ik vind het jammer dat het zo gelopen is.' Dan doet hij heel rustig de deur dicht.

VRIJDAG 9 AUGUSTUS

M et een grote baret met diamantjes, een zonnebril en perzik-kleurige satijnen shorts, witleren laarzen tot op de dij en een doorzichtig zilveren topje van Barely There Bra leunt Jill achterover op een van de elegante, moderne divans in de chique club Rain, omgeven door een leger aan assistenten, bodyguards en aantrekkelijke, maar niet té aantrekkelijke actrices die ze heeft inge-huurd om haar vriendinnen te spelen. Vroeger had ze vriendinnen. Nu weet ze hun telefoonnummers gewoon niet meer.

Ze moet zich onder de menigte begeven om de schijn op te hou-den en waar kan dat beter dan hier? Ze heeft hier Jose Canseco ooit gezien. Het kan haar niet schelen wat de pers over hem schrijft, die man is onweerstaanbaar. Bovendien ziet Jill Sanchez zichzelf niet als het soort vrouw dat zich door mannen laat koeioneren. Tenmin-ste niet als ze dat niet wil.

Ze neemt een slokje uit haar fles mineraalwater en geniet van de meelevende blikken en het glimlachen van mensen die langslopen. Ze hebben medelijden met haar, en het is haar bedoeling om de in-druk te wekken dat ze ondanks haar liefdesverdriet haar best doet om verder te gaan door uit te gaan met vrienden en het gezellig te hebben. Mensen voelen met haar mee. Perfect. Haar idee om het arme, in de steek gelaten vrouwtje te spelen is een doorslaand suc-ces. Alle grote roddelbladen liggen midden op tafel en in allemaal staat wel een artikel over hoe verdrietig ze is. En in elk artikel staat dat ze een les heeft geleerd over liefde, en ze citeren haar als ze zeg-gen dat ze zich niet kapot zal laten maken door Jacks wreedheid, maar dat ze zich ook niet weer halsoverkop in een relatie zal storten.

Aan de bar zit een jonge Puerto Ricaanse vrouw, Lisette, die haar eenentwintigste verjaardag viert met een groep vriendinnen. Ze is net negen kilo afgevallen en is dolgelukkig in haar zwarte jurkje van Caché, maatje 36. Ze voelt zich waanzinnig mooi en gelukkig. Als de groep jonge vrouwen opkijkt van hun flirtini-cocktails en niemand minder dan Jill Sanchez zien zitten te midden van de clubgangers, kunnen ze hun geluk niet op. De jarige Job, Lisette, is een enorme fan van Jill Sanchez. Haar vriendinnen klagen altijd dat ze zich kleedt als Jill Sanchez, met haar liedjes meezingt en ooit net zo'n succesvolle actrice en zangeres hoopt te zijn als Jill Sanchez. Ze draagt op dit moment zelfs parfum en oorbellen van Jill Sanchez!

Aangemoedigd door haar vriendinnen, staat de verlegen jonge vrouw op en loopt behoedzaam op Jill en haar groepje vriendinnen af. De zus van de jonge vrouw, een maatschappelijk werkster uit Hialeah, heeft haar verteld dat Jill Sanchez heel belangrijk is voor de jonge vrouwen in de arme gemeenschappen waar ze werkt, omdat Jill Sanchez de enige latina is tegen wie ze op kunnen kijken. De jonge vrouw heeft gelezen dat Jills relatie met Jack Ingroff verbroken is en ze denkt dat Jill Sanchez wel opgevrolijkt wil worden en blij zal zijn om zulk nieuws te horen. Ze vindt dat dit een kans is die ze niet mag laten lopen.

De jonge vrouw slaagt erin om ongezien langs Jills bodyguards te glippen die even zijn afgeleid door de komst van Christina Milian aan de andere kant van de ruimte. Jill Sanchez zal er niet blij mee zijn als ze hoort dat La Milian er is en haar aanwezigheid overschaduwt. De bodyguards proberen iets te verzinnen om te voorkomen dat Jill Christina ziet, want ze weten dat ze anders overuren moeten draaien om de jongere ster de ruimte uit te treiteren.

'Pardon,' zegt de jonge vrouw die haar verjaardag viert, terwijl ze Jill even op de arm tikt. Lisette vindt dat Jill Sanchez ongelooflijk lekker ruikt. Ze is ook zo mooi, mooier dan ze zich had voorgesteld, en klein. Op foto's lijkt Jill net zo lang als de gemiddelde vrouw, maar nu Lisette haar in het echt ziet, vindt ze Jill een kleine uitvoering van zichzelf; een strak getraind, onwerkelijk wezen dat haar bijna doet denken aan een gazelle.

Langzaam draait Jill haar hoofd om bij het irritante gepook tegen haar arm, en ze ziet een dik meisje in een slonzige zwarte rok met rode wangen door te veel drank of te weinig lichaamsbeweging. Moet je haar zien. Heeft ze nog nooit van een pincet gehoord?

'Wat moet je?' snauwt Jill. 'Ik geef geen handtekeningen als ik in clubs ben.'

'Goh,' zegt Lisette. 'Mevrouw Sanchez, ik wilde u alleen vertellen hoeveel u voor me betekent, voor mijn gemeenschap. Ik… o… ik ben zo zenuwachtig! U…'

'Bruno?' Jill trekt de bodyguard aan zijn jasje. 'Waar ben je mee bezig?' Ze wijst met een glimmende vingernagel naar de opdringerige vrouw.

Lisette staart verrast naar Bruno met zijn een meter achtennegentig.

'Neem me niet kwalijk, mevrouw,' zegt Bruno. 'U moet nu weg.'

'Maar ik vertelde Jill net dat mijn zus zegt dat ze zo belangrijk is, in het bijzonder voor Puerto Ricaanse meisje zoals ik…'

Bruno tilt Lisette van de grond en loopt met haar naar de andere kant van de zaal. 'Jill,' roept Lisette. 'Ik wilde je alleen maar even bedanken!'

'Toe,' zegt Jill Sanchez met een geamuseerde blik, als ze kijkt hoe de rok van het meisje omhoogkruipt. 'Kun je niet zien dat ik bezig ben, sloerie?'

Bruno laat Lisette bij haar vriendinnen op de grond zakken en geeft haar een waarschuwing. 'Als je nog een keer bij haar in de buurt komt, ram ik je tanden uit je bek.'

Bruno loopt terug en zegt dat de fan haar sterkte wenst met haar verdriet.

'Wat zijn het toch een sukkels,' zegt Jill tegen Bruno. 'Het is bijna grappig. Maar weet je? Zolang ze over me praten, vind ik het prima.'

Jills manager vraagt of ze klaar is voor volgende week. 'Het wordt een moordende week. Je film komt uit, het album komt uit en wat was dat andere?'

'Club G,' zegt ze. 'We moeten zorgen dat ze daar divans hebben zoals hier. Zeg tegen Geneva dat ik divans wil.'

'Ja. Miami's nieuwste nachtclub.'

'Heb je me gehoord?' snauwt ze.

'Wat?'

'Divans.'

'O, ja. Prima. Divans.'

'Volgens mij is dat het beste moment en de beste plek om iedereen het idee te geven dat er iets nieuws is tussen mij en Ricky Biscayne.'

'Maar, Jill, je kunt niet zomaar van die grote leugens verzinnen. Kleintjes, oké. Maar dat?'

Jill glimlacht. 'Wie zegt dat het een leugen is?'

'Ga wég,' zegt haar manager. 'Jij en Ricky? Opnieuw?'

Jill doet of ze met een sleuteltje haar mond op slot doet. 'Als je wilt weten hoe het zit, dan moet je maar naar de grote opening van Club G komen. Ricky en ik zijn daar, en wie weet? Misschien hebben we wel groot nieuws voor iedereen.'

Om haar management scherp te houden en om de roddels in de media op te stoken met het idee dat ze zwanger is – dat is ze niet, maar god weet dat haar assistenten achter haar rug om graag met de pers over haar roddelen – giechelt Jill en legt ze haar volmaakt gemanicuurde handen op haar platte buik om een zwangerschap te suggereren. In werkelijkheid is ze ongesteld en heeft ze een geparfumeerde tampon in.

'Ga wég,' zegt haar manager.

Jill giechelt met onbeteugelde agressie. 'Weet je, ik heb altijd al kinderen gewild. Wat hou ik toch van de liefde,' zegt ze, en ze knippert met haar ogen. 'Jij niet?'

ZATERDAG 10 AUGUSTUS

Deze mensen zien eruit alsof ze me ter plekke in Starbucks willen vermoorden, en gezien mijn koffieverslaving zou dit niet alleen de volmaakte plek zijn om te sterven, maar ook de perfecte plek om me te begraven. Allemaal, behalve het meisje Sophia, de enige van het stel die niet met haar armen over elkaar staat. Ze is leuk, ze glimlacht tenminste. Maar haar moeder en die woest aantrekkelijke vriend van haar zitten met hun armen over elkaar en een boze blik op hun gezicht naar me te kijken boven hun ijscappuccino. Ze doen me denken aan van die oude foto's van indianenleiders tijdens het tekenen van 'verdragen' met de mannen die hun land hebben afgepakt. Zó boos kijken ze.

'Ik sta écht aan jullie kant,' zeg ik. Ik draag een spijkerbroek, T-shirt en gympen. Mijn moeder glimlachte toen ze me zo zag vertrekken, en volgens mij is ze een beetje opgelucht dat ik weer lekker in mijn vel zit. Maar deze mensen haten me.

'Laat maar horen,' zegt de man, nog steeds met een nijdige blik. 'We zijn er, dus zeg nu maar wat je wilt.'

Tja, nee. Dat kan ik niet. Ik wil dat Matthew weer van me houdt. Dat hij mijn vriend wil zijn. Dat hij ooit met me trouwt. Dat hij mijn kinderen baart. O, wacht. Oeps.

'Hoor eens,' zeg ik. 'Ik weet dat ik degene ben die het voor jullie heeft verpest. Ik wist het echt niet. Ik had de baan net en ik was verblind door mijn baas.' Wat klinkt dat kansloos uit mijn mond.

Irene kijkt uit het raam en zegt niets. Ze is zo knap, zelfs zonder make-up en in een eenvoudige spijkerbroek.

'Mam, ze wil ons helpen,' zegt Sophia, die ook zo sterk is als een atleet en een mooi gezichtje heeft. Het meisje is zonder twijfel van Ricky met dat donkere, golvende haar en die prachtige lichtbruine ogen. Ze doet me denken aan de actrice Sonia Braga, maar dan veel jonger. 'Geef haar nou een kans.'

Irene richt haar blik op haar dochter. Het is een vermoeide, uitgeputte blik. Ze zucht. 'Als ik Milan een kans geef, doe ik dat alléén omdat jij het me vraagt.'

Sophia glimlacht naar haar moeder. 'Fijn,' zegt ze.

Irene kijkt nu naar mij. Met dezelfde vermoeide blik. Ik heb medelijden met haar. 'Hoe denkt u ons te kunnen helpen, mevrouw Gotay?'

Ik leg uit dat we een paar buisjes met Ricky's bloed hebben weten te bemachtigen en dat ik hem zover heb gekregen dat hij papieren heeft getekend waarin hij een laboratorium toestemming geeft om een volledig DNA-onderzoek te doen. Ik zeg er niet bij dat hij op dat moment stoned was. 'Nu moet alleen Sophia daar nog naartoe om bloed te laten prikken om te zien of het overeenkomt.'

'Dat komt overeen,' zegt Irene.

'Daar twijfel ik niet aan,' zeg ik haar. 'Ze zouden een tweeling kunnen zijn.'

'Jij moet de formulieren tekenen, mama,' zegt Sophia. 'Ik zou al lang gegaan zijn, maar ze testen geen minderjarigen zonder toestemming van de ouder.'

'Waarom wil je überhaupt aantonen dat je familie van hem bent?' vraagt Irene. 'Heeft hij nog niet laten zien hoe onverantwoordelijk hij is, Sophia?' Daar heeft ze gelijk in.

'Maar hij is mijn vader, mam. Begrijp je dat dan niet?' Dat is ook weer waar.

'Mag ik iets zeggen?' vraag ik.

Irene kijkt me vol haat aan. Waarom? Wat heb ik haar ooit aangedaan? O, wacht. Dat is waar ook. Ik heb haar leven kapotgemaakt.

'Ik denk dat het goed is als Sophia zich laat testen. Om te beginnen zal het haar eigen gemoedsrust goeddoen om te weten wie haar vader is. Bovendien betekent het dat Ricky jullie iets zal moeten gaan betalen aan kinderalimentatie.'

'Ik hoef zijn smerige geld niet. Ik heb een baan.'

Sophia kijkt haar moeder met open mond aan. 'Kínderalimenta-tie. Geen moederalimentatie. Het is niet voor jou!' zegt ze. De jongere generatie scoort opnieuw. 'Het is voor mij! En misschien wil ik wel wat nieuwe kleren of geld voor mijn studie! Ik vind dat ik dat wel verdien, mama!'

Ik onderbreek haar. 'Maar er is nog iets. Ik heb daar al met je advocaat over gesproken.'

'Heb jij mijn advocaat gesproken?'

'Ja. Hij belde me. Op aanraden van jouw man hier.'

Irene staart woest naar de man.

'Wat ik wil zeggen,' ga ik verder, 'is dat de advocaat zei dat als je kunt aantonen dat je de waarheid sprak over Ricky, de media en iedereen gedwongen zullen zijn om de zaak die je tegen de brandweer hebt aangespannen met andere ogen te bekijken.'

Irene haalt haar schouders op. 'Dat kan me niet meer schelen.'

Eindelijk zegt de man iets. 'Eigenlijk is het een heel goed plan,' zegt hij. Hij kijkt Irene aan met een teder respect en een liefde waar ik jaloers op ben. Ik wou dat er een man was die zo naar mij keek. Hoe zou dat zijn? Zo'n man heb ik nog nooit ontmoet.

'Het zal misschien best een goed plan zijn,' zegt Irene. 'Als het me iets kon schelen. Maar dat is niet zo. Het kan me echt niets schelen, Nestor. Ik heb er schoon genoeg van.'

Sophia kijkt moeilijk. 'Mama! Dat moet je niet zeggen!'

Ik neem een risico en leg mijn hand even over die van Irene. 'Irene. Ik weet niet hoe jij in elkaar steekt. Ik ken je net. Maar ik kan je één ding zeggen. Het kan je wel degelijk iets schelen. Je geeft om je carrière en je baan. Je geeft om je kind. Je verdient het om te winnen.'

'Milan was het toch, hè?' zegt de man. 'Wat haal jij hier uit? Waarom doe je dit?'

Ik bloos. Ik vind dat ik genoeg heb gelogen. 'Ik zou graag willen zeggen dat het mijn werk is,' zeg ik. 'Dat ik er genoeg van heb de verkeerde dingen te doen, dat het me niet kan schelen dat ik mijn baan kwijtraak omdat ik weet dat de waarheid belangrijker is. Maar...' Ik zwijg even. 'Het is persoonlijk. Voor mij is het heel persoonlijk. Ik heb een aantal heel goede redenen om Ricky Biscayne niet te mogen. Mijn eigen redenen.'

De man grijnst. 'Jij ook?' vraagt hij.

Irene kijkt me aan alsof ze me voor het eerst ziet. Ze glimlacht en ik zie dat ze eigenlijk best gevoel voor humor heeft. Dat is mooi. 'Wel een beetje wraakzuchtig, hè?'

'Ja,' zeg ik.

'Maar daarom moeten we juist naar je luisteren,' zegt Sophia. En tegen haar moeder zegt ze: 'Zie je? Ik zei het toch?'

Irene haalt haar schouders op. 'Ik weet het niet,' zegt ze. 'Ik heb geen zin meer om te vechten. Ik zou het liefst verhuizen naar een plek waar niemand me kent om tot rust te komen.'

Ik zeg: 'Je hoeft niet meer te vechten. Ik vecht nu voor je. Ik ben een heel goede publiciteitsagent.' En dan zeg ik iets wat nergens op slaat als je publiciteitsagenten kent. 'Geloof me.' Omdat ik een vergadering heb, excuseer ik me en loop ik weg.

Dus dit is Club G, hè? Heel hip. Ik zit naast Geneva, mijn geniale zus de clubeigenaresse, aan de bar terwijl ze Fiji-water drinkt en in haar BlackBerry kijkt. De donkerrode houten bar heeft een complex henna-achtig patroon in het donkerbruin onder een laag glanzende lak. De bar is mooi ontworpen. Elk oppervlak in de rest van de club is behangen met fluweel en zijde en heeft de uitstraling van een decadente vrouwvriendelijke harem. Zelfs de steunpilaren in de club zijn zo uitgehouwen dat ze op een mannelijk lid lijken, als je heel goed kijkt. Sexy. Ik denk niet dat mijn vader dit zou weten te waarderen. Maar mijn moeder? O ja, háár kennen we.

Geneva is net zo brutaal en elegant als haar club. Ze heeft haar haar hoog opgestoken in een *I Dream of Jeannie*-paardenstaart en ze draagt een wijde tuniek en een spijkerbroek. Wauw, dat mens kan een spijkerbroek hebben. Ze ziet er in een spijkerbroek beter uit dan de meeste mensen in haute couture. Vroeger haatte ik haar daarom, maar nu besef ik dat ik niet op haar hoef te lijken om toch aantrekkelijk te zijn. Ricky vond me aantrekkelijk, denk ik. Misschien ook niet. Maar Matthew wel. Althans, voordat ik het verknalde.

Het is halverwege de dag. We drinken gekoelde kruidenthee en wachten op een afspraak met een heel beroemd persoon bij wie ik op dit moment heel nare gedachten heb. We hoeven niet lang te wachten. Geneva pakt mijn arm vast en zegt: 'Moet je kijken wat er nou binnenkomt.'

Ik kijk op en zie Jill Sanchez en haar leger van assistenten door de voordeur komen. De superster draagt een lage, donkerblauwe spijkerbroek met een doorzichtige tanktop en een kort mini-jasje van nerts. De spijkerbroek staat haar nog beter dan Geneva, en dat wil wat zeggen.

'God, ze is bloedmooi,' zeg ik. 'Het is niet eerlijk.'

'Wacht maar tot je haar vijf minuten hebt gesproken,' fluistert Geneva.

Ik knipper onschuldig met mijn ogen en zeg: 'Ach, kom. Zo erg kan ze niet zijn. Ik heb gelezen dat ze heel aardig is.'

Geneva kijkt me aan alsof ik heb voorgesteld om een kotszakje leeg te eten. Ik glimlach en geef haar een speelse stomp op haar arm. 'Geintje.'

Jill wacht tot haar bodyguards een stoel voor haar pakken, voordat ze gaat zitten. Een assistent neemt haar jas aan en streelt hem alsof ze een dierenverzorgster is, terwijl weer een ander een notitieboekje en een met diamanten bezette pen voor haar op tafel legt. Vervolgens stapt Jills manager op Geneva en Milan af.

'Jill wil graag laten weten dat ze klaar is voor de vergadering.'

Eh, hallo? Ik zié haar zitten. Als ik heel hard blaas, kan ik haar haren doen wapperen. De ster zit nog geen drie meter bij ons vandaan, maar ze stuurt een boodschappenjongen om dit nieuws aan Geneva te vertellen? Wat een verwaande trut! Geneva kijkt op haar horloge. Jill is tien minuten te vroeg. 'We wachten nog op Ricky Biscayne,' zegt ze, en ze komt overeind. 'Ik ga wel even zeggen dat we nog een paar minuutjes wachten.'

'Nee,' zegt de manager, en hij houdt een hand op om Geneva tegen te houden. 'Jíj benadert mevrouw Sanchez niet vóór de vergadering, op haar verzoek.'

Pardon? Is dit Geneva's club niet meer? Is dit opeens Jills club? Het is zo raar dat het lachwekkend is. Ik moet mijn lachen inhouden en luister naar de manager: 'Ze is aan haar privacy gehecht en heeft tijd nodig om te mediteren en haar gedachten op een rijtje te zetten.'

De manager loopt weg en Geneva trekt triomfantelijk een wenkbrauw op, alsof dit bewijst dat Jill Sanchez een gestoorde nachtmerrie is, maar dat wist ik eigenlijk al.

'O, mijn god,' zeg ik zacht. 'Dat is ongelooflijk.'

Geneva doet alsof ze ijsthee drinkt, maar mompelt ondertussen tegen mij: 'Haar gedachten op een rijtje zetten. Ja, vast. Dat mens heeft haar hele leven nog geen originele gedachte gehad!'

De zoveelste assistent schiet op Jill Sanchez af en geeft haar een papieren zakje dat zo te zien bij een delicatessenwinkel vandaan komt. Jill wil dat de assistent een in folie gewikkeld pakje voor haar tevoorschijn haalt. De assistent pakt het uit en legt zo te zien een broodje op tafel. Iedereen in Jills kamp doet een stap naar achteren en kijkt toe wat ze gaat doen. Ik denk dat ze het gaat... opeten?

Nee. Helemaal mis. Ze pakt het broodje en snuffelt eraan. Ze trekt een gezicht dat me het idee geeft dat het broodje van uitwerpselen is gemaakt.

'Hé,' roept Jill tegen haar manager. 'Dit ruikt naar *crica*.'

Allemachtig! Ik pak Geneva's arm vast en we kijken elkaar vol ongeloof aan. Jill was bezig haar gedachten op een rijtje te zetten en dit was het resultaat? Voor de duidelijkheid, *crica* is een heel ordinair, goor woord voor de schaamstreek.

Jills manager schiet op haar af. 'Het spijt me,' zegt hij, en hij probeert het broodje weer in te pakken om het weg te gooien. Jill houdt hem tegen en brengt het broodje naar zijn neus.

'Ruik dan,' beveelt ze. Hij kijkt haar op een merkwaardig neutrale manier aan. 'Het ruikt naar *crica*.'

'Ja, dat hoorde ik wel,' zegt hij. Ze duwt het broodje in zijn gezicht en gehoorzaam als haar slaaf, ruikt hij eraan.

'*Crica*, toch?' vraagt Jill. Haar manager knikt ernstig.

'Zeker weten,' zegt hij. 'Zeker weten... wat jij zei.'

Hij wordt gered doordat de voordeur openvliegt en Ricky binnen komt geslenterd, gevolgd door zijn, vergeleken met Jills gevolg van tien, kleine entourage van twee. Jill kijkt op en roept: 'Hé, *gordito*. Kom hier. Dat broodje. Waar ruikt het volgens jou naar?'

Gordito? Dikkerdje? Heeft ze een koosnaampje voor hem?

Ricky gaat bij haar aan tafel zitten en ruikt aan het broodje. 'Tonijn?' vraagt hij.

'Nee, *crica*,' zegt ze.

'En hoe weet jij dat?' vraagt Ricky.

'Kunnen we nu beginnen?' roept Geneva. 'En zullen we het alsjeblieft niet meer over dat broodje hebben?'

'Jij,' zegt Jills manager, en hij wijst naar Geneva. 'Je spreekt Jill niet aan tenzij zij je daar toestemming voor geeft.'

Twee minuten later doet Jill dat. Ze dwingt ons allemaal om een geheimhoudingsverklaring te ondertekenen waarin staat dat alles wat hier wordt besproken vertrouwelijk is en dat we niets naar de pers zullen laten uitlekken zonder Jills toestemming, op straffe van een boete van een miljoen dollar. Ongelooflijk. We gaan bij Jill aan de tafel zitten met het broodje als stinkbom tussen ons in, en bespreken de details van de opening van morgenavond, het optreden: een duet van Jill en Ricky dat een voorproefje zal zijn op de single die Jills platenmaatschappij in allerijl op *Born Again* heeft gezet in afwachting van haar grote aankondiging dat de romance tussen hen beiden weer is opgebloeid.

Jill is grotendeels aan het woord. Ze heeft een set ontworpen die eruitziet als een weelderige slaapkamer, zegt ze. Ze wil een Spaanse sfeer creëren met veel theater en emotie. Nu Jasminka officieel bij Ricky weg is, zegt ze, en ze pakt *gordito's* hand vast, zal het qua pr geen probleem zijn om het publiek te vertellen dat ze hun romance nieuw leven in hebben geblazen. Ik probeer oogcontact te maken met Ricky, maar hij kijkt me niet aan. Ik kan niet geloven dat ik al die leugens heb geloofd. Ik word er niet goed van.

'Laten we het zo zeggen,' zegt Jill, en haar hand gaat door de lucht alsof ze een reusachtige krantenkop beschrijft. 'De twee grootste cross-over sterren in de Amerikaanse popcultuur vinden troost bij elkaar na wreed te zijn verlaten door hun grote liefde.'

Verlaten door Jasminka? Ha, dat is kostelijk. Om te gillen zelfs. Ik haat ze allebei, maar ik hou het voor me en zeg: 'Briljant.' Niemand luistert naar me. O, nou ja. Jill zegt verder dat iedereen tijdens de opening een exemplaar van haar nieuwe cd krijgt en dat ze het na de vertoning van een clip uit Jills nieuwe film over de club zelf zullen hebben. Ik kijk naar Geneva en zie dat die bijna uit haar vel springt.

'Daarna zingen wij ons duet,' zegt Jill.

'Zingen we live of playbacken we?' vraagt Ricky aan Jill.

'Live, natuurlijk,' zegt ze.

Ricky zit wat te frunniken en leunt dan haar kant op. 'Weet je zeker dat dat een goed idee is, schoonheid?'

'Absoluut, *gordito*,' zegt ze uitermate zelfverzekerd. Dan wendt Jill zich tot mij. 'Jij. In dat… shirt. Hoe heet je?'

'Milan.'

'Oké, Marian. Ricky zegt dat jij de pr voor hem hebt geregeld?' Ik knik en bedenk hoe geweldig het zou zijn om haar met een hooivork te prikken. 'Wie van onze verrukkelijke vrienden van de pers komen allemaal?'

Ik ratel een indrukwekkende lijst van landelijke media af, plus alle lokale pers.

'En het mooiste is,' zeg ik, 'dat het live en wereldwijd op MTV wordt uitgezonden.'

'Mooi,' zegt Jill met een katachtige glimlach. 'Bedankt, Milton.'

'Milan,' zeg ik zwak.

'Ook goed,' zegt Jill Sanchez.

MAANDAG 12 AUGUSTUS

Sophia krimpt ineen in de oranje kunststofstoel en laat de verpleegkundige haar mouw opstropen. Het is net zo'n stoel als op school, maar de leuning is heel smal en bedoeld om je elleboog op te leggen terwijl de verpleegkundige een naald in je prikt. Een enorme naald! Moet je zien hoe groot dat ding is, denkt ze, terwijl de verpleegkundige haar arm met een watje met alcohol afveegt.

'Ik wil niet,' jammert Sophia tegen haar moeder, die naast haar staat.

'Het doet geen pijn,' zegt de verpleegkundige.

'Waarschijnlijk doet het wel pijn,' zegt Irene. 'Maar alleen een klein beetje.'

Sophia kijkt de andere kant op als de verpleegkundige haar prikt.

'Ik heb een goede ader!' zegt de verpleegkundige. Sophia kijkt stiekem en ziet helderrood bloed in een glazen buisje stromen. Ze bedenkt dat de verpleegkundige haar gemakkelijk zou kunnen vastbinden en het bloed zou kunnen laten stromen tot ze dood is. De medische wereld heeft veel te veel macht over ons leven, vindt ze. 'Bijna klaar,' zegt de verpleegkundige.

'Schiet op, schiet op,' zegt Sophia, en ze zou willen dat ze ergens anders was.

'Zo,' zegt de verpleegkundige. 'Al klaar.' Sophia kijkt naar haar arm en ziet alleen een wit gaasje dat de verpleegkundige tegen haar arm drukt. 'Dat viel toch wel mee?'

'Hmm, ja,' zegt Sophia, terwijl ze denkt dat dat dus helemáál niet meeviel.

Chester kijkt toe hoe Nestor door de kleren in zijn kast rommelt, danst en 'Isn't She Lovely' zingt, en hij heeft medelijden met hem voor zover een kat medelijden kan hebben met een mens.

Chester is op Nestor gesteld. Maar hij snapt niets van hem. Hij houdt van hem zoals een kitten van zijn moeder houdt, met een soort bezitterigheid en met het vertrouwen dat Nestor er altijd voor hem zal zijn, wat er ook gebeurt, hoewel Chester meestal geen idee heeft wat Nestor allemaal zegt.

Maar de vrouw en het meisje? Die begrijpt hij heel goed. Om de een of andere reden spreken die zijn taal. Chester lijkt ook de enige in de flat die hen kan zien. Nestor lijkt ze soms compleet te negeren, terwijl Chester toekijkt. Uiteraard vindt de kat dat niet griezelig of merkwaardig, want Chester is, net als alle katten, al vanaf zijn geboorte in het gezelschap van geesten.

'Moet je hem zien,' zegt de vrouw van Nestor. Chester kijkt. Hij kan met haar net zo praten als met de andere katten, in stilte, door telepathie.

'Waarom is hij zo zenuwachtig?' vraagt de kat.

De vrouw aait zijn glanzende, zwarte vacht. 'Hij heeft een date,' zegt ze.

Chester weet niet wat een date is en zegt dat ook.

'Hij heeft een vrouw leren kennen die hij erg leuk vindt,' zegt de vrouw. 'Ze gaan vanavond met zijn tweetjes uit eten.'

'Daar zijn we blij om,' zegt het kleine meisje.

'Waarom zijn jullie daar blij om?' vraagt Chester. Hij denkt terug aan de tijd dat hij nog een kater was en aan de vele littekens die hij heeft opgelopen bij het verdedigen van zijn territorium en zijn vrouwtjes. 'Hoor je niet spuugnijdig te zijn?'

'O, Chester,' zegt de vrouw. 'We hebben nog van alles te doen. Maar dat kan niet omdat Nestor ons nodig heeft.'

'Heeft Nestor jullie nodig?' Chester is verbijsterd. Hij is zich er nooit van bewust geweest dat Nestor iemand nodig heeft. Nestor is degene die de blikjes opentrekt, de deuren opendoet, de lichten aandoet. Nestor heeft de beslissing genomen hem te laten castreren. Nestor lijkt altijd alle touwtjes in handen te hebben.

'Hij is niet in staat geweest om ons los te laten,' zegt het meisje, en ze pruilt. 'En daarom zijn we nog niet weg.'

'Weg?' Chester kijkt naar het meisje. Ze speelt tevreden met een pop op de grond aan haar moeders voeten. 'Waarnaartoe?'

'De hemel,' zegt het meisje simpelweg.

'Wat is dat?' vraagt Chester.

'Dat is een prachtige plek,' zegt de vrouw.

'Zijn daar katten?' vraagt Chester.

'Een heleboel katten!' roept het meisje.

'Meer katten dan mensen,' zegt de vrouw.

Nestor staat voor de manshoge spiegel die door de vorige huurder is achtergelaten. Het zou niet bij hem zijn opgekomen om een manshoge spiegel te kopen. Wat een handig ding. 'Blauw?' vraagt hij zijn spiegelbeeld, terwijl hij een shirt omhooghoudt. 'Of rood?' Chester vraagt zich af wat het verschil tussen de twee shirts is; omdat hij kleurenblind is, snapt hij niet waar Nestor zo moeilijk over doet.

'Kunnen we nu gaan, mama?' vraagt het kleine meisje. 'Overgrootoma wacht op ons. Ik hoor haar steeds roepen.'

'Dat weet ik,' zegt de vrouw. 'Zo dadelijk weet ik het.'

Chester en de geesten kijken toe hoe Nestor een van de shirts en een spijkerbroek aantrekt. Hij begint te fluiten en glimlacht in zichzelf, en ogenschijnlijk lijkt hij een gelukkig mens. Dan ziet hij de ingelijste foto op zijn ladekast staan.

'O, nee,' zegt de vrouw. 'Niet doen. Niet doen, Nestor.'

Chester herkent de mensen op de foto als de vrouw en het kleine meisje, samen met Nestor, en allemaal lachen ze.

'Je moet het loslaten, Nestor,' zegt de vrouw, maar zo te zien hoort Nestor haar niet. Hij pakt de foto, stoft hem teder met zijn vingers af en kust hem.

'Ik hou van jullie,' zegt hij. 'Ik hoop dat jullie dat weten, waar jullie ook zijn.'

'Dat wéten we, papa,' zegt het meisje boos en verveeld. Ze is klaar om weg te gaan. Ze heeft genoeg van het wachten. Chester kent dat gevoel. Soms vergeet Nestor hem 's nachts buiten te laten en is hij gedwongen om door het raam naar de insecten en nachtvogels te kijken, tussen het vensterglas en het plastic rolgordijn in geklemd. Het is waardeloos om te moeten wachten tot Nestor je laat gaan.

'Laat ons gaan,' zegt de vrouw.

Nestor houdt zijn hoofd schuin alsof hij iets heeft gehoord. Hij kijkt om zich heen alsof hij is geschrokken. Mensen denken dat katten schichtig zijn, maar Chester weet dat mensen veel erger zijn. Nestor is altijd bang.

Dat kan niet, denkt Nestor bij zichzelf. Ik word gek.

'Laat ons gaan,' zegt de vrouw opnieuw.

Nestor schudt zijn hoofd. 'Jullie laten gáán? Schatje? Ben jíj dat?'

De vrouw zegt niets en houdt haar vinger tegen haar lippen opdat het meisje haar mond houdt.

'Mmmiauw,' zegt Chester, omdat hij het idee heeft dat het de situatie kan helpen.

'Chester,' zegt Nestor opgelucht, alsof dit iets duidelijk maakt. 'Ik was vergeten dat jij hier zat.'

'Mmmmmiauw,' zegt Chester.

'Wil je naar buiten?' vraagt Nestor. Chester springt van het bed af en wrijft met zijn kop langs Nestors enkels. 'Oké, jongen. Ik zal je zo buiten laten. Even wachten.'

Chester wacht geduldig tot Nestor de foto die op de ladekast stond na enige aarzeling voorzichtig in de bovenste la stopt.

'Vaarwel, mijn liefsten,' zegt hij tegen de foto, als hij de la dichtdoet. Opnieuw begint hij 'Isn't She Lovely' te neuriën. Chester is geen fan van het originele nummer. Te veel harmonica. Katten haten harmonica.

De vrouw staat op en pakt het meisje bij de hand. Het meisje glimlacht en springt opgewonden op.

'Gaan we nu, mama?' vraagt ze. De vrouw knikt en kijkt naar Nestor.

'Vaarwel, mijn liefste,' fluistert ze met een glimlach, waarna ze verdwijnt. Chester wacht tot Nestor de voordeur voor hem opendoet en ook hem de vrijheid geeft.

Ik sta naast Milan bij het aanrecht in het huis van de familie Gotay en probeer te onthouden hoe je Cubaanse sofrito maakt. Groene pepertjes, uien, knoflook, olie en anattozaad. Als je voedsel eenmaal in je leven toelaat, zéker als je zwanger bent, verandert je leven. Ik ben geobsedeerd door eten. Ricky heeft de hele dag geprobeerd me mobiel te bellen en uiteindelijk heb ik het ding maar uitgezet en in een la gestopt in de kleine logeerkamer van de familie Gotay. Milan kijkt naar me en glimlacht. Sophia zit aan tafel door de *Herald* te bladeren en zegt zo nu en dan dat ze blij is dat haar moeder eindelijk een man heeft ontmoet die ze leuk vindt.

'Vroeger ging ze altijd uit met van die politietypes en losers,' zegt Sophia. 'Maar nu heeft ze een advocaat.'

'Wil jij het doen?' vraagt Milan aan mij, en ze houdt de knoflookpers en twee gepelde teentjes knoflook voor me. Ik pak ze aan.

'Goed,' zeg ik. 'Maar ik wil het niet verknallen.'

'Hoera!' roept Sophia uit. Ze klapt in haar handen en slaat de krant dicht. 'Ik sta er niet in!'

'Hartstikke goed,' zegt Milan tegen Sophia. 'Ik zeg mensen meestal niet dat ik blij ben dat ze niet in de krant staan. Het is mijn baan om het omgekeerde te zeggen.' Tegen mij zegt ze: 'Goed, stop ze er maar in. Kijk. En dan knijp je de twee handvatten naar elkaar toe. Zo.'

Ik volg haar instructies op en algauw spuit er geperste knoflook uit de gaatjes in het ding. Ik lach hardop. Het is fijn om hier te zijn in een keuken met andere vrouwen, te koken, te leven, te zijn. Ik ben zevenentwintig kilo aangekomen. Ik leef.

'Goed gedaan, Jasminka!' zegt Milan.

Vanuit de woonkamer komt de luide stem van Milans moeder die vraagt wanneer het eten klaar is. Milan roept terug dat het nog een halfuurtje duurt. Dan gaat de deurbel en even later roept Milans moeder iets in het Spaans dat ik niet versta.

Milan vertaalt: 'Ze zegt dan we maar wat meer moeten maken omdat er net vrienden uit de straat zijn gekomen.'

Even later komen twee mannen en een vrouw de keuken binnen samen met Milans vader en moeder. Iedereen lacht en kletst. De vrouw biedt Milan een fles wijn aan en geeft iedereen, mij ook, een zoen op beide wangen. Ik begrijp dat deze mensen onuitgenodigd en onaangekondigd langskomen. De meeste Amerikanen vinden dat onbeleefd, maar in mijn eigen cultuur, en in Milans familie ook, is het heel normaal. Mensen zijn altijd welkom. Ik voel warmte en blijdschap in mijn buik. Dan zie ik het meisje kijken. 'Waar ben je zo blij om?' vraagt Sophia. Ze komt bij me staan om te zien wat ik aan het doen ben.

'Het is hier fijn,' zeg ik.

'Dat vind ik ook,' zegt het meisje.

Ik voel een scherpe steek als de baby tegen mijn ribben trapt, wakker geworden van alle lawaai en commotie en de geur van gebakken knoflook. Ik leg de knoflookpers op het aanrecht en leg huiverend mijn handen op mijn buik.

'Ze schopt,' zeg ik tegen Sophia en Milan.

'Mag ik voelen?' vraagt Sophia.

'Tuurlijk,' zeg ik. Ik pak de hand van het meisje en leg hem op mijn buik. 'Daar. Voel je dat?' Ik heb Ricky heel vaak gevraagd of hij de baby wilde voelen, maar hij deed altijd of hij daar niets aan vond of dat hij terug zou schoppen.

Sophia lacht als de baby schopt en het lijkt alsof het meisje dezelfde liefde en bewondering voor het leven heeft als ik.

'Wauw,' zegt ze. 'Mijn zusje heeft sterke benen, zeg.'

Ik heb het gevoel alsof de tijd stilstaat.

Haar zusje?

Dagenlang heb ik mezelf in slaap gehuild, sinds ik hier ben komen logeren en bij Ricky weg ben, omdat ik dacht dat ik deze baby helemaal alleen zou krijgen en alleen zou moeten grootbrengen. Ik ging ervanuit dat de baby en ik samen een gezin zouden vormen. Maar Sophia is er. Natuurlijk. Een familielid voor mijn kind. Mijn dochters zus.

Te midden van de geur en het gesis van knoflook in de pan en het geluid van mensen die praten en lachen, met de hand van het meisje in de mijne, voel ik iets wat ik in geen jaren heb gevoeld: ik ben thuis. Ik kan geen woord uitbrengen. Ik geef Sophia een kneepje in haar hand en Sophia knijpt terug.

OPENINGSAVOND,
VRIJDAG 23 AUGUSTUS

Lilia doet haar mond open en sprayt een paar keer met Binaca op haar tong. Niet veel mensen gebruiken het spul nog en dat is verdomd jammer, vindt ze. Binaca is absoluut het beste spul tegen een slechte adem.

Ervan overtuigd dat haar adem fris genoeg is om alles wat de avond haar te bieden heeft aan te kunnen, trekt Lilia het jasje van haar smoking recht en flaneert vanaf de parkeerplaats door de straat in de richting van het voormalige hotel dat nu Club G is. Op een afstandje kan ze de bas van de dansmuziek al in haar buik voelen. Ze weet dat dit niet een échte nachtclub is, maar de warme, vochtige lucht en de zee van mensen die naar Club G toe lopen, geven Lilia een hoopvol, energiek gevoel. Hier zou ze liefde kunnen vinden. Je weet het maar nooit.

Geneva Gotay staat bij de deur te wachten in een eenvoudig, stijlvol zwart jurkje, en haar glanzende zwarte haar zit in een hoge paardenstaart met een rode sjaal eromheen. Ze draagt make-up als een djinn of zo, met gouden armbanden van haar polsen tot haar ellebogen. Aantrekkelijk, maar beslist hetero, denkt Lilia. Niet zoals haar zus, de heimelijke lesbo. Een dezer dagen krijgt Lilia de verrukkelijke kleine Milan nog wel uit de kast. Let maar eens op.

'Hoi, Lilia,' zegt Geneva, met de valse glimlach van een heteromeisje waar ze een hekel aan heeft. 'Welkom in Club G!'

Geneva zet een kruisje achter Lilia's naam op de viplijst en doet een stap opzij om haar binnen te laten.

De gebruikelijke concurrentie is aanwezig. Lilia heeft aan de meesten een hekel, maar ze doet haar best om vriendelijk over te komen. Journalisten zijn wel de laatste mensen ter wereld die je tegen je in het harnas wilt jagen. Ze roddelen en zijn wraakzuchtige egotrippers die doen alsof ze objectief zijn terwijl ze ondertussen hun eigen plannetjes en psychologische problemen door de strot van hun publiek duwen. Lilia kan het weten. Ze is een van hen. Ze wil al jaren uit deze business stappen, heeft zelfs een paar jaar geleden geprobeerd te vluchten toen ze een kans kreeg met de opkomst van internet, maar ze werd aan de kant gezet toen de internetbubbel uit elkaar spatte. Het meest verbijsterende is nog wel dat ze geen idee heeft hoeveel clichés ervoor nodig waren om zich dit te herinneren.

Sexy mannen en vrouwen, half ontbloot uiteraard, lopen rond met dienbladen champagne en hapjes. Maar Lilia drinkt niet als ze aan het werk is, in tegenstelling tot veel collega's. Ze slaat keer op keer de champagne af, maar als ze Milan aan de bar ziet zitten met een aantrekkelijke, kortharige vrouw die eruitziet als Kate Hudson, maar wier gezicht ze niet kan plaatsen, met wie ze zit te praten alsof ze verliefd is, krijgt ze dorst. Omdat er nergens een glas water te vinden is, grist ze een champagneflûte van een blad, slaat het achterover en loopt op Milan af.

'Hoi,' zegt Lilia, en ze leunt tegen de bar.

'Eh, Lilia. Hoi.'

Lilia werpt een vuile blik op de kortharige blonde vrouw. 'Lilia, dit is mijn vriendin Irene Gallagher.'

Opeens weet Lilia het weer. De vrouw uit Homestead. 'Jullie zijn vriendinnen?' vraagt ze, en ze voelt zich opeens heel ongemakkelijk.

'Ben jij die journaliste van de *Herald*?' vraagt Irene, terwijl een grote, gespierde man die op de Rock lijkt naast haar komt zitten.

'Ja,' zegt Lilia. Ze kijkt naar Milan. 'Maar ik begrijp het niet. Ik dacht dat jullie twee niet… Ik bedoel…' Ze weet niet wat ze moet zeggen. Irene Gallagher is niet wat ze zich van haar had voorgesteld toen ze schreef dat het mens een op geld beluste gek was. Ze ziet er heel normaal uit.

'Dat komt nog wel,' zegt Milan. 'Als je de hele avond blijft, begrijp je het vanzelf.'

'O,' zegt Lilia, en ze trekt suggestief haar wenkbrauw op naar Milan. 'Ik blijf de hele avond. Ik ga hier pas weg als jij weggaat en dan hoop ik dat we samen gaan.'

Milan verslikt zich in haar drankje, en Lilia ziet dat Irene en de man naast haar hun lachen moeten inhouden. 'Wat nou?' vraagt Lilia. Ze zou ze zo aankunnen. Allebei. Echt wel.

'Niets,' zegt Irene. 'Leuk je te ontmoeten.' Irene staat op. 'Milan, ik denk dat we in een van de tenten gaan zitten, even niet op de voorgrond.'

'Goed idee,' zegt Milan.

Lilia knipoogt naar haar en loopt verder, terwijl ze toekijkt hoe Irene en die grote man een tent binnengaan waar kennelijk al een jong meisje zit. Hét meisje, waarschijnlijk, Ricky's zogenaamde bastaarddochter.

Zodra alle mensen van de media er zijn, gaat de muziek uit en loopt Jill Sanchez het podium op in een jurk in tijgerprint van Versace met een diep decolleté. Giechelend als altijd heet ze iedereen welkom. Lilia vindt Jill Sanchez een van de meest aantrekkelijke vrouwen op aarde en ze luistert, betoverd en gebiologeerd door Jills ontspannen houding en gegiechel. Het is zo'n verdomd lekker ding. Bijna te sexy voor woorden. Jill verontschuldigt zich voor het feit dat ze even over haar film en album praat. 'Maar weet je?' zegt ze. 'Ze komen allebei morgen uit en mijn pr-mensen wilden dat ik ze even noemde. Je kent dat wel met publiciteitsagenten.' Jill giechelt. Inderdaad, Lilia weet hoe dat gaat met publiciteitsagenten. Ze kijkt naar de andere kant van de ruimte naar Milan, maar krijgt geen oogcontact.

Als Jill iets over haar projecten heeft verteld, gaat het licht uit en wordt er op een groot scherm tegen de wand van de zaal een fragment van Jills nieuwe film getoond. Iedereen kijkt en klapt als hij afgelopen is. De film ziet er fantastisch uit. Jill speelt een Italiaanse *personal shopper* die verliefd wordt op de man van een van haar topcliënten. De cliënt is echt een takkewijf en de man gaat beseffen dat hij van Jill houdt en dan, denkt Lilia, leven ze nog lang en gelukkig. In grote lijnen vindt ze het een leuk verhaal, maar ze vraagt zich niet voor het eerst af waarom Jill altijd Italiaanse vrouwen of werksters speelt.

Zodra het licht aangaat, steekt ze haar hand op. Jill ziet haar en wijst. 'Ja, Lilia?'

'Dwingt Hollywood jou om je latino-wortels te verloochenen en niet-stereotype personages te spelen?'

Jill trekt haar moeilijke gezicht en giechelt. 'Sorry?' zegt ze. 'Ik begrijp de vraag niet. Volgende vraag?'

Na een nietszeggend vraag-en-antwoordspel van tien minuten tussen Jill en de media – voornamelijk over hoe zij en Ricky Biscayne na hun samenwerking voor de opening van deze club in elkaars armen zijn gevallen toen hun beider relaties geheel buiten hun schuld op de klippen waren gelopen – kondigt Jill een speciale verrassing aan.

'Ricky en ik…' Ze zwijgt even, giechelt en kijkt naar haar puntige krokodillenleren laarzen van Dior. 'Toe, het is zo gênant!'

'Ach Jill, vertel het ons,' roept een verslaggever, die is gevallen voor haar heerlijke decolleté.

'Nou,' zegt Jill. 'Geneva, de G in Club G, had ons gevraagd om een duet te zingen.'

Iedereen applaudisseert. Lilia zoekt Geneva, die geschokt en met open mond naast haar heimelijke lesbozus zit. Lilia heeft zo'n vermoeden dat Geneva dat nooit heeft gevraagd.

'En ook al vind ik het een beetje eng om voor publiek te zingen, we hebben toch ja gezegd,' zegt Jill, en ze giechelt weer. 'Dus, hier komt-ie!'

Er gaat een klein doek omhoog en er is een band te zien achter Jill. De muziek gaat over op een langzame, zoete Spaanstalige ballad en Jill laat zich door een aantal mannen van het podium tillen. Even later komt ze terug in een lange groene jurk, met haar haar in een romantische wrong op haar hoofd met wat krulletjes langs haar gezicht. Ze lijkt Venus wel.

Even later dondert Ricky Biscaynes stem door de speakers en begint het publiek te klappen. En dat moeten dan journalisten voorstellen, denkt Lilia. Ze zouden onpartijdig moeten toekijken, niet moeten klappen. Maar er zijn niet veel echte journalisten meer over, en al helemaal niet in de entertainmentwereld.

In een grijs pak met een wit overhemd onder zijn jasje dat helemaal openhangt, gaat Ricky naast Jill op een groot rond bed op het podium zitten. Over het bed liggen glanzende zijde en satijn gedrapeerd. Ricky zingt een behoorlijk goed couplet, ook al klinkt hij minder dan op zijn cd's en dan valt Jill in voor het refrein. Haar zang is gruwelijk slecht. Ze lijkt wel een stervende zeemeeuw. Zelfs Lilia kan dat horen. Lilia heeft thuis alle cd's van Jill Sanchez en ze heeft altijd al het idee gehad dat er het een en ander aan werd gesleuteld. Toch vindt ze ze mooi. Maar dit? Dit lijkt op iets wat alleen honden kunnen horen, maar dan vertraagd voor het menselijke oor. Er stijgt een gekreun uit de menigte op. Ricky merkt dit en lijkt zich te schamen, maar Jill doet net alsof er niets aan de hand is. Ondanks het boegeroep en het gelach van de journalisten gaat ze verder. Ze zingt een heel couplet heel vals. En als het volgende refrein begint, lijkt het alsof Jill de maat helemaal kwijt is. Ricky probeert haar weer op de rails te krijgen, maar ze wijkt steeds verder af en zingt verwoed verder met een blik die eist dat hij meezingt. Ze doet alsof ze een fantastische zangeres is en gaat er blijkbaar vanuit dat iedereen dat vindt. Als Ricky het opgeeft en ophoudt met zingen, geeft ze hem een mep op zijn arm.

Goddank komt er dan eindelijk een eind aan het optreden. Niemand klapt. De MTV-camera's zwenken langs de verbijsterde gezichten en een verslaggever van de muziekzender vraagt de journalisten wat ze van het optreden vonden.

'Dat was godvergeten waardeloos,' zegt Lilia met een glimlach, en ondertussen denkt ze dat er misschien, héél misschien wel een beeldschone lesbienne is die naar haar toe komt als ze Lilia heeft gezien.

Jill wil haar publiek bedanken, maar Ricky grijpt haar stevig bij de pols, alsof hij een kind door het verkeer trekt, en leidt haar van het podium af.

Als de band van het podium is, komen Geneva en Milan op.

'Dat was beroerd,' zegt Geneva tegen Milan in de microfoon. 'Vond je niet?'

'Nou,' zegt Milan. 'Dat was behoorlijk waardeloos, Geneva.'

De verzamelde journalisten kijken elkaar verward aan.

'Maar,' zegt Milan, en ze richt zich tot de journalisten, 'het was niet zo beroerd als het laatste nieuws over mijn werkgever, die waarschijnlijk zeer binnenkort mijn ex-werkgever is.'

Geneva vertelt het publiek dat haar zus Ricky's publiciteitsagent is en belangrijke informatie voor hen heeft. Ze verzoekt een arts om bij hen op het podium te komen. Na de arts vragen ze het jonge meisje uit de tent en haar moeder Irene om bij hen te komen staan.

Lilia, die zich zo verveelde dat ze niet eens haar notitieboekje te-voorschijn heeft gehaald om aantekeningen te maken, spitst haar oren.

'Velen van jullie weten dat Sophia, een dertienjarig meisje uit Homestead, heeft beweerd dat ze Ricky's dochter is,' zegt Milan. 'En velen van jullie hebben mij geïnterviewd en ik heb jullie gezegd dat het niet waar was. Tja, ik wil daarvoor mijn excuses aanbieden tegenover jullie en Ricky's dochter Sophia Gallagher, en haar moe-der Irene.'

Ze wendt zich tot Sophia en pakt haar handen vast. 'Het spijt me, lieverd. Het spijt me echt.' Dan omhelst Milan Irene. Lilia voelt een golf van jaloezie in zich opkomen, maar schudt het van zich af omwille van een goed verhaal.

Plotseling happen de journalisten naar adem als het licht nog-maals wordt gedimd en herkenbare DNA-strengen op het scherm verschijnen, gevolgd door een serie prachtige foto's van Sophia.

'De dokter kan beter uitleggen dan ik wat jullie hier zien,' zegt Milan.

De arts vertelt dat het bloed van Ricky en Sophia met een zeker-heid van meer dan 99,9 procent aantoont dat hij haar biologische vader is. Vervolgens verschijnt een kopie van een liefdesbrief van Ricky aan Irene in beeld, en Irene neemt de microfoon over.

'Hij was mijn eerste liefde,' zegt ze, en haar stem trilt van de ze-nuwen. 'En heel lang dacht ik dat hij mijn laatste liefde was. Hij heeft ons nooit geholpen en heeft mijn dochter nooit erkend.'

Er verschijnt nog een vrouw op het podium en Irene en Sophia kijken verbaasd. 'Mag ik jullie voorstellen aan Alma Batista, Ricky's moeder, en zij wil ook nog iets zeggen.'

De oudere vrouw pakt de microfoon en Lilia vraagt zich af of zij soms ook lesbisch is. 'Ik schaam me dat ik hier ben,' zegt Alma. Ze kijkt naar Irene en Sophia. 'Dit is grotendeels mijn schuld. Ik was vroeger heel bekrompen en ik moedigde Ricky aan om Irene te la-ten vallen vanwege haar familie.' Alma kijkt beschaamd en zegt: 'Irene kwam namelijk uit een arm, blank gezin. Het was dom van me.' Alma begint te huilen. 'En ik heb er spijt van. Ik wilde zo graag contact met jullie, maar ik wist niet hoe en ik wist niet of je dat wel wilde.'

Alma geeft de microfoon aan Milan, en Irene kijkt vol afkeer naar de oudere vrouw. Maar Sophia niet. Het meisje loopt op Alma af en omhelst haar voorzichtig. Als Alma beseft wat er gebeurt, slaat ze haar armen om het meisje heen en trekt haar naar zich toe alsof ze een vlot is op een woeste zee.

Als de lichten weer aangaan, schieten er armen de lucht in, worden microfoons naar voren geduwd en wil iedereen hetzelfde weten: waarom heeft Milan dit vanavond bekendgemaakt? Wat is Ricky's doel als grote investeerder in de club?

'Wij, mijn zus en ik, vonden vanavond het beste moment om dit nieuws bekend te maken omdat jullie hier allemaal zouden zijn, en omdat een jong meisje uit Homestead jullie steun nodig heeft in plaats van jullie cynisme. En wat betreft mijn baan? Tja, ik denk dat ik die net ben kwijtgeraakt. Maar ik heb een nieuwe baan waar ik jullie over wil vertellen.'

Geneva valt haar bij en zegt: 'We verwachten zonder meer dat zowel Jill als Ricky hun steun voor Club G na vanavond zal intrekken, en dat is prima. Sterker nog, we hebben het vermoeden dat ze allebei al enige tijd hun partner bedonderen. Ze hebben tegen jullie, tegen ons en tegen iedereen gelogen, en ze verwachtten dat we het spelletje wel zouden meespelen. Daar hebben we genoeg van.'

Enkele mannen zetten een groot neonbord op het podium en steken het in het stopcontact. Er staat CLUB SOPHIA op.

'We hebben de club een nieuwe naam gegeven ter ere van Sophia, die Ricky's bloed en talent in zich heeft, maar niet zijn arrogantie. Ze is een bijzonder meisje! Jullie zullen in de toekomst nog veel over haar horen.'

Lilia voelt dat iemand tegen haar aan botst en als ze zich omdraait, ziet ze het kalende, kleine mannetje dat met zijn fiets op Milan af kwam toen ze bij Lady Luck waren. Hij ziet er bezorgd uit en heeft niet in de gaten dat hij tegen haar aan is gelopen. Lilia kijkt toe hoe hij oogcontact met Milan maakt en Milan glimlacht. Hij glimlacht terug en zwaait, en hun communicatie heeft iets heel heimelijks wat Lilia haat. Ze steekt haar hand op. 'Maar hoe gaan jullie de club financieren als Ricky en Jill zich terugtrekken?'

'Daar hebben we jullie voor nodig,' zegt Geneva. 'We hopen dat jullie dit bekendmaken en dat we andere investeerders krijgen.'

Lilia roept nog een vraag: 'Wat heb je voor nieuwe baan, Milan?'

Milan glimlacht en er klinkt muziek: 'Ik dacht dat je het nooit zou vragen,' zegt ze. Ze wenkt Matthew. Hij schudt zijn hoofd. 'Toe,' zegt ze in de microfoon. 'Alsjeblieft, Matthew.'

Matthew Baker loopt het podium op en Milan vertelt de menigte dat ze als zijn manager zal gaan optreden, als hij dat wil. Dan vraagt ze of iedereen zijn ogen dicht wil doen om naar Matthew te luisteren als hij zingt. De jongen kijkt heel verlegen, maar ze geeft hem de microfoon en hij begint te zingen. Lilia houdt er niet van als anderen zeggen wat ze moet doen en dus houdt ze haar ogen open. Toch zou ze durven zweren dat ze Ricky Biscayne hoort.

Als het nummer is afgelopen, zegt Geneva: 'Zoals jullie kunnen zien is dit een avond vol onthullingen.'

'En de stem die jullie zojuist hoorden klinkt dan wel vertrouwd, maar die is niet van Ricky Biscayne, al suggereert deze stapel onwettige contracten iets heel anders,' voegt Milan eraan toe. Ze pakt een stapel papieren uit een doos op het podium. 'Ik heb hier voor alle journalisten een exemplaar. En ze worden op dit moment ook bestudeerd door een advocaat.'

'Het is de stem van de vriend van mijn zus,' zegt Geneva. 'San Francisco's eigen Matthew Baker.'

ZONDAG 25 AUGUSTUS

In Los Angeles, in het huis van Lara Bryant, de enige vrouw met hersens en humor die hem zijn verlangen naar travestieten kan doen vergeten, zit Jack Ingroff de zondagskrant te lezen, drinkt hij een glas vers uitgeperst sinaasappelsap en voelt hij zich een normale man. Lara en haar golden retriever zijn net terug van het joggen en ze zit naast hem aan de rand van het zwembad. Lara houdt ook van wandelen, skiën en New Mexico.

'Nog nieuwtjes?' vraagt Lara, en ze leunt naar hem toe om hem te zoenen. Ze ruikt zoet, ook al heeft ze net haar dagelijkse tien kilometer door de Hollywood Hills achter de rug.

'Moet je dit zien,' zegt hij met een grijns, en hij schuift de krant naar haar toe. Ze pakt de krant en leest het artikel waar hij naar wijst. Als ze klaar is, staart ze hem met open mond aan.

'Ongelooflijk,' zegt hij.

'Hoe heb je het met haar uitgehouden?' vraagt Lara.

'Ik kende jou nog niet,' zegt Jack.

Ze kussen elkaar en Jacks lichaam en ziel stromen vol met verlangen naar haar. 'Wacht even,' zegt hij. 'Ga niet weg.' Hij maakt zich van haar los en loopt naar het huis.

'Wat ga je doen?' vraagt Lara.

'Ik ben zo terug,' zegt Jack. 'Ik ga alleen de bank opdracht geven een cheque uit te schrijven aan Geneva Gotay.'

'Aan wie?'

'Lees maar verder,' zegt hij. 'Dan wordt het vanzelf duidelijk.'

MAANDAG 26 AUGUSTUS

Jill ligt in een warm bubbelbad in haar met de hand gemaakte gepolijste nikkelen badkuip van Herbeau te weken, terwijl haar privémasseur een gaap onderdrukt en haar schouders masseert. Ze belt haar manager om hem te vertellen dat hij haar promotietournee voor de komende twee weken moet afzeggen, terwijl ze ondertussen onafgebroken naar de tv aan de wand boven haar voeten kijkt.

'Maar over twee dagen komen je nieuwe cd en film uit. Dat kun je niet zomaar doen,' protesteert hij.

'Als je het niet doet, ben je je baan kwijt,' zegt Jill Sanchez. 'We moeten tegen iedereen zeggen dat ik griep heb, of misschien keelontsteking en dat ik gezwollen klieren had tijdens de opening van Club G.' Ze hoest om dit te benadrukken.

'Ze weten dat je geen griep had,' zegt de manager.

'Je bent nu officieel ontslagen,' zegt Jill Sanchez. 'Nog een fijn leven verder.'

Ze hangt op en zapt langs de kabelzenders, verbluft dat zo veel zenders het nieuws over haar, Jill Sanchez, brengen. En hoewel het niet het soort verhalen is waar ze op had gehoopt, gelooft ze stellig dat al het nieuws goed nieuws is in de wereld van de glamour. Publiciteit is publiciteit, punt uit, zelfs als ze dezelfde vier twijfelachtige noten steeds opnieuw herhalen, net als bij Ashlee Simpsons playbackdebacle van enkele jaren geleden.

Jill stapt de badkuip uit, maar laat het water in het bad staan. Dat laat een van haar huishoudsters wel weglopen. Ze houdt er niet van om zich voorover te moeten buigen om de stop eruit te halen. Ze heeft genoeg om zich druk om te maken. Haar masseuse geeft haar een dikke geschulpte handdoek van D. Porthault en verlaat stilletjes de badkamer. Jill droogt zich af met 's werelds duurste handdoek, smeert zich helemaal in met Crème de la Mer, 's werelds duurste gezichtscrème – als het goed genoeg is voor haar gezicht, is het goed genoeg voor haar hele lichaam, vindt ze – en wikkelt zich in een van 's werelds duurste zijden kamerjassen, terwijl er niet minder dan twintig van 's werelds duurste kaarsen – Jo Malone – staan te flikkeren.

Jill pakt een script en gaat op haar vijftienduizend dollar kostende Hypnos-bed liggen. In dit script speelt ze weer een werkster. Een werkster met een geweten. Een werkster die verliefd wordt op haar werkgever en hem door haar eigen latino-normen en -waarden leert dat waardigheid belangrijker is dan geld. Wat een bagger, denkt Jill. Even wil ze het script in de prullenbak gooien, maar dan denkt ze er nog eens zorgvuldig over na. Een rol als eenvoudige werkster, in tegenstelling tot de 'sexy' en 'wraakzuchtige' werksters die ze in het verleden heeft gespeeld, is misschien precies wat het publiek van haar nodig heeft. Goed of fout, het publiek in dit achterlijke land houdt nog steeds van onderdrukte latina's, en anders willen ze haar in een rol als Italiaanse zien. Het zal wel. Maar als zij deze rol niet accepteert, krijgt iemand anders hem. Iemand als Christina Milian. Jill neemt de rol.

Jill hoort een toilet doorspoelen en even later komt Ricky de kamer binnen in een kasjmier badjas van Daniel Hanson die ze voor hem heeft gekocht. Hij ziet er triest uit en heeft rode ogen van het huilen en van wie weet wat nog meer. Afgelopen week heeft hij een brief van een rechter gekregen waarin staat dat hij Irene en Sophia Gallagher meer dan een miljoen dollar moet betalen aan achterstallige alimentatie, wat gelijkstaat aan tachtigduizend dollar per jaar tot nu toe. De rechter heeft hem ook bevolen om voortaan elfduizend dollar per maand aan alimentatie op te hoesten voor Sophia totdat ze achttien is. Van een andere rechter heeft hij de details van Jasminka's echtscheidingsverzoek gekregen. Ze wil het huis in Miami Beach, zesduizend dollar per maand aan partneralimentatie en elfduizend dollar per maand aan kinderalimentatie. Ricky moest huilen toen hij de brieven las en vertelde Jill dat hij bijna al zijn geld

heeft opgesnoven en niet weet waar hij het geld voor al die kinder-
onzin vandaan moet halen. Jill heeft genoeg geld, maar daar krijgt
hij geen cent van. Dat weet hij. Haar gierigheid (op de badjas na)
vindt hij deprimerend. Hij heeft haar zo erg nodig, met zo veel zie-
lige wanhoop dat ze er niet goed van wordt.

'Hoe is het met je, schatje?' vraagt hij. 'Gaat het?'

'Natuurlijk gaat het,' snauwt ze. 'Waarom niet?'

'Nou,' zegt hij. 'Niet om het een of ander, maar je album heeft de
Hot 100 niet eens gehaald en het ziet er niet naar uit dat iemand
jouw film wil zien. Volgens de nieuwsberichten is het nu al een
flop.'

'Wat weten zij er nou van,' tiert ze. 'Dat komt wel goed met de
dvd-verkoop.'

'Dat betwijfel ik,' zegt Ricky. Hij wil naast haar in bed kruipen,
maar ze trapt hem weg. 'Maar je moet weten dat ik er voor je ben,
wat er ook gebeurt.'

'Ik heb een heleboel logeerkamers,' zegt ze, en ze beseft dat ze
Ricky waarschijnlijk nooit zo aantrekkelijk zal vinden als toen hij
getrouwd was. 'Ga daar maar naartoe.'

'Jill,' jammert hij. 'Doe dat nou niet.'

Jill kijkt hem even aan. 'Goed,' zegt ze. 'Ik zal je zeggen hoe ik erover denk. Er is maar één manier om je carrière weer op de rails te
krijgen.'

'Ja?' Ricky sloft naar een grote, roze stoel in de hoek en gaat zitten.

'Word gelovig.'

Hij kijkt verward. 'Ik geloof niet in God.'

Jill slaakt een ongeduldige zucht. 'Dat weet jij, dat weet ik, maar
de idiote massa weet dat niet.'

'Wat bedoel je nou?'

'Dat je gelovig moet worden. Dat is volgens mij de enige manier
waarop Amerika je zal vergeven voor het zondige feit dat je je zwangere vrouw en je oudste dochter in de steek hebt gelaten.'

'Ik heb haar niet in de steek gelaten.'

'Ricky? Hou je kop tot ik klaar ben.'

'Sorry.'

'Je wordt gelovig, als een heuse Jezusfreak, oké? Dan ga je overal
op tv met predikanten en hun gestoorde vrouwen praten en jamme-

ren dat je er zo'n spijt van hebt. Je zegt dat je Jezus in je leven hebt toegelaten en dat Hij je je zonden heeft vergeven. En als al die sukkelige christenen je dan in de armen sluiten, breng je een religieuze cd uit en zing je er een duet op met iemand als Jaci Velasquez of zo.'

'Waarom zou ik dat doen?'

'Als Jezus je vergeeft, is er toch geen mens meer die met Hem in discussie gaat, slimmerik,' bijt Jill hem toe.

'Dat lukt nooit,' kreunt Ricky. '*Estoy jodido.*'

'Luister nou,' zegt Jill, en ze steekt een volmaakt gemanicuurde vinger op. 'Hammer.'

'Hammer?'

'M.C. Hammer. Wat denk je ervan?'

Ricky klaart op. Hij kijkt haar aan alsof hij haar voor het eerst ziet, en hij glimlacht. Jill heeft hem al heel lang niet zo zien glimlachen. Ze houdt van Ricky als hij zelfverzekerd is en lef heeft. '*¡Mamabicho!* Wat ben jij een duivelse, doortrapte, geniale *bollo*!' zegt hij.

'Zeg me dat eens recht in mijn gezicht, *mamagüebo*,' zegt Jill, en ze biedt haar wang aan voor een zoen. Hij loopt naar haar toe, kust haar op de wang en probeert weer bij haar in bed te kruipen. Ze duwt hem weg.

'Je hebt twee maanden de tijd,' zegt ze. 'Twee maanden om verlossing te vinden en je kansloze carrière te redden. Als dat lukt mag je hiervan proeven.' Ze geeft een klap op haar billen.

'Oké,' zegt Ricky. 'Mag ik je nu neuken?'

'Logeerkamer,' zegt Jill Sanchez, en ze richt haar aandacht weer op het script. 'Ik heb er zes. Kies er maar een uit.'

WOENSDAG 28 AUGUSTUS

Ik zit met Nestor op de tribune in het park amandelen uit een zakje te eten en toe te kijken hoe Sophia als een echte pro de bal tussen alle meisjes in het voetbalkamp door over het veld trapt. Elfduizend dollar per maand. Dat krijgen we van Ricky, boven op meer dan een miljoen. Ik kan het niet bevatten. Ik heb geen idee wat dat betekent, wat je ermee kunt kopen, hoe het ons leven kan veranderen. Ik weet redelijk zeker dat ik mijn droomhuis in Coral Gables zal kunnen kopen, betere scholen voor Sophia kan vinden en een flatje voor mijn moeder kan zoeken waar ze zelfstandig kan wonen. Ik ben nog steeds in een rechtszaak met de brandweer verwikkeld, maar nu heb ik niet meer het wanhopige gevoel dat ik moet knokken voor geld. Dat hoeft niet meer. Ik moet knokken om seksediscriminatie tegen andere vrouwen in de toekomst te voorkomen. Daar kan ik de tijd voor nemen, het uitdragen, het op de goede manier doen. En nu ze weten dat ik geld heb, heeft hun verdediging – dat het me om het geld te doen is – geen waarde.

Sophia is in korte tijd de ster van het team geworden. Ze heeft zelfs aandacht gekregen van scouts van enkele scholen in Zuid-Florida. Ze heeft gevraagd of ik op zoek wil naar een huis dicht bij de school die haar voorkeur heeft in Coral Gables, en ik kan nauwelijks geloven dat we dat nu echt kunnen doen. Mijn trots gebiedt me dat ik een baan zoek. Ik wil niet op Ricky's zak teren. Ik wil mijn eigen zaken kunnen regelen. Sophia maakt op het veld een soort dansbeweging om twee meisjes, trapt en scoort.

'Ze is ongelooflijk,' zegt Nestor. We springen allebei op en juichen.

'Ja, hè?'

Mijn ogen dwalen van het veld naar de parkeerplaats waar een auto mijn aandacht trekt. Het is een vertrouwde grijze, vierdeurs Infiniti. De vierdeurs van mijn advocaat. Ik heb de laatste tijd zo veel tijd met hem doorgebracht, dat hij bijna een vriend is geworden. Een beangstigende gedachte.

'O, o,' zeg ik. Ik gebaar met mijn kin naar de auto. 'Sy. Dat betekent heel goed of heel slecht nieuws.'

Nestor pakt zonder iets te zeggen mijn hand stevig vast. Van de vele dingen die Nestor zo bijzonder maken, is dit hetgeen waarvan ik het meeste hou, de manier waarop hij me steunt zonder me te zeggen wat ik moet doen. Er zijn niet veel mannen die niet de neiging hebben om de wereld te repareren.

Ik zie hoe Sy Berman uitstapt en met zijn hoofd gebogen en uit het zicht langs het voetbalveld loopt. Mijn hart gaat sneller slaan als ik zie dat hij in zijn ene hand een map heeft.

Hij kijkt op, ziet ons en zwaait. We zwaaien terug en ik roep wat hij hier doet. Hij loopt haastig op ons af en grijnst.

'Goed nieuws,' zegt hij met een glimlach. Ik ontspan mijn schouders terwijl Nestor een magische hand tussen mijn schouderbladen legt en zachtjes wrijft.

We schuiven op om plaats te maken voor Sy. Hij geeft de map aan mij. Ik pak hem aan en kijk erin. Het is een brief van de juridische afdeling van de brandweer met een schikkingsvoorstel van achthonderdduizend dollar. Ik knipper met mijn ogen. Ik zou zo een huis kunnen kopen. Ik zou het kunnen investeren en nooit meer hoeven werken.

'Wauw,' zeg ik. 'Waarom doen ze dat?'

Sy gaat zitten, trekt mij omlaag en praat op gedempte toon. 'Ze hebben gezien dat er de laatste tijd heel positief over je in de pers wordt geschreven en ze wisten niet meer hoe ze dit in godsnaam moesten winnen. Dat is alles.'

'Vind je dat we eropin moeten gaan?' vraag ik.

'Nee,' zegt Sy. 'Ze moeten eerst maar eens met veel meer over de brug komen.'

We zwijgen allemaal even om te juichen voor Sophia's derde goal van de wedstrijd.

'Denk je dat ze dat zullen doen?'

Sy glimlacht en knikt. 'Ik heb nóg iets voor je.'

Hij bladert door de map en haalt er een vel papier uit. Het is een brief van een brandweerkazerne in Surfside, waar ze een vrouwelijke hoofdbrandmeester hebben, waarin ik word uitgenodigd om bij hun team te komen werken. *Het zou ons genoegen doen om zo'n uitstekende brandweervrouw in ons team te hebben,* staat er in de brief, *en we hebben een vacature voor brandmeester mocht u ooit op zoek zijn naar een nieuwe baan.*

ZATERDAG 7 SEPTEMBER

Ik ben nu zeven maanden zwanger. Dit is het stadium waarin iedereen naar je glimlacht en zijn handen op je buik legt. Maar ik voel me goed, heel goed. Sterk.

Ik rij in mijn nieuwe Volvo-stationwagen door Fort Lauderdale naar Alma's huis. Ik heb de Escalade ingeruild. Die was veel meer Ricky's stijl dan de mijne. Ik zie dat Alma op haar knieën in de voortuin zit als ik aan kom rijden. Ze draagt een kreukelige spijkerbroek en een spijkerblouse en ziet er keurig verzorgd uit. Ze kijkt op, glimlacht als ik de auto parkeer en trekt haar tuinhandschoenen uit. Ze heeft de rozenstruiken gesnoeid.

Alma komt bij me staan en helpt me uit de auto te stappen. Hè, er zijn zo veel bewegingen waar je pas bij stilstaat als je zwanger bent. 'Hoe gaat het met je?' vraagt ze me. Ze ziet er tevreden uit en ik weet dat het iets met Sophia te maken heeft, haar kleindochter die elk weekend op bezoek is geweest. Ze kunnen het heel goed met elkaar vinden en dat vind ik voor allemaal geweldig.

'Goed,' zeg ik, terwijl we over de stoep naar Alma's voordeur lopen.

'Waar ben je zoal mee bezig?' vraagt ze.

'Ik ben op zoek naar een huis,' zeg ik. 'Ik kan niet voor eeuwig bij de Gotays blijven. Ricky moet me nu betalen, dus kan ik een huis zoeken. Maar ik weet niet of Ricky ook echt gaat betalen. Hij heeft geen geld.'

Alma kijkt me aan met een blik die ik niet begrijp en ze helpt me het huis binnen. Ze gaat me voor naar de woonkamer. 'Je bent heel mooi, Jasminka,' zegt ze. Ze haalt twee glazen ijswater en biedt me wat fruit aan. Ik neem een appel.

'Waar wilde je het over hebben?' vraag ik. Alma belde me een paar uur geleden en vroeg me of ik zo snel mogelijk wilde komen.

'Kom eens mee. Ik wil ergens je mening over horen.' Alma gaat me voor naar een slaapkamer achter in het huis, Ricky's oude kamer, en ze doet de deur open. Hij is helemaal opnieuw ingericht met degelijke meubels.

'Heel mooi, Alma,' zeg ik. 'Ik ben blij dat je eindelijk al die dingen hebt weggedaan waar je zo treurig van werd.'

Alma pakt mijn hand, leidt me naar de andere logeerkamer en doet de deur open. Hij is heel lichtroze geschilderd en er staan babymeubeltjes en een schommelstoel.

'Ik begrijp het niet,' zeg ik. Alma blijft mijn hand vasthouden en deze keer neemt ze me mee naar de garage. Ze doet de deur open en we lopen naar binnen.

Langzaam neem ik het in me op. Het grote werkblad. De emmers. De benodigdheden voor het maken van zeep. De vormen en het gereedschap. Het is een werkplaats voor het maken van zeep. Alma maakt geen zeep. Ik wel.

'Je weet wat ze zeggen,' zegt Alma. 'Als je zoon trouwt, krijg je er een dochter bij. En als ze gaan scheiden, hou je de dochter.' Ze glimlacht. 'Dat laatste heb ik verzonnen.'

'O, Alma,' zeg ik. Ik vecht tegen de tranen. 'Dat had je toch niet hoeven doen.'

'Het is er voor je als je wilt,' zegt ze. Ze haalt haar schouders op om het belang van haar aanbod te bagatelliseren. 'Voor jullie allebei.'

Matthew draagt een strakke, gescheurde spijkerbroek en een Mötley Crüe-shirt dat een en al satire uitstraalt. Ik sta boven aan de trap van Club Sophia en kijk toe terwijl hij een grote doos met papieren en boeken van mij naar boven draagt.

'Rustig aan,' zeg ik.

'Ja, jij ook,' roept hij zwoegend. 'Put jezelf vooral niet uit, Milan.' Hij kijkt met een glimlach naar me op.

'Ik wacht op de pizzabezorger,' help ik hem herinneren. 'Ik kan nu niets tillen. Ik moet mijn handen vrijhouden voor de pizza.'

Hij is boven en leunt met de doos in zijn armen opzij om me te kussen. 'Pizza is heel belangrijk,' zegt hij. 'Helemaal mee eens. Ga nu maar uit de weg.'

Ik doe een stap opzij en hij stommelt met de doos naar binnen en laat hem op de grond van mijn nieuwe kantoor vallen. Ik huur de ruimte boven Club Sophia van Geneva. Hij is kleiner dan de ruimte die ik bij Ricky had, maar hij heeft een gigantisch raam dat uitkijkt op een palmboom, en hij is van mij, helemaal van mij. Ik heb er even over gedacht om weer voor *tío* Jesús te gaan werken, maar vond toen dat dit het perfecte moment was om voor mezelf te beginnen, als manager voor kunstenaars en als Matthews manager in het bijzonder. Ik ben ook op zoek naar een appartementje. Niet in Portofino, zoals Geneva, maar wel in Miami Beach en helemaal van mij. Ik denk wel dat ik ooit met Matthew ga trouwen, maar ik heb geen haast. Soms duurt het lang voordat je iemand echt kent; die harde les heb ik wel geleerd. Misschien moet ik nog een keer zo'n vertrouwenscruise doen.

Ik kan niet zeggen dat ik er helemaal alleen voor sta. Ik sta bij Geneva op de loonlijst als publiciteitsagent en talentenjager, en daarmee verdien ik de kost, maar Matthew en ik hebben ook nog andere plannen. In een volmaakte wereld zouden Amerikaanse platenmaatschappijen natuurlijk net zo enthousiast hebben gereageerd op Matthew Baker als het publiek. Ik heb dozen vol met brieven en e-mails van mensen die Matthew tijdens de opening op MTV hebben horen zingen en willen weten waar ze zijn cd's kunnen kopen. We hebben een Matthew Baker-website gemaakt en die krijgt duizenden hits per dag. Matthews oorspronkelijke nummers horen bij de meest gedownloade nummers van zelfstandige artiesten bij MP3 en Imusic.

Maar het feit is dat geen enkele grote maatschappij Matthew en mij op dit moment interessant vindt. We worden allebei als een risico gezien. Hoewel Matthew overduidelijk het talent en de 'ballen', zoals hij het noemt, heeft om prachtige nummers te schrijven, is hij om andere redenen een risico. In de eerste plaats zeggen de platenbazen dat hij van het verkeerde ras is; Matthew had gelijk toen hij zei dat ze een *gringo salsero* niet zouden zien zitten. In de tweede plaats vinden ze hem te dik en te kaal. Maar het grootste probleem vinden ze dat hij niet trouw is geweest aan Ricky Biscayne en zijn contracten, met andere woorden, Matthew is riskant omdat hij eindelijk weet wat hij echt waard is; als Matthew in staat is Ricky te naaien, waarom zou hij ons dan niet naaien, lijken ze bij het label te denken.

In hun ogen geldt hetzelfde voor mij. Als ik doortrapt genoeg was om mijn werkgever erin te luizen omdat hij me had bedonderd, wat zou ik hun dan wel niet kunnen aandoen? De werkelijkheid is dat de entertainmentbusiness een smerig wereldje is, vol met smerige mensen, en daar kunnen wij niet tegenop. We hebben cd's van Matthew en brieven rondgestuurd en we hebben maar van een paar labels een reactie gehad, allemaal uit Europa. Er is een geweldig onafhankelijk label in Barcelona, waar we over een paar dagen naartoe gaan om te kijken of er mogelijkheden zijn.

Vanwege dit alles kwam ik met het plan om een café bij Club Sophia te maken, waar Matthew in de weekenden tijdens de brunch kan optreden. De keuken is op dit moment in aanbouw. Het was Matthews idee om een paar maten uit zijn tijd aan Berklee te bellen om te kijken of ze zin hebben om een tijdje in Miami rond te hangen, in de huisband te spelen en een latino-popalbum op te nemen. Geneva en ik zijn bezig met een businessplan om geld bijeen te krijgen om tegelijkertijd een eigen platenlabel te starten, Matt-Mil Records, gewijd aan goede muziek in alle mogelijke talen door mensen met alle mogelijke achtergronden en alle mogelijke verschillende lichamen, en het credo dat taal en cultuur, net als muziek en de ziel, niet genetisch zijn, maar geleerd. Enkele veelbelovende zangers hebben Matthew al gepolst of hij voor hen wil produceren. We willen een heel nieuw label beginnen dat inspeelt op de behoefte van het publiek aan goede muziek zonder mooie plaatjes en zonder tussenkomst van de gevreesde platenbazen van bestaande labels. Met andere woorden: geen pennenlikkers.

Vroeger zou ik hebben gedacht dat een droom als deze onmogelijk was. Maar ik heb gezien hoe Geneva een succes heeft gemaakt van haar club, ik heb gezien dat Jasminka tijdens de laatste maand van haar zwangerschap een zeepbedrijfje is gestart – en een contract met een warenhuisketen heeft gescoord om haar producten te verkopen – en dat heeft me hoop gegeven. Zelfs de carrière van Jill Sanchez die op verbijsterende wijze is opgeleefd na de ramp tijdens de opening, plus het feit dat de ster bezig is met een nieuwe film met een filmster op leeftijd, een vroegere hippiester, en nu (mag ik even kotsen) verloofd is met Ricky Biscayne, bewijzen dat in Miami, een stad vol mensen die ergens anders vandaan komen en een nieuwe start willen, werkelijk alles mogelijk is als je de juiste mensen achter je hebt staan.

MAANDAG 7 OKTOBER, COLUMBUSDAG

K*nap!*
Ik word vroeg wakker in mijn heerlijke nieuwe bed bij Alma thuis. Ik had zelf wel ergens een huis kunnen kopen, maar vanwege de komst van de baby wil ik voorlopig bij Alma logeren. En dit is kennelijk het moment dat de baby wil komen. Ze komt!

Knap. Geen pijn. Nog niet. Ik voelde alleen een heel merkwaardige *knap* in mijn onderbuik. Ik sta op en loop naar de badkamer. Ik ga op het toilet zitten en voel een golf heet water uit me stromen. Het gaat maar door en door, als 's werelds grootste plas. Het houdt maar niet op. Waarom moet ik zo veel plassen? Dan weet ik het. Mijn vliezen zijn gebroken! Het is een stortvloed.

'Alma!' gil ik. De stilte in huis wordt versplinterd. Ik hoor wat gestommel, er valt iets in een kamer verderop, haastige voetstappen en een zachte klop op de deur.

'Is alles goed?' roept ze.

'Mijn vliezen zijn gebroken!'

'Is het goed als ik de deur opendoe?'

'Ja!'

Ik zit op mijn hurken boven het toilet en zie het water tussen mijn benen stromen. Het doet me denken aan een waterval van vroeger. 'O, lieve hemel. Wat moet ik doen, Alma?'

Alma doet een kastje onder de gootsteen open en haalt er rollen toiletpapier en flessen schoonmaakmiddel uit. 'Ik heb ze toch niet allemaal weggegooid?' zegt ze. Dan haalt ze een oude, verfrommelde plastic verpakking maandverband tevoorschijn. 'Hebbes! Ik ben twee jaar geleden door de menopauze gegaan, maar ik kon het niet over mijn hart verkrijgen deze allemaal weg te gooien.'

Ze helpt me een maandverbandje in mijn onderbroek te leggen en me aan te kleden. Samen stoppen we wat kleren voor mij en de baby in een weekendtas en dan brengt ze me in mijn Volvo naar het ziekenhuis. Ik zit naast haar en kijk naar de donkere ochtendlucht. Mijn baarmoeder trekt samen, heel zachtjes, en geeft me krampen bij de vloeistof die uit me stroomt. Ik leg mijn handen op mijn onderbuik en wrijf zachtjes in een poging mezelf te kalmeren. Gaat het pijn doen? Ik wéét dat het pijn gaat doen. Zal ik het overleven? Zal de baby pijn voelen onderweg naar buiten? Ik ben merkwaardig rustig en opgewonden tegelijk, een vredige soort opwinding en gelatenheid voor wat gaat komen.

Als de zon opkomt, arriveren we bij het Memorial Regional West Hospital en Alma helpt me de parkeerplaats over. Ik hoor vogels naar elkaar fluiten in de bomen. Ik ruik motorolie van de auto's, maar ook de peperige geur van baniaanbomen in de vochtige ochtendlucht. Al mijn zintuigen staan op scherp, vol energie. Ik voel de opwinding in mijn hele wezen. Het komt. Mijn baby komt. Rond deze tijd morgen heb ik het gezicht van mijn baby gezien. Mensen kijken naar ons en glimlachen als ze me in mijn pyjama zien, en ze weten precies waarom ik hier ben. De geboorte van een kind is een van de weinige vrolijke redenen om naar een ziekenhuis te gaan. De enige, denk ik.

Ik stond al ingeschreven en we hebben onderweg gebeld, dus ik hoef niet lang te wachten. Ik word gelijk naar een eenpersoonskamer gebracht met een eigen badkamer. Mijn arts controleert mijn vitale functies en plakt sensoren op mijn buik om mijn weeën te meten. Ik heb nog even te gaan, vertelt ze. Ik moet maar proberen me zo veel mogelijk te ontspannen, zegt ze. Ik neem een uitgebreid bad in de whirlpool. Urenlang. En de kramp wordt steeds erger en erger. Ik trek een mooie nachtjapon aan en wandel zo veel ik kan door de gangen, terwijl Alma en mijn bevallingscoach mijn rug masseren en me moed inpraten. De weeën komen nu dichter op elkaar en de pijn begint. Wat begon als onaangename kramp, wordt nu veel erger, en hoewel ik had gehoopt geen pijnstillende middelen nodig te hebben, vraag ik er nu toch om. Ik heb veel pijn gekend in mijn leven, maar dit is bijna te veel voor me. Ze geven me een ruggenprik en de pijn verzacht iets. En dan wordt ze geboren, twaalf uur nadat mijn vliezen in haar oma's badkamer zijn gebroken; stil, heel rustig en met haar ogen wagenwijd open. Haar longen doen het prima en niemand probeert haar te laten huilen. Ze wordt in een dekentje gewikkeld en op mijn borst gelegd. Ze kijkt naar me op en knippert met haar vochtige, lichtgrijze ogen. We staren elkaar aan.

'Hallo, daar,' zeg ik in het Servisch, en ik kus haar zachtjes op haar hoofd, neem haar geur in me op. Ze ruikt naar de zachte, natte aarde in Slunj, naar bloed, naar vrouw, naar leven. Ze ruikt naar mijn geschiedenis die bij me terugkomt in de vorm van een gloednieuwe ziel. 'Welkom in de wereld.'

Ik noem haar Danijela, naar mijn moeder, en beloof haar dat ik haar altijd zal beschermen.

Terwijl de baby slaapt en ik lig te doezelen, hoor ik dat Alma in de leunstoel aan de andere kant van de kamer iedereen belt die ze maar kan bedenken om hun het goede nieuws te vertellen. Steeds weer opnieuw zegt ze hetzelfde: 'Stel je voor, een Mexicaans-Cubaans-Servisch meisje, is het niet prachtig? Ze lijkt precies op haar moeder.'

Ze belt mijn vriendinnen uit de modellenwereld en Sophia en Irene, Geneva en Milan en hun ouders. Iedereen. En ze nodigt ze allemaal uit om in de loop van de dag naar het ziekenhuis te komen, met zijn allen Mexicaans te eten en champagne te drinken op de komst van de baby. Ik laat de baby in haar wiegje slapen, neem een douche en neem de geur van mijn eigengemaakte zeep in me op die ik speciaal voor dit moment heb gemaakt: zoete amandelolie, melk en helichrysum, een geneeskrachtige zeep voor gewond vlees. Ik heb pijn en ik bloed tussen mijn benen alsof ik opengereten en bijna dood ben, maar ik voel me energiek en mooi. Ik föhn mijn haar, doe wat make-up op en trek een satijnen nachtjapon met lange mouwen aan, met openingen over de borsten zodat ik mijn dochter kan voeden. Ik ben er nog steeds, denk ik. Ik ben er. Ik heb Ricky overleefd en ik heb de bevalling overleefd. Ik ben niet gestorven.

Als het zes uur is, hebben de volgende mensen zich met zijn allen in mijn kraamkamer geprop: Sophia, Irene, Irenes vriend Nestor, Geneva, Milan en Matthew, Violeta en Eliseo, El General en Maria Katarina. Ik heb ontzettende honger. Het Mexicaanse eten arriveert terwijl iedereen tegen mijn dochter kirt. Enchilada's in rode saus, frijoles refritos, tamale, rode rijst, gebakken aardappelen, tortillachips en salsa. Eliseo, Milans vader, lijkt zich niet op zijn gemak te voelen bij zo veel vrouwen die over zo veel dingen aan het praten zijn die met het baren van baby's te maken hebben. Hij pakt de afstandsbediening voor de tv en samen met de andere mannen gaat hij in een hoek van de kamer zitten en zapt hij op zoek naar een zender met sport of nieuws. Wat hij vindt, is echter onverwachts. Op een van de religieuze zenders zit een predikant met een pompadoerkapsel op een verguld podium die praat met niemand minder dan mijn ex, Ricky Biscayne. Mijn mond valt open van verbazing, terwijl ik met mijn bord eten in mijn hand zit en alleen maar kan staren.

'Pap,' roept Geneva. 'Laat even staan.'

'O, mijn god,' zeg ik. 'Ik kan het niet geloven.'

Alle ogen richten zich op de televisie, terwijl de camera een close-up van Ricky's gezicht maakt. Ik herken die gemaakte blik van zijn pogingen om in films te acteren.

'Zo, Ricky,' zegt de predikant met een vet Texaans accent. 'Vertel ons eens hoe je bent verlost.'

Met vioolmuziek op de achtergrond vertelt Ricky dat hij Jezus in zijn leven heeft toegelaten. Hij zegt dat Jezus geweldig is en iedereen in de drukke zaal waar hij wordt geïnterviewd roept en zwaait met zijn handen boven zijn hoofd. De camera maakt een brede opname van het publiek met duizenden mannen en vrouwen met hun ogen stijf dicht; velen huilen en ze hangen aan zijn lippen.

'Ik heb veel slechte dingen in mijn leven gedaan,' zegt Ricky. Hij snift en krabt aan zijn neus. 'Het ergste is wel dat ik mijn kinderen heb teleurgesteld. Maar ik heb berouw getoond en ik ben veranderd. Toen ik de Here Jezus leerde kennen, ben ik op mijn knieën gevallen en heb ik hem gesmeekt me te vergeven voor mijn zonen. Zonden, bedoel ik.'

'Amen,' zegt de predikant.

'Jezus heeft me vergeven,' zegt Ricky, en er glinstert een valse traan in zijn ooghoek.

'Amen,' zegt de menigte.

'Dat is het bijzondere van de Heer,' gaat Ricky verder. Hij lijkt wel een politicus. 'Hoe erg je de boel ook verpest, hoeveel slechte

428

dingen je ook doet, het is nooit te laat om Hem om vergeving te vragen.' Ricky kijkt bescheiden naar beneden en snift.

'Amen,' zegt de gastheer, en hij geeft hem een zakdoekje.

'Het is nooit te laat om tot Jezus te bidden om je terug te brengen naar de kudde,' zegt Ricky.

'En vertel, er komt binnenkort een christelijke cd van je uit, Ricky, klopt dat?' vraagt de predikant.

'Dat is niet het enige,' zegt Ricky. 'Jill en ik willen graag een kind.'

'Een kind? Werkelijk?'

Ricky glimlacht. 'Sinds ik in God geloof, besef ik dat ik een góéde vader kan zijn,' zegt hij. 'Ik ben dol op kinderen.'

Danijela kiest dit moment uit om voor het eerst in haar leven te huilen. Ze opent haar mond in een natte cirkel en krijst om mij. Ik haast me naar haar zijde, pak haar op en leg haar troostend aan mijn borst. Iedereen in de kamer staart ons aan, terwijl Ricky op tv blijft praten. Milan trekt een vies gezicht en zegt sarcastisch: 'Goh, jongens. Zou hij het menen?'

Ik kijk naar Alma. Alma kijkt naar Irene. Irene kijkt naar Sophia. Sophia kijkt naar Milan. Milan kijkt naar Matthew. Matthew kijkt naar Geneva. Geneva kijkt naar Violeta. En terwijl iedereen naar elkaar kijkt en het lijkt of we worden geleid door een geest die groter is dan wijzelf, barsten we allemaal in lachen uit.

ZATERDAG 12 OKTOBER

Geneva staat in de deuropening van mijn kantoortje in haar spijkerbroek van True Religion en weer een zwarte tanktop, versierd met een glitterende Cubaanse vlag boven een vredessymbool. Papa zou het afschuwelijk vinden. Matthew en ik liggen dicht tegen elkaar aan in een zitzak in de hoek (zijn bijdrage aan mijn kantoorruimte) en luisteren naar een demo van een metalrockzanger uit Peru. We hebben hetzelfde soort kleren aan, een spijkerbroek van Gap, een T-shirt en lage, hoekige sandalen. Ik heb mode niet helemaal opgegeven, maar ik weet nu dat het niet belangrijk is. Voor mij in elk geval niet. Geneva is niet eens teleurgesteld. Ze zegt dat het een opluchting is dat ze me niet meer elke keer hoeft te helpen met wat ik aan moet. Soms moet je gewoon jezelf zijn, besef ik. Zelfs in Miami. Soms is jezelf zijn het enige wat je een duw geeft in de richting van je ware bestemming.

'Zijn jullie klaar?' vraagt ze. Ik hoor zware voetstappen op de trap en even later zie ik Ignacio's knappe gezicht over Geneva's schouder opduiken. Hij is een god en hij draagt een roze polo. Mijn zus heeft een god ontmoet die er goed uitziet in roze. Het is een wonder.

'We zijn klaar,' zeg ik, en ik hijs me met wat hulp van mijn vent uit de zitzak. 'Jullie ook?'

Geneva en Ignacio kijken elkaar even dapper en bezorgd aan. 'Dat geloof ik wel,' zegt Geneva. Ze brengt haar linkerhand omhoog en kijkt naar de diamant. Ignacio pakt haar hand en kust hem zachtjes.

We gaan naar La Carreta voor ons wekelijkse etentje met onze ouders, maar het wordt een etentje met twee grote verschillen.

Verschil 1: Geneva neemt Ignacio mee, die onze ouders nog nooit hebben gezien, om hun te vertellen dat ze met hem gaat trouwen 'ook al is hij zwart' (helaas is dit voor onze ouders belangrijk); misschien scoort ze nog een paar puntjes met het feit dat hij een Cubaan is, maar misschien ook niet.

Verschil 2: ik neem Matthew mee om mijn ouders te vertellen dat ik over een maand, ongehuwd en aanstootgevend, ga verhuizen naar mijn eigen flatje een paar straten bij Matthew vandaan. Ik ga ze ook vertellen dat ik een vriend heb die niet eens Cubaans is. Ik kan ze nu al horen: nou ja, hij is in elk geval niet zwart.

'Ignacio, kerel,' zegt Matthew, terwijl hij uit de zitzak overeind komt en hem een hand geeft. 'Ben je er klaar voor?'

Ignacio haalt zijn schouders op en grijnst met de gratie en rust van de balletdanser die hij is. 'Dat weet ik niet,' zegt hij. 'Maar daar komen we zo wel achter.'

We sluiten af, lopen de trap af en stappen in Geneva's BMW voor de rit naar Coral Gables. We zijn één brok zenuwen, maar voelen ons ook een ontluikende familie. De jongens gaan achterin zitten en Geneva en ik zitten voorin.

'Denk je dat papa en mama het zullen accepteren?' vraag ik aan Geneva, en met 'het' bedoel ik de mannen en onze ambities.

'En anders sta ik in elk geval achter je, meisje,' zegt ze, en ze geeft me een klopje op mijn knie.

Ik glimlach naar haar en hou haar hand even vast, terwijl ik kippenvel op mijn armen krijg. Ik besef dat ik nooit écht een lui wezen ben geweest. Ik was een lichtelijk slonzige, onafhankelijke vrouw, vastgeroest in een familie en een stad die me niet echt accepteerden. Ik weet nu eindelijk dat één ding vaststaat, wat er vanavond ook gebeurt: wij, de gekke, voortreffelijke Gotay-dochters uit Coral Gables zullen altijd gemakkelijker met traditie kunnen breken en onze dromen kunnen volgen als we het samen doen.

'Ik hou van je, G,' zeg ik tegen mijn zus. Ze grijnst en zet de reggaetonrap op haar stereo nog wat harder.

'Ik ook van jou, *loca*,' zegt ze. 'We gaan ervoor.'

DANKWOORD

Dank aan Leslie Daniels, de beste agent (en vriendin) die een zenuwachtige (neurotische?) en wantrouwige (psychotische?) schrijfster maar kan hebben. Dank ook aan Elizabeth Beier, mijn fabuleuze redactrice en de enige die volgens mij '*fabulous*' in een zin weet te gebruiken zonder dat het belachelijk klinkt: *oops, we did it again, ooh baby bay-buh!* Een dikke knuffel voor Matthew Shear, vrolijke meester van het paperbackuniversum; voor Matthew Baldacci, de walgelijk fitte meester van het marketinguniversum, en voor John Murphy, de cynische koning van de hel die het pr-universum heet. Dank aan kunstzinnig talent Michael Storrings voor de sensuele, gewiekste voorkanten waarmee je boeken verkoopt. Tot slot, *un montón de* dank aan Sally Richardson, de geniale en liefdadige koningin van de hele gestoorde (in de meest positíéve zin van het woord, heus!) wereld van Saint Martin. Dank ook aan de meiden van de brandweer in Albuquerque die me in de kazerne lieten rondhangen. Jullie zijn super!